JOCELYNE GODARD

Die Seidenstickerin

Jocelyne Godard

Die Seidenstickerin

Roman

Aus dem Französischen
von Anja Lazarowicz

blanvalet

Die französische Originalausgabe erschien 2005
unter dem Titel »Les Licornes – Les Ateliers de Dame Alix 01«
bei Les Éditions de Sémaphore, Paris.

FSC
Mix
Produktgruppe aus vorbildlich
bewirtschafteten Wäldern und
anderen kontrollierten Herkünften

Zert.-Nr. SGS-COC-1940
www.fsc.org
© 1996 Forest Stewardship Council

Verlagsgruppe Random House FSC-DEU-0100
Das für dieses Buch verwendete FSC-zertifizierte Papier
Holmen Book Cream liefert Holmen Paper, Hallstavik, Schweden.

1. Auflage
Deutsche Erstausgabe Juni 2009 bei Blanvalet,
einem Unternehmen der Verlagsgruppe
Random House GmbH, München.

Umschlaggestaltung: HildenDesign, München
Umschlagmotive: © Bridgeman Art Library
Redaktion: Ingola Lammers
LW · Herstellung: RF
Satz: Uhl + Massopust, Aalen
Druck und Bindung: GGP Media GmbH, Pößneck
Printed in Germany
ISBN: 978-3-442-37268-3

www.blanvalet.de

Für meine Mutter Berthe.

Wer sich in seiner Kunst auszeichnet und ihr die ganze Vollendung verleiht, derer sie fähig ist, der erhebt sich gewissermaßen über sie und wird dem Edelsten und Erhabensten gleich.

(…)

Wahre Größe ist ungezwungen, sanft, vertraulich, leutselig; man kann sie berühren und anfassen; sie verliert nichts, wenn man sie in der Nähe sieht; je besser man sie kennt, desto mehr bewundert man sie. Sie neigt sich aus Güte zu den Tieferstehenden herab und nimmt ohne Mühe wieder ihr ursprüngliches Wesen an; sie lässt sich mitunter gehen, vernachlässigt ihre Rechte, gibt ihre Vorteile preis, weil sie es stets in der Gewalt hat, sie wieder aufzunehmen und geltend zu machen; sie lacht, spielt und scherzt, jedoch mit Würde; man naht ihr zugleich mit Freiheit und mit Zurückhaltung. Ihr Wesen ist edel und gefällig, flößt Ehrfurcht und Zutrauen ein …

(Aus *Die Charaktere* von La Bruyère.
Nach Gerhard Hess, Leipzig, S.39 und S.47.)

1

Es nieselte hartnäckig, als Jacquou und Meister Coëtivy Angers verließen, und trotz ihrer dicken Kapuzenmäntel waren sie bald bis auf die Haut durchnässt. Der Webermeister hatte den jungen Mann mit aufsitzen lassen. Er hockte also sicher hinter ihm auf dem Pferd, hielt sich an seinem Meister fest und blinzelte angestrengt, um trotz des Regens wenigstens etwas zu erkennen.

Wie jeden Monat waren sie bei Morgengrauen aufgebrochen und erreichten Nantes am frühen Vormittag. Der Regen hatte nicht nachgelassen; über den bedrohlich finsteren Himmel zogen dicke, schwarze Wolken und versuchten das zähe Grau zu vertreiben, das seit einigen Wochen über der Stadt hing.

Überall in der Stadt tönte es von den üblichen morgendlichen Geräuschen. Die Pferde, die schon vor die Wagen gespannt waren, wieherten laut, stampften auf der Stelle und schüttelten ihre stattliche Mähne. Hufe klapperten über das Pflaster, und die Geschäfte in der Mauer um die Kaufmannsviertel öffneten nach und nach quietschend ihre Türen; allmählich erfüllten die Rufe der Handwerker Plätze und Gassen.

Meister Yann, der Hofsticker von Königin Anne – dem sie treu geblieben war, auch als sie nach ihrer Heirat mit dem König von Frankreich Nantes verlassen hatte – besaß eine große zweistöckige Werkstatt direkt neben dem Schlossviertel. Dort gab es zwar natürlich keine großen Maschinen wie die Webstühle in den Werkstätten für Wandteppiche, aber es ging genauso lebhaft zu, und der Boden war auch hier übersät von zahllosen Fäden in allen Farben, die zusammen einen riesengroßen, bunten Teppich bildeten.

Als Jacquou die Werkstatt betrat, saßen die Frauen schweigend bei der Arbeit. Sie mussten die Seidenfäden und die Goldfäden einziehen, eine sehr anspruchsvolle Tätigkeit, die größte Genauigkeit und Aufmerksamkeit verlangte. Weil sie Jacquou alle kannten, lächelten ihn die Arbeiterinnen an, als er hereinkam.

Sein Blick blieb an diesem Tag aber vor allem an einem Mädchen hängen, das er hier noch nie gesehen hatte, und ihre Blicke kreuzten sich lange. Sie war zwar erst etwa zehn Jahre alt, aber groß und schlank, und ihr hübsches Gesicht gefiel Jacquou sehr.

Das Mädchen war damit beschäftigt, die schadhaften Fäden sorgfältig zu sortieren, wofür sie mit ihrem Ordnungssinn bereits einen geeigneten Platz entdeckt hatte – nämlich genau zwischen ihren beiden Füßen, die in unbequemen Schuhen steckten.

In der Mitte des großen Raumes saßen drei andere Frauen vor ihren Holzrahmen und übertrugen Motive, indem sie ihre Musterkartons mit Löchern für den Kreidestaub versahen. Man sah ihnen an, dass sie ihr Handwerk beherrschten, so ruhig und sicher gingen sie ihrer Arbeit nach. Drei weitere Frauen waren damit beschäftigt, Fäden auf kleinere rechteckige Rahmen zu spannen, die sie auf den Knien liegen hatten.

Damals, gegen Ende des Mittelalters, beschäftigte man in den Stickereiwerkstätten lieber Männer als Frauen. Aber Königin Anne, die mit ihrer bequemen kleinen Galeere gern gemächlich auf der Loire von Amboise nach Nantes segelte, sah sich häufig in den Stickereiwerkstätten nach begabten jungen Frauen um, die sie dann zu sich an den Hof holte.

Deshalb arbeiteten in Meister Yanns Werkstatt, im Gegensatz zu den meisten anderen, genauso viele Frauen wie Männer. Darauf legte die Königin allergrößten Wert und schickte gelegentlich zwei oder drei ihrer Zofen, die bei Meister Yann ausgebildet worden waren, los, um die besten Stickerinnen zu sich ins Val de Loire zu holen.

Und an diesem frühen Herbsttag hatte die Königin zwei ihrer Zofen zu dem Sticker nach Nantes geschickt, um dort nach einigen begabten Mädchen Ausschau zu halten.

Blanche de Montbron und Louise de Chatillon entdeckten dann auch sofort die drei Frauen, die an den Holzrahmen arbeiteten – Annette, Eloïse und Gaëlle. Die drei Arbeiterinnen steigerten sich von Jahr zu Jahr so viel versprechend, dass sie es wohl eines Tages zu Meisterinnen ihres Handwerks bringen würden. Immerhin beherrschten sie auch die schwierigsten Stiche mit Gold- und Seidenfäden bereits perfekt. Und Gaëlle konnte sogar schon außerordentlich geschickt mit dem geflochtenen goldenen Metallfaden umgehen, der die Chorröcke und Siegelkapseln auf den Teppichen echter aussehen ließ.

»Das gefällt mir ausgezeichnet, was Ihr da macht«, sagte Blanche de Montbron zu Gaëlle, die gerade eine Bischofsmütze mit dem Anbringen der Metallfäden fertig stellte.

»Und was ist mit mir?«, rief ihre Kameradin fröhlich und zeigte ihre Arbeit aus Feingold. »Seht Euch das an – ist meine Stickerei etwa nicht so schön wie die von Gaëlle?«

»Doch, Ihr habt recht«, gab Louise de Chatillon zu, »Ihr seid beide wahre Künstlerinnen.«

»Ach, Mademoiselle Blanche«, meinte Eloïse jetzt, »die Königin hat Euch ja schon einige Male zu Meister Yann geschickt, und immer haltet Ihr Lobreden auf unsere Arbeit. Die größte Freude würdet Ihr uns aber machen, Gaëlle und mir, wenn wir mit Euch ins Val de Loire kommen dürften. Glaubt Ihr, das wäre möglich?«

»Ich möchte aber lieber in Nantes bleiben«, wandte Annette ein, die auch nicht darum gebeten hatte, dass sich Louise oder Blanche mit ihrer Arbeit beschäftigten.

»Oh ja! Was meint Ihr dazu?«, rief jetzt auch Gaëlle.

Louise sah sich nach allen Seiten um und vergewisserte sich erst, dass ihnen niemand zuhörte, ehe sie leise sagte: »Die Königin wünscht mehrere Stickerinnen. Ich glaube, für euch drei ist Platz.«

Da sahen sie auf einmal das kleine Mädchen daherkommen, das seit Jacquous Erscheinen in der Werkstatt von seinem Anblick fasziniert schien.

»Oh! Und was wird dann aus mir, wenn ihr alle drei weggeht?«

Sie hatte Tränen in den Augen und sah so traurig aus, dass sie Annette in die Arme nahm.

»Ich geh nicht weg«, beruhigte sie die Kleine. »Du hast doch gehört, dass ich in Nantes bleiben will.«

»Wer ist dieses Mädchen?«, wollte Louise de Chatillon wissen.

»Sie heißt Alix und ist ein Waisenmädchen, um das wir uns alle drei kümmern. Ihr Vater starb bei der letzten Pest, als sie gerade eben auf die Welt gekommen war, und ihre Mutter ist letztes Jahr gestorben. Sie hatten beide hier bei uns als Sticker gearbeitet. Deshalb hat Meister Yann Alix in seine Werkstatt genommen, obwohl sie noch so jung ist. Sie muss die fehlerhaften Fäden sortieren – das ist eine Arbeit, die ein Mädchen in ihrem Alter ohne weiteres machen kann.«

»Wie alt bist du denn?«, fragte sie Blanche.

»Ich bin acht.«

»Du siehst aber älter aus. Das liegt wahrscheinlich daran, dass du schon sehr groß bist.«

»Ja. Ich behaupte oft einfach, dass ich dreizehn bin, und die Leute glauben es mir.«

»Wieso willst du dich denn älter machen als du bist?«

»Weil mir die Gesellschaft von Erwachsenen lieber ist als die von Kindern. Was soll denn nur aus mir werden, wenn meine Freundinnen aus der Werkstatt von Meister Yann weggehen? Kann ich nicht vielleicht mitkommen?«

»Ich bleibe hier«, wiederholte Annette, »das habe ich dir doch gesagt.«

Nun postierte sich Blanche vor dem jungen Mädchen, das sich weigerte, seine Geburtstadt zu verlassen. Hocherhobenen Kopfes und mit entschlossener Miene musterte Annette die Hofdame fast ein bisschen hochnäsig.

»Und was würdet Ihr sagen, wenn Euch die Königin viel bessere Konditionen böte als Meister Yann?«

»Das kann ich mir nicht vorstellen.«

»Das Leben am Hof von Königin Anne übertrifft alles, was Ihr Euch überhaupt vorstellen könnt«, mischte sich jetzt auch Louise ein. »Außerdem sind ihre Stickerinnen längst nicht so abhängig wie die Zofen, die immer in ihrer Nähe sein müssen.«

Annette schien zu überlegen, und Alix sah sie ängstlich an. Aber Blanche wollte keine Zeit verlieren.

»Die Arbeitsbedingungen in den Werkstätten von Amboise sind ziemlich hart, und die Arbeit dort erfordert großen Einsatz; dafür haben die Stickerinnen aber alle Freiheit und werden sehr ordentlich bezahlt.«

»Nein, Annette!«, rief Alix. »Bitte, bitte, lass mich nicht allein! Ich gehe auf keinen Fall in so ein ödes Kloster, wo man eine Nonne aus mir machen will.«

»Liebst du denn etwa nicht Gott und die Jungfrau Maria?«, fragte Louise und lächelte das Mädchen an.

»Doch, aber …«

»Aber die Seidenfäden mag sie noch lieber«, kam ihr Gaëlle zu Hilfe.

»Du musst keine Angst haben«, sagte Louise. »Wir finden schon eine Lösung, sollten deine Freundinnen mit uns kommen.«

»Nehmt Ihr mich dann mit?«

»Mal sehen. Jetzt mach dich erstmal wieder an die Arbeit. Wenn dich Meister Yann hier bei uns sieht, wird er mit dir schimpfen – und das zu Recht.«

Als sie dann in ihre Ecke zurückging, um weiter ihre Fäden zu sortieren, wurde sie dort von Jacquou erwartet.

»Willst du mit den anderen mit?«, fragte er sie.

»Vielleicht, ich weiß es nicht.«

»Wenn du weggehst, sehe ich dich nicht wieder.«

Mit dieser Feststellung schien er sie ganz aus der Fassung zu bringen. Aber da kamen die Meister Yann und Coëtivy zurück, und niemand durfte sich mehr unterhalten.

Die Statuten der Stickergilde von Paris und der Bretagne orientierten sich, abgesehen von einigen kleinen Unterschieden, an denen der englischen Sticker. So waren nur männliche Meister, Arbeiter und Lehrlinge vorgesehen. Und die wenigen Frauen, die mit ihnen arbeiteten, wurden so schlecht bezahlt, dass sich die weniger wohlhabenden unter ihnen oft für einen anderen Beruf entschieden; die besser gestellten Frauen stickten deshalb häufig nur noch zum eigenen Vergnügen in einer Ordensschule, an der ihnen die Nonnen auch Unterricht in Malerei, Gesang und Instrumentalmusik erteilten.

In weitaus größerem Maße als bei den Teppichwebern brachten die Stickereiwerkstätten ihren Meistern sehr viel Geld ein. Damals waren nur wenige Kirchen arm, und da die Sticker einen ehrgeizigen Klerus zu bedienen hatten, der ständig auf der Suche nach prunkvoller Ausstaffierung war, hatten sie fast immer genug Arbeit. Sie fertigten Chorröcke, Stolen, Messgewänder, Mitren, Dalmatiken, goldene Verbrämungen für Kirchenornate und andere priesterliche Gewänder an; außerdem Altardecken, Kirchenfahnen, Almosenbeutel und Kissen für die Kirche. All das wurde aus purpurroter, damastener Seide, schillernden Satinstoffen und mit Perlen und Goldfäden besticktem Samt hergestellt.

Während sich Meister Coëtivy trotz seiner bald fünfzig Jahre sehr gut gehalten hatte, war auch der wohl etwas jüngere Meister Yann eine stattliche Erschienung.

Vornehm, schlank und mit dem Gehabe eines Kleinadeligen, der sich vor mehr als zwanzig Jahren in die bessere Gesellschaft hochgearbeitet hatte und auf dieses Ansehen nicht mehr verzichten wollte, legte der Stickermeister größten Wert darauf, dass man ihn respektierte und keine seiner Regeln in Frage stellte, egal wie streng sie war.

Seine schwarzen Haare verbarg er unter einer großen flachen Kappe, die schief auf seinem Kopf saß. Der Saum seines weiten Gehrocks mit ausgestellten Ärmeln und Bordüren aus golddurchwirktem Samt fegte elegant über den Boden und versteckte seine Füße in den eckigen Schuhen, die seit einiger Zeit die Mode der spitzen Schnabelschuhe abgelöst hatten.

Die beiden Männer gingen nun zu den Männern, die in einem anderen Raum arbeiteten. Die Sticker waren mit einem riesengroßen Wandbehang vor einem etwa zwei Meter hohen Holzrahmen beschäftigt, auf den die Leinwand gespannt war. Eine Schnur lief lose um den großen Rahmen herum und spannte das Ganze in regelmäßigen Abständen. Zu ihren Füßen hatten die Sticker Körbe für das Werkzeug stehen: Scheren, Nadeln, Häkelnadeln, Instrumente zum Maßnehmen und auf Holzstäbe gewickelte Fäden.

Die Männer arbeiteten schweigend und sahen auch nicht auf, als die beiden Meister den Raum betraten.

»Zieh deine Schnur fester, Antoine«, sagte Meister Yann, als er an dem jüngsten Sticker vorbeikam. »Dann werden deine Stiche nicht so locker und gleichmäßiger.«

Er blieb einen Moment hinter dem Arbeiter stehen.

»Ja, sehr gut! Noch ein bisschen fester. Deine Schnur muss gut gespannt sein.«

Dann fiel sein Blick auf Antoines Nachbarn, der kaum älter war.

»Anselme! Räum dein Werkzeug auf. Schon wieder liegt alles herum. Wie willst du schnell arbeiten, wenn du ständig suchen musst, was du brauchst? Und stell den Korb neben deine Füße, er ist viel zu weit weg. Du musst alles mit einem einfachen Handgriff nehmen und zurücklegen können.«

Etwas weiter hinten fügte ein Dutzend Männer auf parallel angeordneten Gestellen große Einzelteile eines Wandteppichs zusammen und nähte sie aneinander. Die Stoffe mit bunten Applikationen auf purpurrotem Untergrund schillerten in allen Farben und waren von erstklassiger Qualität. Auf jeder Bahn hatte man außerdem regelmäßige feine Verzierungen aus vergoldeten Lederstreifen angebracht, die die Fläche in gleichmäßige Quadrate unterteilten.

Von weitem sah Meister Yann, dass sein Vorarbeiter zu Eloïse ging. Yaël war für die Abstimmung aller Arbeiten zuständig und leitete in Abwesenheit von Meister Yann die Werkstätten.

Yaël war ein zuverlässiger und anständiger Arbeiter, kabbelte sich aber ständig mit den Arbeiterinnen, weil er begabte Frauen nicht ertragen konnte, und putzte sie herunter, sobald er merkte, dass sie irgendwie die Arbeit aufhielten. Deshalb hatte er auch oft Ärger mit den älteren Arbeiterinnen in der Werkstatt, die sich nichts von ihm sagen ließen und ihm die Stirn boten.

Als Meister Yann jetzt die angriffslustige Haltung von Eloïse bemerkte, nahm er deshalb seinen Freund Pierre am Arm und sagte leise zu ihm: »Ich mische mich nur äußerst ungern in ihre Streitereien ein, weil ich meinem Vorarbeiter nicht unrecht geben will und es aber auch sehr unerfreulich finde, wenn ich meine begabten

Arbeiterinnen vor allen anderen kritisieren soll. Lass uns in mein Arbeitszimmer gehen, Pierre. Wenn wir zurückkommen, haben sie ihren Streit beendet.«

Yaël war ein korpulenter, aber kräftiger kleiner Bretone mit den schmalen Augenschlitzen einer schlafenden Katze, die sich nur richtig öffnen, wenn Beute näher kommt. In Wahrheit war das aber wahrscheinlich nur ein raffinierter Trick, weil Yaëls blauen Augen nichts entging, weshalb er wohl auch eben irgendeinen Händel mit der jungen Eloïse hatte.

»Du musst deine Kettenfäden korrigieren«, sagte er streng und deutete mit dem Finger vage auf die Umrisse des Wappens, das die junge Frau gerade übertrug.

Wie immer, wenn Yaël sie kritisierte, reagierte Eloïse empört.

»Es handelt sich hier aber nicht um eine Tapisserie«, gab sie ihm spitz zurück.

Jedes Mal wenn sich Eloïse diesen Scherz erlaubte, und zwar mit lauter Stimme, damit es auch jeder hören konnte, wurden alle daran erinnert, dass Yaël vor seiner Zeit als Sticker Tapissier gewesen war. Ein Unglücksfall hatte ihn ruiniert und dazu gezwungen, seine Werkstatt aufzugeben und bei einem anderen Meister zu arbeiten. Bei Meister Yann wurde damals eine Stelle als Vorarbeiter frei, und Yaël hatte sie angenommen.

Sticken und Weben ist in etwa so grundverschieden wie Zeichnen und Malen. Der Zeichner legt die Umrisse fest, die der Maler dann ausfüllt. Die Stickerei ist nicht wesentlicher Bestandteil des Gewebes, das beim Weben direkt auf dem Webstuhl hergestellt wird. Sie ist Schmuck, der zusätzlich auf dem Stoff angebracht wird, nachdem er gewebt, gefärbt und appretiert wurde. Tapisserie bedeutet also eine Gewebeart, während Stickerei ein zusätzlicher Trumpf für tausenderlei schön anzusehende Phantasien ist.

Ist nicht mehr zu sehen, wie der Grundstoff angefertigt wurde, könnte sich mancher Laie täuschen. Auf den ersten Blick lässt sich der Unterschied nämlich nicht erkennen. Der berühmte Teppich von Bayeux, den Bischof Odo von Conteville, der Halbbruder von Wilhelm dem Eroberer, vierhundert Jahre zuvor für das Bischofspalais der Stadt in Auftrag gegeben hatte, ist das beste Beispiel dafür.

»Und richte deinen Unterzug wieder auf!«, gab Yaël zurück, weil er keine Lust hatte, sich von einem kampflustigen Tratschweib lächerlich machen zu lassen, auch wenn es noch so begabt war. »Schließlich arbeitest du hier an einer Leinwand.«

»Aha! Na und?«, erwiderte Eloïse und sah ihm frech ins Gesicht. »Vielleicht ist das hier eine Leinwand, die für die Pferdedecken der Zelterpferde von Königin Anne bestimmt ist, aber deswegen ist es noch lange keine Tapisserie.«

»Lass diese Rechthaberei. Du musst immer auf die gleiche Weise vorgehen, bis die Leinwand vollständig bestickt ist.«

Eloïse richtete sich herausfordernd auf und durchbohrte mit ihren grünen Augen den eingebildeten Yaël.

»Ich besticke sie aber nur zum Teil.«

»Wagst du es etwa, dich meinen Befehlen zu widersetzen?«, sagte Yaël, und seine Stimme wurde lauter.

»Ich wage zu sagen, dass ich diese Decke so mache, wie ich will. Königin Anne wünscht Kettenstiche, nichts sonst. Also muss ich meinen Unterzug nicht aufrichten, um diese Leinwand vollständig zu bearbeiten.«

Yaël blieb beinahe die Luft weg. Sein Gesicht lief auf einen Schlag rot an, und er schrie in einer Lautstärke, die mit seiner Wut zunahm: »Wer gibt dir das Recht, so daherzureden? Hast du vielleicht vergessen, dass du nur eine einfache Arbeiterin bist?«

»Jeder weiß doch«, wandte Gaëlle, die es kaum erwarten konnte, sich in die Diskussion einzumischen und die dem anmaßenden Vorarbeiter genauso gern widersprach, honigsüß ein, »dass Königin Anne für die Pferdedecken ihrer Zelter geschmeidige Stickerei bevorzugt. Die Damen Montbron und Chatillon haben uns das soeben wieder bestätigt.«

Verzweifelt suchte Yaël nach einer Entgegnung, mit der er diesen dummen Gänsen den Wind aus den Segeln nehmen konnte; irgendwie fiel ihm aber immer nur die gleiche Bemerkung ein:

»Ihr könnt ja gehen, wenn es euch hier nicht passt! Arbeit gibt es auch anderswo. Und dann werdet ihr schon sehen, dass ihr auch da gehorchen müsst.«

»Gehorchen!«, kreischte Eloïse. »Ich gehorche erst, wenn ich genauso viel verdiene wie die männlichen Arbeiter. Entlohnt mich genauso wie einen Mann, Yaël, dann widerspreche ich Euch auch nicht mehr.«

Sie lächelte ihn spöttisch an und zeigte ihm den ganzen Kampfgeist, zu dem sie diese Ungerechtigkeit trieb.

»Sie hat Recht«, unterstützte sie Gaëlle. »Gebt uns den Lohn, der uns zusteht, und wir lassen Euch in Ruhe. Und wenn Ihr dann wollt, dass wir auf einem Kohlblatt arbeiten – dann arbeiten wir auch auf einem Kohlblatt.«

Annette und Eloïse brachen in lautes Gelächter aus, wodurch die Situation beinahe in ein Drama ausgeartet wäre. Yaël hob die Hand, und jeder glaubte, jetzt würde er gleich Gaëlle ohrfeigen, ließ sie aber schnell wieder sinken und tobte nur verbal weiter.

»Ihr kleinen Dummköpfe! Ihr wisst doch nicht einmal, was für euch wichtig ist.«

»Oh doch, uns ist wichtig, was wir in der Tasche haben, genau wie Euch, was Ihr in der Börse habt. So einfach ist das.«

Alix kam, um sie abzulenken, und der Ton der Arbeiterinnen wurde versöhnlicher.

»Soll ich diese Fäden auch abspulen?«, fragte sie Yaël und zeigte eine Garnrolle, auf die ein besonders dicker Faden gewickelt war.

»Nein, lass das.«

»In Ordnung. Soll ich dann jetzt die Abfälle in den Schuppen bringen? Ich bin mit Sortieren fertig. Es ist nichts mehr übrig.«

»Ja doch«, sagte Yaël nervös und warf dem Mädchen einen wütenden Blick zu.

Jacquou hatte den Streit der Arbeiterinnen verfolgt und begleitete Alix in den Schuppen. Dann half er ihr, das Paket mit den aussortierten Fäden auf einem oberen Regalfach zu verstauen. Als er seinen Arm wieder herunternahm, berührte er flüchtig ihr Gesicht, und das junge Mädchen errötete zart.

Als die beiden aus dem Schuppen kamen, warf Annette Jacquou einen kurzen Blick zu, schüttelte missbilligend den Kopf, nahm Alix am Arm und schob sie sanft in die Werkstatt zurück.

»Geh wieder an die Arbeit. Meister Yann hat schon nach dir gefragt. Und du, Jacquou, sollst in sein Arbeitszimmer kommen. Meister Coëtivy will dich sprechen.«

»Nun, mein Freund«, sagte Yann zu Meister Coëtivy, »es tut mir leid, aber diesmal werdet Ihr Königin Anne nicht sehen, weil sie zwei ihrer Zofen geschickt hat, damit sie die Stickerinnen aussuchen, die sie dann ins Val de Loire begleiten sollen.«

Er trat zu seinem Freund, dem Weber, und legte ihm freundschaftlich die Hand auf die Schulter.

»Aber macht Euch keine Sorgen, sie hat mir einen Auftrag erteilt, den ich umgehend an Euch weitergeben will.«

»Handelt es sich um einen großen Auftrag?«

»Fünfzig Kissen für die Kirche mit passenden Baldachinen und Kirchenfahnen. Die Königin wünscht sie abwechselnd in Atlas- und Leinwandbindung. Es ist ein Geschenk für die alte Regentin von Beaujeu, die es ihrerseits der Abtei Saint-Denis schenken soll. Da diese Stiftung für kommende Ostern vorgesehen ist, werden wir uns um Kelchschleier und Fastentücher kümmern.«

Meister Coëtivy strahlte vor Freude. Yann erwies ihm einen großen Freundschaftsdienst, indem er den königlichen Auftrag ohne Umwege an ihn weiterreichte. Er hatte gerade so viel um die Ohren, dass er gar nicht wusste, wo er anfangen sollte und hätte mit dieser Reise an den Hof von Amboise nur kostbare Zeit verloren.

Yann ging ein paar Schritte auf und ab und genoss die zufriedene Miene seines Freundes, als er plötzlich die Anwesenheit von Jacquou bemerkte, der leise wie eine Katze hereingekommen war.

»Hat Jacquou seine Lehre begonnen?«, wandte er sich an Pierre.

»Er ist auf dem Weg ins Val de Loire. Vielleicht werde ich die Sache etwas beschleunigen.«

»Ausgezeichnet! Sehr gut! Interessiert er sich denn auch für den Beruf?«

»Mehr als Ihr Euch vorstellen könnt, mein Freund. Schon jetzt stellt er tausend und eine kluge Fragen. Wenn er sich geschickt anstellt, kann er nach seinen Lehrjahren erster Geselle, und wenn er es wünscht, später auch Meister werden.«

»Nun, mein Junge, wenn du Meister wirst, ist deine Zukunft gesichert. Arbeite, arbeite ohne Unterlass, das ist der beste Rat, den ich dir geben kann.«

Dann wandte er sich wieder zu Coëtivy, der immer noch vor Zufriedenheit strahlte.

»Wo soll er seine Lehrzeit ableisten?«

»Das weiß ich noch nicht. Vielleicht fängt er erstmal in Tours an.«

Pierre de Coëtivy besaß im Val de Loire, in Paris und im Norden Werkstätten. Er war ein anerkannter Maler, und die Kartons, die er als Vorlagen für seine Wandbehänge anfertigte, gehörten zu den berühmtesten überhaupt. Die Pflanzensymbolik behandelte er in ihrer ganzen Pracht und beherrschte die Technik des Mille Fleurs, die damals sehr in Mode war, perfekt. So hatte er auch die Zeichnungen für die großen Wandbehänge »Der Trojanische Krieg« gemacht. Die

Geschichte von Penthesilea und Pyrrhus schmückte die Wände im Schloss von Amboise, in den Gemächern von Charles VIII.

Wie es hieß, waren die Wandbehänge für das Chorgestühl der Abtei von Ronceray in der Nähe von Angers wahre kleine Kunstwerke. Damit diese nicht gefälscht werden konnten, wurden sie alle signiert. Ja, Meister de Coëtivy hatte sich in einen richtigen Künstler verwandelt, und Meister Yann durfte stolz sein, dass er ihn zum Freund hatte.

Auf dem Weg zurück in die Frauen-Werkstatt eilten sie an den Arbeiterinnen vorbei, die dabei waren, riesige Samtbahnen abzumessen. Eine von ihnen drehte sich immer wieder nach dem schönen Arnaud um, der im Hintergrund des großen Raums mit geschickter Hand die Baumwolle weich klopfte, die zum Auspolstern verschiedener Stoffe bestimmt war, auf denen dann Stickereien aus Perlen und kostbaren Fäden angebracht wurden.

Ehe Jacquou die Werkstatt verließ, warf er Alix einen letzten Blick zu. Nachdem sie die beschädigten Garne sortiert und aufgeräumt hatte, ordnete sie die anderen jetzt nach dick und dünn, um sie anschließend auf unterschiedlich lange Stäbe zu wickeln. Als sie Jacquou bemerkte, schenkte sie ihm ein Lächeln.

Alix war ein hübsches kleines Mädchen und würde gewiss einmal eine Schönheit werden. Ihre Haut war ebenmäßig und hell, das Oval ihres Gesichts vollkommen, und das kastanienbraune Haar fiel ihr in dicken Locken über die Schultern – fast wie die Mengen von bunten Fäden, die sich auf dem Boden kringelten. Jacquou hatte nur Augen für sie. Von weitem lächelte er sie noch einmal an, und das Mädchen antwortete ihm mit einer graziösen kleinen Handbewegung.

»Kommt jetzt, Pierre«, sagte Yann zu seinem Freund. »Gehen wir zu den Stickerinnen, die meine Werkstatt eigentlich Richtung Val de Loire verlassen sollten. Ich muss mit ihnen reden. Vielleicht könnt Ihr mir mit Rat und Tat zur Seite stehen.«

Als sie hereinkamen, hatte Gaëlle gerade auf ihrem Holzrahmen einen Karton befestigt, der auf der Rückseite durchsichtig wirkte. Das war eines dieser großartigen Vorzeigewerke, die die Herren aus der Bretagne so sehr schätzten, und die der Minerva glichen, deren großartiges Fresko etwa zwanzig Jahre zuvor von Cosimo Tura und Francesco Cossa gezeichnet worden war.

2

Als sie früh am nächsten Morgen aufbrachen, nieselte es wieder und war kalt und unfreundlich. Die Kutschen waren dick mit Stroh ausgelegt, die Reisenden hatten sich in warme Decken gewickelt, und der Dampf aus den Nüstern der Pferde verflüchtigte sich sofort im morgendlichen Nebel.

Man hatte beschlossen, dass Jacquou mit den Stickerinnen von Meister Yann nach Amboise, und von dort mit dem Kutscher Anselme, in dessen Obhut man ihn gegeben hatte, weiter nach Tours reisen sollte. Nach eingehenden Überlegungen hatte Meister Coëtivy seine Werkstatt in Tours für Jacquous Lehrjahre ausgewählt.

Die Reise der Zofen von Königin Anne war sorgfältig geplant und die Vorbestellung der Zimmer in den Gasthäusern am Weg gut vorbereitet, so dass Meister Coëtivy beruhigt sein durfte, dass sein Schützling heil in Tours ankommen würde.

Die vier Kutschen verließen Nantes, ehe sich der morgendliche Nebel verzogen hatte. Obwohl die Reisenden warm und bequem angezogen waren, kroch ihnen die feuchte Kälte bis auf die Haut.

Alix hatte man im letzten Wagen versteckt, in dem die Ballen und Pakete verstaut waren, und sie versuchte sich möglichst klein zu machen. Bei jedem Halt kam Jacquou zu ihr und vergewisserte sich, dass es ihr an nichts fehlte.

»Machen wir bald eine richtige Pause?«, fragte ihn das Mädchen und streckte ein wenig ihre eingeschlafenen Gliedmaßen.

»Ja, Dame Bertrande hat deine Freundinnen und die Zofen der Königin eingeladen.«

»Und wer ist Dame Bertrande?«

»Sie ist die Frau von Meister Coëtivy.«

»Warum bist du eigentlich immer mit ihm zusammen?«

Jacquou stieß einen Seufzer aus. Dann setzte er sich neben seine Freundin, wobei er darauf achtete, ihr nicht den ohnehin wenigen Platz streitig zu machen. Ach Gott! Nur zu gern hätte er Alix, die ihn mit großen Augen erwartungsvoll ansah, sein Geheimnis anvertraut.

Nie zuvor hatte er einer Menschenseele gesagt, was sein Meister für ihn war. Darüber sprach er nur mit seiner Halbschwester Isabelle, die auf ihrem Landsitz La Baume im Burgund lebte.

Wie hätte er den Tag vergessen können, an dem er in der Kathedrale von Angers ausgiebig den wunderschönen Gobelin »Die Apokalypse« bewundert hatte, um all die Symbole zu verstehen, die darauf zu sehen waren. Ja, an jenem Tag hatte ihnen Isabelle, ihm und Meister de Coëtivy, diese sonderbare Geschichte erzählt, die ihr ganzes Leben auf den Kopf stellen sollte. Einmal das von Coëtivy, weil Jacquou nun die Wahrheit über ihre Verwandtschaft wusste, während er sich bis dahin für einen Waisen gehalten hatte. Und dann das des kleinen Jungen, der damals gerade mal acht Jahre alt war.

Jacquou lehnte sich an die hölzerne Wand der Kutsche und holte tief Luft.

»Ich erzähle dir jetzt ein Geheimnis. Du musst aber schwören, dass du es niemandem verrätst.«

Alix sah ihn mit ihren großen strahlenden Augen verliebt an.

»Hast du es noch keinem erzählt?«

»Niemandem!«

Zum Zeichen ihrer Einwilligung nickte sie heftig, und ihre kastanienbraunen Locken hüpften auf und ab.

»Ich schwöre, dass ich dein Geheimnis für mich behalten werde.«

Da lächelte er sie an, nahm ihre Hand und flüsterte:

»Meister Coëtivy ist mein Vater.«

»Dein Vater!«, raunte sie.

»Ja! Isabelle hat es mir gesagt.«

»Und wer ist Isabelle?«

»Meine Halbschwester. Sie ist viel älter als ich. Sie ist verheiratet und hat zwei Kinder.«

Jacquou fühlte sich seltsam erleichtert. Es war, als hätte man ihm diese schwere Last abgenommen, die er seit sechs Jahren mit sich herumtrug. Endlich hatte er dieses bedrückende Geheimnis entschleiert und jemandem preisgegeben. Und dieser Jemand war auch nicht einfach irgendwer! Ab sofort teilte Alix dieses Geheimnis mit ihm. Himmel, war er froh, dass sie es war, die es jetzt erfahren hatte; ganz bestimmt würde sie verstehen, wie wichtig das für ihn war und dass er ihr damit sein Vertrauen bewiesen hatte. Er nahm ihre kleine Hand und drückte sie ganz fest. Damit wollte er ihr für ihren Beistand und ihre Verschwiegenheit danken.

»Ist Meister Coëtivy darüber nicht auch glücklich? Oder warum will er es niemandem sagen?«

»Ich glaube, es ist wegen Dame Bertrande.«

»Ist sie nett zu dir?«

»Sie liebt mich wie einen eigenen Sohn«, antwortete Jacquou seufzend, »aber vielleicht möchte sie nicht, dass ich das wirklich bin.«

Wieder schüttelte Alix die langen Haare, die ihr in Wellen über die Schultern fielen. Durch das Fenster fiel ein blasser Sonnenstrahl und ließ eine Locke dunkelrot aufleuchten. Jacquou verspürte das große Bedürfnis, sie zu berühren und behutsam mit ihr zu spielen.

Trotz seiner vierzehn Jahre fühlte er sich von so viel Anmut zutiefst verwirrt.

Als spürte das Mädchen, was insgeheim in ihrem Gefährten vorging, warf sie sich ihm in die Arme und genoss den Kuss, den er auf ihre Lippen drückte. Sie war wie verzaubert, willenlos, und wünschte sich, dass dieser Augenblick nie enden würde.

Doch da riss sie plötzlich eine Stimme unsanft aus ihrer beiderseitigen Verzückung, und die Gegenwart hatte sie wieder.

»Jacquou, wir sind da!« Annettes Kopf tauchte in dem Türspalt auf. Als sie die beiden eng umschlungen sah, lächelte sie insgeheim, tat aber so, als wäre sie ärgerlich.

»Jetzt ist es aber genug, Kinder! Was macht ihr denn da? Jacquou geht sofort zu seinem Wagen. Versuch ein bisschen zu schlafen, Alix. Ich bring dir später etwas zu essen.«

»Darf sie nicht ein bisschen raus?«, fragte Jacquou unbekümmert und stand auf, um die Kutsche zu verlassen.

»Doch, natürlich – sie hat die Wahl!«, sagte Annette ganz ruhig. »Es gibt zwei Möglichkeiten: Entweder sie geht raus, lässt sich blicken und wird auf der Stelle zurück nach Nantes und zu den Nonnen gebracht, die sich dann um sie kümmern werden. Oder sie bleibt in ihrem Versteck und kommt mit uns nach Amboise.«

»Ich komme mit nach Amboise«, entschied Alix ohne Umschweife. »Auf gar keinen Fall will ich zurück nach Nantes.«

»Dann musst du machen, was ich dir sage, und in deinem Versteck bleiben. Gaëlle oder ich bringen dir später ein Abendessen, und ich glaube, Eloïse wollte dir auch ein Weilchen Gesellschaft leisten. Du weißt ja, dass sie vor dem Zubettgehen gern einen Spaziergang macht, weil sie dann besser schlafen kann.«

Alix nickte zustimmend.

»Geh jetzt, Jacquou! Annette hat Recht. Ich muss jetzt vernünftig sein, weil ich nämlich nicht in ein Kloster gesperrt werden will.«

Dabei klang ihre Stimme so erregt, dass ihr Annette einen dicken Kuss auf die Backe gab.

»Mach dir keine Sorgen, meine Kleine. Es dauert nicht mal mehr eine Woche, bis wir da sind, und dann finden wir schon eine Lösung, damit du bei uns bleiben kannst.«

»Bist du ganz sicher?«

»Weißt du nicht mehr, dass wir es unserer Freundin, deiner Mutter, versprochen haben? Sie wollte auf keinen Fall, dass wir dich alleinlassen – jedenfalls nicht ehe du in der Lage bist, ohne uns zurechtzukommen.«

»Ach, vielen Dank!«, rief das Mädchen. »Mit euch und jetzt auch noch mit Jacquou bin ich das glücklichste Waisenmädchen auf der ganzen Welt.«

»Es ist sehr freundlich von Euch, dass Ihr uns empfangt, Dame Bertrande. Hoffentlich machen wir Euch nicht zu viele Umstände«, sagte Louise de Chatillon zu der freundlichen Frau, die sich offensichtlich nach Kräften bemühte, es allen recht zu machen.

»Wir haben ein Paket für Euch. Es ist ein Geschenk von Königin Anne«, fuhr Blanche de Montbron fort und lächelte ihre Gastgeberin freundlich an.

»Oh!« Dame Bertrande wirkte überrascht und ein bisschen ratlos. »Wie aufmerksam von der Königin – wir sind sehr gerührt. Aber ich muss zugeben, dass ich wirklich sehr glücklich über Euren Besuch bin. Leider kommt es nicht besonders häufig vor, dass ich so viel Jugend um mich habe.«

Dann betrachtete sie die beiden jungen Zofen der Königin, die wohl kaum wirklich zu den drei jungen Stickerinnen passten. Aber sie blieben immerhin natürlich und fröhlich und unterhielten sich mit ihnen wie mit Gleichgestellten.

Dabei wirkten sie wie das genaue Gegenteil. Die Kleider von

Louise und Blanche waren ganz aus Samt und gewirktem Satin; die ihrer Begleiterinnen dagegen aus blauem oder grauem Baumwollzeug, was zwar gut zu ihren kleinen, strahlend weißen gestärkten Häubchen passte – woran man aber dennoch ihren untergeordneten Stand erkannte.

Dame Bertrande lächelte alle an. Ziemlich dick und ein wenig außer Atem, sobald sie zu viel redete, mit einem tellerrunden Gesicht und freundlichen grauen Augen, warf sie plötzlich die Arme in die Luft und rief:

»Aber da ist ja Jacquou! Wo warst du denn, mein Kleiner, als mich alle diese netten jungen Damen begrüßt haben? Und gütiger Gott – Meister Coëtivy ist gar nicht mitgekommen!«

Zufrieden beobachtete sie eine Weile die jungen Mädchen, die sehr vergnügt und voller Lebenslust wirkten. Dann wandte sie ihre üppige Büste samt dem runden Gesicht in Richtung Speisesaal, wo die Köchin zugange war.

»Gleich gibt es Abendessen, meine Herzchen, ihr müsst ja ganz verhungert sein. Aliette hat uns etwas Feines gekocht. Und dann erzählt ihr mir, was es Neues gibt.«

»Wollt Ihr denn gar nicht Euer Geschenk von der Königin sehen?«

»Oh doch, natürlich!«, rief Dame Bertrande, und ihre Augen funkelten vergnügt.

»Geh doch bitte das Paket holen, Jacquou«, sagte Louise.

»Nein, nein. Das mach ich schon«, mischte sich Annette ein. »Wenn Jacquou geht, kommt er bestimmt nicht zurück.«

»Warum sollte er nicht zurückkommen?«, fragte Dame Bertrande lächelnd. »Er hat bestimmt auch Hunger.«

Ohne weitere Diskussion begannen sie das Souper in bester Laune. Doch ehe man sich über die köstlichen Pasteten in Blätterteig hermachte, wurde der kostbare Wandbehang bewundert, den die jungen Mädchen unter den staunenden Blicken von Dame Bertrande und Jacquou ausrollten.

Das Geschenk von Königin Anne war prächtig. Es bestand aus drei bestickten Bahnen mit ländlichen Szenen. Mit seinen wunderbaren Farben, die bei den glatten Flächen mit Schrägstichen, bei den erhabenen Motiven in Kettstichen gearbeitet waren, wirkte der Gobelin besonders durch schmale Lederbänder, die mit Goldfaden festgenäht und an den Stellen, wo die Sonne scheinen sollte, mit winzigen funkelnden Perlen bestickt waren.

Die drei miteinander verbundenen Teile bildeten eine vollkommene Einheit. Für die Zeit der Aussaat leuchtete der Behang in verschiedenen Tönen von erstaunlichem Frühlingsgrün, die ineinander übergingen. Die Ernte präsentierte sich in leuchtendem Ocker und die Weinlese in unvergleichlich glänzendem Purpurrot.

»Unser Jacquou kann sich gar nicht wieder von diesem Meisterwerk losreißen«, witzelte Dame Bertrande und tauchte ihre Finger elegant in den Krug mit lauwarmem Wasser, den ihr Marinette, die Dienerin, reichte. »Nun komm schon, Jacquou! Wenn du nichts isst, wirst du nie groß und stark.«

»Oh, ich bin schon groß genug für einen Mann, Dame Bertrande«, gab Jacquou zurück und ließ eine dicke Hühnerkeule und einen kleinen geräucherten Schinken in einer Serviette auf seinen Knien verschwinden.

»Was meint Ihr, wird Euch Nantes fehlen?«, fragte die Gastgeberin nun und wandte sich an die drei Stickerinnen, die mit gutem Appetit aßen.

»Ehrlich gesagt geht es uns um einen viel größeren Gewinn«, sagte Gaëlle. »Bei Meister Yann in Nantes muss man ein Sticker sein, wenn man anerkannt sein will. Wir Frauen müssen immer erst einfordern, was uns zusteht. Es heißt, Königin Anne ist gerecht und großzügig zu ihren Stickerinnen.«

Blanche de Montbron zuckte die Achseln.

»Als Anne noch da war«, sagte sie, und tupfte sich mit dem Saum der weißen Serviette den Mund ab – ganz wie es damals die guten Sitten verlangten, »duldete sie keine unterschiedliche Behandlung von Stickern und Stickerinnen. Jetzt aber ist sie weit weg und kann ihre alten Werkstätten nicht mehr überwachen.«

»Ja ja, das stimmt schon! Aber soweit ich weiß ist Meister Coëtivy nicht geizig zu seinen Arbeiterinnen. Das würde ich auch nicht dulden. Ach, eh ich's vergesse – ihr habt es doch nicht eilig. Warum bleibt ihr nicht ein Weilchen hier, anstatt morgen in aller Frühe wieder aufzubrechen?«

»Nein, das geht auf keinen Fall!«, rief Jacquou. »Sie müssen unbedingt in drei bis vier Tagen in Amboise eintreffen, und ich sollte eigentlich bereits in Tours sein. Wir dürfen keine Zeit verlieren.«

»Seht doch nur, wie eilig er es hat, seine Lehre anzutreten!«, begeisterte sich Dame Bertrande, und ihr bewundernder Blick ruhte auf Jacquou.

Eloïse und Gaëlle nahmen ihre Becher und tranken einen Schluck von dem leichten Wein, der ihnen offensichtlich gut schmeckte. Zu vorgerückter Stunde wurden die jungen Freundinnen dann auch immer fröhlicher. Blanche und Louise ließen immer wieder den Namen »Anne« fallen, lachten wie verrückt und fanden alles wunderbar komisch. Obwohl der Rosé d'Anjou ein leichter Wein war, konnte er einem doch zu Kopf steigen und erheiterte schließlich auch Dame Bertrande, die sehr anschaulich und temperamentvoll schilderte, wie sie als junges Mädchen ihren lieben Coëtivy verführt hatte.

Jacquou, den dieses Thema überhaupt nicht interessierte, vor allem seit er erfahren hatte, dass sein Meister auch sein Vater war, nutzte die Gelegenheit, um sich davonzuschleichen – die Taschen voller Köstlichkeiten, denn zum Dessert hatte es verschiedene Süßspeisen, Apfelkuchen und Mandeltorte gegeben.

»Werden wir wohl viele Hermeline sticken?«, wollte Annette nun von Blanche wissen.

»Ganz bestimmt. Anne möchte sie überall haben – auf ihrer Wäsche, ihren Tischtüchern, den Servietten, den Pantoffeln und den Häubchen, den Gürteltaschen, auf ihren Geldkatzen und sogar auf den Pferdedecken ihrer Zelter. Und seit sie Witwe ist, scheint sie schier gar nichts anderes mehr im Sinn zu haben, als ihre Hermeline sticken zu lassen – als würde ihr zukünftiger Gatte, der Herzog von Orléans, sie ihrer geliebten bretonischen Angewohnheiten berauben wollen.«

Mit leicht geröteten Wangen und glänzenden Augen stand Eloïse jetzt auf.

»Ich glaube, ich mache einen kleinen Spaziergang«, sagte sie.

»Ihr werdet Euch nur den Tod holen, Herzchen. Geht lieber schlafen. Auf Eurem Zimmer brennt ein schönes Feuer.«

»Ja, aber ... «

Louise kam ihr zu Hilfe. Sie hatte gemerkt, dass Eloïse Alix einen Besuch abstatten und sie fragen wollte, ob sie vielleicht noch etwas brauchte.

»Oh, ich fürchte, ich habe meine Geldkatze in der Kutsche vergessen«, rief sie und stand ebenfalls auf. »Ich komme mit, Eloïse. Macht Euch keine Sorgen, Dame Bertrande. Wir sind in fünf Minuten zurück.«

Sie fanden Jacquou und Alix eng umschlungen unter einer dicken Decke auf dem Boden der Kutsche liegend. Das Wageninnere wurde von einer Fackel, die in einer Ecke brannte, schwach erhellt.

»Jacquou«, flüsterte Eloïse, »du musst jetzt ins Haus.«

Der junge Mann fuhr erschrocken hoch und legte den Finger auf den Mund.

»Pst, leise, sie schläft. Ich wollte sie nicht allein lassen, bis sie eingeschlafen war.«

»Du brauchst dir keine Sorgen zu machen, Alix hat nie Angst. Sie hat schon weitaus Schlimmeres erlebt, seit ihre Mutter tot ist«, seufzte Eloïse.

»Die arme Kleine«, flüsterte Louise. »Wir lassen sie nicht im Stich. Ich bin überzeugt, dass die Königin von ihrer Geschichte gerührt sein wird und dass sie, wenn sie sich als Stickerin nicht allzu ungeschickt anstellt, in Amboise bleiben kann. Jetzt aber los! Gehen wir ins Haus, es wird kalt.«

Eine Weile später, als die beiden jungen Frauen und Jacquou ins Haus gegangen waren und in allen Zimmern Kaminfeuer knisterten, wurde Anselme, der im Stall schlief, von einem Geräusch geweckt.

»Seltsam«, murmelte er vor sich hin, »klingt wie Hufschlag. Dabei sind wir weit weg von der nächsten Straße. Vielleicht ist es ein Reisender, der sich verirrt hat.«

Er nahm eine Fackel und wagte sich außerhalb der hohen Hecken, die das Anwesen der Coëtivy umgaben. Schließlich merkte er, dass es sich bei dem Geräusch um ein galoppierendes Pferd handelte.

»So was aber auch«, brummte er, »den Gang kenn ich doch. Das sind die Hufe von Framboise.«

Jetzt rannte Anselme auf den Weg und lief dem Pferd entgegen, das man inzwischen laut und deutlich galoppieren hörte. Mit einer Fackel in der Hand bahnte er sich einen Weg durch die Finsternis. Dann bekam er eine ganze Ladung Straßenstaub mitten ins Gesicht, als die Zelterstute an ihm vorbeilief, ohne dass ihn die Reiterin – denn das war tatsächlich Isabelle – zunächst bemerkt hätte.

»Oh, Anselme, du bist es!«, rief sie erleichtert, als sie ihn erkannte. »Ich dachte schon, ich würde den Weg zum Haus der Coëtivy nie mehr finden.«

»Aber was habt Ihr denn hier um diese Zeit verloren, Dame Isabelle, mitten in der Nacht?«

»Ich wollte mit Euch weiterreisen. Ich muss an den Hof von

Amboise, die Königin hat nach mir verlangt. Sie langweilt sich so, seit sie Witwe ist. Also habe ich ihr zugesagt und wollte hierher, ehe ihr morgen aufbrecht.«

»Wann seid Ihr denn im Burgund losgeritten?«, fragte nun der treue Anselme, der noch ganz entsetzt war von der Vorstellung, seine Herrin hätte irgendwelche gefährlichen Abenteuer erleben können, wenn sie so ganz allein durch die Nacht ritt. »Von Euch aus ist es ja nicht gerade der kürzeste Weg, über Nantes oder Angers nach Amboise zu reisen.«

Isabelle musste lachen.

»Ich weiß, aber ich wollte Jacquou unbedingt sehen.«

»Den könnt Ihr aber nicht vor morgen früh sehen. Ihr wisst sehr wohl, dass Ihr Dame Bertrande nichts verraten dürft. Was sollte sie davon halten, wenn sie sähe, wie Ihr diesen Jungen umarmt und küsst?«

Natürlich wusste Isabelle, dass Pierre de Coëtivy Dame Bertrande lieber nicht gestand, dass er Jacquous Vater war, weil er befürchtete, dass das Wohlwollen und die großzügige Art, die seine Gattin Jacquou gegenüber immer an den Tag gelegt hatte, in Feindseligkeit und Eifersucht umschlagen könnten. Dame Bertrande behandelte Jacquou, als wäre er ihr Sohn, ohne aber zu wissen, dass er tatsächlich der Sohn ihres Gatten war; und Jacquou, der bislang seinen Meister geachtet und bewundert hatte, hegte nun die gleichen Gefühle für seinen Vater.

Das einzig Neue an der Sache war, dass Jacquou jetzt eine große Schwester hatte, die er gelegentlich und ohne Wissen von Dame Bertrande treffen durfte.

»Ich schlafe einfach in einer der Kutschen«, beruhigte Isabelle Anselme. »Hast du schon vergessen, dass mir so etwas früher alle Naslang passiert ist?«

»Trotzdem«, grummelte der Kutscher, »das ist jetzt etwas ganz anderes.«

»Nichts ist anders, mein lieber Anselme. Nichts! Mein Mann lebt noch immer in Anjou und ich im Burgund, und wir verstehen uns auch noch immer nicht. Und solange seine Mutter am Leben ist, wird sich auch nichts daran ändern. Also bitte! Ich bin ein wenig erschöpft. Kümmere dich um Framboise. Ich lege mich jetzt in einem der Wagen zum Schlafen. Und zwar in dem dahinten!«, sagte sie und deutete mit dem Finger auf den letzten in der Reihe. »Weck mich morgen bei Sonnenaufgang. Ich will vor Euch aufbrechen, und Jacquou soll mich unterwegs einholen.«

Dann kletterte sie geschickt in die letzte Kutsche, nicht ohne festzustellen, dass diese etwas abseits von den anderen stand.

Man stelle sich ihre Überraschung vor, als sie in dem Wagen eine Gestalt unter einer dicken Decke auf dem Boden entdeckte. Behutsam näherte sie sich und kniff die Augen zusammen, um mehr erkennen zu können.

Alix wachte sofort auf.

»Wer seid Ihr?«, fragte sie erstaunt und rieb sich die Augen, als wüsste sie nicht, ob sie träumte oder wach war.

»Und du, wer bist du?«, gab Isabelle zurück, als sie sah, dass es sich um ein Mädchen handelte.

»Ach, bitte! Ihr dürft Dame Bertrande auf keinen Fall sagen, dass ich hier bin.«

»So ist das also!«, lachte Isabelle, »dann versteckst du dich also auch vor Dame Bertrande.«

»Warum? Wollt Ihr ihr auch nicht über den Weg laufen?«

»Ja, wenn auch vermutlich aus anderen Gründen. Wenn du mir deinen verrätst, verrate ich dir vielleicht meinen.«

Als Alix Isabelle mit der Fackel beleuchtete, sah sie eine junge Frau mit einem freundlichen Gesicht und strahlend blauen Augen, die ihr sehr gefielen. Sie beschloss also, sich ihr anzuvertrauen.

»Meine Mutter ist letztes Jahr gestorben, und ihre Freundinnen haben ihr versprochen, dass sie sich um mich kümmern. Auf Wunsch von Königin Anne mussten sie nun die Werkstatt von Meister Yann in Nantes verlassen, um nach Amboise zu reisen und dort zu arbeiten. Ich will aber auf keinen Fall allein zurückbleiben, weil mich sonst die Nonnen holen, und dann hätte ich für immer meine Freiheit verloren.«

Bei dem Wort »Freiheit« zuckte Isabelle zusammen. Wie recht hatte das kleine Mädchen, dass sie ein freies Leben dem Gefängnisdasein in einem Kloster vorzog!

»Hast du denn keinen Vater mehr?«

»Er ist bei der letzten Pest in der Bretagne gestorben.«

»Und du befürchtest, Dame Bertrande könnte etwas gegen deinen Fluchtplan haben?«

Alix legte sich wieder hin und drückte sich so eng es ging an die Wand, damit möglichst viel Platz unter der warmen Decke für ihre neue Freundin blieb.

»Danke«, sagte Isabelle, »du bist sehr freundlich. Und wenn ich dir irgendwie helfen kann, frag mich bitte einfach. Wie heißt du eigentlich?«

»Alix. Und Ihr?«

»Isabelle.«

»Oh – ich kenne eine Isabelle.«

Bei dem Gedanken an Jacquous Geschichte errötete sie.

»Ich kenne sie, habe sie aber noch nie gesehen.«

»Vielleicht bin ich ja diese Isabelle?«

»Das glaub ich kaum. Außer Ihr versteckt Euch vor Dame Bertrande, weil ...«

»Weil ich sie nicht mit meinen persönlichen Problemen belästigen will. Das ist alles. Wie du siehst, hat es ganz harmlose Gründe.«

»Aber warum seid Ihr dann hierhergekommen, wenn Ihr Dame

Bertrande gar nicht sehen wollt? Das Haus liegt doch nicht am Weg.«

»Ich habe nicht gewusst, dass es ihr Haus ist, sonst wäre ich gewiss nicht hierhergekommen. Anselme hat es mir dann gesagt.«

»Anselme! Woher wisst Ihr denn, dass der Kutscher Anselme heißt?«

Die Kleine war wirklich nicht auf den Kopf gefallen, dachte Isabelle. Wenn sie noch ein paar Fragen stellte, würde sie bald herausfinden, dass Jacquou ihr Bruder war.

»Er hat es mir gesagt.«

»Aha!«

Und weil Alix nicht weiterfragen wollte, weil das unhöflich gewesen wäre, erfuhr sie auch nicht die wahre Identität der jungen Frau, die nun müde murmelte: »Wie wär's, wenn wir jetzt schlafen würden?«

3

Seit dem Unfalltod von Charles VIII. wartete seine Witwe, Königin Anne, darauf, dass der neue König, Louis XII., der vor kurzem den Thron von Frankreich bestiegen hatte, seine Frau Jeanne verstieß oder sich von ihr scheiden ließ, um sie heiraten zu können. Wenn auch die Frist von einem Jahr, die Anne dem neuen König eingeräumt hatte, um sich von seiner Gattin zu befreien, kurz war, so war es doch vermutlich das längste Jahr überhaupt für die arme Jeanne, die man so plötzlich aus dem Königreich verbannt hatte.

Was sonst hätte die verhöhnte Königin machen sollen, wenn nicht sich mit den einzigen Mitteln verteidigen, die ihr zur Verfügung standen? Sie hinkte, war hässlich und bucklig, aber auch gut und großzügig – doch die kleinen Leute aus Blois, die schon lange ihre wahren Qualitäten zu schätzen wussten, konnten sie bestimmt nicht vor diesem traurigen Los und dieser Niedertracht bewahren.

Arme Jeanne! Ihr Gesicht war genauso wenig anmutig wie ihr schwächlicher Körper, den zwei kurze Beine trugen. Von ihrem Vater, Louis XI., hatte sie die lange, dicke Hakennase geerbt und die vorstehenden Augen, die allerdings nur so vor Intelligenz sprühten – Geist und Verstand besaß Jeanne nämlich im Überfluss, was ihre körperlichen Mängel allerdings nicht aufwiegen konnte.

Von diesen mehrfachen angeborenen Missbildungen ahnte bei ihrer Geburt niemand etwas. In der Wiege hatte sie ganz normal ausgesehen, und als sie größer wurde, ohne dass sich bereits irgendeine Anomalie bemerkbar gemacht hätte, wollte sie der König verheiraten, wie das in den Fürstengeschlechtern üblich war. Als die kleine Jeanne dann nach und nach immer hässlicher wurde, konnte man nur abwarten.

Doch schon bald bestimmte die düstere Politik von Louis XI. den Alltag, und der Gatte, der eigentlich für seine ältere Tochter Anne bestimmt war, wurde der jüngeren gegeben – der hässlichen Jeanne. Eine beneidenswerte Partie, weil er der Sohn der exzentrischen Maria von Kleve war, der Frau von Herzog Charles von Orléans, die ebenso verführerisch wie sonderbar war.

Um Jeannes Gebrechen zu verbergen, brachte man sie in ein entfernt gelegenes Schloss, damit sie ihr zukünftiger Gatte nicht zufällig bei einem Spaziergang im Garten treffen konnte.

Damit verhielt sich der König von Frankreich reichlich erbärmlich und heuchlerisch und zeigte, dass er mehr von seinen Geschäften als von väterlichen Gefühlen beherrscht wurde. Die Hand einer Tochter von Frankreich wies man nicht ohne weiteres zurück.

Die Besuche, die der Vater seiner jüngeren Tochter abstattete, waren so selten, dass man sich fragen muss, ob ihm überhaupt bewusst war, wie schockierend diese geplante Verbindung war. Allen

Blicken entzogen alterte das Mädchen mehr als dass es aufwuchs, während es innerhalb der Mauern ihres traurigen Schlosses auf ihren Hochzeitstag wartete.

Aber Jeanne war klug und geistreich, sie stickte und webte gut, las viel und konnte Leier, Harfe und Klavichord spielen. Während andere Prinzessinnen, die an viel mehr Luxus und Ansehen gewöhnt waren, als sie sich gönnte, vielleicht unter der Last ihres Gefängnislebens zusammengebrochen wären, wünschte sich Jeanne nur die Zuneigung der Männer und Frauen, mit denen sie zu tun hatte.

Jeanne war jegliche Böswilligkeit fremd, sie war ein empfindsames und gefügiges Mädchen und versuchte in friedlicher Harmonie mit den Menschen zu leben, deren Liebe sie gewonnen hatte und die in diesem abgeschlossenen und geschützten Bereich schließlich ihre physischen Unzulänglichkeiten vergessen hatten.

Doch die Jahre vergingen, und bei der misstrauischen Maria von Kleve regten sich immer mehr Bedenken. Warum nur beharrte der König auf dieser dummen Verbindung? Ihr Sohn war zwar zügellos, unanständig und ein Angeber, aber doch ein viel zu schöner junger Mann – und immerhin Erbprinz von Frankreich –, um so eine hässliche Kreatur zu heiraten.

Mehrfach versuchte Maria von Kleve, Louis XI. diese Ehe auszureden, aber nichts half – weder ihr Wehklagen noch ihr Geschrei noch ihre Tränen. Der König drohte sogar, ihr ihren gesamten Besitz, alle Titel und ihr ganzes Erbteil bis hin zu ihren letzten privaten Barschaften wegzunehmen, sollte ihr Sohn Jeanne de France nicht heiraten.

Maria von Kleve wurde fast blind vom vielen Weinen, wusste sich aber nicht mehr zu helfen; und als ihr Sohn schließlich seine Verlobte kennen lernen musste, blieb er bei ihrem Anblick wie angewurzelt stehen und öffnete und schloss nur ohne einen Ton den Mund wie ein Karpfen, der am Angelhaken hängt. Dann zog er sich wie ein armer schlafwandelnder Hampelmann langsam zurück, grüßte unbeholfen, öffnete die Tür und verschwand in dem Wald neben dem Schloss, wo er sich die ganze Nacht versteckt hielt. Dort schlief er an den Stamm einer großen Eiche gelehnt, überzeugt, dass er Opfer einer Halluzination sei und jeden Moment aus diesem schrecklichen Albtraum aufwachen müsse.

Weder das Gejammer der Mutter noch die Zornausbrüche des Sohnes nützten etwas. Sobald Jeanne im heiratsfähigen Alter war, wurde sie mit dem Herzog von Orléans vermählt.

Der Dispens aus Rom, den die königliche Verbindung der Halbgeschwister erforderte, ließ nicht lange auf sich warten. Louis XI. trieb die Dinge voran, hatte er doch viel zu große Angst, ein Sandkorn im Getriebe könnte seine Pläne zum Scheitern bringen.

Seit sechs Monaten bereits setzte er alle Hebel in Bewegung, betrieb die Angelegenheit mit einem Höllentempo, zwang seinen Hofstaat, ihm Recht zu geben, versicherte sich der uneingeschränkten Zustimmung seiner Gattin und seiner älteren Tochter – denen er allerdings auch keine andere Wahl ließ – und riet es keinem, Widerspruch zu wagen.

Für die Hochzeitsfeier sollte Jeanne ein festliches Gewand aus einem mit Perlen und Lilienblüten übersäten goldenen Tuch tragen. Das weite Cape, das sie ganz einhüllte und eine lange Schleppe hatte, verbarg geschickt ihre Gebrechen. Ihr Buckel war darunter nicht zu sehen, und man hatte einen ihrer Schuhe erhöht, damit sie nicht gar zu sehr hinkte.

Außerdem versteckte der duftige Schleier über ihrem hübsch frisierten Haar zum Teil das unansehnliche Gesicht der jungen Braut; wenn die Gäste nicht allzu genau hinschauten, konnten sie ihre enorm große Nase und die hervorstehenden Augen kaum sehen, die an diesem Tag vor Glück strahlten.

Das konnte man von dem jungen Herzog von Orléans beim besten Willen nicht behaupten. Als er dann endlich sein verhängnisvolles Gelübde aussprechen sollte, war seinen verächtlich zusammengepressten Lippen lediglich eine gemurmelte Einwilligung zu entlocken.

Der Bischof von Orléans musste sich zwar mit dieser erzwungenen Zustimmung zufriedengeben, bedauerte aber insgeheim, dass ein so schöner junger Mann sich mit einem derart hässlichen Mädchen umgab, und forderte den jungen Herzog mit einem heuchlerischen Lächeln auf zu tun, was das Königreich von ihm verlangte.

Jeanne hingegen schwebte an diesem Tag auf einer Wolke ungeahnten Glücks. Dabei hatte sich schon einige Monate zuvor, als sie ihren so überaus verführerischen Verlobten zum ersten Mal sah, in ihren Augen dieses Leuchten eingestellt, das nie wieder verschwinden sollte – obwohl er nur für einen knappen Gruß vor ihr gestanden hatte.

Jeanne hatte weder Augen für ihre Mutter noch für ihre Schwester, ihr zärtlicher Blick galt ausschließlich dem jungen Schönling; er war groß gewachsen, prächtig gebaut, bewegte sich lässig und voller Anmut und hielt sich sehr aufrecht – nur auf seinem Gesicht spiegelte sich der Kummer über das traurige Los, das dieser verfluchte König von Frankreich für ihn bestimmt hatte.

Irgendwann waren die Feierlichkeiten dann aber zu Ende, und im weiteren Verlauf der Geschichte zeigte sich ein ziemlich armseliges Lächeln auf den Lippen der jungen Ehefrau.

In diesem Augenblick begann vermutlich der wahre Leidensweg der jungen Frau, die sich mit dem ganzen Ausmaß ihrer schrecklichen Einsamkeit abfinden musste, als man sie so unvorbereitet mit der grausamen Wahrheit konfrontiert hatte. Oder konnte sie etwa in einen Spiegel schauen, ohne dass der sie an das Elend ihres schwerfälligen und entstellten Körpers erinnerte? Konnte sie sich bei dem

Gedanken an die hübschen Zofen ihrer Schwester aufhalten, die so viele Blicke auf sich zogen? Mit einem Mal kam es ihr so vor, als sähe sie in den Augen ihrer Kammerfrauen ein Mitleid, das sie nie zuvor bemerkt hatte.

Das ganze Ausmaß ihres Unglücks erahnte Jeanne aber erst, als sie einsam und allein in ihrem Zimmer unter dem Federbett weinte, das ihre Zofen mit einem Bettwärmer versehen hatten.

Jeanne hatte gelauscht und, weil sie gute Ohren hatte, sogar einige geflüsterte Beleidigungen und hinter vorgehaltener Hand gemurmelte verletzende Bemerkungen gehört.

Weil sie aber klug genug war zu wissen, dass es ihr nichts nützen würde, wenn sie sich widersetzte, verlegte sich Jeanne lieber aufs Nachdenken und verließ sich auf ihren Verstand. Worte des Protests, zornige Gesten oder Aufbegehren hätten wahrscheinlich nur dazu geführt, dass man sie noch mehr isolierte – immerhin war das Leben in Blois weder unangenehm noch langweilig.

Jeanne hatte begriffen, dass sie Louis nicht so bald wiedersehen würde, egal wo sie sich aufhielt; also fehlte ihrem seelischen Gleichgewicht nur eines, was aber wesentlich war – nämlich die Gegenwart eines Gatten, den sie mit einem Ungestüm zu lieben begonnen hatte, das sie nicht mehr loslassen würde.

Aber Jeanne blieb scharfsinnig, mutig und energisch, während man sie für zerbrechlich, schwach und wehrlos hielt. Da sie sich nun einmal in ihre Pflichten als Königstochter ergeben hatte, verlangte sie von sich, auch die Pflichten einer Ehefrau von dem Rang zu akzeptieren, auf dem sie Frankreich hatte haben wollen – was bedeutete, dass sie in klösterlicher Abgeschiedenheit auf einem Schloss leben musste, das sie wohl nie wieder verlassen durfte.

Zur gleichen Zeit hatte sich der junge Herzog, den man so niedergeschmettert erlebt hatte, längst wieder gefangen und bereits einige blonde Jungfern erobert. Vor Verzweiflung zu vergehen oder vor Wut zu rasen, kam ihm nicht in den Sinn, und wenn er nicht gerade hinter einem Frauenzimmer her war, sah man ihn durchs Val de Loire reiten – allein oder in Gesellschaft einiger Edelmänner.

Louis d'Orléans war seit seiner Kindheit ein ausgezeichneter Reiter und mit allen Reittechniken bestens vertraut. Niemand jagte lieber als er mit dem ganzen Elan seiner sechzehn Jahre auf dem Rücken seines geliebten, treuen Pferds durch die Gegend, das jeden Weg kannte, jeden Umweg und jede Gefahr und unseren jungen Reiter weit über die Grenzen des Herzogtums Blois hinaustrug.

Nicht zuletzt fand das brave Pferd auch den Weg zu manch einer einsamen Herberge, wo gelegentlich einige Zimmermädchen, gut im Heu versteckt, ihren Herrn erwarteten.

Louis d'Orléans war kein schlechter Mensch, ganz im Gegenteil, je nach Situation zeigte er sich sehr großzügig und verteilte das Geld, das er in der Tasche hatte, freigiebig und nach Lust und Laune.

Spontan, hitzig, von der Mutter verzogen, launisch, manchmal recht sonderlich und ständig seinen frühreifen sinnlichen Eingebungen ausgeliefert, konnte die traurige Heirat, zu der man ihn gezwungen hatte, seine Veranlagung eigentlich nur noch weiter ausprägen.

Trotzdem überwachte der unerbittliche Louis XI. seinen Schwiegersohn in den folgenden drei Jahren streng und sorgte dafür, dass er seiner Gattin regelmäßige Besuche abstattete, um seinen ehelichen Pflichten nachzukommen.

Wie man sich denken kann, sträubte sich Louis gegen diese Pflicht, woraufhin den Anweisungen schlimme Drohungen folgten; der junge Mann musste jede List anwenden, so auch waghalsig geplante Lügen, die seinem Wesen widersprachen, um der Überwachung durch seinen Schwiegervater zu entkommen.

Dennoch ließ es sich nicht immer vermeiden, dass Louis damit konfrontiert wurde, was er seine Strafe nannte, nämlich hin und wieder mit seiner jungen Gattin zusammenzutreffen.

Natürlich hatte Maria von Kleve ihren Sohn nicht zu einem Flegel erzogen. Louis konnte sehr liebenswürdig, zuvorkommend und höflich sein, wie es sich eben für das Leben am Hof der Valois ziemte. Das änderte aber nichts an der entscheidenden Frage. Wie benahm sich dieser junge Schönling gegenüber einer so hässlichen Prinzessin?

Nun – er kehrte ihr den Rücken, sobald er sie geziemend begrüßt hatte und verließ den Raum, ehe Jeanne Gelegenheit fand, mit ihrer sanften Stimme etwas Liebevolles zu ihm zu sagen.

Blieb aber die heikle Frage der ehelichen Pflicht, die immer wieder von dem gnadenlosen Louis XI. aufgeworfen wurde und an die er den jungen Herzog ständig erinnerte.

Als er schließlich nachgeben musste, hieß es, Louis hätte Mädchen kommen lassen, die frech und verführerisch vor der Tür von Jeannes Zimmer warten mussten, um ihn in Empfang zu nehmen, sobald er es verlassen hatte.

Was die besagte eheliche Pflicht anbelangt, behaupteten einige, dass sich in dem Zimmer überhaupt nichts abgespielt hätte, andere berichten von seltsamen Geräuschen und Gemurmel. Wie auch immer – Jeanne wurde nie schwanger, und Louis klammerte sich an den Gedanken, dass er eines Tages wieder frei sein würde.

Die folgenden Jahre waren für Jeanne sehr einsam, für Louis sehr stürmisch. Nach dem Tod Louis XI. sah man ihn ständig die Politik der Beaujeu hintertreiben; das ging sogar so weit, dass er Aufstände gegen das französische Heer anzettelte, als es die Bretagne anzugreifen drohte.

Louis beteiligte sich erbittert am »Verrückten Krieg«; wahrscheinlich um sich an Anne de Beaujeu zu rächen, die einerseits früher einmal Gefühle für ihn gehegt, andererseits nichts unternommen hatte, um ihn vor dieser tristen Ehe zu bewahren, ergriff er Partei für François II., den Herzog von Bretagne. Dieser wiederum hatte ihm für seine loyalen Dienste die Hand seiner Tochter, der kleinen Herzogin Anne, versprochen.

Dann nahm der Krieg zwischen Frankreich und der Bretagne größere Ausmaße an, und als François II. starb, musste Louis d'Orléans fliehen, um sich einer Gefangennahme zu entziehen.

Doch da hatte er sich gründlich verrechnet, weil Anne de Beaujeu glaubte, dass er großen Anteil an der Niederlage der Bretagne gehabt hatte, und ihn deshalb in den Festungsturm von Bourges sperren und gnadenlos vier lange Jahre festhalten ließ. Dort besuchte ihn dann seine treue Jeanne regelmäßig, brachte ihm zu essen und pflegte ihn, weil er aus Mangel an Bequemlichkeit, Licht und Fürsorge häufig krank wurde.

Immer noch voller Groll auf seine Gattin, die ihm zufolge der einzige Grund für seinen Widerwillen und seinen Widerstand gegen Frankreich war, dankte Louis seiner Frau kaum die hingebungsvolle Pflege, die sie ihm schenkte.

Aber Jeanne sah über Louis' Undankbarkeit hinweg und setzte ihre häufigen und großzügigen Besuche fort; ja, sie ging sogar so weit, heftig bei ihrer Schwester zu intervenieren, die inzwischen Königin von Frankreich war, um seine Freilassung zu erreichen.

Mittlerweile besaß Jeanne mehr als genug Selbstvertrauen. Was aber noch wichtiger war – sie übernahm in Eigenverantwortung die Verwaltung und die Finanzen des Herzogtums Blois und die der Stadt Orléans, weil Louis' Besitz seit seiner Verhaftung beschlagnahmt war. Überaus klug und geschickt vertrat Jeanne die Interessen ihres Gatten, und es gelang ihr, viele brennende Fragen zu klären, die Louis ohne ihr Eingreifen ruiniert hätten. Die Zeit verging, und Louis d'Orléans war von Charles VIII. freigelassen worden, den die Politik seiner Schwester verärgert hatte.

Nun war alles wieder in Frage gestellt. Louis d'Orléans wurde König und musste, damit Frankreich die Bretagne behalten konnte, die

Witwe Anne heiraten, die gerade wieder auf ihr Schloss in Nantes zurückgekehrt war in der Hoffnung, dass sich alles zu ihren Gunsten entwickelte und sich der neue König von seiner Frau scheiden ließe.

Jeanne hatte auf der Anklagebank Platz genommen und fühlte sich erschöpft. Seit Louis öffentlich bekannt gegeben hatte, dass er ihre Ehe annullieren lassen wollte, war ihr Schlaf so leicht, dass sie auf jede noch so schwache Veränderung ihrer Atmung reagierte. Kaum hatte sie die Augen geschlossen, um sich ein wenig auszuruhen, überkam sie eine ungreifbare Angst, und anstatt zu schlafen, starrte sie vor sich hin und grübelte über die grausamen Erinnerungen, die sie nicht vergessen konnte.

Zusammengekauert hockte sie am Ende der Bank. Jeanne – die Angeklagte! Ja, sie wurde angeklagt, in den zwanzig Jahren ihrer Verbindung mit Louis nicht Mutter geworden zu sein. Angeklagt, weil sie hässlich, bucklig und missgestaltet war; angeklagt, weil sie deshalb nicht die Rolle einer Königin von Frankreich spielen konnte, obwohl sie dazu sehr wahrscheinlich wesentlich besser in der Lage gewesen wäre als viele andere Kandidatinnen.

All diese Anklagen zermarterten ihr das Hirn. Angeklagt! Schuldig! Sie! Die sanfte Jeanne, die es sich nicht einmal erlauben konnte, ehebrecherisch zu sein und deren einzige Koketterie darin bestand, dass sie – weder berechnend und meistens nicht einmal auf eine Antwort hoffend – denen, die sie liebte, ein herzliches Lächeln schenkte. Das Geschenk eines Lächelns, das nichts anderes war als die verzweifelte Suche nach einem Funken Freude.

Und doch konnte sie mit dieser ganzen Liebe, die sie unbewusst auf die anderen übertrug, weder die Masse noch die Öffentlichkeit oder den König für sich einnehmen, der wie mit Blindheit geschlagen diesen unendlich kostbaren Schatz verlieren würde!

Gütiger Himmel! Jeanne schauderte noch immer bei dem Gedanken an diese zwanzig Jahre, in denen ein paar Nächte, die nicht zu einer Mutterschaft geführt hatten, alles hätten retten können. Doch leider waren diese Nächte grässlich und fruchtlos gewesen, und Jeanne konnte sich nur an äußerst traurige Momente erinnern.

Trotz ihres Kummers und der Schmerzen, die ihren Körper immer wieder an anderer Stelle heimsuchten, beschloss Jeanne, sich nichts gefallen zu lassen. Wenn ihr Louis schon den Titel einer Königin von Frankreich verweigerte, musste er wenigstens beweisen, dass die Ehe nie vollzogen worden war.

Seine Ungeduld, mit der er die Angelegenheit zu Ende bringen wollte, war nur zu verständlich, hatte ihm Königin Anne doch nur ein Jahr zugestanden, um sich von Jeanne zu befreien. Louis hatte allerdings kein ganz so schlechtes Gewissen, wenn er daran dachte, dass diese Eheschließung ja im Interesse des ganzen Landes lag. Sollte Anne einen Rückzieher machen, riskierte sie, alles zu verlieren. Der Vertrag, der den Nachfolger von Charles VIII. bestimmte, dessen Witwe zu ehelichen, um die endgültige Anbindung der Bretagne an Frankreich zu garantieren, war unumgänglich. Besser hätte er sich gar nicht rechtfertigen können.

Jeanne wischte sich den Schweiß von der Stirn. Sie durfte um keinen Preis aufgeben. Und sie würde sich nicht beugen, sondern würdevoll und standhaft bleiben und die passenden Worte sagen, umso mehr als Louis und seine Berater fest damit rechneten, dass ihr bereits bei den ersten Verhandlungen die Kräfte ausgehen würden.

Jeanne musste sie mit ihrer Energie überraschen und durch ihre Entschlossenheit, mit der sie sich selbst verteidigte, weil sie sich auf niemand anders verlassen durfte, aus der Fassung bringen.

Schließlich war es doch nur allzu verständlich, dass sich in diesem ebenso plötzlichen wie heiklen Fall sämtliche Richter auf die Seite des Königs gestellt hatten und dass sich das Gericht ausschließlich aus seinen Freunden zusammensetzte. Abgesehen von dem kleinen Advokaten Berthoulas, einem unbedeutenden Juristen, der sich wenig Gedanken um seine Beförderung machte, war Jeanne auf sich allein gestellt.

Auf der gegnerischen Seite, die nur so vor königlichen Ratgebern strotzte, fanden sich in vorderster Reihe Louis d'Amboise, Bischof von Albi, und sein Bruder, der Minister Georges d'Amboise, alle beide große Günstlinge des Königs.

In der zweiten Reihe saß der getreue La Trémoille, der Jeanne lediglich einen angeblich gütlichen, in Wirklichkeit aber hinterhältigen Vorschlag machte, den sie aber sofort abgelehnt hatte, weil sie damit indirekt zugegeben hätte, dass kein intimer Verkehr zwischen den Ehegatten stattgefunden habe.

Aus Rom kam dann noch ein portugiesischer Prälat dazu, der dem Papst voll und ganz ergeben war und der von Philippe du Luxembourg unterstützt wurde, einem Eiferer, der Jeanne grausam zusetzte, die aber mehr und mehr entschlossen schien zu beweisen, dass ihre Ehe vollzogen worden war.

Der Prozess wurde in Saint-Gatien de Tours eröffnet, und um das Ansehen des Königs von Frankreich nicht zu beschädigen, dessen Glanz und Ehre gewahrt werden sollten, gab es keine Begegnung zwischen Jeanne und ihrem Gatten.

Der Prozess, der so überstürzt begonnen worden war, wurde durch Jeannes erbitterte Einwände verschleppt. Nachdem sie vor ein Gericht gestellt wurde, das sein Urteil von vornherein zugunsten des Königs gefällt hatte, stellte sie dafür kategorisch die Beweiskraft der Dokumente in Frage, die sie gründlich studiert hatte.

Zur allgemeinen Überraschung lehnte sie die Dokumente en bloc ab und verblüffte damit Richter, Geschworene und Publikum gleichermaßen. Der König selbst war so sehr von der unerwarteten Reaktion seiner Frau konsterniert, dass er seine Pläne für eine Italienexpedition auf unbestimmte Zeit verschob.

So also hatte dieser lange und skandalöse Prozess begonnen, und niemand wusste so recht, wie Jeanne den ganzen Mut aufbrachte, weil nun alles auf einmal auf sie einschlug, was sie zutiefst verabscheute: Gerüchte, Hetze, Hohn, verletzende und harte Bemerkungen, schneidende Widerworte und verleumderische Reden. Nichts davon konnte sie jedoch dazu bringen aufzugeben, und sie setzte sich mit aller Entschlossenheit zur Wehr.

In das allgemeine Staunen mischten sich nun auch Zweifel. Man hatte sie für kränklich, schwach und empfindlich gehalten, für jemanden, der eher zu Resignation als zu kämpferischem Handeln neigte, und nun erwies sie sich stattdessen als begeisterungsfähig, debattierte, verhandelte hartnäckig und leistete zum ersten Mal in ihrem Leben Widerstand.

Zwar hatte das Gericht dem Beispiel der königlichen Ratgeber folgend angenommen, dass Jeanne vor so viel Grausamkeit zurückschrecken und den Beweis nicht antreten würde, der viel zu schwer für ihre armen Schultern war. Überrascht musste es nun aber zu einer anderen Strategie übergehen und, weil sie entschlossen war, der Anklage die Stirn zu bieten, Zeugen gegen sie aufbieten, die jedes ihrer Worte widerlegen sollten.

Was eigentlich nicht weiter schwierig hätte sein dürfen, nicht zuletzt weil kein Advokat außer dem unbedeutenden kleinen Berthoulas ihre Verteidigung übernehmen wollte; wer Partei für Jeanne ergriff, ging in Opposition zum König, und wer sich ihm gegenüber feindlich zeigte, ruinierte zwangsläufig seine Karriere.

Papst Alexander in Rom fand den Fall sehr unklar und verlangte aus Angst, er könne sich in die Irre leiten lassen, ausreichende Beweise, um den Prozess abzuschließen. Aber um nicht das Missfallen des Königs von Frankreich zu erregen und es sich nicht aus Ungeschicklichkeit mit ihm, den er vielleicht noch für seine eigenen Angelegenheiten brauchte, zu verderben, musste er sich verständnisvoll zeigen, wollte aber nicht die alleinige Verantwortung für die Sache übernehmen.

Also setzte er eine Kardinalskommission ein und übergab den Fall einem Kirchengericht, das in Frankreich tagen sollte.

Für Louis XII. begann der Prozess mit einem Rückschlag, weil er gleich den ersten Teil verlor. Der Nicht-Einwilligung in die Ehe wurde nicht stattgegeben, weil mittlerweile zwanzig Jahre vergangen waren und Louis dieses Vorgehen am Tag nach der offiziellen Vereinigung hätte vornehmen müssen. Die Advokaten des Königs argumentierten zwar, dass der junge Herzog damals dem Druck des unnachgiebigen Louis XI. ausgesetzt war, aber die Kirchenkommission in Rom lehnte diese These ab.

Der zweite Teil dann war besonders heikel und langwierig, weil hier der Nicht-Vollzug der Ehe verhandelt wurde. An dem Tag, als diese Prozessphase eingeläutet wurde, fühlte sich Jeanne bereits stark genug, um ihren Buckel nicht zu verstecken und ihr Gesicht mit der großen Bourbonennase erst recht zu erheben.

Und obwohl sie die Gerichtsbeamten mit einem Missbehagen beobachteten, das sich in ihren Gesten und ihrer Haltung kundtat, und obwohl die Zuschauer anfingen, ungeduldig auf den Bänken herumzurutschen, gönnte sie sich den Luxus eines Lächelns, das sie dem alten François de Paule schenkte, der gerade hinten im Zuschauersaal Platz genommen hatte.

Acht Geschworene waren dazu ernannt, das Problem jeweils von Grund auf zu beurteilen, drei weitere hatten den Auftrag, die Schlussfolgerungen zu bewerten, die sich daraus ergeben mussten.

»Die Angeklagte möge vortreten.«

Mit einem Seufzer, den sie aber sofort unterdrückte, um nicht ein spöttisches Grinsen auf den Gesichtern ihrer Folterknechte sehen zu müssen, richtete sich Jeanne auf und sah starr geradeaus. Dann erhob sie sich und steuerte hinkend auf den Halbkreis zu, den die Geschworenen bildeten.

»Kann mir bitte jemand sagen, welches Verbrechens ich angeklagt bin?«, fragte sie mit sanfter Stimme, aber so laut, dass man ihre Frage auch noch ganz hinten im Saal verstehen konnte.

Ein Geschworener hustete, ein anderer vertiefte sich in die Lektüre einer Akte, die er in der Hand hielt. Der Richter sah sie sichtlich verlegen an und sagte dann in einem Ton, der gebieterisch sein sollte, aber plötzlich nachgiebig und unsicher klang:

»Das sehen wir später. Schwört Ihr, die Wahrheit zu sagen, nichts als die Wahrheit?«

»Ich schwöre es.«

Einer der drei Geschworenen – der bei ihrer Frage nicht mit der Wimper gezuckt hatte – stand auf und trat zu ihr.

»Euer Name, Eure Titel und Euer Alter.«

»Jeanne de France und de Valois, jüngere Tochter von Louis XI., der 1483 verstorben ist, und von Charlotte de Savoie, der Schwester von Charles VIII., gestorben 1498, verheiratet mit Louis, Herzog von Orléans, Valois durch seinen Vater Charles d'Orléans.«

Auf einmal war es ganz still. Die Zuschauer raunten nicht mehr ungeduldig, sondern lauschten plötzlich gespannt. Edelleute, vornehme Damen und einfaches Volk saßen aufgereiht auf harten Holzbänken, hörten mit offenem Mund zu und rissen Augen und Ohren auf, um nur ja keine noch so kleine Einzelheit zu verpassen, die vielleicht später Gegenstand heftiger Diskussionen würde.

Am Ende einer Bank, ganz hinten im Saal, saß der Mönch François de Paule, dessen Gesicht man unter seiner braunen Wollkapuze kaum erkennen konnte. In den Händen hielt er einen Rosenkranz aus Buchsbaumperlen, und auf seiner eingefallenen Brust ruhte ein großes silbernes Kreuz. Er sah Jeanne unverwandt an und schien ihr zusätzliche Kräfte einflößen zu wollen für den Fall, dass sie ein Vorwurf vernichtend treffen sollte.

Nun erhob sich der Staatsanwalt, der bislang sitzen geblieben war und sich scheinbar nur für das Publikum interessiert hatte, und ging auf Jeanne zu. Er betrachtete sie eine Zeit lang unnachsichtig, dann richtete er seinen Blick auf den Geschworenen, der sie nach Namen, Titel und Alter gefragt hatte, und setzte sich neben ihn.

Der Staatsanwalt war groß und kräftig und zwei Köpfe größer als Jeanne. Noch einmal musterte er sie überheblich und betrachtete mit Argusaugen ihre kleine bucklige Gestalt.

»Ihr habt Euer Alter nicht genannt.«

»Ich bin vierunddreißig, bald fünfunddreißig, Herr Staatsanwalt.«

Der Richter wandte sich mit einem breiten Lächeln an die Zuschauer, wedelte mit seinem weiten, duftigen Ärmel durch die Luft und ging dann wieder zu Jeanne.

»Eure Kindheit und Jugend lassen wir beiseite, weil sie für diesen Prozess nicht von Belang sind. Kommen wir also zum Tag Eurer Eheschließung.«

Jeanne fühlte sich so schrecklich winzig neben diesem imposanten Mann, der sie mit seinen Adleraugen gnadenlos fixierte, dass ihr beinahe schwindlig geworden wäre; mit der Kraft der Verzweiflung, die ihr wohl nur der gütige Himmel geschenkt haben konnte, fing sie sich aber wieder.

»Der Bericht über meine Jugend ist meines Erachtens unbedingt notwendig, Herr Staatsanwalt, wenn man verstehen will, was sich später zugetragen hat.«

»Hier entscheiden ganz allein wir, was wichtig ist und was nicht«, gab der Richter trocken zurück.

Berthoulas wollte etwas entgegnen, hielt sich dann aber zurück, weil der Staatsanwalt seinem Eifer zuvorkam und fortfuhr:

»Nach Eurer Heirat habt Ihr Euch auf das Schloss von Blois zurückgezogen, das Ihr erst Jahre später verlassen habt.«

»Wollt Ihr damit vielleicht andeuten, dass ich in der Zeit keine Verbindung zu meinem Mann hatte?«, fragte Jeanne laut und deutlich. »Wenn das so ist, täuscht Ihr Euch, Herr Staatsanwalt.«

Ihr war nicht mehr schwindlig, und sie sah den Richter jetzt mutig an.

»Ich bin nicht sofort nach Blois gegangen«, fuhr sie schnell fort, um sich seine Überraschung zu Nutze zu machen und zu sagen, was sie sagen musste. »Als frisch vermählte Frau des Herzogs von Orléans, Louis de Valois, bereiste ich im traditionell goldenen, mit Lilien übersäten Gewand die Städte des Val de Loire und wurde dort triumphal empfangen und von der Bevölkerung an der Seite meines Gatten jubelnd begrüßt.«

Der Staatsanwalt zuckte nur die Achseln.

»Ein offizieller Besuch! Weiter nichts.«

»Ja, offiziell, wie Ihr eben gesagt habt«, stimmte ihm Jeanne zu. »Genauso offiziell wie unsere Ankunft in Linières, wo ich aufgewachsen bin. Das können Euch Zeugen bestätigen.«

Alle schwiegen. Staatsanwalt und Geschworene sahen sich an, dann sagte einer von ihnen:

»Man lasse den ersten Zeugen holen.«

Es erschien eine alte Frau. Über ihrem weißen Haar trug sie einen Schal aus schwarzer Wolle, den sie nun abnahm und sich um die Schultern legte. Dann sah sie Jeanne an und lächelte ihr zu.

»Wie heißt Ihr?«, rief der Geschworene.

»Ich heiße Lisa, Exzellenz.«

»Schwört Ihr, die Wahrheit zu sagen, nichts als die Wahrheit?«

Die alte Frau spitzte den Mund und kniff die Augen zusammen.

»Ich schwör's.«

»Wer seid Ihr, und was habt Ihr vorzubringen?«, fragte der Kanzlist.

»Ich bin eine von Dame Jeannes Zofen, schon seit sie klein war und nach Linières gekommen ist. Ach, ich kann Euch sagen, sie ist da ziemlich eingesperrt gewesen. Aber an dem Tag, wo der Herzog den Krieg erklärt hat, der gar nicht gut für Frankreich war, und wo er eingesperrt worden ist von …«

»Fasst Euch kurz, bitte!«, schnitt ihr der Geschworene das Wort ab, der keinen Wert darauf legte, die jugendlichen Irrtümer des Königs besonders hervorzuheben. Besser man belastete seine Vergangenheit nicht unnötig.

Die Zofe wandte sich also wieder zu Jeanne und sah ihr lange in die Augen, und Jeanne begriff, dass ihre treue Dienerin wusste, was sie von ihr erwartete.

Dann musterte sie den Mann, der sie drohend ansah.

»Als Dame Jeanne nach der Hochzeit gekommen ist, hat sie der Herzog begleitet«, sagte sie.

»Haben sie die Nacht zusammen verbracht?«

»Und ob, Exzellenz!«

Jeanne lächelte erleichtert. Am liebsten hätte sie ihre gute alte Lisa für diesen spontanen Ausruf umarmt, den sie so überzeugend vorgebracht hatte.

Der Geschworene kratzte sich am Hals, drehte den Kopf in Richtung Angeklagte und heftete seinen Blick dann wieder auf die Dienerin, die ihn frech zurückgab.

»Und ob, Exzellenz!«, wiederholte sie.

»Ob sie die Nacht zusammen verbracht haben, will ich wissen«, fragte der Vertreter der Anklage gereizt nach.

»Ich sag doch: die ganze Nacht«, antwortete die alte Frau.

Jetzt erhob sich Advokat Berthoulas. Er gab sich ruhig und bescheiden, hatte nur noch wenig Haar und einen stark geröteten Teint. Mit seinem schlichten Benehmen und dem wenig schwungvollen Auftreten wirkte er eher wie ein Kaufmann und nicht so sehr wie ein Jurist.

»Lisa, Dame Jeannes Zofe, hat geschworen, die Wahrheit zu sagen«, sagte er ganz ruhig. »Was wollt Ihr also noch?«

Der Vertreter der Anklage lächelte vielsagend.

»Diese Frau darf erst spät zu Bett gehen und muss früh aufstehen. Weiß sie überhaupt, was unter einer ganzen Nacht zu verstehen ist?«

»Einspruch!«, rief Berthoulas.

»Stattgegeben«, sagte der Richter nach einem kurzen Blick in Richtung Geschworene. »Man hole den nächsten Zeugen.«

Doch die alte Lisa hatte noch nicht alles gesagt und rief im Gehen:

»Ich verwechsel doch nicht die Glocke in der Kapelle, die jeden Tag den Abendgruß läutet, mit der, die zur Morgenmesse läutet. Und ich weiß auch, wie eine ausschaut, die grad ihre Hochzeitsnacht gehabt hat. Ich kann Euch jedenfalls sagen, dass Frau Jeanne ihre Hochzeitsnacht gehabt hat.«

Es dauerte eine Weile, bis im Zuschauerraum wieder Ruhe einkehrte, weil alle durcheinanderriefen, gestikulierten und mit den Füßen scharrten.

»Ruhe!«, rief der Richter und klopfte mit seinem Hammer auf den Tisch. »Der nächste Zeuge soll vortreten.«

Ein langer Kerl um die fünfzig näherte sich der Gerichtsschranke. Jeanne kannte ihn schon lange. Und sie mochte diesen natürlichen großen Jungen gern, der mit seiner Frau und den vielen Kindern friedlich im Schloss lebte.

Der Mann mit den hellblauen Augen und dem grauen Haarschopf stellte sich als Torwächter vom Schloss vor. Dann leistete er den Schwur und wartete ab.

»Hattet Ihr Wache, als Jeanne de Valois nach ihrer Heirat in Linières eingetroffen ist?«, wollte der Vertreter der Anklage wissen.

»Ja, Exzellenz. Ich hab Wachdienst gehabt.«

»Habt Ihr sie durchs Tor kommen sehen?«

»Ja, Eure Exzellenz.«

»War sie allein?«

»Nein, Exzellenz, der Herzog ist hinter ihrem Wagen geritten.«

»Hat er das Schloss betreten?«

»Aber ja, Exzellenz!«

Jetzt musste er lachen.

»Allerdings hat er wirklich nur das Schloss betreten.«

»Was soll das heißen?«, wetterte der Richter.

»Na ja, er ist gleich ins Schlafzimmer und erst morgens wieder rausgekommen.«

Berthoulas richtete sich auf.

»Glaubt Ihr etwa, dass er auch nicht weiß, was eine ganze Nacht ist?«, fragte er den Vertreter der Anklage.

»Oh doch, Exzellenz«, warf der große Kerl ein, »obwohl mein Jüngster der Letzte war, der gesehen hat, wie der Herzog früh am Morgen aus dem Zimmer gekommen ist.«

»Aha! Da haben wir es ja, guter Mann!«, brüllte der Ankläger, um den Zeugen einzuschüchtern, »Ihr behauptet etwas, was Ihr gar nicht wissen könnt, und das wäre dann eine Falschaussage, dass Jeanne de Valois an diesem Abend Verkehr mit ihrem Gatten gehabt hat, oder? Dafür kommt Ihr ins Gefängnis.«

»Einspruch!«, rief Berthoulas, »diese Frage muss der betroffenen Person gestellt werden. Dieser Mann hat nur gesagt, was er gesehen und gehört hat. Deshalb darf nicht bezweifelt werden, dass er nach bestem Wissen und Gewissen ausgesagt hat.«

Also kam Jeanne wieder an die Schranke. Der Ankläger war wütend, weil er die Zeugen nicht hatte verunsichern können, lächelte verzerrt, trat hinter Jeanne und ließ seinen grausamen Blick über den Buckel auf ihrem Rücken schweifen.

»Hattet Ihr an diesem Abend Verkehr mit Eurem Gatten?«, spottete er hinter ihrem Rücken.

»Ja!«, antwortete Jeanne.

Der Ankläger trat wieder vor sie.

»Aber was ist denn mit Euren Gebrechen?«

»Meine Gebrechen, wie Ihr sie nennt, haben mich nie daran gehindert, das Leben einer normalen Frau zu führen – weder was meine Einstellung zum Weltgeschehen betrifft, noch die Verwaltung der Geschäfte meines Mannes, die ich beharrlich betrieben habe, als er im Gefängnis war, noch die eheliche Beziehung, die ich mit ihm hatte.«

Sie erwiderte seinen Blick.

»Muss ich noch deutlicher werden, Staatsanwalt?«

»Und warum seid Ihr dann nicht Mutter geworden?«

»Eure Frage entbehrt jeder Grundlage«, entgegnete Jeanne verächtlich, was nun zur Abwechslung dem Ankläger die Röte ins Gesicht trieb. »Wie stellt Ihr Euch denn eine unfruchtbare Frau vor? Glaubt Ihr vielleicht, sie sei in so schlechter körperlicher Verfassung, dass sie keinen Geschlechtsverkehr mit ihrem Mann haben kann?«

Alle schwiegen unter dem Eindruck dieser Fragen, die vermutlich unbeantwortet bleiben würden. Dann fuhr Jeanne fort:

»Verurteilt dieses Gericht etwa meine Unfruchtbarkeit? Wenn das der Fall sein sollte, müsste es aber auch alle anderen Frauen verurteilen, die nicht Mutter werden konnten. Ich fürchte, Herr Ankläger, dass Ihr längst gestorben und unter der Erde seid, ehe Ihr alle zählen konntet, denen es versagt war, ein Kind zu bekommen.«

Zustimmendes Raunen ging durch den Saal. Die Leute fingen an, das Gericht zu verhöhnen und Jeanne Beifall zu spenden, was ihr Gelegenheit bot, selbst mit ihrer Verteidigung fortzufahren. Berthoulas, dem die Entwicklung anscheinend über den Kopf gewachsen war, sagte nämlich nichts mehr.

»Jeder hier in diesem Saal soll wissen, dass ich – obwohl ich kein

Kind bekommen konnte – dennoch sehr wohl körperlich in der Lage war und bin, mich mit einem Mann fleischlich zu vereinigen«, sagte Jeanne laut und deutlich.

Dabei wandte sie sich an die Geschworenen und streckte ihnen ihre Arme flehentlich entgegen.

»Meine Ehe wurde sehr wohl vollzogen.«

»Das behauptet Ihr, aber wir haben das Recht, Eure Worte anzuzweifeln.«

»Ich habe geschworen, die Wahrheit zu sagen.«

Jetzt streckte auch der Vertreter der Anklage seine Arme aus, aber nur um mit den weiten Ärmeln drohend vor Jeannes Gesicht herumzufuchteln.

»Zugegeben – es gibt Zeugen, die gesehen haben, dass Euer Gatte Euer Zimmer betreten hat; aber keiner weiß, was er dort in Eurer Gegenwart getan hat.«

»Das, was alle Eheleute tun, wenn sie gerade geheiratet haben!«

Er durchbohrte sie schier mit seinen Adleraugen und brüllte:

»Der nächste Zeuge soll vortreten!«

Jeanne sah einen schmächtigen, mageren Mann mit struppigem schwarzen Haar und einem schlecht geschnittenen Bart hereinkommen. Unter seinem weiten Umhang verbarg sich ein Körper, der wahrscheinlich kaum größer war als ihr eigener. Sie erkannte ihn sofort. Er hatte als Nachtwächter in Diensten von Louis XI. gestanden und war unentwegt durch die Gänge im Schloss geschlichen, wenn sich der Herzog von Orléans dort aufhielt.

Nachdem er seinen Namen genannt und geschworen hatte, die Wahrheit zu sagen, wurde ihm die erste Frage gestellt.

»Hat der Herzog seine Frau oft besucht?«

Der schmächtige Kerl kicherte.

»Man hat Euch etwas gefragt«, rief ihn Barthoulas streng zur Ordnung.

»Ja, ja, ich will ja auch antworten«, gab der Mann respektlos zurück und hörte auf zu lachen. »Es ist schon vorgekommen, dass der Herzog von Orléans dort aufgetaucht ist, wenn es Louis XI. von ihm verlangt hat.«

»Hat der König das oft verlangt?«

»Einmal im Monat.«

»Und was hat Louis d'Orléans dann gemacht?«

Der Wicht konnte sich gut ausdrücken. Obwohl eindeutig bäuerlicher Herkunft, hatte er es unter dem unnachgiebigen Louis XI. doch zu einigem sprachlichen Geschick gebracht.

Er fing wieder an zu kichern.

»Der Herr pflegte sich in das Zimmer, das direkt neben dem seiner Gattin lag, zu begeben, Eure Exzellenz.«

»In das Zimmer daneben!«, rief der Vertreter der Anklage und seine Augen strahlten vor Freude. »Ihr gebt also zu, dass der Herzog von Orléans nicht mit seiner Frau schlief, wenn er zu Besuch auf dem Schloss war?«

»Das habe ich nicht gesagt.«

»Was sollte das denn sonst heißen? Bitte werdet etwas genauer.«

»Der Herzog betrat das Zimmer seiner Frau, blieb dort ein zwei Stunden, verließ sie dann und klopfte am Zimmer nebenan.«

»Er klopfte! Wieso hat er geklopft? War denn jemand in diesem Zimmer?«

Wieder musste das Kerlchen kichern, während er mit den Händen üppige Formen in die Luft zeichnete.

»Mädchen waren in dem Zimmer, Exzellenz! Hübsche und gut gebaute blonde und brünette Mädchen, die ihn dort erwarteten, um ihn für die vorhergehenden Stunden zu entschädigen.«

»Was habt Ihr für Beweise für diese Behauptungen?«

»Das kann ich allerdings beweisen, Exzellenz! Wenn der Herzog das Zimmer seiner Frau verließ, hat er gerufen: ›Jetzt hab ich aber einen guten Trunk verdient, weil ich es meiner Frau zweimal besorgt habe.‹ Manchmal hat er auch dreimal gesagt.«

Von dieser unerwarteten Enthüllung überrascht, wandte sich der Richter an den Vertreter der Anklage:

»Gibt es nicht eine Aussage des Königs, die besagt, dass er nie ›nackt‹ mit seiner Frau geschlafen habe? Er hätte es ihr natürlich bekleidet besorgen können, ohne dass dann etwas passiert wäre.«

»Aber Exzellenz«, sagte der Zeuge mit einem Lächeln auf den Lippen, »wer hier in diesem Saal würde nicht verstehen, wenn es der Herzog von Orléans seiner Frau lieber bekleidet als entkleidet besorgt hätte? Aber, um ehrlich zu sein, ändert das nichts am Ergebnis.«

Und von neuem kichernd erklärte er: »Ich selbst habe mehr als ein Mädchen in einer Scheune aufs Kreuz gelegt und bin ans Ziel gekommen, ohne dass ich sie hätte ausziehen müssen.«

Nun musste die bleiche und zitternde Jeanne wieder an die Schranke treten. Oh Gott! Wie peinlich und widerlich die ganze Sache war. Sie war bestürzt über all diese schmutzigen Einzelheiten, die hier in aller Öffentlichkeit ausgebreitet wurden; es störte sie so, dass sie kaum noch in der Lage war, das Verhör fortzusetzen.

»Wusstet Ihr, dass sich in dem Zimmer nebenan Eure Rivalinnen aufhielten?«, wollte der Richter von ihr wissen.

Jeanne antwortete nicht sofort. Erst einmal musste sie sich von dieser Schmach erholen, musste sie in dieser Erniedrigung brillieren, musste sie ihnen die Wahrheit beweisen, und zwar in beiderlei Hinsicht, denn jedes Ding hat zwei Seiten, und weder die eine noch die andere war besonders ansehnlich.

Wie ekelhaft das alles war! Ach, wie gern wäre Jeanne hundert Fuß tief unter der Erde gewesen oder eingesperrt in einem Kloster fernab aller Zivilisation, weit weg vom Hof und seiner ganzen üblen Heuchelei.

Sie holte tief Luft und sah zu dem alten Mönch François de Paule hinüber, der sie von weitem verzweifelt beobachtete, ohne etwas sagen zu dürfen, weil ihm das Beichtgeheimnis den Mund verschloss.

Doch da glaubte sie in seinen Augen einen Hoffnungsschimmer zu entdecken, ein Funkeln, das ihr einen anderen Weg weisen wollte. Sie nahm ihren ganzen Mut zusammen und brachte es fertig zu sprechen.

»Ich habe meinem Mann niemals abgeraten, andere hübsche und anmutige Mädchen aufzusuchen, nachdem er mit mir Verkehr gehabt hatte.«

»Das heißt also, Ihr bestreitet, Jungfrau zu sein!«

Wieder legte sich drückendes Schweigen über den Saal. Es wurde so leise, dass man sogar hören konnte, wie die Zuschauer vor lauter Spannung schwer und keuchend atmeten.

»Ich schwöre, dass ich nicht mehr Jungfrau bin.«

»Ist Euch bekannt, dass wir Euch untersuchen lassen können?«

Jeanne fuhr erschrocken hoch. Kalter Angstschweiß lief ihr über die Stirn und den Rücken hinunter, und ihr war mit einem Mal so eiskalt, dass sie bis auf die Knochen fror. Aber die unerbittliche Prozedur wurde mit den übelsten Mitteln fortgesetzt.

Sie sah dem Richter ins Gesicht, und ihre Hände zitterten vor Scham.

»Wenn Ihr das für notwendig erachtet, stehe ich Euch zur Verfügung. Ich verlange lediglich, dass die Untersuchung von fähigen und unbefangenen Frauen feinfühlig vorgenommen wird. Unter diesen Umständen wäre ich dazu bereit.«

Verärgert über diese neue Wendung ließ der Vertreter der Anklage den Kopf hängen, und der Richter wühlte in den Akten, die ihm ein Schreiber auf den Tisch gelegt hatte. Offenbar dachten sie über die Konsequenzen dieser Entscheidung nach. Wenn Jeanne in die Untersuchung einwilligte, dann weil sie keine Angst vor der Wahrheit hatte. Also durfte man nicht auf eine Überprüfung bestehen, sondern musste auf dem Zweifel beharren; würde nämlich der Nicht-Vollzug der Ehe bewiesen, bedeutete das, dass sie nicht annulliert werden konnte und dass Louis XII. nicht Anne de Bretagne heiraten dürfte, die ehemalige Königin von Frankreich, die sich so von einem Tag auf den anderen ihre Bretagne zurückholen könnte.

Der Richter und der Vertreter der Anklage verständigten sich mit einem kurzen Blick. Jeder wusste, dass es viel einfacher war, sie zu verstoßen, wenn es keinerlei Gewissheit darüber gab, ob Jeanne Jungfrau war oder nicht.

Auch die Geschworenen begriffen, dass es nur so funktionieren konnte. Und was Jeanne betraf, so hatte sie alle Hoffnungen übertroffen mit dem Buckel auf ihrem armen Rücken, den kurzen Beinen und ihrem hässlichen Gesicht, das nur etwas ansehnlicher wirkte, wenn sie zum Himmel lächelte, der sie hoffentlich nicht verleugnen würde.

Alles kam genau so, wie sie es sich gedacht hatte. Die ärztliche Untersuchung fand nicht statt, und die Annullierung ihrer Ehe wurde im ganzen Land bekannt gegeben. Jeanne hatte die Schlacht verloren, ihr Mann hatte sie verstoßen, aber mit Herz und Verstand hatte sie erreicht, was sie sich vorgenommen hatte.

Die Galeote, die Anne ins Val de Loire zurückbrachte, glitt lautlos über den Fluss. Ein ganzes Jahr lang hatte Anne Pläne geschmiedet. Seit sie erfahren hatte, dass die Ehe von Louis XII. annulliert wurde, bereitete sie sich mit Leib und Seele darauf vor, ihn als König zu empfangen, nicht als ihren Herrn.

Sie akzeptierte die Klauseln des Vertrags von Langeais, der sie dazu verpflichtete, den Nachfolger des verstorbenen Königs noch im Januar 1499 zu ehelichen, und hatte sich mit ihrem zukünftigen Gatten in Nantes getroffen, um zu heiraten.

Seit dem Morgengrauen grübelte sie bereits über die zahllosen Privilegien, die man ihr zurückgegeben hatte. Sie war geachtet und gestärkt durch ihre Erfahrung von einem Dutzend Jahren an der Macht, aber nun setzte man ihr einen unerfahrenen, kindischen König vor die Nase, der durch einen erniedrigenden Prozess geschwächt war, auch wenn er ihn gewonnen hatte. Jetzt war Königin Anne an der Reihe, ihre Konditionen zu diktieren.

Die bucklige Jeanne hatte sich in ein Kloster geflüchtet, und Anne hatte freie Bahn für ihre Pläne. Sie wollte den Franzosen beweisen, dass sie nicht mehr die ahnungslose junge Frau war, als die sie einmal aus ihrer Bretagne zu ihnen gekommen war.

Anne sah sich nach den anderen Galeoten um, die ihrer folgten. Die Loire war graublau. Der zu Ende gehende Winter brachte in der Mitte des Flusses lange goldfarbene Sandbänke zum Vorschein, und vor einem noch hellblauen Himmel schrien einige Möwen, die vom fernen Meer gekommen waren.

Die Loire begleitete den Weg, den Louis gewählt hatte. Er wollte lieber auf seiner kleinen, nervösen und schnellen Zelterstute reiten, auf der er lange vor seiner neuen Gattin in Amboise eintreffen würde.

Anne hatte über diese Laune von Louis, der nicht gern segelte, großzügig hinweggesehen. Wie hätte sie ihm ein derart harmloses Vergnügen verweigern können, wo sie doch dabei war, strikte Vorschriften für sein Leben festzulegen, das sie bereits bis in die kleinste Kleinigkeit geplant hatte.

In diesem Moment träumte Anne aber nur von ihrem neuen Status als Königin. Sie musste unwillkürlich lächeln und machte es sich wieder auf dem Sofa in ihrer Koje bequem, ehe sie noch einmal an die unglückliche Jeanne dachte. Es hieß, sie wollte in Bourges einen Frauenorden zur Verehrung von Mariä Verkündigung gründen.

Anne seufzte. Was bedeutete das schon für sie, die jetzt ihr zukünftiges Leben neu planen musste. Früher war sie an der Seite von Charles VIII. Königin von Frankreich gewesen, nun war sie wieder Königin von Frankreich, diesmal eben als Gattin von Louis XII.

4

In der Werkstatt in Tours wurde von morgens bis abends auf Hochtouren gearbeitet. Meister Coëtivy konnte sich voll und ganz auf seinen Weber Gauthier verlassen, dem er die Leitung der Werkstatt übergeben hatte, und genauso auf Arnold, seinen Gesellen, der die Ausbildung der Lehrlinge übernommen hatte und wie ein Meister arbeitete. Die Werkstatt am Ufer der Loire war in guten Händen, der Webermeister und sein Vorarbeiter führten sie in perfektem Einverständnis.

Vier Jahre nachdem Jacquou hier angefangen hatte, dauerte es nur noch wenige Monate, bis er mit seiner Lehrzeit fertig war. Donnerwetter, war er stolz! Und Meister Coëtivy, sein Vater, konnte wirklich zufrieden sein mit seinem Schüler. Wer weiß, vielleicht wollte er sich eines Tages sogar auf den starken Schultern seines Sohnes ausruhen, um sich mehr seinem schöpferischen Werk widmen zu können. Bertrande, seine Gattin, die von dieser Vaterschaft nichts wusste, hätte bestimmt nichts dagegen.

Hoch konzentriert, wie er es bei Coëtivy und später bei Gauthier und Arnold gelernt hatte, spannte Jacquou Metallfäden auf einen dieser riesengroßen vertikalen Webstühle, die mit ihren Ausmaßen fast die gesamte Werkstatt beanspruchten.

Da er mittlerweile außergewöhnlich geschickt an den Hochwebstühlen arbeitete, war seine Lehrzeit bald zu Ende; er konnte Geselle werden und seine Arbeiten dann der Weber-Gilde im Norden zur Prüfung vorlegen, um eine eigene Werkstatt aufmachen zu dürfen.

An diesem Morgen hatte sich Gauthier den ganzen Tag frei genommen, und Arnold war unterwegs, um die erforderlichen Einkäufe für die Werkstatt zu machen. Und wie immer, wenn alle beide abwesend waren, wurde Jacquou mit der Aufsicht betraut. Dann waren die Zungen etwas gelöster; Gauthier mochte es nämlich überhaupt nicht, wenn bei der Arbeit geschwatzt wurde.

Was Jacquou heute hörte, veranlasste ihn nicht, für Ruhe zu sorgen. Aus den Gesprächen der Arbeiter hatte er schon viele interessante Neuigkeiten erfahren.

Landry hatte sich gerade wie eine schläfrige Katze gestreckt. Dann setzte er sich aber doch wieder anständig hin und begnügte sich damit, Maulaffen feilzuhalten.

»Louis hat seine Sache gewonnen«, sagte er. »Die Bretonin ist wieder da. Wahrscheinlich heiratet sie ihn jetzt sang- und klanglos.«

»Da täuschst du dich aber ordentlich«, antwortete Thibaud. »Die feiern im ganz großen Stil – sogar Toinette und ich heiraten am selben Tag.«

Landry lachte laut los, machte sich aber wieder an die Arbeit.

»Musst du jetzt ja wohl heiraten, ich hab ihren dicken Bauch schon gesehen.«

Thibaud zuckte nur die Achseln, aber Aubert, der jüngste Lehrling, brach jetzt auch in Gelächter aus. Das war eine wunderbare Gelegenheit, sich über den lustig zu machen, der ständig an seiner Arbeit herummeckerte.

»Stimmt! Ich hab's auch gesehen«, alberte er. »Sie hat ihren Buckel vorn, und die Jeanne hat ihn hinten!«

»Hoho«, grölte Thibaud, um aus Auberts Schusslinie zu verschwinden, »die Jeanne! Ja, die Jeanne hat ihren Buckel hinten.«

»Das ist aber nicht besonders nett von euch, dass ihr euch über eine arme unglückliche Frau mit einem Buckel lustig macht«, schimpfte Arnaude, die jetzt auch nicht mehr ganz bei der Sache war.

»Egal!«, entgegnete Benoîte, »die Bretonin hat jedenfalls gewonnen. Rom hat die Zustimmung gegeben, dass sie den König heiraten darf.«

»Der Papst hat da überhaupt nichts gemacht«, widersprach Thibaud und ließ seine Schussfäden sein. »Das hat er sich einfach rausgenommen, der König, dass er die Witwe heiratet.«

»Hätte er aber nicht tun dürfen«, fand die junge Aliette.

Arnaude, Benoîte und Aliette waren die drei Arbeiterinnen, die in der Werkstatt angestellt waren, und Benoîte hatte wohl als Älteste unter den Frauen das Sagen.

»Mir ist Louis jedenfalls lieber als Charles«, erklärte Landry und warf einen Blick zu Thibaud, der sich noch immer nicht wieder an die Arbeit gemacht hatte.

»Und warum ist dir Louis lieber als Charles?«

»Das weiß ich auch nicht so genau! Ich glaub einfach, der ist uns näher.«

»Wem uns?«

»Na uns, eben. Dem Volk!«

Thibaud schaute schnell zu Jacquou, der aber so tat, als wäre er ganz in seine Arbeit vertieft, und nahm dann sein Schiffchen wieder zur Hand.

»Vielleicht hast du Recht«, gab er zu. »Vielleicht ist er weniger … weniger …«

»Auf alle Fälle kann uns Louis auch nicht mehr Taler für seine Kriege aus der Tasche holen als Charles«, schnitt ihm Landry das Wort ab.

»Das ist wahr!«, pflichtete ihm Benoîte bei. »Oder was haben wir, wir kleinen Leute, eigentlich von den ganzen Herrlichkeiten gesehen, die er aus Italien mitgebracht hat? Einen Haufen Geld hat das gekostet, und das hat eigentlich uns gehört – so ist das nämlich!«

Jetzt war es an der Zeit, dass sich auch Jacquou zu Wort melden wollte, aber nicht um über Charles, Louis und auch nicht über dessen arme hässliche und bucklige Frau zu reden. Er ging durch die Werkstatt und an den Arbeitern vorbei, die vor dem Metallrahmen mit den Kettenfäden standen.

»Du musst deine Landschaft in drei bis vier Tagen fertig haben, Landry. Vergiss das nicht. Gauthier hat es dir gestern gesagt.«

»Ja, ja, ich weiß schon«, gab Landry zur Antwort.

Und dann kehrte wieder Ruhe ein. Seit Jacquou an Selbstvertrauen gewonnen hatte, fiel ihm alles viel leichter, und die anderen merkten schon, dass er bald ein Meister war.

Kurz nach Mittag kam Arnold zurück, und Jacquou zeigte ihm die Arbeit, die auf den großen Webstuhl gespannt war.

»Gauthier wird zufrieden sein, jetzt nimmt die Sache Gestalt an.«

An den Flachwebstühlen, die wagrecht bedient und auf denen die kleineren Werke ausgeführt wurden, arbeiteten die Frauen, während die Männer die vertikalen Webstühle bedienten, die manchmal mehr als zwei Meter hoch waren.

Arnold zwinkerte der jungen Arnaude zu. Sie hatte ihn drei Jahre zuvor geheiratet, als er noch ein kleiner Lehrling war, der bei Coëtivy und Gauthier lernte. Damals hatte er den Auftrag gehabt, die Webstühle zu reparieren, wenn etwas nicht funktionierte, und keiner war geschickter im Herausfinden der Ursache für die Fehler. Diese ganzen Kniffe hatte er nun Jacquou beigebracht.

Als Arnold ganz nah an Arnaude vorbeiging, streifte sein Blick den gerundeten Bauch seiner jungen Frau. Sie erwartete nämlich auch ein Kind, weshalb sie nicht mehr lange arbeiten konnte. Das würde schwierig werden. Er verdiente zwar gut, aber nicht genug für drei.

Dann ging er zu Benoîte und Aliette, die einen farbenprächtigen Wandbehang mit Stickerei verzierten. Das Motiv war eine Schäferidylle: Grüne Wiesen, auf denen vereinzelt Schafe grasten. Schäfer und Schäferinnen tummelten sich an einem Fluss, der von Weiden gesäumt war, die ihr Blattwerk über einem Teppich aus bunten Blumen entfalteten. Die Grundfarbe des Wandbehangs war dunkles Nachtblau, und auf den breiten Bordüren außen herum wanden sich kunstvolle Arabesken in anmutigem Schwung und leuchtenden Farben.

Arnaude war gerade mit dem überraschten Gesichtsausdruck einer Schäferin beschäftigt, die einen jungen Hirten ansieht, der ihr den Hof macht. Weil sie das Gesicht ihrer Schäferin noch zu wenig ausdrucksvoll fand, ließ sie sich von ihrem schöpferischen Instinkt leiten, den sie sehr treffend und akkurat mit der Nadel in die Tat umsetzen konnte, und veränderte es entsprechend.

Als Arnold zu ihr trat, blickte sie kurz auf und lächelte ihn an, hielt sich aber nicht länger damit auf, weil das Gesicht ihrer Schäferin fertig sein musste, ehe es Abend wurde. Sie strich sich mit der Hand über ihren gerundeten Bauch, seufzte leicht und machte sich wieder konzentriert an die Arbeit.

Hinter den Frauen standen Thibaud, Landry und Aubert, der Jüngste von den dreien, und sortierten die schadhaften oder nicht ausreichend gefärbten Wollfäden aus.

Arnold warf einen Blick auf die leeren Kartons, die die Zeichner für ihre Entwürfe benötigten und die unordentlich herumlagen. Er wandte sich an den jüngsten Lehrling und deutete mit dem Finger auf die Kartons.

»Sortier die Kartons, und räum sie in die Kammer, Aubert. Wie schaut das denn aus, wenn sie überall verstreut liegen?«

»Ja«, antwortete Aubert, »das mache ich, sobald ich diesen Schussfaden repariert habe.«

»Seit wann bist du denn schon daran?«, fragte Arnold missbilligend.

Er beugte sich über den jungen Mann, der vergeblich versuchte, mit seinen ungeschickten Fingern die beiden Enden zu verbinden, die sich aber trotz all seiner Anstrengungen nicht zusammenknoten lassen wollten.

»Wenn du den Faden so hältst, schaffst du es nie. Schau her, ich zeig's dir.«

»Gauthier hat aber gesagt, dass er sein Karree fertig machen soll«, mischte sich jetzt Landry ein, der neben ihm arbeitete.

»Damit bin ich schon fertig«, widersprach Aubert.

»Das stimmt doch gar nicht«, gab Landry zurück, »dabei kommt in wenigen Tagen der Prüfer.«

Bei den Teppichwebern war es nämlich Brauch, dass ein Gutachter kam, um zu überprüfen, ob die Arbeit sachgemäß ausgeführt war, ehe sie dem Käufer geliefert wurde. Er kontrollierte den Gesamteindruck, die Färbung der verwendeten Wolle, die Struktur und ihre fehlerlose Ausführung, die, wenn sie von einem Hochwebstuhl kam, aus einem einzigen Stück sein musste, ohne Verbindungen oder irgendwelche anderen Brüche.

»Landry hat Recht«, meinte Arnold und nahm dem jungen Mann den Metallfaden aus der Hand, »dafür bist du einfach nicht geschickt genug. Bring ihn Jacquou, der repariert ihn dir im Handumdrehen. Und dann kommst du und hilfst mir, die Wollballen zu ordnen.«

Alix wartete nun schon seit mehr als einer Woche auf die Gelegenheit, aus dem Kloster der Barmherzigen Schwestern zu fliehen. Diesmal hatte sie ihre Flucht so gut vorbereitet, dass sie sich bestimmt nicht wieder so dumm erwischen lassen würde wie beim vorigen Mal. Seit dem letzten gescheiterten Versuch, dessen Folgen sich als verheerend erwiesen hatten, hatte sie nämlich ganze Nächte damit zugebracht, einen perfekten Fluchtplan auszuarbeiten.

Weil sie an Jacquou dachte, wollte sie aus dem Kloster fliehen. Ja! An den Jacquou, in den sie sich mit acht Jahren unsterblich verliebt hatte!

Um das zu verstehen, musste man die Zeit vier Jahre zurückdrehen. Vier lange Jahre, die Alix im Kloster der Barmherzigen Schwestern verbracht hatte, obwohl sie die ganze Zeit nur davon träumte, wieder in einer Werkstatt arbeiten zu dürfen und vor allem den Mann wieder zu finden, an den sie Tag für Tag mit Sehnsucht im Herzen dachte.

Vier Jahre war es bereits her, dass der kleine Konvoi der beiden Zofen von Königin Anne das Ufer der Loire in Nantes hinter sich gelassen hatte, um an den Hof von Amboise zurückzukehren. Vier Jahre, in denen für Alix alles schiefgegangen war und in denen sie die Barmherzigen Schwestern insgeheim verflucht hatte.

Vier Jahre, in denen das Schicksal von Jacquou, der nie erfahren hatte, welch dramatische Entwicklung das Leben von Alix genommen hatte, in seinen geordneten Bahnen verlief. Was wusste er eigentlich über das traurige Los des kleinen Mädchens? Wusste er überhaupt, dass die Königin alle ihre Aufträge ruhen ließ, solange sie auf die Zustimmung der Kirche wartete, dass der König seine Frau verstoßen durfte? Die drei Stickerinnen, die Alix mitgenommen hatten, fanden sich ohne jeden Beistand in einer fremden Stadt wieder und konnten so auch nicht die Verantwortung für sie übernehmen.

Eloise und Gaëlle waren im Val de Loire geblieben, aber ohne den Rückhalt durch die Königin verdienten sie nur mäßig. Annette war lieber wieder nach Nantes zurückgegangen. Und Alix? Die hatte man in eine Kutsche gekauert entdeckt, die sie um keinen Preis verlassen wollte, und, weil sie ein Waisenkind war, ohne lange nachzufragen in den nächstgelegenen Konvent gesteckt, nämlich in das Kloster der Barmherzigen Schwestern in der Nähe von Amboise.

Wie hätte es Alix im Kloster gefallen sollen, wo sie doch nur daran dachte, wie sie ihren Jacquou wiederfinden konnte? Ihr erster Fluchtversuch war aber, wie gesagt, gescheitert. Sie war zwar, so schnell sie konnte und wie blind weggelaufen – wie ein junger Hase, der vor der Falle flüchtet, die er wittert. Doch dann wurde sie müde, geriet außer Atem, verlief sich und konnte sich schließlich kaum mehr auf den Beinen halten, als sie sah, dass das ganze Dorf, mit Hunden zur Verstärkung, hinter ihr her war – drohend gestikulierende Frauen und mit Spießen bewaffnete Männer, als machten sie Jagd auf einen Schwerverbrecher. Diesmal sollte ihr Ausbruch aber glücken. Sie hatte ihn so minutiös geplant, dass er nur von Erfolg gekrönt sein konnte.

Auf ihren zweiten Fluchtplan war sie gekommen, als sie in dem großen Sprechzimmer mit seinen leuchtend bunten Kirchenfenstern und den angenehm nach Bienenwachs duftenden Holzbänken die junge Frau entdeckt hatte, die sie sofort an ihren blauen Augen und ihrer vornehmen Art wiedererkannte.

Um sich diese elegante und verführerische Gestalt in Erinnerung zu rufen, müsste man noch einmal vier Jahre zurückblicken. Es geht um besagte Reise, auf der Alix und ihre Freundinnen mit dem Konvoi der Zofen von Königin Anne nach Amboise gefahren waren. Und diese Dame hatte sich in ihrer Kutsche verstecken wollen, weil sie – genau wie sie selbst, aber aus ihr unbekannten Gründen, keinen Wert darauf legte, Dame Bertrande zu begegnen, der Frau von Meister Coëtivy. Sie hatte sich ihr als Isabelle vorgestellt, und Alix ließ sie unter ihre Decke schlüpfen, damit sie sich über Nacht ein wenig ausruhen konnte, ehe sie sich wieder auf den Weg machen musste.

Kehren wir aber zurück zum Kloster und vor allem zu dem Tag, an dem Alix die Kutsche dieser Dame im großen Hof neben dem Brunnen mit seinem steinernen grauen Rand entdeckte. Im Bruchteil einer Sekunde stellte Alix mit wachem Blick fest, dass der Kutscher die Pferde abspannte, um sie in den Stall zu führen. Um keine Zeit zu verlieren, beschloss sie an der Tür zum Sprechzimmer zu lauschen – sie musste mehr erfahren. Dort hörte sie dann, wie die Oberin mit der jungen Frau sprach, deren Namen sie bis dahin noch nicht kannte.

»Es ist alles in Ordnung, Gräfin de La Trémoille, Eure Kissen für die Kirche sind nächsten Montag fertig.«

So erfuhr Alix also nicht nur, dass die hübsche Dame, mit der sie einmal eine Nacht in einer Kutsche der Königin versteckt zugebracht hatte, Isabelle de La Trémoille hieß, sondern auch, dass sie bald wiederkommen würde.

Als dann am Montag darauf ihr Gespann in den Klosterhof fuhr, platzte Alix fast vor Wut als sie sah, dass der Kutscher keine Anstalten machte, seinen Beobachtungsposten zu verlassen. Sollte ihre Flucht an dieser unvorhergesehenen Wendung scheitern? Und wieso hatte sie sich keinen anderen Plan zurechtgelegt für den Fall, dass dieser verfluchte Kutscher auf seinem Kutschbock hocken blieb?

Alix musste sich entscheiden, sie durfte nicht länger abwarten. Gräfin de La Trémoille konnte jeden Moment aus dem Sprechzimmer kommen und ihre Kutsche besteigen. Also schlich sie ganz leise los und drückte sich, so gut es ging, an den Mauern entlang, damit sie nur ja keiner entdeckte. Oh Gott! Wenn sie von einer Nonne gesehen wurde, war sie verloren und fände sich sofort zwischen zwei Gefängniswärterinnen wieder, die sie in die finsterste Zelle des Klosters sperren würden.

Am liebsten wäre sie losgerannt, aber ein falscher Schritt, ein verdächtiges Geräusch oder sonst der kleinste Fehler hätten alles zunichtegemacht. Wie gern wäre sie endlich am Ziel gewesen, damit sie in die Kutsche klettern und sich unter einer Bank in Sicherheit bringen könnte – ganz hinten an die Wand gedrückt und ohne einen Mucks.

Immer noch an die Mauer gepresst näherte sie sich von hinten dem Fahrzeug, um den Blicken des Kutschers auszuweichen, der den Kopf mal nach links, mal nach rechts drehte. So erreichte sie endlich unbemerkt eine der Türen. Doch als sie sie öffnen wollte, stieß sie auf einen Widerstand.

Jetzt war Alix kurz davor, den Verstand zu verlieren; dabei musste sie ja um jeden Preis einen kühlen Kopf behalten. Auf keinen Fall durfte sie jetzt die Nerven verlieren! Also wollte sie noch einmal um die Kutsche schleichen, um die andere Tür zu öffnen, als der Kutscher plötzlich mit hoch erhobener Faust und drohender Miene vor ihr stand.

»Was machst du da?«

Erst wollte sie weglaufen, weil ihr der Mann solchen Schreck eingejagt hatte. Dann nahm sie aber doch ihren ganzen Mut zusammen, weil ihr gar nichts anderes übrig blieb.

»Ich … Ich hab gedacht, Ihr bleibt auf Eurem Bock.«

»Nun, wie du siehst, bin ich aber nicht da geblieben. Ehrlich gesagt, beobachte ich dich schon die ganze Zeit. Was willst du hier?«

Auf die Gefahr hin, alles zu verderben, entschied sie sich, die Wahrheit zu sagen. Wenn der Mann annahm, sie hätte etwas aus der Kutsche stehlen wollen, wäre das noch viel schlimmer.

»Ich will aus dem Kloster fliehen«, gestand sie und sah dem Kutscher in die Augen.

Dann schwieg sie und wartete seine Reaktion ab. Und auf einmal erinnerte sie sich an diesen Mann. Aber wo hatte sie ihn schon mal gesehen? Ja, natürlich! Das war doch damals, als sie Nantes verlassen musste, und es war nicht besonders schwierig, sich an die genaueren Umstände zu erinnern.

Der große, kräftige rothaarige Mann hieß Anselme. Aber wieso fuhr er jetzt die Kutsche der Gräfin de La Trémoille, wo er doch damals auf Jacquou aufpassen sollte?

Der Gedanke an ihren Jacquou brachte sie so aus der Fassung, dass sie erstmal zu gar keiner Entgegnung fähig war, als der Mann laut schimpfte und die Nonnen auf sie aufmerksam zu machen drohte.

»Warum solltest du denn fliehen wollen? Das glaub ich nicht. Wahrscheinlich wolltest du etwas stehlen?«

Alix legte nur den Finger auf den Mund.

»Wen wolltest du bestehlen, du kleines Luder?«

»Niemanden«, flüsterte sie. »Ich flehe Euch an, bitte, schreit nicht so laut, sonst sperren sie mich in ihre finsterste Zelle ein. Seid Ihr nicht Anselme, der Kutscher von Jacquou?«

Und jetzt erkannte er sie endlich auch.

»Die kleine Alix!«, rief er. »Das ist ja allerhand!«

»Ich flehe Euch an, seid nicht so laut! Ich will fliehen, und deshalb wollte ich mich im Wagen der Gräfin de La Trémoille verstecken. Es gibt keinen anderen Ausweg für mich. Ich hab schon alles versucht. Das letzte Mal haben sie mich auf der Straße nach Tours erwischt.«

Auf einmal wirkte Anselme beinahe gutmütig; seine Stimme klang freundlicher, und er schwang auch nicht mehr drohend die Faust.

»Da weiß ich jetzt gar nicht, was ich machen soll. Das ist ganz schön heikel, was du da von mir verlangst. Was werden die Nonnen denken? Man wird mir vorwerfen, dass wir unter einer Decke stecken, wenn sie dich kriegen.«

»Genau, und deshalb dürfen sie mich nicht kriegen. Und mit Eurer Hilfe geht das auch; Ihr müsst mir nur noch diese Tür öffnen, die ich nicht aufkriege.«

Als er noch zu überlegen schien und sich wohl nicht entscheiden konnte, bat sie noch einmal mit flehender Stimme:

»Bitte, bitte, helft mir. Ich sterbe, wenn ich noch einen Tag länger in diesem schrecklichen Kloster bleiben muss.«

Erst schüttelte er den Kopf, dann blickte er zur Klosterpforte, durch die Isabelle gegangen war, und flüsterte schließlich:

»Na gut, aber schnell, schnell, Dame Isabelle kann jeden Augenblick kommen. Steig ein, ich kümmre mich um den Rest.«

»Ich hab doch schon gesagt, dass ich die Tür nicht aufbekomme«, sagte sie ungeduldig. »Sie klemmt irgendwie.«

Da beeilte er sich, drückte kräftig auf den Türgriff, öffnete die Tür und ließ Alix endlich in die Kutsche klettern. Kaum hatte sich die Tür hinter ihr geschlossen, kam die Gräfin auch schon aus dem Sprechzimmer. Als sie neben ihm stand, räusperte er sich zunächst unentschlossen, nahm dann aber doch seinen ganzen Mut zusammen:

»Ich glaube, Euer Pferd sehnt sich nach Freiheit. Seht nur, Dame Isabelle, Framboise ist nun mal kein Kutschpferd. Sie ist nicht gern angespannt. Wollt Ihr sie nicht vielleicht ein bisschen reiten? Ich könnte hinter Euch herfahren.«

»Ach was«, meinte Isabelle, »sie kann warten, bis wir in Anjou sind. Sobald wir dort sind, mache ich mit ihr einen langen Ausritt durch die Wälder um meinen Landsitz.«

»Ich glaube aber, sie will nicht so lang warten.« Anselme blieb hartnäckig und schüttelte seinen struppigen roten Schopf. »Schaut doch, wie ungeduldig sie ist!«

Dann machte er sich daran, Framboise abzuspannen und reichte Isabelle die Zügel.

»Nur ein paar Meilen, dann spannen wir sie wieder vor die Kutsche.«

Es war nicht weiter schwierig, die leidenschaftliche Reiterin Isabelle zu überreden. Sie nahm die Zügel und schwang sich auf ihre Zelterstute, die sofort zufrieden den Kopf schüttelte. Das Gespann machte sich auf den Weg, aber kaum hatten sie Amboise hinter sich gelassen, als Isabelle es sich anders überlegte.

»Halt an, Anselme. Ich bin doch ein wenig müde und möchte mich lieber ein bisschen in der Kutsche hinlegen. Framboise kann schon warten, bis wir zuhause sind.«

Sie sprang von ihrem Pferd und sagte müde, aber vergnügt:

»Ich habe es ihr erklärt, und sie versteht mich sehr gut.«

Dagegen konnte Anselme nichts mehr ausrichten und ihr auch nichts mehr verheimlichen. Aber das Kloster war bereits ein Stück weit weg, und das war wohl am wichtigsten. Ohne ein Wort beeilte er sich, ihr die Tür zu öffnen, und als Isabelle in ihrer Kutsche stand, stieß sie beim Anblick der verschüchterten, zitternden Alix einen überraschten Laut aus.

»Was macht denn, bitte, dieses Mädchen in meiner Kutsche?«

»Ich flehe Euch an, Gräfin, werft mich nicht raus«, bettelte Alix. »Ich bin aus dem Kloster geflohen.«

»Nun – dann fahren wir jetzt dorthin zurück«, gab ihr die junge Frau ruhig zur Antwort.

»Ach, bitte, Dame Isabelle!«, mischte sich nun Anselme ein. »Mir scheint, Ihr habt Eure ganzen schönen Erinnerungen an ein gewisses Kloster in Florenz vergessen, in das man Euch eingesperrt hatte.«

»War denn dieses junge Mädchen auch eingesperrt?«

»Ja«, antwortete Alix schüchtern, obwohl sie auch nicht zu ängstlich wirken wollte. »Man hat mich gezwungen, den ganzen Tag zu beten. Ich musste tagelang in der Kapelle auf den Knien beten. Seht selbst, wie abgewetzt meine Knie sind.«

Und dann hob sie ihr graues Baumwollkleid hoch und zeigte zwei wunderschöne runde weiße Knie. Da musste Isabelle lächeln.

»Du hast sehr schöne Knie, und sie sehen überhaupt nicht abgewetzt aus. Aber abgesehen davon ist es nur natürlich, dass dir die Nonnen gesagt haben, dass du oft beten sollst. Das ist schließlich ganz normal in einem Kloster.«

Sie musterte das Gesicht des jungen Mädchens eine Weile.

»Seltsam, irgendwie kommst du mir bekannt vor.«

»Ja, das stimmt, Gräfin. Wir kennen uns, deshalb habe ich ja auch Eure Kutsche für meine Flucht ausgesucht. Ich war in dem Konvoi der beiden Zofen von Königin Anne, mit dem damals drei Stickerinnen aus der Werkstatt von Meister Yann gereist sind. Wir kamen aus Nantes und ...«

»Ah ja, jetzt weiß ich es wieder«, unterbrach sie Isabelle beinahe vergnügt. »Du warst so großzügig, mir Platz unter deiner Decke in der Kutsche zu machen, damit ich Dame Bertrande nicht über den Weg laufen musste.«

»Und am nächsten Morgen wart Ihr verschwunden.«

Alix erholte sich allmählich, und ihr Gesicht bekam wieder etwas Farbe.

»Und dann habe ich Euch nie wieder gesehen.«

»Ja, ich weiß«, sagte Isabelle und zuckte die Schultern. »Ich wollte damals nur kurz Jacquou sehen und ihm adieu sagen, ehe er zu seiner Lehrstelle aufbrach. Kannst du dich an den Jungen erinnern? Ach was, jetzt hätte ich beinahe vergessen, dass du dich ja in einer Kutsche versteckt hattest! Da kannst du nicht viel von ihm mitgekriegt haben.«

»Jacquou«, sagte Alix leise und staunte, dass Isabelle diesen Namen aussprach, über den sie alles wissen wollte. Jacquou ... »Ob ich mich an ihn erinnere? Natürlich! Er hat mir von einer Isabelle erzählt, das war ... seine Schwester.«

»Ja, das stimmt, das bin ich.«

»Was! Ihr seid Jacquous Schwester? Ich glaube, ich werde ohnmächtig«, stöhnte Alix und sank in Isabelles Arme.

»Anselme! Komm her und hilf mir. Wir müssen die Kleine auf die Bank legen.«

»Nein, nein«, sagte Alix, die wieder zu sich kam. »Ich muss unbedingt wach bleiben. Ich will nämlich wissen, wo Jacquou ist.«

»Aber warum denn?«

»Weil ich ihn wiedersehen will.«

»Kannst du mir bitte mal erklären, wieso. Vielleicht antworte ich dann auch.«

»Weil wir uns lieben.«

Anselme brach in Gelächter aus. Aber Isabelle forderte ihn auf weiterzufahren und erklärte ihm auch, warum:

»Hast du vergessen, dass wir nur wenige Meilen von Amboise entfernt sind? Wenn wir dieser Kleinen bei ihrer Flucht helfen wollen, sollten wir besser zusehen, dass wir hier wegkommen.«

Alix seufzte erleichtert.

»Oh danke!«, rief sie und nahm Isabelles Hand. »Das vergesse ich Euch nie.«

Die Gräfin wollte sich damit nicht aufhalten und kam auf ihre vorige Frage zurück.

»Du sagst, ihr liebt euch. Aber Jacquou ist erst sechzehn; und wie alt bist du?«

»Ich bin zwölf.«

Über diese freimütige Antwort musste Isabelle unwillkürlich lächeln.

»Was willst du denn machen, wenn du nicht mehr im Kloster bist?«

»Ich möchte mit Jacquou in einer Weberwerkstatt arbeiten.«

»Dann willst du also Teppichweberin werden?«

»Ich will auf jeden Fall mit ihm arbeiten. Als meine Mutter starb, hat man mich in Meister Yanns Werkstatt gebracht. Wenn Gaëlle, Eloise und Annette damals nicht nach Amboise gegangen wären, wäre ich bestimmt bereits die beste Stickerin von ganz Nantes. Jetzt will ich aber Weberin werden wie Jacquou.«

»Jacquou, immer Jacquou! Kannst du nichts anderes sagen?«

»Das stimmt, ich kann nichts anderes sagen.«

»Was hältst du davon, wenn du zu Meister Yann nach Nantes zurückgehst? Er nimmt dich bestimmt wieder.«

»Nein«, sträubte sich die kleine Alix. »Ich will die gleiche Arbeit machen wie Jacquou! Wie geht es ihm?«

»Weißt du eigentlich, dass du ziemlich stur bist, meine Kleine? Ich habe eine Tochter in deinem Alter, sie heißt Constance und ist genauso dickköpfig wie du. Sie hat sich in den Kopf gesetzt, dass sie nach Italien will.«

Diese vertraulichen Geschichten schienen Alix aber nicht zu interessieren, weil sie nur hartnäckig ihre Frage wiederholte:

»Wie geht es Jacquou?«

»Er ist gerade mit seiner Lehre fertig.«

»Oh! Wo arbeitet er jetzt?«

»In Tours, in der Werkstatt von Meister Coëtivy.«

Endlich hatte sie erfahren, was sie wissen wollte! Meister Coëtivy besaß so viele Werkstätten, im Val de Loire, in Paris und im Norden, dass sie ihren Geliebten ohne diesen Hinweis wohl kaum hätte finden können.

»Wird er dort bleiben?«, fragte sie dann noch.

»Ja, wenigstens so lange, bis er die Arbeit fertig gestellt hat, die er der Webergilde im Norden vorstellen will.«

»Und wie lange braucht er noch, bis er damit fertig ist?«

Isabelle zuckte die Schultern.

»Das weiß ich nicht so genau. Vielleicht sechs oder sieben Monate.«

Alix lächelte glücklich. Plötzlich kam es ihr so vor, als wäre Jacquou gar nicht mehr so weit weg. Und endlich wusste sie alles, damit sie sich auf die Suche nach ihm machen konnte.

An diesem Tag war Meister Coëtivy nicht in Tours.

»Räum die Wollballen auf, Aubert!«, rief Gauthier.

Es war noch früh, und in der Werkstatt hatte man eben erst mit der Arbeit begonnen, aber da klapperten schon die Webstühle, und keiner ließ sich von überflüssigem Geschwätz ablenken. Doch weil es Thibaud immer ein diebisches Vergnügen bereitete, Aubert zu ärgern, rief er jetzt: »Er hat sein Karree noch nicht fertig gewebt.«

Jacquou sah sich den Teppich an, an dem die Lehrlinge arbeiteten. Es war eine relativ leicht auszuführende Fläche – klein, viereckig, ohne Einfassung und aus einem Stück, mit ineinander verschlungenem Blattwerk und Vögeln. Die Arbeit war auf Kettenfäden aus Wolle gespannt, der Schuss war aus Leinengarn.

»Ich muss nur noch den Schnabel von dem Falken fertig machen«, sagte Aubert und warf seinem Kameraden einen finsteren Blick zu. »Das kann ich aber auch erledigen, wenn ich die Wollballen aufgeräumt habe.«

Jacquou sah den jungen Aubert an und erkannte an seinen funkelnden Augen, dass es noch einen anderen Grund gab als den Schnabel von seinem Vogel, weshalb er die Wollballen in den Schuppen neben dem Pferdestall räumen wollte. Er wollte sich nämlich ein wenig die Füße vertreten und vor allem nach den Pferden sehen. Jacquou hatte sich schon öfter gefragt, warum Auberts Vater ihn zu einer Lehre zwang, die ihm eigentlich gar nicht zusagte, und die er deshalb nur lustlos und widerwillig absolvierte.

»Also gut, geh sie aufräumen, aber komm gleich wieder. Du musst deine Arbeit fertig machen. Wie ich sehe, fehlt dir wirklich nur noch der Falkenschnabel. Aber du solltest einen Goldfaden nehmen, damit er schöner glänzt.«

Aubert nickte, aber Landry hatte wieder etwas einzuwenden:

»Er hat doch noch nie mit Goldfäden gearbeitet. Soll ich es vielleicht für ihn machen?«

»Meinetwegen, aber bring es ihm gleich bei. Ich will sehen, was ihr da zustande bringt.«

Die Arme voller Wollballen verließ Aubert die Werkstatt, hatte aber so viele auf einmal genommen, dass immer wieder welche auf den Boden fielen und er sich nach ihnen bücken musste.

Im Schuppen bemühte er sich dann aber schon, die Ballen ordentlich aufzuräumen und wollte nur noch ganz kurz in den Stall und nach den Pferden sehen, ehe er in die Werkstatt zurückging.

Als er aber durch das kleine Fenster in der Tür sah, das den engen, vollgestellten Raum spärlich beleuchtete, entdeckte er dahinter einen Frauenkopf. Erstaunt ließ er die Ballen sein und ging vor die Tür, wo er beinahe mit einem jungen Mädchen zusammengestoßen wäre, das ihn mit honigfarbenen Augen ansah.

»Entschuldigt, bitte«, sagte sie, obwohl der Junge wahrscheinlich kaum älter war als sie. »Ist das hier die Werkstatt von Meister Coëtivy?«

»Da kannst du aber sicher sein, dass sie das ist.«

»Und gibt es da einen Lehrling namens Jacquou?«

»Und ob es da einen Lehrling namens Jacquou gibt!«

Auf einmal bekam Alix Angst, der Junge könnte sie verjagen oder nach den anderen rufen. Als sie aber sah, dass er nichts dergleichen tat und sie offenbar anhören wollte, versuchte sie sich bei ihm einzuschmeicheln. So schwierig konnte es doch wohl nicht sein, diesen schmächtigen Jungen mit seinen neugierigen schwarzen Augen für sich zu gewinnen.

»Willst du mir helfen?«

»Bei was soll ich dir denn helfen?«

»Ich möchte Jacquou sehen.«

Alles Gold der Welt schimmerte in ihren Augen, und Aubert wurde rot, was ihm gar nicht ähnlich sah.

»Der muss arbeiten.«

»Ach, bitte, nur einen Moment!«

Aubert kratzte sich am Kopf – das kam ihm alles ziemlich kompliziert vor. Andererseits, wenn ihm dieses Kunststück gelang, das offen gestanden so schwierig auch wieder nicht war, hätte er bei Jacquou etwas gut, falls ihn dieser dumme Landry mal wieder bei Gauthier anschwärzen wollte.

»Mal sehn, was ich machen kann. Bleib hier. Wenn jemand kommt, versteckst du dich hinter den Wollballen. Da sind genug, dass dich keiner sehen kann.«

Dann ging er in die Werkstatt zurück, aber ganz sacht und mit geheimnisvoller Miene. Gauthier bereitete gerade seine Bestellungen vor, Thibaud und Landry arbeiteten an dem großen Webstuhl, und Benoîte hielt ihren Karton hinter die Kette, um die Wollfäden zu befestigen. Nur Aliette warf ihm einen neugierigen Blick zu und fand, dass er einen seltsamen Eindruck machte.

Sie sah, wie er sich zu Jacquou beugte und ihm etwas zuflüsterte, und begriff auch gleich, dass er nicht von seinem Vogelschnabel reden konnte, weil ihn Jacquou jetzt ganz verblüfft ansah. Aber sosehr sie auch lauschte, konnte sie doch nicht verstehen, worüber die beiden sprachen.

»Im Schuppen wartet jemand auf dich«, hatte Aubert Jacquou gerade ins Ohr geflüstert.

»Was meinst du?«

Jacquou sah ihn fragend an.

»Wenn ich es doch sage: Da ist jemand.«

Nun tat er so geheimnisvoll, dass Jacquou ärgerlich die Stirn runzelte, wobei ihm aber vor lauter Spannung der Mund offen stehen blieb. Doch damit nicht genug! Aubert fand plötzlich Geschmack an diesem Wissensvorsprung, den er vor seinem Kameraden hatte, und kostete es genüsslich aus, dass er ihn einen Augenblick lang in der Hand hatte. Er zwinkerte Jacquou verschwörerisch zu, lächelte viel sagend und meinte dann leise:

»Keine Angst. Ich sage Gauthier nichts. Ich schwör's dir.«

»Aber wer ist es denn?«

»Ein Mädchen.«

»Ein Mädchen!«

Diesmal wusste Jacquou nicht, wie ihm geschah. Er begegnete nur wenigen Mädchen, mit denen er außerdem kaum ein Wort wechselte. Und wenn er noch so lange in seinem Gedächtnis kramte – nein, er kannte wirklich kein Mädchen, außer den paar Kaufmannstöchtern, die gelegentlich in die Werkstatt kamen und Wolle, Garn, Nadeln oder Zeichenkartons brachten. Aber wieso sollte man daraus so ein Geheimnis machen?

Außerdem war Jacquou viel zu gewissenhaft und auch viel zu sehr mit seiner Arbeit beschäftigt, als dass er hinter den Mädchen hergelaufen wäre. Die Zeit kam noch früh genug – wie Meister Coëtivy zu sagen pflegte, dass er sich ein Mädchen suchen würde, das er dann heiraten wollte.

Neugierig verließ er nun die Werkstatt, um in den Schuppen zu gehen und nachzusehen, wer sich da hinter den Wollballen verstecken und auf ihn warten mochte. Nach wenigen Schritten stand er vor der Tür aus zusammengenagelten Brettern, die nicht wie sonst verriegelt war; es war also wohl tatsächlich jemand dort drin, weil der Meister angeordnet hatte, dass die Tür immer geschlossen und verriegelt werden musste, wenn man den Schuppen verließ.

Kaum hatte er die Tür aufgestoßen und den dunklen, staubigen Raum betreten, als sich eine Explosion ereignete! Ein Gewittersturm! Ein greller Blitz traf ihn! Ein Feuer entflammte, um nie wieder zu verlöschen. Alix flog ihm entgegen wie ein heftiger Windstoß, der die Tür aus ihren Angeln hob und ihn mit sich riss. Irgendwann hörte er sich flüstern:

»Alix! Vier Jahre hab ich dich nicht mehr gesehen! Schon vier Jahre! Wo warst du nur die ganze Zeit?«

Sie schmiegte sich an ihn, und er nahm sie in die Arme und

drückte sie an sich, wie er noch keinen Menschen umarmt hatte. Er, der kleine Jacquou, der keine Mutter hatte, und dessen ach so tugendhafter Vater keinem verraten hatte, dass er sein Sohn war.

»Alix! Ich hab so oft an dich gedacht«, murmelte er und atmete in tiefen Zügen den Duft ihrer Haut ein. »Wo bist du nur gewesen?«

»Im Kloster, Jacquou. Eingesperrt im Kloster. Aber ich schwöre dir, dass ich da nie wieder hingehe. Ich rühr mich hier nicht mehr von der Stelle. Jetzt bleib ich einfach bei dir.«

Er spürte, wie ihre Beine nachgaben und drückte sie wieder ganz fest an sich. War das ein schönes Gefühl, diesen anschmiegsamen, zitternden jungen Körper an seiner starken Brust zu spüren. Jacquou machte ein paar schüchterne, unbeholfene Versuche. Er streichelte den Nacken von Alix, er küsste ihre Lippen, er griff mit der Hand um ihre Taille – das alles kam ihm völlig verrückt und unvernünftig vor, trotzdem konnte er nicht damit aufhören.

»Oh! Was ist nur mit uns los?«, flüsterte er erschrocken, als ihm plötzlich bewusst wurde, wie unerfahren er noch in Sachen Liebe war.

Er drückte sie so fest an sich, dass sie kaum noch Luft bekam. Aber ihr Herz schlug so wild, dass sie es gar nicht merkte – nichts zählte, außer Jacquous Geruch, seine Hände und seinen Mund zu spüren. Und dann tauchten die ganzen Bilder wieder vor ihr auf, die sie sorgsam hütete, seit sie sich als kleines Mädchen geschworen hatte, dass sie ihren Jacquou eines Tages wiederfinden würde.

Schließlich machte sie sich widerstrebend von ihm frei.

»Man darf uns hier nicht finden, mein Herz. Ich verstecke mich bis heute Abend in dem Schuppen. Wenn du mit der Arbeit fertig bist, kommst du mich holen, ja?«

Zwei Stunden blieb Alix in ihrem Versteck. Sobald sie ein Geräusch hörte, verkroch sie sich hinter den Wollballen, so dass nichts mehr von ihr zu sehen war; wenn es wieder still wurde, tauchte sie auf, atmete tief durch und warf gelegentlich einen Blick durch das eine staubige Fenster, das der Schuppen hatte.

Als sie schließlich hörte, wie die Türen der Werkstatt abgeschlossen wurden und die Glocken der Kirche an der Straßenecke schlugen, sagte sie sich, dass sie wohl noch ein oder zwei Stunden warten müsste, ehe es Nacht wäre und Jacquou endlich kommen würde.

In ihrer dunklen, stillen Ecke hatte sie reichlich Zeit, um nachzudenken und sich auf die Straße zurückzuversetzen, die sie zur Gräfin de La Trémoille hätte bringen sollen. Als Anselme einen Halt einlegte und nachsah, warum eines der Pferde lahmte, und zur gleichen Zeit Isabelle kurz eingenickt war, packte Alix die Gelegenheit beim Schopf, sprang aus der Kutsche und lief die Straße in der entgegengesetzten Richtung davon. Dabei hielt sie sich am Straßenrand, um nicht gesehen zu werden, und versteckte sich schließlich in einem tiefen Graben voller welkem Laub, wo sie die Nacht verbringen wollte. Früh am nächsten Morgen machte sie sich wieder auf den Weg. Alix war sich ganz sicher, dass sie auf dem richtigen Weg nach Tours war und ließ sich durch nichts aufhalten. Aber noch einmal musste sie unter freiem Himmel schlafen, ehe sie in der Stadt ankam.

Drei Tage später hatte sie endlich die Werkstatt entdeckt, in der Jacquou arbeitete. In Tours herrschte große Betriebsamkeit, und die Stadt platzte förmlich aus allen Nähten vor lauter Geschäften und Werkstätten: Es gab Schuster, Sailer, Pergamenthändler, Buchbinder, Weber und Färber. Zwei Tage lang war sie unablässig durch alle Straßen gelaufen, bis sie endlich die Werkstatt von Meister Coëtivy entdeckt hatte.

Was für ein Glück, dass es ihr gelungen war, Anselme und die Gräfin de La Trémoille auf der Straße nach Tours abzuschütteln! Sie strahlte vor Freude bei dem Gedanken, dass sie Jacquou bald wieder sehen würde. Jetzt konnte es nicht mehr lange dauern; sobald es richtig Nacht geworden und der Himmel sternenübersät war, würden sie Hand in Hand spazieren gehen oder bis zum Morgengrauen Arm in Arm am Ufer der Loire sitzen.

Da wurde sie plötzlich aus ihren Träumen gerissen. Sie hörte Schritte im Hinterhof, genau da, wo es zu den Ställen und den Schuppen ging. Alix versteckte sich erneut schleunigst hinter ihren Wollballen, aber diesmal kamen die Schritte näher, und mit laut klopfendem Herzen hörte sie, wie das Schloss entriegelt wurde. War das Jacquou? Kam er endlich, um sie abzuholen?

Beinahe hätte sie ihr Versteck verlassen, aber ein ungutes Gefühl hielt sie zurück. Wie eine Katze, die sich notfalls verteidigt, blieb sie auf dem Sprung und hoffte, die Gefahr würde sich wieder verziehen. Und plötzlich wusste sie auch, dass das nicht Jacquou war, der näher kam.

Ein Mann machte sich an dem Werkzeug, den Waren und den Kartons zu schaffen und nahm sich dann die Wollballen vor. Alix machte sich so klein wie möglich und sah ängstlich zu, wie einer nach dem anderen weggeräumt wurde bis schließlich der letzte an der Reihe war, hinter dem sie versteckt war. Jetzt sah sie auch den Mann, der vor ihr stand und vielleicht zwischen fünfzig und sechzig Jahre alt sein mochte. Er war groß, hatte eine gute Figur und sah trotz seiner grauen Haare und den vielen feinen Falten im Gesicht sehr ansehnlich aus. Alix zitterte am ganzen Körper und glaubte, ihn zu erkennen, wagte aber nicht zu fragen.

»Steh auf, Kleine. Ich muss dich mitnehmen.«

»Wer seid Ihr denn?«, stammelte Alix mit einer Stimme, die ihr aus einem bösen Traum zu kommen schien.

»Das sage ich dir später. Jetzt bist du erstmal still und machst keine Geschichten.«

»Aber…«

Der Mann reichte ihr die Hand, die sie, noch immer zitternd, nahm. Sie wollte schreien, aber irgendetwas schnürte ihr die Kehle zu. Sie dachte an das Kloster und sagte sich, wenn sie schrie, wenn sie herumtobte und sich verteidigte, sich zur Wehr setzte, konnte sie sicher sein, dass der Mann, der stärker war als sie, sie auf dem kürzesten Weg wieder dorthin bringen würde. Also hielt sie den Mund.

»Komm jetzt, beeil dich ein bisschen! Ich tu dir schon nichts.«

Er nahm sie am Arm und schob sie nach draußen, ohne sich die Mühe zu machen, die Tür hinter ihnen abzuschließen.

Sein Pferd war wenige Schritte neben der Werkstatt angebunden. Der Mann nahm sie um die Taille und ließ sie vor sich aufsitzen. Sie ritten noch lange weiter, als sie die Stadt längst verlassen hatten. Alix spürte, wie ihr die Tränen in die Augen schossen, aber als sie zu schluchzen begann, rief ihr der Mann zu:

»Wein doch nicht, kleines Mädchen. Du musst nicht zurück ins Kloster. Aber ich sage dir gleich, dass wir einen weiten Weg vor uns haben.«

»Ihr seid Meister Coëtivy, hab ich Recht?«, fragte sie ihn zwischen zwei Schluchzern.

Er gab keine Antwort.

»Wohin bringt Ihr mich?«

»Nach Nantes.«

»Ich will aber nicht nach Nantes. Ich will hier in Tours bleiben und Jacquou wiedersehen.«

»Und genau deshalb wirst du nicht hierbleiben.«

»Aber was wollt Ihr denn nur? Was habt Ihr mit mir vor?«

»Meinetwegen können wir jetzt eine Pause machen und ein bisschen reden, weil wir inzwischen weit genug von Tours entfernt sind. Ich will dir deine Fragen beantworten.«

Er stieg von seinem Pferd ab und half auch ihr auf den Boden.

»Wer ich bin? Ja, du hast mich schon richtig erkannt, ich bin Meister Coëtivy.«

»Meister Coëtivy! Hab ich's mir doch gedacht. Aber was wollt Ihr denn von mir? Woher wisst Ihr denn …«

»Isabelle de La Trémoille hat mich verständigt. Zum Glück war ich gerade in der Gegend.«

»Aber …«, versuchte Alix mit halb erstickter Stimme einzuwenden.

»Wir wollen nämlich nicht, dass zwischen dir und Jacquou etwas passiert, was dann nicht wiedergutzumachen wäre. Weil du nämlich noch sehr jung bist, meine Kleine, und Jacquou auch. Ich lasse auf keinen Fall zu, dass er seine Zeit und seine Energie mit einer Liebelei verschwendet, bei der er nur den Kopf verliert. Er muss sein Meisterwerk vorbereiten, und zum jetzigen Zeitpunkt darf er an nichts anderes denken.«

»Aber das weiß ich doch selbst sehr gut, Meister Coëtivy, und ich werde alles dazu tun, was in meinen Kräften steht, damit er sich diesen großen Traum erfüllen kann.«

»Nein, gar nichts weißt du, du dummes kleines Ding! Jacquou ist viel zu jung, um so inbrünstig zu lieben. Er wäre nicht in der Lage, seine Leidenschaft zu beherrschen. Und dann würde er sein Pflichtgefühl und seinen Sinn für Realität verlieren.«

Wie hätte Alix, die fast verrückt wurde vor Verzweiflung, ahnen sollen, dass Meister Coëtivy bei dem Wort »Leidenschaft«, das ihr auch viel besser gefiel als »Liebelei«, an Léonore dachte?

Ja! Pierre de Coëtivy hatte Léonore und die Inbrunst, mit der er sie geliebt hatte, nicht vergessen. Ihre Liebe war eine belebende und zugleich zerstörerische Leidenschaft gewesen. Eine Leidenschaft, die ihn in düsterer Untätigkeit versinken zu lassen drohte, als die schöpferische Phase zu Ende gegangen war. Léonore hatte ihn voll und ganz beansprucht, und er hatte damals befürchtet, er würde ihretwegen überhaupt nicht mehr arbeiten können.

Hatte er wirklich so große Angst, dass Jacquou schwächer als er sein könnte? Ja, davon war Meister Coëtivy felsenfest überzeugt. Und deshalb machte er jetzt auch kurzen Prozess mit dieser Liebesgeschichte, die ihm zu entgleiten drohte.

Der große Webermeister hatte nämlich bereits alles geplant für diesen Sohn, dessen wahre Herkunft er allen – und ganz besonders Dame Bertrande – verschwiegen hatte. Jacquou sollte später einmal eine reiche Kaufmannstochter heiraten und mit ihrer Mitgift sein Erbe aufbessern. Und diese Frau würde er schon auftreiben, schließlich kannte er mehr als einen Meister aus Brüssel oder Brügge, der sofort einverstanden wäre, seine Tochter mit dem Schützling von Pierre de Coëtivy zu verheiraten.

»Wo bringt Ihr mich denn hin?«

»Ich bringe dich zu Meister Yann, den du ja kennst, und mit dem ich reden will. Er nimmt dich bestimmt wieder in seine Werkstatt, und dann wirst du bald eine gute Stickerin.«

»Ich will keine Stickerin sein, und ich weigere mich, nach Nantes zu gehen.«

Beinahe wäre sie ihm entwischt, aber er konnte sie gerade noch am Arm festhalten. Sein Griff war stark, fest und unerbittlich.

»Ich hasse Euch, Meister Coëtivy«, schrie sie und machte sich so endlich frei von ihrer Angst, ihren Sorgen und ihrer vorsichtigen Zurückhaltung.

»Du kannst schreien so viel du willst, meine Kleine. Hier hört dich kein Mensch. Der Wald verschluckt deinen Lärm.«

»Bestimmt gibt es einen Reisenden, der mich hört und anhalten und nachsehen wird, warum ich so schreie.«

»In dem Fall würde dich das Kloster erwarten, und nicht die Werkstatt von Meister Yann.«

Alix schwieg. Diese Antwort war vernichtend. Und der Mann war durchaus in der Lage, seine Drohung wahr zu machen. Also musste sie sich etwas anderes einfallen lassen.

»Meister Coëtivy – Ihr seid ein Ungeheuer!«

Er sah sie an und brach in Gelächter aus, in ein viel zu lautes Gelächter, in dem eine gewisse Verlegenheit mitschwang, die beinahe nach Angst klang.

»Ja, natürlich, das kannst du gern von mir denken, wenn es dir Spaß macht.«

»Es macht mir überhaupt keinen Spaß, und ich würde Euch nur zu gern etwas anderes sagen. Aber es ist nun einmal die Wahrheit, deshalb kann ich es nicht ändern. Also wiederhole ich: Ihr seid ein Ungeheuer und ein erbärmlicher Vater.«

Diesmal wurde ihr Gegenüber blass, und und sein Lachen verging ihm auf der Stelle.

»Ja!«, sagte Alix, von dieser unerwarteten Wendung wie entfesselt. »Ein abscheulicher Vater! Ein Vater, den nicht einmal ich haben möchte, ich Waisenkind. Und es ist wirklich sehr traurig, dass Ihr und der Vater von Jacquou ein und derselbe sind. Ihr habt ihn wirklich nicht verdient.«

Er griff nach ihren Handgelenken und drückte sie so grob, dass sie zu weinen begann.

»Lasst mich los, und hört Euch an, was ich auf dem Herzen habe, Meister Coëtivy. Ich weiß nämlich manches, was Ihr nicht wisst. Jacquou achtet Euch, er bewundert Euch, aber er liebt Euch nicht.«

»Ich verbiete dir …«

»Ihr habt mir gar nichts zu verbieten. Eure Härte, Eure übertriebene Strenge und Euer Ehrgeiz ersticken doch jedes andere Gefühl. Meint Ihr etwa wirklich, dass Jacquou, sobald er erfahren hatte, dass Ihr sein Vater seid, Dame Bertrande nichts davon erzählen wollte?

Glaubt Ihr wirklich, dass er nie von dem Tag geträumt hat, an dem er allen erzählen dürfte, dass er Euer Sohn ist?«

Zu ihrer eigenen Verblüffung sah sie, dass sie voll ins Schwarze getroffen hatte.

»Glaubt Ihr wirklich, dass Jacquou nach diesen Enthüllungen, die ihn erschreckt haben, sich nicht gewünscht hat, dass Ihr ihm Eure väterliche Liebe versprecht, so wie er Euch bereits seine kindliche Liebe geschenkt hatte?«

»Dann hat er dir also alles erzählt«, sagte er nur leise.

»Ja! Und er hat mir auch von seiner Mutter Léonore erzählt. Habt Ihr diese Frau auch so wenig geliebt, dass Ihr es jetzt wagt, das Gefühl zu zerstören, das uns vereint – Jacquou und mich?«

»Was weißt du denn schon von Liebe, du kleines Dummchen?«

»Und Ihr? Was bedeutet sie Euch im Vergleich zu beruflichem Erfolg und künstlerischem Ruhm?«

Jetzt weinte sie wieder herzzerreißend.

»Wir reiten jetzt weiter, und Ihr bringt mich zu Meister Yann«, sagte sie. »Ich werde älter, und bald bin ich eine der besten Stickerinnen von Meister Yann. Aber eins verspreche ich Euch, Meister Coëtivy, nämlich dass Ihr mich dann noch lange nicht los seid!«

In Gedanken schmiedete sie bereits Pläne für ihre Rückkehr nach Tours. Wie hatten sie und Jacquou nur so ahnungslos und gutgläubig sein können zu meinen, sie würden sich bei Dunkelheit in dem kleinen Schuppen von der Werkstatt in Tours wiedersehen?

Jacquou erfuhr nie, was geschehen war; und zum zweiten Mal verloren sie sich aus den Augen.

Auch wenn er Aubert immer wieder fragte – der Junge schwor, dass er mit dem geheimnisvollen Verschwinden nichts zu tun hatte. Erst viel später und durch einen dummen Zufall verriet ihm Arnold, dass sich die beiden Webermeister damals abgesprochen hatten – und da verdächtigte er sofort seinen Vater.

5

Der große Waffensaal von Schloss Doué-de-la-Fontaine im Anjou bot ausreichend Platz für einen ganzen Truppenaufmarsch, wie zu Zeiten von Graf Georges de La Trémoille, als der die Verschwörer des »Verrückten Kriegs« gejagt hatte. Sein Sohn Julien zog allerdings mittlerweile Jagden und endlose Ausritte den langweiligen herrschaftlichen Empfängen vor.

Constance warf ihrer Mutter einen finsteren Blick zu, den Isabelle aber ignorierte. Sie tat so, als wäre sie ganz in eine illustrierte Handschrift vertieft, in der sie schon länger blätterte.

Ihr Bruder Olivier, der im Gegensatz zu Constance Streitereien verabscheute, verließ den Raum und zog sich in den Stall zurück zu Horace, seinem stolzen weißen Araberpferd.

Deshalb wartete Constance nun auf Hochwürden Jean de Villiers, ehe sie einen neuen Vorstoß in dieser Angelegenheit unternahm, die alle etwas unangemessen fanden.

»Was soll ich nur machen, Jean?«, rief sie. »Wie kann ich meine Mutter doch noch dazu bringen, dass sie mir erlaubt, dich nach Rom zu begleiten?«

»Genug jetzt, Constance, wir fahren nicht.«

»Dann lass mich doch allein mit Jean fahren.«

Jean seufzte hilflos, als er sah, wie das junge Mädchen seine Mutter mit zornigen Blicken durchbohrte.

»Wir können Constance nicht nach Italien reisen lassen, Jean«, kam ihm Isabelle sofort zuvor. »Schließlich ist sie noch ein Kind.«

»Ich bin kein kleines Mädchen mehr!«, schrie Constance. »Außerdem warst du in meinem Alter schon längst unterwegs, wie du wohl noch wissen dürftest. Und was viel schlimmer war! Du warst allein, während ich mit Jean fahren würde.«

»Das stimmt nicht, Constance! Ich war nicht allein. Der Herzog von Orléans, der jetzige König von Frankreich, hatte mich mit einer Delegation mitgeschickt, und seine Gefolgsleute hatten sehr wohl ein Auge auf mich.«

»Dann gib mir eben auch Leute mit: Anselme, deinen Kutscher, Elisa, die Kammerzofe. Carla wäre bestimmt begeistert, wenn sie ihre Heimat wiedersehen dürfte. Und in Rom hat Jean doch schließlich …«

»Hör auf, ständig Jean vorzuschieben. Du vergisst, dass er nicht zu seinem Vergnügen im Vatikan ist; und du hast da gar nichts verloren. Außerdem kann er nicht dauernd auf dich aufpassen.«

Sie wollte auf ihre Tochter zugehen und ihr zärtlich über die Wange streichen. Aber Constance ließ es nicht zu und stieß die Hand ihrer Mutter unwirsch zurück.

»Wieso soll er denn überhaupt auf mich aufpassen?«

Nun wurde Isabelle lauter.

»Du fährst nicht, Constance, und damit basta.«

Das junge Mädchen sah seine Mutter zornig an und entgegnete herausfordernd.

»Doch, Mutter, ich fahre mit Jean.«

»Nun, mein Kind, dann zwingst du Jean eben, dir selbst zu sagen, dass er dich nicht mitnehmen kann.«

Jean mochte es nicht, wenn Mutter und Tochter stritten, und fühlte sich jetzt ziemlich unbehaglich. Was konnte er schon sagen, ohne entweder die eine oder die andere zu verletzen?

»Constance«, begann er und nahm ihre Hand, »ich kann dich wirklich nicht mitnehmen, wenn deine Eltern dagegen sind.«

»Ach was, Jean, was heißt hier meine Eltern! Abgesehen von meiner Mutter, von welchen Eltern sprichst du denn? Ich kenne meinen Vater gar nicht.«

»Jetzt ist es aber genug, Constance«, wies sie Isabelle zurecht, »Julien hat dich aufgezogen.«

»Er hat mich nicht aufgezogen, er hat mich nur geduldet, und das weißt du auch.«

Was hätte Isabelle dagegen einwenden sollen? Constance hatte leider Recht. Und eben deshalb konnte sie auch nicht nach Italien zurückkehren, ohne Juliens Zorn heraufzubeschwören.

Um das zu verstehen, musste man allerdings viele Jahre zurückgehen. In die Zeit, als sie ihren kleinen Bruder Jacquou kennen gelernt hatte, den Sohn von Meister Coëtivy, dessen Liebesgeschichte mit ihrer Mutter, Léonore, so viele Schwierigkeiten mit sich gebracht hatte. Damals, als die Italienkriege des früheren Königs, Charles VIII., sie nach Neapel, Rom und vor allem nach Mailand geführt hatten, wo sie Ludovico Sforza, genannt il Moro, begegnet war.

Isabelle seufzte. Sie konnte nicht an Mailand denken, ohne sofort wieder den feurigen Blick seiner schwarzen Augen auf sich zu spüren – die ihre Tochter im Übrigen von ihm geerbt hatte. Wie hätte sie seine Samthände und die Zärtlichkeiten vergessen sollen, die er ihr in einer Mischung aus Französisch und Italienisch ins Ohr geflüstert hatte?

Hätte es damals nicht dieses Liebesabenteuer in Mailand gegeben, und bestünde nicht die Möglichkeit, Ludovico eventuell dort wiederzutreffen, könnte Isabelle ihre Tochter natürlich ohne weiteres nach Rom begleiten. Jean fände das sicherlich wunderbar. Aber das Schicksal hatte anders darüber entschieden, und Julien de La Trémoille konnte diese Reise nicht erlauben, die viel zu heikel für sein Eheleben war.

Isabelle sah ihre Tochter verständnisheischend an, aber Constance hatte noch nicht aufgegeben.

»Jean passt auf mich auf, das hat er mir versprochen.«

»Jean wird nicht auf dich aufpassen, weil du nicht fährst.«

Der Prälat hielt noch immer Constances Hand fest. Er beobachtete sie schweigend und suchte nach den passenden Worten, um ihren Zorn nicht noch weiter anzufachen.

»Was willst du denn überhaupt so allein in Rom?«

»Ich suche meinen Vater.«

»Dein Vater ist tot«, wandte Isabelle ein.

»Das ist nicht wahr. Lüg mich nicht an, Mutter. Ich habe doch gehört, wie Julien sagte, dass er dich nie wieder nach Italien reisen lassen würde, damit du ihn nicht treffen kannst.«

Julien! Ihr Mann, der Graf de La Trémoille, der lange geglaubt hatte, Constance wäre die Tochter von Kapitän Ligny, Isabelles erster großer Liebe aus der Zeit, als sie noch die Freundin von Königin Anne war.

Letztere hatte ihre bevorstehende Hochzeit mit Julien de La Trémoille verkündet, ohne vorher das Einverständnis von Isabelle eingeholt zu haben. Isabelle war mit der italienischen Expedition auf den Galeeren von Kapitän Ligny gefahren, in Begleitung von Jean, der damals noch ein einfacher Prälat, und von Louis d'Orléans, der noch nicht König von Frankreich war; als sie nach Frankreich zurückkehrte, ließ Isabelle ihre Tochter Constance, die sie eben zur Welt gebracht hatte, in Rom zurück mit dem Versprechen, sie nachzuholen, sobald sie Julien geheiratet hatte, worauf die Königin bestand.

»Constance«, mahnte Jean behutsam, »warum willst du nicht gehorchen? Weißt du eigentlich, wie gern Isabelle auf den Rat ihrer Mutter gehört hätte, wenn sie ihr der Himmel nicht genommen hätte?«

»Ich bin aber nicht sie, und sie ist nicht ich!«, rief Constance.

»Aber alle jungen Mädchen müssen ihren Müttern gehorchen.«

»Ich nicht«, gab sie mit gerunzelter Stirn und zorniger Miene bockig zurück.

»Aber warum denn nicht? Constance, warum?«, fragte der Prälat noch einmal.

»Weil sie mich in Unkenntnis lässt.«

»Und wenn sie dir nun besser erklären würde, wie sich alles ereignet hat, würdest du dann auf sie hören?«

Für einen Augenblick war Constance um eine Antwort verlegen, was bei dem rebellischen, aufgeweckten Mädchen sehr ungewöhnlich war. Also schwieg sie und sah Jean an.

»Möchtest du, dass sie dir einiges erklärt?«

Constance sah ihre Mutter an, die ohne weiteres Zögern begann:

»Dazu müssen wir sechzehn Jahre zurückgehen, Constance. Damals war ich noch nicht mit Julien verheiratet, den mir Königin Anne aber bestimmt hatte. Ich schätzte ihn als angenehmen Gefährten, der sich gern in meiner Gesellschaft am Hofe vergnügte. Aber ich glaube nicht, dass ich ihn geliebt habe.«

Das konnte sie Constance nur so ruhig erzählen, weil ihr Sohn Olivier nicht bei ihnen war. Wer sie aber so gut kannte wie Jean, hörte an ihrer Stimme, wie bewegt sie war; er wusste auch, dass es für sie nicht besonders angenehm sein dürfte, über ihre Vergangenheit zu sprechen.

»Der Herzog von Orléans hatte mir einen Auftrag erteilt; ich sollte mich nach Mailand zu Ludovico Sforza begeben, dem Regenten auf dem Mailänder Thron, um ihn zu einem Gespräch zu überreden, zu dem er nicht bereit war, weil er lieber mit Charles, dem König von Frankreich, reden und verhandeln wollte.«

Sie sah ihre Tochter an, die ihr schweigend zuhörte.

»Ich bin ihm in die Falle gegangen, Constance. Ludovico hat mich verführt, und ich habe ihn erobert. Wir haben uns aber nur zweimal geliebt. Dann hat sich alles gegen ihn gewendet. Dazu muss man wissen, dass er seine Verpflichtungen gegenüber dem Herzog von Orléans nicht eingehalten hat und dieser ihn in ganz Italien gejagt hat. Er musste aus Mailand fliehen, und ich habe ihn nur ein einziges Mal wiedergesehen. Du warst gerade geboren, und ich stand an deiner Wiege.«

»Was hat er gesagt?«, fragte Constance mit eisiger Miene.

»Nichts«, log Isabelle, die sehr wohl wusste, dass sie nichts anderes sagen konnte, wenn sie den Zorn ihrer Tochter nicht erneut entfachen wollte. »Nichts.«

Jean war ebenfalls bewusst, dass sie diese Lüge retten würde.

»Er hat kein Wort gesagt! Und ich wusste nicht einmal, dass er fliehen würde.«

»Wo ist er jetzt?«

»Er ist nicht mehr in Italien, wo ihn Louis XII. zu leicht hätte aufspüren können. Es heißt, er stehe unter dem Schutz von Maximilian von Österreich.«

Sie sah, dass ihre Tochter überlegte. Jetzt nach Österreich zu gehen, um ihren Vater zu suchen, kam ja wohl nicht in Frage. Außerdem schienen sie diese Offenbarungen irgendwie etwas beruhigt zu haben.

»Sehr gut! Du hast gewonnen«, sagte sie trocken, »ich gehe nicht nach Italien.«

»Aber wo gehst du denn hin?«, rief ihre Mutter, als sie sah, dass ihre Tochter mit schnellen Schritten zur Tür eilte.

»Ich reite aus.«

»Aber bleib in der Nähe.«

Constance gab keine Antwort. Die langen Ausritte ließ sie sich nicht nehmen. Ohne eine Geste, ein Wort oder einen Blick verschwand sie aus dem Zimmer.

Im Stall entdeckte sie Olivier, der neben Horace im frischen Stroh lag. Neben dem Pferd seines Bruders stand Salomé, ihre schöne graue Stute, die vor Freude laut wieherte, als sie ihre Herrin kommen sah.

»Kommst du mit?«, fragte Constance ihren Bruder.

»Wohin willst du denn?«

Das Mädchen zuckte die Schultern.

»Egal! Dahin, wohin mich Salomés Hufe tragen.«

»Dann willst du also weg?«, fragte Olivier erstaunt und richtete sich halb auf, um sie besser sehen zu können.

Seine Schwester hatte schon so oft von Flucht, Rebellion, Ausbruch und Weglaufen gesprochen, und er hatte sie schon so oft ungehorsam, widerspenstig und kühn erlebt – manchmal bot sie ihrer Mutter und sogar ihrem Vater Julien die Stirn –, dass er bei ihr mit allem rechnete.

»Aber nein, du Dummkopf!«, entgegnete sie und lächelte ihren Bruder an. »Ich reite nicht weiter als bis zum Kloster Saint-Maur.«

Und sie wusste ganz genau, warum sie ausgerechnet das sagte, die schlaue Constance! Es gab nichts, was Olivier lieber tat, als die Mönche im Kloster Saint-Maur zu besuchen.

Der Junge war ein Einzelgänger, ängstlich und von zurückhaltendem Wesen, außer wenn er mit Constance zusammen war, der er alles erzählte, was er auf dem Herzen hatte, und jeder wusste, dass er Priester werden wollte. Sein Hauslehrer, Abbé Martin, lobte ihn in den höchsten Tönen und hielt ihn für klug, fleißig und überlegt. Er war das genaue Gegenteil von Constance, die viel zu sprunghaft und wirklichkeitsfremd war, um sich zum Lernen zwingen zu lassen.

Beinahe hätte Olivier das Angebot angenommen; dann war ihm aber zum Glück doch eingefallen, dass Jean bei ihnen zu Gast war, der vielleicht sehr bald nach Rom reisen musste, ohne dass er noch ausführlich hätte mit ihm diskutieren können. Deshalb lehnte er dankend ab.

»Nächstes Mal«, antwortete er und stand auf. »Ich möchte mich lieber mit Jean unterhalten. Fährst du mit ihm nach Italien?«

»Nein«, sagte Constance.

Dann nahm sie Salomé am Zügel.

»Bis heute Abend, Brüderchen.«

Sie ging aus dem Stall, bestieg ihre Stute, ritt durch das Schlosstor, das von leuchtend grünem Efeu und bunt blühenden wilden Kletterpflanzen überwuchert war, und machte sich auf den Weg zum Wald von Douces.

Olivier ging zu seiner Mutter. Wie Constance war er groß für sein Alter, bewegte sich aber ungeschickter als sie und war äußerst zurückhaltend. Der junge Mann hatte die gleichen schönen blauen Augen und die gleichen vollen Lippen wie seine Mutter.

Isabelle lächelte, als sie ihren Sohn kommen sah. Jean saß neben ihr, und die beiden hatten noch ein wenig geplaudert.

»Warum bist du nicht mit deiner Schwester ausgeritten?«, fragte sie ihn und forderte ihn auf, sich neben sie zu setzen.

»Ich wollte mit dir sprechen, Jean.«

Er wandte sich zu ihm und sah ihn voller Inbrunst an. Wie hätte sich dieser junge Mann, der so überzeugt war von seinem Glauben und dem Auftrag, den er bei Gott zu erfüllen hatte, angesichts der Gegenwart eines in den Vatikan gewählten Kardinals auch anders verhalten sollen? Denn Hochwürden Jean de Villiers hatte das Kardinalsrot sechzehn Jahre zuvor bekommen, als er mit einem einträglichen Vertrag in der Hand aus Konstantinopel zurückgekommen war – dem Recht auf das Färben mit Alaun aus dem Orient, das er Papst Alexander VI. mitgebracht hatte, dem mächtigen Mann aus der Sippe der Borgia, und der ihn dafür mit einer Kardinalstiara großzügig entlohnt hatte.

Seither kam Jean nur noch selten ins Val de Loire, wo er starken Rückhalt, zuverlässige Beziehungen und vor allem Isabelle und ihre Kinder zurückgelassen hatte, deren Familie auch die seine war.

Jean de Villiers hatte seine eigene Geschichte, die Isabelle in allen Einzelheiten kannte, wenn sie auch vielleicht nichts von den allzu vertraulichen Episoden wusste, die der Prälat in seinem Herzen verschlossen hielt.

Mit zwanzig Jahren hatte sich der junge Mönch von Saint-Grégoire-de-Tours hoffnungslos in Isabelles Mutter Léonore verliebt. Trotzdem hatte er sich nicht dazu entschließen können, sein Priestertum aufzugeben. Sein Gönner, Bischof Bertrand de Tours, hatte ihn vor dieser Versuchung gewarnt, und Jean war es gelungen, seine heftige Neigung für Léonore zu unterdrücken, die ihn von der Kirche entfernt hätte – er trennte seine beiden Leidenschaften säuberlich voneinander. Doch dann kam dieser schreckliche »Verrückte Krieg« und wütete in der Bretagne, und das Schicksal riss die beiden auseinander. Jean wäre beinahe von den Soldaten von Anne Beaujeu gehängt worden, die damals Regentin für ihren minderjährigen Bruder Charles war. Und Léonore hatte die Regentin höchstpersönlich in den Gefängnisturm von Bourges sperren lassen, wo sie mehrere Jahre bleiben musste; sie kam nur kurz bevor dann der Herzog von Orléans dort weggeschlossen wurde wieder frei.

Léonore und Jean sahen sich erst zehn Jahre später wieder, als die Zeiten noch schlimmer waren, weil die große Pest in Frankreich wütete und Tausende von Opfern holte. Sie starb in seinen Armen bei der Geburt des kleinen Jacquou, dem Sohn von Meister Coëtivy.

»Was möchtest du, Olivier? Hast du Constance gesehen?«

»Reden wir nicht von Constance. Sie musste sich etwas austoben. Ich kenn sie doch, heute Abend kommt sie frisch und munter zurück. Erzähl mir lieber etwas vom Vatikan, Jean. Ich möchte so gern wissen, wie es da zugeht.«

Jean lachte vergnügt.

»Zunächst einmal musst du ein ganz normaler Priester werden, mein Junge.«

»Ja, ja, das weiß ich schon«, sagte Olivier ernst. »Aber wenn ich erst weiß, welche Orden es alle gibt, kann ich besser entscheiden, welcher zu mir passt.«

»Da hast du allerdings Recht«, meinte Jean und betrachtete den stillen Olivier.

Jean erinnerte sich, wie er selbst in Oliviers Alter und zwischen der christlichen und der islamischen Religion hin und her gerissen war. Jean wurde nämlich als Sohn eines türkischen Sultans und im Harem des arabischen Prinzen Mohammed II. geboren, dessen Vater an der Eroberung von Konstantinopel beteiligt war.

Ja, der hitzköpfige Jean war der Sohn von Mohammed II. und seiner Konkubine Blanche de Villiers, die im türkischen Harem gefangen gehalten wurde. Zur Flucht verhalf ihr damals Thomassaint Cassex, ein Webermeister aus Brügge, der in erster Ehe mit der Großmutter von Isabelle verheiratet gewesen war. So erklärte sich auch ihr Verwandtschaftsverhältnis.

»Ich hoffe, du weißt, dass ich dich immer unterstützen werde, egal welchen Orden du dir aussuchst«, sagte Jean zu dem Jungen.

Olivier nickte und strahlte vor Glück. Doch dann hörte er ein Geräusch und sah sich um. Mit einem Schlag verschwand der zufriedene Ausdruck aus seinem Gesicht und machte einer krankhaften Angst Platz. Seine Lippen verzogen sich zu einem verkrampften Lächeln, und Isabelle spürte, wie er sich in sich zurückzog.

Aus der Halle neben dem großen Saal hörte man Juliens Schritte.

Der früher recht ansehnliche Julien war von mittlerer Statur und hatte inzwischen sehr an Gewicht zugelegt, was seinem Gesamteindruck nicht unbedingt zuträglich war. Weil er noch immer zur königlichen Kavallerie gehörte, zog er stets mit dem König und seiner Armee mit. Es verstand sich fast von selbst, dass Louis XII. in Bezug auf die Italienkriege die gleichen Absichten wie schon Charles VIII. hegte – Neapel und Mailand waren seine Hauptziele.

Julien folgte also dem Armeekorps überallhin und hielt sich dementsprechend selten am Hofe auf, von wo er allerdings gerade sehr zufrieden zurückgekommen war. Isabelle ahnte instinktiv, dass er wichtige Neuigkeiten zu berichten hatte.

Er nickte seinem Sohn zu, der diesen Gruß ziemlich ungeschickt erwiderte. Noch nie hatte ihn der Vater in den Arm genommen, ihm noch nie einen tröstlichen Kuss auf die Stirn gedrückt. Julien de la Trémoille betrachtete Olivier nämlich genauso wenig wie Constance als sein Kind – und Isabelle wusste das.

Und auch hierfür musste man die Erklärung in der Vergangenheit suchen: Als nämlich Juliens Mutter, die Gräfin de La Trémoille, Witwe wurde, hatte sie genau zu dem Zeitpunkt die Verwaltung von Schloss Doué übernommen, als ihr Sohn Julien sich verheiratete. Weil sie Isabelle nie akzeptiert, sie sogar einmal als Tochter einer Kurtisane bezeichnet hatte – Isabelle war nämlich eine uneheliche Tochter des Herzogs von Berry, von dem sich Léonore als junge Frau hatte verführen lassen, versuchte Catherine de La Trémoille verbissen zu beweisen, dass Isabelle nichts anderes als eine treulose Abenteurerin war.

Kurz nach ihrer Hochzeit kam Julien in Begleitung seines Freunds Etienne d'Amboise auf sein Schloss zurück, als ihm Isabelle gerade gestehen wollte, dass sie schwanger war. An diesem Tag hatte sie der unangenehme Herr Etienne d'Amboise, den sie sowieso nicht leiden konnte, weil er eingebildet war und sich ständig auf die geschmackloseste Weise über sie lustig machte, brutal vergewaltigt.

Und Catherine de La Trémoille war wie durch Zufall und vermutlich, weil sie ihr diese Falle selbst gestellt hatte, genau in dem Moment dazugekommen, als sich Isabelle mit den einzigen Waffen zu verteidigen versuchte, die ihr zur Verfügung standen: Sie schrie, sie weinte, sie trat mit den Füßen und kratzte.

Juliens Mutter schickte Isabelle sofort weg. Ihren Sohn machte sie aber glauben, Isabelle hätte dem Akt zugestimmt und das Kind sei nicht von ihm.

Angesichts der ohnehin belasteten Vergangenheit von Isabelle und der kleinen Constance, dem Ergebnis einer anderen Affäre, hatte Julien einen Strich unter das bisschen Glaubwürdigkeit gemacht, das er von ihr erwarten konnte. Für ihn war Olivier nicht sein Sohn.

Nachdem Julien die mehr als zurückhaltende Begrüßung von Olivier und die heitere Stimmung seiner Frau registriert hatte, verbeugte er sich vor dem Prälaten.

»Wie geht es Euch, Jean? Brecht Ihr bald wieder nach Rom auf?«

Eigentlich wollte Graf de La Trémoille aber unbedingt loswerden, was er zu berichten hatte, weshalb er die Antwort seines Gastes gar nicht abwartete, sondern gleich fortfuhr:

»Ich habe die Königin gesehen.«

»Wie geht es ihr?«, erkundigte sich Isabelle höflich.

Es war schon sehr lange her, dass Isabelle die frühere Herzogin, Anne de Bretagne, gesehen hatte, mit der sie ihre gesamte Jugend auf dem Schloss in Nantes verbracht hatte, nachdem die Regentin Anne de Beaujeu sie wie eine hübsche Ware dem bretonischen Hof »geschenkt« hatte. Dazu muss man wissen, dass der Herzog von Berry, Isabelles Vater, gerade gestorben war und dass seine Frau eine neue Ehe schließen und sich dabei nicht mit den vielen unehelichen Kindern ihres verstorbenen Gatten belasten wollte.

»Sie will Eure Tochter verheiraten.«

Diese bedrohliche Bemerkung traf Isabelle ohne Vorwarnung und das ausgerechnet wenige Augenblicke nachdem sie sich überzeugt hatte, dass Constance noch immer ein Kind war. Warum nur war die Königin so darauf versessen, alle jungen Mädchen des Königreichs unter die Haube zu bringen, sobald sie ins heiratsfähige Alter kamen? Isabelle seufzte leise.

»Die Königin kümmert sich noch immer um Dinge, die sie nichts angehen«, sagte sie kopfschüttelnd. »Ich fürchte, Constance wird davon gar nicht begeistert sein.«

»Eure Tochter hat zu tun, was der Hof von ihr verlangt«, entgegnete Julien scheinbar unbeteiligt.

»So wie ich!«

Er sah sie überrascht an, ging aber nicht weiter darauf ein.

»Eure Tochter wird sich fügen müssen.«

Isabelle zuckte nur die Schultern. Wenn er in diesem Ton »Eure Tochter« sagte, dann wahrscheinlich um zu betonen, dass Constance nicht seine Tochter war und um Isabelle wütend zu machen.

»Sie will also Constance verheiraten! Mit wem denn?«

»Ich glaube, Königin Anne zieht zwei oder drei Männer aus den besten Familien Frankreichs in die engere Wahl. Das ist aber nur eine Vermutung. Tatsache ist dagegen, dass sie Eure Tochter besser kennen lernen will.«

»Nun, dann wird sich meine Tochter eben demnächst an den Hof begeben.«

In Wirklichkeit stellte dies das nächste große Problem für Isabelle dar. Die widerspenstige Constance würde sich niemals nach Amboise bringen lassen – nicht von ihrer Mutter und erst recht nicht von Julien. Auch in dieser heiklen Angelegenheit war sie also auf Jeans Hilfe angewiesen.

Jean spürte, wie angespannt die Situation war, und machte einen behutsamen Vorschlag.

»Möchtest du vielleicht, dass ich sie hinbringe, wenn ich aus Rom zurück bin? Später muss ich nach Dijon, anschließend nach Lyon und Marseille.«

»Würdest du das wirklich machen?«

»Vielleicht reise ich sogar mit dem königlichen Heer weiter, wenn sein Aufbruch nach Italien bevorsteht! Wisst Ihr darüber Näheres, Julien?«

»Nein, das genaue Datum kenne ich nicht; aber es kann nicht mehr lange dauern.«

»Gut, dann bleibe ich eben länger als vorgesehen in Amboise. So kann ich ein Auge auf Constance haben und vielleicht sogar die Namen der Bewerber in Erfahrung bringen, die die Königin für sie ausgesucht hat.«

»Lässt du mich wissen, wann es so weit ist, Jean?«

»Sobald ich es weiß, schicke ich dir einen Boten.«

»Ach Gott! Was wird sie nur dazu sagen?«

Als Julien sah, wie betrübt seine Gattin war, ließ er sich tatsächlich zu einem Anflug von Mitgefühl hinreißen.

»Ich bitte Euch, Isabelle, macht Euch keine Sorgen um Eure Tochter; sie ist nun einmal in dem Alter, in dem man Zofe der Königin wird.«

Dann trat er zu ihr und nahm ihre Hand – eine Geste, die er sonst nie in Gegenwart Dritter machte, und versuchte sie zu beruhigen.

»Lasst uns ehrlich sein, was Constance betrifft«, fuhr er fort. »Vermutlich wird die Königin bei ihr etwas erreichen, was Ihr schon lange vergeblich versucht. Constance ist ein widerspenstiges, sonderbares und sprunghaftes junges Mädchen. Um sie zu bändigen, braucht es jemanden, der stärker ist als Ihr. Und das wisst Ihr auch sehr gut, meine Liebe.«

An dieser äußerst selten von ihm gebrauchten zärtlichen Anrede erkannte Isabelle, dass Julien gute Laune hatte. Wahrscheinlich, so vermutete sie, weil er Constance gern nach Amboise schickte, damit sie ihn nicht mehr störte. Wenn dann etwas später auch noch Olivier in einen Orden eintreten sollte, könnte er vielleicht ein neues Leben beginnen. Wer fragte schon danach, wie sich Isabelle dabei fühlte?

Zur gleichen Zeit ritt Constance, die schon längst die stets heruntergelassene Zugbrücke passiert und die Quelle hinter sich gelassen hatte, von der ein kleiner Bach zum Schloss floss, an den Wassergräben mit den Mühlen, den Tuchmachern und den Leinenverkäufern entlang.

Dann galoppierte sie weiter Richtung Wald von Douces und ließ das Kloster Saint-Maur mit seinen lang gestreckten Gebäuden und der Kirche mit dem kleinen grauen Schieferturm links liegen.

Constance mochte die waldreiche Gegend von Angers viel lieber als die Heimat ihrer Mutter im Burgund, wo das Schloss de La Baume ganz versteckt in düsteren und reichlich unsicheren Wäldern lag.

Im Anjou war es dagegen weiträumig und hell. Der Himmel blieb stets klar, und die Loire floss friedlich dahin. Große Weiher säumten die Straßen, und wenn man bis ins Val de Loire vordrang, traf man auf lichte Wälder und ausgedehnte Flächen mit Schilf, Heidekraut und grünem Moos zwischen silbernen Birkenwäldchen mit großen sonnendurchfluteten Lichtungen.

Constance ritt gerade auf den Waldrand zu, als sie plötzlich anhielt. Vor ihr war eine Gestalt aufgetaucht, die sehr langsam ging, vermutlich erschöpft von einem langen und ermüdenden Weg.

Als sie ihr Pferd wieder im Schritt gehen ließ, erkannte sie ein junges Mädchen etwa in ihrem Alter, das jetzt auf sie zukam. Constance wollte sie vorbeilassen und achtete gar nicht darauf, dass sie auf dem Weg zum Schloss war.

Das junge Mädchen trat zur Seite, damit ihr das Pferd nicht zu nahe kam. Constance hielt an und musterte sie eine Weile schweigend, bis die andere einen Arm ausstreckte und mit dem Finger auf das Kloster Saint-Maur deutete.

»Ich bin müde und würde gern in einem Pferde- oder Kuhstall schlafen. Das Kloster dahinten wäre wahrscheinlich gar nicht schlecht, aber ich mag keine Klöster und keine Kirchenleute.«

»Aha! Und warum nicht?«

»Weil mich die Nonnen aus dem Kloster der Barmherzigen Schwestern in der Nähe von Amboise vier Jahre lang eingesperrt haben, und diese vier Jahre mit Sicherheit die schlimmsten meines Lebens bleiben werden.«

Constance nickte verständnisvoll.

»Kennt Ihr vielleicht die Gräfin de La Trémoille?«, fragte das Mädchen jetzt und ging noch etwas weiter von dem Pferd weg, wobei sie beinahe über die Wagenspur gestolpert wäre.

»Aber ja! Ich bin ihre Tochter.«

»Oh!«

»Was wollt Ihr denn von ihr?«, fragte jetzt Constance; sie hatte den Eindruck, als fürchtete sich die Unbekannte ein bisschen.

»Von ihr? Nichts.«

»Kann ich Euch vielleicht sonst irgendwie helfen?«, fragte Constance freundlich.

«Weiß ich nicht. Kommt drauf an.«

»Worauf denn?«

»Ob ich Euch trauen kann. Aber wie soll ich das herausfinden?«

»Stimmt, das ist wirklich schwierig. Aber vielleicht fangt Ihr einfach mal an und schaut, wie ich reagiere? Wenn Ihr zufrieden seid, könnt Ihr ja weitermachen.«

»Das ist wirklich ein guter Rat, den ich befolgen werde.«

Constance war inzwischen abgestiegen und hielt das Pferd am langen Zügel, während sie auf die Unbekannte zuging.

»Womit wollt Ihr denn anfangen?«

Sie schmunzelte vergnügt, und das Mädchen lächelte offen zurück.

»Ehrlich gesagt will ich gar nicht die Gräfin de La Trémoille sehen, sondern ihren Kutscher.«

»Anselme!«

»Ja, genau, Anselme. Er hat mir einmal sehr geholfen, und ich würde ihn gern wiedersehen.«

»Er ist im Schloss. Aber wollt Ihr nicht lieber zu meiner Mutter? Sie ist ein herzensguter Mensch und könnte Euch bestimmt helfen.«

»Das glaub ich nicht. An dem Tag, als ich aus dem Kloster geflohen bin, wo man mich gefangen hielt, hat mir Anselme aus der Patsche geholfen. Damals bin ich in die Kutsche Eurer Mutter gestiegen. Sie hat aber sofort den Meister des jungen Manns verständigt, den ich gesucht hatte, und eh ich mich's versah, war ich wieder in Nantes in der Werkstatt von Meister Yann gelandet, den ich eigentlich nicht wiedersehen wollte.«

»Aha!«, sagte Constance, die die Geschichte ihrer neuen Bekanntschaft allmählich recht interessant fand. »Wer war denn der junge Mann, den Ihr gesucht habt?«

»Mein Geliebter. Der jüngere Bruder Eurer Mutter.«

»Meint Ihr etwa Jacquou? Jacquou, den Weberlehrling. Den Schützling von Meister Coëtivy?«

»Er ist nicht der Schützling von Meister Coëtivy. Er ist sein Sohn. Das hat mir Jacquou anvertraut, und ich hab sein Geheimnis so lange gehütet wie ich konnte. Jetzt muss ich darüber aber nicht mehr Stillschweigen bewahren, sondern werde jedem sagen, dass Meister Coëtivy ein schlechter Mensch ist.«

Constance deutete mit dem Finger auf ein Wäldchen.

»Dahinten könnten wir uns ungestört unterhalten, und Salomé kann sich ein bisschen ausruhen. Ich hab sie ziemlich lange laufen lassen.«

In dem Wäldchen war es sehr angenehm. Das kühle, klare Wetter sorgte für freundliches Licht, und Farnkraut und weiches Moos bereiteten ihnen einen bequemen Teppich, auf dem sie sich niederließen.

»Wenn Jacquou dein Geliebter ist, willst du ihn bestimmt wiedersehen?«, fragte Constance und duzte die neue Freundin wie selbstverständlich.

»Oh ja, und dabei hab ich auf Anselmes Hilfe gezählt. Er wird sich an mich erinnern, da bin ich mir ganz sicher. Vielleicht lässt er mich im Stall schlafen und verrät mich nicht.«

»Vielleicht«, antwortete Constance.

Dann überlegte sie kurz und sagte:

»Ich kenne Jacquou nicht sehr gut, weil ich ihn nur ganz selten gesehen habe. Warum hat Euch meine Mutter getrennt?«

»Weil sie in Absprache mit Meister Coëtivy dagegen ist, dass sich Jacquou von unserer Liebe ablenken lässt; sie glauben beide, dass er dann kein großer Teppichweber werden kann.«

»Wie gemein!«, entfuhr es Constance.

»Ja, und auch noch dumm, weil ich mir nichts mehr wünsche, als dass Jacquou Erfolg hat.«

Sie hatte die Arme um die Knie geschlungen und stampfte mit den Füßen zornig auf dem Boden.

»Ich werde Jacquou wiedersehen, und wenn ich dafür mit dem Leben bezahlen muss!«

Constance sah sie verblüfft an. Meine Güte! Wenn sie auch mit dieser Kraft lieben könnte, wie glücklich wäre sie da! Aber solange sie hier in Doué blieb, würde sie wohl kaum ihrem Märchenprinzen begegnen. Einen Moment hatten sich ihre Gedanken um die eigene Person gedreht, jetzt aber kehrten sie zu dem jungen Mädchen zurück.

»Wie heißt du eigentlich?«

»Alix.«

»Und ich heiße Constance.«

Die beiden Mädchen schwiegen eine Weile, dann setzte die redselige Constance die Unterhaltung fort.

»Ich verstehe gar nicht, wie meine Mutter bei einer solchen Geheimniskrämerei mitmachen konnte?«

»Das ist bestimmt wegen Dame Bertrande.«

»Wer ist denn nun wieder Dame Bertrande?«

»Sie ist die Frau von Meister Coëtivy. Sie verlässt Nantes nie. Sie vergöttert Jacquou, aber sie kennt die Wahrheit nicht.«

Constance nahm die gleiche Haltung wie Alix ein und schlang ihre runden weißen Arme, die aus einem Wollcape herausschauten, um ihre Knie.

»Dann verheimlicht meine Mutter also Jacquous Abstammung genauso wie sie meine lange verheimlicht hat.«

»Deine auch! Warum denn das? Weißt du etwa auch nicht, wer dein Vater ist?«

»Ich hab es gerade erst erfahren.«

Jetzt war Alix an der Reihe mit »Ah« und »Oh«, woran man sah, dass sie sich auch für die Geschichte ihrer neuen Freundin interessierte.

»Mein Vater ist Italiener«, erklärte Constance. »Er heißt Sforza. Bisher wusste ich nur, dass er aus Neapel oder Mailand kommt oder vielleicht aus Florenz. Jetzt habe ich aber eben erfahren, dass er nach Österreich geflüchtet ist, weil der König von Frankreich hinter ihm her ist. Meine Mutter hat ihn bei einer Expedition kennen gelernt, die sie mit Jean und Louis d'Orleáns unternommen hat.«

»Dem König von Frankreich!«

Nun genoss Constance den bewundernden Blick von Alix.

»Es ist schon komisch«, meinte sie. »Als ich nicht wusste, wer er ist, wollte ich ihm unbedingt begegnen. Aber jetzt, nachdem mir meine Mutter seinen Namen gesagt hat, will ich ihn nicht mehr sehen. Warum hat er wohl nie versucht, mich kennen zu lernen?«

Sie stand auf und schüttelte die Falten aus ihrem Rock, die er vom Sitzen bekommen hatte.

»Willst du nicht vielleicht doch mit mir ins Schloss kommen?«

»Begegne ich dann deiner Mutter?«

»Wahrscheinlich schon, auch wenn es Anselme gelingen sollte, dich im Stall zu verstecken. Meine Mutter sieht jeden Morgen und jeden Abend nach ihrer Stute. Aber ich hab eine bessere Idee. Komm, sitz hinter mir auf, ich bring dich zu einem Forstaufseher, den ich gut kenne. Er und seine Frau können dich ein paar Tage beherbergen. Morgen besuche ich dich und bring dir etwas Geld, damit du deine Reise nach Tours fortsetzen kannst.«

Als Constance auf den Schlosshof ritt, kam Anselme angelaufen, um ihr die Zügel von Salomé abzunehmen.

»Demoiselle Constance«, rief er mit weit aufgerissenen blauen Augen und seinen roten Haaren, die ihm wie immer zu Berge standen, und warf die Arme in die Luft, »ist Euch die Stute heute nicht komisch vorgekommen? Ich hab Euch erst gesehen, als Ihr schon unterwegs wart; aber heut Morgen fand ich sie ziemlich verschlafen.«

»Und wenn schon, Anselme! Ich glaube, ich habe sie ordentlich aufgeweckt, jedenfalls sind wir wie die Wilden galoppiert. Sieh doch, sie scheint mir sehr zufrieden zu sein und will wahrscheinlich nur noch eine große Portion Hafer.«

»Bestimmt«, sagte der Kutscher, »ganz bestimmt.«

Dann sah er das junge Mädchen kopfschüttelnd an.

»Ich meine, Eure Mutter erwartet Euch im großen Salon, Demoiselle Constance.«

»Ist sie allein?«

»Nein. Monsieur Jean ist bei ihr.«

Constance wirkte erleichtert. Sie winkte Anselme zum Abschied und ging dann zum Hauptportal, das man über eine große Freitreppe mit acht Steinstufen erreichte.

Wie alle Schlösser des Landadels war auch Doué sehr stattlich, rustikal und von behäbigem Komfort. Außerdem sah es – wie die meisten anderen auch – noch immer wie eine Festung aus. Bisher hatte man keine großen Fenster in die Mauern gesetzt oder die Wassergräben zu Terrassen umgebaut. Dabei hatte Königin Anne schon längst mit dem Umbau ihrer eigenen Residenzen begonnen – mit Ausnahme ihres alten Schlosses in Nantes, dessen mittelalterlicher Charakter erhalten blieb.

Isabelle erwartete ihre Tochter in dem großen Salon neben dem Waffensaal, in dem alle Kriegstrophäen, die Dolche, die Schwerter und die Hellebarden der Familie die Wände zierten. Jean war erst später dazugekommen und hielt es für klug, das Gespräch selbst zu beginnen.

»Wir brechen in wenigen Tagen auf, Constance.«

»Nach Italien!«, rief das junge Mädchen mit freudestrahlenden Augen.

»Nein. Nicht nach Italien, wir fahren nach Amboise.«

»Nach Amboise! Was sollen wir denn da?«

Jetzt war Isabelle mit einer Antwort an der Reihe, deren Wortlaut sie sich genauestens überlegt hatte.

»Die Königin will dich bei sich am Hof haben. Du sollst eine Zeit lang zu ihren Zofen gehören. Dann will sie dich mit ein oder zwei Herren ihrer Wahl bekannt machen, weil du einen von ihnen heiraten sollst.«

Constance wusste nicht, wie ihr geschah. Mit weit aufgerissenen Augen schaute sie staunend zwischen ihrer Mutter und Jean hin und her. Hieß das wirklich, dass sie schon bald von der drückenden Last der Familie befreit und ihre eigene Herrin sein würde?

Isabelle war verblüfft, dass ihre Tochter die Neuigkeiten so gut aufnahm, während sie doch mit einer Abfuhr gerechnet hatte, und fuhr fort:

»Ich werde mich jetzt sofort um deine Garderobe kümmern, mein Liebling. Schließlich sollst du in Amboise die Schönste sein.«

Constance erholte sich schnell von dieser überraschenden Ankündigung und hörte zu, überlegte und machte Pläne.

Mit einem Mal sah alles ganz anders aus. Das Schloss von Doué zu verlassen, wo sie ständig mit Julien aneinandergeriet, der sie nicht liebte, und an den Hof in Amboise zu gehen, gefiel ihr weitaus besser als nach Burgund zurückzukehren, was sie wohl sonst aus lauter Verzweiflung verlangt hätte.

»Die Königin ist sehr großzügig. Ich bin sicher, du wirst sie mögen. Sie ist aufrichtig, ehrlich und fromm. Du musst nur morgens und abends deine Andacht verrichten, dann ist alles in Ordnung.«

»Meine Andacht!«, rief Constance erschrocken. »Meine Gebete! Du weißt doch genau, dass ich meinen religiösen Pflichten nie sehr regelmäßig nachgekommen bin, Mutter.«

»Dann musst das eben jetzt tun, Constance«, sagte Jean eindringlich und trat hinter sie.

Eine Sekunde lang schloss Constance die Augen und kostete ihr Glück aus. Sie durfte nach Amboise! War das nur ein Traum? Sie seufzte zufrieden und genoss den sanften Druck der großen, kräftigen Hände des Prälaten auf ihren schmalen Schultern, die ihr ein Gefühl von Geborgenheit gaben, das sie durchaus zu schätzen wusste. Dann drehte sie sich um und warf sich in seine Arme.

»Wirst du mich begleiten, Jean?«

»Aber natürlich. Deine Mutter hat mich darum gebeten.«

Dann schob er sie ein bisschen von sich weg, sah sie nachdenklich an und sagte:

»Ich gebe ein Gebetbuch bei dem besten Illuminierer von ganz Tours für dich in Auftrag.«

»Von ganz Tours!«

»Aber ja. Hast du vergessen, dass ich früher mit den Buchbindern, den Illuminierern und Webern im gesamten Val de Loire zu tun hatte?«

Constance schüttelte den Kopf, als ihr plötzlich ihre neue Freundin Alix einfiel, weshalb sie vergnügt rief:

»Ja, ja! Wir fahren nach Tours und bestellen ein Gebetbuch, und dann sage ich jeden Tag meine Gebete!«

Isabelle seufzte erleichtert. Endlich erlebte sie ihre Tochter einmal vergnügt und guter Dinge. Sie stimmte in ihr Gelächter ein, und auch Jean war sehr froh darüber, die beiden Frauen endlich wieder gut gelaunt und einträchtig zu sehen.

»Du musst dir keine Sorgen machen«, erklärte Isabelle ihrer Tochter, »die Königin beschäftigt sich schließlich nicht nur mit ihren Andachten.«

»Was werden wir sonst noch machen?«

»Lange Spaziergänge durch den Wald, du wirst an Jagden teilnehmen, Musik machen und singen, Konzerte anhören und zu Festessen und Bällen eingeladen werden.«

»Zu Bällen?«

»Natürlich musst du jeden, den dir die Königin vorstellt, diskret mustern. Du darfst nicht vergessen, dass du von vielen anderen jungen Mädchen umgeben sein wirst, die ihr Auge insgeheim vielleicht auch gerade auf den Mann werfen, den du dir aussuchen wolltest.«

Constance war bereits dabei, Pläne zu schmieden. Sie wollte versuchen, die Königin für sich zu gewinnen; ihre Mutter hatte ihr schon so viel von ihr erzählt, dass sie sie fast zu kennen glaubte. Wenn sie sich dann erst ihre Achtung erworben hätte, wollte sie sie dazu bringen, sich für den Kavalier ihrer Wahl zu entscheiden.

Sie hatte schon beinahe vergessen, dass sie sich eigentlich auf die Suche nach ihrem Vater hatte machen wollen, der ja wohl auch kaum an sie dachte. Außerdem musste sie Jean unbedingt noch sagen, dass er Alix abholen und nach Tours mitnehmen solle, damit sie ihren Jacquou zurückbekam.

6

Bertille hatte Alix sehr herzlich aufgenommen. Ihr Mann Pierrot, der Forstaufseher, machte sich jeden Tag früh am Morgen auf den Weg in seine Wälder und kam erst wieder nach Hause zurück, wenn es dunkel wurde.

Constance hatte den beiden ein paar Taler dagelassen, damit sie es Alix recht schön machen konnten. Sie waren zwar alles andere als reich, aber auf ihrem Tisch gab es immer Brot und Speck, und in dem strohgedeckten Haus war es stets behaglich warm.

In einem kleinen Schuppen, der ans Haus angebaut war, wohnte die Ziege Blanchette, aus deren Milch Bertille Butter und Käse machte. Neben der klugen Ziege stand Grison, der Esel, dessen Geschrei so klang, als polterten eine ganze Reihe Eimer einen Berg hinunter. Bei schönem Wetter grasten beide Tiere auf einer grünen Lichtung ganz in der Nähe.

Zweimal die Woche begleitete Grison Bertille zum Markt, der auf dem großen Dorfplatz von Doué stattfand. Bertille brach bei Tagesanbruch auf, um rechtzeitig zum Zwölfuhrläuten der Kirche Saint-Pierre, das noch von der Glocke des Klosters Saint-Maur unterstützt wurde, wieder zuhause zu sein. Grison ging ganz gemächlich mit den beiden großen Packtaschen rechts und links und manchmal sogar einer dritten Last auf dem Rücken.

Wenn Bertille mehr einkaufen musste als gewöhnlich – manchmal brauchten sie ein kleines Fass Wein oder einen schweren Sack dicke Bohnen, grüne Bohnen oder Topinambur, spannte sie den

Esel vor den kleinen Karren. Den großen Wagen nahm Pierrot, um Brennholz zu holen.

Alix freundete sich schnell mit den beiden Tieren an. Und weil sich Grison und Blanchette gern von ihr streicheln ließen, war Alix ganz begeistert und lief ständig zu ihnen in den Stall.

Im Schuppen duftete es nach Heu und Holz und der Schmiere, mit der das Werkzeug geölt wurde; und die beiden Tiere verbreiteten auch einen angenehm warmen Geruch, den Alix gern mochte.

Die Karren waren im Hängeboden untergebracht, und an dem Fachwerk an den Wänden hingen Hammer und Zangen und verschiedene andere Werkzeuge, die der Forstaufseher für seine Arbeit im Wald brauchte.

Bertille hatte auch noch einen Hühnerhof direkt vor dem Schuppen, in dem Rebhühner, Auerhähne, Fasane, Hühner und Rebhuhnküken laut gackernd durcheinanderliefen. Isabelle und Julien waren sehr großzügig, was die paar Waldvögel betraf, die Pierrot für den Hausgebrauch fing. Genauso war es auch mit dem Brennholz, solange der Vorrat nicht größer war, als was man in einem Winter verbrauchte.

Pierrot hütete die Wälder von Douces, von Escottiers, Varennes, Brossay und den gesamten Wald von Montfort. Er war ein großer, kräftiger Kerl und vertrieb immer wieder einmal Wilderer, die Rebhühner oder Fasane fangen wollten; außerdem hatte er ein wachsames Auge auf Wegelagerer, die sich oft in die umliegenden Wälder flüchteten, wo sie ihr Diebesgut versteckten.

Zur Vervollständigung seiner Aufgaben muss noch erwähnt werden, dass Pierrot immer der Erste war, der merkte, wenn sich ein Wolf oder ein Wildschwein in der Nähe aufhielt. Dann lief er sofort zum Schloss und teilte seinem Herrn mit, dass man umgehend eine Treibjagd veranstalten müsse, damit sich der Schaden in Grenzen hielt.

Wenn Pierrot ins Schloss kam, nutzte er die Gelegenheit meist, um zu berichten, welcher Holzschlag sich gerade zum Fällen von Brennholz eignete, oder was es Neues über Wuchs und Anzahl der Bäume gab. Keiner verstand sich so gut wie er auf die Eichen und Buchen, den Ahorn, die Lärchen und Birken und die Fichten, die hier wuchsen.

Über das Baumfällen, das Austreiben oder das Lichten uralter Bäume – von denen es auf dem Anwesen sehr viele gab – oder auch über das Reinigen von Weihern unterhielt sich Pierrot immer mit Julien. Ging es aber um die Alleen, die den Landsitz durchzogen, besprach er sich mit Isabelle. Die Gräfin war nämlich noch immer eine begeisterte Reiterin und leidenschaftliche Anhängerin von großen Ausflügen und bestand deshalb darauf, dass sich alle Spazier- und Reitwege in bestem Zustand befanden.

Das Haus von Bertille war ziemlich groß. Es war aus Strohlehm gebaut und deshalb sehr bequem und angenehm warm im Vergleich zu vielen anderen Bauernhäusern, die sehr spartanisch eingerichtet waren.

Das sichtbare Gebälk hatte vier dicke Balken und Querbalken, die von Sparren gestützt wurden, und obendrauf einen Speicher zum Trocknen von Zwiebeln, Erbsen und Bohnen. Der Giebel des Hauses war nach Westen ausgerichtet, und aus dem gemauerten Kamin stieg fast immer eine dünne Rauchfahne auf. Das Dach war aus Stroh; Halme und Binsen hatte man abwechselnd miteinander verflochten, damit es dichthielt. Es war tief nach unten gezogen und schützte das Haus vor Regen, Wind und Wetter. Wenn die Sonne im Sommer allzu heiß war, bot es rund ums Haus herum Schatten, und wenn sich Bertille und Pierrot mal eine Pause gönnten, stellten sie ihre Sessel dorthin und ruhten sich ein Stündchen aus.

Weil es ein Forsthaus und kein Bauernhaus war, fanden sich hier weder Pflug noch Striegel, keine Sicheln, Hippen oder ähnliche Geräte; da Pierrot aber sehr geschickt war, wenn es um zusätzliche Bequemlichkeit ging, sah man überall Stricke, Zangen, Eimer voller Nägel, Hammer, Ahlen und allerlei Eisenkram. Damit konnte er bauen, reparieren und alles schön herausputzen.

Alix fühlte sich bei diesem rundum zufriedenen Paar sofort wohl und wusste die Bequemlichkeit sehr zu schätzen, über die die beiden im Vergleich zu manch anderen Zeitgenossen verfügten.

Abgesehen vom Stall bestand das Haus aus einem einzigen großen Raum. In der Mitte stand ein langer Tisch mit zwei Holzbänken, und in einer Ecke eine große Truhe mit den Kleidern der beiden, ihren Reisetaschen, Geschirr und Töpfen, Holznäpfen, Tonkrügen und verschiedenen anderen Gerätschaften.

In der Nähe des Herds, über dem an einem Haken der große Kessel hing, in dem immer eine Specksuppe vor sich hin kochte, stand das Bett hinter einem großen Holzrahmen, der bis zu den Querbalken reichte. Am anderen Ende des Raums hatte Bertille für Alix einen Strohsack hingelegt, damit das Mädchen weit genug vom Ehebett entfernt schlafen konnte, weil die verliebten Rangeleien des Paares noch ziemlich geräuschvoll waren. Dazu muss man wissen, dass die beiden erst seit kurzem verheiratet waren und auch noch kein kleines Kind ihre nächtlichen Zärtlichkeiten störte.

Der gestampfte Boden im Haus war mit Granitsand bedeckt, damit sich keine Feuchtigkeit absetzen konnte. Deshalb fühlte sich Alix auf ihrem Lager warm und behaglich. In der ersten Nacht hatte sie so gut geschlafen, dass sie erst spät am Vormittag aufgewacht war; und auch wenn sie kein Kopfkissen aus Haferstreu hatte, war sie doch der beneidenswerteste Mensch der Welt.

Zu ihrer großen Überraschung sah Alix gleich am nächsten Tag Constance wieder, die ihr unbedingt die große Neuigkeit von ihrer bevorstehenden Abreise nach Amboise mitteilen wollte.

Das Mädchen war in heller Aufregung und fiel sich ständig mit nervösen Bewegungen und grundlosem Gelächter selbst ins Wort.

»Halt dich bereit, Alix! Wir fahren in etwa zehn Tagen. Jean nimmt dich in seinem Wagen bis nach Tours mit, wo du dann endlich deinen Jacquou zurückbekommst.«

Sie sollte sich bereithalten! Über diese Anweisung konnte Alix nur lächeln. Was hatte sie schon mitzunehmen? Nichts außer ihrer unbändigen Lust, Jacquou wiederzusehen.

Jetzt ließ sich auch Alix von Constances Freude anstecken. War es möglich, dass sie doch noch ein bisschen Glück hatte an diesem Wendepunkt ihres Lebens? An dem Tag, an dem sie vierzehn? wurde! Als sie allen erzählt hatte, dass sie Geburtstag hatte, herrschte eitle Freude und Bertille verkündete, dass beide Ereignisse unbedingt gefeiert werden müssten. Die guten Neuigkeiten versetzten die jungen Frauen in beste Laune, allen voran Bertille mit ihrem runden, fröhlichen Gesicht, den schelmischen Augen und der üppigen Brust, die Pierrot sehr gern ansah.

Constance und Alix unterhielten sich vergnügt mit Bertille, die auch erst fünfundzwanzig und gerade dabei war, mit den paar Talern, die ihr die Tochter der Gräfin gegeben hatte, ein Festmahl für diesen ereignisreichen Tag zuzubereiten.

Sie klapperte mit ihren Holzschuhen um den Herd und hantierte gleichzeitig mit Pfanne, Rost und Bratspieß, Schöpfkelle und Zinnschüssel. Ein saftiger, luftiger Teig ruhte in einer irdenen Terrine und sollte wohl bald gebacken werden. Man konnte meinen, Bertille wollte all ihre Schätze auffahren, weil sie sogar die Festtagstischdecke über den langen Holztisch gelegt hatte – ein gestärktes Leintuch, das mit vielen kleinen bunten Blumen verziert war, wie die Webteppiche, die damals im Mittelalter Mode waren.

»Nanu! Was ist denn hier los?«, brummelte Pierrot überrascht, als er nachhause kam.

Der Brotkorb war voll mit dicken runden Brotlaiben, und Krüge mit duftenden Kräutern schmückten den Tisch. Lauwarme, frisch gemolkene Ziegenmilch, geräucherte Würstchen und luftgetrockneter Schinken, eine noch warme knusprige Pastete, eine Poularde, die zusammen mit Bohnen und Kohl auf dem Feuer schmorte, und kleine sahnige weiße Käse. All diese Köstlichkeiten prunkten majestätisch auf dem Tisch.

Und was das Geschirr anbelangte, so hatte sich Bertille selbst übertroffen. Sie hatte die schöne weißblaue Keramik vorgeholt, Weinbecher und verzierte runde Platten aus gebranntem Ton passten ausgezeichnet dazu. Es gab sogar einen Wasserkrug aus Zinn, wahrscheinlich das schönste Stück, das die Gattin des Forstaufsehers besaß. Ein kostbarer Gegenstand, den ihr Isabelle zur Hochzeit geschenkt hatte.

Pierrot hatte damals eine Jagdtasche aus Fell mit Lederriemen bekommen, von der jeder Mann, der in den Wald ging, nur träumen konnte; es war überhaupt sehr ungewöhnlich, dass ein Herr seinem Jagdhüter erlaubte, Wild mit nach Hause zu nehmen. Auf manchen Gütern war es sogar üblich, dass ihn der Herr dann als Wilderer schlug oder auspeitschte, wenn er es sich erlauben sollte, ein paar Rebhühner oder anderes Kleinwild zu stibitzen. Und ein Wildhüter, der dazu nicht die Erlaubnis seines Herrn erhalten hatte und sich etwas zuschulden kommen ließ, wurde schnell angeschwärzt.

»Weißt du, mein lieber Pierrot!«, rief Bertille vergnügt. »Mit dem Geld, das uns Demoiselle Constance gegeben hat, können wir jetzt noch ein schönes Fest feiern, bevor sie Hochwürden Jean nach Amboise bringt, damit sie der Königin dient! Geh, und wasch dich, und zieh dir was Sauberes an!«, sagte sie und schob ihn zu dem Wassereimer und dem Waschnapf, die sie hinter dem großen Bett auf den Boden gestellt hatte, der einzigen Ecke in dem großen Raum, wo man nicht gesehen wurde.

»Und nimm dir heut Nachmittag frei. Was du heute nicht erledigen kannst, machst du einfach morgen.«

Pierrot musste sein verschwitztes dickes Leinenhemd ausziehen, über dem er eine Weste trug, die mit einem Ledergürtel locker um die Taille gebunden war; dann musste er sich mit dem dicken Seifenstück aus Tierfett waschen, das Bertille immer selbst herstellte und zum Schluss mit getrockneten Kräutern parfümierte.

Danach zog er ein frisches, feineres Hemd an, das allerdings auch noch aus ziemlich grobem Leinen war. Seine kurze Hose war am Bauch und an den Knien mit Lederbändern zusammengebunden, damit sie nicht rutschte. Auch damit war Bertille aber nicht zufrieden, also musste er die kurze auch noch gegen eine saubere lange Hose austauschen, die ihm Bertille zufrieden vor sich hin brummelnd reichte.

»Ist er nicht schön, mein Pierrot, so sauber und frisch gewaschen!«

Für den Kopf gab sie ihm einen spitzen Filzhut, auf den sie oben eine Fasanenfeder genäht hatte.

»Jetzt wird aber gefeiert!«, platzte Pierrot endlich heraus und gab seiner Frau einen dicken Kuss auf die Backe. »Was gibt's denn Gutes zu essen?«

»Huhn mit Kohl und eine Blätterteigpastete.«

Bertille platzte fast vor Freude. Natürlich hatte sie auch ihr Festtagsgewand angelegt, und das blaue Leinenmieder, das sie darübergezogen hatte, verriet ein wenig von ihrem schönen runden Busen, von dem man aber nur ganz oben ein kleines Grübchen sah, das sie sorgfältig mit Jasminwasser betupft hatte. Der passende Faltenrock ging ihr bis zu den Knöcheln. Ihre Holzschuhe hatte sie gegen geflochtene Sandalen getauscht. Schließlich hatte sie auch noch ihre Haube aufgesetzt, deren gestärkter Schleier ihr bis auf die Schultern fiel.

Constance hatte sich nichts Besonderes angezogen. Isabelle hatte ihr nämlich beigebracht, dass in diesen einfachen Verhältnissen etwas Schlichtes angebracht war, und sie vor diesen fleißigen Leuten nicht damit prahlen sollte, dass sie ein reiches, vornehmes Mädchen war. Deshalb benahm sie sich immer bescheiden, auch wenn sie sich großzügig zeigte.

Was nun Alix betraf, so war sie sehr spärlich ausgestattet, weil Reisende, die zu Fuß unterwegs waren, egal ob Pilger oder Händler, bei ihrer Kleidung auf jeden überflüssigen Luxus verzichteten. Viele von ihnen verfügten natürlich auch nicht über die nötigen Mittel. Alix trug deshalb ein einfaches Kleid aus grauem Barchent und einen weiten Kapuzenumhang in einer Farbe, auf der man den Straßenstaub nicht so schnell sah.

Das Essen war ein großes Vergnügen – einmal ganz etwas anderes als die gewohnte Specksuppe mit Brot, das man in die Milch von Blanchette tauchte. Pierrot fasste seine Frau um die Taille, Constance träumte von ihrem Märchenprinzen, und Alix schmiedete die verrücktesten Pläne.

»Musst du diesen Jacquou denn unbedingt lieben?«, fragte Bertille plötzlich kopfschüttelnd und schob Pierrots Hand weg, damit sie mehr Bewegungsfreiheit hatte; dann schenkte sie allen das Glas bis an den Rand voll mit dem starken Wein, den sie nur zu besonderen Anlässen servierte.

»Ich weiß gar nicht, wie du das aushältst, immer unterwegs auf unbequemen Wegen, wo es vor Räubern nur so wimmelt?«

»Ach, daran gewöhnt man sich«, meinte Alix. »Aber wenn ich erst reich bin, kauf ich mir ein Muli, dann ist es nicht mehr so anstrengend.«

»Du willst doch nicht etwa dein ganzes Leben herumwandern!«, schimpfte Bertille und setzte sich wieder zu ihrem Mann, der sofort seine Hand auf ihr Knie legte.

»Nein, nein, natürlich nicht!«, sagte das Mädchen. »Wenn ich erst bei meinem Jacquou bin, lern ich das Weberhandwerk; ich weiß, dass ich sehr gut sticken kann, und das hilft mir bestimmt weiter, auch wenn es eine ganz andere Technik ist.«

»Aha! Du willst also eine Weberin werden?«

»Ja! Ich kann auch schon die Kartons zeichnen, die als Vorlage dienen.«

»Du kannst zeichnen! Das ist ja allerhand!«, rief Bertille erstaunt, während Pierrot einen großen Schluck von dem starken Wein nahm, der ihn so verliebt machte.

»Aber ja«, antwortete Alix ganz stolz, als sie merkte, dass Constance sie mit wachsender Bewunderung ansah; sie hatte Alix noch nicht gut genug kennen gelernt, um sich ein Bild von ihr zu machen. Und bisher war es immer nur um ihren Geliebten Jacquou gegangen.

»Ich bin von Beruf Stickerin, und ich habe gelernt, Motive zu zeichnen, die sogar Meister Yann sehr gut gefallen haben. Er hat sie oft verwendet, um seine Szenen zusammenzustellen.«

»So so, und heiratest du deinen Jacquou denn dann auch, wenn du ihn gefunden hast?«, meldete sich schließlich auch Pierrot zu Wort, während er mit seiner kräftigen Hand Bertilles Rock hochschieben wollte.

Bertille merkte, dass sie gleich mit nackten Knien dasitzen würde und hinderte ihn diesmal daran weiterzumachen, indem sie seine Hand auf den Tisch legte.

»Soll ich dir mal was sagen, Pierrot!«, meinte sie und schob ihn ein Stück vom Tisch weg. »Du hast so viel gegessen, dass du ganz rot im Gesicht bist. Geh ein bisschen schlafen. Wir Frauen wollen unter uns sein.«

Er gehorchte ohne weiteres, wohl weil ihn schon ein leichtes Schnarchen überkam; und als ihm Bertille ins Bett geholfen hatte, war er sofort eingeschlafen.

»Ja, wir werden heiraten«, bekräftigte Alix, während sie im Stillen dachte, dass sie es mit ihren kühnen Hoffnungen vielleicht doch ein wenig weit trieb.

Sie wusste natürlich, dass der Schatten von Meister Coëtivy über ihnen schwebte und dass sie diesmal vorsichtiger sein musste als beim letzten Mal, damit sie nicht gleich wieder in der Werkstatt von Meister Yann landete.

»Bist du nicht ein bisschen jung zum Heiraten? Vielleicht wartest du lieber, bis du sechzehn wirst?«

»Ach was! Mich hält doch jeder für mindestens achtzehn. Ihr etwa nicht, Dame Bertille?«

Die Frau des Forstaufsehers lächelte vergnügt. Auf einmal sagte die Kleine doch »Dame Bertille« zu ihr! Darüber amüsierte sie sich köstlich. Zu schade, dass Pierrot schlief und das nicht gehört hatte!

»Stimmt schon – wie vierzehn schaust du nicht aus!«, sagte sie und sah sich das junge Mädchen an. »Aber du wirst schon noch älter. Dafür sorgt das Leben schneller als du denkst.«

Dann wandte sie sich an Constance.

»Und wie steht's mit dir, mein Herzchen? Meinst du, du findest da in Amboise den Mann deiner Träume?«

Bertille hatte beim Essen ordentlich zugelangt und alles reichlich begossen; nun juckte es sie, und sie ließ sich ziemlich gehen. Sonst sagte sie »Demoiselle Constance« hier und »Demoiselle Constance« da. Aber zum Glück gefiel »mein Herzchen« der Tochter der Gräfin, die nun auch laut lachte.

»Bertille«, kreischte sie, »wenn es dem Mann meiner Träume hier gefällt, komm ich dich mit ihm besuchen.«

»Da wär ich aber sehr geschmeichelt. Und du, meine Kleine«, sagte sie zu Alix, »musst mir deinen Jacquou auch vorstellen, wenn ihr verheiratet seid. Ach, wenn du meinen Pierrot gesehen hättest! Er war so schön an unserem Hochzeitstag. Und konnte es kaum erwarten, mich zu entjungfern!« Dazu machte sie eine eindeutige Handbewegung.

»Ja, er hatte es ganz schön eilig! Schließlich hat er auch genug Erfahrung mit Frauen gehabt. Aber seit wir so glücklich zusammen waren, hat er keine andere mehr angeschaut. Da war nur noch ich wichtig. Hast du schon mal einen Jungen geküsst, mein Herzchen?«, fragte sie und wandte sich jetzt wieder an Constance.

»Oh!«, sagte die nur, weil sie keine Antwort wusste.

»Ich hab jedenfalls Jacquou geküsst, und das war so schön, dass ich immer wieder dran denken muss! Manchmal kann ich deswegen gar nicht schlafen.«

»Aber weiter warst du noch nicht?«, wollte Bertille wissen.

»Nein.«

Constance richtete sich auf, wobei ihr Oberkörper von dem vielen Wein, der ihr zu Kopf gestiegen war, ein wenig schwankte, und sagte:

»Meine Mutter hat mir gestern erzählt, dass Königin Anne prüde und fromm ist und dass sie schon darauf achten würde, dass ich mich nicht in irgendeiner Ecke vom Schloss mit einem Mann herumdrücke. Sie will, dass ihre Zofen ein Vorbild an Vernunft und Zurückhaltung sind.«

»Wie willst du das denn dann anstellen, wenn du nicht mit einem Geliebten in ein stilles Eckchen gehen kannst?«, fragte Bertille, die Constance mittlerweile einfach duzte.

»Das weiß ich schon! Meine Mutter hat auch gesagt, dass es in Amboise große Gärten und Parks gibt mit allen möglichen Kiosken, Wäldchen und abgeschiedenen Alleen. Da wird die Königin ja wohl nicht ständig überall sein. Also kann man da bestimmt sehr gut ein Rendezvous verabreden.«

»Bestimmt, bestimmt.«

Bertille nickte überzeugt. Fragte sich nur noch, welchen Mann sie nahm.

»Du musst dir einen schönen, starken Mann aussuchen. Es macht nämlich schon Spaß, wenn einen so ein großer Kerl umarmt und einen drückt, dass man kaum noch Luft kriegt. Da weißt du gar nicht mehr, was du sagen oder denken sollst. Du lässt dich einfach gehen.«

Und die drei lachten und schwatzten weiter wie verrückt; ab und zu wischten sie sich den Schweiß von der Stirn, so heiß war es am Herd.

Alix blieb länger als geplant bei Pierrot und Bertille, der es nie an Gesprächsstoff mangelte. Sie sprachen über alles: das Wetter, die Jahreszeiten, die anderen Leute, die Kinder, Vergnügen und Sorgen. Aber als ihr Alix einmal von einem Einhorn erzählte, das in magisch leuchtenden Farben auf feines Pergament gemalt war, hörte ihr Bertille zu, ohne ein Wort zu sagen.

»Jacquou zeigt dir das Einhorn seiner Großmutter, wenn wir dich besuchen kommen«, versprach sie ihr noch kurz bevor das Gespann von Hochwürden Jean de Villiers vor dem Häuschen von Bertille hielt. »Er trägt es immer bei sich. Es ist sein Talisman, sein Glücksbringer. Und wenn ich eines Tages mal eine große Weberin werde, dann weil ich der Webergilde aus dem Norden eine Arbeit vorgelegt habe, auf der ein aus Goldfaden gewebtes Einhorn zu sehen ist.«

Weiter kam sie aber nicht mit ihrem Traum, den sie ständig weiterschmiedete, weil Constance in Bertilles Haus platzte.

»Es geht los, Alix!«, rief sie. »Wir fahren nach Amboise. Ach, bei allen Heiligen des Himmels – bin ich glücklich!«

Sie fiel Bertille um den Hals und drückte ihr einen dicken Kuss auf die Backe.

»Nimm! Das ist für dich«, sagte sie und gab ihr einen gut gefüllten kleinen Geldbeutel. »Als Dank für alles, was du für mich getan hast.«

Dann setzte sie eine halb traurige, halb wichtigtuerische Miene auf.

»Ich weiß leider nicht, wann wir uns wiedersehen. Vielleicht nie wieder! Wir werden sehen.«

»Was soll denn das heißen?«, fragte Bertille besorgt und stemmte die Hände in die Hüften. »Das will ich doch hoffen, dass wir uns wiedersehen, Demoiselle Constance.«

Und dann blieb ihr vor Staunen der Mund offen stehen, weil Hochwürden Jean de Villiers plötzlich in ihrer Hütte stand. Das war nun wirklich ein Erlebnis, das sie im Leben nicht wieder vergessen würde. Ein Kardinal in ihrem Haus! Und Pierrot war nicht da!

»Hochwürden«, sagte sie und machte einen ungeschickten Knicks.

Der Prälat lächelte und sah sich in der bescheidenen Behausung um. Wie tief musste er in seiner Erinnerung kramen, um sich an die ärmlichen Häuschen in den Wäldern zu erinnern, in denen er so oft auf seinen Wanderungen untergekommen war, als er noch ein einfacher Mönch aus dem Bistum Tours gewesen war?

»Lasst Euch nicht stören, gute Frau«, sagte er und lächelte sie freundlich an. »Wir wollen nur die Freundin von Demoiselle Constance abholen.«

Alix fühlte sich in der Gesellschaft des Prälaten, der trotz seiner etwa fünfzig Jahre noch recht stattlich wirkte, sehr unsicher. Zwar kam er ihr freundlich und nachsichtig vor, aber seine glänzenden dunklen Augen blickten ziemlich hart drein. Doch sie ließ sich nicht aus der Fassung bringen und war selbst überrascht, als sie sich mutig sagen hörte:

»Ihr bringt mich also nach Tours, Hochwürden?«

»Constance hat mich darum gebeten, und ich erfülle ihr diesen Wunsch, weil es um Jacquou geht, und ich möchte, dass er sich in jeder Beziehung glücklich fühlt.«

»Wäre es auch möglich, dass Ihr mich vor der Werkstatt von Meister Coëtivy aussteigen lasst?«

»Ich glaube, auch diesen Wunsch kann ich erfüllen.«

Aber Alix war noch längst nicht mit Kardinal de Villiers fertig, der so einen hilfsbereiten Eindruck machte. Deshalb hielt sie es für besser, wenn sie gleich erfuhr, woran sie mit ihm war.

»Könnt Ihr mir vielleicht auch helfen, wenn Herr Coëtivy mich wieder gefangen nehmen will?«

»Warst du denn schon einmal gefangen?«

»Ja! Das ist vier Jahre her.«

»Da musst du aber noch sehr jung gewesen sein. Wie alt warst du damals?«

»Zehn.«

»Also bist du jetzt vierzehn. Und Jacquou liebt dich?«

»Wir wollen so schnell wie möglich heiraten.«

»Dafür braucht ihr aber einen Dispens! Und wer soll euch den geben, wenn Jacquous Vater nicht einverstanden ist?«

»Herr Coëtivy muss uns nicht sein Einverständnis geben, weil er nie irgendjemand verraten hat, dass er der Vater von Jacquou ist. Dazu müsste er schon die ganze Geschichte noch mal von vorn anfangen, wenn er das Recht dazu haben will, und allen sagen, dass Jacquou sein Sohn ist.«

»Da hast du allerdings Recht. Du bist ein kluges Mädchen, und das gefällt mir. Ich will mich mit Jacquou treffen und prüfen, ob er es ernst mit dir meint, ehe ich dir weiterhelfe.«

»Vielen Dank, Hochwürden!«

Die beiden Mädchen fielen Bertille um den Hals und verabschiedeten sich von ihr, wobei sie auch herzliche Grüße und Dank an Pierrot ausrichten ließen, der nicht vor Einbruch der Nacht zurück sein würde. Dann setzte sich die Kutsche in Bewegung.

Constance, Alix und der Prälat hatten es sich in der Kabine, die mit rotem Samt und goldenen Nägeln ausgeschlagen war, bequem gemacht.

»Wie kommt es, dass dir Jacquou sein Geheimnis anvertraut hat?«, wollte der Prälat von Alix wissen. »Von der Gräfin weiß ich, dass er für gewöhnlich zu diesem Thema schweigt.«

»Das ist eine lange Geschichte.«

»Willst du sie mir erzählen?«

Alix erzählte immer gern und ausführlich, wie sie ihren Jacquou kennen gelernt hatte, und Hochwürden de Villiers hörte sich die Geschichte bis zum Schluss an.

»Dann bist du also eine Waise?«

»Ja! Aber ich habe für Königin Anne in Meister Yanns Werkstatt gearbeitet. Ich kann Blumenmuster für die Stickereien mit dem feinen Faden aus Arras zeichnen. Ich habe sogar schon Hermeline gezeichnet, die auf die Wäsche, die Tischtücher und die Kissen der Königin gestickt wurden. Eines Tages werde ich ein Einhorn zeichnen und es mit Goldfaden weben.«

»Mit Goldfaden! Warum denn ausgerechnet mit Goldfaden? Es gibt so viele schöne Garne zum Weben.«

»Aber Gold überzeugt einfach am besten. Mit Gold kann man es weiter bringen, Hochwürden.«

»Du bist ganz eindeutig ebenso klug wie weitsichtig. Jacquou kann sich wirklich beglückwünschen, dass er an dich geraten ist. Ich bin mir ziemlich sicher, dass ich mich in eurem Sinn entscheiden werde, wenn ihr wirklich heiraten wollt. Die Schwierigkeit ist nur, dass du zu jung bist – und dass du keine Prinzessin bist, die man schon in der Wiege mit ihrem Prinzen verheiratet.«

Dann rückte er näher zu Alix und flüsterte ihr ins Ohr:

»Bist du denn schon eine richtige Frau?«

Alix wurde ein wenig rot, antwortete aber sofort:

»Ja, Hochwürden, seit zwei Jahren.«

»Dann spricht, den erforderlichen Dispens vorausgesetzt, nichts gegen eure Heirat.«

Alix seufzte tief, und als ihr klar wurde, welch unerhörtes Glück sie eigentlich hatte, fragte sie vorsichtig:

»Warum tut Ihr das alles für mich, Hochwürden?«

Er zögerte und warf Constance einen Blick zu, die aber von dem Geschaukel ein wenig eingenickt war. Obwohl es in Strömen regnete, ließ Anselme die Pferde nämlich in gestrecktem Galopp laufen, um noch am selben Abend Tours zu erreichen.

»Weil ich seiner Mutter Léonore, ehe sie in meinen Armen starb, versprochen habe, dass ich auf Jacquou aufpassen würde und dafür sorgen wollte, dass er glücklich wird.«

Und als sie ihn erstaunt ansah, fuhr er noch leiser fort:

»Und dieses Versprechen werde ich auch halten.«

Dann rückte er noch näher zu Alix und sagte wieder lauter:

»Ich muss aber schon sagen, mein Kind, dass es ein großes Privileg für Jacquou war, von Meister Coëtivy erzogen worden zu sein; er hat ihm die wichtigen Werte wie Anstand und Fleiß und das Streben nach Erfolg beigebracht. Deshalb glaube ich kaum, dass er einverstanden sein wird, wenn sein Sohn ein einfaches Waisenmädchen heiratet.«

»Glaubt Ihr das wirklich?«

»Ich bin mir sogar ganz sicher.«

Alix nickte nur.

»Deshalb habe ich ja auch ein doppeltes Ziel.«

»Ein doppeltes?«

»Ja. Ich will Jacquou heiraten, und ich will Weberin werden; ich will, dass man mich schätzt, weil ich meine Arbeit perfekt beherrsche.«

»Hast du das wirklich vor?«

»Ich bin fest entschlossen, Hochwürden. Deshalb werde ich dann auch später mit den Malern, den Kartonmachern und den Tuchwebern darüber sprechen, was ich dann weiß und arbeiten kann.«

»Sehr gut! Gut, meine Kleine«, sagte der Prälat und nickte zustimmend. »Aber vergiss nicht, wenn du erst die Frau von Meister Jacques Cassex bist, dass der Hauptsitz der Teppichweber in Brügge ist. Geh dorthin, und hol dir Hilfe und Unterstützung, wenn du sie brauchst.«

»Ich werde es nicht vergessen«, sagte Alix ernst.

Als Jean de Villiers darauf schwieg und seinen Gedanken nachzuhängen schien, murmelte sie gerade so laut, dass er es hören konnte:

»Was hättet Ihr gemacht, wenn sich Meister Coëtivy nicht um Jacquou gekümmert hätte?«

»Dann hätte ich ihn bei mir behalten. Nur dass er dann bestimmt ein anderes Schicksal gehabt hätte und jetzt vermutlich in einem Kloster wäre – mit Tonsur und einer weißen oder braunen Kutte, je nachdem, welchen Orden er gewählt hätte. Gewiss wäre er jetzt kurz davor, Prälat zu werden, so wie ich in seinem Alter.«

»Und wie es Olivier bald sein wird«, sagte Constance, die ihnen mit einem Ohr zugehört hatte.

»Das stimmt, Constance«, erwiderte Jean, »aber dein Bruder hat seinen Weg selbst gewählt, so wie auch ich. Jacquou hingegen hätte mir nur Gehorsam geleistet und sich mir angepasst. Damals verfügte ich nicht über die Mittel, ihm ein anderes Leben als das im Kloster zu bieten, wofür er dann im Gegenzug als Dank für Kost und Logis und kostenlose Erziehung Priester hätte werden müssen.«

Die Kutsche fuhr langsamer, weil starker Wind aufkam. Der Himmel verdunkelte sich mit einem Mal und färbte sich bedrohlich schwarz, je mehr es auf den Abend zuging.

Beinahe hätte ein heftiger Windstoß den Kutscher vom Bock geweht, und er konnte nur das Gleichgewicht bewahren, weil sich eines der Pferde instinktiv auf die andere Seite gelehnt hatte – andernfalls wären sie mit Sicherheit umgekippt.

Anselme musste anhalten, um sich wieder in seinen weiten Umhang zu wickeln, der ihn von Kopf bis Fuß einhüllte, und weil er den Pferden zum Schutz vor dem Regen Decken überlegen wollte – weshalb sie dann natürlich noch langsamer wurden.

Ein wenig eingeschüchtert von dem wütenden Sturm hatte Jean den Wagen verlassen, während Anselme den Pferden die wasserdichten Decken über die Kruppe legte.

»Ist alles in Ordnung?«, schrie ihm Jean zu. »Oder brauchst du Hilfe?«

Der Sturm übertönte seine Stimme, aber der Kutscher wusste, was er hatte fragen wollen, und winkte ab. Anselme konnte sich voll und ganz auf Jeans Unterstützung verlassen, der ein geschickter Reiter und Gespannlenker war. Und ihm war sehr wohl bekannt, dass der sonst so ruhig wirkende Prälat schon in weitaus gefährlicheren Situationen bewiesen hatte, dass er zupacken konnte.

Jean wartete trotzdem einige Minuten und kletterte erst beruhigt zurück in den Wagen, als er sah, dass Anselme wieder auf dem Kutschbock Platz nahm.

Constance war nicht besonders gesprächig. Während sie sich bei der gesamten Vorbereitung ihrer Reise äußerst mitteilungsfreudig gezeigt hatte, träumte sie jetzt wohl nur von den Freuden ihres neuen Lebens. Und das sollte so gut wie möglich beginnen, hatte ihre Mutter gesagt. Deshalb hatte sie sie mit guten Ratschlägen, ihren Hoffnungen und ihrem eigenen Geld versehen, weil Julien für die Tochter von Isabelle seinen Geldbeutel nicht aufschnüren wollte.

Und wenn schon! Noch nie zuvor war Constance so glücklich gewesen. Die Vorbereitungen für ihre Abreise waren lang und anstrengend gewesen, aber auch fröhlich und sehr unterhaltsam. Und an dieser Vorbereitung war ihre Mutter maßgeblich beteiligt gewesen, denn drei weitere Wagen voll mit ihren Kleidern und persönlichen Gegenständen sollten in den nächsten Tagen denselben Weg nehmen.

Mützenmacher, Bandweber, Parfümeure, Schuhmacher und Schneider waren auf Isabelles Befehl ins Schloss geeilt und hatten sich vor Bestellungen kaum retten können. Constance reiste mit einer Garderobe nach Amboise, bei deren Anblick ihre Gefährtinnen vor Neid erblassen würden.

In Angers musste das Gespann Halt machen, weil der Sturm inzwischen so stark war, dass er alles mitnahm, was ihm in den Weg kam: Die Regale und die Auslagen vor den Geschäften, die schleunigst geschlossen wurden, die Lasten der Esel und die Körbe der Waschfrauen, die sich beeilten, nach Hause zu kommen, und die eisernen Eimer der Wasserverkäufer, die den Leuten lauthals zuriefen, sie sollten ihre leeren Eimer nur vors Haus stellen, dann hätten sie bald so viel Wasser wie sie wollten.

Die Situation wurde zunehmend ernster, und weil es nicht aufhörte, in Strömen zu regnen, drohte der Fluss in den nächsten Stunden über die Ufer zu treten.

Da bei diesem verheerenden Wetter an eine Weiterreise nicht zu denken war, beschloss Jean, in der Herberge »Zum heiligen Christopherus« abzusteigen und den Sturm abzuwarten, ehe man früh am nächsten Morgen weiterfahren wollte.

Aber das Gasthaus war bis auf den letzten Platz belegt! Es gab nur noch einige provisorische Schlafplätze, mit denen Anselme und Alix ganz zufrieden gewesen wären. Für einen Kardinal kam eine gewöhnliche Kammer allerdings nicht in Frage.

Der Wirt riet ihnen, es im Gasthaus »Zum schwarzen Schwan« zu versuchen, das ganz in der Nähe war. Jean de Villiers befahl den Frauen, in der warmen Kutsche zu warten, bis er die Lage geklärt hätte, und betrat die Herberge. Er landete in einem überfüllten

Speiseraum, in dem Unmengen von Reisenden unter großem Lärm beim Abendessen saßen.

Obwohl man ihn von allen Seiten anrempelte, gelang es Jean irgendwie, sich bis zur Theke zu dem Wirt vorzukämpfen, der wegen des allgemeinen Chaos an diesem Abend in hellem Aufruhr war. Der Prälat drehte sich jedes Mal um die eigene Achse, wenn ihn wieder eine Gruppe aufgebrachter Gäste gestoßen hatte. Wasser lief in Strömen durch die Eingangstür und drang in die Gaststube; zwei Dienstmädchen versuchten es zwar aufzuhalten, konnten aber nichts ausrichten, weil immer wieder völlig durchnässte Reisende die Tür öffneten und hereinwollten.

»Oje, Hochwürden!«, schrie der Wirt, als er den Prälaten endlich in der Ecke entdeckt hatte, in der er vor den anderen Gästen einigermaßen sicher war. »Wir haben leider kein einziges Zimmer mehr frei, wegen dem Mistwetter da draußen!«

»Eben wegen dem Mistwetter muss ich aber darauf bestehen.«

»Gute Güte! Und wenn Ihr noch so heilig seid, Hochwürden, ich kann wirklich nichts für Euch tun«, entgegnete der dicke Wirt, der völlig verschwitzt war, einen roten Kopf hatte und sich alles andere als wohl in seiner Haut zu fühlen schien.

»Gibt es nicht mal ein Zimmer, das man mit jemand teilen könnte?«

»Bedaure, kein einziges. Und alle anderen Gasthäuser in der Gegend sind auch voll. Wollt Ihr vielleicht eine Ecke im Stall? Wenn alle ein bisschen zusammenrücken, müsste es eigentlich noch ein Plätzchen geben. Aber wahrscheinlich sind die auch in der nächsten halben Stunde weg. Ich fürchte, Ihr müsst Euch schnell entscheiden.«

»Die Ställe stehen längst unter Wasser«, unterbrach ihn eines der Dienstmädchen, das immer noch vergeblich versuchte, den Bach aufzuwischen, der durch die Haustür floss.

Der Gastwirt hob hilflos die Hände.

»Ich sehe schon, es hat keinen Sinn, guter Mann«, sagte Jean. »Dann versuchen wir eben unser Glück woanders«, meinte er und verließ das Gasthaus unter dem ohrenbetäubenden Lärm der anderen Gäste.

Anselme war abgestiegen.

»Was machen wir jetzt? Wir können nicht einmal in einem Stall übernachten; die stehen alle schon unter Wasser.«

»Ich habe eine Idee«, antwortete Jean. »Wir bitten im Bischofssitz von Angers um Asyl. Ich kenne den Bischof. Er beherbergt uns bestimmt für eine Nacht.«

Als sie sich auf den Weg Richtung Kathedrale machten, um dort um ein Nachtlager nachzufragen, konnten sie förmlich zusehen, wie schnell die Loire stieg.

7

Charles ritt bereits seit Sonnenaufgang in Richtung Amboise. Gegen Ende des Sommers war er in Angoulême aufgebrochen und hatte zwei ganze Monate in Paris verbracht, um dort den Verkauf einiger Schmuckstücke vorzunehmen, mit dessen Erlös er die Reparaturarbeiten am Dach seines Schlosses bezahlen wollte.

Die zwei Smaragde, die er kurz zuvor veräußert hatte, hatten leider nicht genug eingebracht, um damit alle notwendigen Arbeiten an den Einfriedungsmauern begleichen zu können, die seit einigen Jahren zusehends verfielen.

Erst musste noch sintflutartiger Regen ausgerechnet in der Nacht vor seiner Abreise die restlichen Dachziegel herunterfegen und die Dienstboten, die auf den Hängeböden schliefen, mit nassen Füßen aufwachen lassen, ehe sein Entschluss feststand.

Angesichts dieser fatalen Zustände gab es diesmal keinen Ausweg mehr, und am Morgen händigte die betagte Marguerite de Rohan dann auch ihrem Sohn den übrigen Familienschmuck aus, damit er ihn zu Geld machen sollte.

Obwohl der Wind ziemlich stark blies und die letzten Blätter von den Bäumen fegte, nahm Pardaille die Straße nach Orléans in gestrecktem Galopp.

Das Pferd des Grafen d'Angoulême war zwar schon gute fünfzehn Jahre alt, lief aber noch immer wie ein junger Hengst und verlangte abends nicht mehr als gutes Futter und einen warmen, trockenen Stall samt einigen Stunden Ruhe. Pardaille war wie sein Herr – sobald es Tag wurde, war er wieder munter und ausgeruht.

Nach einem besonders heißen Sommer war dieser Herbst verregnet und stürmisch.

Seit der Wind aufgekommen war, hatte Pardaille sein Tempo etwas verlangsamt, aber nur so viel, dass seine Hufe auf dem aufgeweichten Weg immer noch seltsam hohl klatschten.

Der düstere Himmel hellte kaum auf, und der Sturm tobte Charles um die Ohren. Er ritt mit verhängtem Zügel und schmiegte sich so eng an den tropfnassen Rücken von Pardaille, dass er ihn mit seinem schutzlos wirkenden Körper zu schützen schien.

Bei Orléans war die Loire weiträumig über die Ufer getreten, und die angrenzenden Flächen waren schon seit Tagen überschwemmt; dem Betrachter bot sich der Anblick eines schlammigen Wassers, das unvermittelt seinen Lauf änderte und alles mitnahm, was ihm in den Weg kam: Böschungen, Bäume, Furten, Brücken und Anlegestellen. Nichts konnte diesem Ansturm mehr standhalten.

Der Sturm peitschte Charles' Rücken, und eine Böe war so heftig, dass er zur Seite rutschte und Pardaille aus dem Gleichgewicht brachte. Das Pferd brauchte einige Zeit, bis es zu seinem gewohnten Rhythmus zurückgefunden hatte.

Charles und Pardaille waren es gewohnt, bei jedem noch so schlechten Wetter unterwegs zu sein und hatten schon oft genug bewiesen, dass sie sich davon nicht aus der Ruhe bringen ließen.

»Lauf, mein Guter«, sagte Charles und klopfte seinem Pferd liebevoll auf den Hals, »Orléans haben wir hinter uns, dann ist es nicht mehr weit nach Blois. Wenn du willst, können wir uns an einem trockenen Plätzchen ein bisschen ausruhen. Und wenn die Wege nicht zu schlecht sind, könnten wir noch heute Abend in Amboise sein. Was hältst du davon, Pardaille? Im Stall vom Schloss wartet schmackhafter Hafer auf dich, und ich weiß genau, dass es dir da gut gehen wird.«

Damit hätte er auch ein ganzes Pferdegespann aufmuntern können, aber kaum hatte er das gesagt, als Pardaille stolperte und sich plötzlich auf der anderen Straßenseite wiederfand. Er musste auf der Stelle stehen bleiben, um nicht in den Graben zu stürzen.

»Zum Teufel! Was für ein verfluchtes Wetter!«, schimpfte der Graf und sprang vom Pferd.

Ein eisiger Wind fuhr ihm unter den Umhang, hob seinen Mantel hoch und drang bis unter sein Wams, so dass er das unangenehme Gefühl hatte, sein Körper würde zu Eis erstarren.

Er nahm die Zügel, um das Pferd wieder in die Mitte der Straße zu führen, rutschte aber in dem dicken Schlamm aus und fand sich bis zu den Waden in einem zähen, schwarzen Morast wieder, in den er immer tiefer versank, während ein neuer sintflutartiger Regenguss die beiden bis auf die Knochen durchnässte.

»Bitte, Pardaille, mach schon! Zieh mich da raus! Meine Füße stecken in diesem stinkenden Schlamm fest. Los doch, zieh! Mehr! Ja, so ist's gut!«, sagte er und befreite seine Beine, die bis zu den Hüften mit klebrigem Schlamm beschmiert waren.

Auch Pardailles Hufe und Beine waren dreckverschmiert, aber der strömende Regen wusch sie schnell wieder sauber.

»Wenn wir nicht bis zum Hals im Schlamm versinken wollen, können wir nicht länger am Flussufer entlangreiten.«

Der Regen prasselte wütend auf den Boden, und der Sturm wurde von Sekunde zu Sekunde stärker. Die Loire war gefährlich aufgewühlt, und Charles konnte nicht einmal mehr die Furt finden, die sich eigentlich am Ortsende von Orléans befand.

»Hier kommen wir nicht durch, wir nehmen diese Kurve und versuchen es dann von der anderen Seite«, meinte er und beobachtete die Fluten, die wie ein entfesseltes Meer tobten. »Mein lieber Pardaille, ich fürchte, das Futter, das ich dir vorher versprochen habe, wird etwas auf sich warten lassen.«

Da hörte er plötzlich aus der Ferne ein Wiehern. Erstaunt sah Charles sein Pferd an.

»Zum Henker! Das warst aber nicht du, der da so ängstlich gewiehert hat. Lass uns nachschauen, was da los ist, Pardaille.«

Eine Sturmböe drückte sie aneinander. Trotzdem gelang es ihnen irgendwie, die schlammige Biegung um den wütend brüllenden, wilden Fluss zu passieren. Der Horizont war nicht mehr zu sehen, so sehr waren Himmel und Fluss miteinander verschmolzen.

Der Regen nahm wieder an Heftigkeit zu, weshalb Charles nicht erkennen konnte, woher das Wiehern kam. Alle Wetter! Jetzt wurde das jämmerliche Wiehern immer lauter.

Charles glaubte, ein beunruhigendes Knirschen von Wagenrädern zu hören.

»Verdammt, das klingt aber sehr nach einer Kutsche, die in den Graben gefallen ist.«

Aber er musste warten, bis der starke Regen etwas nachließ, um die verunglückte Kutsche auszumachen. Zwischen zwei heftigen Windstößen meinte er dann tatsächlich, sehr undeutlich und weit weg einen Wagen zu sehen, der in den tiefen, schlammigen Graben gekippt war.

Als Charles und Pardaille sich endlich bis zu dem Unglücksort durchgekämpft hatten, regnete es zwar überhaupt nicht mehr, dafür stürmte es aber so heftig, dass überall dicke Äste von den Bäumen gerissen wurden, die bald gefährliche Hindernisse auf Straßen und Wegen bilden würden.

»Ist da jemand?«, schrie Charles. »Kann ich helfen?«

Da stürzte sich plötzlich jemand wie eine entfesselte Furie auf ihn und redete mit abgehackten, wirren und vollkommen unverständlichen Worten auf ihn ein.

»Na, na, nur langsam«, sagte Charles und versuchte, die Gestalt, die sich an ihn gehängt hatte, etwas von sich zu schieben. »Wer seid Ihr denn?«

»Ich flehe Euch an«, sagte die unbändige Gestalt jetzt etwas deutlicher, und zappelte wie ein Teufelchen in seinen Armen. »Rettet uns, mein Herr, wir sitzen fest!«

»Das ist ja nicht zu übersehen.«

»Aber wir hatten einen Unfall!«

Die Stimme wurde zwar nicht ruhiger, aber ein wenig klarer. Trotzdem sah Charles die Angst in den Augen, die ihn anstarrten.

»Wenn Ihr uns nicht helft, werden wir auf dieser verdammten Straße verhungern und erfrieren.«

»Seid Ihr denn schon lange hier?«

»Seit drei endlosen Stunden, mein Herr, und keine Menschenseele ist hier vorbeigekommen.«

»Nun – jetzt bin ich ja da!«, erlaubte sich Charles einen kleinen Scherz. »Pardaille und ich werden Euch retten.«

»Danke, mein Herr, Ihr müsst nämlich wissen, dass ich unbedingt so schnell wie möglich in Amboise sein muss. Der König erwartet mich. Bitte, bitte, helft mir.«

Und wieder klammerte sie sich an Charles und fuhr, ein wenig beruhigt, mit nicht mehr ganz so abgehackter Stimme fort:

»Ich bin Constance de La Trémoille und unterwegs mit Kardinal Jean de Villiers, der mich noch heute zum König bringen soll.«

Der Wind presste sie aneinander, und wenn auch der Regen aufgehört hatte, standen sie doch mit den Füßen im Schlamm, und der Saum von dem schönen scharlachroten Kleid, das die Demoiselle de La Trémoille trug, schleifte kläglich durch den Dreck.

»Kann dieses Rendezvous mit dem König nicht ein bisschen warten, schöne Demoiselle?«, fragte Charles mit einem Anflug von Spott in der Stimme.

Sicher war es weder der richtige Ort noch die richtige Zeit für eine derartige Bemerkung, aber Charles d'Angoulême amüsierte sich einfach prächtig über seine Frage, bis der Sturm ein Ende seines Umhangs der Demoiselle de La Trémoille ins Gesicht schlug.

Sie versuchte den dicken, nassen Stoff loszuwerden, der ihr das Gesicht verdeckte, und sagte mit ängstlicher Stimme:

»Die Königin bereitet wohl meine Hochzeit vor, deshalb muss ich dem König meine Zustimmung geben, damit er alles Weitere in dieser Angelegenheit veranlassen kann.«

Charles lächelte erfreut. Dann war diese junge Person also noch ledig. Er wartete, bis der Wind ein wenig nachließ, griff nach den Enden seines Umhangs und versuchte sie an sich zu drücken.

»Und wen sollt Ihr heiraten, Demoiselle?«

»Einen Mann von Rang, der mir aber nichts sagt und den ich nicht kenne. Also habe ich beschlossen, mir meinen Ehemann selbst auszusuchen.«

Obwohl der Sturm nicht nachließ und sie weiter mit aller Gewalt aneinanderdrückte, brachte Constance de La Trémoille ein wenig Abstand zwischen sie beide; sofort drang der eisige, feuchte Wind mit Wucht unter ihr dünnes Samtcape.

»Ich habe Euch um Hilfe gebeten, mein Herr«, sagte sie ein wenig schroff, »aber ich weiß noch immer nicht, wer Ihr seid.«

»Seid unbesorgt, ich bin weder ein Lümmel noch ein Dieb, und auch kein Landstreicher oder falscher Mönch. Ich bin der Graf d'Angoulême und glaube, dass uns dieser glückliche Zufall zusammengeführt hat, damit wir beide gemeinsam am selben Tag und zur selben Stunde vor dem König erscheinen können.«

Sie sah ihn erstaunt an.

»Ihr werdet also auch von Louis XII. erwartet?«

»Ja, und ich wage zu hoffen, nicht weniger als Ihr. Aber jetzt sollten wir uns nicht länger mit Schwatzen aufhalten, wenn Ihr doch seit drei langen Stunden unter Hunger und Kälte leidet. Wer begleitet Euch denn außer Kardinal de Villiers noch in dieser Kutsche?«

Mit dem Kopf deutete er auf den umgestürzten Wagen. Das ganze Vorderteil steckte in dem schlammigen Graben, und die Hinterräder drehten sich in der Luft. Als der Graf d'Angoulême näher kam, sah er zwei Männer, die verzweifelt versuchten, das Gespann wieder aufzurichten.

»Das sind Hochwürden Jean de Villiers und der Kutscher«, erklärte die junge Constance und zeigte mit dem Finger auf sie. »Die beiden versuchen, den Wagen aus dem Schlamm zu ziehen.«

»Wart Ihr nur zu dritt?«

»Nein! Ich reise mit Alix. Aber sie hat bei dem Unfall einen Schock erlitten und liegt wie tot auf dem Boden in der Kutsche. Wir sind also zu viert.«

Jetzt endlich konnte Charles hinter dem aufgelösten Haar auch Constances hübsches Mädchengesicht erahnen. Mit großen tiefschwarzen Augen sah sie ihn besorgt an. Sie war zwar ganz rot vor Aufregung, aber ihre Haut wirkte doch so zart wie kostbare Seide.

Sie ging ein paar Schritte vor ihm her. Die Kutsche war umgestürzt, und unter dem erneut einsetzenden Regen versuchten die beiden Männer sie aufzurichten, versanken aber bei jedem Versuch nur noch mehr im Morast. Ein Windstoß fegte dem Kardinal seine Mütze vom Kopf, die auf dem nassen Boden landete. Der Kutscher wollte sie aufheben, konnte sich aber nicht entschließen, die Tür loszulassen, die er als Halt zum Ziehen brauchte, zögerte erst und ließ es dann bleiben.

Constance und der Graf d'Angoulême erreichten die beiden mit einer heftigen Böe, die sie unsanft gegen die Tür der Kutsche schleuderte.

»Das ist der Graf d'Angoulême, Jean«, sagte Constance und verzog ihr Gesicht vor Schmerz. »Er will uns helfen.«

Charles ging gebückt auf die beiden Männer zu und hielt die Enden seines Umhangs fest. Er musste plötzlich an seinen Degenknopf denken, in dem die Taler verstaut waren, die er für den verkauften Familienschmuck bekommen hatte.

»Ich fürchte, dass Ihr die Kutsche nicht aufstellen könnt. Das Vorderteil ist schon viel zu tief im Schlamm«, meinte der Graf d'Angoulême, nachdem er mit einem Blick die vergeblichen Anstrengungen der beiden taxiert hatte.

»Ihr seid gut, mein Herr, was sollen wir denn ohne die Kutsche anfangen?«, fragte Hochwürden de Villiers.

»Was ist mit den Pferden? Sind sie verletzt?«

»Das eine ist schwer verletzt, es hat zwei Beine gebrochen; ich fürchte, wir müssen es töten.«

Charles nickte.

»Sein Wehgeschrei hat mich hierhergelockt. Wenn ich das nicht gehört hätte, wäre ich sofort vom Fluss weggeritten, um die überfluteten Ufer zu meiden. In wenigen Stunden ist die Straße nicht mehr passierbar.«

Er trat zu dem Pferd, das sich einigermaßen beruhigt hatte. Es röchelte nur noch leise.

»Müssen wir es wirklich töten?«

»Was bleibt uns übrig? Das ist eine traurige Aufgabe, die ich nur sehr ungern erledige, obwohl ich mehr Soldat als Prälat bin.«

Er hörte auf, sich sinnlos abzumühen, richtete sich auf und fragte:

»Kennen wir uns nicht?«

»Wir haben wohl schon einmal Seite an Seite gekämpft.«

Nun ließ der Kardinal endgültig von der Kutsche ab, die sich nicht einen Millimeter von der Stelle bewegt hatte.

»Jetzt erinnere ich mich. War das nicht im ›Verrückten Krieg‹ gegen die Regentin Anne de Beaujeu? Ihr seid der Graf d'Angoulême.«

»Ihr habt ein sehr gutes Gedächtnis, Hochwürden. Aber wie hätte ich Euch in diesem Kardinalsgewand erkennen sollen? Ich kann mich nur an den kleinen Abbé erinnern, der sich im Schloss von Nantes wie ein richtiger Soldat benommen hat.«

»Louis will angeblich die Beziehungen zu Neapel wiederaufnehmen. Ist das vielleicht der Grund für Eure Reise nach Amboise?«

Charles kam nicht dazu zu antworten. Ein schrecklicher Schrei entwand sich dem armen Pferd. Jean de Villiers machte ein bekümmertes Gesicht. Dann nahm er sein Schwert, weil er diese grauenvolle Pflicht nicht länger aufschieben durfte, und stach es dem Pferd mitten ins Herz.

Charles wusste nur zu gut, dass kein Soldat diese traurige Pflicht gern übernahm. Jedes Pferd, das mit seinem Herrn in den Krieg zog, verdiente dessen besondere Zuneigung und war seinem Kampfgefährten gewissermaßen gleichgestellt. Trotzdem war es ganz normal, dass man sein Pferd, wenn es sich im Kampf verletzt hatte, tötete, um ihm unnötige Schmerzen zu ersparen.

Charles d'Angoulême wandte den Kopf ab, um die letzten Zuckungen des Tiers nicht mit ansehen zu müssen. Pardaille hatte zum Glück nichts davon mitbekommen, er schnaubte wegen des Sturms und wollte scheinbar lieber weitertrotten, als noch länger auf der Stelle zu stehen und zu frieren.

Als Charles den Blick von dem armen toten Pferd wandte, das nun von seinem Leiden erlöst war, sah er Constance mit einem blassen jungen Mädchen mit kastanienbraunem Haar unter einer Samthaube, das sich auf sie stützte. Es wirkte sehr schwach.

»Alix ist wieder bei Bewusstsein. Was sollen wir denn nur ohne Kutsche machen, mein Herr?«, fragte Constance und wandte sich an Charles, der die noch immer halb ohnmächtige Alix auffing.

Vorsichtig hob er das Mädchen so auf den Rücken von Pardaille, dass es mit dem Oberkörper auf dem Hals des Pferds lag.

»Ganz einfach, Demoiselle«, versicherte er ihr. »Euch nehme ich ebenfalls mit auf mein Pferd. Und Hochwürden de Villiers muss mit dem Kutscher zusammen auf dem anderen Pferd aufsitzen.«

Der Kardinal seufzte und sah sich das Malheur noch einmal an. Dazu muss man wissen, dass ein Kirchenmann mit jedem noch so kleinen Besitz sehr sorgsam umging und es den Prälaten sehr traurig stimmte, in so kurzer Zeit so viel Vermögen zu verlieren.

»Das war wirklich eine besonders schöne Kutsche«, sagte er bedauernd.

»Und was ist mit unserem Gepäck?«, fiel es Constance plötzlich ein.

»Verehrte Demoiselle, mehr Gewicht können wir den Pferden wirklich nicht zumuten«, gab Charles zur Antwort. »Wind und Regen werden ihnen schon mehr als genug zusetzen. Sobald wir zu einem Gasthaus kommen, schicken wir jemanden her, der das Gepäck holen soll.«

»Wenn es dann nicht schon Räuber und Wegelagerer geholt haben«, wandte das junge Mädchen ein.

»Da habt Ihr natürlich Recht, aber Euer Leben ist tausendmal mehr wert als die Pakete, die Ihr vielleicht verliert, schöne Demoiselle«, entgegnete der Graf d'Angoulême.

Seine galante Antwort schien Constance sehr zu gefallen, denn sie widersprach nicht länger und ließ sich auf Pardailles Rücken heben.

Auch die Männer stiegen auf, ließen das umgekippte Gespann, das Gepäck und das tote Pferd in dem Schlamm zurück und nahmen den Kampf mit dem Sturm auf, der ihnen ins Gesicht schlug und den Pferden heftig auf die Kruppe peitschte.

Drei Stunden später erreichten sie Blois – auf dem ganzen Weg begegneten sie keiner Menschenseele. Damals wagte sich niemand bei solch stürmischem Wetter in der Nähe eines Flusses auf die Straße. Man blieb lieber zu Hause aus Angst, der Sturm könnte einen in den Fluss treiben, in dem man dann ertrank.

Gegen Mittag legte sich dichter Nebel über die ganze Landschaft. Die Ufer der Loire schwollen weiter an, und die Fluten reichten bis zu den nahe gelegenen Häusern, wobei sie alles mitnahmen, was ihnen in den Weg kam.

»Wir müssen über die Brücke«, sagte Charles, »sonst sitzen wir hier in Blois fest, bis sich der Sturm gelegt hat. Und das dauert meiner Meinung nach mindestens zwei oder drei Tage, vermutlich aber sogar acht oder zehn.«

»Das befürchte ich auch«, sagte der Prälat und nickte zustimmend.

Da entdeckte er in der Ferne eine Gestalt, die langsam auf sie zukam.

»He, du da!«, rief er der gebückten Gestalt zu, die von Kopf bis Fuß in einen Umhang gehüllt gegen den Wind ankämpfte.

Der Mann war nicht groß und eher schmächtig. Der Nebel verschluckte ihn beinahe vollständig, und sein Umhang war weiß von Raureif, weil sich nun auch noch eine Eiseskälte zu dem Wind gesellte und einen schier erstarren ließ.

»Ihr könnt nicht über die Brücke«, sagte der kleine Mann und sah zu Boden, weil er vor lauter Sturm den Kopf nicht heben konnte.

»Ist sie nicht mehr passierbar?«

»Auf keinen Fall.«

»Guter Mann«, sagte Charles d'Angoulême, »wir müssen aber in Amboise sein noch ehe es Mittag schlägt, und jetzt sind wir erst in Blois. Du kriegst von mir zehn Heller, wenn du uns auf die andere Seite bringst.«

»Fünfzehn«, erhöhte Jean de Villiers; die Geldbörse des Kardinals war sicher besser gefüllt als die des Grafen d'Angoulême, wenn man einmal von dem Gewinn aus dem Schmuckverkauf absah, den er in seinem Degenknopf versteckt hatte.

»Aber das ist unmöglich, Herr! Das Wasser geht Euren Pferden bis zum Bauch.«

»Unsere Pferde haben schon den Krieg überstanden, dann werden sie das hier ja wohl auch bewältigen«, beruhigte ihn der Kardinal. »Also gut, wenn du uns heil hinüberbringst, kriegst du einen Silberling von mir.«

Der Mann kratzte sich an der Kapuze, die sein Gesicht verdeckte, und richtete sich ein wenig auf.

»Einen Silberling von jedem, Hochwürden, dann geh ich Verstärkung holen. In zwei Stunden seid Ihr auf der anderen Seite der Brücke.«

»Abgemacht«, antwortete Kardinal de Villiers.

Das Warten kam den Reisenden schier endlos vor, aber irgendwann tauchte der kleine Kerl wieder auf und hatte Seile und einen Hünen von Mann dabei, dem das Unwetter nichts auszumachen schien. Der Sturm peitschte seinen Rücken und die breiten Schultern; und obwohl er nur ein grobes Leinenhemd trug und ihm der Regen in Strömen übers Gesicht lief, schien er das nicht einmal zu bemerken.

Als sie am Brückenkopf ankamen, der bereits unter Wasser stand, drehte sich der Koloss zu ihnen um und sagte, während ihm das Wasser an der großen Nase herunterlief:

»Ihr müsst absteigen. Ich nehm die Pferde. Und der da«, er deutete auf den Mann mit der Kapuze, »macht Euch den Führer.«

Keiner widersprach, aber Constance und Alix betrachteten entsetzt die überflutete Brücke, die sie passieren sollten. Der Riese ging los und setzte einen Fuß ins Wasser.

»Ist nicht tief«, meinte er. »Mir reicht's bis zu den Knöcheln, bei Euch bis zu den Knien. Wird's denn gehen?«

»Haben wir denn die Wahl?«, scherzte Kardinal de Villiers.

Der Hüne sah ihn mit seinen großen runden Augen verdutzt an, während ihm das Wasser von seiner langen, dicken Nase auf die Lippen lief. Aber Charles und Jean erkannten dann sehr schnell, dass dieser Mann genau wusste, was zu tun war und dass er wohl schon mehr als einmal jemand bei solch einem Wetter auf die andere Seite gebracht hatte.

Er hielt die Pferde fest an den Zügeln.

»Vorsicht!«, rief der Kutscher dem Koloss zu, »mein Pferd geht durch, wenn ihm das Wasser zu hoch steht.«

»Dann soll eben meins zuerst gehen«, schlug Charles vor. »Pardaille ist nicht ängstlich. Er ist an solche Situationen gewöhnt. Die Gironde tritt oft über die Ufer und außer im Sommer sind die Uferwege meist nicht passierbar.«

Pardaille hatte also das Privileg, das Wasser auf der Brücke für seinen Gefährten zu teilen, der sich so aufbäumte, dass Jean und der Kutscher dem großen Mann beim Halten helfen mussten, damit er nicht das Gleichgewicht verlor und in den Fluss stürzte.

Als die Pferde auf der anderen Seite angekommen waren, musste der Hüne umkehren und Jean, Charles und den beiden Frauen über die Loire helfen.

»Wenn Ihr da rüberwollt, müsst Ihr Eure Röcke hochheben, sonst stolpert ihr noch drüber«, sagte der kleine Mann mit der Kapuze.

Da musste Charles lachen.

»Genau, macht schon, er hat Recht. Zeigt also Eure hübschen Füße her, ehe sie nass werden. Und macht Euch keine Sorgen: Auf der anderen Seite der Brücke ist ein Gasthaus, da könnt Ihr Euch trocknen.«

Die beiden Mädchen ließen sich das Seil um die Taille knoten, das die Männer mitgebracht hatten, und beobachteten entsetzt die brodelnden Fluten, die der Sturm über die Brücke trieb.

Dann stießen sie einen tiefen Seufzer aus, als sie mit aufgelösten Haaren – Constance hatte schon längst ihre Haube verloren, Alix erst, als sie der Graf d'Angoulême auf sein Pferd gehoben hatte – und gerafften Röcken mit unverhohlener Furcht den Riesen vom anderen Ende der Brücke zurückkommen sahen, wo er den Kutscher und die beiden Pferde unversehrt zurückgelassen hatte.

Nun tappten alle vier, fest aneinandergebunden, auf die überflutete Brücke, Jean und Charles gingen hinter den Mädchen und ganz zum Schluss kam der kleine Mann, der sein Gesicht noch immer halb unter der Kapuze verborgen hatte. Der Koloss im Hemd zog die beiden Frauen hinter sich her und achtete darauf, dass sie sich in der Mitte der Brücke hielten, von der man weder Boden noch Geländer sah.

Der kleine Mann am Ende der Schlange, in der jeder Abstand hielt, um die anderen nicht zu behindern, konnte das Schlepptau nur halbwegs überwachen, weil ihm seine Kapuze die Sicht nahm.

Plötzlich schrie Constance laut. Sie war auf irgendetwas Glitschiges getreten, wahrscheinlich Gras oder Blätter, die das Wasser mitgeschleppt hatte.

Sie rutschte aus und zog die ganze Gruppe gefährlich nahe an den Rand der Brücke; und ohne die bemerkenswerten Kräfte des Riesen, der alle wieder in die Mitte zog, wären die Reisenden wieder in größter Gefahr gewesen.

Doch noch war das Abenteuer nicht vorbei. Als sie Dreiviertel des Wegs hinter sich gebracht hatten, wurde es Alix schwindlig; wahrscheinlich hatte sie sich noch nicht richtig von der Ohnmacht in der Kutsche erholt und brachte die Reisenden erneut in Gefahr.

»Wir sind gleich da, Alix. Ich bitte dich, halt durch«, rief ihr Constance zu.

Beide waren kreidebleich und fingen an, mit ihren hübschen weißen Zähnen zu klappern.

»Alix!«, schrie Constance noch einmal.

Und dann fielen sie dem Koloss zitternd in die Arme. Obwohl das Ende der Brücke nicht mehr weit schien, wurde die Lage wieder äußerst brenzlig. Weil der Hüne Alix festhalten musste, ließ er Constance los. Charles, der hinter ihr ging, wollte sie stützen, damit sie nicht etwa ausrutschte und in das tosende Wasser fiel, das sie alle hätte verschlingen können.

Alix war zwar nicht ohnmächtig, verdrehte aber die Augen und spürte ihre Füße kaum noch. Die zierlichen Lederschuhe, die Constance und Alix an diesem Morgen angezogen hatte, waren natürlich für diese Unternehmung vollkommen ungeeignet und machten das Ganze nicht besser.

Der Fährmann am Ende der Schlange, der mittlerweile angesichts der ernsten Lage seine Kapuze doch noch zurückgeschlagen hatte, gab sein Bestes, um die Mannschaft in der Mitte der Brücke zu halten.

Dann war es Charles, der wohl auf denselben glitschigen Gegenstand trat wie kurz zuvor Constance. Erschrocken breitete der Graf d'Angoulême seine Arme aus und ruderte in der Luft herum wie ein Vogel vor dem Abflug. Dann verlor er doch das Gleichgewicht, stürzte und zog Constance mit sich in die tosenden Fluten der Loire.

»Verdammtes Pack!«, schrie der Riese.

Diesen ziemlich anstößigen Fluch gebrauchten die einfachen Leute gern.

»Verdammtes Pack! Ich muss Euch loslassen«, sagte er zu Alix. »Haltet Euch am Geländer fest, und rührt Euch nicht von der Stelle, auch wenn Euch das verfluchte Wasser umwerfen will.«

Er ließ das Mädchen los und packte mit einem Griff, der wohl stärker war als der eines Bärentreibers, wenn er sein wütendes Tier bändigen muss, Constance, von der nur noch der Kopf aus dem Wasser schaute.

Gleichzeitig halfen der Kardinal und der kleine Fährmann Charles aus den Wogen des Flusses. Die Seile, mit denen sie verknotet waren, dienten auf der Brücke zwar ihrer Sicherheit, im Wasser drohten sie aber alle mitzureißen.

Plötzlich stieß Charles einen Schrei aus, und kalter Angstschweiß – kälter noch als das Loirewasser – lief ihm über den Rücken. Er hatte mit der Hand nach seinem Gürtel gegriffen und gemerkt, dass er dabei war den Degen zu verlieren, in dessen Knopf sich sein gesamtes Vermögen befand. Die zwanzigtausend Taler, mit denen er das Dach seines Schlosses reparieren wollte, befanden sich in einer denkbar ungünstigen Lage!

»Verdammt! Mein Degen!«, schrie er.

Um den Degen festzuhalten, ließ er die Hand los, die ihm Kardinal de Villiers gegeben hatte, spürte aber, dass er dadurch sofort tiefer ins Wasser rutschte. Mit der anderen Hand konnte er sich gerade noch an den Rand der Brücke klammern, von der nun mittlerweile nichts mehr zu sehen war.

»Verflucht! Mein Degen! Ich kann ihn nicht halten.«

»Lasst ihn doch los und ins Wasser, Herr, dann habt Ihr's leichter«, rief ihm der Fährmann zu.

»Auf keinen Fall, lieber sterbe ich!«

Zu seinem großen Glück kam ihm der Riese zu Hilfe und zog ihn am Kragen seines Wamses, das dabei entzweiriss, aus dem Wasser. Was machte das schon aus, immerhin war Charles wieder auf der Brücke und hielt seinen Degen fest umklammert.

Mit hoch erhobenem Kinn, um nicht allzu viel Wasser zu schlucken, wateten sie durch die Fluten und erreichten schließlich irgendwie das andere Ufer; bis auf die Knochen durchnässt, schlotternd und schimpfend betraten sie das Gasthaus am anderen Ende der Brücke.

Die Herberge stand auch schon unter Wasser. Sie mussten durch die Hintertür, die zu den Nebengebäuden führte, weil auch der Vorhof überschwemmt war – das Wasser reichte bereits bis an den Rand des Brunnens, den man darin kaum noch erkennen konnte.

Außerdem hatte der Gastwirt die Eingangstür verriegelt, weil er befürchtete, der Sturm könnte sie aus den Angeln heben und seine drei großen Räume im Erdgeschoss überfluten.

»Jesus Maria!«, entfuhr es einer Alten, die mit einem Eimer voller guter Kuhmilch in der Hand vor ihnen auftauchte, die sie gerade gemolken hatte – lauwarme, sahnige Milch, die ihre schönen, kräftigen bretonischen Milchkühe jeden Morgen gaben. Die Tiere hatte sie aus dem Stall geholt, weil ihnen bei Sonnenaufgang das Wasser bereits bis zum Bauch gestanden hatte.

»Jesus Maria!«, wiederholte sie. »Der Fluss hat uns ein paar Ertrunkene zurückgegeben! Was für eine Ungerechtigkeit des Himmels, dass er uns so viel Wasser schickt!«

»Beruhigt Euch doch, gute Frau!«, sagte Jean de Villiers. »Ich zahle deinem Herrn einen Silberling, wenn wir uns bei ihm aufwärmen dürfen und Kost und Logis bekommen.«

Mit einem prüfenden Blick musterte die Alte die verirrte kleine Reisegruppe und schüttelte entsetzt den Kopf.

»Die armen Mädchen!«, sagte sie beim Anblick von Constance

und Alix, deren durchnässte Kleider so in Fetzen hingen, dass man ihren weißen Hals und ihre hübschen Beine sehen konnte, von denen sich die Seidenstrümpfe längst verabschiedet hatten.

Dann wanderte ihr erschrockener Blick zu den drei Männern, die auch nicht mehr besser angezogen waren. Jeans prächtiges Kardinalsgewand war zerrissen und hing traurig an ihm herunter. Und das ohnehin bereits reichlich abgetragene Wams von Charles war an den Schultern eingerissen und so tropfnass, dass sich dunkle Pfützen um seine Füße bildeten.

Was nun die Beinkleider des Kutschers betraf, so hatte er deren wesentliche Bestandteile in den tobenden Fluten der Loire gelassen, und seine stämmigen behaarten Beine waren so nackt wie die eines hässlichen Jahrmarktsaffen.

»Jesus Maria!«, entfuhr es der alten Frau noch einmal, ehe sie den Milchkübel abstellte. »Ich geh meinen Herrn holen. Bleibt solange hier.«

Dafür hätte man sich einen unangenehmeren Ort denken können. Hier war es warm und trocken, und aus dem Stall nebenan roch es gut nach Mist. Die kleine Bodenerhebung, auf die man die Tiere geführt hatte, war noch nicht überflutet, und die etwa zehn Pferde befanden sich noch im Trockenen.

Diese Situation – alle waren halbnackt und aufgelöst und schlotterten vor Kälte – war jedenfalls weitaus angenehmer als die reißende Loire.

Der Wirt erschien wenige Minuten später.

»Teufel noch eins!«, fluchte er beim Anblick der traurigen Gestalten, die dem Fluss entkommen waren. »War das wirklich nötig, dass Ihr dieses Ungeheuer von Loire überquert?«

Der Kardinal griff nach seinem Gürtel, in dem versteckt er seine Börse trug. Er holte sie vor und zeigte sie dem Gastwirt, der sofort sah, wie gut gefüllt sie war.

»Ich kann gut zahlen, Wirt«, sagte er zu dem Mann, der ihn aus seinen schmalen blauen Augen ansah und sich bereits auszurechnen schien, was ihm das Unglück dieser Gäste einbringen dürfte.

»Hol er uns warme Decken, und lass er uns in die große Gaststube. Eine gute Suppe wird uns wieder auf die Beine bringen.«

»Meine Zimmer im Erdgeschoss könnt Ihr vergessen, Hochwürden, das Wasser steigt von Stunde zu Stunde weiter. Wenn der Fluss noch weiter steigt, müssen wir unsere Bleibe bald in die Hängeböden unter dem Dach verlegen. Zur Sicherheit sollten wir auch die Tiere nach oben bringen.«

Jetzt blieb sein schiefer Blick an der traurigen Kleidung der Reisenden hängen, und mit geheuchelter Sorge in der Stimme fragte er plötzlich:

»Mit wem habe ich eigentlich die Ehre?«

Jean de Villiers lächelte herablassend, und zwar gerade so viel, um dem Gastwirt Eindruck zu machen. Mit einem Blick deutete er auf Constance und sagte:

»Ich begleite Demoiselle de La Trémoille, die auf Schloss Amboise von Seiner Majestät, dem König von Frankreich, erwartet wird. Das ist auch der Grund, warum wir diese verfluchte Brücke um jeden Preis überqueren mussten.«

Bei diesen Worten verbeugte sich der Wirt und rief, noch ehe der Kardinal seine Ausführungen beenden konnte:

»Tonin, Guillemette! Her mit euch! Und ihr auch, le Poilu und Marie-qui-crie! Bringt Wollpelerinen und Stiefel mit warmem Stroh. Wir müssen die Leute hier wieder warm und trocken kriegen!«

Mit wenigen Handgriffen entledigten sich die beiden Mädchen der übrigen nassen Fetzen, die sie noch am Leib hatten. Sie waren dabei weder verlegen noch ängstlich, obwohl ihnen der Graf d'Angoulême voller Wohlgefallen zusah; er wusste nämlich die vollkommenen Rundungen ihrer Schenkel, ihre schmalen Hüften und ihren festen Bauch sehr zu schätzen.

Kardinal de Villiers dagegen blieb von der Nacktheit der beiden Mädchen unbeeindruckt und tat so, als fiele ihm nicht auf, dass sich Charles d'Angoulême zunehmend für sie interessierte.

Die Alte reichte den Männern Pelerinen.

»Na, was ist los?«, rief sie, »wie lang wollt Ihr denn noch tropfnass vor diesen Mädchen rumstehen? Komm her, Guillemette, trockne die drei Männer ab, und rubbel sie schön trocken. Ich kümmer mich um die Demoiselles.«

Also mussten sich jetzt auch die drei Gefährten unter den neugierigen Blicken von Constance und Alix nackt ausziehen. Der Kardinal war groß und schlank und trotz seiner fünfzig Jahre sehr gut gebaut. Er hatte sich allerdings sittsam umgedreht und zeigte den jungen Mädchen nur seinen breiten, muskulösen Rücken.

Charles d'Angoulême zog ganz ungeniert seine Beinkleider aus und präsentierte den Mädchen – Guillemette eingeschlossen, die sich von dem Spektakel nichts entgehen lassen wollte – den Anblick eines sicher zwischen kräftigen behaarten Schenkeln verstauten munteren Glieds, das der Wollmantel erst nach einigem Zögern der jungen Dienerin ihren Blicken entzog.

Als schließlich alle trocken waren und in warmen Pelerinen und Stiefeln steckten, gingen sie durch die oberen Ställe, in denen die Pferde trocken gerieben und gefüttert wurden. Weil unten alles überschwemmt war, musste man sich auf dem noch trockenen Zwischenboden einrichten. Constance und Alix hatten sich beruhigt und waren wieder guter Dinge.

Im Vorbeigehen warf Constance einen Blick auf die alte Marie-qui-crie mit ihrem Eimer, zeigte auf die Milch und sagte leise zu ihr:

»Ich geb dir einen Heller, wenn wir eine schöne Schüssel von der Milch bekommen.«

Aber Charles d'Angoulême, dem nichts entging, was Constance sagte oder machte, wiederholte lachend:

»Und ich geb dir einen Taler, wenn wir den ganzen Eimer bekommen!«

»Jesus Maria!«, brüllte die Alte, die Marie-qui-crie hieß, weil sie stocktaub war, seit sie ihre Mutter eines schönen Wintermorgens zur Welt gebracht hatte. Ehe sie sich davonmachte, hatte die verrückte Frau ihr Kind ganz unten in der Mehlkiste versteckt. Es hieß, die Alte sei taub, weil sie damals mehr als drei Tage in der Mehlkiste gelegen und geschrien hatte, was ihr zwar nicht das Leben genommen, aber ihr Trommelfell ruiniert hatte.

»Sicher kriegt Ihr gute, warme Milch, meine Herzchen, aber da kommt noch Schinken und frisch geröstetes Brot rein«, sagte die Alte, die zwar kein Wort verstanden, aber gemerkt hatte, was für begierige Blicke die jungen Mädchen auf ihren Milcheimer geworfen hatten. Etwas später stärkten sie sich alle mit gutem Appetit.

Über eine kleine Wendeltreppe kamen die jungen Damen dann in die obere Etage, wo sie ein bequemes Schlafzimmer erwartete. Dazu muss man wissen, dass Meister Fourgaults Gasthaus am Ende der Brücke um diese Jahreszeit mit den ständigen Unwettern, Sturm und Überschwemmungen leer stand.

Alix war völlig erschöpft, legte sich hin und schlief sofort ein. Aber Constance bekam kein Auge zu und stand noch einmal auf, um eine Kerze zu holen – oder in der Hoffnung, den Grafen d'Angoulême zu treffen, den sie vorher im Flur hatte stehen sehen; wahrscheinlich war auch er auf der Suche nach einem Kerzenstummel, damit er Licht hatte.

»Wer ist da?«, hörte sie eine Stimme vom anderen Ende des dunklen Gangs.

Constance streckte den Arm mit der Kerze vor sich.

»Und wer ist da?«, gab sie zurück.

»Wen sehe ich denn da?«, flüsterte der Graf d'Angoulême entzückt und beleuchtete mit seiner Kerze das Gesicht des jungen Mädchens. »Hat der Schreck mit der umgestürzten Kutsche unsere schöne Constance nicht ihrer letzten Kräfte beraubt?«

»Nein, Monsieur Charles, mir geht es wirklich ausgezeichnet. Außerdem kann ich mich jetzt endlich dafür bedanken, dass Ihr mich auf Eurem Pferd mitgenommen habt. Ich glaube, Euer warmer Körper hat meine erschöpften Lebensgeister wieder geweckt. Ihr habt mich vor einem Fehltritt bewahrt.«

Sie drückte sich vornehm und gewählt aus und sah ihn gerade so unternehmungslustig an, dass der Graf d'Angoulême annehmen durfte, er könne etwas wagen.

Die lebhaft funkelnden kohlrabenschwarzen Augen in ihrem elfenbeinweißen Gesicht zeugten von ihrem wachen Verstand. Hohe Wangenknochen, eine kleine Nase mit schön geschwungenen Flügeln, die stets auf der Suche nach neuen Gerüchen schienen, und ein zierliches Kinn vollendeten ihr hübsches Gesicht.

Ihr schwarzes Haar, das nicht mehr von der Samthaube gebändigt wurde, die beim Sturz der Kutsche in den Dreck gefallen war, fiel ihr in zierlichen Locken auf die Schultern und verlieh ihnen diesen warmen Farbton, den die spanischen Maler für die Frisuren ihrer Modelle bevorzugten.

»Mir kam Euer Körper auf dem Rücken von meinem Pardaille gar nicht so kalt vor, wie Ihr sagt, Demoiselle.«

Er nahm Constance ihre Kerze aus der Hand und stellte sie auf den Boden, wo sie ihre kleinen Füße beleuchtete, die sich in viel zu großen Holzschuhen voll warmem Stroh verloren.

»Schaut doch nur einmal Eure zierlichen Füße an, Demoiselle! Sind sie nicht noch immer so eiskalt, dass sie gewärmt werden müssen?«

»Aber ja, sie sind noch immer eiskalt«, antwortete Constance.

»Und wenn Ihr sie nicht aus dem eiskalten Wasser dieses schrecklichen Flusses geholt hättet, wären sie jetzt noch immer dort.«

Sie bückte sich und nahm ihre Kerze wieder.

»Wie ich hörte, habt Ihr nach einer Wanne verlangt, weil Ihr ein heißes Bad nehmen wollt, Monsieur Charles. Wäre es vielleicht möglich, dass ich, selbstverständlich nach Euch, in diese Wanne steigen dürfte, um diese Wohltat zu genießen, ehe das Dienstmädchen das Wasser ausleert?«

»Aber ja, natürlich! Wenn Ihr wollt, könnt Ihr das Bad auch mit mir teilen, damit Euch nichts von der anfänglichen Wärme entgeht.«

Wieso hätte sich Charles auch zurückhalten sollen, wenn er doch sah, dass die Lebensgeister der hübschen Constance zurückgekehrt waren und sich die Situation ganz zu seinen Gunsten entwickelte?

»Eure Einladung zu einem Bad nehme ich sehr gern an, Charles. Umso mehr auch, als Alix bereits schläft, und sich auch Jean schon auf sein Zimmer zurückgezogen hat.«

Sie sprach leise und flüsterte absichtlich ein wenig, um ihrem Gespräch etwas Geheimnisvolles zu verleihen.

In Charles' Zimmer brannte ein Kaminfeuer, und die Glut leuchtete unter einem Kohlenbecken, auf dem das Badewasser erhitzt wurde. Es war groß genug, dass Constance sich in den dunkelsten Winkel zurückziehen und sich dort diskret ihrer Kleidung entledigen konnte.

Guillemette und die alte Marie-qui-crie füllten den Badebottich so schwungvoll mit heißem Wasser, dass es bis zu den Füßen von Constance spritzte, die geduldig auf einem Hocker saß und wartete.

»So ist es gut«, meinte Charles, als das dampfende Wasser die Wanne fast bis zum Rand füllte.

Die junge Guillemette warf ihm einen schwärmerischen Blick zu, sagte dann aber säuerlich, als sie merkte, dass es keinen Sinn hätte, ihm ihre Dienste anzubieten, mit einem wütenden Blick auf Constance:

»Also gut, dann lassen wir Euch jetzt allein, Ihr habt ja schon Hilfe, Herr Graf.«

Charles lachte laut.

»Kann schon sein, dass ich noch nach dir rufe, meine Hübsche! Vielleicht morgen ganz früh!«

»Kann schon sein, dass ich da nicht zu haben bin, Herr Graf!«, gab das Zimmermädchen zurück.

Charles baute sich vor ihr auf und hob ihr Kinn mit dem Finger.

»Soll das etwa heißen, dass du das Bett mit Meister Fourgault teilst und er dich erst freigibt, wenn er seinen dicken Körper aus den Laken gewälzt hat, die noch warm von euren nächtlichen Vergnügungen sind?«

»Meister Fourgault ist schließlich nicht der einzige Mann hier«, sagte sie ärgerlich.

»Was!«, rief Charles laut lachend. »Meinst du da etwa diesen kleinen Tonin, der kaum einen Meter groß ist, oder den haarigen Alten, der wohl kaum zu deiner jungen, unverbrauchten Schönheit passt?«

»Ihr vergesst den schönen Herrn, der die Demoiselle de La Trémoille begleitet.«

»Aber das ist ein Kirchenmann!«, rief Constance und trat zu ihnen.

»Na und!«, meinte Guilemette beinahe aggressiv. »Habt Ihr etwa noch nie mit einem Kardinal geschlafen?«

»Und du?«, fragte Charles zurück.

Sie antwortete nicht und zuckte nur die Schultern.

»Also, geh jetzt«, sagte Charles und drückte ihr einen Kuss auf den Mund. Dann schob er sie sanft Richtung Tür.

»Ich hätt Euch aber schon den Rücken waschen können«, maulte sie.

Doch er geleitete sie nur sehr höflich zur Tür, weil sich ein Graf d'Angoulême immer auf die gleiche galante Weise von einer Frau verabschiedete, egal ob sie Herzogin oder Zimmermädchen war.

»Jetzt geh schon, du musst dich nicht beklagen! Der Wirt ist ein gut aussehender, stattlicher Mann, anständig und großzügig, wie mir scheint, und du hast nichts zu verlieren, wenn du ihm treu bleibst.«

Guillemette machte eine kleine Verbeugung und knallte dann die Tür hinter sich zu. Geräuschlos wie eine vorsichtige streunende Katze trat nun Constance zu ihm.

»Hat Euch das Mädchen wirklich gefallen, Monsieur Charles?«, schnurrte sie dicht neben ihm und tat ihm schön.

»Findet Ihr sie etwa hässlich?«

Constance zog eine beleidigte Schnute, versteckte aber nicht länger ihren reizenden nackten Körper, der den kundigen Blicken des Grafen bereits bei ihrer Ankunft nicht entgangen war, als sie sich mit den Füßen in den Holzschuhen ausgezogen hatte.

Sie schwang ihre runden Hüften, streckte die Arme in die Luft und sagte herausfordernd zu dem Grafen:

»Bin ich etwa nicht viel hübscher?«

Dann verwandelte sich die vorsichtige in eine geschmeidige und geschickte Katze, die mit einem Satz in das Badewasser sprang.

»Nun, Monsieur Charles, worauf wartet Ihr noch? Ihr seid auf einmal so ängstlich. Habt Ihr etwa vergessen, dass ich Euch auch gerade erst ohne Kleider gesehen habe? Euer stattliches Aussehen gefällt mir sehr. Und ich hatte ausreichend Zeit, es zu begutachten.«

»Dann seid Ihr also nur gekommen, weil Euch mein Körper zusagt?«

Er lachte und sah zu, wie sie mit ihren weißen Armen im Wasser herumplantschte. Als sie genüsslich untertauchte, entdeckte er in ihren Augen einen Schimmer, der auf sonderbare Weise zu der Glut im Kamin passte.

Nun wurde die geschmeidige Katze einschmeichelnd.

»Das Wasser wird kalt, wenn Ihr noch länger zögert«, schnurrte sie.

»Was wird Alix sagen, wenn sie aufwacht und Ihr nicht da seid?«, fragte Charles und zog endlich seinen Umhang aus.

Er warf ihn einfach auf den Boden, kam zu der Wanne und setzte sich etwas schwerfällig auf ihren Rand.

»Dann schläft sie wieder ein und denkt an ihren Jacquou«, sagte Constance und machte ihm Platz in dem warmen Wasser.

Er glitt in die Wanne und setzte sich gegenüber von Constance. Ganz kurz begegneten sich ihre Füße, und Charles genoss diese wunderbare Berührung, die offenbar viele weitere versprach.

»Alix ist eine große Schlafmütze. Sie schläft doppelt so lang wie ich. Und wenn sie wirklich einmal ausnahmsweise aufwacht und nicht mehr einschlafen kann, dann denkt sie einfach nach.«

»Sie denkt nach! Du liebe Güte! Woran denkt sie denn dann?«

»Oh! An ihren Jacquou, in den sie schrecklich verliebt ist.«

»Und was ist mit dir? Bist du auch verliebt?«, fragte er und nahm sich plötzlich die Freiheit, sie zu duzen und zu streicheln.

»Nein, noch nicht«, antwortete sie und seifte sich ein.

»Hast du denn keine Lust, verliebt zu sein?«

Sie lachte vergnügt und schlug mit den Beinen, um ihrem Gegenüber Wasser ins Gesicht zu spritzen.

Doch dann stand sie plötzlich auf und wollte aus der Wanne. Charles fing sie aber ein und warf sie ins Wasser zurück. In einem Strudel aus Seifenschaum fand sie sich in seinen Armen wieder. Er drückte ihr einen Kuss auf den Mund, aber sie weigerte sich, ihn zu erwidern. Mit einer unmissverständlichen Bewegung stieß sie ihn von sich.

»Bitte, Monsieur Charles, lasst mich los. Ihr wisst sehr gut, dass ich Jungfrau bleiben muss, egal welchen Mann mir das Schicksal bestimmt. Deshalb wird es auch bei diesem ebenso harmlosen wie unterhaltsamen Badevergnügen bleiben.«

8

Louise de Savoie betrachtete gedankenversunken die Mauern des alten Schlosses. Es war noch gar nicht so lange her, dass sie als junges Mädchen hierhergekommen war, weil ihre Cousine Anne de Beaujeu sie mit dem Grafen d'Angoulême verheiraten wollte.

Dabei empfand sie aber weder Groll noch Bitterkeit. Louise hatte ihre Jugend zwar in guter Erinnerung, verspürte jedoch trotz der kleinen Freuden, die ihr friedliches Leben aufheiterten, auch einen Hauch von Melancholie.

Louise lehnte sich an die steinerne Brüstung und genoss zu dieser späten Stunde den Anblick üppig blühender Stockrosen. Im Licht der Abenddämmerung leuchteten sie so purpurrot wie der Rubin an ihrem Hals. Das Schmuckstück hatte ihr Charles d'Angoulême zur Geburt von François geschenkt, und sie hatte es vor dem Schicksal des übrigen Schmucks bewahrt, der für die Reparatur des Schlossdachs verkauft werden musste.

Die Balustrade war noch warm von den letzten Sonnenstrahlen. Verträumt strich Louise mit den Fingern über den rauen Stein und zerbröselte die welken Blätter, die in dunklen Girlanden von den brüchigen Gesimsen fielen.

Ihr Blick schweifte in die Ferne, ehe er zu dem großen Eingangstor mit seinem verzierten Portal zurückkehrte.

Wie viele Jahre war es jetzt schon her, dass sie in einem ziemlich unrühmlichen Auftritt nach Cognac gekommen war, und Antoinette und Jeanne sie bereitwillig unter ihre Fittiche genommen hatten, ohne deshalb ihre Sorglosigkeit und ihre Lebenslust zu verlieren. Denn dieses zwölfjährige Mädchen, das nur Bücher im Kopf hatte, konnte der Liebe nicht gefährlich werden, die Charles d'Angoulême diesen beiden Frauen schenkte.

An dem Morgen, an dem Louise hier eingetroffen war, duftete der Park nach Sommerblumen und regennasser Erde. Geranien, Hortensien und Stockrosen blühten in einer Farbenpracht, die sie sofort verzaubert hatte. Und der Turm des alten Schlosses zeichnete sich stolz vor dem gnadenlos blauen Himmel ab, den keine einzige Wolke trübte. Eine heiße Jahreszeit ohne Unwetter kündigte sich an und verhieß mit reicher Ernte an Obst und Gemüse einen sorglosen Winter.

Auf ebendieser steinernen Freitreppe, auf der sie sich damals plötzlich wiedergefunden hatte, stand sie dann diesen Fremden gegenüber, von denen sie nur einen Namen kannte, nämlich den von Charles d'Angoulême, ihrem zukünftigen Gatten. Louise hatte den Blick gesenkt und ängstlich auf den Boden geschaut, ohne auch nur einen Ton von sich zu geben. Ihre Bewegungen waren linkisch und ungeschickt und nicht an Zärtlichkeitsbekundungen gewöhnt; sie fürchtete sich eher vor den Liebkosungen und Küssen, mit denen sie die beiden jungen Frauen überhäufen wollten.

Und der Graf hatte bestens gelaunt aus vollem Hals gelacht, während er mit fordernden Händen über die Hüften seiner beiden Gefährtinnen strich. Seine Augen, die vor Schalk nur so blitzten, sein voller Mund mit den sinnlichen Lippen und seine langen, schmalen zärtlichen und kraftvollen Hände weckten in Louise Gefühle, die ihr noch unbekannt waren.

»Ich sehe schon – in ein, zwei Jahren, vielleicht auch erst in drei, wird es reif sein, mein kleines Weibchen!«, rief er ungeniert.

Dann küsste er Jeanne auf den Hals, nahm Antoinette um die Taille und unterstrich diese Feststellung noch mit einer weiteren, ziemlich schlüpfrigen Bemerkung.

»Ich verlass mich darauf, meine Prinzessinnen, dass ihr sie geduldig in der Kunst unterweist, die ihr so hervorragend beherrscht.«

Und was hätten Jeanne Conte und Antoinette de Polignac, die munteren Maitressen von Charles d'Angoulême, auch dagegen haben sollen, diese junge Frau, die ihnen Anne de Beaujeu zu diesem Zweck geschickt hatte, in die Geheimnisse der Liebe einzuweihen.

Die beiden jungen Frauen wiesen Louise nun zwar in die Grundlagen dieser besonderen Kunst ein, behielten sich aber auch einige Überraschungen vor, so dass die junge Louise einige Monate später erstaunt fragte, warum sie denn noch immer nicht guter Hoffnung sei.

»Keine Sorge, Madame, Euer Gatte Charles will sich unbedingt Zeit lassen. Aber seid unbesorgt, er wird Euch keinesfalls vergessen. In ein paar Jahren macht er Euch einen Sohn, so wie er uns beiden zwar keine Jungen, aber doch sehr hübsche Töchter gemacht hat.«

Antoinette hatte nämlich zwei uneheliche Kinder, die nur wenig jünger waren als Louise. Und Jeannes Tochter war noch ein Säugling, den Dame Andrée, die Schlossamme, stillte.

All diese Ungereimtheiten gingen der kleinen Louise durch den Kopf, was dazu führte, dass sie heikle Fragen stellte.

»Kann Charles denn über all das entscheiden?«

Sie musste sich mit den Antworten zufriedengeben, die man ihr gab, und dachte angestrengt darüber nach, ohne das Geheimnis der Geburt zu entschlüsseln. Zu jung und viel zu wenig verliebt in ihren betagten Gatten litt sie dennoch weniger als die Jahre zuvor, die sie nur als traurig in Erinnerung hatte – eine einsame Kindheit ohne Zuwendung und ohne Freude.

Ihre Mutter, Marguerite de Bourbon, war bei Louises Geburt so krank, dass sie bald den letzten Atemzug tat. Zur gleichen Zeit war deren Mann, der schöne Philippe de Bresse, Bruder von Königin Charlotte, der Gattin von Louis XI., in Frankreich unterwegs auf der Suche nach kleinen Aufständen, die er anzetteln könnte, bis er dann auch starb und seiner Tochter nichts als Schulden hinterließ.

So kam es, dass Louise eines Tages mit ihrem kleinen Gepäck am französischen Hofe erschien, an dem Anne de Beaujeu, die Tochter von Louis XI. herrschte, der kurz zuvor auf seinem Schloss in Plessis-lès-Tours das Zeitliche gesegnet und ihr die Regentschaft über das Königreich hinterlassen hatte, bis Thronfolger Charles großjährig war.

So sah sich die kleine Savoyardin mit einem Mal der Autorität, wenn nicht sogar der Willkür dieser strengen Frau ausgesetzt. Louise wuchs bei der gefürchteten Frau auf, die ihr große Angst machte, ihr aber auch, wie sich zeigte, solide Grundlagen vermittelt hatte, die sich für ihr späteres Leben im Dienste Frankreichs als sehr nützlich erweisen sollten.

Weil sich das Mädchen vor der unmäßigen Autorität der Regentin fürchtete und ihr misstraute, hielt es sich lieber an deren alten Mann, Pierre de Beaujeu, einen Abkömmling der Bourbonen, der allerdings in Gegenwart seiner gestrengen Gattin jeden Sinn für Gerechtigkeit und kritisches Denken verlor.

Thronfolger Charles, dem letztgeborenen Sohn von Louis XI., begegnete Louise vorsichtig und schweigsam und ertrug mit der gleichen Duldsamkeit auch Suzanne, die Tochter von Anne de Beaujeu, die reiche Erbin der Bourbonen.

Abgesehen von Annes Strenge litt Louise eigentlich nur wirklich unter ihrer Armut, einem erheblichen Nachteil, der ohne ihre wache Intelligenz zu ernsthaften Minderwertigkeitsgefühlen geführt hätte. Doch durch ihre Intelligenz und ihr unbewusstes Streben, alles kennen lernen und verstehen zu wollen, hob sie sich unweigerlich von den anderen Kindern ab.

Die arme unscheinbare und zurückgebliebene Suzanne war keine Konkurrenz für sie – weder beim Lernen noch beim Spiel. Sie plapperte am liebsten dummes Zeug mit den Dienstmädchen, die ihr natürlich das Gefühl von Überlegenheit gaben.

Louise hingegen war nachdenklich, bescheiden und geduldig und lernte mit großem Vergnügen. Sie liebte es zu lesen und verschlang alle Bücher und Manuskripte aus der Bibliothek der Beaujeus. Dafür kritisierte sie Anne ausnahmsweise nicht, weil sie viel zu sehr bedauerte, dass ihre Tochter Louise so wenig ähnelte.

Konnte die Regentin andererseits überhaupt die unbewusste Verteidigungshaltung dieses Kindes verstehen, das schon immer daran gewöhnt war, auf sich selbst gestellt zu sein?

Anne versuchte also über Lektüre und Unterricht das allzu schweigsame Mädchen zu gewinnen.

So war es kaum erstaunlich, dass Louise nach diesen frühen Jahren voller Strenge und Entbehrungen ihr Leben in Angoulême für harmonisch hielt, auch wenn es von einigen ehelichen Schwierigkeiten überschattet war.

Die ehrgeizige Tochter von Louis XI., deren Macht durch die Regentschaft über das Königreich beträchtlich zugenommen hatte, wollte sich jedenfalls nicht mit den Ängsten eines kleinen Mädchens aufhalten, das eigentlich zu Höherem geboren war.

Als Louise dann älter wurde und ihr Körper seine kindlichen Rundungen verlor, raunte sie ihr eines Morgens milde gestimmt zu:

»Wir finden bestimmt einen anständigen Provinzherrn für Euch. Ich kenne jedenfalls zwei oder drei, die in ihren fernen Grafschaften nur darauf warten dürften, Euch schon allein Eures Titels wegen zu heiraten.«

Dann hob sie ihr Kinn aus den schwarzen Falten ihrer Corsage, die sparsame Spitzen und eine zierliche Perlenkette schmückten, und fügte völlig ahnungslos hinzu:

»Eure hochherrschaftliche Abstammung wird das fehlende Vermögen dieses Herrn aufwiegen, worüber er sehr glücklich sein dürfte. Wie könnte er sich gegen eine Vereinigung seines verarmten Wappens mit den Titeln einer Tochter von Frankreich sträuben?«

Und diesmal wusste die Regentin Anne gar nicht, wie Recht sie behalten sollte! Aber die Zeit arbeitet immer für die nachdenklichen Menschen, und Louise gehörte zu denjenigen, die ihren Weg gingen. Am Ende dieser Verbindung wartete dann nämlich die Überraschung. Anne, die ihren Bruder überlebte, würde eines Tages erleben, dass ebendiese Louise als Regentin von Frankreich an die Reihe kam.

Jetzt hieß es aber noch abwarten, und das kluge Mädchen nahm die feinen Unterscheidungen sehr wohl wahr, die Anne de Beaujeu in ihren Vorschlägen anklingen ließ. Während sie für ihre eigene Tochter Suzanne de Bourbon die verrücktesten Pläne schmiedete, biss sich Louise auf die Lippen, hob den Blick zum Himmel und betete darum, dass dieser Gatte kein Ungeheuer sein möge.

Und als diese Zeit endlich um war, versuchte Louise, sie aus ihrem Gedächtnis zu streichen; umso mehr als der Himmel ihre Gebete wenigstens zum Teil erhört hatte, weil der zweifelsohne freizügige und sorglose Gatte, den man für sie ausgesucht hatte, wider Erwarten sehr nachsichtig mit seiner jungen Frau war und äußerst aufmerksam jeden noch so kleinen Wunsch von ihr erhörte und ihr mit seinen bescheidenen Mitteln zu erfüllen versuchte.

Dabei schien diese Verbindung für Charles d'Angoulême, einen entfernten Verwandten der königlichen Familie, nur wenig einträglich – zumindest glaubte er das am Tag seiner Vermählung mit Louise.

Seine Jugendstreiche hatten ihm über alle Maßen geschadet, und die Tochter von Louis XI. strafte diesen Ungehorsam gnadenlos, weil eine derart glanzlose Hochzeit ihrem ungestümen Verwandten die

Flügel stutzen musste. Deshalb traf sie ihn genauso heftig wie es ihr Vater mit Philippe de Bresse getan hatte. Und wenn Louise ihrerseits auch sehr schnell die Vorteile dieser Umstände erkennen konnte, hatte sie doch nicht so bald begriffen, welche Nachteile sie mit sich brachten.

Als ihr Charles etwas später zärtliche Worte ins Ohr flüsterte, begleitet von Liebkosungen, deren Tragweite ihr damals noch nicht bekannt war, hatte sich Louise an seine breite Brust gedrückt mit schüchterner Kleinmädchenstimme gemurmelt:

»Ich werde Euch einen Sohn schenken, Charles, seid unbesorgt!«

Wie hätte sie auch kalt und gleichgültig bleiben können, als sie der Graf d'Angoulême an seine starke Brust drückte, ihr einen Kuss auf den Mund gab und lachend erwiderte:

»Gewiss, mein Herzchen, einen schönen, kräftigen und wohlgestalteten Jungen, der meinen Töchtern alle Ehre machen soll.«

Doch das Schicksal hatte es – jedenfalls zunächst – nur zum Teil gut mit Louise gemeint, weil sie ein Mädchen zur Welt brachte, dem man den Namen Marguerite gab.

Louise machte sich unendlich viele Sorgen, als sie sah, dass sie dem Grafen keinen Sohn geschenkt hatte und diesen Fehler irgendwie gutmachen wollte. Da kam ihr auf einmal wieder diese verrückte Reise in den Sinn, die sie unternommen hatte, um den alten Eremiten François de Paule um Rat zu fragen.

Dieser große, hagere und irgendwie fast schon jenseitige Mann, dessen Alter keiner kannte und der Wahrsager und Mönch zugleich war, hatte damals den Verkündigungsengel gespielt.

Dabei hatte der heilige Mann nur kurz ihr Gesicht berührt. Mit gesenkten Augen betrachtete er das Kreuz aus Metall, das auf seiner eingefallenen Brust hing, und seine mageren und gebeugten Schultern schienen sich nie wieder aufrichten zu wollen.

Dann machte er einige unentschlossene Schritte, schwankte, nahm seinen Kopf in die langen knochigen Hände, kehrte zu Louise zurück und sah sie lange an.

»Ihr bekommt einen Sohn, und dieser Sohn wird König«, sagte er plötzlich mit leiser, hohler und kaum hörbarer Stimme, so als sei er selbst erstaunt, sich eine derartige Prophezeiung machen zu hören.

Louise blieb der Mund offen stehen, und sie sah ihn ungläubig mit weit aufgerissenen Augen an.

Dabei war er selbst am meisten betroffen! War er nun erleuchtet oder verrückt? Wie konnte er so etwas zu dieser Frau sagen, die wie viele andere besorgt war, weil sie keine Kinder oder nur Mädchen gebären konnte? Gab ihm diese Gabe – man sagte ihm nämlich nach, er hätte die Gabe, Frauen fruchtbar zu machen – das Recht, eine solche Behauptung zu äußern?

»König! König! König!«, murmelte er und ließ die Perlen seines hölzernen Rosenkranzes durch die Finger laufen.

Das Wort hinterließ einen seltsamen Nachhall in ihrem Kopf. Es hatte etwas Magisches, einen eindringlichen, faszinierenden Ton. Es war ein Wort wie ein Blitz, wie Sonne, wie Hoffnung. Ein Wort, das sie nie wieder vergessen würde.

Natürlich hatte sie keiner Menschenseele davon erzählt, aber jeden Morgen sah sie nach, ob ihr Körper seine Form veränderte, und als Charles d'Angoulême dann eines Tages die ungewohnten Rundungen ihres Bauches mit den Händen streicheln konnte, hörte sie ihn ihr ins Ohr flüstern:

»Es ist schon besser, dass du es bist, die mir diesen Sohn schenkt, meine süße Gattin. Es hätte mir nämlich gar nicht gefallen, wenn er nur ein kleiner Bastard geworden wäre.«

Wären da nicht noch Jeanne und Antoinette gewesen, hätte ihn Louise beinahe lieben können – so erstaunt war sie. François kam dann an einem warmen Herbsttag zur Welt, als ihr Gatte bereits längst wieder zu den raffinierten Vergnügungen zurückgekehrt war, die ihm seine beiden Geliebten boten.

Louise hob ihren Rocksaum und ging langsam die unebenen Stufen hinauf, die zum Schlossturm führten. Eine kühle Brise wehte ihr entgegen. In tiefen Zügen sog sie den Hauch der rötlich schimmernden Abenddämmerung ein, deren lange Strahlen auf den Fluss fielen, und sponn ihre Gedanken weiter.

Die Charente floss träge dahin und weckte Erinnerungen in ihr, die sie nicht aus ihrem Gedächtnis löschen wollte. Wie hätte sie auch diesen ruhigen, grauen Fluss vergessen sollen, dem sie einmal an einem heißen Sommermorgen fieberhaft gefolgt war, und der sie nicht etwa enttäuscht, sondern beglückt hatte.

Jetzt erinnerte sich Louise an eine Zeit, die nicht so weit zurücklag. Der glühende Horizont ergoss sich in einer erstaunlichen Palette von Scharlachtönen über den Fluss. Mit zwanzig Jahren verlebte Louise friedliche Tage im Kreise dieser fröhlichen Bande – der fünf Kinder des Grafen d'Angoulême.

Obwohl sie die menschlichen Vorzüge ihres Gatten schätzte, war Louise kaum in ihn verliebt. Wie hätte sie auch einen Mann lieben sollen, der so ungeniert von einer Frau zur nächsten ging?

Stattdessen schenkte sie ihre ganze Zärtlichkeit ihren Kindern Marguerite und François, die sie nach ihren Vorstellungen erzog – und niemand auf diesem verarmten, aber fröhlichen Schloss hatte dagegen etwas einzuwenden.

Klug und umsichtig wie sie war, konnte Louise in gutem Miteinander mit Antoinette und Jeanne leben, die nun beide Zofen waren, seit sie Gräfin d'Angoulême wurde, und denen sie nichts vorzuwerfen hatte. Die beiden Maitressen des Grafen zeigten sich sehr verständnisvoll, was die Verteilung der Nächte betraf, die darüber entschied, wer das Lager des Grafen teilen durfte.

Und die Beziehung zu den Töchtern ihrer beiden Zofen blieb harmonisch und liebevoll.

Jehanne, Antoinettes ältere Tochter, hatte man gerade an den Hof von Anne de Bretagne gerufen, die sich eben mit dem neuen König von Frankreich, Louis XII., wiederverheiratet hatte. Nicht dass Anne unbedingt ein Mädchen aus Angoulême in ihren Diensten haben wollte – eigentlich wählte sie dafür nur Bretoninnen aus; Jehanne war auf Ansuchen des Grafen d'Angoulême gerufen worden, des ehemaligen Kampf- und Weggefährten des Königs.

Von diesem Tag an war Antoinette, die große Angst gehabt hatte, es würde sich kein passender Mann für ihre Tochter finden, ganz erleichtert.

Ihre jüngere Tochter Madeleine war klug, anmutig und fleißig, las viel, spielte Laute und trug sehr gekonnt Gedichte vor. Louise hatte sie gern um sich, und wenn die beiden zusammen Musik oder Poesie machten, sprachen sie die gleiche Sprache, was ihre gegenseitige Zuneigung noch festigte. Waren sie nicht beide von dem Wunsch nach Wissen und Bildung beseelt?

Souveraine, die Tochter von Jeanne Conte, war erst zehn Jahre alt und spielte mit Begeisterung die kleine Mama des Säuglings François, dem man wegen seines unersättlichen Appetits zwei Ammen gegeben hatte, von denen eine die gute Dame Andrée war.

»Dame Louise!«, hörte sie jemanden nach sich rufen. »Meister Testard will Euch sprechen.«

Louise wandte sich um und sah Madeleine, an deren roten Backen und kurzem Atem man erkennen konnte, dass sie gelaufen war. Ihre blonden Locken waren unter der Samthaube hervorgerutscht, und ihre großen braunen Augen glänzten wie reife Kastanien und sahen sie zärtlich an.

»Ihr träumt ja, Dame Louise?«

»Du hast Recht, ich habe mich in alten Erinnerungen verloren.

Schluss damit! Sollen sie bleiben, wo sie sind. Besser rührt man nicht mehr daran. Was will Meister Testard denn von mir?«

»Oh! Dame Louise, Ihr wisst doch, wie verrückt und unentschlossen er ist. Jetzt will er über bestimmte Zeichnungen für die Illuminierung des ›Dekameron‹ debattieren.«

»Meister Testard ist ein großer Künstler. Leider verliert er sich aber immer wieder in endlosen ästhetischen Betrachtungen. Deshalb kommt er auch nur schlecht vorwärts.«

Louise und Madeleine gingen die Treppe vom Schlossturm hinunter und hinten um das Schloss herum direkt in die große Bibliothek.

Hier fanden sie den Illuminierer und Koloristen Robinet Testard vor, der zusammen mit dem Organisten Imbert Chandelier ständiger Gast des Grafen d'Angoulême war.

Die Regale in der Bibliothek waren voll von kostbaren Büchern, seltenen Handschriften und unveröffentlichten Werken, die einen Teil der großen Sammlung des Ahnherrn Charles d'Orléans bildeten. Dieser gelehrte Dichter aus dem Hause Valois, den die Engländer mehr als zwanzig Jahre lang gefangen gehalten hatten, hatte seinen Nachkommen eine Unmenge an Gedichten und anderen poetischen Schriften hinterlassen.

Louise vertiefte sich hier nach Lust und Laune in lateinische und griechische Werke und vervollkommnete so ihre bereits fortgeschrittenen Fähigkeiten in diesen Sprachen. Dass sie mit ihrem Wissen die beiden Zofen bei weitem überflügelte, war ihr durchaus bewusst und bereitete ihr das größte Vergnügen. Neben ihren übrigen Fähigkeiten war sie eben auch noch intelligent und gebildet.

Meister Testard saß an dem großen Schreibtisch aus geschnitztem Holz, der von zwei scharlachroten Samtsesseln flankiert war.

An der Schmalseite der Bibliothek befand sich der große ummauerte Kamin, vor dem die vorbereiteten Holzscheite lagen, mit denen das Feuer entfacht werden sollte. Von der großen Tür zog es nämlich bereits ziemlich kühl herein, weil sich die Flügel nicht mehr richtig schließen ließen. Man hätte sie reparieren müssen, was sich Charles aber nicht leisten konnte.

Madeleine bückte sich und sammelte die Zeichnungen auf, die der Künstler zusammengeknüllt und auf den Boden geworfen hatte.

»Seid Ihr denn nie mit Eurer Arbeit zufrieden, Meister Testard?«, fragte Louise und strich die Blätter glatt, die ihr Madeleine gegeben hatte.

»Die Konturen sind nicht exakt. Und seht Euch nur einmal diesen Gesichtsausdruck an – er entspricht überhaupt nicht meinen Vorstellungen.«

»Stellt Ihr nicht zu hohe Anforderungen an Euch, Meister Testard? Vielleicht zweifelt Ihr einfach zu viel an Eurer Arbeit? Wenn Ihr so weitermacht, wird das ›Dekameron‹ von Boccaccio nie fertig illuminiert!«

»Oh!«, sagte Robinet Testard und riss die Augen mit Unschuldsmiene auf. »Habt Ihr es denn so eilig mit seiner Fertigstellung, Dame Louise, oder seid Ihr es vielleicht nur leid, mich in Eurem Schloss zu beherbergen?«

»Aber nein, der Gedanke ist mir fern. Ihr bleibt, so lange es Euch gefällt. Lasst einfach Eurem Talent freien Lauf, und zeigt mir Eure anderen Zeichnungen.«

Sie beugte sich über die Schulter des Illuminierers.

»Ich finde, die Konturen sind viel besser, als Ihr glaubt. Mir scheint, Ihr habt es dringend nötig, dass Euch jemand Mut macht.«

Die Antwort des Künstlers ging in dem Lärm am anderen Ende des Zimmers unter. Jemand schob geräuschvoll den dicken Behang von der kleinen Tapetentür zur Seite, die zwischen zwei byzantinischen Truhen versteckt war, die ein Vorfahre von einem Kreuzzug mitgebracht hatte.

Louise und Madeleine sahen in die Richtung, aus der der Lärm kam, aber Testard blieb in seinen weitschweifigen Gedankengänge versunken. Eine alte Dame, die sich vorsichtig auf ihren Gehstock aus Olivenholz stützte, betrat die Bibliothek. Die zierliche, kleine Marguerite de Rohan mit ihrem kantigen, eingefallenen und vergilbten Gesicht, die einmal vor langer Zeit Jean de Valois, den Grafen d'Angoulême geheiratet hatte, war im fünfundzwanzigsten Jahr ihrer Witwenschaft.

Duftige, weiße Locken sahen unter ihrer schwarzen Haube hervor, deren gestärkte Spitze auf einer Stirn mit tiefen Falten ruhte.

Marguerite de Rohan war noch recht rüstig, und wenn sie auch keine Zähne mehr hatte, so leuchteten ihre Augen doch noch immer erstaunlich lebendig aus einem Gesicht, das aufmerksam an allem teilnahm, was sich auf dem Schloss abspielte. Ohnehin passte sie ganz genau auf die drei Frauen ihres Sohnes und die kleine Familie auf, die er gegründet hatte.

»Kinderchen«, rief sie und hob ihren Stock, um mit der Spitze auf die beiden Frauen zu deuten, »habt Ihr schon gehört, dass unser lieber Louis d'Orléans, der neue König von Frankreich, den Grafen d'Angoulême zu sehen wünscht?«

Schnell setzte sie den Gehstock auf den Boden zurück, um nicht das Gleichgewicht zu verlieren.

»Es könnte sein, dass Euch Euer Gatte lange allein lassen muss, meine Tochter«, fuhr sie an Louise gewandt fort. »Es wäre nicht weiter verwunderlich, wenn er bei seinem Cousin Unterschlupf suchen würde.«

»Haltet Ihr die Lage für gefährlich, Mutter?«

»Die Generalstände sind gerade erst wieder konstituiert worden, nachdem der König, der Bruder von Anne de Beaujeu, tot ist; sie könnte durchaus argwöhnen, dass Charles einen Aufstand von seiner Grafschaft aus anzetteln will.«

Louise trat zu ihrer Schwiegermutter und sah sie freundlich an, während sie bewusst heiter sagte:

»Es gibt doch aber gar keinen Grund zur Rebellion, jetzt wo Charles' Cousin König von Frankreich ist!«

»Ach was!«, machte die alte Dame und klopfte energisch mit ihrem Stock auf den Boden. »Anne de Beaujeu hegt noch immer heftigen Groll gegen Euren Gatten und hat ihn viel zu lange in Ungnade gelassen, als dass sich diese angespannte Beziehung verbessern ließe. Die Notabeln, die sich samt und sonders nach dem ›Verrückten Krieg‹, an dem auch Charles und sein Cousin Louis – gegen die Beaujeu – teilgenommen haben, nach Hause zurückgezogen hatten, verlassen ihre Güter.«

»Inwiefern findet Ihr das bedrohlich?«

Marguerite de Rohan schüttelte den Kopf.

»Die Beaujeu versteht sich bestens mit Anne de Bretagne«, antwortete sie und verzog ihr Gesicht ungeduldig. »Und diese Anne weiß sehr wohl, dass Euer Gatte Charles, durch und durch ein echter Valois, jetzt in der Rangfolge im Königreich an zweiter Stelle steht.«

Louise zuckte erschrocken zusammen wie jedes Mal, wenn jemand in ihrer Gegenwart von der Thronfolge in Frankreich sprach. Die verrückte Prophezeiung des alten François de Paule quälte sie ständig, auch wenn sie keiner Menschenseele davon erzählt hatte.

»Sehr richtig, Mutter«, wagte sie zu sagen und warf einen Blick zu der alten Frau, um herauszufinden, ob sie sich weiter auf diesem gefährlichen Terrain bewegen konnte.

Als sie sah, dass die Andeutung eines spöttischen Lächelns ihren zahnlosen Mund umspielte, fuhr sie etwas beruhigter fort:

»Ihr macht Euch verständliche Sorgen um Charles, Mutter. Wenn aber Louis d'Orléans sterben sollte, nimmt Euer Sohn seinen Platz ein. Das müsste ihn doch vernünftig werden lassen.«

»Ach was! Dieser Schwachkopf von Louis hat viel zu viel Einfluss auf Charles. Und Euer Gatte wird sich wohl kaum mit beinahe fünfzig Jahren ändern.«

»Auch wenn Louis d'Orléans allzu oft Einfluss auf seinen Cousin gehabt hat, ist es jetzt doch nicht mehr Anne de Beaujeu, die in Frankreich das Heft führt«, wandte Louise höflich, aber nachdrücklich ein, weil sie beweisen wollte, wie absurd diese Annahme war. »Jetzt hat Louis die ganze Macht.«

»Dabei vergesst Ihr die Herzogin Anne, seine Gattin, mein Kind. Man sagt, er sei so in sie vernarrt, dass sie alles von ihm bekommt, was sie verlangt. Und ich versichere Euch«, schimpfte sie weiter, »diese Frau kann meinen Sohn nicht leiden!«

Dabei fuchtelte sie erneut wie wild mit ihrem Gehstock herum, ehe sie sich wieder darauf stützte.

»Wir sind ziemlich weit weg vom Thron!«, sagte sie und funkelte ihre Schwiegertochter mit ihren schwarzen Augen an.

Wenn Louise eine Wespe gestochen hätte, hätte sie nicht heftiger reagieren können, weshalb sie sich zu sagen beeilte:

»Aber, Mutter, Ihr wisst doch, dass Anne de Bretagne nur gebrechliche Kinder kriegen kann!«

»Na und!«, gab die alte Frau zurück und hämmerte wieder mit ihrem Stock auf den Boden. »Glaubt Ihr etwa, es würde mir nicht gefallen, wenn eine Krone das Haupt meines Sohnes zieren würde? Aber die Kinder, von denen Ihr da sprecht, meine Tochter, waren von dem Schwächling Charles VIII. Die nächsten Kinder, die sie kriegt, sind von Louis XII.«

Madeleine umrundete die alte Gräfin und bückte sich zu ihr hinunter, damit sie näher an ihr Ohr kam.

»In den ganzen zwanzig Jahren seiner Ehe mit der armen Jeanne hat er kein einziges Kind bekommen.«

»Schreit nicht so, Kindchen, ich verstehe Euch sehr gut! Nach dem Prozess der armen Jeanne weiß doch jetzt jeder, dass ihre körperlichen Missbildungen daran schuld waren, dass sie keine Kinder bekommen konnte. Das gilt aber natürlich nicht für Anne de Bretagne.«

Jetzt blickte Testard von seiner Arbeit auf und sah die Frauen mit seinen porzellanblauen Augen groß an.

»Lasst den Monsieur d'Angoulême ruhig gehen, Dame Marguerite, er kehrt bestimmt reich an Erfahrungen zurück. Außerdem bringt Macht auch immer Reichtum mit sich«, fügte er hinzu, weil ihn das Gespräch nun auch interessierte.

»Unsinn! Das sind nichts als schöne Worte, mein lieber Herr Künstler, und ich erlebe bestimmt nicht mehr, dass sie wahr werden.«

Madeleine seufzte. Das wohlgeratene, wenn auch uneheliche Mädchen schätzte diesen Vater, der ihm nichts abschlagen konnte, und sie hoffte und betete, dass ihm nichts Böses zustoßen würde.

Die Damen verabschiedeten sich von Meister Testard, der den schweren Bronzeleuchter an den Tischrand schob und seine Entwürfe ausbreitete, ehe er sich wieder an die Arbeit machte.

Schnell hatte die alte Gräfin Louise eingeholt.

»Kommt, Louise, gehen wir zu Antoinette. Bestimmt hat sie alles für Charles' Abreise vorbereitet. Versuchen wir von meinem Sohn selbst mehr zu erfahren.«

Einige Minuten später saßen sie mit Jeanne zusammen, die ihrer kleinen, unaufmerksamen Tochter einen komplizierten Stickstich zu erklären versuchte.

Charles, der sich in der Gesellschaft der drei Frauen immer sehr wohl fühlte und dessen Glück vollkommen schien, wenn auch noch seine Mutter dazu kam, war bester Laune.

Louise erinnerte sich noch sehr gut daran, wie Antoinette an diesem Morgen aus dem Rechnungsbuch aufsah, das auf ihren Knien lag. Sie war damit beschäftigt, die Ausgaben zusammenzurechnen, die noch vor der Abreise des Grafen getätigt werden mussten, und hatte festgestellt:

»Testard verlangt keinen Lohn, Charles, weil er Euer Gast ist. Aber Imbert gibt Madeleine und Louise Orgelunterricht; dafür sollte man ihn eigentlich bezahlen.«

»Ihr seid allzu großzügig«, mischte sich die alte Gräfin ein. »Macht er das denn nicht im Gegenzug dafür, dass er hier bei uns wohnen darf?«

»Wie Ihr meint, Dame Marguerite«, hatte Antoinette zugegeben, »wenn es so ist, können wir diese Frage beiseitelassen.«

»Denkt lieber dran, dass die Ernte eingefahren werden muss, mein Kind.«

»Unsere Leute beginnen morgen mit der Ernte«, hatte Antoinette geantwortet, »außerdem werden der Speck, der Schinken und die Würste eingesalzen, damit wir einen Vorrat für den Winter haben.«

Mittlerweile hatte Antoinette das Rechnungsbuch geschlossen und weggelegt.

»Ich möchte außerdem neue Milchtöpfe in den Küchen haben und die Korbwaren erneuern, die wirklich sehr abgenutzt sind.«

»Und ich möchte ein neues Ballspiel und Seidenbänder für meine Häubchen!«, rief Souveraine.

»Ruhig, meine Kleine, deine Mutter entscheidet, was du brauchst«, hatte sie die alte Dame entschieden zurechtgewiesen.

Jeanne hatte ihre Tochter angelächelt und sich dann wieder an den abreisebereiten Grafen d'Angoulême gewandt.

»Ich werde sehr traurig sein, wenn Ihr weg seid, mein Freund.«

»Also, ich muss schon sagen, was redet Ihr denn da, Jeanne!«, hatte Antoinette protestiert. »Glaubt Ihr etwa, Louise und ich sind nicht traurig? Das ist doch wirklich sehr egoistisch von Euch! Ich sorge hier dafür, dass es unser Herr bequem hat, kümmere mich um Samtmantel, Ledersenkel und Ersatzhosen, und Ihr denkt einfach nur an Euch!«

Dieser Ausbruch wurde mit fröhlichem Gelächter beantwortet. Charles hatte Souveraine auf den Arm genommen und gesagt:

»Du kriegst alles, was du dir wünschst, mein Herz. Schöne Bälle und hübsche Hutbänder.«

»Aber von welchem Geld, Charles?«, hatte Antoinette gerufen, und die Familie d'Angoulême schüttelte sich wieder vor Lachen.

»Großer Gott! Dann müssen wir eben irgendwelchen wertvollen Kram aus dem Schloss verkaufen oder die Bibliothek um einige seltene Handschriften erleichtern, damit wir an Geld kommen. Antoinette hat Recht. Wir haben nicht die nötigen Taler, um dir neue Spielsachen zu kaufen und deine Garderobe zu erneuern, Souveraine«, sagte die Gräfin.

»Papa bringt uns aber Geld von seiner Reise mit«, beschloss das kleine Mädchen.

»Souveraine hat Recht«, schnitt ihr Charles ungewohnt ernst das Wort ab, »ich werde den restlichen Familienschmuck verkaufen.«

»Und wenn Ihr zurückkommt, lassen wir das Dach vom Schloss reparieren«, unterstützte ihn Antoinette.

Louise musste zugeben, dass Antoinette de Polignac, die nicht mehr ganz so jung war wie sie selbst, sich vorbildlich um all diese praktischen Dinge kümmerte, die sie noch nie interessiert hatten.

Antoinette war groß und schmal und noch immer eine schlanke Frau mit üppiger Haarpracht, deren seidenweiches Schwarz nur von ihren samtschwarzen Augen übertroffen wurde. Sie war sehr entgegenkommend, ihr großer schmaler Mund schien stets zu einem Lächeln oder einem freundlichen Wort bereit, und ihr zierliches Stupsnäschen erschnupperte mit dem größten Vergnügen jeden noch so schwachen Duft. Wenn ihr Gesicht auch nicht mehr ganz so jugendlich strahlte, hatte sie sich doch ihren unleugbaren Charme bewahrt, den sie sehr gut zur Geltung zu bringen wusste.

Den Kontrast dazu bildete Jeanne – was wohl nicht weiter erstaunlich war, weil der Graf d'Angoulême sich vermutlich ganz bewusst so entschieden hatte. Jeanne war eine blonde Schönheit mit üppigen Rundungen, einer Engelsmiene und vollen Lippen. Und sie verstand es besser als irgendjemand sonst, ihren Mangel an Temperament in laszive Sinnlichkeit zu verwandeln.

Antoinette hatte sich zwar nie echte Hoffnungen gemacht, Gräfin d'Angoulême zu werden, sich aber doch bemüht, ihre beiden Rivalinnen zu überflügeln, wenn es um Charles' Wohlbefinden ging. Sie umsorgte ihn mit der größten Aufmerksamkeit, las ihm jeden Wunsch von den Augen ab und kommentierte für ihn mit einem erstaunlichen Scharfsinn alle Ereignisse des Schlosslebens, die anderen vielleicht entgangen wären. Diese Bemerkungen nahm er allerdings auch nur mit halbem Ohr zur Kenntnis, weil er wusste, dass auch ohne sein Zutun alles bestens erledigt wurde.

An diesem Abend war Antoinette allerdings sehr enttäuscht, was sie ihm jedoch auf keinen Fall gezeigt hätte. Sie hatte nur eine kaum wahrnehmbare Geste der Verärgerung angedeutet, als sich Charles an Louise wandte und ihr unauffällig zu verstehen gab, dass diese Nacht ihr gehören sollte.

So war die Freude an dem gemeinsamen Abendessen ein wenig getrübt. Aber wie auch immer sich Charles entschieden hätte – die beiden leer ausgegangenen Frauen wären nie zufrieden gewesen. Oft genug hatte dieses Spiel schon zu kleinen Reibereien geführt.

An diesem Abend hätte sich sogar Marguerite de Rohan gewünscht, dass Antoinette die Glückliche gewesen wäre. Obwohl sie alle drei Frauen wegen ihrer unterschiedlichen Vorzüge schätzte, war ihr Antoinette doch die Liebste, weil sie ihren Sohn vorbehaltlos liebte.

Immerhin lebten Antoinette und Jeanne nun schon seit mehr als zwanzig Jahren – also seit dem Tod des alten Grafen d'Angoulême – in schönster Eintracht zusammen, die keine Eifersucht je bedroht hatte.

Dass die ein wenig träge Jeanne sich so einfach mit einer untergeordneten Position abgefunden hatte, lag vor allem daran, dass ihr Ruhe, Bequemlichkeit und Wohlbefinden über alles gingen, was Antoinette mit ihrer scharfsichtigen Art schnell herausgefunden hatte. Jeannes Eintreffen hatte sie deshalb nur insofern gestört, als sie nicht mehr ganz so oft das Bett mit Charles teilen konnte.

Natürlich hatten sich beide Frauen einfühlsam der neuen Gräfin fügen müssen, umso mehr noch, als Louise wegen ihrer Jugend für sie keine echte Konkurrenz darstellte.

Oh ja! An diesen letzten Abend mit Charles konnte sich Louise sehr gut erinnern. Als Marguerite de Rohan sich verabschiedet hatte, um zu Bett zu gehen, rief Jeanne nach Dame Andrée und erteilte ihr die üblichen Anweisungen.

»Bringt Souveraine zu Bett«, hatte sie gesagt und ihre Handarbeit auf das Tischchen vor sich gelegt, »und achtet darauf, dass sie sich nicht erkältet. Meine Tochter meint, sobald es etwas wärmer wird, müsste sie ihre Bettvorhänge zurückziehen und ihr Federbett auf den Boden werfen.«

»Nachts ist es so heiß, Mama, und dann kann ich nicht schlafen«, wandte Souveraine lebhaft ein.

»Dann bekommst du eben Bettvorhänge aus Baumwolle und eine leichtere Decke.«

»Macht Euch keine Sorgen, Dame Jeanne«, sagte die Amme, »ich gebe ihr einen guten Kräutertee zu trinken, dann schläft sie wie ein Murmeltier.«

Jeanne gab ihrer Tochter einen Gutenachtkuss.

»Geh jetzt schlafen, Souveraine, ich sehe noch einmal nach dir, ehe ich zu Bett gehe.«

Dann hatte sie ihren Oberkörper aufgerichtet, wodurch ihre Brüste, die sie grundsätzlich nur halb hinter einem gewagten Dekollete verbarg, noch besser zur Geltung kamen, und sich an Antoinette gewandt und gefragt:

»Hättet Ihr vielleicht noch Lust auf eine Partie Schach?«

»Sehr gern, Jeanne.«

Sodann hatten die beiden Charles und Louise mit einem sehnsüchtigen Seufzer nachgesehen, wie sie den großen Salon verließen, und es sich dann in ihren Sesseln bequem gemacht.

Es war schon lange dunkel, und die Nachtfalter umkreisten die brennenden Fackeln und Öllampen mit ihrem sanften, flackernden Licht.

In Louises Zimmer strömte die laue Abendluft durch das weit geöffnete Flügelfenster herein. Catherine, die junge Zofe, hatte bereits die Bettvorhänge zurückgezogen und die Bettdecken aufgeschlagen.

Das Schlafzimmer war groß, hell und luftig und sehr geschmackvoll eingerichtet.

Auf der Kredenz mit ihren zwei Ablageflächen konnte man die Teller abstellen, wenn die junge Gräfin auf ihrem Zimmer zu speisen wünschte. In aus Holz geschnitzten Truhen und Kästchen mit kunstvollen Eisenschlössern bewahrte sie ihren Schmuck und persönliche Kleinigkeiten, ihre Lieblingsbücher und ihr Tagebuch auf. Zwei hohe Lehnsessel, die mit grauem Samt gepolstert waren, standen rechts und links neben dem großen Bett aus Nussbaumholz mit den dazu passenden Bettvorhängen.

An diesem Abend hatte Louise besonders viel Lust auf eine Nacht mit ihrem Mann. Sie saß auf dem weichen Federbett, hatte das Kinn auf die angezogenen Beine gestützt und sah verträumt zu, wie sich Charles Gehrock und Kniehosen auszog.

»Warum habt Ihr heute Abend mich ausgesucht, Charles? Antoinette war so enttäuscht!«

»Weil ich will, dass Ihr diese letzte Erinnerung an mich habt, wenn ich nicht wiederkomme, mein Herzchen.«

Louise streckte ihre Beine aus und sah ihren Mann erschrocken an.

»Warum solltet Ihr denn nicht wiederkommen?«, fragte sie beunruhigt.

»Ihr wisst doch, wie unsicher die Straßen heutzutage sind.«

»Aber, Charles, es ist doch nicht das erste und auch nicht das letzte Mal, dass Ihr auf Reisen geht.«

»Gewiss, meine Liebe. Dann hatte ich eben einfach große Lust auf Euch, und vielleicht seid Ihr ja dann schwanger, wenn ich wiederkomme.«

Er hatte seine Hose ausgezogen und stand nackt vor Louise.

»Darf ich Euch dieses Hemd ausziehen, das mich daran hindert, Eure zierliche Taille und Eure schmalen Hüften zu bewundern?«

»Charles«, hatte Louise dann gehaucht, als sie sich von dem kräftigen Körper ihres Gatten umschlungen fand, »Ihr erdrückt mich gleich.«

»Aber mein Liebling, wenn ich Euch erdrücke, dann nur weil ich Euch liebe.«

Oh Gott! Warum musste sie nur immer Antoinette und Jeanne vor sich sehen, wenn sie so in die starken Arme ihres Mannes geschmiegt war? Das verdarb ihr unweigerlich das ganze Vergnügen daran, und Louise hatte eigentlich nur einen berechtigten, wenn auch vielleicht nicht bewussten Wunsch, nämlich dass diese Umarmung ein Ende haben sollte.

Sie hatte gespürt, wie er in sie eindrang, dabei aber irgendwie das Gefühl gehabt, dass diese Nacht nicht dazu geeignet war, dass er ihr ein Kind machte. Vielleicht wenn er wieder zurückkam! Ein drittes Kind hätte sie schon sehr gern gehabt.

Weil sie sich bemühte, sich gehen und von dem Rhythmus mitreißen zu lassen, den er ihr vorzugeben versuchte, gelang es ihr, sich ein wenig zu entspannen. Da Charles aber an raffinierte Liebesspiele gewöhnt war, die Louise noch kaum kannte, gab er sich trotz guten Willens oft mit seinem eigenen Vergnügen zufrieden und schlief dann bald ein.

Wahrscheinlich hätte Louise mehr Geduld und mehr Einfühlungsvermögen aufbringen sollen. Aber schließlich waren da ja noch Jeanne, um die amouröse Unerfahrenheit der jungen Gattin auszugleichen, und Antoinette, die sich auf raffinierte alte Spielchen verließ, die noch aus der Zeit stammten, als sie und Charles sich kennen gelernt hatten.

Wie hätte sie sich dagegen behaupten sollen? Mit ihren neunzehn Jahren war Louise einfach noch nicht bewusst, welch unschlagbarer Trumpf ihre Jugend war.

9

Diesmal wollte Alix auf keinen Fall noch einmal denselben Fehler machen, der zum Scheitern ihres Plans geführt hatte, weshalb sie damals nach Nantes zu Meister Yann zurückgebracht worden war. Deshalb ging sie erst nach Einbruch der Nacht zu Meister Coëtivys Werkstatt.

Eine kleine Vertiefung zwischen den Rahmen der kleinen Holztüre, die auf die Rückseite des Gebäudes führte, und der Mauer diente ihr als willkommenes Versteck.

Seit sie Nantes verlassen hatte, überlegte Alix ganz genau, wie sie es am besten anstellen könnte, dass ihr niemand auf die Schliche kam. Sie wollte sich als die Tochter eines Stickers ausgeben, die Entwürfe dabeihätte, nach denen man weben könnte. Sie hielt auch tatsächlich ein paar kleine Kartons an sich gedrückt, die sie aus der Werkstatt von Meister Yann mitgenommen hatte – sie waren aus der Mode gekommen und wurden längst nicht mehr benutzt.

Kardinal Villiers, der sie ins Herz geschlossen hatte, so wie er sich auch bereits um Jacquous Wohlergehen bemühte, hatte sie ein wenig beruhigen können; deshalb wartete sie nun ab, wie sich die Dinge entwickelten und sagte sich inzwischen, dass sie im schlimmsten Fall immer noch den Kardinal um Hilfe bitten konnte.

Dazu musste er allerdings lange genug in Amboise bleiben. Aus reiner Herzensgüte hatte Jean de Villiers eine Botschaft an seinen Freund, Papst Alexander VI., geschickt und ihn gebeten, ihm so schnell wie möglich die Zustimmung zur Heirat von zwei jungen Leuten zu schicken, ohne dass Meister Coëtivy etwas dagegen unternehmen könnte. Aus dem Schreiben ging allerdings nur hervor, dass Jacquou dessen Schüler und dass Alix trotz ihrer vierzehn Jahre bereits seit zwei Jahren kein Kind mehr war.

Die Zeichnungen von Alix schienen nun aber erstmal überflüssig zu sein, weil sie plötzlich eine junge Frau mit einem dicken Bauch vor sich auftauchen sah, die wohl bald entbinden würde.

»Der Haupteingang zur Werkstatt ist vorn«, sagte sie zu Alix und warf einen Blick auf die Kartons, die sie in der Hand hielt. »Wollt Ihr hereinkommen? Meister Gauthier ist noch da.«

»Danke«, antwortete Alix auf einmal verlegen, »aber ich wollte die Kartons eigentlich Jacquou geben. Geht das denn?«

Sie hatte einfach einmal seinen Namen aussprechen müssen, um sich zu vergewissern, dass er auch wirklich hier war. Alles wäre nämlich umsonst, sollte er mittlerweile die Werkstatt gewechselt haben, eine Vorstellung, die ihr solche Angst machte, dass sie gar nicht erst daran zu denken wagte.

»Ja, Monsieur Jacquou ist auch da, aber die Zeichnungen müsst Ihr Meister Gauthier geben.«

»Ich möchte aber Jacquou sehen«, bat Alix leise und ängstlich und hoffte damit die zukünftige Mutter für sich zu gewinnen.

»Er sucht aber nicht die Motive für die Bildteppiche aus. Wenn Meister Gauthier nicht da ist, entscheidet so etwas höchstens Arnold.«

Dann schwieg sie, strich sich über den Bauch, verzog ein ganz klein wenig ihr Gesicht und sagte:

»Arnold ist mein Mann. Er ist schon als Lehrling in diese Werkstatt gekommen. Jetzt ist er Vorarbeiter.«

Alix beschloss, sich bei dieser jungen Frau einzuschmeicheln, die ihr irgendwie sympathisch war.

»Erwartet Ihr ein Kind?«

Was für eine dumme Frage, dachte sie sofort. Was soll sie sonst schon mit diesem Bauch erwarten?

»Ja«, antwortete ihre neue Bekannte, »und das ist sehr ärgerlich, weil ich dann nicht mehr in der Werkstatt bleiben kann; dabei liebe ich meine Arbeit sehr. Sie gefällt mir gut, und ich wollte eigentlich noch lange arbeiten. Es gibt noch so viel, was ich lernen wollte.«

»Habt Ihr denn niemanden, der auf Euer Kind aufpassen kann?«

»Nein, leider nicht!«

Dann beugte sie sich ein wenig zu Alix und fragte freundlich.

»Wie heißt Ihr eigentlich?«

»Alix.«

»Ich heiße Arnaude.«

Erschöpft verlagerte sie ihre Haltung ein wenig, um ihrem Bauch, den sie mit den Händen stützte, etwas mehr Bewegungsfreiheit zu gönnen.

»Und was macht Ihr?«

»Ich bin Stickerin und habe meine Lehre in Nantes gemacht. Aber ich möchte lieber Weberin werden und im Val de Loire arbeiten.«

Arnaude nickte zustimmend.

»Dann wohnt Ihr also erst seit kurzem in Tours. Habt Ihr Jacquou in Nantes kennen gelernt?«

»Woher wisst Ihr das?«

Arnaude lächelte gequält, und Alix begriff, dass sie ihr bestimmt lieber ein entspanntes Gesicht gezeigt hätte.

»Jacquou ist doch auch aus Nantes. Hier in der Werkstatt weiß jeder, dass er von dort kommt. Als Meister Coëtivy, der sich nur sehr selten in Tours blicken lässt, hier aufgetaucht ist und ihn Meister Gauthier anvertraute, wusste jeder sofort, dass er sein besonderer Schützling ist. Jacquou hat hier seine Lehre gemacht; mittlerweile ist er Geselle und arbeitet an seinem Meisterwerk für die Webergilde.«

»Ich weiß.«

»Jetzt will ich aber wissen, woher Ihr das wisst.«

»Weil ich Jacquou sehr gut kenne.«

Sie zögerte kurz, nahm dann aber ihren ganzen Mut zusammen und sagte die Worte, die sie aus Angst vor der Antwort kaum auszusprechen wagte: »Ist Meister Coëtivy zurzeit in Tours?«

»Ich glaube nicht. Soweit ich weiß, ist er in Paris, aber auf dem Rückweg in die Bretagne kommt er bestimmt hier vorbei.«

Die Wehe, die sie eben einen Moment lang schwanken ließ, schien nachzulassen. Arnaude holte tief Luft, lächelte Alix zu, betrachtete deren armseligen Aufzug und dachte sich, dass der Vater dieses Mädchens nicht sehr reich sein konnte. Vielleicht hoffte er sogar darauf, für die Zeichnungen, die seine Tochter in der Hand hielt, etwas Geld zu bekommen. Das Mädchen machte auf sie einen sehr bescheidenen, freundlichen und etwas ängstlichen Eindruck. Also lächelte sie sie weiter an und fragte:

»Was macht Ihr denn, wenn Meister Gauthier Eure Zeichnungen nicht will?«

Alix überlegte. Schließlich konnte sie ihr nicht so ohne weiteres sagen, dass sie eigentlich nur einmal Jacquou sehen wollte, damit er wusste, dass sie endlich in Tours war.

»Ich weiß es nicht«, meinte sie nur.

»Was haltet Ihr davon, wenn Ihr zu mir nach Hause kommt? Und wenn Arnold von der Arbeit kommt, zeigt Ihr diese Zeichnungen erstmal ihm. Er kann Meister Gauthier sagen, dass Ihr meine Cousine seid. Dann wird er sie schon nicht ablehnen, allerdings …«

Es klang fast so, als wollte sie sich für ihren Vorschlag entschuldigen. Und damit Alix nicht zu enttäuscht war, wenn ihr Mann die Zeichnungen nicht wollte, erklärte sie:

»Allerdings müsst Ihr wissen, dass wir nur sehr selten Zeichnungen verwenden, die zum Sticken gedacht sind. Weben ist eben ganz anders.«

Aber Alix wusste nur zu gut, dass das Weben von Gobelins sich viel zu sehr von den Stickereiarbeiten unterschied, als dass man die entsprechenden Entwürfe einfach austauschen konnte.

Und dann überlegte sie, wenn Arnaude sie zu sich nach Hause einlud, sollte sie das Thema Jacquou vielleicht besser auf einem anderen Weg als über die Kartons ansprechen.

»Wollt Ihr mit mir nach Hause kommen, Alix?«, wiederholte Arnaude ihre Einladung.

»Ja, sehr gern.«

»Ich wohne hier ganz in der Nähe. Ich darf jetzt schon gehen, weil Meister Gauthier gesehen hat, dass ich etwas erschöpft bin, und mir erlaubt hat, die Werkstatt ausnahmsweise früher zu verlassen. Es könnte allerdings gut sein, dass ich gar nicht wiederkomme, wenn die Wehen heute Nacht oder morgen früh stärker werden.«

»Soll ich Euch vielleicht helfen?«

Alix nahm sie behutsam am Arm und führte sie zu dem Haus, in dem Arnaude wohnte. Das Hochwasser der Loire ging allmählich zurück, und man konnte nach und nach wieder ihre Ufer sehen. Aber die Sandbänke in der Flussmitte standen noch immer unter Wasser.

Vor einem lang gestreckten Gebäude mit verwitterten Dachziegeln blieben sie stehen. Holzbalken zierten die Fassade, und gleich nebenan purzelten auf dem Schild eines Buchbinders die goldenen Buchstaben in einer Krone durcheinander, die von einer Feder durchkreuzt wurde.

Das Gebäude hatte nur ein Stockwerk; drei Häuser waren aneinandergebaut, von denen sie das mittlere betraten. Der sich anschließende Garten, den sich die drei Mieter teilten, wirkte jetzt im Winter ziemlich öde.

Arnaude hielt sich noch immer den Bauch und bat Alix ins Haus, das einen recht behaglichen Eindruck machte. Es gab zwei geräumige Zimmer und einen Hängeboden, der Speicher, Abstellkammer und Werkstatt in einem war. Sie gingen in die Küche, wo die schwer atmende Arnaude das Herdfeuer entfachen wollte.

»Lasst mich das machen«, sagte Alix und legte ein großes Holzscheit in die Glut. »Ruht Euch lieber ein bisschen aus. Ihr seid müde, und das Kind wird ungeduldig und will raus. Spürt Ihr schon, ob es kommen will?«

Arnaude nickte.

»Gibt es jemanden, der Euch helfen kann, wenn das Kind kommt und Euer Mann nicht da ist?«

»Ich wüsste nicht, wie mir Arnold da helfen sollte, außer dass er nervös auf und ab läuft, vor lauter Angst Nägel kaut und auf dumme Gedanken kommt. Aber ich habe Nachbarn, die mir helfen könnten.«

»Dann macht Euch keine Sorgen, und ruht Euch jetzt erstmal aus«, sagte Alix beruhigt. »Wenn das Kind kommt, geh ich sie holen.«

Einige Stunden später hatte sich Arnaude hingelegt und versuchte sich zu auszuruhen. Arnold kümmerte sich regelmäßig um Nachschub für das Feuer, damit es die ganze Nacht angenehm warm im Haus blieb.

»Meister Coëtivy hat wirklich ein strenges Auge auf seinen Schützling«, sagte er und schüttelte dazu missbilligend den Kopf. »Deshalb würde es mich sehr wundern, wenn er ihm plötzlich freie Hand lassen würde.«

Das Abendessen war schon lange vorbei, und Arnold hatte so viel Verständnis für Alix gezeigt, dass sie sich den beiden schließlich doch anvertraute und ihnen alles erzählte. Ihre erste Begegnung mit Jacquou, als sie erst acht Jahre alt war! Von dem Kloster! Von ihrem kurzen Besuch in der Werkstatt! Ihre unfreiwillige Rückkehr nach Nantes zu Meister Yann. Von den letzten beiden Jahren und wie ihr schließlich der Prälat Jean de Villiers versprochen hatte, sich um sie zu kümmern!

»Was für eine Geschichte!«, rief Arnaude und verzog wieder vor Schmerzen das Gesicht.

Arnold wollte zu ihr stürzen, aber die junge Frau schüttelte den Kopf.

»Nein, heute Nacht kommt es nicht. Vielleicht morgen oder aber erst übermorgen. Das Kind scheint sich beruhigt zu haben.«

»Was willst du denn jetzt machen?«, fragte sie dann an Alix gewandt und duzte sie einfach, weil sie sich so gut verstanden.

»Das ist wohl nicht die richtige Frage«, meinte Arnold. »Du solltest wohl eher fragen, was kannst du machen?«

»Oje! Von der Arbeit am Hoch- oder Flachwebstuhl verstehe ich leider gar nichts, aber ich will es unbedingt lernen. Dafür kann ich Vorlagen zeichnen und kolorieren. Ich halte es einen ganzen Tag an einer Arbeit aus und hab gelernt, dass man dem Meister gehorchen muss.«

»Gut, dann sag ich Meister Gauthier, dass du Arnaudes Cousine bist, und rate ihm, dich an Stelle von Aliette zu beschäftigen – das ist das Lehrmädchen, das bald die Arbeiterin Benoîte ersetzen wird.«

»Was! Benoîte soll meinen Platz haben!«, rief Arnaude, und Tränen schossen ihr in die Augen.

»Es geht nicht anders, Arnaude«, seufzte ihr Mann. »Meister Gauthier wird den Platz nicht lange für dich freihalten.«

»Aber das ist mein Beruf, Arnold, und außer dir bedeutet er mir alles, er ist mein Leben. Ich liebe diese Arbeit und will sie auf keinen Fall aufgeben.«

»Jetzt ist erstmal die Familie dein Leben, mein Herzchen«, flüsterte Arnold und küsste seine Frau auf den Mund. »Du bekommst ein Kind, Arnaude, unseren Sohn oder unsere Tochter. Und bald wirst du noch ein Kind bekommen. So ist nun einmal das Leben der Frauen.«

»Ja! So ist nun einmal das Leben der Frauen«, wiederholte seine Frau bitter, »das Leben der Frauen, so wie es sich die Männer wünschen.«

Kaum hatte sie diese Bemerkung gemacht, als sie anfing zu schreien. Sie brüllte wie ein Tier auf der Schlachtbank.

»Verdammt!«, schrie jetzt auch Arnold. »Das Kind kommt. Schnell, Alix, geh die Nachbarin holen.«

»Welche denn?«, fragte das Mädchen leise.

Dann zögerte sie aber nicht lange, weil sie sich dachte, dass die Nachbarin auf der linken Seite bestimmt nicht schlechter helfen würde als die auf der rechten. So kamen wenig später Dame Aliénore und Dame Jacquemine in größter Eile angelaufen. Als sie sahen, wie bleich und aufgelöst Arnaude war, machten sie sich sofort ans Werk.

»Steht uns hier nicht im Weg herum«, sagten sie zu Arnold, der noch blasser aussah als seine Frau. »Am besten macht Ihr einen

Spaziergang und kommt erst später wieder. Euch können wir jetzt überhaupt nicht brauchen.«

Dann wandte sich Dame Jacquemine an Alix.

»Schnell, Kleine, bring ein paar Schüsseln mit heißem Wasser; ich hole inzwischen Laken, ich weiß schon, wo ich sie finde.«

Und sie öffnete die große Truhe, die hinten im Zimmer stand.

»Vielleicht musst du noch etwas Holz nachlegen, Aliénore. Das Kindchen soll doch nicht frieren. Heute Nacht wird es eisig. Morgen soll sogar die Loire zugefroren sein.«

Dass Dame Jacquemine die ganze Sache so entschlossen in die Hand nahm, lag daran, dass sie selbst sechs Kinder zur Welt gebracht hatte und wusste, wovon sie sprach.

Die Schüsseln mit heißem Wasser standen bereit, die Leintücher waren ausgebreitet, und das Feuer prasselte im Ofen. Dame Jacquemine legte Arnaudes Bauch frei und tastete ihn vorsichtig ab. Dann nickte sie zufrieden und murmelte:

»Ich glaube, das Kind liegt sehr gut. Das wird bestimmt keine schwierige Geburt.«

Arnaudes Schreie hallten die ganze Nacht durchs Haus. Arnold, dem es draußen zu kalt geworden war, war zurückgekommen, doch Dame Aliénore hatte ihn höflich, aber bestimmt ins Nebenzimmer geschickt. Von dort hörte man seine schweren Schritte. Zwischendurch musste er sich immer wieder einmal setzen und sich den Schweiß von der Stirn wischen, um dann aber gleich wieder mit langen Schritten durch das Zimmer zu laufen, wobei er ständig gegen irgendein Möbel stieß, das ihm im Weg stand.

Mit einem feuchten Tuch tupfte Alix behutsam Arnaudes schmerzverzerrtes Gesicht ab. Als der Morgen graute, stieß sie noch einen letzten lauten Schrei aus, ehe sie es endlich geschafft hatte. Arnaude hatte einen gesunden Jungen mit rosiger Haut und einer kräftigen Stimme zur Welt gebracht.

Nach der Geburt des kleinen Guillemin und während der Abwesenheit von Meister Coëtivy verbrachte Alix erst einmal eine gute Zeit. Arnold stellte sie am nächsten Morgen in der Werkstatt als die Cousine von Arnaude vor, die gekommen war, um ihr bei der Entbindung zur Seite zu stehen. Das klang so überzeugend, dass Meister Gauthier nicht einen Augenblick an der Geschichte zweifelte.

Nur der junge Aubert, der gerade fünfzehn geworden war, sah Alix komisch an und fragte sich, wo er dieses Mädchen schon einmal gesehen haben könnte.

Jacquou jedenfalls war ein Schussgarn gerissen, als er Arnold in Begleitung von Alix auf Meister Gauthier zugehen sah. Und das war ihm noch nie passiert. Alix wollte diesen besonderen Moment nicht zerstören und wich seinem Blick aus. Sie wollte ihn ansehen, wenn sie nicht mehr im Mittelpunkt des Interesses stand.

Jacquou war so durcheinander, dass er gar nicht wusste, was er tun sollte. Schließlich ging er eine Weile auf den Hof, um sich zu beruhigen. Danach herrschte wieder Alltag in der Werkstatt; mittlerweile hatten sich Benoîte und Aliette nämlich erneut an ihre Arbeit gemacht, und Meister Gauthier schimpfte lautstark mit Aubert.

»Kann es sein, dass du noch nie ein Mädchen gesehen hast? Los jetzt, marsch an die Arbeit!«

Dann wandte er sich an Arnold und sagte:

»Es freut mich zu hören, dass du einen Sohn bekommen hast. Wie geht es Arnaude?«

»Sehr gut, danke, aber ohne die Hilfe ihrer Cousine und von unseren beiden Nachbarinnen hätte mir die Niederkunft ziemliche Schwierigkeiten gemacht.«

Da musste Meister Gauthier lauthals lachen. Er war ein dicker, kleiner Mann mit schütterem Haar, der sein Äußeres vernachlässigte.

»Was soll das denn heißen? Es gehört ja wohl wirklich nicht zu unseren Aufgaben, unseren Frauen bei der Entbindung zu helfen.«

Dann wollte er keine weitere Zeit verlieren und wandte sich gerade in dem Augenblick an Alix, als Jacquou in die Werkstatt zurückkam.

»Du kommst gerade recht, Kleine, der Platz von Aliette ist nämlich frei, weil sie Benoîte ersetzen muss, die jetzt an den großen Webstühlen arbeiten wird.«

Er musterte sie eine Weile und fuhr dann fort:

»Wenn du nicht zufällig hier wärst, hätte ich mir jemand anders suchen müssen. Und dass du die Cousine von Arnaude bist, ist eine gute Referenz; ich nehme an, Arnold wird schon wissen, ob du anständig bist. Was hast du gelernt?«

»Ich habe eine Lehre als Stickerin gemacht. Aber eigentlich wollte ich schon immer an einem Webstuhl arbeiten.«

Sie zögerte einen Moment und sagte dann:

»Am liebsten an einem großen.«

Und wieder lachte Gauthier, dass sein dicker Bauch auf und ab hüpfte.

»Du bist ja ganz schön ehrgeizig! Aber das gefällt mir. Ehe du dahin kommst, musst du mir aber erstmal zeigen, was du kannst. Du darfst bis heute Abend hierbleiben. Wenn ich mit dir zufrieden bin, kriegst du eine Woche Probezeit. Dann sehen wir weiter.«

»Bitte, Meister Gauthier«, sagte sie mutig, »ich würde mich schrecklich langweilen, wenn ich die ganze Zeit die Werkstatt fegen oder die gerissenen Wollfäden sortieren soll. Das hab ich schon vier Jahre lang gemacht.«

»Wo hast du denn gearbeitet?«

»Ach, bei einem kleinen Stickereimeister in Paris, in der Nähe des Boulevard Saint-Germain. Mein Vater ist schon lange tot, und meine Mutter ist gerade gestorben. Deshalb wollte ich zurück in die

Heimat meiner Mutter und mich nach Arbeit in der Teppichweberei umsehen. Und dann ist zufällig meine Cousine Arnaude niedergekommen, und ich musste ihr helfen.«

Alle Achtung, die kann aber gut lügen!, dachte Arnold, der sich offensichtlich nicht wohl in seiner Haut fühlte und keinen Ton sagte.

»Ich habe ein paar Zeichnungen für kleinere Stickereiarbeiten mitgebracht, aber Arnold hat mir erklärt, dass Ihr hier nichts damit anfangen könnt. Deshalb habe ich sie bei meiner Cousine gelassen«, fuhr sie fort.

Gauthier nickte zufrieden. Das schien sich ja alles ausgezeichnet anzulassen. Jetzt musste man nur noch prüfen, wie gut und wie ausdauernd dieses Mädchen war. Vielleicht wollte sie mit ihrem entschlossenen Auftreten nur Eindruck machen! Wenn das so wäre, bliebe sie höchstens einen oder zwei Tage. Gauthier wandte sich noch einmal an Arnold und sagte:

»Ich nehme an, du hast keine Zeit, dich um die Kleine zu kümmern. Was hältst du davon, wenn wir diese Aufgabe Jacquou übertragen?«

Auf Arnolds Einverständnis hin, sagte er in einem etwas mürrischeren Ton:

»Komm her, Jacquou! Ich weiß, dass diese Aufgabe nicht besonders angenehm ist, aber irgendwer muss sie nun einmal übernehmen. Landry und Thibaud sitzen an einer Arbeit, die dringend fertig werden muss. Aubert ist zu unbesonnen und nicht ernsthaft genug, und Arnold hat keine Zeit. Die beiden Frauen sind viel zu sehr mit ihrer neuen Tätigkeit beschäftigt. Also schaust du dir an, wie diese Kleine arbeitet und was sie kann.«

Nun ging es in Meister Gauthiers – oder besser gesagt in Meister Coëtivys – Werkstatt wieder lebhaft zu. Die junge Alix saß am Webstuhl und war jetzt hin und her gerissen zwischen Unschlüssigkeit,

Unkenntnis und der großen Lust, in Jacquous Augen zu versinken, dessen Hände vor Aufregung zitterten.

Sollte sie nun zeigen, was sie konnte? Jacquou kam zu ihr.

»Psst!«, sagte sie leise, »wir kennen uns nicht.«

Diese wenigen Worte schienen ihn irgendwie zu beruhigen, und Alix sah, dass seine Hände ruhiger wurden und wieder zu der Kette des Webstuhls zurückkehrten.

»Du bist hier nicht in einer Stickereiwerkstatt. Du musst also auf der Rückseite des Gewebes arbeiten.«

Und als er sie jetzt ansah, merkte Jacquou, dass sie auf einmal ihr ganzes Selbstvertrauen verloren hatte. In ihren Augen las er die große Sorge, die Arbeit, die man ihr zugeteilt hatte, nicht bewältigen zu können.

»Mach es einfach genau, wie ich dir sage, dann kann nichts schiefgehen«, flüsterte er ihr jetzt zu.

Sie warf einen Blick zu den beiden Arbeiterinnen, die ihren Platz in der Mitte der Werkstatt hatten, und sah dann wieder auf das kleine Tapisseriequadrat vor sich, das vermutlich ein Kartonmacher aus der Gegend gezeichnet hatte, weil es ihr so vorkam, als wären die Motive leicht auszuführen, obwohl sie überhaupt nicht wusste, wie das ging.

Als sie sich nun wieder über ihre Arbeit beugte, bemerkte sie, dass sie die Kontur der Skizze mit beinahe kabbalistischen Zeichen, die sie nicht entschlüsseln konnte, zu verhöhnen schien. Was ihr eben noch einfach vorgekommen war, erschien ihr nun auf einmal unmöglich.

Sie warf einen Blick auf Aliette, die etwa in ihrem Alter sein musste. Vielleicht war sie auch zwei oder drei Jahre älter als sie; da man Alix aber für mindestens achtzehn hielt, musste die junge Arbeiterin ungefähr zwanzig oder einundzwanzig Jahre alt sein.

Aliette war eine rundliche Person. Sie trug ein grünes Samtkleid, dessen weite Ärmel jedes Mal durch die Luft wirbelten, wenn sie den Faden durch die Kette schoss. Wie alle Frauen in der Werkstatt hatte auch sie eine graue Leinenschürze übergezogen.

Ihre Bewegungen wurden immer schneller und eifriger. An den beiden Seiten ihres gestärkten Leinenhäubchens waren zwei bestickte Bänder befestigt, die ihr Gesicht zur Hälfte verdeckten. Alix konnte nur ihre rosige, runde Nase sehen, die sie immer in ihre Arbeit tauchte, wenn sie den Kopf vorstreckte, um besser zu erkennen, bei welchem Stich sie gerade war.

Als sie merkte, dass Alix sie beobachtete, warf sie ihr kurz einen nicht besonders freundlichen Blick zu und stand sogar auf, um ihr ins Ohr zu flüstern:

»Wenn du nicht schneller arbeitest, bleibst du nicht lange bei uns. Dann wirft dich Meister Gauthier wie ein Bündel dreckiger Wäsche vor die Tür. Hab ich Recht, Jacquou?«

Und dann warf sie »ihrem« Jacquou einen herausfordernd zärtlichen Blick zu, für den sie von Alix mit einem ebenso mörderischen bedacht wurde. Alix überlegte kurz und beschloss dann, nichts zu entgegnen, weil sie keine Aufmerksamkeit erregen wollte; sie vertiefte sich in ihre Arbeit. Aber sie schwor sich, dieser frechen Person bei Gelegenheit den Kopf zurechtzurücken.

Sie wandte den Blick nicht mehr von ihrer Arbeit, auch wenn sie überzeugt war, dass es ihr neuen Mut schenken würde, den großen Wandteppich an der Rückwand der Werkstatt anzuschauen. Sie verwarf diesen Gedanken aber wieder, obwohl ihr einfiel, dass sie die wunderschöne »Jagd auf das Einhorn« sofort bemerkt hatte, für die Meister Coëtivy persönlich den Karton angefertigt hatte und an der Landry und Thibauld arbeiteten.

Die Farben und Formen bildeten eine schillernde Einheit vor dem Hintergrund aus Mille Fleurs, die wie ebenso viele kleine blaue und rote Schmetterlinge über die riesengroße gespannte Leinwand flatterten.

Alix war von dem Wandteppich so begeistert, dass sie ihn einfach ansehen musste, als sie die Werkstatt betrat. Und so hatte sie sich sofort von dem Zauber einfangen lassen, der von diesem Stoff ausging und sie begreifen ließ, was sie da eigentlich gerade machte.

Allmählich entspannten sich Alix' Züge, ihre schönen Lippen waren nicht mehr verkniffen, und ihre goldgesprenkelten grünen Augen funkelten wieder. Das kleine Quadrat, das man ihr gegeben hatte, gehörte zu dem großen Bild mit Namen »Die Dame von Rohan«. Diese vornehme Dame war in kostbare Gewänder aus Seide und Brokat gehüllt und schien ihr verschwörerische Blicke zuzuwerfen. Alix musste lächeln und setzte ihre Arbeit gut gelaunt fort.

»Schau genau hin«, sagte Jacquou, der ihr zusah, »du darfst nicht vergessen, dass dein Bild gleichzeitig mit dem Gewebe entsteht.«

Zum ersten Mal sah sie ihn an, und seine leuchtend blauen Augen trafen sie wie ein Blitz! Gott, war Jacquou schön! Und groß! Und sein liebenswürdiges Lächeln zierte ihn wie einen anderen vielleicht sein Prinzengewand.

»Lass die ›Dame von Rohan‹ jetzt mal sein. Ich habe hier eine kleinere Vorlage, die kein Problem für dich sein dürfte. Wenn du damit zurechtkommst, kannst du mit dem endgültigen Karton arbeiten.«

Er beugte sich zu ihr und sagte ganz leise:

»Ich komme heute zum Abendessen zu Arnold.«

Und dann wieder lauter:

»Komm mal mit, ich will dir etwas zeigen.«

Er nahm Alix am Arm, und sie gingen auf den Hof. In der Mitte waren lange Tische aufgestellt, so dass man bequem darum herumgehen konnte. Drei Lehrlinge, zwei Mädchen und ein Junge, maßen hier die Leinwandstücke, ordneten die Kartons, sortierten die Leinen- und die Wollfäden nach Farben, trennten sie, rollten sie auf oder verknoteten sie, je nachdem, wozu sie gedacht waren.

Der Boden war voll von unbrauchbarer Wolle, die die Lehrlinge einfach fallen ließen, wenn sie sie in die Hand bekamen. Es war zu wenig entfettete oder schlecht gefärbte Ware. In der Werkstatt von Meister Coëtivy, die Meister Gauthier führte, wurde nur beste Wolle aus Spanien verarbeitet, die fast ausschließlich in Lyon gesponnen wurde. Das gehörte zu den unverrückbaren Prinzipien, genauso wie jedes Teil, egal ob groß oder klein, aus einem einzigen Stück gewebt wurde.

Im Vorübergehen sah Alix sorgfältig aufeinandergestapelte Gebinde von Seidenfäden. Sie suchte nach den Goldfäden, aber da waren sie schon wieder weiter, ehe sie ihr scharfes Auge hätte entdecken können.

Die Lehrlinge warfen alle einen neugierigen Blick auf die neue Angestellte, vertieften sich dann aber wieder in ihre Arbeit, als sie sahen, dass sie sich nicht bei ihnen aufhielt.

Jacquou führte sie jetzt in den großen Raum, der an die Werkstatt angebaut war, und in dem vier Arbeiter beschäftigt waren. Mit der Hand zeigte er ihr den einzigen Webstuhl von beeindruckenden Ausmaßen, der beinahe die Hälfte des gesamten Raums für sich beanspruchte. Zwei Arbeiter betätigten einen Hebel, der die Litzen bewegte, während zwei weitere vor dem Rahmen, in dem die Kettenfäden vertikal gespannt waren, jeder an einer Fläche von etwa zwei Metern arbeiteten, wobei sie sich an dem Originalkarton orientierten. Alix spürte, dass sie wieder beobachtet wurde, tat deshalb so, als würde sie keinen sehen und konzentrierte sich ganz auf das, was Jacquou ihr sagte.

»Das hier ist ein vertikaler Webstuhl für hochschäftige Teppiche, während der, an dem du arbeitest, ein wagrechter Webstuhl für tiefschäftige Teppiche ist.«

Alix bedeutete ihm mit einem Nicken, dass sie verstanden hatte und den Unterschied kannte.

»Ich weiß, beim hochschäftigen Weben werden die Zeichnungen auf die Kettenfäden übertragen, wodurch dem Arbeiter eine gewisse Interpretationsfreiheit bleibt.«

»Ausgezeichnet, mein Kind. Wo hast du das gelernt?«, mischte sich Gauthier ein.

»Ich weiß es einfach.«

Meister Gauthier sah seine neue Arbeiterin erstaunt an, fragte aber nicht weiter nach.

»Ein guter Weber muss seine Muster und das Gewebe gleichzeitig herstellen. Jacquou kann dir das wahrscheinlich besser erklären als ich. Bitte, Jacquou.«

Meister Gauthiers Anwesenheit machte Jacquou ein wenig verlegen; außerdem war er überzeugt, Gauthier hätte bemerkt, dass er sich Alix gegenüber ungewöhnlich benahm, weshalb er kurz zögerte; dafür sagte das junge Mädchen schnell:

»Außerdem weiß ich, dass der Karton immer auf der Rückseite befestigt wird, Meister Gauthier.«

»Sehr gut! Ausgezeichnet! Jacquou, geh und zeig ihr die Kartonmacher.«

Sie arbeiteten zu zweit an kleinen Bildern mit erdachten Motiven. Diese Art von Bildteppichen wurde vorwiegend für weniger vornehme Herren oder reiche Bürger gefertigt, die sich in den Augen einer Gesellschaft aufwerten wollten, in die sie aufzusteigen hofften. Deshalb handelte es sich auch meistens um Alltagsszenen aus dem Schlossleben, auf denen die Betreffenden in ihren Prunkgewändern dargestellt waren.

Hauptaufgabe der damaligen Teppichweberei war es, großartige Dekorationen zu liefern und die weitläufigen, kalten Räume mit Leben zu erfüllen; darüber hinaus sollten sie aber die Räume auch wärmen, indem sie die nackten Wände in voller Höhe und oft auch über die gesamte Länge bedeckten.

Ein weiterer wichtiger Grund für die Anfertigung dieser Kunstwerke, die tatsächlich in erheblichem Umfang von Königen, Königinnen und ihren Hofleuten bestellt wurden, war, dass sie sich auch von Land zu Land als Tauschware eigneten. Die historische Teppichweberei galt als eine ebenso prestigeträchtige wie nützliche Kunst.

Wenn der kleine Guillemin weinte und ungeduldig zappelte, hatte er meistens Hunger. Dann schob Arnaude einen Träger ihres Mieders herunter und gab ihm die Brust. Sobald das Kind satt war, beruhigte es sich auch wieder.

Draußen herrschten Minustemperaturen. Ein harter und erbarmungsloser Winter kündigte sich an, der tödlich war für jeden, der sich nicht wärmen konnte; wegen der jüngsten Überschwemmungen standen viele Flächen noch immer unter Wasser und verwandelten sich jetzt in spiegelglatte Eisbahnen.

Im Herd prasselte das Feuer, und die Suppe, die Alix gekocht hatte, duftete nach Kohl und geräucherter Wurst. Alix seufzte zufrieden. Dazu hatte sie auch allen Anlass, die angebliche Cousine von Arnaude, die so gastfreundlich in dem behaglichen Nest dieses jungen Paars aufgenommen worden war, das nur sein neues Familienglück im Sinn hatte.

Sie ging der jungen Mutter zur Hand und erzählte ihr ein paar kleine Geschichten aus der Werkstatt, von der sich Arnaude noch immer nicht trennen konnte. Doch plötzlich tat das Herz von Alix einen Luftsprung. Es klopfte laut an der Tür, dann öffnete sie sich weit und ließ einen Luftzug herein, der so eisig war, dass Arnaude ihren kleinen Sohn beschützend an sich drückte.

Und Alix, die schon so lange auf diesen Augenblick gewartet hatte, ja eigentlich seit einer Ewigkeit, seit dem Tag, an dem ihr der zärtliche Blick ihres geliebten Jacquou durch und durch ging, auch wenn sie damals noch ein kleines Mädchen war, sprang auf.

Mit einem Satz landete sie in seinen Armen und ließ sich drücken, küssen und herzen. Arnaude war baff vor Staunen, und auch Arnold wunderte sich nicht wenig. Sie hatten zwar schon verstanden, dass diese beiden jungen Leute sich einmal sehr geliebt hatten, aber das war ja nun schon ziemlich lange her; außerdem waren sie da in einem Alter, in dem man schnell vergisst. Doch die Zeit macht nichts vergessen, das sahen sie sehr schnell ein, und das Abendessen wurde nicht nur von dem Weinen des kleinen Kinds unterbrochen, sondern auch von Küssen, Seufzern, verliebtem Schmachten und zärtlichen Versprechen.

Für Alix und Jacquou gab es nichts Schöneres, als sich eng aneinanderzuschmiegen, und das gefiel ihnen so gut, dass sie sich nach dem Abendessen auch gar nicht trennen wollten.

»Jacquou muss aber nach Hause«, meinte Arnaude und schaukelte ihr Kind in den Schlaf. »Seine Zimmervermieterin hat die Verantwortung für ihn. Das hat ihr Meister Coëtivy aufgetragen. Bestimmt macht sie sich jetzt schon Sorgen, weil er nicht zum Abendessen nachhause gekommen ist.«

»Sie weiß doch, dass ihr mich ab und zu einladet.«

»Was willst du denn jetzt machen?«, ließ Arnaude nicht locker, während Arnold sich lieber nicht in diese heikle Angelegenheit einmischen wollte.

»Ich tu so, als ob ich nach Hause komme«, erklärte Jacquou. »Wenn Dame Marguerite glaubt, dass ich in meinem Zimmer bin, geh ich Alix holen.«

»Du kannst sie doch nicht bei der Kälte und allein draußen warten lassen«, protestierte Arnaude. »Außerdem ist es schon spät, vielleicht wird sie auch noch von irgendeinem Gauner überfallen! Das ist alles sehr unvernünftig und gefällt mir gar nicht.«

»Ach, Arnaude, bitte!«, rief Alix den Tränen nahe. »Bitte, bitte, ich möchte es doch so gern.«

»Meinetwegen«, sagte die junge Frau, die noch immer ihr Kind wiegte, dem allmählich die Augen zufielen, »dann gehst du aber mit, Arnold. Du bleibst bei Alix, bis Jacquou sie holen kommt.«

Alix war überglücklich, fiel ihrer Freundin um den Hals und drückte ihr einen dicken Kuss auf die Backe.

»Komm morgen früh nachhause, ehe es hell wird. Du musst etwas essen, bevor du zur Arbeit gehst. Jacquous Zimmerfrau wird dich kaum mitfüttern.«

Es war so eisig kalt, dass der Boden gefroren war und Arnold sich ein bisschen nach seinem warmen, behaglichen Bett sehnte. Was für ein Unsinn, sich dieser Eiseskälte auszusetzen, um die verrückten Pläne der beiden Turteltäubchen zu unterstützen. Aber er mochte Alix sehr, und außerdem wollte er unbedingt, dass Jacquou genauso glücklich wurde wie er.

Zu ihrem großen Glück mussten sie nicht lange warten, weil ihnen die Kälte schon die Beine hochkroch, obwohl sie mit den Füßen stampften und in die Hände klatschten.

Jacquou kam und sagte: »Schnell! Ich glaube, Dame Marguerite ist eingeschlafen. Komm schnell!«

Die kleine Holztreppe zum oberen Stockwerk knarzte unter ihren Schritten, obwohl sie sich ganz langsam bewegten, um möglichst wenig Geräusche zu machen. Bei jeder Stufe fürchtete Jacquou, Dame Marguerite könnte mit ihrer Schlafmütze auf dem Kopf auftauchen. Deshalb ließ er Alix auch vorgehen für den Fall, dass ihn seine Vermieterin unten an der Treppe abpassen sollte.

Er hatte sich sogar eine Ausrede ausgedacht, um ein mögliches Misstrauen seiner Zimmerfrau zu zerstreuen. Er wollte behaupten, Meister Gauthier hätte ihm eine eilige Lieferung aufgetragen, die er bis morgen früh erledigen müsse und dass er vergessen hätte, Arnold davon zu erzählen.

Aber Dame Marguerite schien tief und fest zu schlafen. Und als sie endlich die Tür hinter sich geschlossen hatten, sah Alix, dass Jacquou Tränen in den Augen hatte.

»Ach, mein lieber Jacquou, weißt du, wie sehr ich dich liebe und wie glücklich ich bin?«, sagte sie leise. »Der Abend heute, den ich in deinen Armen verbringen werde, ist der schönste meines Lebens. Endlich lernen wir uns richtig kennen, entdecken und lieben.«

»Ja, endlich können wir uns lieben!«

Sie bebte vor Erregung, als er sie behutsam auf sein Bett legte. Wie viele unbeholfene Gesten, abgehackte Worte, linkische und doch so viel versprechende Versuche! Wie viele Träume und Hoffnungen erzählten sie sich an diesem Abend, an dem endlich alles für sie begann. Eine ganze Nacht! Sie hatten eine ganze Nacht, um sich zu lieben, ohne so recht zu wissen, was der nächste Tag bringen würde.

Alix ließ sich unter tiefen, ungeduldigen Liebesseufzern ausziehen, und Jacquou wusste weder, wie er mit seiner Leidenschaft umgehen sollte, noch, wohin sie ihn führen würde. Er hatte noch nie ein Mädchen geliebt – der sanfte, einfühlsame Jacquou. Wie denn auch mit einem Meister wie Pierre de Coëtivy, der nur von Arbeit, Moral und beruflichem Erfolg zu ihm sprach und eine unvermeidliche Heirat auf später verschob, ihm aber zu verstehen gab, dass es sich dabei um eine gesellschaftliche, eheliche und familiäre Verpflichtung handelte, bei der Gefühle keinerlei Rolle spielten.

Und Alix konnte nichts erschrecken, was sie an diesem Abend lernte – all diese Offenbarungen einer hemmungslosen Leidenschaft, von der sie schon so lange geträumt hatte. Es machte kaum etwas aus, dass sie noch so jung und unerfahren war.

Schweigend verschmolzen sie miteinander. Nur ihre Herzen klopften laut. Jacquou entdeckte den Zauber eines erblühenden nackten Mädchenkörpers, und Alix erfuhr alles über die Geheimnisse des männlichen Körpers. Ihre Haut, ihr Fleisch, ihre ganze gemeinsame Lust schienen das schwache Licht der kleinen Lampe zu verschlucken, die neben ihnen leuchtete. Ein Blick von Jacquou, ein Wort, eine beruhigende Geste hatten genügt, um ihr auch noch die letzte kleine Furcht zu nehmen, die sie kurz vor ihrer Entjungferung verspürt hatte. Jetzt zitterte Alix nur noch vor Vergnügen.

10

Seit drei Wochen entdeckten sie nun schon die Freuden der Liebe, und die Zeit verging wie im Flug. Ganz allmählich ließ auch die extreme Kälte dieses Winters nach. Alix und Jacquou rechneten zwar jeden Morgen, sobald die Sonne an dem blauen Himmel aufging, mit dem Erscheinen von Meister Coëtivy mit seiner zornigen Unnachgiebigkeit, die durch nichts zu besänftigen war. Gleichzeitig waren sie aber froh über diesen Aufschub, weil sie sich sagten, dass ihnen jeder zusätzliche Tag weiteres Glück schenkte.

Nur etwa einen Monat später, als Alix allmählich die Grundkenntnisse ihres neuen Berufs beherrschte, kündigte sich das Versprechen des Hochwürden Jean de Villiers unter sehr seltsamen und alles andere als viel versprechenden Umständen bei ihr an. Keinen Abend schlief sie ein, ohne zuvor an die beruhigenden Worte des Prälaten zu denken, der jedoch seinerseits die Zustimmung aus Rom für ihre Heirat mit Jacquou abwarten musste.

Als sie dann eines Abends die Werkstatt verließ, um schnell zu Arnaude zum Abendessen zu gehen und sich anschließend in Jacquous Zimmer zu schleichen, wurde sie plötzlich von vier kräftigen Händen gepackt und in eine dunkle Ecke gezerrt.

Gegen diesen gewalttätigen Überfall konnte sie sich einzig mit einem schwachen Wimmern zur Wehr setzen; der laute Schrei, den sie ausstoßen wollte, wurde nämlich schnell erstickt.

Bei der Aufregung und dem Lärm, die damit einhergingen, merkte sie nur, dass sie – ohne unnötige Gewaltanwendung – geknebelt und in eine sehr elegante Kutsche verfrachtet wurde, die ein Kutscher mit wilder roter Mähne lenkte. Und diese wilde Mähne hatte sie gerade noch erkennen können, weil man sie weder betäubt noch ihr weitere Gewalt angetan hatte. Alix war also bei vollem Bewusstsein, nur schreien konnte sie nicht.

Sie erkannte die flammendrote Mähne des Hünen, der die beiden Pferde lenkte, jedoch wusste sie nicht, woher. Sie wollte sich wehren und es herausschreien, doch aus ihrer Kehle kam kein einziger Ton, weil ihr Mund geknebelt war. In ihrem Kopf entstand ein wilder Tumult, als sie ahnte, wer der Mann sein könnte, und Überraschung und Freude traten ganz unvermittelt an die Stelle der Angst, die sie eben noch verspürt hatte.

Vier Hände hoben sie hoch, ohne ihr wehzutun, aber doch so bestimmt, dass sie ihrem starken Griff nicht entkommen konnte.

Und ohne recht zu wissen, ob die Freude über die Ungewissheit siegen würde, saß sie plötzlich auf der Bank in der Kutsche, die mit karmesinrotem Samt bezogen war. Sie setzte sich auf, und die vier Hände ließen sie los.

»Ich bedaure unendlich, dass ich auf diese etwas groben Mittel zurückgreifen musste, Alix, aber etwas anderes blieb mir nicht übrig, wenn ich kein Aufsehen erregen wollte.«

»Monseigneur Jean!«, rief Alix mit Tränen der Freude in den Augen. »Ihr könnt Euch nicht vorstellen, wie ich diesen Augenblick herbeigesehnt habe! Ich hatte solche Angst, Meister Coëtivy könnte vor Euch zurückkommen. Dann wäre ich wahrscheinlich wieder in der Werkstatt von Meister Yann gelandet, wenn man mich nicht gleich wieder in das Kloster der Barmherzigen Schwestern gesteckt hätte.«

»Aus dem Kloster hätte ich dich jedenfalls leichter holen können als aus der Werkstatt deines Stickermeisters. Aber selbst aus der hätte ich dich befreit.«

»Von Meister Yann!«

»Natürlich«, sagte Jean und lächelte verschmitzt. »Aber keine Angst, dazu hätte es gar nicht kommen können, weil ich einen Mann beauftragt hatte, mich über alles auf dem Laufenden zu halten. Wenn man dich auf einen anderen Befehl als meinen eigenen weggeholt hätte, hätten meine Männer sofort eingegriffen. Du weißt doch, ich bin sehr einflussreich.«

»Ach, Monseigneur Jean, darf ich Euch zum Dank küssen?«

»Aber ja.«

Jean neigte seinen Kopf ein wenig, und Alix kam ihm mutig, aber auch ein wenig verschämt entgegen. Gott, hatte er schöne dunkle Augen! Als sich nun ein kleiner goldener Schimmer hineinschlich, lag das daran, dass er diesen köstlichen, aber flüchtigen Moment sehr genoss. Die zärtlichen, weichen Lippen von Alix auf seiner ein wenig rauen Wange – seit der Abreise aus Amboise hatte er seine Toilette vernachlässigt – war einer dieser edlen und aufrichtigen Momente, denen er große Bedeutung beimaß.

»Ich habe sehr gute Neuigkeiten für dich, mein Kind«, sagte er und nahm ihre Hand. »Endlich habe ich den Dispens aus Rom, Meister Coëtivy betreffend, erhalten. Darin wird bestimmt, dass er Jacquou, außer was seine berufliche Ausbildung angeht, nichts mehr vorzuschreiben hat, weil er nur sein Lehrmeister ist und ihn nie als seinen Sohn anerkannt hat.«

»Das ist ja wunderbar!«, rief Alix begeistert. »Verheiratet Ihr uns jetzt, Monseigneur Jean?«

»Ja, aber nur unter bestimmten Voraussetzungen.«

»Welchen denn?«

»Es muss eine geheime Eheschließung sein. Ich will auf keinen Fall wegen eurer unvernünftigen Liebesgeschichte, die ich nicht einmal voll und ganz unterstützen kann, Jacquous berufliche Laufbahn zerstören.«

»Was würde sie denn aufs Spiel setzen?«

»Falls Meister Coëtivy erfahren sollte, dass sein Sohn heimlich geheiratet hat, dazu noch ein armes Waisenmädchen, das er bereits mehrfach aus dem Weg räumen lassen wollte, ist es mehr als wahrscheinlich, dass er darüber schrecklich erzürnt sein dürfte.«

»Aber das wird er doch nur mir übelnehmen«, widersprach Alix. »Jacquou bestraft er bestimmt nicht.«

»Ich glaube nicht, dass es sich so verhält.«

»Glaubt Ihr etwa ... Glaubt Ihr, er würde Jacquou auf die Straße setzen?«

»Das ist anzunehmen, weil er zutiefst in seinem Stolz verletzt wäre. Vielleicht würde er sogar alles daransetzen, dass Jacquou seinen Lebensunterhalt nicht mehr verdienen könnte.«

»Aber das ist doch ganz unmöglich!«

»Meine liebe kleine Alix. Hier unten ist alles möglich, alles. Merk dir das gut. Die Welt ist grausam, erbärmlich, scheinheilig und verlogen. Gott allein könnte Ordnung in diesen Wirrwarr gemeiner Gefühle bringen.«

»Ich habe aber schon erlebt ...«

»Du lebst noch nicht lange, mein Kind. Dein Leben beginnt gerade erst.«

Aber Alix schüttelte eigensinnig den Kopf.

»Und wenn schon!«, widersprach sie. »Ich habe schon oft erlebt, dass mir Menschen helfen wollten, mich beraten und getröstet haben.«

»Trotzdem, Alix, das siehst du falsch. Auf euch allein gestellt würdet ihr an den Rand einer Gesellschaft gedrängt, in deren Mitte ihr euch aber meines Erachtens entwickeln sollt. Man darf sich nie zu den Schwächsten schlagen. Merk dir diese Ratschläge gut.«

Er stieß einen kleinen Seufzer aus, den das junge Mädchen vielleicht besser verstand als viele Worte, und fuhr fort:

»Was wollt ihr beide denn ganz allein und ohne Hilfe und ohne Unterstützung anfangen? Du darfst nicht vergessen, dass Jacquou niemals eine eigene Werkstatt aufmachen kann, wenn er kein Meisterstück bei der Gilde abliefert. Dann wäre er sein Leben lang einem Webermeister abgabepflichtig oder müsste gleich für einen anderen Meister arbeiten. Und was wird dann aus dir? Wo willst du dann das Weberhandwerk erlernen?«

Diesmal hatten Jeans Worte Alix endlich überzeugt. Sie nickte einsichtig und sah ihn mit ihren großen kastanienbraunen Augen an. Dann überlegte sie kurz und fragte ihn mit ängstlicher Stimme:

»Ist eine geheime Heirat denn eine richtige Heirat?«

»Ja, natürlich, wenn sie von einem Priester den Segen der Kirche bekommt.«

»Oder von einem Bischof? Oder einem Kardinal?«

Jean lachte vergnügt.

»Von einem Kardinal wirst du auch nicht besser verheiratet. Diese Aufgabe kann jeder Priester vornehmen.«

»Trotzdem«, beharrte Alix und war überzeugt, der hohe kirchliche Rang von Jean würde den Wert ihrer Ehe steigern.

Sie hielt dem Blick des Kardinals stand und zappelte nur ein bisschen auf der Bank herum.

»Und bei einer heimlichen Heirat gibt es später auch nicht irgendwelche Einschränkungen?«, fragte sie immer noch misstrauisch.

»Nein, selbstverständlich nicht.«

»Aber was ist denn dann der Unterschied zu einer richtigen Heirat?«

Da streckte Jean seine langen Beine aus, die er unter der Sitzbank in der Kutsche verstaut hatte, und lachte laut los.

»Meinst du vielleicht eine riesengroße Feier mit vielen Gästen, Lustbarkeiten, Spielen, Gelächter, Spaß und gutem Wein?«

»Ja, genau das meine ich.«

»Das ist auch nichts anderes, Alix. Durch das Band der Ehe werdet ihr in guten wie in schlechten Zeiten verbunden. Was auch immer geschieht, ihr dürft euch dann nicht mehr trennen.«

»Und?«

»Mit dem einzigen Unterschied, dass ihr nur insgeheim zusammen sein könnt, bis Jacquou seine Lizenz als Webermeister hat.«

»Das heißt, wir dürfen keinem etwas davon sagen!«

Jean de Villiers nickte. Dann ließ er endlich Alix' Hand los und schob den Samtvorhang vor dem Fenster zur Seite, um zu sehen, wo sie waren.

»Aber später können wir das Geheimnis lüften, ohne Angst haben zu müssen?«

»Ich sagte es bereits, erst wenn Jacquou Webermeister ist. Du hast mir erzählt, dass du in ihn verliebt bist, seit du acht warst. Wenn ich mich nicht verrechnet habe, wartest du jetzt schon sechs Jahre auf ihn. Kannst du denn jetzt wirklich nicht noch sechs oder acht Monate warten, ehe du deine Liebe laut herausschreist?«

»Acht Monate!«

»Solange braucht er nun einmal, um nach Flandern zu reisen, seine Arbeit abzuliefern und zurückzukommen.«

»Ja, ich weiß. Er hat es mir gesagt.«

»Wenn ich euch verheiraten soll, müssen wir uns aber beeilen, damit uns Pierre de Coëtivy nicht unsere Pläne durchkreuzt.«

»Meint Ihr etwa, er will mich suchen und wieder wegbringen?«

»Nein, das würde ich nicht zulassen. Ich gebe auf dich acht, und das wird er auch erfahren. Deshalb wird er dir nichts tun, was mich verdrießen könnte. Aber er könnte Jacquou ohne noch länger zu warten nach Flandern mitnehmen, und dagegen könnte ich nichts unternehmen. Aber mach dir nur keine Sorgen, mein Plan ist sicher.«

Er ließ den Vorhang wieder vor das Fenster fallen. Dann sah er Alix an und sagte:

»Nachdem ich deine Arbeitszeiten kenne, werden wir zu deiner Freundin kommen und ihr alles erklären. Danach gehst du wie üblich zu Jacquou, verlässt aber sofort mit ihm zusammen das Haus, wobei ihr darauf achten müsst, dass seine Zimmervermieterin nichts mitbekommt.«

»Bis hierhin könnte das alles funktionieren«, murmelte Alix vor sich hin, obwohl sie nicht recht daran glauben wollte, dass der Plan wirklich gelingen würde.

»Das gilt auch für den Rest. Ich habe dir doch gesagt, dass du keine Angst haben musst. Ich weiß, dass die Werkstatt morgen geschlossen hat, weil Feiertag ist. Die ganze Sache geht an diesem Tag über die Bühne, so dass ihr am nächsten Morgen zurück sein könnt, ohne dass irgendjemandem etwas auffällt.«

»Das ist ja wunderbar!«, sagte Alix, »es klingt wie ein Märchen. Wie kann ich Euch nur für alles danken?«

»Stell mir jetzt bitte keine Fragen mehr.«

»Doch, Monseigneur Jean, nur noch eine!«

Und sie wiederholte ihre Frage: »Wie kann ich Euch nur danken?«

»Ach, kleine Alix, es gibt nur eins, womit du mir danken kannst – nämlich wenn du Jacquou dein Leben lang liebst.«

»Aber …«, wollte das Mädchen sagen.

»Du willst doch wissen, wie du mir danken kannst. Und ich sage dir, das geht nur über Jacquou. Liebe ihn, und wünsche ihm alles Glück, das er verdient. Tu ihm nie etwas Böses an, und unterstütze ihn mutig, tatkräftig und entschlossen in allem, was er unternimmt. Hast du mich verstanden?«

Ja, Alix hatte ihn verstanden; Jean hatte sich ja mehr als klar ausgedrückt. Und doch lag ein düsterer Schatten auf der Seele des Kardinals. Ein Schatten, der so groß und schwer war, dass er ihn vergraben musste und nie wieder auftauchen lassen durfte. Alix sah ihn mit ihren großen goldenen Augen unverwandt an. Aber wie hätte ihr Jean seine große Sehnsucht erklären sollen? Sein Verlangen, von dem niemand etwas ahnte! Wie gern wäre er der Vater von Jacquou gewesen.

Er seufzte laut und sagte mit tränenblinden Augen leise zu sich:

»Ja! Du sollst ihn lieben, wie ich seine Mutter bis zu ihrem Tod geliebt habe.«

Aber sie hatte seine Worte nicht verstanden.

Der Kardinal hatte alles richtig vorausgesagt, und dieser Tag verging wie im Fluge.

Eine unvergessliche Erinnerung für die kleine Alix, die vor Freude strahlte und deren Herz überfloss vor lauter Glück, das sie noch gar nicht richtig fassen konnte, um es so richtig auszukosten.

Ein Tag, an dem die Sekunden in Schwindel erregender Geschwindigkeit dahingerast waren und an dem noch kalten Winterhimmel eine leuchtende Spur hinterlassen hatten.

Jacquou und Alix strahlten um die Wette, und sie übertraf ihn dabei noch, weil sie wusste, dass man ihr trotz ihrer Jugend eine Last auf die Schultern gelegt hatte, von der sie nicht ein einziges Gramm missen mochte. Sie hob den Kopf und hielt sich kerzengerade vor Stolz und Freude über diesen Augenblick. All die traurigen Jahre mit ihren vielen großen und kleinen Widrigkeiten und Schwierigkeiten, die ihre Hoffnungen zerstört hatten, aller Kummer und alle Ängste, die sie in schrecklichen Albträumen immer wieder erneut durchlebt hatte, dieses ganze vergangene Leben war auf einmal wie weggeblasen.

Alix war glücklich, unbeschreiblich glücklich. Ihr neues Leben war nicht länger von Zweifeln geprägt, sondern von ihrer Liebe zu Jacquou und dem Wunsch ihr Leben mit ihm zu teilen. So vieles nahm jetzt in ihren Gedanken Gestalt an, unzählige neue Ideen sollten sie leiten und ihren Geist nähren. Sie wollte lernen, arbeiten und eine große Weberin werden, vielleicht sogar eine Künstlerin oder eine Geschäftsfrau – aber immer nur mit dem einen Ziel, Jacquou zu helfen, ihn zu verstehen und seinen gesellschaftlichen Aufstieg zu unterstützen.

Die Kirche oder vielmehr kleine Kapelle, die Monseigneur Jean ausgesucht hatte, war die von Germigny-des-Prés in der Nähe von Saint-Benoît-sur-Loire. Weit genug entfernt von Tours und Amboise würde sich hierher wohl kein Neugieriger verirren und somit auch niemand die Geschichte von den zwei jungen Verliebten erzählen können, die ein Kardinal höchstpersönlich vermählen wollte, der zu allem Überfluss auch noch aus dem Vatikan kam.

Constance, die möglichst viel Vertrauliches über die Liebesgeschichte ihrer neuen Freundin erfahren wollte, und Arnold, der Jacquou nie verraten würde, waren ihre Trauzeugen.

Seit sie die Kapelle betreten hatte, die zur Zeit der Karolinger erbaut worden war, sah Alix zu dem Deckengemälde empor. Die Bilder im Inneren der Kirche waren noch immer von strahlender Schönheit, schlicht und beeindruckend zugleich. Eines Tages würde sie auf einen Karton, wie ihn die Weber verwendeten, einen ebenso schönen Engel wie diesen hier malen, der auf sie herunterschaute, ganz in Gold gekleidet und mit heiterer, beschützender Miene. Sie würde die Umrisse seines Körpers und seines Gesichts nachzeichnen, und wenn sie ihn in diese leuchtend kraftvolle Aura gekleidet hatte, wollte sie ihn auf eine große Leinwand weben. Der Engel ihrer »heimlichen Heirat« hätte dann für sie nichts Geheimnisvolles mehr.

Alix wandte sich zu Jacquou. Er sah sie an und lächelte, und sie antwortete ihm mit einem strahlenden Blick und brachte, ihre Hand in seiner, ihr »Ja« mit so viel Inbrunst hervor, dass Constance eine heimliche Träne vergoss, wie Jean bemerkte. Er fragte sich, ob sie eines Tages auch so ein Glück genießen durfte. War sie auch für die eine wahre, große Liebe geschaffen? Oder würde sie sich vielleicht in den unübersichtlichen Labyrinthen wilder, alles verschlingender und oft zerstörerischer Leidenschaften verlieren, die sie scheint's kennen lernen wollte?

Er wusste, dass Constance das ungestüme Temperament ihrer Mutter und ihrer Großmutter geerbt hatte, gleichzeitig war sie aber weder mit Isabelles kluger Überlegtheit noch mit Léonores Ausgeglichenheit bedacht worden. Constance war nur aus einem Holz geschnitzt, das schnell entbrennt und erst wieder verlöscht, um zu sterben; Isabelles dagegen war jetzt zu heißer, feuriger Glut geworden, und Léonore war aus weichem, jungem Holz gewesen, biegsam, aber unzerbrechlich. Leider war sie einem anderen Tod zum Opfer gefallen, und bei ihrem Ende hatte es weder Feuer noch Flamme gegeben.

Nachdem beide ihr Jawort mit der gleichen Begeisterung gegeben hatten, fuhr sich Jean verstohlen mit der Hand über die Stirn. Warum nur musste er, während er Jacquou verheiratete, so sehr an Léonore denken, die einzige wahre Liebe seines Lebens? Wie weit Gott jetzt von ihm entfernt war! In diesem heftigen und unvergesslichen Gefühl, das sein empfindsames Herz jetzt wieder durchbohrte, war kaum Platz für Gott.

Er sah Jacquou an, dessen große verträumte Augen auf ihn gerichtet waren. Sein Gesicht strahlte ungewohnte Besinnlichkeit aus. Dieser große, gut gebaute Junge, großzügig, gelehrig und sanft, aber alles andere als feig, freimütig, direkt und diskret zugleich, dieser große Junge, der Alix so sehr gefiel, hätte sein Sohn sein können.

Warum nur spürte er in ihm alle Charakterzüge, die er selbst auch hatte? Warum war Jacquou für ihn wie sein eigenes Fleisch und Blut?

Doch da rief ihn Alix mit einem heiteren Blick zur Ordnung. Er hob seine Hand und segnete die beiden.

Jean musste noch am selben Abend aufbrechen. Für Constance stand eine Kutsche bereit, die sie nach Amboise zurückbringen sollte, und eine weitere für Alix und Jacquou, die in Begleitung von Arnaude und ihrem Mann unverzüglich nach Tours zurückfuhren.

Jean machte sich auf den Weg in den Vatikan – mit dem Bild eines jungen Paars im Herzen, dessen Glück er besiegelt hatte.

Ein Monat verging so voller Glück. Alix ging jeden Abend zu Arnaude und aß dort mit ihr und Arnold zu Abend; dann schlich sie sich in die Kammer ihres Gatten, trunken vor Freude und Leidenschaft.

An einem Frühlingsmorgen war es schließlich so weit – der gefürchtete Pierre de Coëtivy erschien in der Stadt. Es war Anfang April, und das Eis, das den Boden den ganzen Winter hindurch bedeckt hatte, taute langsam auf.

Meister Gauthier war mittlerweile sehr zufrieden mit seiner neuen Arbeitskraft. Mit viel Sinn für die damaligen historischen und künstlerischen Formen fühlte sie sich geradezu in die Atmosphäre jedes Teppichs ein, als gehöre sie schon immer zu den größten Teppichwebern.

Während sich Jacquou durch nichts verdrießen ließ, weil er die Webstühle besser als jeder andere Weber bedienen, seine Schussfäden durch die Kettenfäden ziehen und das Schiffchen und den Weberkamm reparieren konnte, so wie er das schon seit seiner frühesten Jugend gemacht hatte, so schien Alix in jeder Hinsicht der kluge Kopf von den beiden zu sein.

Deshalb bemühte sich Meister Gauthier auch immer wieder um die kleine Alix. Fleißig, ausdauernd und aufmerksam lernte sie unvergleichlich schnell, nahm sich aber auch immer wieder Zeit, die Meisterwerke an den Wänden der Werkstatt zu bestaunen – diese riesengroßen Geschichten erzählenden Wandteppiche, die von Hand auf den Webstühlen gefertigt wurden, auf die man die Kettenfäden aufzog und dann feine Fäden aus Arras oder Seide, oder auch aus Silber oder Gold einlegte, um den Wert des Kunstwerks zu steigern.

Sie kam mit ihrer Arbeit, der »Dame de Rohan«, sehr gut voran. Längst hatte Alix alle Kniffe und Schwierigkeiten durchschaut. Und trotzdem war sie manchmal unsicher. In Kürze sollte der Fachmann kommen und die riesige Leinwand begutachten, um festzustellen, ob das Werk nach allen Regeln der Kunst angefertigt war, ehe es dem Käufer geliefert wurde. Alix befürchtete, irgendetwas könnte dazwischenkommen und der Prüfer könnte einen Fehler in ihrer Arbeit finden, obwohl sie so vollkommen wirkte. Und wieder schien ihr die »Dame de Rohan« wie eine heimliche Verbündete zuzuzwinkern und zu verstehen geben, das alles mit ihr in Ordnung war – außerdem beruhigte sie Jacquous aufmunterndes Lächeln.

Auf der gegenüberliegenden weiß gekalkten Wand hing eine sehr schön gelungene Reproduktion eines Mille Fleurs, eines dieser Teppiche aus sehr straff gewebtem Stoff mit üppigen und raffinierten Bildern in vielen Farben, die die Prinzen im Val de Loire sehr schätzten. Sie wurde von der Frühlingssonne angestrahlt, die durch ein großes Fenster fiel.

Alix seufzte schwer. Warum nur wollte ihr heute kein einziger Stich gelingen? Ein einziger hätte genügt, um ihre Seele von den düsteren Gedanken zu befreien, die sie überkommen hatten. Ein Stich, der zu dem nächsten und dann immer neuen geführt hätte.

Sie lächelte Jacquou an, der ihren Blick erwiderte. Mit einem Mal war ihr ganz schwer ums Herz, ohne dass sie wusste, warum. Sie nahm die Nadel in die plötzlich so ungeschickten Finger und suchte Jacquous Blick, aber der beschäftigte sich gerade mit einem Kettenfaden, der aus Auberts kleiner Litze gesprungen war. Also versuchte sie sich wieder in die komplizierten Mäander des verliebten vornehmen Herrn ihrer Dame zu vertiefen, an dem sie gerade arbeitete.

Doch da kam es zu dem lange erwarteten, gefürchteten Ereignis, und es war wie ein Unwetter, das über sie hereinbrach, eine Sintflut, wie der Weltuntergang! Die Tür öffnete sich, und Meister Coëtivy stand auf der Schwelle. Alix erkannte sofort, dass sie das Angriffsziel des Webers war. Seine vor Wut kalten Augen richteten sich auf sie – nur auf sie!

Sie sah ihn traurig an. Der Gedanke, dass sie mit Jacquou verheiratet war, machte ihr ein wenig Mut. Noch tapferer wurde sie, als sie sah, dass Jacquou auf sie zukam.

Jeder in der Werkstatt spürte, dass etwas nicht stimmte, so als wären alle Maschinen plötzlich stehen geblieben, obwohl sie doch weiterliefen. Meister Gauthier sah den Mann, den er zu kennen glaubte, überrascht an und hätte gern herausgefunden, was der Grund für seinen unvermittelten Zorn war.

Arnold war leichenblass geworden, und Aubert schlug sich plötzlich an die Stirn, weil er sich wieder an den Zornausbruch von Coëtivy vor mehr als zwei Jahren erinnerte, als er Meister Gauthier gesagt hatte, dass ein Mädchen Jacquou sprechen wollte. Aber natürlich, dieses Mädchen, dem er damals geraten hatte, sich hinter den Wollballen im Schuppen zu verstecken, war Alix! Sie war es wirklich! Warum hatte er sie nicht schon viel früher erkannt, wo sie jetzt doch schon seit drei Monaten mit ihm in dieser Werkstatt arbeitete? In Erwartung der heftigen Auseinandersetzung wischte er sich den Schweiß von der Stirn.

Coëtivy stand noch immer an der Tür und hatte den Blick auf Alix geheftet. Nun kam er langsam auf sie zu.

»Aha, du Miststück, ist es dir also doch gelungen, dich hier einzuschleichen!«

Jacquou trat zu Alix. Aus unerfindlichen Gründen hatte er vor Meister Coëtivy, den er respektierte, liebte und verehrte, seit er ein kleiner Junge war, keine Angst mehr. Mit einem Mal wirkte er auf ihn wie ein ganz normaler Mann, einer unter vielen. Er sah, wie Coëtivy mit dem Zeigefinger auf Alix deutete und sich an Gauthier wandte.

»Warum hast du dieses Mädchen eingestellt?«, fragte er mit vor Zorn bebender Stimme leise.

»Weil sie sehr gut arbeitet und ich Ersatz für Aliette gebraucht habe«, antwortete Gauthier.

»Aliette!«

»Ja. Sie arbeitet jetzt an Benoîtes Platz, die Arnaude ersetzt hat.«

Coëtivy hörte gar nicht mehr, was Gauthier noch ganz verdattert vorzubringen hatte:

»Arnaude kümmert sich um ihren kleinen Sohn. Sie kann nicht wieder bei uns arbeiten. Deshalb musste ich die Plätze der Frauen neu verteilen, Pierre.«

Jetzt endlich wandte Coëtivy, der Alix nicht aus den Augen ließ, sein zornesweißes Gesicht Gauthier zu.

»Das ist das Mädchen, das sich vor zwei Jahren im Schuppen versteckt hatte und das ich zu Meister Yann nach Nantes zurückgebracht habe. Erinnerst du dich nicht, Gauthier?«

Meister Gauthier war jetzt auch aschfahl im Gesicht. Er sah Alix an, die Coëtivy mit den Händen auf der Kette ihres Webstuhls abwartend und kühl beobachtete. Dann nahm sie sie langsam weg, stand auf und ging ein paar Schritte auf ihn zu, wobei sie sich die größte Mühe gab, ruhig zu bleiben.

»Meister Coëtivy«, sagte sie laut und deutlich, »ich war erst acht, als ich mich in Jacquou verliebt habe, und ich liebe ihn noch immer.

Glaubt also nicht, ich würde ihn jemals vergessen, nur weil Ihr das so beschlossen habt. Ich werde ihn mein ganzes Leben lieben.«

Dann verlor sie allmählich die Beherrschung, kam immer näher auf ihn zu und verhöhnte ihn beinahe mit dem unerbittlichen Ton, in dem sie fortfuhr:

»Ja, Meister Coëtivy, mein ganzes Leben lang!«

Während Arnold zur Seite getreten war, rückten Benoîte, Aubert, Aliette und die Übrigen immer näher wie Fliegen um eine volle Milchschüssel, um nur ja nichts zu verpassen.

»Was hast du dazu vorzubringen?«, fragte Coëtivy mit beißendem Spott.

»Aber… Aber das ist doch die Cousine von Arnaude«, stotterte der arme Gauthier.

»Verdammt noch mal!«, fluchte Coëtivy. »Das ist eine Waise, eine Intrigantin, eine…«

»Das verbitte ich mir!«, rief Alix und stellte sich so vor ihn, dass nur noch zwei Fingerbreit zwischen ihr und seinem Wams aus Seidenbrokat blieben.

»Da kann ich dir jetzt aber wirklich nicht zustimmen«, gelang es Gauthier zu widersprechen, der endlich wieder etwas Selbstsicherheit gewonnen hatte. »Sie ist eine gute Arbeiterin, klug, aufmerksam und sehr begabt.«

»Eine Abenteurerin ist sie!«

»Nein, Meister Coëtivy!«, fuhr jetzt auch Jacquou dazwischen, der seinen Arm um Alix gelegt hatte und sie ein Stück wegziehen wollte. »Nein, das ist nicht wahr. Da täuscht Ihr Euch.«

Aber Alix befreite sich ungestüm aus Jacquous beruhigender Umarmung, stürzte sich wie eine Furie auf ihren Peiniger, packte voller Wut seine Rockschöße und zerrte daran.

»Ihr seid ein Ungeheuer, und ich hasse Euch!«

»Was kümmert's mich. Lass mich sofort los.«

Ohne mit der Wimper zu zucken, musterte sie Coëtivy mit einem zynischen und abschätzigen Blick. Alix kam sich plötzlich ganz albern vor, wie sie da mit ihren zornigen Händen die schön geordneten Samtarabesken auf seinen Rockschößen durcheinanderbrachte.

»Zu dumm, dass ich in die Bretagne gereist bin, ohne vorher nach Tours zu fahren«, sagte er mit eisiger Stimme. »Ich hätte wahrscheinlich mehr als einen Monat gewonnen, wäre ich direkt hierhergekommen. Und ihr hättet vermutlich einige gemeinsame Erinnerungen weniger!«

Jetzt wandte er sich an Jacquou.

»Aber nun ist damit endgültig Schluss, mein Kleiner. Sag ihr meinetwegen adieu, aber dann ist es Zeit, zur Vernunft zu kommen.«

»Was soll das heißen? Zur Vernunft kommen«, wiederholte Jacquou.

»Es ist genug, Jacquou.«

Dann verließ ihn die Geduld, und an Alix gewandt rief er:

»Raus hier! Ich fordere dich hiermit auf, meine Werkstatt zu verlassen! Raus jetzt! Verschwinde auf der Stelle!«

»Wenn das so ist, gehe ich mit ihr!«, schrie Jacquou.

»Nein! Du bleibst hier. Du hast mir schließlich zu gehorchen.«

Jetzt war es an Alix, die Beherrschung zu verlieren. Ihr eben noch leichenblasses Gesicht wurde auf einmal rot vor Zorn. Sie spürte, dass ihre Hände vor Wut zitterten und das Blut in ihren Adern kochte. Das ging nun wirklich zu weit.

»Mit welchem Recht verlangt Ihr von ihm Treue und Gehorsamkeit?«

»Ich bin sein Meister.«

»Aha! Nun gut, aber weil Ihr nur sein Meister seid«, schrie sie und betonte dabei noch das Wort »nur«, »habt Ihr ihm gar nichts zu sagen, was sein Privatleben angeht. Er ist ein guter Schüler, wie Ihr wisst. Das sollte Euch genügen.«

»Und du solltest nicht in diesem Ton mit mir reden, Satansbraten.«

»Ich rede mit Euch, wie ich will und wie es nötig ist!«

Der Webermeister wandte sich jetzt wieder an Jacquou, der vor Angst und Ungewissheit nicht ein noch aus wusste. Er fühlte sich zutiefst in seinem empfindsamen Wesen getroffen und konnte sich nicht mehr entscheiden, zu wem er halten sollte. Auf der einen Seite war da sein Vater, der ihn niemals offiziell anerkannt, ihm aber doch alles gegeben hatte – eine Erziehung, einen Beruf und Zuneigung, zwar keine väterliche, aber doch immerhin eine aufrichtige und aufmerksame Zuneigung; und auf der anderen Seite seine junge Frau, die er über alles liebte.

Coëtivy konnte nicht mehr an sich halten.

»Was hast du dazu zu sagen, Jacquou?«, fragte er und schäumte vor Wut.

»Dazu kann ich nur sagen, dass Alix Recht hat, mein Meister.«

Als sie merkte, dass Jacquou zu ihr hielt, platzte Alix erneut heraus – mittlerweile war sie dunkelrot angelaufen.

»Wer seid Ihr denn, dass Ihr Euch solche Macht über ihn herausnehmt?«, schrie sie ihm ins Gesicht. »Sein Meister seid Ihr! Na und! Wie viele Schüler haben nicht schon einen Meister gehabt? Das heißt aber noch lange nicht, dass dieser Meister von seinem Lehrling die totale Unterwerfung verlangen darf, Gehorsamkeit in jeder Beziehung. Was soll das denn, Meister Coëtivy, wer soll Euch diesen Unsinn glauben? Wer seid Ihr denn, dass Ihr wie ein Tyrann über Jacquou bestimmen könnt?«

Der verblüffte Gesichtsausdruck des Webers feuerte ihre Rachsucht noch an, und sie lächelte siegesgewiss.

»Wer seid Ihr denn wirklich, Meister Coëtivy?«

»Wer ich bin … Nun … Ich bin sein Vater.«

Jacquou wurde aschfahl, und die Beine schienen ihm den Dienst zu versagen. Oh Gott! Mehr als zwölf Jahre hatte er auf diesen Satz gewartet. Und jetzt war er hin und her gerissen: Einerseits hätte er sich am liebsten in die Arme von Coëtivy geworfen, der es endlich und auch noch vor der kleinen Versammlung hier in der Werkstatt gewagt hatte, dieses große Geheimnis zu enthüllen; andererseits wollte er genauso gern Alix zum Dank dafür in die Arme nehmen, dass sie ihm diese Worte entrissen hatte, die so unglaublich wichtig für sein seelisches Gleichgewicht waren. Stattdessen tat er keines von beiden. Seine Gedanken verschwammen, verdunkelten sich, waren nur noch schwer zu erkennen. Plötzlich sah er sich im Chor einer Kathedrale wieder, der Kathedrale von Angers, wo er zum ersten Mal dieser schönen großen Frau begegnet war, die Isabelle de La Trémoille hieß.

Jacquou war damals acht Jahre alt. Unter dem ungerührten Blick seines Herrn hatte ihm die Gräfin damals in sehr genau überlegten und äußerst behutsamen Worten erklärt, dass sie seine Halbschwester und Coëtivy sein Vater war.

Jacquou hatte einige Sekunden gebraucht, um diese gewaltige Offenbarung zu begreifen und zugleich zu verstehen, dass sich sein Leben deshalb nicht ändern würde, dass sein Meister sein Meister blieb und Dame Bertrande weiterhin seine gütige und beschützende Gattin. Ein Geheimnis, das schwer auf ihm lastete und das er niemandem anvertrauen durfte.

Jacquou durchlebte jede Sekunde dieses unvergesslichen Tages noch einmal, an dem Isabelle das Gespräch mit Meister Coëtivy in der großen Kirche fortgesetzt hatte, während er nach draußen geflüchtet war, um frische Luft zu schnappen und mit Tränen in den Augen all das zu verstehen versuchte, was er soeben erfahren hatte.

Wie war es nur möglich, dass diese schöne blonde, engelsgleiche junge Frau, und er, der kleine Waisenjunge Jacquou, auf einmal ein und dieselbe Mutter hatten, die bei der letzten großen Pest gestorben war, als sie ihn eben zur Welt gebracht hatte? Wie war es möglich, dass Meister Coëtivy, »sein« Meister, der ihn erzogen hatte, ausbildete und auf das Handwerksleben als einer der bedeutendsten Teppichweber Europas vorbereitete, seine Mutter geliebt hatte, die Isabelle de La Trémoille Léonore nannte?

Was für ein Schock für das Kind, das nicht mehr zwischen Vater und Lehrmeister unterscheiden konnte! Dabei hätte Dame Bertrande damals vielleicht sogar Verständnis gehabt, wenn er ihr die Wahrheit gestanden hätte, und den Jungen einfach angenommen, wie es sowieso ihrer Art entsprach, ohne groß zu fragen, und vielleicht wäre dann jetzt alles anders!

Aber der Meister hatte sich hinter seinem Schweigen verschanzt und, ohne etwas zu sagen, die Erziehung seines Schülers mit aller dazugehörigen Strenge übernommen und ihm dazu noch freie Kost und Logis geboten.

Alix sah Jacquou an, wie es in ihm arbeitete.

»Aha, so ist das also!«, fuhr sie fort, und ihre Augen funkelten wütend, »heute kommt es Euch also gerade zupass, dass Ihr sein Vater seid, während Ihr das bislang immer vor der ganzen Gesellschaft verheimlicht habt, damit es Eurem Ruf als großem Meister nicht schadet.«

Noch immer außer sich holte sie tief Luft und rief:

»Ihr seid nicht mehr für Jacquou außer vielleicht sein Lehrmeister. Nichts! Er ist ein guter Schüler und hat Euch immer alle Ehre gemacht und Euer Geheimnis nicht einmal als Kind verraten. Er hat seine Schulden an Euch zurückbezahlt. Schulden von Pflichtgefühl und Zuneigung, während Ihr ihm nur das Pflichtgefühl erstattet habt, das Ihr ihm schuldet. Warum also mischt Ihr Euch in unsere Liebesgeschichte ein? Das geht Euch gar nichts an, Meister Coëtivy.«

Sie ging ganz nahe zu ihm hin und sagte:

»Es geht Euch gar nichts an, weil Ihr gar nicht fähig seid zu lieben.«

Er stieß sie so brüsk von sich, dass sie gegen einen Tisch fiel, auf dem Zeichenkartons gestapelt waren.

»Jacquou!«, rief er und ging auf seinen Sohn zu. »Heute sage ich es dir vor allen Leuten: Ich bin dein Vater.«

»Ja, Ihr seid sein Vater!«, schrie Alix, »daran hättet Ihr schon mal früher denken sollen. Jetzt ist es zu spät.«

Wenn angesichts dieser ebenso düsteren wie banalen Familiengeschichte ein Blitz in das Dach der Werkstatt eingeschlagen und alles verwüstet hätte, wäre es auch nicht schlimmer gewesen. Benoîte und Aliette standen mit offenem Mund da, und Arnold hatte sich in die hinterste Ecke der Werkstatt zurückgezogen, wo er darauf wartete, dass das Unwetter auch über ihn hereinbrach, weil er dieses scheinbar unauflösliche Drama mit verursacht hatte. Gauthier war ebenfalls ganz blass und wischte sich nervös den Schweiß von der Stirn.

Immerhin hatte nun jeder begriffen, warum sich Meister Coëtivy schon immer so besonders um Jacquou gekümmert hatte. Aber dessen Zorn war weit davon entfernt, sich zu legen, und der von Alix schien wieder aufzuflammen, obwohl ihre Stimme jetzt etwas leiser, aber noch immer angespannt und sehr angriffslustig klang.

»Immer habt Ihr Euch hinter dieser offenkundigen Tatsache versteckt. Und Dame Bertrande, die Jacquou von Herzen gern hat, weiß nicht, dass er Euer Sohn ist. Werdet Ihr ihr das jetzt endlich sagen?«

»Das geht dich gar nichts an, du unverschämtes Luder.«

Dann trat er zu Jacquou und nahm ihn entschlossen am Arm.

»Komm jetzt mit. Wir gehen.«

»Ich bleibe bei Alix.«

Coëtivy knirschte mit den Zähnen und schlug mit der Faust auf den Tisch, neben dem er stand. Dann beschloss er, sich Gauthier vorzunehmen.

»Wenn du dieses Mädchen hier in der Werkstatt behältst,

Gauthier, kannst du dir eine neue Arbeit suchen. Ich finde schon einen anderen Webermeister, der deinen Platz übernehmen kann.«

Damit war er nun wirklich zu weit gegangen. Benoîte, Aliette und Aubert verzogen sich, während Arnold langsam aus seiner Ecke kam, um Meister Gauthier, wenn nötig, verteidigen zu können. Der hatte aber inzwischen zu seiner alten Autorität zurückgefunden.

»Alix ist eine gute Arbeiterin«, sagte er und hielt dabei dem Blick seines Herrn stand.

»Halt den Mund!«, brüllte Coëtivy. »Es wird gemacht, was ich sage, wenn du dich nicht an meine Anweisungen hältst. Und du kommst jetzt mit mir mit, Jacquou. Wir reisen nach Flandern. Du hast der Webergilde dein Meisterwerk vorzustellen. Es ist höchste Zeit, dass wir die Sache angehen.«

»Nein, ich bleibe hier!«

»Bitte, Jacquou!«, rief Alix und warf sich in seine Arme. »Geh mit ihm, und kehre als erfolgreicher, angesehener Mann zurück. Ich bitte dich wirklich – geh. Wenn du zurückkommst, bist du ein bedeutender Weber. Davon bin ich überzeugt. Aber vorher musst du dein Meisterstück präsentieren.«

Plötzlich fiel ihr ein, was Kardinal Jean zu ihr gesagt hatte, und sie flüsterte ihm ins Ohr:

»Vergiss nicht, dass wir verheiratet sind, mein lieber Jacquou. Ich warte auf dich. Und jetzt geh unbesorgt, und versuch den Mann zu finden, der dein Vater ist, auch wenn ich ihn nicht leiden kann.«

11

Charles d'Angoulême hatte Paris bei strömenden Regen verlassen und war trotz seines weiten Mantels bis auf die Haut durchnässt. Der Wind fuhr ihm unters Hemd und machte ihm schwer zu schaffen.

»Teufel noch eins! Was für ein Sturm«, knurrte er. »Ich bin schon ganz erschöpft. Eigentlich sollte ich mal eine Pause machen, aber hier ist weit und breit kein Gasthaus. He, Pardaille, was meinst du, sollen wir uns irgendwo unterstellen?«

Das Pferd, dem Wind und Regen auch stark zusetzten, wieherte laut, um seinem Herrn zu verstehen zu geben, dass es dieses Tempo nicht mehr lang durchhalten würde.

Obwohl es Nacht wurde und die Dunkelheit alles verschluckte, entdeckte Charles eine große Eiche, deren ausladende Äste ihnen als provisorischer Unterstand dienen konnten.

»Ach was, mein guter Pardaille, wir reiten weiter! Wir alten Hasen werden doch wohl nicht so schnell aufgeben!«

Ein Hustenanfall unterbrach seinen Elan und schien seinen Körper in tausend Stücke zu zerreißen, während seine Beine und Arme auf einmal völlig kraftlos waren und sein Kopf von heftigen Schmerzen gemartert wurde.

»Verdammt! Ich werde doch nicht etwa krank?«

Er stieg vom Pferd, taumelte und konnte sich gerade noch an den Zügeln festhalten. Dann lehnte er sich an Pardaille, um sich ein wenig vor der Kälte zu schützen, und wartete unter der großen Eiche, dass der Sturm nachließ, damit er sich wieder auf den Weg machen konnte.

Als das Unwetter nicht mehr ganz so heftig tobte, beschloss Charles, wieder aufzubrechen. Er bestieg sein Pferd, aber seine Kräfte verließen ihn mit jedem Satz, den das Pferd machte, bis er sich schließlich nur noch an seinen Rücken schmiegte und sich Pardailles sicherem Instinkt anvertraute.

Erst vor den Toren von Poitiers richtete er sich mühsam wieder auf, aber seine Hände zitterten und seine Augen waren glasig vom Fieber.

»Lauf weiter, Pardaille! Such einen Bauernhof, ein Haus oder eine Schenke, irgendjemanden, der mir hilft, sonst sterbe ich hier auf deinem Rücken.«

Aber schon nach wenigen Schritten musste das Pferd langsamer werden, weil es spürte, wie sein Reiter beinahe herunterrutschte. Der arme Graf versuchte, wieder richtig aufzusitzen, aber er hatte nicht mehr die Kraft dazu.

»Geht es Euch nicht gut, mein Herr?«, hörte er jemanden fragen.

Pardaille wieherte sofort laut. Dann kam jemand mit einer Fackel und leuchtete Charles ins Gesicht.

»Darf ich Euch helfen, mein Herr? Ich wohne hier ganz in der Nähe. Oh!«, sagte er und streckte seine Hand aus, um den Grafen d'Angoulême aufzufangen, der beinahe vom Pferd gefallen wäre. »Ich sehe schon, es geht Euch wirklich sehr schlecht. Lasst mich das Pferd führen.«

Der Mann war höchstens dreißig und hatte eine freundliche Stimme, die mit dem dichten Nebel in Charles' Kopf verschmolz, den er nicht mehr zu lichten vermochte. Er schloss seine brennenden Augen und dankte dem Himmel, dass er eine gute Seele gefunden hatte, die ihm helfen wollte.

Als ihm etwas später jemand eine duftende warme Suppe einflößte, kam er wieder zu sich. Eine junge Frau hatte sich über ihn gebeugt.

»Ich bin die Frau von Meister Guillaume«, erklärte sie und stützte seinen Kopf, damit er die heiße Bouillon austrinken konnte.

Langsam öffnete er seine fiebrigen Augen, sah sie an und nickte zum Zeichen, dass er sie verstanden hatte.

»Ich heiße Renaude«, fuhr sie fort und lächelte ihn an, »und ich finde, Ihr seid schon wieder ein wenig zu Kräften gekommen, seit Ihr bei uns seid.«

»Da muss es mir ja wirklich sehr schlecht gegangen sein!«, murmelte er.

Er richtete sich auf und musterte seine hübsche Gastgeberin. Sie hatte ein schönes Gesicht und grüne Mandelaugen, die auch noch dem keuschesten Mönch den Kopf verdreht hätten. Der schlanke Hals, der aus dem Mieder ihres schwarzen Samtkleids herausschaute, ließ auf einen entzückenden Körper schließen. Ihr Kleid fiel in weiche Falten, und seine weiten Ärmel wehten bei jeder Bewegung anmutig durch die Luft.

»Wo ist mein Pferd, schöne Gastgeberin?«, fragte er sie und nahm ihre Hand.

»Macht Euch keine Sorgen«, gab sie zur Antwort und legte seine Hand behutsam auf die warme, weiche Decke zurück, mit der sie ihn zugedeckt hatte. »Guillaume hat ihm Hafer gegeben, und wenn Ihr Euch nach einer guten Nacht erholt habt, könnt Ihr Euch wieder auf den Weg machen.«

Die Tür ging auf, und ein junger, großer, sehr gut aussehender Mann mit blauen Augen und schwarzen Augenbrauen kam herein.

»Sieh nur, Guillaume«, rief die junge Frau, »unser Schwerkranker scheint sich ganz gut zu erholen. Ich habe ihm ein schmerzlinderndes Mittel und etwas gegen das Fieber gegeben. Wenn es so weitergeht, kann er morgen oder übermorgen wieder weiterreisen.«

Meister Guillaume lachte zufrieden und sagte:

»Nun, mein Herr, nachdem Ihr jetzt scheint's über den Berg seid, würden wir gern wissen, wie Ihr heißt.«

»Oh, wie unhöflich von mir!«, sagte Charles und rieb sich die Schläfen. »Mein Name ist Charles d'Angoulême, und ich bin auf dem Rückweg von Blois, wo ich meine Cousine Anne de Bretagne besucht habe, die Königin von Frankreich.«

»Die Königin! Sie ist Eure Cousine?«

»Um ehrlich zu sein, eigentlich ist Louis mein Cousin. Wir haben denselben Großvater.«

»Gütiger Himmel!«, rief Renaude und hielt sich den Kopf, »der Cousin des Königs liegt in unserem Bett!«

Da musste Charles lachen, was aber sofort seine Bronchien reizte, die wohl doch noch sehr angegriffen waren, und zu einem neuen Hustenanfall führte.

»Aber ein alles andere als bedeutender Cousin, jedenfalls gemessen an der Größe seines Vermögens«, brachte er heraus und hielt sich die Hand vor den Mund, um den nicht enden wollenden Husten zu unterdrücken.

»Still, Ihr müsst Euch ausruhen«, sagte Renaude und eilte zu ihm. »Ich glaube kaum, dass Ihr morgen abreisen könnt.«

»Und wenn schon, das macht nichts«, meinte Guillaume, »wir behalten Euch hier, bis Ihr ganz wiederhergestellt seid.«

Es dauerte noch zwei Tage, bis sich der Graf d'Angoulême wieder einigermaßen von seiner Krankheit erholt hatte. Am vierten Morgen endlich war Charles dann wieder auf den Beinen, ausgeruht, Wams und Umhang schneidig geschultert, den Hut stolz auf dem Kopf und bereit, sich erneut den Abenteuern einer Reise zu stellen.

»Dürfte ich vielleicht Eure Werkstatt besichtigen, ehe ich aufbreche, Meister Guillaume? Ich bin nämlich ein großer Liebhaber von schönen Einbänden.«

Der Hausherr war hocherfreut, und seine Augen leuchteten stolz. Eine solche Bitte von einem Mitglied der königlichen Familie konnte ihn nur glücklich stimmen. Der junge Buchbinder war erst seit zwei Jahren sein eigener Herr und hatte noch nicht genug betuchte Kunden, um seine Werkstatt zu vergrößern; aber sein Ruf reichte bereits weit über die Grenzen von Poitiers hinaus.

Guillaume hatte nur einen einzigen Lehrling, der außerdem noch sehr jung war und nur die einfacheren der anfallenden Arbeiten erledigen konnte; bei den ganz eiligen und sehr schwierigen Aufträgen half ihm deshalb seine Frau Renaude.

Sie betraten die kleine Werkstatt, in der stapelweise gefärbtes Leder und Pergament lagerten.

»Weil ich nicht als Bürgerlicher geboren bin, musste ich erst die Abgaben für das Recht, Bucheinbände herzustellen und zu verkaufen, bezahlen. Deshalb sind wir hoch verschuldet und können es uns, wenigstens zurzeit, leider nicht leisten, sorgfältig gefärbtes Lammleder zu kaufen.«

»Das kommt schon noch«, meinte Charles und betrachtete die bebilderten Handschriften, die auf dem Tisch ausgebreitet waren: Es handelte sich um Alltagsszenen aus dem Schlossleben, auf denen vornehme Damen und Herren in großer Robe und anmutiger Haltung zu sehen waren. Musik, Poesie, Feste, Lanzenstechen, Jagden und Kämpfe – alles hatte man in wunderbar leuchtende Farben übertragen.

Charles beugte sich über ein großformatiges Manuskript, dessen Seiten auf einem der langen Tische aufgeschlagen lagen.

»Stammt das hier nicht aus dem ›Stundenbuch des Herzogs von Berry‹?«, fragte er den Buchbinder.

»Ja, sehr richtig, mein Herr. Es handelt sich um eine der vielen Seiten des Originals. Es freut mich sehr, dass Ihr es kennt. Die Malereien sind hervorragend. Der Duc de Berry hat sie um 1400 bei Herrn von Limburg in Auftrag gegeben, dem größten Illuminierer seiner Zeit. Natürlich würde ich gern auch die anderen binden. Aber diese hier sollen die schönsten sein.«

»Ihr habt aber wirklich sehr schöne Arbeiten hier«, sagte der Graf bewundernd und deutete auf die anderen Pergamente. »Dies hier erinnert mich an ein Werk, das mein Vater einmal für unser Schloss in Angoulême erworben hat, ein Jahr vor seinem Tod. Der Einband war noch ganz neu. Was sind denn das für Ornamente?«

»Das sind Osterluzeien, so etwas Ähnliches wie Mille Fleurs. Sie werden hier in der Gegend sehr häufig verwendet«, erklärte

Renaude, die an den Tischen entlangging und die kostbaren Bilder bewunderte. »Seht nur, wie vollkommen die Pflanze wiedergegeben ist.«

Vorsichtig fuhr Charles mit dem Finger die Darstellung einer Osterluzei nach. Ihr dekorativer Charme inspirierte die Maler und Bildhauer der damaligen Zeit sehr. Die Osterluzei, eine wuchsfreudige Kletterpflanze, rankte sich seinerzeit um fast alle Torbögen, Gesimse, Mauervorsprünge und Giebel.

Wenn man die Zeichnung länger betrachtete, schien es, als ob ein Zauber von ihr ausging. Die Blattspiralen rollten, drehten und verflochten sich zu erstaunlichen Windungen.

Die verschlungenen Formen passten zu den Vögeln, die sich anmutig daruntermischten. Das Ganze war der Inbegriff von Glückseligkeit, Anmut und Erhabenheit.

Bei genauerem Hinsehen konnte man erkennen, dass Hintergrund und Blätter Ton in Ton mit grüner und blauer Farbe und gekonnten Abmischungen von Gelb und Ocker koloriert waren. Das Ganze erinnerte irgendwie an riesige Anemonen, die auf dem offenen Ozean blühen. Die Blätter schienen zu schwanken und wanden sich in allen Richtungen um viele bunte Farbtupfer.

»Das lässt sich schnell machen, und die Bildsprache ist einfach zu handhaben«, sagte Renaude mit einem Selbstbewusstsein, das zeigte, wie gut sie ihre Arbeit beherrschte.

»Heutzutage ist diese Ausgabe erschwinglich«, erklärte der Buchbindermeister. »Aber als Ihr Vater dieses Manuskript erwarb, war es sehr viel teurer.«

Charles nickte zustimmend.

»Ich glaube, dass er ein kleines Vermögen dafür gezahlt hat. Aber ist es nicht wunderbar, eine solche Kostbarkeit zu besitzen?«

Er machte eine ausladende Handbewegung und sammelte dann die einzelnen Blätter vorsichtig ein.

»Wenn ich erst in der Lage bin, mich bei Euch zu bedanken, werde ich meinem Cousin, dem König von Frankreich, von Eurem großen Können berichten.«

»Ihr wollt Euch bei uns bedanken! Wofür denn, mein Herr?«

»Wäre ich etwa nicht dort draußen auf der Straße gestorben, wenn Ihr mir nicht geholfen hättet? Und wer weiß, welcher skrupellose Bauernlümmel sich meinen Pardaille geholt hätte?«

Dann nahm er den bronzenen Anhänger, den er an einer Halskette trug, ab und reichte ihn Meister Guillaume.

»Als Zeichen meiner Dankbarkeit«, sagte er, »passt gut auf ihn auf, er wird Euch Glück bringen. Das Wappen derer d'Angoulême ist auf der Rückseite des Medaillons eingraviert.«

Erst am nächsten Tag brach Charles d'Angoulême im Morgengrauen auf. Das Wetter war gut, und der blaue Himmel bot dem Reisenden einen freundlichen Anblick. Aber auch wenn er jetzt wieder rüstiger war, die Krankheit und das Fieber hatten seiner ehemals robusten Gesundheit einen bleibenden Schaden zugefügt.

In der Gegend von Niort bekam er wieder heftige Kopfschmerzen, ritt aber verbissen weiter, weil er auf keinen Fall mehr vor seinem Schloss in Angoulême Halt machen wollte.

In Niort kehrte das hohe Fieber zurück, und Charles konnte nichts dagegen tun. Wieder fuhr ihm eisige Kälte bis in die Knochen, und kalter Schweiß schlich sich unter sein samtenes Wams und durchnässte ihn bis auf die Haut.

Alix ritt auf ihrem Muli Amandine und überließ es dem Tier, das Tempo zu bestimmen. Von dem Geld aus der Börse, die ihr Jean gegeben hatte, hatte sie ein Maultier kaufen können. Deshalb konnte sie sich jetzt schonen. Und das war wichtig für das Kind von Jacquou, das sie unter dem Herzen trug. Das Kind einer ungestümen Liebe, einer vollkommenen und grenzenlosen Liebe. Wenn sie ihm das nur hätte sagen können, ehe ihn Coëtivy zu dieser grausamen Trennung zwang!

Nach reiflicher Überlegung kam Alix dann aber doch zu dem Schluss, dass es bestimmt besser war, wenn Jacquou nichts davon wusste. Ja, auf alle Fälle war das besser so! Wenn ihr jungvermählter Ehemann nämlich wüsste, dass sie guter Hoffnung war, hätte er sich vermutlich geweigert, mit seinem Vater zu gehen – und dann wären sie beide jetzt auf Arbeitssuche und Jacquou könnte nicht sein eigener Herr sein.

Nicht einmal Arnaude hatte sie davon erzählt. Ihre Freundin hätte ihr unweigerlich verboten, sich mit unbekanntem Ziel auf den Weg zu machen. Doch Alix konnte nicht für Kost und Logis bei ihr aufkommen und für das junge Paar, einfache Arbeiter, die, seit Arnaude zuhause blieb und ihr Kind aufzog, sowieso nur noch einen Lohn hatten, mit dem sie auskommen mussten, war das Leben ohnehin hart genug.

Es war schon besser so. Alix hatte sich richtig entschieden. Und solange sie auf Jacquous Rückkehr wartete, gab es nichts, was sie unter Druck setzte.

Derweil gingen ihr tausend Gedanken durch den Kopf, die das arme junge Ding wenigstens zu ordnen versuchte. Aber es gab so vieles, womit sie nicht zurechtkam, und manchmal fühlte sie sich so einsam!

Eines wusste sie aber ganz genau. Sobald ihr Mann zurück war, wollten sie eine Werkstatt suchen, falls ihnen de Coëtivy seine Hilfe verweigerte. Jacquou hätte dann seinen Meisterbrief und Alix würde mit ihm arbeiten. Sie wollte sein Lehrmädchen, seine Arbeiterin, seine Kartonmacherin und seine Vorarbeiterin sein. Ja, Alix wollte alles auf einmal sein, und ihre Werkstatt würde wachsen und gedeihen – so wie alle anderen auch erst klein anfangen müssen, ehe sie Erfolg haben.

Nach dem überstürzten Aufbruch von Coëtivy und Jacquou hatte in Gauthiers Werkstatt helle Aufregung geherrscht. Benoîte war in Tränen ausgebrochen. »Was für eine wunderschöne Liebesgeschichte!«, hatte sie zu Alix gesagt, als sie sich von ihr verabschiedete. »Pass gut auf dich auf, meine Kleine, und komm zu uns zurück, wenn Jacquou aus Flandern wiedergekommen ist. Ich bin sicher, sein Vater wird dich verstehen und euch nachgeben.«

Aubert hatte still vor sich hin gegrinst und Arnold spöttische Blicke zugeworfen, während sich Meister Gauthier zu beruhigen versuchte, indem er mit großen Schritten in der Werkstatt auf und ab ging.

Nein! Und wenn ihr Benoîte noch so gut zuredete, Alix wusste, dass sich Coëtivy niemals umstimmen lassen würde. Vielleicht suchte er sogar für seinen Sohn eine reiche Kaufmannstochter aus Brüssel, Lille oder Enghien? Gott sei Dank war Jacquou ja jetzt ihr Ehemann. Und sie wünschte sich nichts sehnlicher herbei als den Tag, an dem sie ihm von der bevorstehenden Geburt des Kindes erzählen konnte, das sie erwartete.

Selbst wenn Jacquou Coëtivy aus irgendeinem Grund gestehen müsste, dass er verheiratet war – was konnte ein noch so angesehener Webermeister gegen den Segen eines Kardinals aus dem Vatikan ausrichten? So verrückt war Coëtivy dann doch nicht, dass er sich mit der ganzen Geistlichkeit anlegte. Wenn er sich dem Willen des Papstes widersetzte, würde ihn die gesamte Gesellschaft ächten. Nicht einmal die Könige wagten es, dem päpstlichen Willen zuwiderzuhandeln.

Obwohl Alix Jacquou eigentlich ständig schmerzlich vermisste, war sie doch ganz guter Dinge. Arnaude hatte ihr beim Abschied das Versprechen abgenommen, zurückzukommen, wenn sie in Schwierigkeiten geraten sollte, und Arnold hatte Meister Gauthier gebeten, ihr ein paar gute Ratschläge mit auf den Weg zu geben.

»Ich hätte dich gern behalten, Kleine, weil du eine gute, fleißige und kluge Arbeiterin bist«, hatte Meister Gauthier ihr gesagt, als er ihr den Lohn ausbezahlte. »Leider bin ich aber nicht der Eigentümer dieser Werkstatt, und Coëtivy hat es nun einmal so beschlossen.«

»Das verstehe ich schon, Meister Gauthier.«

»Jetzt pass einmal auf, am besten gehst du nach Poitiers und meldest dich in der Werkstatt von Meister Antonin Noailles. Dort habe ich gelernt. Antonins Vater ist zwar schon tot, aber er hat die Werkstatt übernommen, und ich habe gehört, dass er Leute braucht. Er ist ein guter Mensch, ich kenne ihn schon, seit er ein ganz kleiner Junge war. Ich bin sicher, dass du ihn in wenigen Tagen von deinen Fähigkeiten überzeugen kannst.«

Aber Alix war nicht nach Poitiers gegangen. Sie war in Niort geblieben, wo sie auf dem Marktplatz Amandine gekauft hatte.

Seltsamerweise hatte sie das Tier dann zu einer freundlichen Bauersfrau geführt, deren Mann gerade gestorben war und ihr drei Kinder hinterlassen hatte. Das noch ganz junge Muli entwickelte bald einen starken Willen, und Alix begriff, dass es zu seiner Mutter wollte, zu einem genauso schönen grauen Maultier, das in dem Stall auf dem Bauernhof stand, aus dem es kam. Amandine bestimmte von Anfang an über ihre Herrin.

Alix erklärte, woher sie kam, und blieb auf Einladung der Bauersfrau erst eine Nacht, dann eine zweite und eine dritte; sie schlief im Stall bei den beiden Mulis, Mutter und Kind, und ein paar Milchkühen.

Nach einiger Zeit fasste sie sich ein Herz und erledigte einige kleinere Hausarbeiten, um die Bäuerin zu entlasten, machte sich dann immer nützlicher, indem sie das Haus putzte und die Mahlzeiten zubereitete, bis ihr die Frau einen interessanten Vorschlag unterbreitete: Alix sollte die drei Kinder der Bauersfrau während der Feldarbeit und Erntezeit hüten und bekam dafür freie Kost und

Logis. Für Alix spielte es keine Rolle, womit sie sich ihren Lebensunterhalt verdiente, weil sie nur eins im Sinn hatte: Jacquous Rückehr. Sie hatte nicht einmal wirklich Lust, bei einem anderen Weber zu arbeiten. So vergingen die Monate wie im Flug, und sie schob nun einen richtig dicken Bauch vor sich her wie damals Arnaude, als sie ihr an der Werkstattür zum ersten Mal begegnet war.

Doch dann nahm das Schicksal eine ungünstige Wendung. Als sich gerade alles eingespielt hatte, die Kinder sie in ihr Herz geschlossen hatten und sie sich vorgenommen hatte, ihr Kind auf diesem Bauernhof zur Welt zu bringen, ließ sich die freundliche Bäuerin, die erst um die dreißig und noch sehr ansehnlich war, eines Tages gegen Ende des Sommers von einem Wanderarbeiter verführen. Einem dieser Männer, von denen es damals viele gab, die sich Saisonarbeiter nannten und zur Saatzeit und zur Erntezeit auf den Bauernhöfen Arbeit suchten.

Und dieser Mann hatte es verstanden, sich die Frau im Handumdrehen gefügig zu machen. Obwohl er ein bisschen schwerfällig, dicklich und ungehobelt war, warf er sich in die Brust wie ein Kämpfer, der nach einem möglichen Gegner Ausschau hält.

Mit Kennermiene hatte er auf den ersten Blick erfasst, über welche Reize die junge Bäuerin verfügte, und ihr sofort angeboten, die Getreide- und die Heuernte für sie zu machen und alles noch vor dem Winter einzufahren.

Doch dieser Mann wollte nicht nur die Bäuerin verführen; ihm war nicht entgangen, wie jung und hübsch, obwohl im achten Monat schwanger, Alix war und versuchte immer wieder, sie mit seinen großen behaarten Händen heimlich anzufassen, wenn sie ihm in einer dunklen Ecke über den Weg lief.

Eines Morgens wachte Alix in der Küche auf, als der Mann über ihr war, rot und schwitzend, und versuchte ihren Rock hochzuschieben. Die junge Frau war aufgesprungen und hatte dem üblen

Kerl eine Ohrfeige verpasst, der sie daraufhin als Hure beschimpfte.

Unter dem wüsten Geschrei der Bäuerin, die entsetzlich eifersüchtig wurde und sie gemein beschimpfte, und dem verlogenen Gebrüll des brutalen Kerls war Alix zusammen mit Amandine weggelaufen.

Gedankenverloren überließ es Alix dem Tier, das Tempo zu bestimmen, und sie kamen nur langsam voran. Amandine hatte sich offenbar endlich mit der Trennung von ihrer Mutter abgefunden und kannte jeden Weg. Vom Alter her passten die beiden auch gut zusammen; die Bäuerin hatte Alix erzählt, dass das junge Maultier noch keine zehn Monate alt war.

Als es allmählich dunkel wurde, blieb das Muli stehen.

»Jetzt hör aber mal zu, Amandine! Ich weiß schon, dass du das Sagen hast, aber das geht dann doch zu weit! Wir werden bestimmt nicht hier am Straßenrand schlafen und erst recht nicht in dem Gebüsch dahinten. Ich habe noch ein bisschen Geld übrig; davon können wir die Übernachtung in einem Wirtshausstall bezahlen. Geh jetzt bitte noch bis zum nächsten Dorf weiter. Morgen Abend sind wir in Poitiers, und alles wird gut. Ich werde bei Meister Antonin Noailles vorsprechen, weil ich eine Arbeit brauche.«

Aber das Maultier blieb stur, rührte sich nicht vom Fleck und fing an zu schreien.

»Hast du keinen Appetit auf eine schöne Portion Hafer, willst du nicht in einem Stall auf sauberem Stroh schlafen? Ich brauch jetzt jedenfalls ein großes Stück Brot und einen Krug Wasser, und dann möchte ich schlafen – meinetwegen auch neben dir im Stall.«

Amandine hörte auf zu schreien, und Alix entdeckte plötzlich etwas auf dem Boden, das sie in der Dunkelheit nicht richtig erkennen konnte, ihr aber irgendwie unheimlich vorkam.

»Aber das ist ja ein Mann, der da am Straßenrand liegt!«, rief Alix.

»Jetzt verstehe ich, warum du nicht weitergehen wolltest, Amandine.«

Eine innere Stimme warnte sie davor, stehen zu bleiben. Der Mann war möglicherweise tot. Hatte man ihn überfallen, bestohlen und ermordet? Was sollte sie machen, wenn sie feststellte, dass dieser Mann, den sie jetzt doch etwas genauer ansah, nicht mehr atmete? War das ein Verbrecher oder ein wehrloses armes Opfer?

Doch dann machte sie wieder einen Rückzieher, weil ihr einfiel, dass es sich vielleicht um die List eines Räubers handelte. Ohne Gefahr für Leib und Leben konnte sie sich nicht über diesen Mann beugen. Spätestens wenn er ihr Gesicht über sich sah, würde er aufspringen und sie überwältigen, um ihr dann ihr Geld und ihr Maultier abzunehmen, nachdem er sie vergewaltigt hatte. Vielleicht war dieser Körper aber auch der Leichnam eines Räubers, den ein anderer Gauner erstochen hatte. Es gab ja so viele finstere Gesellen, die sich nachts im Wald herumtrieben.

Amandine fing jetzt wieder zu schreien an, und Alix hörte ein Pferd herangaloppieren. Wollte jemand dem Mann zu Hilfe kommen? Banditen hatten keine Pferde, und wenn sie eines gestohlen hatten, verkauften sie es sofort wieder.

Ja, es war ein Pferd. Es kam näher, blieb stehen, neigte den Kopf und stupste den am Boden liegenden Mann.

»Ach so, jetzt verstehe ich, er ist dein Herr!«, rief Alix und war nun doch überzeugt, dass sie dem Mann helfen musste.

Als sie sich über ihn beugte, sah sie, dass sein Umhang ganz zur Seite gerutscht war; nur sein Wams schützte ihn noch vor der Kälte. Der Mann lag rücklings auf dem Boden, und als sie näher kam, sah Alix, dass er noch schwach atmete.

»Ach, mein guter Pardaille«, flüsterte der Mann mit halbgeschlossenen Lidern, »hast du Hilfe geholt.«

»Gehört das Pferd Euch, mein Herr?«

»Ja, das ist Pardaille«, antwortete der Mann so leise, dass sie ihn kaum verstehen konnte.

Die Kleidung des Mannes war zwar nicht hochherrschaftlich, aber doch recht vornehm. Das war ganz bestimmt kein Räuber.

»Ich würde Euch gern helfen, aber könnt Ihr denn aufstehen?«

»Ich bin viel zu schwach. Wo sind wir überhaupt?«

»Es ist nicht mehr weit bis Poitiers. Wo wolltet Ihr denn hin, mein Herr?«, fragte sie und beugte sich wieder über ihn.

»Aber Ihr habt ja Fieber! Ihr müsst so schnell wie möglich verarztet werden. Ist es noch weit bis zu Euch? Oder wollt Ihr vielleicht, dass wir Euch ins nächste Dorf bringen?«

Weil er keine Antwort gab, versuchte sie es weiter:

»Wer seid Ihr denn, mein Herr?«

»Ich bin Graf Charles d'Angoulême und nach einer langen Reise auf dem Heimweg.«

»Der Graf d'Angoulême!«, rief Alix, »aber dann kenne ich Euch ja. Ihr habt uns aus dem Schlamm gerettet, als wir letzten Winter von den Überschwemmungen überrascht wurden. Könnt Ihr Euch noch erinnern? Ich war mit Constance de La Trémoille und Monseigneur Jean de Villiers unterwegs; die beiden wollten nach Amboise, und ich nach Tours.«

»Ja, jetzt erinnere ich mich.«

Er wollte noch etwas sagen, war aber so erschöpft, fiebrig und matt, dass er nicht einmal mehr an die hübsche Constance denken konnte, die er damals verführen wollte. Weil er schon zu viel geredet hatte, bekam er nun einen heftigen Hustenanfall.

»Ich flehe Euch an, lasst mich nicht hier auf der Straße sterben! Ich muss irgendwie auf mein Pferd kommen. Pardaille kennt den Weg zu meinem Schloss, er wird mich hinbringen.«

»Aber so viel Kraft habe ich nicht«, wandte Alix ein, »wie soll ich Euch denn auf Euer Pferd kriegen?«

Irgendwie gelang es Charles d'Angoulême, den Oberkörper ein wenig aufzurichten, und Alix stützte ihn von hinten ab.

»So ist es gut«, sagte sie, »und jetzt müsst Ihr versuchen aufzustehen.«

Der Graf hatte endlich aufgehört zu husten; jetzt hob er ein wenig den Kopf und murmelte mit schwacher Stimme:

»Komm her, Pardaille, und leg dich hin. Ich muss auf deinen Rücken.«

Da knickte das Pferd seine Beine ein und legte sich auf den Boden. Mit Unterstützung von Alix gelang es dem Grafen, sich auf den Pferderücken zu ziehen. Er lag auf dem Bauch, und je ein Arm und ein Bein hingen rechts und links an dem Pferd herunter.

»Bindet mich mit der Pferdeleine fest, sonst rutsche ich zur Seite und falle wieder runter«, stammelte er.

Alix gab sich alle Mühe, schwitzte und schimpfte vor sich hin, und hatte den Grafen dann schließlich irgendwie auf Pardaille festgebunden.

»Wo wolltet Ihr eigentlich hin?«, fragte er sie leise.

»Ich bin auf dem Weg nach Poitiers, wo ich Arbeit suchen will.«

»Bringt mich doch lieber nach Cognac zurück. Meine Frau wird Euch sehr dankbar sein und Euch willkommen heißen. Bestimmt hilft sie Euch, vielleicht könnt Ihr ja sogar auf dem Schloss arbeiten, wenn Ihr wollt.«

Die lange Tirade hatte ihn völlig erschöpft, und er fing wieder an zu husten. Alix wollte ihm antworten, sparte sich das dann aber, als sie sah, dass ihn seine letzten Kräfte verließen.

Auf dem Schloss arbeiten! Hielt sie der Graf d'Angoulême etwa für ein Dienstmädchen? Das wäre ja noch schöner! Aber eine Antwort hätte nichts genützt; der Graf war soeben in eine Ohnmacht gefallen, aus der er erst wieder in Gegenwart seiner Frau aufwachen sollte.

Zum Glück hatte Charles Recht gehabt, und Pardaille kannte wirklich den Weg zum Schloss.

Eine frische Brise war aufgekommen. Der Herbst fegte die Blätter von den Bäumen, und eine blasse und ziemlich matte Sonne ließ noch die letzte Ernte reifen.

Der alte Schlossturm von Cognac zeichnete sich vor dem grauen Morgenhimmel ab. Auf dem ganzen Weg hatte Alix keine einzige Pause eingelegt – ein oder zwei Tage mehr und der arme Graf hätte seine Güter nie wiedergesehen.

Alix war erschöpft, müde und fast ein bisschen traurig, und ihr Zustand verbesserte die Situation auch nicht gerade. Gedankenversunken saß sie auf Amandine, die brav hinter Pardaille herlief, hatte Hunger und Durst und empfand ihren dicken Bauch als zusätzliche Last.

Als sie kurz vor Cognac aus einem leichten Schlaf aufwachte, hatte sie gleich die Schlossmauer entdeckt, und Pardaille führte sie auch genau dorthin, gefolgt von Amandine, die im Gegensatz zu ihrer Herrin noch recht munter wirkte.

Sie ritten um die Schlossmauer herum, und Alix stellte fest, dass die Mauern so verfallen waren, dass an manchen Stellen nur noch ein Haufen unkrautüberwucherter Steine lag.

Sie passierten das Haupttor, aber auf der steinernen Freitreppe war niemand zu sehen. Efeu und andere Kletterpflanzen und Wildblumen im Überfluss krochen über die Stufen, die anscheinend zum Empfangssaal des Schlosses führten.

Als Alix nach oben blickte, sah sie, wie baufällig der alte Schlossturm jetzt aus der Nähe schien. Fast konnte man meinen, es handelte sich hier um ein verlassenes Schloss. Aber bei allem Verfall musste man doch von dort oben eine wunderbare Aussicht auf den Fluss haben, der gemächlich durch die Landschaft floss.

Dann war sie auf einmal von mehreren Leuten umringt, die wild durcheinanderredeten. Drei junge Frauen bedrängten sie, gefolgt von einer alten Dame, die sich auf einen Gehstock stützte, und zwei Mädchen mit einem kleinen Jungen an der Hand. Sie überhäuften Alix mit Fragen, aber sie war so schrecklich müde.

»Großer Gott! Was ist denn nur geschehen?«, rief eine der jungen Frauen und stürzte zu dem Pferd, auf das Charles d'Angoulême gebunden war.

»Was für ein Unglück – jetzt war er so lange weg, und nun kommt er in diesem Zustand nach Hause!«, rief die Alte und schwenkte den Stock, setzte ihn aber gleich wider auf den Boden, um nicht das Gleichgewicht zu verlieren. »Großer Gott! Was ist denn nur geschehen?«

Dazu muss man wissen, dass Charles d'Angoulême eigentlich nur wenige Wochen hatte wegbleiben wollen, dann aber erst nach einem Jahr wieder nach Hause kam, weil er wie jeder Edelmann aus dem Hochadel am Hof von Louis XII. Dienst leisten musste, um seine Finanzen aufzubessern. Dieser Dienst verlangte von den Adeligen des Königreichs, dass sie sich für eine bestimmte, im Voraus festgelegte Zeitspanne in der Nähe des Königs aufhielten. Es fand also ein regelmäßiger Wechsel statt, damit der Monarch zu jedem Zeitpunkt über ausreichend Personal verfügte, was seinen Hofstaat erst großartig, prunkvoll und lebendig machte.

Alix war also von diesen ganzen Frauen umringt und sah sie nur an, ohne ein Wort herauszubekommen.

»Wer seid Ihr?«, fragte sie jetzt die Jüngste, die sehr freundlich und hübsch aussah und keinen ganz so entsetzten Eindruck machte wie die große Dunkelhaarige, die sie zuerst angesprochen hatte. »Und wo kommt Ihr her?«

Die kleine Blonde stand nur da und sagte nichts. Aber Alix wurde jetzt wieder von der alten Dame aufgeschreckt, die so schnell sie konnte hinter den anderen herlief und schimpfte:

»Großer Gott! Worauf wartet Ihr denn noch? Wir müssen einen Doktor kommen lassen. Seht Ihr denn nicht, dass Charles krank ist?«

Während die große dunkelhaarige Frau und die mit den blonden Locken nun mit der alten Dame weggingen, kam Louise zu Alix.

»Wer seid Ihr, Demoiselle?«

»Ich heiße Alix.«

»Und wie kommt es, dass Ihr mit meinem Gatten unterwegs seid, der offenbar hohes Fieber hat?«

»Ich habe den Grafen d'Angoulême von der Straße aufgelesen, wo er halbtot lag, als ich auf dem Weg nach …«

Wohin war sie unterwegs gewesen? Es wollte ihr nicht einfallen. Sie war so schrecklich müde! Sie fuhr sich mit der Hand über die Stirn und schloss einen Moment lang die Augen. Dann öffnete sie sie wieder und sah die beiden kleinen Mädchen, die sich nicht von der Stelle gerührt hatten und hinter Louise standen.

»Es war sehr schwer für mich, ihn auf sein Pferd zu hieven. Er hat gesagt, wenn ich ihn nach Hause bringe, könnte ich vielleicht ein paar Tage bei Euch bleiben.«

»Aber natürlich! Ihr macht auch keinen besonders gesunden Eindruck, habe ich Recht?«

Dann endlich blieb ihr Blick an dem dicken Bauch der jungen Frau hängen, und sie rief erschrocken:

»Aber Ihr seid ja schwanger!«

Alix nickte. »Ja, ich bekomme ein Kind von meinem Jacquou. Es dauert nicht mehr lange, dann kommt er aus Flandern zurück, und wir können endlich zusammen sein.«

Und als sie sah, dass ihr Louise beim Absteigen helfen wollte, sagte sie leise:

»Könnt Ihr bitte meinem Muli eine ordentliche Portion Hafer geben? Den hat sich Amandine wirklich verdient. Es war nicht leicht für sie, die ganze Zeit und ohne eine Pause hinter Pardaille herzulaufen.«

Dann ließ sie sich bereitwillig ins Schloss führen. Wenige Minuten später merkte sie nur noch, dass man sie in ein warmes, weiches Bett gelegt hatte, und schlief sofort tief und fest ein.

Sie wachte erst wieder auf, als früh am nächsten Tag die Glocke der kleinen Kapelle, in der Antoinettes Tochter Madeleine bereits ihr Morgengebet verrichtete, läutete. Louise saß an ihrem Bett.

»Wie geht es dem Grafen?«, wollte sie wissen und rieb sich schlaftrunken die Augen.

»Der Doktor, seine Mutter und Antoinette sind bei ihm.«

»Antoinette! Ist sie die Gräfin d'Angoulême?«

Dann fiel ihr plötzlich ein, dass Louise am Vorabend von »meinem Gatten« gesprochen hatte.

»Nein, das bin ich«, erklärte sie und fragte sich, warum wohl diese junge Frau Charles vor dem sicheren Tod gerettet haben mochte, als sie ihn von der Straße auflas.

»Oh! Ihr seid also seine Frau! Warum seid Ihr dann nicht bei ihm?«

»Weil sich seine Mutter und Antoinette besser um ihn kümmern können.«

»Aha«, sagte Alix nur überrascht.

»Nachdem Ihr vermutlich eine Weile bei uns bleiben werdet, wie mein Mann vorgeschlagen hat«, fuhr Louise fort und lächelte Alix an, »solltet Ihr vielleicht wissen, kleine Alix, dass Antoinette und Jeanne die Konkubinen des Grafen d'Angoulême sind.«

»Oh!«, machte Alix und riss die Augen erstaunt auf.

»Jetzt seid Ihr bestimmt entsetzt?«

»Nein, ich würde nur nicht wollen ... Ich könnte es nicht ertragen ...«

»Ihr könntet es nicht ertragen, dass Euch irgendetwas von Eurem

Gatten trennt, und da habt Ihr natürlich tausendmal Recht. Aber dieser natürliche Wunsch ist von der Liebe bestimmt.«

Jetzt nickte Alix. Damit war sie voll und ganz einverstanden.

»Bei mir ist es aber nun einmal so, dass meine Kinder Vorrang vor Charles haben.«

»Ihr habt Kinder?«

»Ja, eine Tochter, sie heißt Marguerite, und François, einen Sohn. Er wird einmal König von Frankreich.«

König von Frankreich! Was redete diese Frau da? Er sollte einmal König von Frankreich werden und lebte auf einem alten Schloss, das ein bisschen wie eine Ruine aussah. Alix kam aus dem Staunen nicht mehr heraus und fragte sich, ob diese offenbar vornehme Frau vielleicht nicht ganz bei Sinnen war. Dabei wirkte sie aber sehr selbstsicher und fuhr jetzt mit gelassener Miene fort:

»Die Konkubinen meines Mannes haben ebenfalls Kinder, und ich wollte, dass sie mit meinen zusammen aufwachsen, was auch dem Wunsch von Charles entsprach. Das ist die ganze Geschichte in wenigen Worten. Außerdem empfinde ich sehr viel für meinen Gatten. Ich respektiere ihn, und ich kenne meine Pflichten als Ehefrau, aber ich bin nicht in ihn verliebt.«

Alix war jetzt nicht mehr ganz so verwundert. Natürlich konnte man nicht einen Mann lieben, der mehrere Frauen hatte, und der Graf d'Angoulême erschien ihr auf einmal reichlich verantwortungslos und leichtfertig. Sie musste plötzlich daran denken, wie verliebt Constance diesen Charles angeschaut hat, der sie sichtlich verführen wollte. Wie viele Frauen mochte er wohl beehrt haben?

Louise kam zu ihr und nahm liebevoll ihre Hand.

»Reden wir doch lieber von Euch? Was wollt Ihr denn machen, wenn Ihr Euer Kind zur Welt gebracht habt?«

»Ich will nach Poitiers, weil ich dort bei dem Webermeister Antonin Noailles arbeiten soll.«

Sie zögerte kurz und schüttelte dann den Kopf.

»Ich will dann aber auf jeden Fall zurück nach Tours. Jacquou kommt bald wieder. Er ist jetzt noch in Flandern, weil er dort seine Prüfung zum Webermeister ablegen muss.«

»Weiß er denn, dass Ihr ein Kind erwartet?«

»Nein«, sagte Alix und fuhr dann nach kurzem Abwägen fort.

»Es ist nämlich so, dass sein Vater mich nicht will, aber Jacquou wird Webermeister, und dann kommen wir auch ohne ihn zurecht. Wir werden so leben, wie wir es wollen.«

»Weber ist ein schöner Beruf«, meinte Louise und sah Alix nachdenklich an.

»Und ich werde auch Weberin.«

»Das ist schon seltsam, Alix, stellt Euch vor, ich habe nämlich ein ganz besonderes Verhältnis zu jungen Weberinnen! Soll ich Euch erzählen, warum?«

Als Alix zustimmend nickte, begann sie die Geschichte:

»Als ich noch ein kleines Waisenmädchen war, das man gerade mit dem Grafen d'Angoulême verheiraten wollte, habe ich bei Anne de Beaujeu, der französischen Regentin, gelebt, die für meine Erziehung aufkam. Eines Tages hatte ich eine seltsame Begegnung, als ich im Park von Schloss Bourges spazieren ging, von dem es hieß, dass die Regentin dort in dem Hauptturm eine junge Frau gefangen hielt. Sie war wohl die Tochter eines Webers, der mit Louis d'Orléans, der mittlerweile König von Frankreich geworden war, am ›Verrückten Krieg‹ teilgenommen hatte. Anne de Beaujeu hatte ihrer Gefangenen gestattet, hin und wieder in die Schlossgärten zu gehen, wo ich sie eines Tages traf, als ihr Wächter krank war und nicht wie sonst auf sie aufpassen konnte. Als sie mir erzählte, dass sie in dem Turm gefangen gehalten wurde und eine Tochter in meinem Alter hatte, tat sie mir sehr leid, und ich wollte ihr helfen. Deshalb habe ich ihr dann verraten, dass es ganz hinten im Park einen Geheimausgang gab, den man aber nicht sehen konnte, weil er ganz von Ästen und Efeu zugewachsen war. Ich wollte, dass diese Frau fliehen konnte, um ihre Tochter wiederzufinden. Sie hieß übrigens Léonore.«

»Léonore!«, wiederholte Alix leise, »wie Jacquous Mutter.«

»Und diese Léonore«, sagte Louise, die die Bemerkung nicht richtig gehört hatte, »war die Tochter eines großen Webers aus Brügge, Meister Thomassaint Cassex. Soweit ich weiß, hat sie sich nach ihrer Flucht auf den Weg nach Flandern gemacht und ist zu ihrem Vater zurückgekehrt. Später soll sie dann auch Teppichweberin geworden sein.«

Alix wirkte sehr betroffen.

»Das ist Jacquous Mutter, da bin ich mir ganz sicher. Es ist Jacquous Mutter«, murmelte sie vor sich hin und bat Louise mit einem Blick, ihr mehr davon zu erzählen.

Louise war jetzt auch überrascht, zu welchem Rückschluss ihre Geschichte geführt hatte, und fragte aufmerksamer nach.

»Was macht Euch denn da so sicher?«

»Monseigneur Jean de Villiers hat mir erzählt, dass Jacquous Mutter irgendwie in den ›Verrückten Krieg‹ verwickelt war. Es gibt ja wohl kaum zwei Léonores, auf die das zutrifft. Das kann nur sie sein.«

»War Monseigneur de Villiers damals nicht Mönch in Saint-Grégoire-de-Tours?«

»Doch, aber jetzt ist er im Vatikan.«

»Dann ist er also der Prälat, den man damals zusammen mit sechs Mönchen wegen Rebellion verurteilt hatte. Ich war da noch sehr jung, aber die Geschichte von den sechs Mönchen, die man hängen ließ, weil sie gegen die Regentin rebelliert hatten, hat mich tief getroffen. Ich habe Anne de Beaujeu nie gemocht, sie war hart und unnachsichtig mit mir. Ich glaube, sie hat mich gehasst, weil ich von

Natur aus fleißig und tausendmal klüger als ihre eigene, ziemlich dumme und alberne Tochter, Suzanne, war.«

Louise schwieg und dachte nach, dann sagte sie:

»Ich glaube, Ihr habt Recht. Die Frau, von der ich Euch erzählt habe und der ich einen geheimen Fluchtweg aus dem Gefängnisturm von Bourges gezeigt habe, war bestimmt die Weberin, für die Ihr sie haltet.«

»Was für ein seltsamer Zufall«, sagte Alix nur.

Seit Charles wieder zu Hause war, ging es ihm von Tag zu Tag schlechter; mal klapperte er vor lauter Schüttelfrost mit den Zähnen, dann war seine Stirn wieder glutheiß.

Marguerite de Rohan machte sich große Sorgen um ihren Sohn und ließ ihn keinen Augenblick allein. Unterstützt von Louise oder Antoinette weigerte sich die alte Frau hartnäckig, sich auszuruhen oder Nahrung zu sich zu nehmen.

Derweil irrte Charles d'Angoulême vor Fieber keuchend und mit leerem Blick durch das Labyrinth seiner Bewusstlosigkeit, die niemanden mehr an eine vorübergehende Erkrankung glauben ließ. Wenn er ins Delirium fiel, wurde sein Gesicht wachsweiß, er schloss den Mund und presste seine Lippen so fest zusammen, dass sie nicht einmal mehr einen Tropfen von dem Wasser durchließen, das man ihm einflößen wollte.

Ganz kurz schien er manchmal plötzlich wie aus einem Albtraum aufzutauchen und murmelte wirres Zeug, wobei er immer wieder die Namen von seinem Cousin Louis und seinem Sohn François aussprach, ehe er erneut in ein tiefes Koma versank.

»Es ist schrecklich«, wiederholte die alte Gräfin de Rohan ein ums andere Mal und stampfte dazu mit ihrem Gehstock auf den Boden, »sein Pferd Pardaille ist heil und gesund zurückgekommen, aber mein Sohn steht auf der Schwelle zum Tod.«

Doch diese Zornesausbrüche hielten auch nicht lange an, denn je mehr Charles' Kräfte nachließen und je mehr er ohne Bewusstsein war, umso weniger wurde die alte Marguerite. Ohnehin schon klein und zierlich, war sie bald nur noch ein zusammengeschrumpfter kleiner Zwerg, der darauf wartete, dass ihr armer Sohn – und vermutlich auch sie selbst – erlöst wurde.

Louise hatte ihre Kinder seit drei Tagen kaum noch gesehen. Seit sie wusste, dass ihr Mann sterben würde, wachte sie gemeinsam mit ihrer Schwiegermutter und Antoinette ausdauernd und sehr aufmerksam bei ihm. Die blonde Jeanne schaute nur immer wieder einmal kurz vorbei, um ihren guten Willen zu zeigen. Dabei verschwand sie immer rechtzeitig wieder, ehe sie Fragen hätte stellen können, die in dieser Situation vielleicht unangebracht gewesen wären. Die Tränen, die ihr in die Augen stiegen, wischte sie verstohlen weg, und bat dann bald darum unter dem Vorwand, den Kranken nicht zu sehr anstrengen zu wollen, sich wieder entfernen zu dürfen.

In diesen sorgenvollen Momenten, in denen die Stille schwer auf ihnen lastete, spürte Louise, dass Antoinette gern allein bei Charles geblieben wäre, der schon so viele Jahre ihr Geliebter war.

Zweifellos war sie es, die ihn von den drei Frauen noch am meisten liebte. Seit zwanzig Jahren teilte sie sein Leben, sein Bett, seine Freuden und seine Sorgen und hatte mehr mit ihm erlebt als Louise und Jeanne zusammen.

Aber wie hätte man diesen Herzenswunsch der alten Gräfin erklären sollen, die klagend und hoffnungslos den letzten Atemzug ihres Sohnes erwartete? Wie hätte man sie auffordern sollen, das Zimmer von Charles zu verlassen, ohne sie noch mehr zu verwirren? Ihr begreiflich machen sollen, dass Antoinette sich danach sehnte, noch einmal ihre frischen Lippen auf den ausgetrockneten Mund ihres Geliebten zu drücken.

Als Louise das Zimmer betrat, in dem Dame Andrée damit beschäftigt war, die an diesem Abend außergewöhnlich unruhigen Kinder zum Schlafen zu bringen, traf sie dort auf Antoinette.

»Unsere Mutter ist gerade eingeschlafen«, sagte sie zu ihr und beugte sich zu ihren Kindern, um ihnen einen Gutenachtkuss zu geben. »Ich habe ihr eine starke Dosis Eukalyptus verabreicht; damit müsste sie eigentlich ein paar Stunden schlafen. Wollt Ihr nicht vielleicht allein zu Charles gehen? Ich merke doch, wie sehr Ihr Euch das wünscht.«

Antoinette sah sie müde an. Weil sie in den vergangenen Tagen kaum geschlafen hatte, hatte sie dicke Ringe unter den Augen, und ihre Wangen waren eingefallen von dem bisschen Essen, das sie zu sich nahm – man sah ihr den Kummer förmlich an, der an ihr nagte und sie vorzeitig altern ließ.

»Ich danke Euch, Louise! Ihr seid sehr gut zu mir, ich bin ganz gerührt.«

Louise nahm Antoinettes Hände, die sich wie tot anfühlten.

»Ich weiß, wie sehr Ihr an ihm hängt, meine liebe Freundin, viel mehr als ich. Eigentlich hätte er Euch heiraten müssen. Und ich sollte irgendwo anders sein, vielleicht bei einem anderen Mann.«

»Ihr seid ja noch jung, Louise. Eines Tages werdet Ihr diesem anderen Mann begegnen.«

Louise antwortete nicht und gab Antoinette einen sanften Schubs.

»Macht schon, geht jetzt, die Gräfin hat so einen leichten Schlaf, dass sie auch trotz des Schlaftrunks jederzeit aufwachen kann. Und sagt Eurem alten Geliebten, der immerhin auch mein Gatte ist, alles Liebe, was Ihr für ihn empfindet. Ich bin überzeugt, er kann Euch hören.«

Aus Angoulême hatte man zwei Doktoren kommen lassen, die sich beide im Schloss eingerichtet hatten. Ihre widersprüchlichen Diagnosen irritierten die vier Frauen, die daraufhin einen dritten Arzt hinzuzogen. Aber selbst wenn es zehn oder zwölf gewesen wären – der Zustand des Kranken verschlechterte sich immer mehr. Die Ärzte sahen sich nur sorgenvoll an und konnten auch nichts anderes tun, als traurig den Kopf zu schütteln. Gegen diesen Zustand waren sie vollkommen machtlos.

Der Kranke nahm schon lange nur noch Flüssigkeit zu sich, und die musste man ihm einflößen, was Antoinette nur mit größter Mühe gelang. Wenn er dann aber wieder sein Gesicht verzog und die Zähne wie im Krampf zusammenbiss, waren ihre Anstrengungen ganz umsonst, und die Flüssigkeit lief dem Sterbenden das Kinn hinunter.

Machtlos wie sie waren, konnten die Ärzte nur feststellen, dass das Ende unmittelbar bevorstand, und der Priester, der auch schon seit einigen Tagen bei dem Kranken wachte, hatte ihm die Letzte Ölung gegeben und betete um die Rettung der Seele des Verstorbenen.

Als dann ein neuer ungewisser Morgen für Louise und ihre Familie anbrach und durch die Fenster des alten Schlosses schimmerte, tat Graf Charles d'Angoulême seinen letzten Atemzug.

12

Kaum war der Graf d'Angoulême gestorben, als sich Alix auf einmal auch sehr krank und schwach fühlte. Die langen, anstrengenden Wanderungen, die sie auch schon ohne Amandine unternommen hatte, waren ihrer Gesundheit bestimmt nicht zuträglich gewesen, die nicht zuletzt wegen ihrer Schwangerschaft sehr angegriffen war.

Weil man aber damals äußerst wenig über die Ursachen von Krankheit und Seuchen wusste, befürchtete man nun im Schloss, dass der Graf d'Angoulême seine rätselhafte Krankheit auf Alix übertragen haben könnte.

Hatte sie sich etwa mit diesem tödlichen Virus angesteckt, der Charles dahingerafft hatte? Musste sie jetzt auch sterben, wo sie doch so sehr auf Jacquous Rückkehr wartete?

Nach einer Besprechung, die einen ganzen Abend dauerte, beschlossen die drei Frauen, Alix in einem Nebengebäude zu isolieren, getrennt von den Kindern und Dienstboten für den Fall, dass sie eine ansteckende Krankheit hatte.

Nur Louise, die am wenigsten Angst vor einer Ansteckung hatte und der Meinung war, dass Alix einfach von ihrer Schwangerschaft erschöpft und depressiv war, machte ihr jeden Tag einen Besuch, während das Begräbnis von Charles vorbereitet wurde.

Als sie ihr eines Morgens einen Heiltrank bringen wollte, damit sie wieder etwas zu Kräften kam, hatte Alix hohes Fieber.

Während sie an ihrem Bett wachte, führte Alix wirre Selbstgespräche. So erfuhr Louise zu ihrer großen Verwunderung, dass ihr junger Schützling offenbar schon mit Jacquou verheiratet war, dessen Name in dem Fieberwahn ständig fiel.

Als Alix dann zu sich kam, sagte sie erst einmal nichts dazu. Sie schien sie aber nicht mehr zu erkennen, und so wagte Louise es nicht anzusprechen, was sie verstanden zu haben glaubte. Noch am selben Abend verschlechterte sich Alix' Zustand, und Louise beschloss, einen der Ärzte zu rufen, die ihren Gatten behandelt hatten. Manchmal tauchte Alix aus ihrem Delirium auf und hatte wache Momente; einen davon nutzte Louise, um das schwierige Thema anzusprechen.

»Habt keine Angst, Alix. Ich lasse einen Doktor aus Angoulême kommen. Aber vorher müsst Ihr mir die Wahrheit sagen.«

»Welche Wahrheit, Louise?«

»Im Fieberwahn habt Ihr so einiges erzählt.«

»Was habe ich denn ausgeplaudert?«, fragte Alix, die schrecklich blass war.

Louise sah sie mitleidig an und nahm sich fest vor, nicht aufzugeben, ehe sie mehr erfahren hatte.

»Bitte versucht doch, meine Bedenken zu verstehen, Alix. Ich muss das wissen, für den Fall, dass Euch ein Unglück geschieht und das Kind ohne Mutter sein sollte. Ich weiß, dass Jacquou der Vater ist, aber wie genau steht Ihr zu ihm? Seid Ihr verheiratet?«

Alix bekam einen panischen Schrecken und brach in Tränen aus. Kalter Schweiß lief ihr über die Stirn, nach kurzer Zeit war ihr ganzer Körper schweißgebadet. Ihre Hände zitterten, das Herz schlug ihr bis zum Hals, und ein heftiger Fieberanfall machte alles noch schlimmer.

Louise nahm ihre Hand, woraufhin sie sich sofort ein wenig beruhigte.

»Macht Euch keine Sorgen. Im Gegensatz zu den anderen weiß ich, dass Eure Krankheit nicht ansteckend ist. Deshalb besuche und pflege ich Euch auch.«

»Ich weiß nicht, wie ich Euch das jemals danken soll, Louise«, murmelte Alix mit Tränen in den Augen. »Es macht mich nur so verzweifelt, dass ich so krank bin.«

»Deshalb müsst Ihr mir jetzt alles sagen. Ich muss die Wahrheit wissen. Das bleibt aber unter uns – ich schwöre es Euch beim Haupt meines Sohnes François, der einmal König von Frankreich wird.«

Alix nickte. Mittlerweile kannte sie die Geschichte des kleinen François, des mutmaßlichen Thronerbens. Sie wusste, dass François d'Angoulême, falls Königin Anne dem König keinen Sohn schenken sollte, nach dem Tod seines Vaters Charles an zweiter Stelle in der Thronfolge stand, seit Louis d'Orléans als König von Frankreich den Thron bestiegen hatte.

Alix hatte sich mit diesen ganzen Thronfolgegeschichten vertraut gemacht, und sie wog die einzelnen Möglichkeiten gegeneinander ab, als wäre sie selbst in die Thronfolge verwickelt.

Wenn Louise beim Haupte ihres Sohnes schwor, konnte sie ihr wirklich vertrauen. Sie sah sie mit ihren fiebrig glänzenden Augen an, legte die Hand auf ihren Bauch, seufzte und begann mit leiser Stimme:

»Der Vater von Jacquou ist Pierre de Coëtivy.«

»Coëtivy, der große Weber!«

»Ja, genau der. Er hat Jacquou mit der Frau gezeugt, von der Ihr mir erzählt habt und die Ihr aus dem Turm von Schloss Bourges gerettet habt, als Ihr noch ein kleines Mädchen wart.«

»Léonore!«

»Ja, die Tochter des Webermeisters aus Brügge.«

»Großer Gott! Das hätte ich mir eigentlich denken können, als wir von ihr gesprochen haben.«

»Meister Coëtivy ist nun aber leider strikt gegen unsere Verbindung.«

»Und warum, was hat er dagegen?«

»Vermutlich will er seinen Sohn, den er übrigens nie anerkannt hat, mit einer reichen Kaufmannstochter verheiraten. Er hasst mich, was ich ihm, so gut ich kann, zurückzahle.«

Alix seufzte wieder und schwieg. Louise befühlte ihre Stirn, die noch immer schweißnass war.

»Ihr seid ganz erschöpft. Wollt Ihr lieber später weitererzählen?«

»Nein! Ich muss Euch jetzt alles sagen, weil ich Euch auf Gedeih und Verderb ausgeliefert bin, so wie Euer Mann mir, als ich ihn halbtot auf der Straße aufgelesen habe.«

Sie versuchte sich aufzusetzen, aber ihr Kopf war zu schwer. Also stützte sie sich nur ein wenig auf die Arme und fuhr fort:

»In gewisser Weise stand ich in der Schuld des Grafen, deshalb musste ich ihm einfach helfen. Ich habe Euch doch erzählt, dass er mich, meine Freundin Constance und Monseigneur Jean de Villiers, mit denen ich damals unterwegs war, einmal aus einem Unwetter gerettet hatte.«

Louise nickte, und Alix erzählte weiter.

»Unsere Kutsche war vor nicht allzu langer Zeit bei den starken Überschwemmungen umgestürzt, und wir waren in einer ziemlich aussichtslosen Lage. Ich weiß nicht, was aus uns geworden wäre, hätte uns Euer Gatte damals nicht geholfen?«

Bei dem Gedanken an Charles, wie er zwei hübschen jungen Mädchen zu Hilfe eilte, die auf winterlichen Straßen verunglückt waren, musste Louise unwillkürlich lächeln. Natürlich hatte er ihnen nicht die Hilfe verweigern können.

»Ich hatte mich also mit der Tochter von Isabelle de La Trémoille auf den Weg gemacht, um am Hof von Königin Anne zu dienen. Isabelle ist nämlich die Halbschwester von Jacquou, und Constance ist ihre Tochter. Außerdem hatte ich damals auch ihren Onkel kennen gelernt, Monseigneur Jean de Villiers.«

»Aber ja! Jetzt fügt sich alles zu einem Bild, und ich verstehe Eure Geschichte. Dann hat Euch also Kardinal Jean de Villiers verheiratet?«

»Ja. Mit einem Sonderdispens, der Pierre de Coëtivy die Vormundschaft abspricht, weil er seinen Sohn nie anerkannt hat.«

Als hätte sie dieses Geständnis um eine schwere Last erleichtert, konnte sie sich endlich etwas aufsetzen. Dann fuhr sie wie befreit fort.

»Ich selbst bin ein Waisenkind, für das niemand die Verantwortung übernehmen wollte. Weil ich aber noch so jung bin, musste ich beweisen, dass ich kein Kind mehr bin und …«

»Warum? Wie alt seid Ihr denn?«

»Vierzehn.«

»Du lieber Gott! Ich habe Euch für siebzehn oder achtzehn gehalten!«

Louise musste lachen.

»Eure Geschichte erinnert mich sehr an meine, Alix. Ich war erst elf, als mich die Regentin Anne de Beaujeu mit Charles d'Angoulême verheiratet hat. Und ich habe drei Jahre gebraucht, bis ich die Liebe verstanden habe – drei Jahre, weil ich nämlich erst dann zur Frau geworden bin. Und glaubt bloß nicht, mein Mann hätte sich in dieser Wartezeit gelangweilt! Er hat sich inzwischen großartig mit Antoinette und Jeanne amüsiert, die ihn in jeder Hinsicht verwöhnt haben.«

Ein wenig verbittert zuckte sie die Schultern.

»Wie Ihr seht, Alix, ist meine Geschichte am Ende einfacher als Eure. Die wichtigsten Augenblicke in meinem Leben waren die Geburten meiner Kinder.«

Dann schwieg sie, weil es an der Tür klopfte – der Arzt war eingetroffen.

»Jetzt müsst Ihr aber wirklich zusehen, dass Ihr wieder gesund werdet. So schwach wie Ihr seid, könnt Ihr kein Kind zur Welt bringen.«

Der Tod von Charles war Antoinette sehr auf ihr Gemüt geschlagen. Sie, die so viele Jahre eifrig und entschlossen und voller Tatendrang gewesen war, interessierte sich auf einmal für nichts mehr und wollte auch nicht weiter für die Hausverwaltung im Schloss zuständig sein. Das Einzige, worum sie sich noch kümmerte, war die Vorbereitung von Charles' Begräbnis.

Traurig und erschöpft wiederholte sie nur immer wieder, dass sie nur noch ihren wohlverdienten Ruhestand im Sinn hätte und dass die Schlossherrin in Zukunft auf ihre Dienste verzichten müsse. Sie sprach sogar davon, sich in ein Kloster in der Gegend zurückzuziehen.

»Liebe Antoinette«, begann Louise und überlegte jedes Wort, um ihre Freundin nicht zu verärgern, »Charles ist zwar tot, aber seine alte Mutter ist noch unter uns. Könnt Ihr der Gräfin nicht vielleicht ihre letzten Tage ein wenig versüßen, indem Ihr Euch die schönen Begebenheiten in Erinnerung ruft, die Ihr gemeinsam erlebt habt?«

»Ich habe keine Lust mehr.«

»Oh doch! Alles wird wieder wie zuvor. Die Jahre gehen ins Land, und Eure Töchter werden groß. Jetzt hat vieles nur eine andere Bedeutung, Ihr ordnet es neu.«

Sie merkte, dass sie Antoinettes schwachen Punkt getroffen hatte, als sie von ihren Töchtern sprach.

»Jehanne ist am Hof in Amboise, wo es ihr sehr gut gefällt, wie Ihr wisst«, fuhr sie fort. »Bald wird sie die Königin verheiraten. Und da wollt Ihr Euch irgendwo einsperren und nur noch ein Schatten Eurer selbst sein?«

Antoinette seufzte nur, aber Louise entdeckte in ihren Augen einen winzigen Schimmer, den sie anfachen wollte.

»Und denkt nur einmal an Madeleine! Glaubt Ihr denn, dass ich jetzt, nach Charles' Tod, in der Lage bin, mich ganz allein um die überaus schwierige Aufgabe zu kümmern, sie irgendwo als Nonne unterzubringen? Dabei weiß sie noch nicht einmal, welchem Orden sie beitreten will!«

»Das stimmt leider«, sagte Antoinette mit Bedauern in der Stimme.

»Ihr seht also, dass Ihr Euch unbedingt noch um Eure Töchter kümmern müsst. Vergesst nicht, dass sie auch die Kinder von Charles sind, Antoinette, und dass Ihr sie nicht einfach im Stich lassen und Euch in irgendeinem Konvent vergraben könnt.«

»Ach was! Ihr seid doch genauso verzweifelt wie ich, meine liebe Louise.«

»Das ist keine Ausrede. Es dauert nicht mehr lange, und dann sind wir ganz in der Nähe des Königs von Frankreich; ich weiß nämlich mittlerweile, dass er keinen Sohn bekommen wird.«

»Wie könnt Ihr Euch da so sicher sein?«

Louise brach in Gelächter aus.

»Ach, das ist mein Geheimnis, meine liebe Antoinette, und das werdet Ihr nie erfahren. Zerstreut Euch jetzt ein wenig, geht im Park spazieren; diese Jahreszeit färbt unsere Bäume so schön bunt, und sie leuchten so herrlich in der Wintersonne. Unsere Bäume, Antoinette, der einzige prächtige Schmuck unserer Güter! Wollt Ihr etwa auch die Bäume im Stich lassen? Immerhin wart Ihr es, die mich auf den Geschmack langer Spaziergänge durch die Landschaft hier gebracht hat, die ich damals noch nicht kannte.«

Sie nahm ihre Hand und drückte sie zärtlich.

»Später macht Ihr dann ein bisschen Musik oder stickt etwas zusammen mit Souveraine, wenn Ihr nicht in der Stimmung seid, zu Madeleine in die Kapelle zu gehen und mit ihr zu beten.«

Jetzt lächelte Antoinette schüchtern und sah nicht mehr ganz so abweisend und gleichgültig aus. Louise merkte, dass sie ein wenig heiterer war und nutzte die Gelegenheit.

»Außerdem ist da ja noch Marguerite, die Souveraine über alles liebt, und Souveraine, die ganz verrückt nach François ist. Was sollten sie denn tun, wenn sie auf einmal nicht mehr zusammen wären? Wir sind eine große Familie, Antoinette, und wir müssen zusammenhalten, um uns besser auf den Tag vorzubereiten, an dem wir den Hofstaat übernehmen müssen.«

Aber Antoinette zuckte nur müde und gelangweilt die Schultern, obwohl ihr die gut gemeinten Ratschläge von Louise mit einem Mal sehr klug vorkamen.

»Ich habe eine Idee! Macht doch einen Besuch bei der kleinen Alix«, schlug Louise jetzt vor. »Seit wir sie aus Angst vor Ansteckung aus dem Schloss verbannt haben, ist sie sehr einsam. Nur ich besuche sie regelmäßig. Aber wir wissen ja jetzt alle, dass sie nicht ansteckend, sondern nur geschwächt, ein wenig fiebrig und besorgt ist. Seht doch nach ihr, sie freut sich bestimmt sehr über Euren Besuch.«

»Ich glaube gern, dass sie sich wie ein braves Mädchen benimmt, Louise.«

Louise musste lächeln. »Darf ich Euch daran erinnern, dass sie schwanger und kein kleines Mädchen mehr ist.«

»Aber sie erst vierzehn! So alt wie Madeleine, also noch sehr jung.«

»Deswegen mache ich mir ja auch solche Sorgen um sie. Es kommt mir vor, als hätte sie sich aufgegeben. Ich fürchte, unter diesen Umständen wird die Entbindung sehr schwierig. Sie ist in keiner guten Verfassung – ganz im Gegenteil. Ich bitte Euch, Antoinette, macht ihr einen Besuch.«

»Aber ich kenne sie ja eigentlich gar nicht, Louise.«

»Ich muss doch bitten, Antoinette! Ohne sie hättet Ihr Euren Gatten nicht lebend wieder gesehen und müsstet jetzt vor seinem Sarg weinen, ohne Euch in Frieden von ihm verabschiedet zu haben. Muss ich Euch wirklich daran erinnern?«

Louise sah sich nun also gezwungen, die verschiedenen Verpflichtungen des Grafen d'Angoulême zu übernehmen, verbunden mit einer ganz neuen Verantwortung, an die sie nicht gewöhnt war und die ihr große Schwierigkeiten bereitete, weil ihr Charles außerdem auch nur ein sehr mageres Erbe hinterlassen hatte.

Zur Beerdigung kamen Freunde und Verwandte, die Louise noch nie gesehen hatte, und sie hörte viele Namen, die sie zwar kannte, denen sie bis dahin aber kein Gesicht hätte zuordnen können.

Die Polignac waren da und drückten sich ganz vorn um den Katafalk von Charles. Antoinette vertraute Louise voll und ganz, aber ihr Onkel Armand de Polignac befürchtete sehr, er müsse vielleicht eine Vormundschaft übernehmen, was ihm gar nicht recht gewesen wäre, nicht zuletzt weil diese Mädchen stattlich bedacht werden mussten.

Die junge Gräfin d'Angoulême wünschte sich das zwar nicht und forderte es auch erst recht nicht ein, aber Charles hatte Antoinettes und Jeannes Kinder testamentarisch ihrer Obhut anvertraut. Das wusste Onkel de Polignac wohl, genauso wie ihm bekannt war, dass Louise mit ihren erst neunzehn Jahren minderjährig war und dass deshalb auch sie um die Einsetzung eines Vormunds bat.

Weil er ein leiblicher Cousin war, wozu er auch stand, erhielt Louis d'Orléans die Vormundschaft. Man kann sich vorstellen, wie sich der gute Onkel Polignac mit dieser prekären Geschichte herumgequält hatte.

Und Jeanne, die schöne Bürgerliche, die Charles eines Tages irgendwo über den Weg gelaufen war, ohne von im Namen und mit einer ziemlich obskuren Abstammung – sie konnte nur auf Louise vertrauen, was die Zukunft ihrer Tochter betraf, die noch viel zu jung war, als dass man sie hätte verheiraten können.

Weil an diesem Tag die Kathedrale d'Angoulême vollbesetzt war mit vornehmen Herrschaften, die sich mit trauriger Miene in den Bänken drängten, hielt es auch der gute Bischof von Angoulême für angebracht, eine äußerst theatralische Klage anzustimmen.

Seit dem Abgang von Bischof de Montbron, einem Prälaten, der Charles und Louise getraut hatte, hatte der Graf d'Angoulême den Bischofssitz einem entfernten Verwandten übergeben, Octavien de Saint-Gelais, einem unermüdlichen Poeten, der unerbittlich die Verse seiner Elegien zu rezitieren pflegte.

Immer wieder trocknete der gute Octavien seine Tränen mit einem feinen weißen Batisttaschentuch, als er das Grab des Grafen Jean d'Angoulême öffnen musste, um den Leichnam des Sohnes an seiner Seite zu bestatten.

Jeder wartete darauf, dorthin gehen zu dürfen, um eine verstohlene Träne zu vergießen, aber obwohl Bischof Octavien herzzerreißend weinte, wollte er es sich doch nicht nehmen lassen, an die achthundert Verse seiner Dichtkunst vorzutragen.

In der Kirche war es bald eiskalt, und vom Chor der Kathedrale bis an die äußersten Enden des Mittelgangs, vom Sanktuarium bis hin zu den Querschiffen, hörte man das leise Scharren von Füßen, unterdrücktes Husten und dieses unruhige Herumgerutsche, bei dem man sich umdreht, um nach einem bekannten Gesicht zu sehen. Und diese ganze Unruhe rührte von den endlosen Gedichten her, die Octavien de Saint-Gelais rezitierte.

Nachdem die Feier mit Gesängen beendet worden war, die der talentierte Imbert Chandelier an der Orgel begleitet hatte, begab sich die Trauergesellschaft nach Paris, um das Herz des verstorbenen Grafen d'Angoulême in der Cölestinerkapelle, die den Valois vorbehalten war, zu begraben.

Louise kannte die Hauptstadt nicht und fand dort einen tristen, lichtlosen und engen Himmel vor. Alles war fremd, und an den Bildern und Gerüchen spürte man nicht einmal, welche Jahreszeit war, obwohl ihr dieses Gefühl so wichtig war.

Um diese Zeit verströmten die harte, trockene Erde um ihr altes Schloss herum, die Bäume, die ihr letztes Grün verloren, und die staubigen, steinigen Wege einen so besonderen Duft, dass man gar nicht anders konnte, als im Einklang mit der Natur zu leben.

»Mir scheint, Ihr seid sehr einsam«, flüsterte da plötzlich jemand neben ihr in der mittlerweile menschenleeren Kapelle.

Louise wandte sich um und erblickte erstaunt einen jungen Mann, der sie mit einem verhaltenen Lächeln ansah, das nur darauf wartete, sich auf seinen schönen Lippen zeigen zu dürfen.

Da Louise nicht verärgert wirkte, sondern eher erfreut über seine einfühlsamen Worte, fasste er sich ein Herz und sagte:

»Es muss sehr traurig sein, wenn man so jung Witwe wird?«

So überrumpelt wagte Louise nicht zu antworten, wie es einer trauernden Witwe angestanden hätte. Sie seufzte nur und meinte:

»Es wäre noch viel trauriger, wenn ich meine Kinder nicht hätte.«

Jetzt erhob sich der große junge Mann, und das Lächeln, das er bis eben noch aus Schicklichkeitsgründen unterdrückt hatte, erstrahlte endlich in seinem schönen Gesicht.

Noch nie hatte Louise einen derart verführerischen jungen Herrn gesehen. Seinem vornehmen Aussehen und Benehmen nach zu urteilen, stammte er bestimmt von einem Hof, an dem noch die alten strengen Regeln des Ritterstandes galten. Vielleicht aus Blois, wo ihr Cousin Louis d'Orléans lebte, der als vornehmer Herr mit aufwändigem Lebensstil und Raritätensammler galt. Oder er kam aus Amboise, wo Königin Anne angeblich die angenehmste Gesellschaft um sich versammelte.

»Ich kenne Euch, Gräfin, aber wir sind uns leider noch nie begegnet.«

Ihre Blicke trafen sich – die hellblauen Augen des jungen Mannes und Louises dunkelgrüne, die vor Neugier funkelten.

»Ich glaube auch nicht, dass ich Euch schon einmal begegnet bin, mein Herr, außer vielleicht heute Morgen, als wir beide unsere Finger gleichzeitig in den Weihwasserkessel hier in der Kirche tauchten.«

»Ich hatte nur Augen für Euch, Madame.«

»Ihr seid meiner Aufmerksamkeit auch nicht entgangen.«

Sie sprach ein wenig distanziert, zeigte ihm aber dennoch, wie sehr sie diese Unterhaltung genoss.

»Ich weiß leider nicht, zu welchem Hof Ihr gehört, Monsieur, er muss aber wohl sehr angesehen sein.«

»Zu keinem, Madame.«

Sie kam einen Schritt näher und sah sich diesen jungen Mann genauer an, der so höflich und kühn zugleich war.

Er hatte eine gute Figur, lange Beine, schmale Hände und hellblondes Haar, das sein herzförmiges blasses und beinahe weibliches Gesicht umrahmte. In seinem weißen Wams mit der dazu passenden Kniehose wirkte er sehr jugendlich.

Dieser einnehmende junge Herr hielt es für unpassend, sich hier in der Kapelle, in der es noch nach Weihrauch roch und eben noch gebetet worden war, in aller Form und mit gezogenem Hut vorzustellen.

»Ich bin Jean de Saint-Gelais«, sagte er nur.

Louise sah ihn überrascht an.

»Dann seid Ihr ja mit unserem Bischof in Angoulême verwandt?«

»Ich bin sein Neffe.«

Sie reichte ihm graziös die Hand.

»Ich nehme an, Monsieur de Saint-Gelais, dass ich Eure Cousine bin, wenn auch natürlich eine entfernte und angeheiratete; eine Kleinigkeit, die aber nichtsdestoweniger ein anderes Verhalten rechtfertigt. Würdet Ihr so freundlich sein und mich zu meinen Zofen bringen? Ich habe keine Ahnung, wo sie sind, und ich hoffe sehr, sie sind nicht am anderen Ende der Welt.«

Der junge Mann ließ sich nicht lange bitten, und Louise legte ihre Hand auf den Arm, den er ihr gereicht hatte.

»Ihr kennt Paris also noch nicht?«, fragte er sie freundlich.

»Ich bin noch nie hier gewesen«, gab sie nur zur Antwort.

Als sie die Kapelle verließen, deren Dunkel sie wie ein weiter, bequemer Mantel umhüllt hatte, und in das graue Tageslicht traten, das hinter den nahen Dächern verschwomm, wurden sie sehr unsanft mit der rauen Wirklichkeit konfrontiert.

Kutschen und Pferde jagten an ihnen vorbei. Die eisenbeschlagenen Räder aus Holz machten einen ohrenbetäubenden Lärm, und die Kutscher ließen unter lautem Rufen ihre Peitschen knallen.

Bleicherinnen und Waschfrauen kamen vom Seineufer zurück, Arme und Schultern beladen mit frischer Wäsche.

Je mehr sich Louise der Stelle näherte, wo sie von ihren Zofen erwartet wurde, umso lauter und vielfältiger wurden die Geräusche. Nicht einmal auf dem Hauptplatz von Angoulême hatte sie je so einen Radau erlebt, außer vielleicht an einem Markttag, wenn Vieh verkauft wurde.

»Nach diesen Stunden der Besinnlichkeit muss Euch die ganze Unruhe hier sehr zusetzen?«, meinte Saint-Gelais.

»Ganz im Gegenteil«, antwortete Louise und sah sich neugierig um, »es lenkt mich etwas ab.«

Lautes Gerassel, Gebrumm und Geschrei, das Geklirr der Becher und Eimer an den Gürteln der Wasserträger, die ihren Vorrat direkt aus der Seine schöpften, die spitzen Schreie, mit denen die Wachszieher ihre Talgkerzen und Wachsfackeln anboten, und das noch lautere Geschrei der Fleischergesellen, mit dem sie die großen hölzernen Läden öffneten, um ihre Ware anzubieten.

Ein Flickschuster rief, dass er Sohlen und Kappen fast umsonst reparierte, und Bandhändler boten den Frauen mit wissender Miene Schleifen und Schnüre an.

»Für Eure Unterröcke, meine Hübschen, für Eure Unterröcke!«, rief einer und zwinkerte jeder Frau zu, die bei ihm stehen blieb. »Da kriegt Ihr eine schöne, schlanke Figur und gefallt Eurem Mann. Und darauf kommt's an!«

Er wollte sich gerade die Gräfin d'Angoulême vornehmen, als sie ein Losverkäufer mit Hut, Rock und grüner Kniehose ansprach.

»Für einen Heller gibt's zwei Versuche«, sagte er, »und wer dreimal dreht, kann nicht leer ausgehen.«

Als ihn Louise und der junge Saint-Gelais nur wortlos ansahen, lachte der Gaukler laut los und holte seinen Karren, in dem er wohl die Gewinne verstaut hatte.

»Hier ist die Drehscheibe«, sagte er und hielt sie Louise hin. »Ihr gewinnt bestimmt. Ich seh's Euch an, dass Ihr Glück habt.«

Saint-Gelais hatte ihm bereits eine Münze gegeben, und Louise drehte ein paarmal den Zeiger auf der Scheibe, der schrecklich quietschte.

»Bianca!«, schrie der Gaukler, »Meine Bianca! Mein Roulette kommt direkt aus Italien, mit dem gewinnt man immer.«

Er holte ein Stück Papier vor, auf dem irgendwelche Zahlen und Wörter aufgereiht waren; dabei konnte der Mann ganz offensichtlich weder lesen noch rechnen. Was aber keine Rolle spielte, Theaterspielen gehörte zu seinem Beruf.

»Das warn jetzt drei Versuche und einer gratis dazu. Ihr habt ein Kammetui und eine Anstecknadel gewonnen«, rief er begeistert und kramte die Gewinne aus seinem Karren. Dann reichte er sie Louise und sagte spöttisch:

»Na! Ist das etwa keine schöne Anstecknadel? Schaut Euch nur mal die hübschen Schnürlöcher und silbernen Verzierungen an. Ist alles echt, garantiert. Und wenn Ihr die erst an Eurem Mantel habt, werden die andern aber neidisch schaun!«

Louise lächelte irritiert.

»Das war aber reichlich teuer«, meinte sie an Saint-Gelais gewandt.

»Ach was«, winkte der ab, »das ist ein Souvenir.«

»Und Souvenirs sind unbezahlbar«, gab Louise zurück und nahm seine Hand. »Es ist höchste Zeit, dass ich zu Antoinette und Jeanne gehe. Sie machen sich bestimmt schon Sorgen.«

Und ohne deshalb schneller zu gehen, fügte sie fast keck und mit gerührter Miene hinzu:

»Dieser Tag war eine harte Prüfung für mich, die Ihr mir sehr erleichtert habt.«

Sie spürte seinen warmen, tröstlichen Händedruck und dachte plötzlich, wie unpassend das eigentlich an diesem Tag war, an dem der Graf beerdigt worden war. Aber sie zog ihre Hand nicht zurück.

»Vor allem möchte ich jetzt endlich meine Kinder wiedersehen«, gestand sie ihm. »Sie haben mich in den letzten Wochen kaum zu Gesicht bekommen.«

Sie schwieg plötzlich, als wäre ihr das doch zu vertraulich gewesen, und drückte dann sanft den Arm von Jean, der neben ihr herging. Sollte er gespürt haben, dass sie ihn damit weder antreiben noch hatte bremsen wollen, besaß er jedenfalls genug Feingefühl, sich das nicht anmerken zu lassen.

»Werdet Ihr länger in Paris bleiben?«, fragte er immer noch genauso höflich.

»Ganz bestimmt nicht, Monsieur. Schließlich will ich meine Aufgaben wahrnehmen.«

»Eure Aufgaben!«

»Das sind meine Kinder und meine Bücher. Und womit verbringt Ihr Eure Zeit, Monsieur de Saint-Gelais?«

Er lachte wie zur Entschuldigung und antwortete:

»Ich habe zwar kein Kind, dafür aber jede Menge Bücher. Ich studiere Rhetorik, Astrologie und Arithmetik. Und ich übersetze Horaz ins Französische. Außerdem dichte ich auch, wie mein Onkel. Ich spiele Laute und Orgel und philosophiere über die großen alten Meister.«

Sie lächelte ihn an und gab ihm den Ball zurück.

»Das klingt aber nach einem sehr anspruchsvollen Programm, Monsieur de Saint-Gelais. Von wenigen Ausnahmen abgesehen, beschäftige ich mich mit den gleichen Künsten.«

»Ich weiß, dass Ihr auf Eurem Schloss in Cognac einen großen Meister an der Orgel gefangen haltet.«

»Gefangen! Meint Ihr Meister Imbert Chandelier?«

»Ja doch, weil niemand außer Euch, Gräfin, in den Genuss seiner Kunst kommt.«

»Niemand hindert Euch daran, Monsieur, in mein Schloss zu kommen und ihn anzuhören.«

Er ließ ihren Arm los und sah sie an.

»Darf ich das als Einladung verstehen?«

»Ja, das dürft Ihr. Meister Imbert gibt mir jeden Abend eine Orgelstunde, von der auch Madeleine, die Tochter meiner Zofe, profitiert. Warum gesellt Ihr Euch nicht einfach zu uns? So weit ist es ja nicht von Angoulême nach Cognac.«

»Habt Ihr keine Angst, ich könnte Eure Gastfreundschaft ausnützen und zu oft kommen?«

Sie schenkte ihm ein bezauberndes Lächeln, das ihn vollkommen aus der Fassung brachte.

»Sagtet Ihr nicht eben, Ihr übersetzt Horaz ins Französische? Dann übersetzen wir ihn eben gemeinsam.«

13

Als sie die Trauerfeierlichkeiten für Charles d'Angoulême überstanden hatte, konnte Louise endlich der Realität ins Auge sehen. Auf einmal war sie Besitzerin eines Anwesens, das sich in einem armseligen Zustand befand. Ein Dach und der Hauptturm mussten dringend repariert, die Schlossmauer ausgebessert und ein mehr als baufälliger Flügel komplett renoviert werden.

Louise wollte alle diese Aufgaben in Angriff nehmen, genau wie auch die Frage der Bezahlung der Dienstboten, die schon lange keinen Lohn mehr erhalten hatten, und dabei sehr überlegt vorgehen, um den Familienbesitz möglichst gut zu verwalten.

Bekanntlich versank sie nicht in tiefer Trauer um ihren Mann, was vielleicht ihre Hoffnungen und Pläne hätte vereiteln können.

So wie sie, aber aus ganz anderen Gründen, hatte auch Jeanne den Grafen d'Angoulême nicht so sehr geliebt, als dass sie seinen Tod jetzt sehr lange beweint hätte. Wahrscheinlich trauerte ihre Tochter Souveraine mehr um ihn; denn während Charles ja wirklich alles andere als treu gewesen war, blieb er doch bis zuletzt für seine

Nachkommenschaft – egal ob ehelich oder unehelich – ein liebevoller und aufmerksamer Vater.

Antoinette, die von den drei Frauen am meisten unter dem Verlust ihres Geliebten litt, ging seit seinem Tod abends früh schlafen und ließ Louise und Jeanne mit ihren Gesprächen im Wohnzimmer allein. An diesem Abend leistete sie ihnen aber zum ersten Mal Gesellschaft, wobei sie allerdings nur die ganze Zeit das flackernde Licht der Kerzen in den großen silbernen Kandelabern anstarrte.

Louise ging alles Mögliche durch den Kopf, aber immer wieder erschien Saint-Gelais' Bild vor ihr. Und wenn sie nicht redete oder den anderen zuhörte, was besonders oft bei ihren Kindern vorkam, bedrängten sie stets von neuem die Worte, die ihr Jean ins Ohr geflüstert hatte, als sie nach der Beerdigung auf einmal mit ihm allein gewesen war.

Wie hätte sie diesen Traum von einem Mann auch vergessen sollen? Jean de Saint-Gelais bedeutete für sie alles, was ihr bisher versagt war: Lust, Hoffnung, Begehren, einen Hauch von wilder Leidenschaft, den Louise noch nicht hatte kosten können.

Wie oft hatte sie sich schon im Stillen gefragt, ob er wohl nach Cognac kommen würde, was sie sich so sehr wünschte. Würde er ihre kühne Einladung annehmen, und fände er es wirklich angenehm, mit ihr Horaz ins Französische zu übersetzen?

»Ich sehe mal nach Alix«, sagte Louise zu Jeanne. »Der armen Kleinen ist so langweilig.«

»Kann sie nicht kommen und uns Gesellschaft leisten?«

»Sie will nicht; ich fürchte, sie ist sehr niedergeschlagen.«

Auf dem Weg zum rechten Schlossflügel, in dem sich das Zimmer von Alix befand, träumte Louise von ihrem Leben – sie war gerade erst zwanzig geworden – und genoss das Vergnügen, das Bild von Saint-Gelais dazuzuträumen. Jetzt ging es ihr wie Antoinette, und sie wäre am liebsten den ganzen Abend allein geblieben, um sich ihren närrischen Gedanken hinzugeben.

Ob man ihr wohl diese verliebten Träumereien gönnen würde, ihre ersten, wenn man mal von den ziemlich ängstlichen Gefühlen absah, die sie mit zwölf Jahren für einen alten Verlobten gehegt hatte, der sie noch nicht anrührte und sie wegen ihrer naiven Fragen auslachte?

Sie klopfte und betrat das Zimmer von Alix, die sich nur ganz allmählich von einer schweren Lungenentzündung erholte, die sie sehr geschwächt hatte. Ein paar Wochen zuvor hatte Louise noch geglaubt, es handle sich nur um eine große Erschöpfung, aber als das junge Mädchen gar nicht wieder zu Kräften kam und ständig Fieber hatte, war bald klar, dass es doch an einer ernsten Erkrankung litt.

Blass und still lag Alix auf ihrem Bett mit den zurückgezogenen Bettvorhängen. Sie hatte die Krankheit zwar überstanden, wirkte aber noch immer sehr bedrückt und machte einen blutleeren, erschöpften Eindruck. Als der Doktor, der sie behandelte, endlich mit Sicherheit sagen konnte, dass sie nicht an der gleichen Krankheit wie der Graf d'Angoulême litt, hatte man sie wieder ins Schloss zurückgeholt, damit sich die Dienstboten um sie kümmern konnten.

Doch auch nach überstandener Krankheit war Alix eigentlich viel zu schwach für die bevorstehende Entbindung. Sie aß wenig, weil sie keinen Appetit hatte, und gab sich ganz ihren düsteren Gedanken und vor allem der großen Angst hin, Jacquou nicht wiederzusehen.

Sollte sie etwa das gleiche Schicksal erleiden wie Léonore, die von der Pest geschwächt im Kindbett gestorben war? Würde sie Louise, die ihr in ihren letzten Stunden beistand, mit einer flehenden Geste das Kind hinhalten und sie bitten, für es zu sorgen – so wie Léonore Jean Jacquou anvertraut hatte?

Ach, warum sah sie nur alles so schwarz? Wo waren denn ihr Optimismus, ihre Hoffnungen, ihre Träume geblieben?

Die Wehen begannen eines Nachts, als Louise am Bett von Marguerite wachte, die nicht schlafen konnte. Der Tod ihres Vaters, den sie nicht begreifen konnte, machte ihr sehr zu schaffen und bereitete dem jungen Mädchen, das bis dahin immer ruhig und friedlich geschlafen hatte, schreckliche Albträume.

François, der jünger und nicht so nachdenklich wie seine Schwester war, kam offenbar besser mit den ganzen Veränderungen zurecht. Louise jedenfalls versuchte ihrer Tochter zu helfen, indem sie sie nachts kaum allein ließ, und dankte der Vorsehung, dass ihr François nicht allzu viele Fragen nach dem Sinn des Todes stellte.

Als Louise Alix schreien hörte, lief sie aber sofort in das Zimmer der Wöchnerin. Dame Andrée war bereits da und erteilte den beiden Dienstmädchen, die für Leintücher und Schüsseln mit heißem Wasser sorgten, ruhig und überlegt ihre Anweisungen.

»Jetzt kriegt sie ihr Kind, Dame Louise, ganz bestimmt«, jammerte eine der beiden. »Die arme Kleine! Wo sie doch noch so jung und so krank ist.«

Alix war weiß wie die Wand und schweißgebadet, mit schmerzverzerrtem Gesicht klammerte sie sich an ihre Bettdecke, und in ihren Augen spiegelte sich die Angst, deren sie nicht Herr wurde.

Die Wehen wurden stärker und kamen in immer kürzeren Abständen; aber dieser Zustand dauerte nicht lang an, weil das Kind viel schneller als erwartet das Licht der Welt erblickte. Sein erster Schrei war aber so schwach, dass man ihn kaum hörte, und nach nicht einmal einer Stunde war es tot.

Dame Andrée und die Dienstmädchen hatten das Zimmer verlassen, und Alix schlief jetzt, aber ganz verkrampft und mit einer tiefen Sorgenfalte auf der Stirn. Niedergeschmettert wachte Louise an ihrem Bett und deckte sie immer wieder vorsichtig zu, weil sich Alix ständig mit unruhigen Bewegungen abdeckte.

Als sie wach wurde, jammerte sie leise und sah Louise, die zu keiner Erklärung fähig war, mit Entsetzen im Blick fragend an.

In dem Zimmer wurde es totenstill. Es schien, als wäre die Zeit stehen geblieben, wie ein Einschnitt, den Alix nicht begreifen wollte. Aber nach wenigen Augenblicken wusste sie plötzlich, dass sie jetzt kein kleines Mädchen mehr war und dass eine schreckliche Welt voll harter Tatsachen, Leid und Unbegreiflichkeiten auf sie wartete.

Louise grübelte vor sich hin, und einen kurzen Moment lang machte das Bild des schönen Saint-Gelais einem kleinen, faltigen, leblosen Wesen den Platz streitig, das vom Leben erbarmungslos zurückgewiesen worden war. Bei dem Gedanken daran, was noch alles hätte passieren können, schauderte sie. Großer Gott! Wie viel besser war es doch, dass die Mutter gerettet und nur das Kind tot war! Alix würde sich wieder erholen, und Jacquou fand bestimmt noch Gelegenheit genug, eine Familie mit ihr zu gründen.

Wie früher hatten sich alle im großen Salon eingefunden. Dabei war es schon lange her, dass laute Stimmen und Gelächter dieses große verlassene Zimmer erfüllt hatten, das zwischen dem Waffensaal und dem Empfangszimmer lag und in dem die Familie des Grafen d'Angoulême gern lange, unterhaltsame Abende verbracht hatte, ehe schließlich alle schlafen gingen.

Louise genoss wie immer die Gegenwart ihrer Kinder und unterhielt sich angeregt, wobei sie mit einem Auge dem kleinen François zusah, den Dame Andrée beaufsichtigte, und mit dem anderen Marguerite, die ganz Ohr war für die Geschichte, die ihr Souveraine gerade erzählte.

Jeanne sah manchmal von ihrer Stickarbeit auf und warf Alix einen hilfesuchenden Blick zu, die ihr dann mit einer Handbewegung oder wenigen Worten erklärte, wie sie den Stich machen musste, der ihr nicht gelingen wollte. Und auf einmal konnte Jeanne ihr vorher so widerspenstiges Motiv mit einer Leichtigkeit ausschmücken, die ihre blauen Augen vor neuer Freude strahlen ließen.

Die Augen von Louise funkelten sowieso. Angesichts ihrer Heiterkeit, ihres Elans, ihrer Schäkereien, der stolzen Blicke, mit denen sie ihre Kinder ansah, und ihrer Gedanken, die sich augenscheinlich immer wieder zu fernen Horizonten aufzuschwingen schienen, die ihr allein gehörten, warf ihr Antoinette finstere Blicke voller Verbitterung und Groll zu.

Obwohl sie zwar ihren Anspruch als Älteste geltend machte, weil die arme alte Mutter von Charles mit ihren mehr als siebzig Jahren bereits mit einem Bein im Grab stand, schwankte Antoinette zwischen Missbilligung und Verständnis. In jedem Fall weigerte sie sich, Louises fröhliche Art zu akzeptieren, und je lebhafter diese wurde, umso mehr zog sie sich in ihre Ecke zurück und gab sich gleichgültig und unbeteiligt.

Wenn Louise Antoinettes vorwurfsvollen Blick bemerkte, redete sie etwas leiser und versuchte, ihr Benehmen zu mäßigen. Sie ergriff die Gelegenheit, auf den Boden der Tatsachen zurückzukommen, als sich Jeanne mit Alix über deren bevorstehende Rückkehr ins Val de Loire unterhielt.

»Ihr solltet noch nicht aufbrechen, Alix, Ihr habt doch alle Zeit der Welt«, sagte sie, an ihren jungen Gast gewandt.

»Ach, Louise, ewig kann ich Euch doch nicht zur Last fallen. Ich muss jetzt wirklich an meine Abreise denken. Jacquou ist bereits seit zehn Monaten weg. Bestimmt wartet er schon auf mich!«

Sie sah in ihren Schoß, die Niedergeschlagenheit überkam sie wieder, und bei dem Gedanken an ihr verlorenes Kind begann sie zu weinen.

»Wie soll ich ihm das nur sagen?«, schluchzte sie.

»Seid doch nicht so traurig, Ihr bekommt bestimmt noch mehr Kinder. Euer Leben fängt doch eben erst an, kleine Alix!«, rief ihr plötzlich Antoinette zu und wandte ihr das noch immer bleiche, traurige Gesicht zu.

Jeanne war ganz überrascht von diesem unerwarteten aufmunternden Zuspruch und wiederholte, während sie weiterstickte, ohne von ihrer Arbeit aufzusehen:

»Ja, Ihr bekommt bestimmt noch andere Kinder.«

»Ich glaube, das könnt Ihr nicht verstehen. Ich will keine ›anderen Kinder‹«, erwiderte sie wehklagend, »ich hatte mir so sehr dieses Kind gewünscht, das ich jetzt verloren habe.«

Dann wischte sie sich die Tränen mit dem Handrücken weg und fuhr etwas vergnügter fort:

»Du lieber Himmel! Was macht Ihr denn da, Dame Jeanne? Ich habe Euch diesen Stich doch schon erklärt. So wird das aber nichts.«

Jeanne lächelte sie an und hielt ihre Stickerei ins Licht; die Kerzen in den großen Kandelabern beleuchteten nur einen Teil des Salons.

»Ist es wahr, dass Ihr für Königin Anne gestickt habt?«

»Schon, aber da war ich ja noch so jung!«

»Jünger als ich?«, fragte Souveraine und kam zu Alix, um ihr den kleinen Stickrahmen zu zeigen, den ihr ihre Mutter gegeben hatte, solange sich Marguerite ein Bilderbuch ansah.

Alix sah das kleine Mädchen aufmerksam an. Souveraine hatte wenig Ähnlichkeit mit ihrer Mutter. Abgesehen von ihrem blonden Haar und den himmelblauen Augen kam sie nämlich ganz nach ihrem Vater und hatte sein verschmitztes Wesen, seinen funkelnden Blick und seine direkte, alles andere als affektierte Art geerbt, weil sie sich im Gegensatz zu ihrer Mutter nie zierte.

»Nein«, antwortete Alix, »ich war etwa so alt wie du jetzt. Als meine Mutter starb, hat mich Meister Yann in seine Werkstatt geholt, weil sie bei ihm in die Lehre gegangen war und dort schon lange gearbeitet hatte.«

»Was wurde dann aus Euch nach dem Tod Eurer Mutter?«

»Ich weiß noch, dass mich drei Stickerinnen, die mit meiner Mutter befreundet waren, in ihre Obhut genommen haben – Eloïse, Annette und Gaëlle. Als Königin Anne sie nach Amboise gerufen hat, weil sie ihren Bestand an persönlichen Stickerinnen aufstocken wollte, bin ich mit ihnen gegangen. Sie haben mich in der Kutsche versteckt, die uns ins Val de Loire gebracht hat.«

»Versteckt?«

»Ja, versteckt. Meinen Jacquou habe ich ganz hinten auf dem Boden einer Kutsche kennen gelernt.«

»Und warum habt Ihr ihn dann verlassen?«, fragte das kleine Mädchen neugierig, weil es sich für das Schicksal dieser jungen Frau interessierte, die wie ein vom Himmel gefallener verletzter Vogel auf ihrem Schloss gelandet war.

»Als wir in Amboise angekommen sind, war Charles VIII. leider tot, und Königin Anne verwarf alle ihre Pläne und wollte zurück in die Bretagne.«

»Und was ist dann aus Euch geworden?«, fragte nun Jeanne ihrerseits neugierig geworden.

»Man hat mich ins Kloster gesteckt, wo ich vier Jahre bleiben musste.«

»Und dann?«, fragte Souveraine.

»Dann bin ich weggelaufen und nach Tours gegangen, weil ich zu meinem Jacquou wollte. Aber sein Vater hat mich wieder nach Nantes gebracht, und ich musste zurück in Meister Yanns Werkstatt.«

Sie beugte sich über Jeannes Arbeit, sah sie sich genau an und zeigte ihr dann, wie sie den Stich machte, der Jeanne immer wieder missglückte.

»Das ist ein Plattstich, den man auf der Rückseite aufnehmen muss, indem man den Faden durch die Schlinge zieht, die Ihr vorher macht.«

Sie gab ihr die Stickerei zurück, auf der Vögel auf blühenden Kirschbaumzweigen zu sehen waren.

»Ich fürchte, es ist jetzt schon zu dunkel, um einen so schwierigen Stich richtig zu sticken. Wenn Ihr wollt, können wir es morgen noch einmal versuchen.«

»Da habt Ihr es, Alix«, sagte Louise vergnügt, »Ihr müsst eben doch bei uns bleiben.«

»Nein, Louise, das kostet Euch schließlich Geld, und ich kann es Euch nicht zurückgeben.«

Jetzt stürzte sich der kleine François auf sie, der am liebsten so viele Frauen wie möglich um sich haben wollte.

»Du bist lieb, und ich will nicht, dass du weggehst«, lispelte er und gab ihr das kleine Holzpferd, das er in der Hand hielt.

Alix küsste ihn auf seine rosige Wange.

»Ja, ich weiß, aber deine Mama und ihre Freundinnen haben nicht so viel Geld, dass sie mich noch lange beherbergen können.«

Sie nahm ihn um die Taille, hob ihn hoch und setzte ihn auf ihre Knie.

»Sie hat mir schon so viel geschenkt, und ich weiß gar nicht, wie ich ihr das je zurückgeben soll. Verstehst du das?«

»Ja«, sagte Louise mit einem Seufzer, »es ist leider wahr, dass uns Charles nicht das versprochene Geld mitgebracht hat. Ob er den Familienschmuck überhaupt verkauft hat? Dann hätte er uns doch den Ertrag aushändigen müssen.«

Alle schwiegen und schüttelten nur bekümmert den Kopf.

»Er hat gesagt, dass wir mit diesem Geld die Schlossmauer, den Hauptturm und das Dach reparieren könnten und dass dann noch genug übrig wäre, um die Dienstboten auszubezahlen«, erinnerte sich Jeanne und räumte nun ihr Stickzeug in den kleinen Weidenkorb mit den Nadeln, Scheren und bunten Fäden.

»Und wenn er den Schmuck doch verkauft hat?«, fragte Louise noch einmal nach.

»Wo soll dann das Geld sein?«, gab Antoinette zurück und runzelte fragend die Stirn. »Wir haben seine ganzen Kleider aufgetrennt, aber da war nichts. Sonst hat er sein Geld immer dort versteckt.«

Alix sah die anderen nachdenklich an und sagte dann zögernd:

»Ich glaube mich zu erinnern, dass er einmal gesagt hat, er hätte Geld bei sich, mit dem er das Dach von seinem Schloss reparieren wollte.«

»Was!«, rief Louise. »Wann? Wann denn? Ich flehe Euch an, Alix, bitte versucht Euch zu erinnern!«

Alix vergrub den Kopf in den Händen – das war schon so lange her!

»Ich würde Euch so gern helfen«, murmelte sie ärgerlich.

Sie versuchte sich zu konzentrieren, aber alle Erinnerungen purzelten durcheinander. Constance, Jean, der dreckige, scheußliche Schlamm, die überfluteten Ufer, die Brücke, die beinahe weggerissen wurde, der Schreck. Und dann die Angst! Und Jacquou, Jacquou, den sie unbedingt wiedersehen wollte!

»Wir wären beinahe alle im Fluss ertrunken«, murmelte sie vor sich hin. »Der Graf hielt Constance fest, während der Fährmann von der Furt mit der einen Hand Monseigneur Jean und mit der anderen mich festhielt, damit wir nicht ausrutschten und ins Wasser fielen. Ich hatte die ganze Zeit Angst, ich würde gleich in den Fluss fallen!«

»Denkt weiter nach, Alix, bitte«, flehte sie jetzt auch Antoinette an.

»Der Graf rutschte aus, ja, er ist ausgerutscht. Und er hat geschrien, dass wir Constance raufziehen sollten, während er schon fast ganz unter Wasser war.«

»Und dann? Alix, was war dann? Was hat er gemacht? Was hat er dann gesagt?«

Alix ließ ihre Stirn los und starrte einen der Kandelaber an.

»Der Fährmann hat die ganze Zeit ›Verdammt‹ geflucht, und Charles hat auch geflucht.«

»Ja!«, Antoinette schrie jetzt beinahe. »Was hat er geflucht? Darauf kommt jetzt alles an.«

»Bitte!«, flehte Louise. »Strengt Euch noch ein bisschen an!«

Da fiel es Alix plötzlich wieder ein, und sie rief ohne Umschweife: »Er hat ›Verdammt!‹ geschrien, ›Verdammt, ich verliere meinen Degen!‹ ›Lasst ihn doch los und ins Wasser, Herr, dann habt Ihr's leichter!‹, hat ihm der Fährmann zugerufen. Und Charles hat geantwortet: ›Auf keinen Fall, lieber sterbe ich!‹«

»Sein Degen!«, rief Louise. »Warum sind wir da nicht früher draufgekommen?«

Und alle drei Frauen liefen, gefolgt von Alix und den Kindern, in den Waffensaal, wo die Schwerter, Degen, Hellebarden und Büchsen derer d'Angoulême an den grauen Steinmauern aufgehängt waren.

Louise nahm die Waffe herunter.

»Wie öffnet man denn den Degenknopf?«, fragte sie.

»Den Degenknopf kann man nicht öffnen, man muss das Stichblatt aufdrehen. Gebt mir den Degen, Louise, ich weiß, wie es geht. Ich habe Charles oft zugeschaut, wenn er ihn zum Reinigen zerlegt hat.«

Man hatte den Eindruck, Antoinette hätte ihr Leben lang nichts anderes gemacht. Unglaublich, dachte Louise, sie muss jede einzelne Handbewegung von Charles beobachtet und studiert haben.

Und als sie dann die Goldmünzen in den Händen hielten, kannte ihre Freude keine Grenzen; beim Anblick der funkelnden Taler lachten und schrien sie vor Begeisterung, dass die alten Schlossmauern wackelten. Es waren zwar nur wenige Münzen, aber jede einzelne davon war sehr wertvoll. Dach, Hauptturm, Schlossmauer, rechter Flügel, linker Flügel – jetzt war alles gerettet.

»So viele Taler! Und Ihr wolltet ihn mit seinem Degen begraben!«, murmelte Dame Andrée, die gekommen war, um die kleine Marguerite ins Bett zu bringen. François schlief schon in seinem Bett.

»So viele Taler!«, sagte sie noch einmal mit einem Kopfschütteln.

Und da brachen alle drei Frauen in fröhliches Gelächter aus, weil Geld schließlich auch Freude macht.

Es war Herbst geworden, als sich Alix doch endlich verabschiedete. Sie konnte eine kleine, aber gut gefüllte Geldbörse mitnehmen, die ihr Louise zum Dank für ihre Hilfe gegeben hatte. Der Fund der verloren geglaubten Taler war diese kleine Gabe mehr als wert. Dann umarmte Louise sie und sagte:

»Kommt zurück, wann immer Ihr wollt, Alix, unser Schloss steht Euch stets offen.«

»Vielen Dank, Louise, ich werde es nicht vergessen. Inzwischen kann ich Euch ja wenigstens schreiben.«

Noch einmal hatte Louise, die köstlich nach Jasmin duftete, Alix umarmt und an sich gedrückt.

»Ich muss unbedingt wissen, wie Eure Geschichte weitergeht. Besucht uns bald wieder. Und wenn Ihr uns hier in Cognac nicht mehr antreffen solltet, kommt nach Amboise.«

»Ja, sehr gern.«

Antoinette, Jeanne und die Kinder winkten ihr zum Abschied, und sogar die alte Marguerite hatte, auf ihren Gehstock gestützt, betrübt mit dem Kopf gewackelt.

Natürlich war Alix ebenfalls sehr traurig, und die Tränen standen ihr in den Augen, als sie das alte Schloss verließ – bedeutete das für sie doch auch, Abschied zu nehmen von dem Grab ihres Kindes.

Der Herbst neigte sich dem Ende zu, und der Winter machte sich schon mit einem schwachen feuchtkalten Wind bemerkbar. Inzwischen war es achtzehn Monate her, dass Jacquou nach Flandern aufgebrochen war. Ob sie ihn wohl in Tours finden würde?

Alix war mittlerweile wieder ganz hergestellt. Sie ritt auf ihrem Maultier Amandine, und tausend Hoffnungen erleichterten ihr den Weg. Nur der Kummer, dass sie Jacquous Kind nicht in den Armen halten konnte, trübte noch ihre neue Lebensfreude.

Nach ihrer Ankunft in Tours erfuhr Alix von Arnaude, dass Jacquou nicht zurückgekehrt war. Man kann sich vorstellen, was für eine Enttäuschung das für sie bedeutete. Etwas später berichtete ihr Arnold, dass Meister Coëtivy Jacquou verboten hatte, dorthin zu gehen, wo er sie wiedersehen könnte.

Weil er diese Auskunft von Meister Gauthier bekommen hatte, zweifelte Arnold auch nicht an ihrer Glaubwürdigkeit. Doch diese Nachricht schürte natürlich von neuem den Zorn des jungen Mädchens, da sie Unmengen neuer Fragen aufwarf, die Alix nicht klären konnte. Wie sollte sie herausfinden, ob Jacquou noch in Flandern war oder ob er sich mittlerweile in Paris aufhielt?

»Er wird sich schon bei dir melden!«, versuchte Arnaude ihre Freundin zu trösten, als sie sah, wie ihr die Tränen in die Augen stiegen.

»Das ist wirklich ungerecht!«, brach es aus der heraus. »Doch, sehr ungerecht! Erst verliere ich mein Kind, und dann kann ich Jacquou nicht wiederfinden. Was soll ich denn jetzt machen? Ich kann doch nicht gleichzeitig arbeiten und ihn suchen!«

Sie warf sich in Arnaudes Arme und weinte hemmungslos.

»Was soll ich denn jetzt nur machen?«, schluchzte sie.

Doch dann wischte sie sich zornig die Tränen aus dem Gesicht, weil sie nicht wieder in Niedergeschlagenheit versinken wollte.

»Ich kann unmöglich alle Werkstätten in Flandern und erst recht nicht auch noch die in Paris nach ihm absuchen.«

»Wart's ab, uns fällt schon noch etwas ein! Ich bin sicher, dass sich früher oder später eine Lösung findet. Aber du musst hungrig sein. Jetzt essen wir erstmal zu Abend, und dann sehen wir weiter.«

Arnaude stellte Teller, Schüsseln und das Holzbrett auf den Tisch, auf dem der Speck geteilt wurde, weil sie etwas für den nächsten Tag übriglassen musste. Dann ging sie zum Herd, in dem ein schönes Feuer brannte, und nahm den großen Kessel mit der kochenden Suppe vom Haken.

»Ich glaube, ich weiß jetzt, was ich mache«, platzte Alix plötzlich heraus.

»Was denn?«, fragten Arnaude und ihr Mann überrascht.

»Ich gehe zu Dame Bertrande und erzähle ihr alles. Sie ist die Einzige, die mir helfen kann, Jacquou zu finden. Sie weiß bestimmt, wo er ist. Und sie wird es mir sagen.«

»Du willst doch nicht etwa mit deinem Esel dahin?«, rief die arme Arnaude ganz entsetzt über so viel Unvernunft. »Du brauchst ja Monate, bist du in Nantes bist. Und wovon willst du leben?«

»Ich habe ein bisschen Geld, die Gräfin d'Angoulême hat mir eine gut gefüllte Börse geschenkt.«

Doch verließ sie ihre Begeisterung ebenso plötzlich, wie sie gekommen war, und sie brach wieder in Tränen aus.

»Jesus Maria! Meine kleine Alix«, sagte Arnaude und wiegte sie in den Armen, »wie empfindlich du bist. Und dabei warst du früher so tapfer! Fehlt dir dein Jacquou denn so sehr?«

»Ja, ohne ihn kann ich gar nichts anfangen«, schluchzte Alix. »Ich kann nichts dafür, es ist einfach so.«

»Dann müssen wir jetzt eben überlegen, wie du am schnellsten nach Nantes kommst.«

»Pass auf«, meinte Arnold. »Morgen ist mein freier Tag. Ich gehe nach Saint-Martin und frage, ob demnächst eine Pilgergruppe nach Sainte-Anne d'Auray aufbricht. Denen könntest du dich anschließen.«

»Das dauert viel zu lange, Arnold, selbst wenn sie morgen aufbrechen würden. Außerdem weiß ich, dass die Pilger jeden Abend in einer Kirche Halt machen. Wenn ich mich ihnen anschließe, brauche ich einen oder zwei Monate, bis ich in Nantes bin. Wenn ich mich allein mit Amandine auf den Weg mache, sind es etwa drei Wochen.«

»Wir gehen jetzt zu Meister Gauthier und fragen ihn«, sagte Arnold plötzlich zufrieden. »Er hat bestimmt einen guten Rat für dich.«

»Jetzt sofort?«

»Aber ja. Essen können wir auch noch später.«

Als Entschuldigung, weil er seine Frau allein lassen wollte, ging Arnold zu ihr und drückte ihr einen dicken Kuss auf die Backe.

»Ich wiege inzwischen den kleinen Guillemin in den Schlaf, bis ihr wiederkommt«, sagte Arnaude und verschwand im Nebenzimmer, wo das Kind nach seiner Mutter verlangte.

Bei winterlich anmutendem Wetter machten sich Arnold und Alix sofort auf den Weg. Es war bereits Nacht, ein kalter Wind wehte, von einem unangenehmen Sprühregen begleitet, und zu dieser späten Stunde waren die Straßen der Stadt schon längst menschenleer.

»Seit die Frau von Meister Gauthier gestorben ist, lebt er mit seiner Mutter zusammen«, erklärte Arnold. »Er bräuchte wirklich etwas Gesellschaft!«

Gauthiers Haus war nicht weit weg von Coëtivys Werkstatt, und Arnold klopfte laut an die Tür. Eine alte Frau machte ihnen auf. Sie ging gebückt von den Jahren und stützte sich auf einen Gehstock aus Olivenholz. Als sie die beiden Besucher sah, wollte sie sich eigentlich aufrichten, verzog aber gleich vor Schmerz das Gesicht und bückte sich wieder.

»Ist Meister Gauthier zuhause? Ich bin Arnold. Kennt Ihr mich noch?«

»Aber ja, der kleine Arnold aus der Werkstatt!«, rief die alte Frau. »Und ob ich dich kenne, mein Junge. Du bist aber groß geworden! Und wer ist die Frau, die du da dabeihast?«

Gauthiers Erscheinen ersparte Arnold die Antwort. Mit einem Ungestüm, das ihrer Jugend alle Ehre machte, stürzte sich Alix auf ihn.

»Meister Gauthier, ich flehe Euch an! Lasst mich nicht im Stich und sagt mir, wo Jacquou ist!«

»Ich dachte mir schon, dass du eines Tages kommen und an meine Tür klopfen würdest, um nach ihm zu fragen.«

Mit einer Handbewegung forderte er sie auf hereinzukommen und führte sie in den großen Raum, der Arbeitszimmer und Wohnzimmer zugleich war. Überall an der Decke, den Wänden und in allen Ecken hingen staubige, muffig riechende Trockenblumen; dazu kam der säuerliche Geruch eines Desinfektionsmittels, mit dem die alte Frau wohl vor kurzem den Boden gewischt hatte. Zum Glück duftete es auch noch nach Bienenwachs, wodurch das Zimmer nicht ganz so vermodert wirkte.

»Leider weiß ich nichts von Jacquou, meine arme Kleine. Und das kannst du mir wirklich glauben, weil ich nicht mal erfahren habe, wo er arbeitet. Wie du dir denken kannst, hätte Coëtivy viel zu große Angst, ich könnte etwas verraten.«

»Das glaube ich Euch«, sagte Alix weinerlich.

»Hör zu, meine Kleine, weil ich wirklich sehr zufrieden mit dir war, will ich dir etwas anvertrauen, wenn du mir versprichst, dass du Coëtivy nie etwas davon sagst.«

»Das schwöre ich Euch beim Haupte meines kleinen Sohns, der gerade gestorben ist.«

Gauthier zuckte zusammen, der Schlag hatte gesessen. Er schüttelte mitleidig den Kopf und schimpfte:

»Ehrlich gesagt verstehe ich nicht, was dieser alte Starrkopf von

Coëtivy eigentlich hat. Du bist schließlich ein in jeder Hinsicht wohlgeratenes Mädchen. Was will er denn sonst für seinen Sohn, dieser Schwachkopf?«

Aber Alix klammerte sich an den Vorschlag, den ihr Gauthier eben erst gemacht hatte, und ließ nicht locker.

»Ich bitte Euch, was wolltet Ihr mir sagen?«

»Ich hatte einmal Besuch von einem Weber aus Enghien, wo Jacquou seine Arbeit fertig stellen sollte.«

»Ja und?«, fragte Alix atemlos.

»Er hat mir etwas ausgerichtet, für den Fall, dass ich dich sehen sollte.«

»Wirklich!«, rief Alix und strahlte vor Freude. »Was hat er denn gesagt?«

»Nur wenige Worte, die dich aber vielleicht beruhigen können.«

»Was denn, Meister Gauthier? Was hat er mir ausrichten lassen?«

»Nun, er hat gesagt, dass er jetzt seine Lizenz hat, aber dass sich seine Rückkehr verzögert.«

Ein Lächeln breitete sich auf Alix' Gesicht aus.

»Lieber Gott! Er hat mich also doch nicht vergessen.«

»Aber, Alix!«, sagte Arnold verwundert und nahm sie freundschaftlich in den Arm. »Wie kommst du nur darauf, er könnte dich vergessen haben? Du musst doch wissen, dass Jacquou nur dir gehört.«

»Solltet Ihr mir nicht vielleicht noch etwas anderes ausrichten, Meister Gauthier?«

»Doch.« Verlegen nestelte Gauthier am Saum seiner langen Jacke, die er über der Hose trug.

»Bitte! Was hat er noch gesagt?«

»Dass er dich liebt.«

»Ich danke Euch von ganzem Herzen für Eure Hilfe, Meister Gauthier. Das werde ich Euch nie vergessen!«

»Es war wenig genug«, sagte der Weber mit Bedauern in der Stimme.

»Aber es reicht, damit ich neuen Mut fasse. Und das habe ich so sehr gebraucht.«

Der freundliche Mann nickte ihr aufmunternd zu und wollte die beiden zur Tür begleiten, aber das ließ sich seine alte Mutter nicht nehmen und sagte noch:

»Wenn Ihr wollt, könnt Ihr gern zum Nachtessen bleiben.«

»Herzlichen Dank«, sagte Arnold und lächelte Mutter Gauthier an. »Aber das ist nicht nötig, meine Frau erwartet uns. Wir wünschen Euch einen schönen Abend.«

Ehe sie die Tür hinter sich zuzog, wandte sich Alix noch einmal an den Webermeister, der mit leisen Schritten hinter seiner Mutter hergegangen war.

»Nachdem Jacquou jetzt seine Lizenz hat, kann ich es Euch ja sagen, Meister Gauthier; nun muss ich es nicht mehr geheim halten. Wir haben geheiratet, ehe Coëtivy Jacquou mit nach Flandern genommen hat.«

»Ihr seid verheiratet!«

»Ja! Mit einer Sondererlaubnis direkt aus dem Vatikan«, fügte sie hinzu und musste über sein verdutztes Gesicht lächeln, ehe sie, ohne seine Reaktion abzuwarten, leise die Tür hinter sich schloss.

14

Endlich hatte sich Alix mit Amandine wieder auf den Weg gemacht. Sie war voller Zuversicht und das kleine Muli sehr erfreut über diese neue Reise; seine eiligen kleinen Hufe klapperten lustig auf dem Pflaster. Amandine bestimmte das Tempo, und Alix ließ sich gern von ihr durchschütteln.

Vor sich hatte sie ihre Reisetasche mit Brot, getrocknetem Speck und Dörrobst. Die lederne Satteltasche schlug gegen die rechte Flanke des Mulis, und auf der anderen Seite hing ein großer Schlauch mit frischem Wasser, weil Alix immer sehr schnell Durst bekam.

In den Falten ihres weiten Reiseumhangs hatte sie das scharfe kleine Messer versteckt, das ihr Arnold gegeben hatte, als sie beschloss, sich doch allein auf den Weg nach Nantes zu machen. Mit fürsorglichen Worten, begleitet von Arnaudes zustimmendem Nicken, hatte er sie ermahnt, die Waffe zu benutzen, sobald ihr irgendetwas verdächtig vorkommen sollte.

Nach diesem gut gemeinten Rat hatte sich Alix von dem jungen Paar verabschiedet, dem kleinen Guillemin einen Kuss auf die Stirn gedrückt und Amandine bestiegen.

Alix wollte nicht öfter als drei- oder viermal Pause machen. Weil ihr Muli sehr kräftig und robust und seinem Wesen nach sehr ungestüm war, konnten sie am Tag zwischen zehn und fünfzehn Meilen schaffen. Auch wenn Amandines Trab im Vergleich zum Galopp eines Pferdes nicht besonders schnell war, ging sie doch immerhin sehr gleichmäßig, so dass sie den ausgeklügelten Plan ihrer Herrin einigermaßen einhalten konnten. Außerdem konnte Amandine mehrere Tage ohne Futter aushalten. Sie verlangte nur immer wieder einige ordentliche Schlucke Wasser, und Alix ritt stets in Flussnähe, damit sie beide immer genug zu trinken hatten.

Jetzt schnalzte sie mit der Zunge, um das Muli ein bisschen anzutreiben.

»Beeil dich, meine Gute!«, sagte sie fröhlich. »In Nantes bekommst du bestimmt von Dame Bertrande eine ordentliche Portion Hafer. Und weißt du was, meine Schöne? Ich bin ganz sicher, dass ich diese Frau mag und dass sie mich schätzt. Was sagst du dazu?«

Als Antwort beschleunigte Amandine lediglich ihren Schritt ein wenig, und ihre Hufe klapperten noch lauter.

»Der wird sich wundern, wozu ich fähig bin, der feine Herr Coëtivy! Er hat mich für ein gemeines, mittelloses Waisenkind gehalten, einen Dummkopf, ein Nichts! Aber du wirst schon sehen, Amandine, wie ich mich verteidigen kann.«

Das Muli wedelte mit seinem grauen Schwanz, wurde aber nicht langsamer, sondern eher schneller und witterte mit bebenden Nüstern.

»Ja, Meister Coëtivy, Ihr habt es nicht anders gewollt – ich erkläre Euch den Krieg. Und bei meiner Ehre als zukünftige große Teppichweberin, ich werde ihn gewinnen.«

Während der folgenden Tage machte Alix nur drei richtige Pausen, wobei sie zweimal im Stall eines Gasthauses Unterschlupf fand und sich einmal bei milden Temperaturen in einem Wäldchen verkroch, mit ihrer Proviantasche als Kopfkissen und dem Messer in Reichweite.

So erreichte sie nach etwa zehn Tagen die Tore von Nantes; Amandine zeigte allerdings mittlerweile auch erste Anzeichen von Erschöpfung.

Mit kundigem Blick machte sie den Hügel aus, hinter dem sie das große Anwesen von Dame Bertrande vermutete. Sie musste erst die Wiesen und Wälder durchqueren, ehe sie auf den Zufahrtsweg kam. Einzelne große Felsen aus der bretonischen Heide, die nach Meer rochen, fanden sich hie und da und verdeckten immer wieder das große Haus des Meisters und seiner Gattin.

Endlich hatte sie den Sandweg entdeckt. Breit und kurvig zog er sich unter hohen Bäumen hin, deren grüne Kronen im Wind schwankten; rechts und links war er von großen grauen Felsen gesäumt, die bis zu drei Meter hoch waren.

Alix nahm den Weg, der zum Haupteingang des großen niedrigen

Hauses führte. Es war ein lang gestrecktes Gebäude mit Schieferdach und Granitmauern, in dem sich der Wohntrakt mit den Nebengebäuden, den Schuppen und den Ställen befand.

Alix hatte einen Augenblick angehalten und die Zügel von Amandine losgelassen, die nun erschöpft schnaubte. Zahllose Bilder gingen ihr durch den Kopf. Plötzlich sah sie sich sieben Jahre zurückversetzt als kleines Mädchen wieder, das sich in einer Kutsche versteckt hatte, weil sie aus Nantes geflüchtet war, um bei den drei Freundinnen ihrer verstorbenen Mutter zu bleiben.

»Also los, Amandine! Jetzt schauen wir uns diese Dame Bertrande einmal aus der Nähe an.«

»Wer da?«, rief plötzlich jemand hinter ihr.

Alix drehte sich um und sah einen untersetzten Mann mit kurzen Beinen, der sie mit finsterer Miene misstrauisch beäugte. Unter seiner grauen Wollmütze, die er bis zu den Ohren hinuntergezogen hatte, verbarg sich wohl eine üppige schwarze Mähne, weil ihm einige widerspenstige Haarbüschel bis auf die dichten Augenbrauen fielen und rechts und links von seinem runden, roten Gesicht struppig wegstanden.

Weil es nicht mehr weit zu den Ställen war, vermutete Alix, dass der Mann ein Stallknecht war, den Amandines Hufgeklapper neugierig gemacht hatte; sie bemerkte, dass die Stalltüre offen stand, weil er wahrscheinlich gleich wieder dorthin zurückwollte.

Als der Mann sah, dass er ein junges Mädchen vor sich hatte, schaute er nicht mehr ganz so misstrauisch drein. Er sagte weiter nichts, sondern wartete nur auf ihre Antwort.

»Ich möchte bitte Dame Bertrande sprechen«, sagte Alix laut und deutlich.

Aber eine andere Stimme antwortete ihr, eine Stimme, die Alix immer wieder erkannt hätte! Eine Stimme aus der Hölle!

»Wer fragt da?«

Alix fuhr entsetzt zusammen. Alle ihre Träume, die sie sich ausgemalt und hunderte von Malen vorgestellt hatte, während sie auf dem Rücken von Amandine nach Nantes geritten war, fielen in sich zusammen. Meister Coëtivy war aus dem Stall gekommen und baute sich vor ihr auf.

Er machte eine grimmige Miene. Aus Überraschung? Das dürfte wohl kaum zutreffen. Vor Scham? Wohl erst recht nicht. Aber an seinen zusammengekniffenen Lippen und seinen vor Zorn schwarz funkelnden Augen konnte Alix unschwer erkennen, dass ihre Pläne sich nicht so leicht verwirklichen lassen würden, wie sie sich das vorgestellt hatte.

Wie stolz er da stand, der Herr Coëtivy, jetzt, wo er noch nichts von der feurigen Rede ahnte, die Alix Dame Bertrande halten wollte!

Stolz und aufrecht konnte er jetzt vor ihr stehen und den Frauen, die er noch zu verführen gedachte, einen nach wie vor vornehmen Anblick und einen erstaunlich jung gebliebenen Körper bieten. Aber diesmal würde Alix gewinnen. Sie würde nicht das geringste Risiko eingehen, um ihm nicht wieder in die Falle zu gehen. Man muss schon sagen, dass sie ihre Unerfahrenheit allmählich mit einer gewissen Besonnenheit wettmachte.

Jetzt reagierte sie ganz schnell, weil sie sich sagte, er würde sie bestimmt irgendwie zu fassen kriegen, wenn sie noch länger wie angewurzelt vor ihm stehen blieb; oder er würde irgendwem befehlen, sie zu ergreifen und von seinem Anwesen zu entfernen – und dann könnte sie auf keinen Fall mehr mit Dame Bertrande sprechen.

Deshalb nahm sie sich gar nicht erst die Zeit, ihm zu antworten, sondern lief so schnell sie konnte zum Haus, wo sie in der Nähe vom Stall Amandine stehen ließ, die schon mit ihren kleinen klugen Augen ins Innere des Gebäudes lugte, wo sie sich Futter und die wohlverdiente Ruhepause erhoffte.

Alix verlor keine Zeit, sie wusste genau, was sie wollte.

»Dame Bertrande!«, schrie sie, so laut sie konnte. »Dame Bertrande! Ich muss Euch sprechen!«

Besser hätte sie es gar nicht machen können, weil sich nämlich umgehend die große Haustüre öffnete, und eine kleine, rundliche Gestalt erschien und nach draußen stürzte.

Dame Bertrande – sie war es tatsächlich – wirkte sonst eigentlich sehr ruhig und friedlich, jetzt sah man ihr aber die Aufregung an der tiefen Falte auf ihrer Stirn an und weil sie den Eindruck machte, sie würde gleich keine Luft mehr bekommen.

Sie trug einen Rock aus Barchent, der ihre Füße in den gefütterten Schuhen verdeckte, eine gestärkte weiße Haube, deren Bänder ihr rechts und links vom Kopf auf die Schultern fielen, und über dem Rock ein braunes baumwollenes Überkleid, das einige Damen vermutlich etwas altmodisch gefunden hätten – aber Dame Bertrande kümmerte sich nicht um die Mode, und rannte so schnell auf Alix zu, dass die beinahe mit ihr zusammengestoßen wäre. Sie musste ein paar Schritte zurück machen, um den Zusammenprall zu vermeiden, bei dem sie sonst wahrscheinlich beide umgefallen wären.

»Dame Bertrande!«, rief Alix ganz außer Atem, »ich muss Euch unbedingt sprechen.«

»Aber was wollt Ihr denn von mir? Wer seid Ihr überhaupt?«

Auch sie kam erst allmählich wieder zu Atem. Und als sich Dame Bertrande ratlos umsah, weil sie noch immer nicht den Grund für diese Aufregung erkennen konnte, kam ihr Mann auf sie zugelaufen.

»Ich bitte Euch, Dame Bertrande, können wir in Euer Haus gehen, um zu reden?«

»Um zu reden!«

Sie sah, wie sich ihr Mann auf das junge Mädchen stürzte und es grob am Arm packte.

»Lasst mich los!«, schrie Alix. »Ihr wisst ganz genau, dass ich keine Diebin oder Lügnerin bin.«

Sie schlug wie wild um sich, aber Coëtivy ließ nicht locker, und sie konnte sich nicht befreien.

»Lasst mich los!«, schrie sie noch einmal mit einer Stimme, die für Dame Bertrande, die jetzt wild gestikulierte, wie der verzweifelte Ruf eines hilflosen kleinen Tiers klang. Als sie aber sah, wie Coëtivy mit aller Gewalt versuchte, Alix vom Haus wegzuziehen, griff sie endlich ein.

»Was soll denn das ganze Theater?«, rief sie, empört über diesen plötzlichen Ausbruch von Gewalt. »Wer seid Ihr, und was wollt Ihr?«

Sie sah erst ihren Mann an, dann wieder Alix, die immer noch mit der Kraft der Verzweiflung kämpfte, sich aber nicht gegen den Webermeister wehren konnte.

»Lasst mich endlich los, Meister Coëtivy! Ihr habt mir nichts zu befehlen. Und ich will nicht mit Euch reden, sondern mit Eurer Frau.«

»Also bitte, Pierre!«, verlangte Bertrande. »Lass jetzt dieses Mädchen los, und sag mir lieber, was sie dir getan hat.«

»Ach, bitte, Dame Bertrande«, bat Alix, »nehmt mich mit in Euer Haus, damit wir unter vier Augen reden können.«

»Wenn du etwas sagen willst, dann sag es hier«, brüllte Coëtivy. »Du hast bei uns nichts verloren.«

»Bei Euch heißt auch bei Eurer Frau, Meister Coëtivy. Wenn sie verlangt, dass ich hier zwischen Tür und Angel mit ihr rede, tue ich das auch.«

Dame Bertrande hatte sich wieder gefasst und fuchtelte auch nicht mehr so mit den Armen herum.

»Wenn dieses junge Mädchen nichts stehlen will, warum sollten wir es dann nicht in unser Haus lassen?«, fragte sie jetzt ganz ruhig und wandte sich dann wieder an Alix.

»Wie heißt Ihr denn, meine Kleine? Mir scheint, Ihr seid noch sehr jung.«

»Ich heiße Alix und bin fünfzehn.«

Coëtivy, der Alix endlich losgelassen hatte, verpasste ihr daraufhin eine Ohrfeige, die zwar nicht besonders heftig war, sie aber immerhin erschrocken verstummen ließ.

»Jetzt ist es aber genug, Pierre!«, schrie nun Dame Bertrande. »Ich muss wohl annehmen, dass dieses Mädchen mir etwas zu sagen hat, was deine Ehre als treuer Ehemann in Frage stellt?«

»Oh nein, Dame Bertrande!«, rief Alix und rieb sich die leicht gerötete Backe. »Es ist wirklich nicht das, was Ihr denkt. Meister Coëtivy hat mich nicht angerührt, außer jetzt eben mit dieser Ohrfeige, die er mir übrigens zu Unrecht verpasst hat.«

»Worum geht es denn dann, meine Kleine? Hast du ihm vielleicht etwas getan? Erzähl es mir einfach, ich höre dir zu.«

»Ich habe ihm gar nichts getan. Seinem Sohn habe ich etwas getan. Ja, Dame Bertrande, und das gefällt ihm überhaupt nicht!«

»Seinem Sohn? Aber er hat keinen Sohn!«

Und wieder stürzte sich der Webermeister auf Alix, packte sie am Arm und schüttelte ihn wie einen Ast, von dem man die reifen Früchte holen will.

»Halt den Mund!«, brüllte er. »Halt den Mund, du Miststück!«

»Seinem Sohn?«, sagte Dame Bertrande noch einmal. »Aber wer ist denn sein Sohn?«

»Jacquou«, antwortete Alix scheinbar ungerührt und erwiderte Coëtivys Blick jetzt ohne einen Funken Mitleid.

Dame Bertrande griff sich ans Herz und wurde bleich. Ihr Gatte wollte ihr zu Hilfe eilen, aber sie wies ihn kühl und entschlossen ab.

»Lass mich, Pierre. Du weißt schließlich am besten, dass dieses junge Ding die Wahrheit sagt.«

Und zu Alix gewandt sagte sie:

»Ja, mein Kind, ich glaube gerne, was ich eigentlich schon immer gewusst habe! Weil er aber nie etwas gesagt hat, habe ich mir etwas vorgemacht. Seit bald zwanzig Jahren mache ich mir jetzt schon etwas vor, und dabei habe ich Jacquou aufgezogen, als wäre er mein eigener Sohn.«

Sie trat zu Alix und nahm ihre Hand.

»Ich bin sehr froh, dass es hier nicht um eine Geschichte geht, bei der seine Ehre auf dem Spiel steht, meine Kleine. So etwas hätte ich nur sehr ungern gehört. Ja, ich wäre sehr verärgert gewesen, wenn ein junges Ding wie du die Ehre von Meister Coëtivy beschmutzt hätte.«

»Aha!«, machte Alix empört.

»Nein, keine Angst, ich hätte deine Offenherzigkeit, deine Unerfahrenheit und deine Phantasien entschuldigen und stattdessen meinem Gatten seinen Vertrauensmissbrauch, seine Schamlosigkeit und seine Geilheit vorwerfen können. Aber darum geht es ja nun zum Glück nicht. Jetzt möchte ich nur noch wissen, wer Jacquous Mutter ist. Ich bin sicher, ich werde auch das aus deinem Mund erfahren, Alix.«

Weil es Pierre de Coëtivy die Sprache verschlagen hatte, fuhr sie, immer noch an Alix gewandt, ruhig fort.

»Erst einmal will ich jetzt aber wissen, warum du mir unbedingt sagen wolltest, dass Jacquou sein Sohn ist.«

Alix atmete erleichtert auf und lächelte Dame Bertrande an. Sie ahnte, dass ihre Zukunft ab jetzt leichter und friedlicher würde.

»Als er acht Jahre alt war, hat es ihm seine Halbschwester in Gegenwart seines Meisters in der Kathedrale von Angers gesagt.«

»Wie kannst du so etwas behaupten?«, schrie der Webermeister. »Halt endlich den Mund, du dumme Göre!«

»Lass sie reden, Pierre, ich befehle es dir.«

Die Sorgenfalte auf Dame Bertrandes Stirn war längst verschwunden, und sie wirkte wieder so heiter wie gewohnt. An ihren Gatten gewandt, fragte sie ruhig und mit leiser Stimme:

»Diese Halbschwester ist also auch die Tochter von der Frau, die deine Geliebte war. Wie heißt diese Frau?«

»Léonore Cassex«, entfuhr es Alix.

»Léonore Cassex«, wiederholte Dame Bertrande nachdenklich und schüttelte den Kopf. »Diesen Namen habe ich noch nie gehört. Wo kam sie her?«

»Das weiß ich nicht«, gab Alix zur Antwort. »Jacquou konnte mir noch nicht alles darüber erzählen. Vielleicht weiß er es nicht einmal selbst. Vielleicht weiß er überhaupt viel weniger von seiner Mutter, als wir uns vorstellen können, weil ihm Meister Coëtivy wahrscheinlich nur das Nötigste gesagt hat.«

»Armes Ding«, murmelte Dame Bertrande und wischte sich eine Träne aus dem Augenwinkel.

Coëtivy wusste nicht mehr, was er sagen sollte, und hatte sich etwas von den beiden Frauen entfernt.

»Wer ist seine Halbschwester? Wie heißt sie?«

»Isabelle de La Trémoille.«

»Nachdem ihre Mutter Cassex hieß, ist der Adelstitel also angeheiratet«, grübelte sie.

Sie ging auf Pierre zu, sah ihn verärgert, aber friedlich gestimmt an und fragte mit einem leisen Seufzen:

»Warum hast du mir nichts gesagt? Wenn ich das gewusst hätte, hätte ich viel mehr Geld von dir für Jacquous Erziehung verlangt. Gott sei Dank hätte ich ihm nicht mehr Zuneigung schenken können, als ich es ohnehin getan habe.«

»Ich weiß, dass Léonore die Tochter eines berühmten Webers aus Brügge ist, Dame Bertrande. Das ist aber leider auch alles, was ich über Jacquous Mutter weiß.«

»Ach, ich wusste doch, dass diesem Kind seine Begabung für die Weberei in die Wiege gelegt worden ist. Und das gleich zweimal, gütiger Gott! Hab ich's doch geahnt!«

Dame Bertrande schüttelte missbilligend den Kopf. Langsam und ohne ein Wort zog sich ihr Mann Schritt für Schritt zurück, als wolle er sich weit genug entfernen, um sich diese Auseinandersetzung nicht mehr länger anhören zu müssen. Aber seine Frau nahm die gefährliche Diskussion wieder auf.

»Dann hast du sie also da oben kennen gelernt. Ich habe ja immer geahnt, dass du in Flandern ein Doppelleben führst.«

Weil er nichts dazu sagte, ging sie auf ihn zu und stieß ihn mit beiden Händen von sich.

»Geh jetzt, Pierre, und komm nicht so schnell wieder. Erst wenn ich das alles vergessen und dir, vielleicht, verziehen habe.«

»Komm jetzt, meine Kleine. Du musst mir die ganze Geschichte erzählen.«

Coëtivy stürzte sich auf Alix und würgte sie. Er war außer sich vor Wut. Dame Bertrande war entsetzt, als er mit zornigen Augen den zierlichen Hals des jungen Mädchens umklammert hielt.

»Lass sie los und verschwinde!«

»Nein!«

»Ich sage dir, verschwinde auf der Stelle!«

»Nicht ehe ich ihr gesagt habe …«

»Du hast ihr nichts zu sagen.«

Er blieb beharrlich.

»Sie hat kein Recht auf Jacquou.«

»Und ob ich das habe, Meister Coëtivy. Und ich sage Euch auch, warum.«

»Gar nichts wirst du sagen.«

»Pierre! Sei still und hör dir an, was sie zu sagen hat. Sonst musst du sofort gehen.«

Coëtivy wandte sich zu Alix und sah sie wütend an.

»Was willst du dir denn noch alles ausdenken, du miese kleine Lügnerin?«

»Bis jetzt wart Ihr es, Herr Coëtivy, der seine Frau angelogen hat. Ich habe immer nur die Wahrheit gesagt. Und das werde ich auch weiter tun, ob Ihr wollt oder nicht, weil Eure Frau sie nämlich zu hören wünscht.«

Sie lächelte – erleichtert und fast vergnügt – und entblößte dabei ihre hübschen weißen Zähne, die wie Perlmutt glänzten.

»Ja«, sagte sie und hörte nicht auf zu lächeln, »ich sage weiter die Wahrheit, die Ihr wahrscheinlich bestreiten werdet. Und weil Ihr ja nicht wollt, dass ich Euer Haus betrete, sage ich sie Euch hier.«

»Was willst du denn noch?«, rief er außer sich und bemerkte nicht einmal, dass die Dienstboten die Vorhänge zur Seite schoben und die Ohren spitzten, um alles besser mitzubekommen.

»Ich will noch sagen, dass Jacquou und ich verheiratet sind, Meister Coëtivy.«

Auf dieses Geständnis hin brach er in irres Gelächter aus.

»Da haben wir es! Eingebildete, aufgeblasene kleine Göre! Du willst mit ihm verheiratet sein! Eine Waise ohne Geld und ohne Bildung. Du lügst!«

»Ich lüge nicht!«, schrie Alix und lief vor Zorn rot an.

»Und wie hättest du ihn, bitte, heiraten sollen, du Waise? Du bist ja noch nicht mal alt genug, um das ohne die Zustimmung deiner Eltern zu dürfen.«

»Ich habe keine Eltern gebraucht, damit sie es mir erlauben. Ich hatte die Zustimmung von Kardinal Jean de Villiers, der für mich einen Sonderdispens aus dem Vatikan in Rom erwirkt hat.«

»Kardinal Jean de Villiers! Aus dem Vatikan!«, rief Dame Bertrande und wischte sich den Schweiß von der Stirn.

»Das ist doch nicht wahr!«, brüllte Coëtivy.

»Doch, das ist wahr! Am Tag bevor Ihr mit Jacquou nach Flandern gereist seid, haben wir den kirchlichen Segen erhalten.«

Alix dachte, er würde wie vom Blitz getroffen zu Boden gehen. Er trat ein paar Schritte zurück, wurde immer bleicher und stürzte sich dann erneut auf Alix, um sie zu würgen.

»Schluss damit! Hast du den Verstand verloren, dass du dich so aufführst?«

»Dieses Mädchen lügt!«

Alix lächelte ihn verächtlich an.

»Ihr habt vergessen, dass Jacquou noch von jemand anders unterstützt wurde. Er hatte einen mächtigen Befürworter.«

»Etwa Isabelle!«, lachte er höhnisch, »sie hat sich immer an meine Anordnungen gehalten.«

»Nein, nicht Isabelle, sondern Monseigneur Jean de Villiers, wie ich bereits sagte. Sobald er den Dispens erhalten hatte, hat er uns in der Kapelle von Germigny-des-Prés, in der Nähe von Saint-Benoît-sur-Loire, verheiratet. Ach, Dame Bertrande!«, sagte sie traurig. »Und als die beiden dann am nächsten Morgen nach Flandern abgereist sind, war ich guter Hoffnung.«

»Mein armes kleines Mädchen«, sagte Coëtivys Frau, nahm Alix in die Arme und wiegte sie wie ein kleines Kind. »Meine arme Kleine.«

Dann schob sie sie von sich und warf einen Blick auf ihren flachen Bauch.

»Du warst schwanger! Große Güte! Und wo ist das Kleine?«, fragte sie bestürzt.

»Es ist tot«, gestand Alix mit Tränen in den Augen. »Euer Mann hat mich aus der Werkstatt gejagt, in der ich gearbeitet habe. Ich war also schwanger und ohne Arbeit und bin viel zu viel zu Fuß unterwegs gewesen, damit er mich nicht wieder kriegen konnte. Dem Kindchen waren meine Erschöpfung und mein Kummer zu viel. Es ist kurz nach seiner Geburt gestorben.«

»Du bist ein Ungeheuer, Pierre de Coëtivy«, schrie Dame Bertrande. »Ich will dich nie wieder sehen. Geh zum Teufel.«

Alix seufzte erleichtert und erholte sich ein wenig von der Aufregung. Sie hatte das Herz von Dame Bertrande gewonnen.

»Komm, meine Kleine, jetzt erzählst du mir den Rest der Geschichte.«

Das Haus von Dame de Coëtivy war geräumig und sehr komfortabel. In dem großen Raum in der Mitte hielt man sich tagsüber zum Plaudern, zum Spielen oder zum Essen auf. Das große Zimmer auf der linken Seite war Meister Coëtivys Arbeitszimmer, wenn er gerade einmal in Nantes war; das auf der rechten Seite diente als Salon. Darin standen bequeme Lehnsessel, die passend zu den Wandteppichen bezogen waren. Es ging auf den Korridor hinaus, an dessen Ende sich die Schlafzimmer befanden.

Um ehrlich zu sein, hatte Pierre de Coëtivy in seinem ganzen Leben nur äußerst wenig Zeit an der Seite seiner Frau verbracht. Immer unterwegs nach Tours, Paris oder in den Norden, wo er seine verschiedenen Werkstätten hatte, kam er nur sehr selten zwischen zwei langen Reisen kurz nach Nantes, um sich zu vergewissern, dass es seiner Gattin gut ging.

Wie hätte Dame Bertrande unter diesen Umständen behaupten können, dass Meister Coëtivy kein Doppelleben führte? Hätte die hintergangene Ehefrau in dem Moment, da ihr die Wahrheit ins Gesicht gesagt wurde, etwa nicht das Recht gehabt, die Frage zu stellen, die ihr auf der Zunge lag? Führte Pierre auch jetzt ein Doppelleben, hatte er noch ein Zuhause und eine heimliche Liebe irgendwo da, wo er sich wegen seiner Arbeit dauernd aufhielt?

Wollte sie in diesem Augenblick überhaupt eine Antwort, oder interessierte sie sich nur für das junge Mädchen, das bei ihr zu Gast war, dem sie es recht behaglich machen und von dem sie alles erfahren wollte?

Ihr Mann Coëtivy durfte den Schönen aus Tours oder den hübschen Frauen in Flandern ruhig den Hof machen, solange es ihr auf ihrem Landsitz im Einklang mit sich, ihren Leuten, ihren Gewohnheiten und den großzügigen finanziellen Mitteln, mit denen sie sich jeden Wunsch erfüllen konnte, gut erging.

Alix bewunderte den Holzboden, der angenehm nach Bienenwachs duftete und mit dicken Teppichen bedeckt war, die bestimmt aus Konstantinopel stammten, weil ihre Muster und die warmen Farben sehr orientalisch wirkten. In tiefen Zügen atmete das junge Mädchen den köstlichen Hauch von Luxus ein, den sie schon in den Salons von Louise d'Angoulême sehr geschätzt hatte.

Bei Dame Bertrande strahlte alles Behaglichkeit aus: An den grauen Steinwänden hingen wunderbar leuchtende Mille-Fleurs-Teppiche. Auf den meisten und schönsten waren Schäferszenen dargestellt mit Tieren, Vögeln und Einhörnern, die sich dort tummelten und von anmutigen Gestalten bewundern ließen, deren purpurrote und himmelblaue Roben in zierlichen Falten auf Phantasiewiesen fielen, auf denen Unmengen von bunten Blümchen blühten.

Dame Bertrande stellte ein großes Stück Roggenbrot und Butter zusammen mit schönen, frischen Meeresfrüchten auf den Tisch, die père Sébastien gerade gefischt hatte. Der alte Mann, der früher zur See gefahren war, ging jeden Tag früh am Morgen an den dann noch menschenleeren Strand, um seiner Herrin Schlag zwölf Uhr den Fang nach Hause zu bringen.

Alix verspeiste mit großem Appetit Jakobsmuscheln, Miesmuscheln, Crevetten, Krabben und Uferschnecken und dachte dabei daran, wie ihre Mutter sie an ihren freien Tagen mit ans Meer genommen hatte, um all diese Meeresfrüchte zu suchen, die so angenehm salzig nach Atlantik schmeckten.

»Du liebst also unseren Jacquou?«, sagte Dame Bertrande und freute sich über den gesunden Appetit ihres jungen Schützlings.

»Ja, Dame Bertrande«, seufzte Alix und ließ genießerisch eine schöne meeresfarbene Auster im Mund verschwinden, »seit wir uns das erste Mal begegnet sind, lieben wir uns so sehr, dass uns nichts trennen kann. Wir wollen sogar zusammen in einer Werkstatt arbeiten.«

»Was hast du denn gelernt?«

»Meister Gauthier aus Tours hat gesagt, dass ich eine sehr gute Arbeiterin bin und alles erstaunlich schnell gelernt habe.«

»Du meinst das Weben am Flachwebstuhl?«

»Nein, Dame Bertrande, das beherrsche ich ja schon lange! Ich meine die Arbeit am Hochwebstuhl. Jacquou und Arnold haben mir beigebracht, wie man damit arbeitet. Und die wirklich kunstvollen Wandbehänge kann man nur so weben. Deshalb will ich an einem Hochwebstuhl arbeiten, weil ich da meiner Phantasie freien Lauf lassen kann.«

Dame Bertrande nickte zustimmend.

»Ihr müsst jetzt aber irgendwie allein zurechtkommen, weil Euch mein Mann bestimmt nicht helfen wird.«

»Wollt Ihr ihn denn wirklich nicht wiedersehen?«

»Ach woher! Eines Tages kommt er wieder, so war das schon immer. Auch wenn ich ihn rauswerfe, kommt er immer wieder. Diesmal wartet er aber wahrscheinlich länger ab in der Hoffnung, ich könnte die Geschichte vergessen haben.«

»Werdet Ihr sie denn bald vergessen?«

»Nein! Ich habe nämlich gar keine Lust, ihm diesen Fehler zu verzeihen. Coëtivy wusste ganz genau, dass ich Jacquou wie meinen eigenen Sohn liebe. Er hätte mir sagen müssen, dass er sein

Kind ist. Ich hätte ihm auch bestimmt keine weiteren Fragen gestellt, umso mehr, als ich sehr schnell hätte begreifen müssen, dass die Mutter seines Sohnes wohl kaum die einzige Liebe seines Lebens war.«

»Jacquous Mutter hieß Léonore.«

»Hat Jacquou dir das erzählt?«

»Ja, er hat mir sein Geheimnis anvertraut, als ich acht war.«

»Großer Gott, so klein warst du da noch! Und wo hat er dir das erzählt?«

»Ich hatte mich in einer Kutsche versteckt, mit der zwei Zofen von Königin Anne und drei Stickerinnen von Meister Yann unterwegs waren.«

»Aber ja, daran kann ich mich erinnern. Ich habe sie hier beherbergt und verköstigt.«

Alix nickte. Was ging ihr da nicht alles durch den Kopf, und wie jung war sie damals gewesen!

»Die drei waren gute Freundinnen meiner Mutter, die damals gerade gestorben war und mich allein zurückgelassen hatte«, sagte Alix traurig. »Sie hatten versprochen, sich um mich zu kümmern, weil ich nicht ins Kloster wollte.«

»Armes Kind! Ist dir das Kloster denn erspart geblieben?«

»Leider nicht! Man hat mich in einem tristen Haus eingesperrt, wo ich ständig gehorchen und beten musste. Weil ich aber die ganze Zeit nur daran gedacht habe, wie ich fliehen und zu meinem Jacquou kommen könnte, haben mich die Nonnen nicht besonders gemocht.«

»Es ist jedenfalls schade, dass du nicht aus deiner Kutsche herausgekommen bist. Ich hätte bestimmt etwas für dich tun können.«

»Ich hatte solche Angst, dass man mich findet. Außerdem habe ich an dem Abend Isabelle kennen gelernt.«

»Isabelle! Hast du diesen Namen nicht schon mal erwähnt?«

»Ja, sie ist Jacquous Halbschwester. Léonore war auch ihre Mutter.«

»War diese Léonore verheiratet?«

»Das weiß ich nicht. Ich weiß nur, dass Isabelle, ihre Tochter, an dem Abend, an dem ich sie kennen gelernt habe, Euch auf keinen Fall begegnen wollte.«

»Was wollte sie denn dann hier?«

»Sie wollte Jacquou sehen, ehe er sich auf den Weg zu seiner Lehrstelle machte. Sie mag ihn sehr gern und hat Meister Coëtivy mehrfach aufgefordert, Euch die Wahrheit zu sagen. Aber er hat sich immer geweigert.«

Mit Sicherheit hatte Dame Bertrande nicht geahnt, dass der Junge, um den sie sich gekümmert hatte, seit er auf der Welt war, so ein großes Geheimnis hütete.

»Mein armer kleiner Jacquou! So wie ich ihn kenne, wollte er mir bestimmt manchmal alles sagen. Er muss seinen Meister sehr bewundern und hoch achten, dass er dieses große Geheimnis für sich behalten konnte.«

»Damit ist jetzt aber Schluss, Dame Bertrande«, sagte Alix und wischte sich den Mund ab, nachdem sie den Teller mit den leeren Muschelschalen weggeschoben hatte. »Das ist vorbei, und wir brauchen ihn nicht mehr.«

»Ach, meine Schäfchen!«, rief jetzt Bertrande. »Wenn ich Euch irgendwie helfen kann, mache ich das mit dem größten Vergnügen. Leider besitzt aber Coëtivy mein gesamtes Vermögen. Als mich mein Vater mit ihm verheiratet hat, hat er ihm alles überschrieben – meine Mitgift, meine Güter, meine Leute. Ich habe nur so viel Geld, wie ich zum Unterhalt dieses Hauses brauche, das mir zum Glück immer noch gehört. Deshalb wollte ich auch nie von hier weg und in Tours, Paris oder sonst wo leben. Dieses Haus gehört mir, und hier will ich auch sterben.«

Fast ein wenig betrübt zuckte sie die Schultern. Es fiel ihr nicht schwer, gerecht zu sein und ihr Urteil abzuwägen. In ihrem sanften runden Gesicht spiegelte sich die abgeklärte Weisheit eines geistreichen und verständnisvollen Menschen.

»Na ja, außerdem war ich nun einmal nie eine große Schönheit, und Coëtivy fühlt sich aber immer zu den verführerischen jungen Geschöpfen hingezogen, von denen er sich inspirieren lässt. Ich vermute, dass diese Léonore – ganz zu schweigen von den anderen Frauen, an die er im Laufe der Jahre sein Herz verloren haben muss – diesen Charme besaß, den er brauchte, um als eigentlicher Künstler das Leben eines angesehenen Handwerksmeisters führen zu können.«

Sie fuhr sich mit ihrer rundlichen Hand über die Augen. Wollte sie sich verstohlen eine Träne wegwischen? Als sie ein Weilchen schwieg, vielleicht um sich an die wenigen glücklichen Tage mit ihrem Mann zu erinnern, ging Alix zu ihr, und Dame Bertrande nahm sie mit ihrer überbordenden Herzlichkeit in den Arm und drückte sie an sich.

»Und dabei habe ich ihn geliebt, diesen verdammten Kerl! Ach, Jesus! Und wie ich ihn geliebt habe, als mein Vater längst alles begriffen hatte. Dass seine einzige Tochter nicht schön und anmutig war, hatte ihn verlegen gemacht, und vor lauter Schuldgefühlen hatte er in alle finanziellen Forderungen von Coëtivy eingewilligt. Und Gott weiß, wie sehr Pierre seinen Willen durchsetzen konnte, weil er bereit war, mich zu heiraten.«

Sie gab Alix einen Kuss auf die Stirn und schob sie behutsam weg, um aufzustehen und mit wenigen schnellen Schritten zu einer gewaltigen Truhe zu gehen, die an der Wand gegenüber dem großen Kamin stand.

»Wie auch immer«, fuhr sie fort. »Er ist trotzdem stets ein guter Ehemann gewesen, ehrerbietig, gerecht, großzügig und unkompliziert, solange ich ihm seine Freiheiten ließ; und abgesehen von seiner Treulosigkeit und vor allem diesem großen Geheimnis, das er aus Jacquou gemacht hat, habe ich ihm eigentlich nichts vorzuwerfen.«

Dame Bertrande öffnete den schweren, reich verzierten Deckel der großen, im bretonischen Stil geschnitzten Holztruhe und holte eine kleine, passend geschnitzte Kiste heraus, die sie vorsichtig öffnete.

Sie musterte den Inhalt, überlegte ein Weilchen, nickte dann und lächelte zufrieden über die Wahl, die sie getroffen hatte. Behutsam nahm sie ein wunderschönes Armband mit blauen und grünen Edelsteinen heraus und reichte es Alix.

»Das ist mein Hochzeitsgeschenk für dich, meine Kleine. Dieses Armband hat meiner Mutter gehört, und mein Vater hat es mir an dem Tag gegeben, an dem sie gestorben ist. Es sind sehr schöne Smaragde und lupenreine kleine Saphire. Pass gut darauf auf, mein Kind, und wenn du kannst – ja, nur wenn du kannst –, behalte es dein Leben lang. Du solltest es nur verkaufen, wenn es gar nicht anders geht.«

Sie streifte Alix das Schmuckstück über die Hand, wo es auf ihrer seidenweichen weißen Haut funkelte. Alix konnte es ein ganzes Stück am Arm hochschieben, und als sie den Arm fallen ließ, rutschte es leise klirrend und glitzernd auf ihr zierliches Handgelenk.

Alix konnte es kaum fassen. Noch nie im Leben hatte sie etwas so Kostbares gesehen, geschweige denn besessen. Außer sich vor Freude stürzte sie sich auf Dame Bertrande und gab ihr auf jede Backe einen dicken, zärtlichen Kuss.

»Und dass du es nur weißt! Meister Coëtivy hat da gar nichts zu sagen. Dieser Schmuck gehört mir.«

»Aber, Dame Bertrande«, sagte jetzt Alix mit noch immer vor Rührung geröteten Wangen, »das Armband wird Euch bestimmt fehlen. Habt Ihr denn noch andere?«

»Nein. Meister Pierre hat mich nie mit solchen Geschenken verwöhnt. Aber was soll's! Mir war es immer wichtiger, dass er mir genug Geld gab, damit ich Haus und Grund unterhalten und meine Leute bezahlen konnte.«

Und dann rief sie Diener, Dienstmädchen und Zimmermädchen zu sich und trug ihnen auf, sich gut um ihren Schützling zu kümmern.

Nachdem sich Alix dann mit Dame Bertrande beratschlagt hatte, musste sie einsehen, dass sie Jacquou erst wiedersehen konnte, wenn er seine Gesellenzeit hinter sich gebracht und den Meister gemacht hatte. Dann hatte sie es nämlich mit einem Mitglied der Gilde zu tun, und nicht mit einem einfachen Webergesellen.

Alix musste sich also noch beinahe sechs Monate gedulden, in denen sich de Coëtivy nicht ein Mal blicken ließ. Aber die Zeit in Gesellschaft dieser angenehmen Frau zu verbringen, war für Alix ein großes Vergnügen; und wenn sie nicht so ungeduldig das Wiedersehen mit ihrem Jacquou herbeigesehnt hätte, was Dame Bertrande übrigens sehr gut verstand, wäre es vielleicht sogar die schönste Zeit ihres Lebens gewesen.

Dame de Coëtivy teilte ihr also eines Tages mit, wann und wo sie ihren jungen Gatten treffen konnte, und Alix machte sich wieder auf den Weg. Es war ein Frühlingsmorgen mit einem wolkenlosen Himmel, der so strahlend blau leuchtete wie die Himmel, die sie schon auf den Wandbehängen in der Werkstatt von Tours nachgewebt hatte.

15

Seit einiger Zeit beschäftigte sich Louise mit der Inventarisierung der Besitztümer ihres verstorbenen Mannes, der zwar nicht die Weisheit seines Vaters oder die Geschäftstüchtigkeit seiner Mutter, aber doch immerhin von seinem Onkel, dem Dichter Charles d'Orléans, die Leidenschaft für Literatur und Kunst geerbt hatte.

Wenn die Bibliothek von Charles d'Angoulême auch nicht sehr wertvoll war, womit er ebenfalls die Tradition seines Onkels fortsetzte, hatte er doch großen Wert auf Vollständigkeit und Ausstattung gelegt. In dem mit karmesinrotem Serge ausgeschlagenen großen Raum waren mehr als hundertfünfzig Handschriften in einem riesigen Schrank mit zahlreichen Fächern untergebracht, den vier kunstvoll geschmiedete Schlösser zierten.

Charles hatte das von seinem Vater ererbte Möbel stets in Ehren gehalten und gepflegt. Und die leidenschaftliche Leserin Louise wäre die Letzte gewesen, die mit dieser Tradition brechen wollte.

Neben den ordentlich verwahrten Manuskripten gab es in dem großen Schrank noch ein mit rotem Samt ausgeschlagenes Fach, in dem einige Werke verschlossen lagen, die dem Vater von Charles gewidmet waren; eines davon verglich ihn mit einem Salamander, der sich von den ihn umgebenden Flammen nährte. Der Autor konnte damals natürlich nicht wissen, dass dieses Emblem eines Tages im Wappen eines großen französischen Königs verewigt werden sollte. Und was den ursprünglichen Besitzer dieses Werks angeht, so hätte es ihn vermutlich sehr erstaunt zu erfahren, dass es sich bei diesem König um seinen Enkel François handelte.

Während die Bibliothek der Beaujeu für Louise schon eine Schatzkammer gewesen war, der sie immer neue Denkanstöße verdankte, war die ihres Mannes schier unerschöpflich. Sie studierte dort Dante, Aristoteles und Petrarca, und mit »Lanzelot«, den »Chroniques de France«, den »Metamorphosen« von Ovid, »Les Facéties« von Pogge, dem »Testament« von Jean de Meung und dem Gesamtwerk von Christine de Pizan die ersten gedruckten Bücher überhaupt.

Außerdem entdeckte sie dort auch religiöse Titel, Abenteuerberichte und Gedichte, die Charles' Onkel mit Begeisterung abgeschrieben hatte und die weniger aufwändig gebunden waren.

Charles, der bei Louise immer ein offenes Ohr gefunden hatte, wenn es um Literatur ging, hatte gemeinsam mit Robinet Testard ihr Interesse für die Illuminierkunst geweckt. Testard war gerade dabei, seine hundert Miniaturen zu vollenden, wahre kleine Kunstwerke, die Boccaccios Dekameron illustrieren sollten, und deren Entstehung Louise seit den ersten Entwürfen mit verfolgt hatte.

Und auch Jean de Saint-Gelais, der mittlerweile gemeinsam mit der kleinen Familie von Louise auf dem Schloss in Cognac lebte, war ein großer Liebhaber dieser Bibliothek.

Louise hatte im Laufe der Zeit festgestellt, dass Jeans melancholische Sanftmut nur oberflächlich war – dahinter verbarg sich oftmals ein bissiger und ziemlich sarkastischer Humor. Trotzdem hatte er sich wegen ihres Anmuts und ihrer geistreichen Art auf Louise eingelassen. Aber er liebte sie nicht nur wegen ihrer lustvollen Sinnlichkeit, die Charles d'Angoulême wenig zu schätzen gewusst hatte, sondern er lebte auch einfach gern an dem kleinen Hof von Cognac, der im Stil der italienischen Höfe gehalten wurde. Das war nicht weiter verwunderlich, weil der Ahnherr Visconti dort lange Zeit verbracht und viele Spuren hinterlassen hatte.

Der Tod ihres Sohnes Charles hatte Marguerite de Rohan natürlich tief getroffen; sie war aber viel zu vornehm und klug, als dass sie das Treiben von Louise hätte kritisieren wollen. Immerhin hatte ihr Sohn seine junge Gattin selbst reichlich ungeniert behandelt. Und wieso hätte sie das etwas leichtfertige, aber durchaus verständliche Verhalten ihrer Schwiegertochter schockieren sollen? Sie fand Saint-Gelais klug und zurückhaltend, hielt ihn für einen guten Berater, für sehr kultiviert und außerdem um die intellektuelle Erziehung der Kinder bemüht.

Marguerite de Rohan hatte nie Einfluss auf ihren Sohn ausgeübt, und den wollte sie auch nicht auf ihre Schwiegertochter haben – und erst recht nicht wollte sie ihr irgendetwas aufzwingen. Sie war der Überzeugung, der Mensch besäße entweder von Haus aus Intelligenz und Weisheit und wäre so in der Lage, ein sinnvolles und erfülltes Leben zu führen, oder aber es fehlte ihm an beidem, und dann wären alle, wie auch immer gearteten Ratschläge sinnlos.

Marguerite de Rohan war eindeutig zu alt und zu schwach, um sich noch selbst um die Inventarisierung des Familienbesitzes zu kümmern, was sie deshalb Louise überließ. Und es gab sehr wohl Grundbesitz und Ländereien, die sie selbst nach dem Tod ihres Gatten, Jean d'Angoulême, erworben hatte. Als überaus geschäftstüchtige Frau hatte sie damals die Verwaltung des Hauses d'Angoulême in die Hand genommen und dank ihres guten Gespürs den seit zwei Generationen reichlich heruntergekommenen Familienbesitz etwas aufgebessert.

So kam es, dass das Sägewerk von Salles, das inzwischen gut seine tausend Goldtaler wert war, und die Baronie von Montbron, ein kleines Gut, das aus Geldmangel vor sich hin vegetierte, den Kindern von Louise als rechtmäßiges Erbe zustanden. Neben den Städten Angoulême und Cognac besaß Marguerite de Rohan außerdem eine stattliche Sammlung alter Goldmünzen, kostbaren Karneol- und Türkisschmuck, eine Reihe prächtiger Tapisserien und echtes Mobiliar in ausgezeichnetem Zustand als glanzvolle Erinnerung an vergangene Epochen. So erfuhr Louise also, dass sie viel mehr besaß, als sie je geahnt hätte.

Als dann die alte Frau in Gegenwart von Louise ihr Tagebuch öffnete, wusste die junge Frau, dass ihr irdischer Lebensweg zu Ende ging. Es war eine Handschrift mit fünfzehn unvorstellbar schönen Miniaturen, die sie nur sehr selten gezeigt hatte. Zögernd strich Louise mit dem Finger über die große goldene Schließe, warf einen bewundernden Blick auf die Miniaturen und las einige Stellen in Marguerites Handschrift laut vor.

Auf ihrer dicken, weichen Steppdecke ausgestreckt lag die alte Frau mit geschlossenen Augen und dämmerte müde, aber dennoch aufmerksam vor sich hin. Wem, wenn nicht Louise, hätte sie ihr Buch geben sollen? Schließlich führte diese ebenfalls ein Tagebuch, in dem sie jedes Ereignis und jeden wichtigen Augenblick im Leben ihrer Kinder festhielt.

Weil sie die Augen geschlossen hielt und stoßweise atmete, glaubte Louise, Marguerite wäre eingeschlafen. Als sie ihr einen Kuss auf die runzlige Stirn gedrückt hatte und das Zimmer verlassen wollte, wurde sie aber von der Grabesstimme der alten Dame aufgehalten.

»Ich möchte, dass du sorgsam umgehst mit der ganzen guten Wäsche, die ich dir hinterlasse, mein Kind.«

»Ja, natürlich, Mutter. Ich habe sie bereits Stück für Stück verzeichnet«, antwortete Louise freundlich.

»Auch die aus Holland?«

»Die aus Holland und alle andere auch.«

»Von den großen Handtüchern auf den Holzrollen solltet Ihr Euch auf keinen Fall trennen«, fuhr Marguerite mit schwacher Stimme fort. »Sie sind schon immer Beweis für den Luxus in den Küchen des Hauses Angoulême.«

Sie wollte sich aufrichten, sank aber sofort wieder in ihre Kissen.

»Was ist mit meinen verbrämten und gefütterten schwarzen Samtroben?«, fragte sie nun hastig, wohl aus Angst, ihr könnte nicht genug Zeit bleiben, um alles anzusprechen.

»Ich habe sie alle gut verstaut und werde sie, wie Ihr es wünscht, später einmal tragen, Mutter.«

Von diesen feinfühligen Worten getröstet schlief die Gräfin ein.

Und Louise wusste, dass sich ihr Leben von nun an mehr auf Cognac konzentrieren würde, dieses Schloss ganz in der Nähe der alten Burg von Lusignan und gleich gegenüber der antiken romanischen Kapelle hoch über der Charente, die hier zwischen Pappeln durch grünes Wiesenland floss.

Nach Angoulême zog es sie nicht so sehr. Vielleicht fühlte sie sich dort weniger zuhause, weshalb sich ihr Schicksal wohl in der kleinen Stadt Cognac erfüllen sollte. Von dem alten Donjon der befestigten Stadt, die auf einer Seite an den Wald von Braconne grenzte, bot sich ein sehr schöner Ausblick. Die wildreichen waldigen Ebenen um ihre Stadt waren der ganze Stolz der Bewohner von Angoulême. Aber Charles lebte nicht mehr, und Jean de Saint-Gelais zog, genau wie sie selbst, den Jagdausflügen Manuskripte und Bücher vor.

So erfuhr Louise also in Cognac die Neuigkeiten, die Frankreich betrafen. Hin und wieder brachte ein Bote auch einmal Nachrichten aus der Bretagne.

Marguerite de Rohan war ihrem Sohn bald gefolgt. Als vornehme Dame, die ihre Zeit überlebt hatte, war sie zu ihrem Gatten, Jean d'Angoulême, heimgekehrt, dessen Ahnherr Valentino Visconti die französischen Könige mit seinem heiß begehrten Mailänder Erbe in die verhängnisvollen und trügerischen Italienkriege gestürzt hatte.

Das Leben auf dem kleinen Schloss in Cognac verlief nun wieder in ruhigen, heiteren Bahnen. Obwohl sie die Anwesenheit der alten Gräfin zeitlebens nicht störte, hatte Louise jetzt auf einmal das Gefühl, sie hätte sie keinen Tag länger ertragen können. Die ganze Last der Verantwortung lag auf ihren Schultern, die zwar nicht schwach waren, darunter aber doch manchmal nachgaben.

Louise musste sich um alles kümmern und das Leben an dem kleinen Hof des Grafen d'Angoulême nach einfachen Regeln so munter und lebensfroh wie gewohnt am Laufen halten.

Antoinette hatte ihren Kummer einigermaßen überwunden. Nachdem es ihren wichtigsten Lebensinhalt nicht mehr gab, lebte sie in ständiger ungeduldiger Erwartung von Neuigkeiten über ihre Tochter Jehanne, die am Hof in Amboise Königin Anne de Bretagne zu Diensten stand.

Jeanne, deren nachlässiges und notorisch sorgloses Wesen sich in keiner Weise geändert hatte, widmete sich zurzeit ihrer Tochter Souveraine, die zu einer anmutigen jungen Frau heranwuchs und sich mit ihrem begeisterungsfähigen und anpassungsfähigen Charakter sehr von ihrer Mutter unterschied.

Nach Charles' Tod war man auf dem Schloss von Cognac wieder zum Alltag zurückgekehrt. Die sanfte, kluge und verträumte Madeleine äußerte beharrlich ihren Wunsch, in ein Kloster einzutreten, aber Antoinette versuchte sie davon abzubringen, indem sie vorgab, der Graf d'Angoulême hätte dafür zu wenig Mittel hinterlassen. Louise war aber nicht bereit, das mangelnde Einfühlungsvermögen ihrer Zofe hinzunehmen.

»Ich verstehe nicht, was für Euch der Unterschied zwischen einer guten Aussteuer und einer soliden Summe für den Eintritt in einen Orden ist, Antoinette?«

»Aber Louise! Betrachten wir die Frage doch einmal unter diesem Aspekt. Immerhin besteht doch die Möglichkeit, dass ein potentieller Ehemann, wenn er nicht zu anspruchsvoll ist, nachgiebiger sein könnte als ein Kloster!«

»Großer Gott, Antoinette! Wollt Ihr denn, dass Eure Tochter die niedrigsten Arbeiten für einen Mann verrichten muss, der sich nur für die fehlende Aussteuer an ihr rächen und sie für ihre intellektuellen Ambitionen verspotten würde?«

»Ist es etwa so eine niedere Arbeit, Kinder in die Welt zu setzen?«, entgegnete Antoinette spitz.

»Da haben wir's ja!«, rief Louise und warf ihrer Gefährtin einen missbilligenden Blick zu. »Ihr wollt über Madeleine genauso bestimmen wie schon über Jehanne!«

»Was ist mit Jehanne?«, gab Antoinette empört zurück. »Jehanne gefällt es sehr gut am Hof von Amboise!«

»Ja, mag sein, dass es ihr gefällt, und vielleicht hat sie Glück. Aber bei Madeleine liegt Ihr ganz falsch. Sie hält das Eheleben für hohl und arm an spirituellen Erfahrungen. Sie ist auf der Suche nach größeren Gefühlen, die sie nur in der Religion finden wird.«

»Ich habe ja nur Angst, dass sie sich Illusionen hingibt«, bemerkte Antoinette besorgt.

»Illusionen! Du liebe Güte, Antoinette! Habt Ihr die etwa nie gehabt?«

»Aber nein!«

»Aber ja, Antoinette. Illusionen gehören zu unserem Leben. Sie lauern uns auf, schnappen nach uns und verschlingen uns. Und genau diesen Chimären will sich Madeleine verweigern. Sie ist dazu geschaffen, zu lesen, zu studieren, zu singen und Instrumente zu spielen. Die übrige Zeit wird sie mit Gebeten zubringen. Wir sollten einen stillen Orden für sie suchen.«

Antoinette wischte sich verstohlen eine Träne aus dem linken Augenwinkel.

»Euch habe ich es zu verdanken, dass meine Tochter in Eurer Gesellschaft so gut geraten ist, meine Liebe«, sagte sie milder gestimmt.

»Dann beraubt sie nicht dieses Vorteils und macht Euch vor allem keine Sorgen. Madeleine wird ihrer Eingebung folgen, ohne ihre intellektuellen Fähigkeiten aufzugeben.«

»Ist sie denn nicht viel zu jung dafür?«, seufzte Antoinette, noch immer widerstrebend.

»Sie ist durchaus in der Lage, ihr Noviziat in Saintes zu machen. Eure Tochter ist kein kleines Mädchen mehr, Antoinette. Und sie hat den dringenden Wunsch, an der Seite anderer junger Frauen zu leben, die nach dem gleichen Ziel streben wie sie.«

»Hat sie Euch das gesagt?«

Louise zögerte kurz, antwortete dann aber doch entschlossen, auch wenn sie ihrer Freundin damit vielleicht Kummer machte.

»Sehr oft sogar. Sie hat mir ihren sehnsüchtigen Wunsch anvertraut, so schnell wie möglich das Schloss zu verlassen und Novizin zu werden. Und ich glaube, dass wir sie nicht länger hinhalten dürfen.«

»Meinetwegen«, sagte Antoinette jetzt müde und resigniert. »Soll sie also ins Kloster nach Saintes gehen.«

Dann zupfte sie an der Spitze ihres roten Seidenmieders und fügte trotzig hinzu:

»Trotzdem wird mir keiner die Sorge nehmen, dass Madeleine ihre Entscheidung eines Tages bereuen könnte, Louise.«

Louise ging mit großen Schritten im Zimmer auf und ab, fuchtelte ungeduldig mit den Armen in der Luft und verschränkte sie schließlich vor der Brust. Sie sah ihre Freundin an und erklärte unmissverständlich:

»Es dauert ein paar Jahre, bis Madeleine das Noviziat absolviert. Da hat sie Zeit genug, um nachzudenken und eine Entscheidung zu treffen. Und Ihr könnt mir wirklich glauben, dass mir die ganze Tragweite dieser Entscheidung bewusst ist, Antoinette.«

»Und was machen wir dann?«

»Wenn sie tatsächlich den Schleier nehmen will, müssen wir uns etwas einfallen lassen. Vielleicht könnten wir ihr die zweitausend Taler geben, die Charles ihrer älteren Schwester hinterlassen hat; sie braucht sie ja nicht, wenn Königin Anne sie ausstattet.«

Hinter diesen so zuversichtlich vorgebrachten, tröstenden Worten verbargen sich allerdings einige Bedenken, die sich Louise nicht eingestehen wollte. All ihrer Hellsichtigkeit zum Trotz wusste sie nämlich noch nicht einmal, wie sie ihre eigenen finanziellen Angelegenheiten regeln sollte. Dennoch blieb sie hoffnungsvoll und zuversichtlich.

Auch wenn von allen Seiten neue Ausgaben auf sie zukamen, bewahrte sie eiserne Ruhe, und ihre grünen Augen strahlten so vergnügt, dass keiner in ihrer Umgebung auch nur auf den Gedanken kam, es könnte einen Grund zur Besorgnis geben.

Es dauerte eine Weile, bis die neuesten Gerüchte ihren Weg vom prächtigen Hof in Amboise in das bescheidene Schloss in Cognac gefunden hatten; aber dann erfuhr man dort, dass Königin Anne de Bretagne einen Sohn tot zur Welt gebracht hatte, dass sie aber bereits wieder schwanger war.

Erst freute sich die Gräfin d'Angoulême, dann war sie verärgert. Das erste Ereignis brachte ihren Sohn näher zum Thron, das zweite rückte ihn wieder in weite Ferne. Ihr Ärger war umso größer, als Anne noch sehr jung war und deshalb noch viele Mutterschaften erleben konnte.

Eine erste Hoffnung, eine erste Enttäuschung. Und es sollte nicht die letzte sein – viele weitere würden folgen. Und Königin Anne musste nun darauf vorbereitet sein, mit den gleichen Gefühlsschwankungen fertig zu werden. Es war nicht abzusehen, welches der beiden Frauenschicksale die Oberhand behalten sollte.

Louise hatte auch erfahren, dass ihrem Cousin, dem König, auf seinem Schloss in Amboise kein Luxus zu viel war. Denn wenn es um seine Bequemlichkeit ging, achtete Louis XII. nicht auf die Kosten. Man hatte einen neuen Flügel an das Hauptgebäude des Schlosses angebaut, den die Königin mit dem prunkvollsten Dekor ausgestattet hatte, das ihre Untertanen je gesehen hatten. Seidene Tapisserien aus Flandern, kostbare Stoffe mit schillernden Mustern, vergoldetes Geschirr und Möbel aus Edelhölzern, Kannen, Spiegel und Porzellan aus Delft und Gläser aus Venedig – bis hin zur Hauskapelle der Königin mit ihren zwei großen Kaminen, strahlte alles Reichtum und Pracht aus.

Und wie hätte Louise ihre unschuldigen Ohren vor den Gerüchten und dem Aufsehen verschließen sollen, das dieser unerhört ausschweifende Luxus erregte? Noch dazu wo sie sicher sein konnte, dass die Geschichten der Wahrheit entsprachen, weil sie aus einer gut unterrichteten Quelle stammten, nämlich von Jehanne, der älteren Tochter von Antoinette.

Die Sorgen von Louise hatten so gar nichts mit diesem Prunk zu tun, aber das Leben auf dem Schloss in Cognac verlief dennoch weiter in den gewohnt heiteren Bahnen. Die wertvollen Münzen aus dem Degenknopf des Grafen hatten doch nicht ausgereicht, um das ganze Schloss instand zu setzen; und, was noch viel schlimmer war: Die Landarbeiter, die Stallknechte und die Kutscher hatten auch noch nicht ihren ganzen Lohn erhalten. Außerdem gab es noch eine Reihe von Lakaien, Dienerinnen, Ammen und Zofen, für die Kost und Logis und Kleidung bezahlt werden musste. Die Lage spitzte sich allmählich dramatisch zu.

Und auch die Musiker, Maler und Dichter, die wie zu Zeiten von Jean und Charles d'Angoulême, die diesen Brauch auch schon von ihren Vorfahren übernommen hatten, ständige Gäste auf dem Schloss waren, mussten irgendwie verköstigt werden.

Als die Gräfin vor lauter finanziellen Verpflichtungen nicht mehr ein noch aus wusste, blieb ihr nichts anderes mehr übrig, als sich an Louis zu wenden, der nur auf ein Wort seiner stolzen Cousine wartete.

Und an einem Sommermorgen, als Louise gerade ihre seidenen Bettvorhänge zurückgezogen hatte und noch schlaftrunken war von einer wunderbaren, aber viel zu kurzen Nacht, tauchte der König ohne Eskorte unangemeldet in Cognac auf.

Ihre Zofe und Dame Andrée hatten sie von dem Besuch unterrichtet, und Louise beeilte sich, ihren Cousin, den König von Frankreich, zu empfangen.

Antoinette und Jeanne, die dem Gast nicht vorgestellt werden sollten, mussten das Zimmer hüten, solange sich der König im Schloss aufhielt.

An diesem Morgen gab es aber noch jemanden, der nicht auf das Wohlwollen König Louis' zählen konnte und sich deshalb auch lieber in seinem Zimmer einschloss, das er seit kurzem ganz offen mit Louise teilte, nämlich Jean de Saint-Gelais.

Der große Salon, in dem Louis sie erwartete, war erfüllt von dem Duft der letzten Stockrosen, der durch die halbgeöffneten Fenster drang.

Als Louise in einem nachtblauen langen Kleid mit schwarzen Seidenborten – die roten Locken fielen ihr ungebändigt auf die Schultern – hereinkam, ging Louis mit ausgestreckten Händen und einem breiten Lächeln auf sie zu.

»Ich habe Euch als bezaubernd in Erinnerung, liebste Cousine, aber Ihr seid noch viel schöner geworden!«, begrüßte er sie fröhlich. Als die Kinder seine Stimme hörten, kamen sie angelaufen.

Und ehe Louise überhaupt ein paar Worte der Begrüßung hatte sagen können, rannte Marguerite zu Louis und warf sich ganz außer Atem in die starken Arme dieses freundlichen Mannes, von dem ihr die Mutter schon so viel erzählt hatte. Irgendwie stellte sie sich diesen lustigen und umgänglichen Cousin in ihrer kindlichen Phantasie als Beschützer vor. Souveraine verhielt sich zwar zurückhaltender, war aber genauso begeistert von diesem Wahlverwandten.

»Gott! Was für schöne Kinder, Louise! Die kleine Souveraine wird von Tag zu Tag hübscher, und ich wette, deine kleine Marguerite wird einmal genauso schön wie ihre Mutter!«

Louise wartete, bis der König seine Begrüßungskomplimente gemacht hatte, und sagte dann, an die Kinder gewandt, mit einem Anflug von Zufriedenheit in der Stimme:

»Jetzt ist es genug, meine Mädchen! Lasst unseren Cousin, den König, in Frieden und geht jetzt wieder zu Dame Andrée.«

Marguerite, die weder auf ihre Mutter noch auf die Benimmregeln hörte, die man ihr beibringen wollte, zappelte weiter in Louis Armen und zerrte an der schweren Medaille, die um seinen Hals hing.

»Das ist aber schön!«, rief sie und bestaunte das große Tier, das in den Bronzeanhänger graviert war. »Was ist das?«

»Ein Stachelschwein, mein Wappentier.«

Das kleine Mädchen fuhr mit den Fingern über die seltsamen Stacheln, die das Tier auf dem Rücken hatte, und ließ sich schließlich vom König trennen. Ohne weiteren Widerspruch zu dulden, nahm Louise ihre Tochter an der Hand und brachte sie zur Tür.

»Geh jetzt mit Marguerite spielen, Souveraine! Der König und ich haben wichtige Dinge zu besprechen«, befahl sie dem anderen Mädchen.

Louis warf einen Blick auf die Wandbehänge und die alten Gemälde an den Wänden, lächelte zufrieden und ließ sich beinahe genüsslich in den mit Samt bezogenen Lehnsessel sinken.

Ein Dienstmädchen legte Holz nach, und das Kaminfeuer verbreitete eine heitere und friedliche Atmosphäre, die wie geschaffen schien für ein gutes Gespräch.

Louise vergewisserte sich, dass ihr Gast bequem saß, nahm sich dann ihren kleinen Lieblingsstuhl mit den geschnitzten Holzbeinen, stellte ihn gegenüber dem Lehnstuhl hin und nahm selbst Platz.

»Wie geht es Eurem Sohn, dem großen Jungen?«, fragte Louis und streckte seine Beine lässig aus.

»Ihr bekommt ihn noch zu Gesicht, bevor Ihr geht, lieber Cousin. Es ist eine Freude, ihn heranwachsen zu sehen«, antwortete Louise und beobachtete unauffällig, dass ihre Schuhspitzen die des Königs berührten.

»Lieber Himmel! Wenn mir meine Frau auch einmal so schöne Kinder schenken könnte, wäre ich der glücklichste Mensch der Welt! Aber reden wir jetzt nicht von mir«, sagte er, weil ihm nicht entgangen war, wie verlegen sein Gegenüber war. »Wie kann ich Euch helfen, schönste Cousine? Ich nehme an, Eure Schwierigkeiten sind finanzieller Natur.«

»Da Ihr ja der Vormund meiner Kinder seid, seit mein Mann gestorben ist, und ihr Besitz mütterlicherseits hinterlegt und nicht zugänglich ist, wüsste ich nicht, wen ich um Hilfe bitten sollte, wenn nicht Euch?«

Er bewegte ein Bein und schob es unter den Sessel, dann streckte er das andere aus, bis er mit ihm Louises Fuß berührte.

»Als Charles gestorben ist«, sagte sie, ohne mit der Wimper zu zucken, »habt Ihr eine Aufstellung von meinem Erbteil machen lassen. Das heißt, wir sollten nicht anrühren, was meinen Kindern von Rechts wegen zusteht.«

»Sprecht Ihr von den Schmuckstücken, die Marguerite de Rohan Euch hinterlassen hat?«

»Ja. Das goldene Kreuz mit dem großen Diamanten, den Cabochonrubin, die große, runde Perle, die Karneole, die Türkise und den spitzen Diamanten.«

Louis wich dem fordernden Blick seiner Cousine aus und betrachtete das große, rot glühende Holzscheit, das gleich auseinanderbrechen würde.

»Ihr könntet den Schmuck bei mir beleihen«, schlug er vor.

»Ich möchte aber eigentlich auf keinen Fall etwas von Euch leihen, lieber Cousin. Wäre es nicht möglich, dass ich stattdessen einige alte Münzen verkaufe, die ich von meiner Familie geerbt habe, und den Schmuck meiner Schwiegermutter nicht anrühre?«

»Liebe Cousine, ich will Euch wirklich nichts raten, was zu Eurem Nachteil wäre. Es wäre allzu schade, wenn Ihr Euch von Euren Heinrichs trennen würdet!«

Louise erhob sich, ging ein paar Schritte auf und ab, lehnte sich dann einen Moment an das Kaminsims und schnippte mit dem Fuß ein Stück Glut zurück, das sich auf den Boden verirrt hatte.

»Die Goldmünzen von Heinrich von Kastilien scheinen mir aber weniger wertvoll als die von Alfons von Aragon«, sagte sie und stützte ihr Kinn nachdenklich auf den Zeigefinger.

»Da täuscht Ihr Euch, Louise, die Alfonsinos werden mit der Zeit immer wertvoller.«

Louise setzte sich wieder auf ihren Stuhl und stellte die Füße auf das gedrechselte Querholz. Der dicke Samtvorhang vor dem größten Fenster war zur Seite gezogen, und der Himmel hinter den Scheiben war so früh am Morgen noch blassblau.

Jetzt wollte Louis nicht länger sitzen bleiben. Langsam richtete er sich zu seiner vollen Größe auf, sah die Cousine mit seinen kühlen und doch anziehend wirkenden grauen Augen unverwandt an und sagte:

»Dann behaltet doch einfach Eure Heinrichs und Eure Alfonsinos, Louise. Sie werden noch einmal stattlichen Gewinn abwerfen. Trennt Euch lieber von den Münzen von René d'Anjou.«

»Meint Ihr die Magdalener?«

»Ja, sie steigen nicht mehr im Wert.«

»Lieber Cousin, ich danke Euch. Ich weiß Eure Freundschaft und Euer Entgegenkommen sehr zu schätzen. Was täte ich nur ohne Euren klugen Rat?«

Sie reichte ihm ihre Hand, und er drückte sie zärtlich. Und dann sagte er leise und mit einem verstohlenen Seufzer:

»Was täte ich nicht alles für Euch, schöne Cousine?«

»Bei allem Respekt, den ich für Euch empfinde, lieber Cousin«, nahm sie den Faden auf und blitzte ihn schelmisch an, »ich kann es trotzdem kaum erwarten, älter zu werden!«

»Älter? Was für ein Unsinn, Louise! Stellt Euch vor, wie froh ich wäre, wenn ich wieder zwanzig wäre!«

Louise warf sich in die Schultern, und ihre roten Locken fielen ihr anmutig ums Gesicht. Als sie bemerkte, dass Louis sie augenscheinlich wohlgefällig betrachtete, ließ sie ihr Haar, wo es war.

Gleichzeitig war Louise aber auf der Hut und so angespannt wie eine Katze, die bei der geringsten Überraschung sprungbereit ist.

»Nur ein oder zwei Jahre, Louis! Erlasst mir nur ein oder zwei Jahre«, bettelte sie.

»Leidet Ihr denn so unter meiner Vormundschaft?«

»Nein, aber ich möchte einfach frei entscheiden können, lieber Cousin. Weiter nichts.«

»Ich bitte Euch, werdet jetzt nicht ungerecht«, sagte er mit einer ärgerlichen Handbewegung. »Ehe es so weit ist, finden wir einen Privatlehrer für Eure Kinder. Ihr müsst Euch also wirklich keine Sorgen machen.«

»Das genau möchte ich aber gern selbst entscheiden, und diesmal ohne Eure Hilfe.«

Ihre Stimme klang auf einmal hart und fremd – abgehackt und hastig und ganz anders als die melodische Stimme, die man sonst von ihr gewohnt war.

Überrascht ließ Louis ihre Hand los, die er noch immer gehalten hatte.

»Meinetwegen! Schließlich weiß ich ja, dass Ihr klug und gebildet genug seid, um einen guten Lehrer für Eure Kinder auszusuchen.«

Auf einmal schien sie ganz beruhigt. Als Louis ihre Miene studierte, um herauszufinden, woran das liegen mochte, hatte sie aber bereits wieder zu ihrer gewohnt sanften Stimme gefunden und lächelte ihn entwaffnend an.

»Ich klingle nach dem Dienstmädchen«, sagte sie. »Ihr möchtet doch bestimmt etwas Heißes zu trinken, Louis? Das Essen ist gleich fertig.«

Als das Mädchen hinter dem Wandbehang auftauchte, hinter dem sich die Wohnzimmertür verbarg, bestellte Louise einen »Hypocras«, einen Gewürzwein.

»Erzählt mir doch inzwischen, was es Neues gibt, lieber Cousin. Charles war ein großer Freund dieses Getränks, und eine der Köchinnen kann es ausgezeichnet zubereiten. Nur etwas Zimt und Ingwer, ausreichend Orangenschale und gemahlenen Muskat, und alles zusammen in heißem, gezuckertem Wein von der Charente ziehen lassen.«

Während Louis kleine Schlucke des heißen Getränks nahm, das ihm zu schmecken schien, ging die junge Gräfin zu einem die Posaune blasenden Engeln verzierten Schrank.

»Ich möchte Euch noch um einen besonderen Gefallen bitten, lieber Louis.«

»Dieses Gebräu ist so gut, dass ich größte Lust habe, ihn Euch zu gewähren, Louise.«

»Es handelt sich um Madeleine de Polignac.«

»Ist sie das zweite uneheliche Kind Eures Gatten?«

Sie nickte und reichte ihm ein Dokument.

»Es ist eine Liste der Klöster hier in der Gegend um die Charente. Madeleine möchte nämlich Nonne werden; und sie ist mein Mündel. Vor seinem Tod hat mir Charles die ganze Verantwortung für sie und auch für Souveraine übertragen. Ich darf also weder die Mutter noch die Tochter enttäuschen. Das hätte Charles nicht geduldet, wie Ihr wisst.«

Louis brach in lautes Gelächter aus.

»Allerdings! Ich weiß sehr wohl, was für ein großes Herz mein verstorbener Cousin hatte! Wollt Ihr, dass ich ihre Aussteuer besorge?«

»Ich verspreche Euch, dass ich Euch das Geld eines Tages zurückerstatten werde. Ihre Mutter erhält außerdem bald das Erbe ihres Onkels Polignac. Es ist zwar nicht viel, sollte aber dafür reichen.«

Der König fuhr sich nachdenklich über sein aschblondes Haar, das sich allmählich lichtete. Dann rieb er sich das Kinn und überlegte.

Als sie ihn so ratlos sah, versuchte Louise ihren Cousin mit anderen Argumenten zu überzeugen.

»Ihr werdet bestimmt verstehen, dass ich die drei unehelichen Kinder meines Mannes unmöglich im Stich lassen kann. Um die Älteste muss ich mir gerade keine Sorgen machen, weil sie im Dienst der Königin steht, und mit der Jüngsten hat es noch Zeit.«

Er stand auf und kam zu Louise, die mit dem gleichen Eifer fortfuhr:

»Im Augenblick geht es nur um Madeleine. Wegen meiner eingeschränkten finanziellen Möglichkeiten ist sie von Eurem großzügigen Entgegenkommen abhängig. Deshalb würde ich ihr so gern helfen.«

Louis nahm seine Cousine in den Arm und drückte sie ein wenig zu fest an sich.

»Einverstanden, die Tochter Eurer Zofe bekommt die Aussteuer, die sie braucht, um ins Kloster zu gehen.«

»Ich danke Euch, Louis, Ihr seid wirklich zu großzügig. Wo immer er auch sein mag – Charles wird Euch bestimmt sehr dankbar sein.«

Vorsichtig löste sie sich aus seiner Umarmung und sagte:

»Was haltet Ihr von einem Ausritt vor dem Frühstück? Unsere Gegend hier um Angoulême wäre eine schöne Abwechslung für Euch.«

Mit diesem wohlüberlegten Vorschlag verfolgte die kluge Gräfin gleich zwei Ziele auf einmal: Zum einen wollte sie an seiner Seite reiten, weil sie wusste, dass er Kavalier genug war, einen Ausritt mit einer guten Reiterin zu genießen; zum anderen wollte sie Saint-Gelais Gelegenheit geben, unbemerkt von ihrem hohen Gast das Schloss zu verlassen.

So verlief der Tag ohne Zwischenfälle, und Louis machte sich abends auf den Heimweg.

Und erst als man Mordocus' Hufe nur noch ganz leise auf dem Weg nach Angoulême hörte, tauchten Jeanne und Antoinette wieder auf. Zur großen Überraschung von Louise erschien auch Jean in ihrem Gefolge, und die junge Gräfin lachte bei seinem Anblick erleichtert.

»Jean, ich dachte, Ihr wärt abgereist!«, rief sie vergnügt.

»Eure Zofen haben mich zum Bleiben überredet, Louise.«

»Und wenn Euch Louis entdeckt hätte?«, fragte Louise und lachte noch immer. »Das Zerwürfnis zwischen euren Familien ist noch nicht bereinigt, soweit ich weiß.«

Der junge Mann machte eine ausladende Geste, als fände er die Antwort reichlich gewagt. Dann meinte er aber nur ganz ruhig:

»Wenn ich der Privatlehrer Eurer Kinder werde, erfährt er das ohnehin eines Tages. Und wenn Ihr ihm nicht zuvorkommt, Louise, wird er Euch einen anderen Lehrer vorsetzen.«

»Ihr habt Recht, Jean. Heute Morgen habe ich allerdings sogar dieses Thema angesprochen, und mein Cousin war gar nicht so abgeneigt, dass ich mir diesen Lehrer selbst aussuche.«

Sie ging zu Jean und nahm seine Hand.

»Gleich morgen fangt Ihr mit Souveraine an. Ihre Lücken in Latein sind wirklich viel zu groß. Wann Ihr mit dem Unterricht für Marguerite und François beginnt, sehen wir dann später.«

Es wurde noch ein fröhlicher und unterhaltsamer Abend mit vielen Bonmots, die man sich zuwarf wie frisch gepflückte Blumen, mit denen man jemand verführen wollte.

Es war offensichtlich, dass die gute Laune und Redegewandtheit des jungen Mannes den Zofen nicht weniger gefielen als der Gräfin. Aber Louise blieb auf der Hut und sorgte dafür, dass sie nicht allzu viele Abende gemeinsam verbrachten, an denen Antoinette oder Jeanne Jean verfallen konnten.

So viele Male hatte sie ihren Mann mit ihnen teilen müssen. Jetzt durfte niemand auch nur einen einzigen winzigen Teil ihres Gefühlslebens beanspruchen. Sie hätte es nicht ertragen, wenn sich eine andere Frau in diese neu entdeckte Liebe gedrängt hätte, die sie ganz für sich allein genießen und behalten wollte.

Die zärtliche Liebe und die galante Aufmerksamkeit, die ihr junger Lebensgefährte ihr schenkte, und die leidenschaftlichen Momente, die sie gemeinsam erlebten, bedeuteten für Louise unbekannte Höhenflüge.

Als sie dann zu Bett gegangen waren, wirkte Louise sehr ausgeglichen, bemerkte aber in Jeans Gesicht eine seltsame Unruhe.

Draußen war es mittlerweile finstere Nacht, und die kühle Luft, die durch ein halbgeöffnetes Fenster drang, zeugte von einem frühen Herbst. Louise stand auf, um das Fenster zu schließen.

Mit großen Schritten lief sie zum Bett zurück, reckte und streckte sich genüsslich wie eine Katze und sah ihren Geliebten sehnsüchtig an. In diesem Augenblick war Louise restlos glücklich.

16

Endlich konnte sich Alix wieder auf den Weg machen, und sie fühlte sich gesund und munter und voller Tatendrang. Wieder hatte sie eine gut gefüllte Geldbörse bei sich, und Amandine, die froh über das Ende der erzwungenen Ruhepause schien, war jetzt vor einen kleinen Wagen gespannt.

Die Zeit, die sie mit Dame Bertrande verbracht hatte, war für Alix wichtiger als viele andere Phasen in ihrem kurzen, aber ereignisreichen Leben gewesen; ihr kluger Rat hatte ihr in mancherlei Hinsicht weitergeholfen.

Alix hatte Nantes bei bester Laune und guter Gesundheit verlassen. Sie brannte nur so darauf, endlich zu erreichen, was sie sich vorgenommen hatte.

Auf Dame Bertrandes Empfehlung hin hatte sie Jacquou die Zeit gelassen, seine Gesellenzeit zu beenden. Nun wusste jeder, und Meister Coëtivy am besten, dass ihn nichts und niemand mehr daran hindern konnte, zusammen mit Alix, seiner Frau, eine eigene Werkstatt aufzumachen.

Dame Bertrandes Rat war umso gescheiter gewesen, weil sie erfahren hatte, dass ihr Mann seinen Aufenthalt in Brügge verlängern wollte, wo er mit dem Maler und Kupferstecher Dürer und dem Brüsseler Verleger und Maler Peter Van Aelst vom Schultheiß der Stadt eingeladen war.

Coëtivy hatte Dame Bertrandes Heim durchaus nicht Hals über Kopf und ohne einen Plan verlassen; das hätte ihm auch nicht ähnlich gesehen. Gegenwärtig arbeitete er nämlich mit Albrecht Dürer, so wie andere große Weber vor ihm mit dem Maler Van Eyck gearbeitet hatten.

Coëtivy fertigte zunächst eine Reihe von Aquarellen und Gouachen für einen großen Wandbehang mit Blumenmustern an und entwarf dann zusammen mit dem Flamen Van Aelst ein Ensemble zum Thema Christi Geburt mit dem Titel »Tapis d'Or« oder die »Panos de Oro«, die Jeanne von Kastilien, die Gattin Philipps des Schönen, in Auftrag gegeben hatte. Ihre Komposition war von der Armenbibel inspiriert und erinnerte sehr an die holzgeschnitzten Altarstöcke des vorhergehenden Jahrhunderts.

In Anbetracht dieser vielen Pläne, von denen Coëtivy sicher keinen fallen lassen wollte, würde er also kaum so schnell zurückkommen. So konnte Alix ganz unbeschwert von ihrem glücklichen Wiedersehen mit Jacquou träumen, den sie in der Provinz Hainaut treffen wollte, wo sich die berühmte Weberwerkstatt von Enghien befand.

Das Wetter war frühlingshaft warm und die Nächte mild, und die Straße, die am Ufer der ihr allmählich recht vertrauten Loire entlangführte, war groß und breit – all diese erfreulichen Umstände führten dazu, dass Alix Tours ziemlich schnell erreichte.

Der Fluss strömte friedlich in seinem schönen zarten Grau dahin, das der für das Val de Loire typische wolkenlose Himmel bläulich färbte.

Als Alix der letzten großen Flussbiegung in die Stadt gefolgt war und sich in den engen Gassen wiederfand, die in die Stadtmitte führten, bekam sie große Lust, ihre Freundin Arnaude zu besuchen, ehe sie über Paris ihre Reise nach Flandern fortsetzen wollte.

In den vergangenen Monaten hatte ihr Arnaude immer wieder sehr gefehlt – so wie auch ihre Arbeit, die Werkstatt, die Webstühle, die Wandteppiche mit ihren herrlichen Farben und die Zeichnungen auf den Kartons, die sie interpretieren durfte, wie sie wollte, solange sie nicht an Anordnung und Thema rührte.

Sie wollte unbedingt Arnaude und ihr Kind wiedersehen. Bestimmt bedeutete es für sie Freude und Trauer zugleich, wenn sie den Sohn ihrer Freundin sah, aber so war es nun einmal. Wie oft hatte sie an den kleinen Guillemin gedacht, der ja mittlerweile schon sehr groß geworden sein musste! Wenn ihr Sohn noch leben würde, wäre er gar nicht so viel jünger. Sie hätte ihn stolz und glücklich ihrer Freundin geben und Guillemin auf den Arm nehmen können, und dann hätten beide Mütter lachend ihre Erfahrungen ausgetauscht.

Beinahe wäre sie bei diesem Gedanken in Tränen ausgebrochen, bekämpfte dann aber erfolgreich ihre düstere Stimmung, die ihr nur schaden konnte, wo sie doch wachsam bleiben und die Augen offen halten musste.

Sie wollte also einen kurzen Halt in Tours machen, um Arnaude, Arnold und ihr Kind zu sehen, und dann im Norden der Stadt die Straße Richtung Paris nehmen.

Sobald sie in der Hauptstadt mit dem für sie ungewohnten starken Verkehr auf den Avenuen und Boulevards und dem quirligen Treiben in den versteckteren, aber nicht weniger belebten Gassen, Sträßchen und Wegen eingetroffen war, sollte sie auf Dame Bertrandes Anraten hin Dame Le Guennec aufsuchen.

Doch während Alix schon von ihrem ersten Besuch in der Hauptstadt Paris träumte, befand sie sich nun erstmal noch vor den Toren von Tours.

Kaum war sie vom Loireufer in Richtung Stadtmitte abgebogen, als sie hörte, dass ihr ein Gespann folgte. Deshalb hielt sie sich umsichtig am Straßenrand und wollte den Wagen vorbeilassen, dessen hölzerne Räder auf dem holprigen Pflaster laut quietschten. Das Pferd hinter ihr war auf jeden Fall schneller als Amandine; die schien nämlich zu glauben, dass sie sich nicht mehr so beeilen musste, wenn sie in eine Stadt kamen, wo dann ihre Herrin das Sagen hatte.

Obwohl sie sich schon gegen eine Mauer drückte, spürte Alix plötzlich, wie der Wagen so nah an ihr vorbeikam, dass sie es mit der Angst zu tun bekam. Sie fürchtete, die Kutsche würde sie erdrücken, aber sie konnte nicht weiter ausweichen – die spitzen Mauersteine bohrten sich ihr schon in den Rücken.

Als das Gespann ganz nah bei ihr war, sah Alix, wie das Pferd scheute, ein paar Schritte zurückmachte und von oben zwei kräftige Hände aus einem grauen Umhang auftauchten und sie an den Schultern packen wollten.

Sie schrie und wollte sich losreißen, weil sie aber so eingekeilt war, fiel sie nur noch mehr nach vorn und in die Arme des Mannes, der sie eisern festhielt. Amandine begann zu schreien, und Alix wurde zur Seite geschleudert, ohne auf diesen unerwartet heftigen Angriff reagieren zu können.

Aber das Muli war wieder bei Kräften und kam ihr zu Hilfe. Mit einem Mal von dem Gewicht seiner Reiterin befreit, warf es sich gegen den Wagen, dessen Kutscher Alix noch immer an den Schultern festhielt. Amandine war keines dieser Maultiere, die sich nicht zu verteidigen wissen. Wenn es gefährlich wurde, und die Lage sich zuspitzte, kam sie erst richtig in Fahrt.

Mit einem kräftigen und gut gezielten Kopfstoß, der den Angreifer zum Glück völlig überraschend traf, warf sie den Mann um, der daraufhin seine Beute loslassen musste.

Alix hörte ihn laut fluchen. Jetzt war sie im Vorteil, weil er noch nicht von seinem Kutschbock heruntergekommen war, von dem aus er sie gepackt hatte.

»Was wollt Ihr von mir?«, schrie sie.

Die Angst schnürte ihr die Kehle zu, weil der Mann seine Kutsche so quer auf die Straße gestellt hatte, dass Alix gefährlich eingezwängt war, und sie ihm weder nach links noch nach rechts entwischen konnte. Es gab keinen Ausweg, gerade genug Platz zum Atmen auf einem winzigen Fleck zwischen Mauer und Kutsche.

Da fiel ihr plötzlich das Messer ein, das Arnold ihr gegeben hatte, als sie sich damals von ihren Freunden verabschieden musste. Sie schob die Hand in die Tasche, tastete nach der Waffe und spürte ihren kühlen Griff auf der Haut. Jetzt musste sie nur noch die Schnur aufknoten, mit der das Messer befestigt war, und es unbemerkt hervorholen.

Und da war die Klinge und funkelte im schwächer werdenden Abendlicht. Mutig richtete sie die Waffe auf den Mann, der sie aber nur auslachte.

»Lass den Unsinn und steig auf.«

»Warum sollte ich das tun?«

»Weil ich es dir sage.«

Er sprang von seinem Sitz und stand nun mit drohender Miene direkt vor ihr. Der Mann war klein und untersetzt, hatte struppiges und schmutziges blondes Haar, eine rote Nase und ein Narbengesicht. Und er benahm sich wie einer dieser grobschlächtigen Gauner, die manchmal bis zum Äußersten gehen.

»Lasst mich vorbei!«, schrie Alix, »Ihr habt mir nichts zu befehlen!«

»Das werden wir ja sehen«, zeterte der Mann.

Er kam noch näher, wobei ihn aber der eigene Wagen störte, der immer mehr zur Wand rutschte und ihn so in eine unvorhergesehen unangenehme Situation brachte. Doch dann befreite sich der Mann aus dieser misslichen Lage und schrie wieder: »Steig endlich auf!«

»Verbrecher! Dieb! Mörder!«, schrie Alix. »Rührt mich ja nicht an!«

Der Mann kratzte sich wütend am Hals und stieß Alix voller Wucht gegen die Mauer. Sie spürte einen stechenden Schmerz im Rücken, wollte sich davon aber nicht ablenken lassen, um keinen fatalen Fehler zu begehen. Besser ließ sie den Angreifer nicht aus den Augen, der keine Anstalten machte, sich zurückzuziehen.

»Steig endlich auf, und mach keine Geschichten. Hast du verstanden? Wenn du Ärger machst, wirst du das später bereuen.«

»Ich soll aufsteigen? Das soll wohl ein Witz sein. Wenn Ihr näher kommt, kriegt Ihr mein Messer zu spüren!«

Als er sie auslachte und trotzdem immer näher kam, wollte sie ihm das Messer in den Arm bohren. Aber er war schneller und vor allem viel erfahrener in solchen Situationen, packte sie am Handgelenk und drehte es so gemein um, dass sie loslassen musste. Das

Messer glitt ihr aus der Hand, und sie hörte nur, wie die Klinge mit einem metallenen Geräusch aufs Pflaster fiel.

Verzweifelt sah sie sich nach Amandine um, die aber verschwunden war. Dem Muli war es gelungen, auf die andere Seite der Kutsche zu gelangen, und es trat und stieß jetzt dem Pferd so wild in die Flanke, dass das arme Tier unruhig wurde und anfing auszuschlagen, zu stampfen und sich irgendwie losreißen wollte, bis dem Lenker nichts anderes übrig blieb, als es zu beruhigen.

In diesem Augenblick nutzte Alix die Gelegenheit, die ihm das Pferd unfreiwillig bot, als es sich auf die Hinterbeine stellte, und schlüpfte durch den Spalt, der so entstanden war.

Hastig griff sie nach Amandines Halfter, zog sie zu sich und schwang sich, ohne sich um ihre übrige Habe zu kümmern, auf ihren Rücken. Mit wild klopfendem Herzen trieb sie ihr Muli an – dabei wäre Amandine ohnehin so schnell sie konnte getrabt, wobei sich Alix immer wieder vergewisserte, dass sie nicht mehr verfolgt wurden, und irgendwann ohne weitere Zwischenfälle bei Arnaude eintraf.

»Ach, Arnaude, du kannst dir gar nicht vorstellen, wie froh ich bin, bei dir zu sein!«, rief Alix und fiel ihrer Freundin um den Hals. »Mich hat gerade ein schmutziger, abstoßender Kerl überfallen, bestimmt ein Gauner; ich bin immer noch ganz zittrig vor Angst. Und weißt du, wer mich gerettet hat? Meine tapfere Amandine! Ohne sie wäre ich jetzt wahrscheinlich tot.«

»Große Güte!«, stöhnte Arnaude, »in der Stadt passieren immer mehr Überfälle. Amandine ist wirklich ein braves Muli.«

»Komm«, sagte sie und nahm Alix am Arm, »wir bringen sie in den kleinen Stall hinter dem Haus. Da gibt es frisches Stroh, und ich bringe ihr einen Eimer Wasser.«

Kurz darauf saßen die beiden Frauen vor einem Laib Brot, einem

Krug mit warmer Milch und einem Honigtopf am Tisch und unterhielten sich, ohne auf die Zeit zu achten. Draußen war es inzwischen Nacht geworden.

»Wann hat es denn endlich ein Ende mit deinen Irrfahrten, meine arme Alix?«, fragte Arnaude und betrachtete besorgt ihre Freundin, die sich noch nicht wieder ganz von dem Schreck erholt hatte.

»Wenn ich Jacquou gefunden habe«, antwortete ihr Alix.

Arnaude sah sie mitleidig an.

»Ja, ich weiß schon. Wahrscheinlich würde ich es genauso machen, wenn ich kein Kind hätte. Wann willst du wieder aufbrechen?«

»Morgen, wenn du mich heute Nacht hier behältst.«

»Natürlich, gern. Willst du denn nicht etwas länger bleiben?«

Alix schüttelte den Kopf.

»Ich weiß ja, dass du es nicht erwarten kannst, deinen Jacquou endlich wiederzusehen«, seufzte Arnaude. »Also, pass auf, heute hat die Werkstatt geschlossen. Arnold besucht seine Mutter und kommt erst spät nach Hause. Sobald er zurück ist, essen wir zu Abend, und dann kannst du schlafen gehen, damit du morgen frisch und ausgeruht bist.«

»Danke, Arnaude. Ich bin so froh, dass ich dich habe.«

»Ich muss dir aber schon sagen, dass ich mir große Sorgen um dich mache. Ich spüre ganz deutlich, dass das nicht der letzte Zwischenfall war, Alix. Die Straßen sind nun einmal nichts für junge unschuldige Mädchen wie dich.«

»Ich bin aber nicht mehr unschuldig, Arnaude.«

Arnaude zuckte resigniert mit den Schultern, setzte aber eine besorgte Miene auf. Sie fand es sehr unvernünftig, dass Alix sich all diesen Gefahren aussetzte, die ihr auf den Straßen, am Waldrand, beim Durchqueren der Städte, durch die Unbilden des Wetters und bei Übernachtungen in einsamen Gasthäusern drohten. Das Reisen war damals wirklich sehr gefährlich!

»Mach dir keine Sorgen, meine Liebe«, beruhigte sie Alix und kam zu ihr. Sie nahm ihre Freundin in den Arm und drückte ihr einen Kuss auf die Backe.

»Jetzt möchte ich aber endlich den kleinen Guillemin sehen«, sagte sie lachend. »Oder glaubst du etwa, ich will nicht wissen, ob es ihm auch gut geht?«

Alix, die gerade erst die schreckliche Geschichte von ihrem Sohn erzählt hatte, der kurz nach seiner Geburt auf Schloss Angoulême gestorben war, machte einen gelösten Eindruck.

»Alix …«, begann Arnaude mit Tränen in den Augen und mit heiserer Stimme.

»Nein, bitte, reden wir nicht mehr davon. Ich krieg noch mehr Kinder von Jacquou. Und jetzt will ich erstmal deins sehen.«

Sie hatte kaum den Satz beendet, als plötzlich die Haustür aufgerissen wurde. Die beiden jungen Frauen saßen wie versteinert und starrten verstört die bedrohlichen Gestalten an, die im Türrahmen erschienen.

Zwei Männer stürzten in die Küche. Der größere von beiden nahm sich Alix vor und fesselte sie, ehe sie sich hätte wehren können, und der kleinere machte das Gleiche mit Arnaude. Das Ganze dauerte nur wenige Sekunden.

Um die Hilferufe der beiden Frauen scherten die Männer sich nicht, die noch kein Wort gesagt hatten. Als sie dann in das Nebenzimmer gingen, und der eine von ihnen lachend mit dem kleinen Guillemin auf dem Arm zurückkam, stieß Arnaude einen schrecklichen Schrei aus. »Nein!«, brüllte sie.

»Was wollt Ihr denn von uns?«, rief jetzt Alix. »Wollt Ihr Geld?«

Plötzlich erkannte sie den Mann mit dem Pelzumhang und den verfilzten blonden Haaren.

»Dein Geld wollen wir bestimmt nicht«, sagte er, und es fehlte nicht viel, dass er sie mit einem Faustschlag zu Boden geworfen und brutal vergewaltigt hätte. Damit musste man bei dieser Sorte Verbrecher eigentlich immer rechnen. Aber nichts dergleichen geschah, und Alix war fast ein bisschen erleichtert.

Und halt jetzt den Mund, du kleines Luder!«, sagte der andere.

Das klang alles andere als beruhigend, und der Mann mit dem Umhang hatte Arnaude nun auch noch grob gegen die Wand gedrückt.

»Wenn wir hier unsere Arbeit machen, kriegen wir viel mehr als die paar Heller, die du vielleicht hast«, sagte der große, magere Kerl, der genauso verwahrlost wie sein Genosse aussah. »Aber wenn du dich stur stellst, zeig ich dir gern, wo's langgeht.«

Er lachte dreckig und wischte sich mit dem Handrücken genüsslich über den Mund.

»Ich flehe Euch an«, rief Arnaude völlig aufgelöst vor Angst, »bitte, tut meinem Sohn nichts.«

Alix wollte zu ihr, aber sie gingen dazwischen und stießen sie jetzt auch rücksichtslos gegen die Wand.

»Lasst das Kind in Ruhe«, tobte sie und versuchte sich von den Fesseln zu befreien. »Sagt endlich, was Ihr wollt, wenn es nicht unser Geld ist!«

»Deine Freundin interessiert uns nicht. Dich wollen wir, schönes Kind.«

»Mich!«, stammelte Alix. »Aber was wollt Ihr denn von mir?«

Doch dann begriff sie auf einmal, worum es ging.

»Darum ging es die ganze Zeit, nicht wahr?«

Sie vernahm ihr gemeines und siegesgewisses Lachen und begriff, dass Widerstand zwecklos war. Dann sah sie den beiden ins Gesicht und schüttelte ihr offenes Haar herausfordernd. Sie wollte selbstsicher wirken; dabei zitterten ihre Beine, und das bleiche Gesicht von Arnaude, die scheinbar kurz vor einer Ohnmacht stand, war ihr auch keine große Hilfe.

»Jetzt hast du's scheinbar endlich kapiert, du Luder. Ja, allerdings ging's vorher auch darum!«, sagte der Dürre. »Auch wenn dir dein verdammtes Maultier geholfen hat – mein Freund stand gleich neben mir. Also sind wir hinter dir her und haben nur einen günstigen Moment abgewartet.«

Der Mann mit dem Umhang legte jetzt Guillemin auf den Tisch, und es dauerte nicht lange, da brüllte der Säugling, weil er nicht verstehen konnte, warum seine Mutter nicht kam und ihn wie sonst auf den Arm nahm und wiegte.

»Dabei hast du ja noch Glück«, meinte der andere und betrachtete gierig die wohlgestalten Körper der beiden Frauen. »Doch, da hast du noch Glück, weil es nämlich geheißen hat, dass wir dich nicht anrühren dürfen.«

Dann ging er zu Arnaude und grinste sie unverschämt an.

»Aber was hindert uns daran, die hier ein bisschen anzufassen? Sieh mal einer an, was die für einen schönen Busen hat! Darf man mal unter den Rock schauen?«

»Lasst sie in Ruhe!«, brüllte Alix und verpasste dem Mann einen kräftigen Fußtritt, der darüber aber nur höhnisch lachte und mit seinen dummen Sprüchen weitermachte.

»Lass sie, du Idiot!«, befahl ihm jetzt der Mann mit dem Umhang. »Du weißt doch, was man uns gesagt hat.«

Er deutete mit dem Finger auf Alix, und ein breites Grinsen ging über sein schlecht rasiertes Gesicht und entblößte seine schwarzen Zahnstümpfe.

»Wenn sie sich beklagt, kriegen wir nichts.«

»Was wollt Ihr von mir?«, schrie Alix und schlug mit den gefesselten Fäusten auf den Tisch.

»Wenn du mitkommst, kriegt die Mutter ihr Kind wieder. Wenn du Geschichten machst, behalten wir es und …«

»Nein!«, brüllte Arnaude und war mit einem Mal wieder voll bei

Bewusstsein. Alix spürte, wie sich ihr die Kehle zuschnürte. Ihr Mund war trocken und brannte vor Schmerz.

»Coëtivy hat Euch geschickt, hab ich Recht?«, fragte sie tonlos.

»Ja, das stimmt.«

Gütiger Gott, schon wieder Coëtivy! Nahm das denn überhaupt kein Ende? Wohin sollte das noch führen? Ob sie wohl jemals ihren Mann wiedersehen würde?

»In Ordnung. Lasst das Kind und tut meiner Freundin nichts. Dann komme ich mit.«

»Nein, Alix!«, rief jetzt Arnaude.

Aber Alix streckte nur die Arme aus, damit man ihr die Fesseln abnahm.

»Nehmt mir die Fesseln ab, ich komme mit Euch.«

»Du machst wohl Scherze, kleines Luder«, schnauzte sie der Mann im Umhang an.

»Dann bindet wenigstens meine Freundin los, damit sie ihr Kind beruhigen kann.«

Das machten sie immerhin, doch dann zerrten sie Alix unsanft zur Tür hinaus. Die drehte sich noch einmal um und rief ihrer Freundin zu:

»Mach dir keine Sorgen, meine Liebe. Wenn ich dich das nächste Mal besuche, komme ich mit Jacquou.«

Als sie vor dem Haus waren, verschwand ein lautloser Schatten in der Dunkelheit, aber Alix hatte nichts bemerkt und ließ sich widerstandslos mitnehmen.

Die beiden Männer nahmen Alix in die Mitte, und sie konnte gerade noch erkennen, dass es stockdunkle Nacht und sehr kalt war, obwohl der Frühling eigentlich schon das Ende dieses langen und harten Winters eingeläutet hatte.

Ihr wurde allerdings schnell klar, dass sie die Nacht in dieser unbequemen Kutsche verbringen musste, die sie einige Stunden zuvor beinahe zerquetscht hätte. Und sie begriff auch, dass sich ihr Traum wieder einmal in Luft aufgelöst hatte und ihr auch der triste, kalte Himmel nicht helfen wollte.

Sie wurde zwar weder vergewaltigt noch geschlagen, aber rücksichtslos auf den harten Kutschboden geworfen. Und weil die Männer sichergehen wollten, fesselten sie Alix auch noch an den Füßen.

Nach mehreren Stunden schlief sie dann doch vor Erschöpfung ein oder dämmerte vielmehr vor sich hin, weil irgendwelche fremden Geräusche ihren Schlaf störten. Sie wurde aber bald wieder wach und machte dann kein Auge mehr zu.

Irgendwie gelang es ihr, sich an der Wand hochzuziehen und durch das einzige kleine Fenster im Wagen zu schauen, und da sah sie nur tiefe Nacht und einige wenige Sterne, die sie aber doch ein bisschen trösteten. Immerhin wusste sie jetzt, dass die Kutsche nicht in irgendeinem Schuppen versteckt, sondern wohl im Freien abgestellt war. Anscheinend wartete man etwas ab, ehe weiter über ihr Schicksal entschieden wurde.

Als es Tag wurde, wusste sie nicht, ob es noch schlimmer kommen würde oder ob sich ihr Schicksal zum Guten wenden sollte. Die beiden Männer holten sie und brachten sie in ein kleines Haus an der Loire, neben einer alten Mühle mit einem Wassergraben. Vom Fenster aus konnte sie den Fluss sehen, dessen Ufer allmählich wieder grün wurden. Von den kleinen Inseln in der Flussmitte löste sich etwas Sand und trieb ockerfarben im grauen Wasser, was von weitem wie ein großer auf dem Rücken schwimmender Fisch aussah.

Die Sonne war noch sehr schwach, und am Himmel zogen viele Schwalben ihre kunstvollen Kreise. Hatten sie gerade ihre Heimat wiedergefunden, oder sammelten sie sich um weiterzufliegen?

Ein paar Raben ließen sich schwerfällig zwischen mageren Grasbüscheln auf dem eben erst aufgetauten Boden nieder und krächzten laut.

Doch trotz dieses beruhigenden frühlingshaften Anblicks vor ihrem Fenster war Alix entsetzt, als sie den breiten Graben tief unter sich sah, der das Haus und die mittelalterliche Mühle umgab. Wie sollte sie durch dieses Fenster fliehen, wenn darunter eine solche Falle auf sie wartete? Oder durch diese Tür, die sie schon zu öffnen versucht hatte, die aber von außen abgeriegelt war?

Alix war gefangen und rechnete jeden Augenblick mit dem Erscheinen von Meister Coëtivy. Sie wusste, dass seine Rache schrecklich sein würde. Nie würde er ihr verzeihen, dass sie seiner Frau die traurige Wahrheit enthüllt hatte, und genauso wenig, dass sie Jacquou durch ihre Heirat dazu gebracht hatte, sich mit bescheidenen Verhältnissen zufriedenzugeben.

Wieder und wieder untersuchte sie den Wassergraben, der sie von der friedlichen Landschaft dahinter trennte, und seufzte entmutigt. Gab es denn wirklich keinen Fluchtweg? Sie dachte kurz an den Kamin, aber bei der Vorstellung, sie könnte in dem engen Gang ohne Luft und Licht stecken bleiben und müsste ersticken, litt sie Todesängste.

Das Zimmer, in dem sie eingesperrt war, war sehr sparsam möbliert. Ein Strohsack ohne Kissen und Decke diente als Bett. Auf einem schmalen Tisch standen ein Krug mit Wasser und ein Stück trockenes Brot; dann gab es noch einen dreibeinigen Hocker und einen leeren Eimer – das war die ganze Einrichtung.

Sie wurde bereits zwei ganze Tage dort festgehalten, und als der dritte Tag anbrach, verfiel sie in Panik. Wasser und Brot hatte sie schon längst aufgebraucht. Und sie hörte keinen Ton, nicht einen Schritt, kein Geräusch drang bis zu ihr. Es herrschte Totenstille. Seltsamerweise verspürte sie weder Durst noch Hunger, wohl weil sie ganz damit beschäftigt war, auf ein Geräusch zu warten, das sie dann doch vermutlich überraschen würde.

Sie lag auf ihrem Strohsack und versuchte die Stunden zu zählen, träumte, dämmerte vor sich hin, wachte wieder auf und bekam Angst.

Am Abend des vierten Tages endlich vernahm sie das gefürchtete Geräusch. Eine Tür fiel zu, Schritte, ein Schlüssel wurde leise im Schloss gedreht. Dann kamen die Schritte näher und wurden immer lauter, bis sie plötzlich direkt vor der Tür waren, die sich endlich öffnete.

Und Meister Coëtivy stand vor ihr – selbstgefällig und zynisch, mit unzugänglichem Blick und entschlossener Miene, die verriet, dass er auf keinen Fall Zugeständnisse machen wollte. Alix begriff sofort, dass sie sich beugen musste.

Eine Zeit lang sahen sie sich wortlos an, und Alix wartete mit klopfendem Herzen darauf, was er wohl sagen würde. Aber Coëtivy musterte sie nur kalt und feindselig. Obwohl er schon ein paar graue Haare hatte, waren seine dicken Augenbrauen noch ganz schwarz und bildeten zwei bedrohliche buschige Linien. Und an seinem süffisanten Lächeln ließ sich nur erahnen, wie despotisch er war.

Er kam ein paar Schritte auf sie zu und spürte zu seiner größten Befriedigung, dass er sie jetzt nicht einmal mehr scharf ansehen musste, um sie zu vernichten.

»Du hast zwar eine Schlacht gewonnen, aber nicht den ganzen Krieg.«

»Aber das war die entscheidende Schlacht, Meister Coëtivy. Jetzt bin ich verheiratet, und Ihr könnt mir nichts mehr anhaben.«

Doch ihre Stimme klang bitter und unsicher, was nur allzu verständlich war, weil Alix schließlich wusste, dass dieser Mann sie wie einen dünnen Zweig zerbrechen konnte, wenn er nur wollte.

Alix merkte, dass sie seinen wunden Punkt getroffen hatte. Er lächelte zwar spöttisch, überlegte aber wahrscheinlich nur, wie er sie endgültig besiegen könnte. Sie wagte es nicht, dieses scheinheilige Lächeln genauer anzusehen. Aber Coëtivy hatte noch gesunde, gleichmäßige Zähne und wirkte überhaupt sehr stattlich, obwohl er an die sechzig war – ein Alter, in dem andere oft schon ziemlich verunstaltet sind.

»Du suchst Jacquou, meinetwegen! Du wirst ihn auch finden, weil dir meine Frau gesagt hat, wo er arbeitet und ich ihn nicht irgendwo anders unterbringen kann, ohne seiner beruflichen Laufbahn zu schaden.«

Sie funkelte ihn wütend an.

»Ja! Ich werde ihn finden. Was gibt es also noch? Was wollt Ihr dagegen unternehmen?«

»Nichts. Du hast mich ja gerade daran erinnert, dass ihr verheiratet seid und ich nichts machen kann.«

Alix musterte ihn misstrauisch und befürchtete, den Sinn seiner Worte nicht richtig verstanden zu haben.

»Worauf wartet Ihr dann noch? Lasst mich gehen.«

Coëtivy brach in Gelächter aus und setzte sich auf den Hocker.

»Ihr hättet übrigens ruhig ein etwas komfortableres Haus für mich finden können«, sagte sie herausfordernd.

»Das mache ich gern.«

Jetzt ging Alix hoch wie eine wütende Katze. Wenn er nach einer anderen Bleibe suchen würde, wollte er sie also doch nicht freilassen.

»Was wollt Ihr denn mit mir machen, wenn Ihr mich woanders einsperrt?«

»Dich zum Nachdenken bringen.«

Sie stand direkt vor ihm. Wer verpasst jetzt wem eine Ohrfeige?, fragte sie sich, hochrot vor Zorn, ließ dann aber ihre Hand zur gleichen Zeit sinken wie Coëtivy seine.

»Mich zum Nachdenken bringen! Dann wollt Ihr mir wohl einen Vorschlag machen?«

»Ich wusste doch, dass du nicht auf den Kopf gefallen bist. Aber das heißt noch lange nicht, dass du meinen Sohn heiraten und mit ihm leben darfst.«

»Wollt Ihr mich etwa fragen, ob ich unsere Verbindung wieder lösen will, nachdem wir jetzt schon verheiratet sind?«

»Ganz genau! Du bist tatsächlich noch klüger, als ich je gedacht hätte. Das ist genau der Vorschlag, den ich dir – mit einigen kleinen Abwandlungen – machen wollte.«

Sie stürzte sich auf ihn und schlug mit ihren Fäusten wütend auf ihn ein. Alix war in Tränen aufgelöst, schlug um sich und schrie und wusste nicht mehr, was sie tat. Sie spürte, wie sie die Beherrschung über sich verlor, konnte sich aber nicht beruhigen.

»Nein, niemals!«, brüllte sie nur.

»Du hast die Wahl zwischen zwei Möglichkeiten.«

»Ich will keine von beiden. Geht doch zum Teufel, Coëtivy! Ja, in der Hölle sollt Ihr schmoren!«

»Wenn du mich gern zur Hölle schicken würdest – bitte, das ist dein gutes Recht«, gab Pierre de Coëtivy ganz ruhig zurück. »Ich kann mich jedenfalls sehr gut allein aus den Flammen retten.«

Er stand auf, ging zu ihr, packte ihre Hände und presste sie zusammen. Das tat so weh, dass Alix am liebsten das Gesicht vor Schmerz verzogen hätte.

»Schluss jetzt mit dieser überflüssigen Diskussion«, sagte er. »Hier ist mein erster Vorschlag: Du willigst in die Verstoßung ein.«

»Und unter welchem Vorwand?«

»Nichtvollzug der Ehe.«

Sie lachte hysterisch. Was für ein mieser Kerl! Was für ein Ungeheuer!

»Niemals!«, schrie sie. »Die Gräfin d'Angoulême kann bezeugen, dass ich schwanger war. Und mein Sohn, der Sohn von Jacquou, ist auf ihrem Grund und Boden begraben.«

»Ich gebe dir eine Werkstatt als Entschädigung, und du kannst einen Webermeister einstellen.«

»Niemals!«, brüllte sie wieder.

»Dann bleibt nur noch der zweite Vorschlag, der allerdings meinem Sohn schaden würde. Nun ja, sein Pech, wenn er bei dir bleibt. Dann enterbe ich ihn, und er bekommt keinen Heller.«

»Na und! Was macht das schon aus?«, verhöhnte sie ihn.

»Sehr viel!«

»Nein! Nein und nochmals nein, Meister Coëtivy! Das ändert rein gar nichts, weil Ihr ihn nicht anerkannt habt. Ihr habt ihm nur seine Ausbildung ermöglicht, damit er dann nach seinen Fähigkeiten arbeiten kann. Und das wird er auch tun. Und zwar ohne Euch – Euch brauchen wir dafür nicht mehr.«

»Du vergisst das Erbe.«

»Euer Erbe! Na und? Was sollen wir denn mit Eurem Erbe anfangen?«

»So muss Jacquou lange Jahre hart arbeiten, bis er sich eine eigene Werkstatt leisten kann.« Er lachte heiser. »Wenn du nicht wärst, könnte ich ihm die Werkstatt in Tours oder die in Paris oder auch die in Enghien geben.«

»Vielleicht auch mit so einem unnachgiebigen Meister wie Euch im Hintergrund! Das ist doch wohl nicht Euer Ernst, Meister Coëtivy? Allein ist er viel freier.«

»Das glaubst vielleicht du, du dumme Göre, weil du nur dein Eheglück im Sinn hast, weil du nur an dich und deine Pläne denkst, du kleiner, ehrgeiziger Emporkömmling. Und dabei vergisst du vollkommen Jacquou und seine Ziele; er hat mir aber immer wieder versichert, dass er sich nichts sehnlicher wünscht, als ein großer Meister zu werden. Und dazu habe ich ihn erzogen, seit er ein kleiner

Junge ist. Du machst ihm nur schöne Augen und zerstörst alles mit deiner falschen Zunge. Nein, Alix! Du willst nicht sein Glück. Ich will es, und das weißt du auch.«

Das junge Mädchen war auf einmal ganz blass. Coëtivys Worte hatten sie verwirrt. Sie hatte das Gefühl, ihr Peiniger würde die Zukunft vorhersagen. Und wenn er Recht hatte? Was, wenn ihm Jacquou wirklich gesagt hatte, dass es nur eines gab, was ihm wichtig war – nämlich ein großer Meister zu werden? Mit dem armen Waisenmädchen Alix im Schlepptau kam er seinem Ziel bestimmt nicht in großen Schritten näher.

»Gib es doch zu!«, redete Coëtivy weiter auf sie ein, als er merkte, dass er ihren wunden Punkt getroffen hatte. »Ich sage es noch einmal: Du bringst diesem jungen Mann nur Unglück.«

»Nein!«, rief sie verzweifelt.

»Wenn du weiter so stur bleibst, muss er alles aufgeben. Und dann wird er auf lauter übel wollende, neidische und rachsüchtige Leute treffen, mächtige Leute, die ihm den Weg versperren werden, weil ich dann nicht mehr da bin, um ihm zu helfen.«

»Ihr könnt Euer Geld, Eure Werkstätten und Eure Berühmtheit behalten«, sagte Alix tonlos. »Jacquou schafft das alles auch ohne Euch.«

»Wenn Jacquou bei dir bleibt, soll er sehen, wie er zurechtkommt.«

»Genau das werden wir auch tun.«

»Soll er doch vor lauter Entbehrungen, Ungewissheit und Kummer mit der Arbeit krepieren. Und sag ihm, dass er keinen Heller von mir erbt, wenn ich sterbe.«

»Was seid Ihr nur für ein hasserfüllter Mensch!«

»Nein, das bin ich nicht. Ich verteidige nur meine Ziele – genau wie du.«

»Eure Vorschläge kommen für mich beide nicht in Frage, Meister

Coëtivy. Jacquou und ich sind und bleiben verheiratet, und wir kommen auch ohne Eure Hilfe zurecht.«

»Dann stehst du jetzt hier am Tor zur Hölle«, sagte er und lachte höhnisch, musste aber feststellen, dass Alix genauso verächtlich lachte. Da starrte er sie wie ein Geisteskranker an und verlor den Verstand, so wie damals, als Alix Dame Bertrande die Wahrheit über Jacquou sagen wollte.

Er packte sie grob und drückte sie an sich. Sie spürte seinen Atem auf ihrem Gesicht. Dann kam er immer näher mit seinem Mund und drückte ihn auf ihre Lippen, während er mit einer Hand ihren Busen betastete und ihr mit der anderen unter den Rock griff.

Alix keuchte und bekam kaum noch Luft und versuchte ihn wegzustoßen, weil sie schließlich nicht dumm war. Bestimmt wollte er sie erst missbrauchen und dann Jacquou berichten, dass seine viel zu junge und viel zu hübsche Frau einfach nur eine Hure sei, die sich von jedem Dahergelaufenen küssen und besteigen ließ.

Coëtivy hatte jetzt zwar keine Hand frei, wohl aber Alix, die ihm eine kräftige Ohrfeige verpasste.

Sofort ließ er von ihr ab; sein Gesicht war hochrot, und seine Augen blickten verstört wie manchmal, wenn er mit einer schwierigen Situation nicht zurande kam. Langsam kam er wieder zu sich und murmelte verlegen irgendwelche Entschuldigungen. Auch wenn Pierre de Coëtivy ein ziemlicher Hahnrei war, hatte er doch nie ein Mädchen vergewaltigt und wollte das auch jetzt nicht.

Irgendwie war ihm der Gaul durchgegangen.

»Eure Verführungskünste beeindrucken mich nicht, Meister Coëtivy. Und mit dieser erbärmlichen Verleumdung könnt Ihr mich auch nicht bei Jacquou schlechtmachen.«

Coëtivy machte ein paar Schritte zurück und ging zur Tür. Sein großartiges Auftreten war mit einem Mal dahin, und Alix fand ihn plötzlich lächerlich und sehr gewöhnlich.

»Ich gebe dir drei Tage Bedenkzeit«, sagte er und griff nach der Türklinke. »Dann komme ich wieder. Man wird dir Milch, Brot, Obst und Speck bringen.«

»Es gibt aber nichts zu bedenken, Meister Coëtivy. Unsere Ehe hat ein Kardinal geschlossen, sie hat den Segen des Vatikans. Nichts und niemand kann sie lösen – schon gar nicht Ihr mit Euren finsteren Plänen!«

»In drei Tagen komme ich wieder und erwarte deine endgültige Antwort«, sagte er nur und ging ohne weitere Worte.

17

Alix lag schon stundenlang wach und konnte einfach nicht mehr einschlafen. Immer wieder ging sie im Kopf alle Möglichkeiten durch, wie sie aus diesem verdammten Gefängnis fliehen könnte, in dem sie Coëtivy gefangen hielt. Aber außer zwischen Fenster und Tür hin und her zu laufen, fiel ihr nichts ein. Es gab einfach keinen Ausweg.

Plötzlich hörte sie ein Geräusch an der Wand. Alix spitzte die Ohren, versank dann aber wieder in dem Traum, den sie weiterträumen wollte, weil er ihr ein wenig Mut machte, den sie so dringend brauchte. Sie war mit ihrem geliebten Jacquou zusammen, der sie in die Arme nahm, küsste und liebte …

Als Alix dann doch beinahe weggeschlummert wäre, hörte sie wieder dieses seltsame Geräusch und lief ans Fenster. Aber der tiefe Graben zeigte ihr nur aufs Neue, dass sie unausweichlich in der Falle saß. Da war nichts. Die Flügel der verlassenen alten Windmühle drehten sich schon lange nicht mehr, und Alix war vollkommen verzweifelt.

Die Tür gegenüber dem kleinen Fenster, durch das sie wegen

dem Wassergraben nicht fliehen konnte, war verbarrikadiert. In zwei Tagen würde Meister Coëtivy wiederkommen und sich ihre Antwort abholen – aber Alix blieb dabei, dass sie sich auf keinen Fall scheiden lassen wollte. Jacquou war ihr Mann, und das sollte er auch bleiben.

Horch, da war wieder dieses leise Geräusch! Als würde jemand ein Steinchen gegen die Mauer werfen. Ja, natürlich! Das war ein Steinchen. Diesmal hatte es das Fenster getroffen. Alix stürzte hin, ihr Herz klopfte wie wild, und sie sah einen Schatten, der dicht an der Innenseite des Wassergrabens entlangglitt.

Tatsächlich, ihr Herz schlug wie wild. Da war ein Kahn, in dem eine Gestalt hockte, die sie nicht richtig erkennen konnte. Sie sah sich im Zimmer um, fand aber nichts, was sie aus dem Fenster hätte werfen können, um zu zeigen, dass sie begriffen hatte. Nichts außer dem neuen Stück Brot, das ihr ein Wärter, den sie nicht zu Gesicht bekommen hatte, jeden Morgen mit einem Krug Milch brachte.

Egal, dann musste sie eben das Brot aus dem Fenster werfen. Wenn die Sache schiefging, hätte sie dann allerdings den ganzen Tag nichts zu essen.

Sie beugte sich aus dem Fenster, damit sie besser sehen konnte. Zum Glück war es nicht vergittert! Vermutlich weil einem der Graben jede Lust auf einen Fluchtversuch nahm. Der Kahn drückte sich noch immer an die Wand, was sehr danach aussah, als ob der Ruderer unbemerkt bleiben wollte.

Alix zögerte nicht länger und warf ihr Brot dorthin, wo sich das kleine Boot versteckte. Als sie ein »Platsch« hörte, wusste sie, dass es auch der Unbekannte bemerkt haben musste. Gleich darauf fuhr der Kahn auf sie zu. Der Mann in dem Boot trug einen weiten Mantel, der ihn von Kopf bis Fuß bedeckte.

Ohne einen Mucks, damit ihn niemand entdecken konnte, ruderte der Unbekannte mit wenigen Schlägen unter ihr Fenster und hielt dort an. Dann schaute er nach oben, zeigte erst mit dem Arm auf Alix und dann mit dem Zeigefinger nach unten auf das Wasser, um ihr zu verstehen zu geben, dass sie springen musste, wenn sie fliehen wollte.

Natürlich wollte sie springen, und zwar ohne zu zögern. Sie hatte viel zu viel Angst, dass irgendetwas dazwischenkommen und den Fluchtversuch vereiteln könnte, den ihr der unbekannte Befreier ermöglichen wollte. Sie machte sich ganz dünn und schlängelte sich wie eine Liane durch die kleine Öffnung, den Kopf voraus, dann eine Schulter nach der anderen und schließlich mit dem Oberkörper. Als sie den fürchterlichen Graben sah, dessen dunkle Wasser nichts Gutes verhießen, wurde ihr schwindlig. Der Anblick des Kahns beruhigte sie aber ein wenig, und sie fasste wieder Mut. Außerdem war ihr Körper jetzt so im Fenster eingeklemmt, dass ihre Beine, noch im Zimmer, in der Luft hingen. Doch dann nahm sie alle Kraft zusammen, holte Schwung, stieß sich von dem Fenster ab und fiel in die Tiefe.

Der Kahn hatte sie nicht ganz auffangen können, weil sie knapp daneben gesprungen war – mit einem Fuß in das Boot, mit dem anderen ins Wasser; und der Mann hatte einige Schwierigkeiten, um sie am Arm ins Boot zu ziehen.

Alix spürte, wie sie das kalte Wasser bis auf die Haut durchnässte. Dieses unfreiwillige Bad gefiel ihr zwar gar nicht, doch was kümmerte sie das schon. Sie war überzeugt, dass sie bald weit weg von Coëtivy und seinen finsteren Plänen sein würde.

Als sie sich auf dem Boden des Kahns in Sicherheit fühlte, holte sie erst einmal tief Luft, entspannt, erleichtert und beinahe behaglich, und sah dann ihren Retter an.

»Arnold!«

»Ja, ich bin's. Ich war dabei, als Coëtivys Männer mit dir mein Haus verließen.«

»Ich habe dich aber gar nicht gesehen!«

»Zuerst hatte ich mich hinter der fremden Kutsche versteckt, die mir irgendwie seltsam vorkam.«

»Die stand aber weit weg vom Haus.«

»Deshalb bin ich ja dann auch näher gekommen. Dann habe ich Stimmen gehört, Schreie, Guillemin hat geweint. Ich habe aber nicht eingegriffen, weil das alles nur noch schlimmer gemacht hätte. Ich wusste ja überhaupt nicht, worum es ging.«

»Ach, Arnold! Die Männer hätten Guillemin mitgenommen, wenn ich nicht mit ihnen gegangen wäre.«

»Ich weiß, das habe ich gehört. Ich hab gelauscht, die Tür stand ja halb offen. Aber ich hatte keinen Stock und kein Messer dabei, nichts, womit ich euch hätte helfen können. Das musste einfach schiefgehen, und dann wären wir alle in großen Schwierigkeiten gewesen. Und dann hab ich gehört, wie du verlangt hast, dass sie Arnaude losbinden und zu ihr gesagt hast, dass du sie beim nächsten Mal mit Jacquou besuchst.«

Mit zwei, drei Schlägen steuerte Arnold den Kahn vorsichtig vom Fenster weg und ruderte um die Rückseite der Mühle herum für den Fall, dass sie jemand beobachten sollte. Außer einem leisen Geplätscher war nichts zu hören. Ein Bach zweigte von dem Wassergraben ab und mündete in einen kleinen Fluss, den sie aber nicht entlangfahren mussten, weil die Ufer der Loire bereits vor ihnen auftauchten.

»Arnaude hat mir dann alles erzählt und mich angefleht, dir zu helfen.«

»Danke! Ich danke euch vielmals!«

Sie sprang auf und wollte ihn vor lauter Dankbarkeit umarmen; dabei hätte sie beinahe das Boot zum Kentern gebracht, was Arnold mit einem geschickten Ruderschlag gerade noch verhindern konnte.

»Wie kann ich das nur wiedergutmachen?«

»Jetzt hör aber auf! Vergiss es einfach. Schau lieber mal, wer da ist!«

Alix sah suchend in die Richtung, die ihr Arnold gezeigt hatte, und dann strahlte sie vor Freude. Da stand doch tatsächlich ihre Amandine am Flussufer und trank ganz zufrieden Wasser.

»Du musst so schnell wie möglich von hier verschwinden, sonst holt dich Coëtivy in ein paar Stunden wieder ein.«

»Ich habe doch zwei Tage Vorsprung.«

»Nein, Alix, du kannst auf keinen Fall in Tours bleiben. Nimm meinen Mantel, dann ist dir nicht so kalt – du bist ja ganz durchnässt. Los jetzt, geh zu deiner Amandine, und mach dich auf den Weg nach Paris. Aber sei vorsichtig, Coëtivy will auch wieder in den Norden, und sein Weg ist auch dein Weg.

Erleichtert und beinahe beruhigt traf Alix ein paar Tage später in Paris ein. So eine Stadt hatte sie noch nicht gesehen, und sie kam aus dem Staunen nicht mehr heraus. Die vielen Farben und Gerüche, das Geschrei, die Fuhrwerke, die überall herumfuhren, sogar in die engsten Gassen, wobei es dann meist zu lautem Gezeter kam, wenn die Waren vor den Geschäften zu Bruch gingen und in der Gosse landeten.

Dame Bertrande war wirklich bestens unterrichtet. Am Boulevard Saint-Marcel, ihrer ersten Anlaufstelle, wurde ihr bestätigt, dass eine Gruppe von Tuchhändlern Anfang April Richtung Norden aufbrechen wollte. Bis dahin logierten die Kaufleute im Gasthaus »Zum Goldenen Ochsen«.

Seit Alix am Morgen durch die Porte Saint-Honoré in die Stadt gekommen war, war sie schon durch so viele Viertel geirrt, dass sie nicht mehr wusste, ob es noch weit war zum Laden von Dame Le Guennec.

Alix war begeistert von den vielen schönen breiten Straßen. Und die Seine floss viel ruhiger dahin als ihre geliebte Loire, die für sie mit so vielen glücklichen und unangenehmen Erinnerungen verbunden war. An Paris gefiel ihr einfach alles – der Petit-Pont und der Pont-au-Change, die Kathedrale Notre-Dame, die Stadtviertel Île de la Cité, Temple, Châtelet und Bastille, wo sie sich besonders gründlich umsah, ohne dass sie jedoch den Laden von Dame Le Guennec gefunden hätte.

Alles hier in der Hauptstadt war für sie neu, ungewohnt und so fremd, dass sie es nicht einmal wagte, ein Gasthaus zu betreten. Auf ihrem Ritt durch die Stadt stellte sie außerdem schnell fest, dass hier alles nach Zünften geordnet war; immer fanden sich alle Angehörigen einer Zunft in derselben Straße oder demselben Viertel: die Geldhändler, die Goldschmiede, die Schuhmacher, die Leinweber, die Illuminierer, die Buchbinder und die Teppichweber. Ach, bei den Teppichwebern in der Rue Saint-Jacques sollte sie sich wohl lieber nicht allzu lange aufhalten. Also bog sie in die Rue Quincampoix ein, wo alle Kurzwarenhändler zu finden waren.

Weil sie das Geschäft der Witwe Le Guennec aber noch immer nicht entdeckt hatte, irrte sie auf ihrem munteren kleinen Muli weiter durch die Straßen. Irgendwann schickte man sie in das Viertel Villeneuve-du-Temple zurück, wo ihr dann jemand sagte, sie müsse erst die Rue des Blancs-Manteaux nehmen und dann in die Rue de la Porte-du-Chaume einbiegen.

Amandines Hufe klapperten über das holprige Pflaster, und bei jedem unbekannten Geräusch spitzte das Tier die Ohren. Alix machte es nicht anders, beobachtete alles ganz genau und fragte sich, wo sie wohl landen würden.

Was für ein lärmendes Durcheinander herrschte hier auf den Straßen, und was gab es nicht alles für komische Leute! Marktschreier, die fast unter dem Gewicht seltsamer Pakete und Körbe voll mit unglaublichem Plunder zusammenbrachen, fahrende Händler, die Kerzen, Stiefelwichse und alle möglichen Spezereien feilboten, Wasserträger, Waschfrauen, Milchverkäufer und Käsehändlerinnen. Alix kam mit dem Schauen gar nicht nach und war dann doch ganz überrascht, als sie sich plötzlich in der Rue Richard-des-Poulies wieder fand, in der das Geschäft der Dame Le Guennec sein sollte.

Alix bedeutete Amandine, etwas langsamer zu gehen. Das Maultier hatte die Ohren inzwischen nicht mehr aufgestellt, obwohl es noch immer sehr laut war. Kurz darauf redeten zwei Frauen wild auf Alix ein; die eine trug zwei große Körbe mit geräucherten Heringen, und die andere, die wie sie selbst auf einem Muli saß, wollte ihr um jeden Preis etwas von ihrem schönen Spinat und ihrer guten Brunnenkresse verkaufen.

In der Mitte der Rue Richard-des-Poulies wurde sie von einem ohrenbetäubenden Lärm von Wagenrädern, Esel- und Pferdehufen, Hunden, die an allen Ecken herumkläfften, und großen, eisenbeschlagenen Rädern von Karren, die Holz oder Heu transportierten, oder von schweren Fuhrwerken, einer Art Kipplastern, die von drei oder vier Ochsen gezogen wurden, empfangen.

Mittlerweile waren Alix' Augen müde vom vielen Schauen, und ihr brummte der Kopf. Nur zu gern hätte sie jetzt so schnell wie möglich ein ruhiges, stilles Plätzchen gefunden, auch weil sie merkte, dass Amandines Eifer bei jeder neuen Abzweigung in eine andere Straße oder Gasse nachließ. Aber ihre mühsame Suche kreuz und quer durch Paris endete nun plötzlich, als Alix am Ende der Rue Richard-des-Poulies an einem schmiedeeisernen Halter direkt über einem Mauervorsprung ein Schild hängen sah, auf dem in goldenen Lettern geschrieben stand: »Zum weißen Faden«.

Alix hatte so viel gefragt, beobachtet, gesehen und gehört, dass sie nicht einmal mehr recht wusste, wo die Seine war, zu der sie Amandine gerade noch geführt hatte. Sie hatte sich schließlich nur noch damit begnügt, den Straßennamen zu folgen, die man ihr nannte. Die Straße, die sie dann endlich zu Dame Le Guennec führte, wirkte noch sehr mittelalterlich; trotzdem fand Alix, dass es dort weniger streng als in den meisten anderen roch. Ob das an den Mauervorsprüngen der Häuser lag, über die der Regen direkt in die Gosse abfließen konnte?

In der Rue Richard-des-Poulies gab es sehr viele Geschäfte, und den ganzen Tag lang saßen die Handwerker hinter ihrem Fenster, das gleichzeitig die Auslage darstellte. Interessierte sich ein Passant für die Ware, die auf dem heruntergelassenen Fensterladen ausgestellt war, konnte er einen Blick darauf werfen oder eine Frage stellen; sobald aus dem Passanten ein möglicher Käufer wurde, kam der Handwerker zu ihm und versuchte ihn zu ködern, indem er seine Ware über den grünen Klee lobte.

Der Laden der Witwe Le Guennec sah aus wie alle anderen in der Straße. Vor den Fenstern im Erdgeschoss gab es einen großen Fensterladen, der tagsüber heruntergelassen wurde und als Auslage diente, und spätabends hochgeklappt wurde, um das Geschäft abzuschließen. Es war ein Geschäft für Kurzwaren aller Art. Dame Le Guennec verkaufte aber gelegentlich auch Strumpfwaren, Bänder, Spitzen und Tuchwaren.

Dame Bertrande und Dame Le Guennec waren seit Kindesbeinen befreundet, und während die eine mit achtzehn Jahren Meister Coëtivy heiratete, verliebte sich die andere in einen Tuchhändler, der wie damals üblich auch Wamse und Umhänge für Herren schneiderte. Leider starb der gute Mann aber kurz nach ihrer Hochzeit. Ein Wagen überfuhr ihn, und die Pferde gingen durch und schleiften ihn mit sich, bis nur noch ein zuckender, lebloser Körper von ihm übrig war.

Von da an kümmerte sich die Witwe Le Guennec allein um ihr Geschäft.

Und wie gut das die Kurzwarenhändlerin machte! Die Ware war sorgfältig in gewachsten Holzregalen sortiert, gestapelt, aufgereiht und geordnet, und in dem Raum hinter dem Laden fand sich alles, was die Kunden wünschten: Feinste Kurzwaren en detail und en gros! Dame Le Guennec besaß sogar noch einige unverkaufte Stoffe aus der Zeit ihres verstorbenen Gatten, mit denen sie von Zeit zu Zeit eine betagte Kundin glücklich machen konnte, die dem vergangenen Jahrhundert nachtrauerte.

Bei der Witwe Le Guennec gab es sämtliche Arten von Fäden und Garnen zu kaufen – Wollfäden, Leinenfäden und Seidenfäden. Etwas versteckter hatte sie sogar einige kleine Rollen mit Silberfaden auf Lager. Es gab Bänder, Spitzen, Kordeln, Schnürbänder aller Art und Mantel-, Wams- und Umhangschnallen aus Schildpatt oder Silber, manchmal sogar aus Gold oder Bronze; die kamen aber nicht in die Auslage, sondern waren in kleine Kästchen gesperrt, die sie ganz hinten in ihrem Laden aufbewahrte.

Ellenlange Tuchballen stapelten sich in den Regalen. Baumwolle, Samt und Seide, Zwillich und Barchent – Witwe Le Guennec hatte alles im Angebot. Bei ihr konnte man sogar Nähnadeln, Scheren, Stecknadeln und so ziemlich alles kaufen, was man sonst noch zum Nähen und Sticken brauchte.

»Dann kennst du also Gaëlle Le Floch, meine Kleine?«

»Ja, Madame, sie war eine der besten Freundinnen meiner Mutter«, antwortete Alix.

»Ach, ja, deine Mutter! Weißt du eigentlich, dass ich sie zwei- oder dreimal getroffen habe, als ich meine Familie in Nantes besucht und in Meister Yanns Werkstatt mein Sortiment an Spitzen ergänzt habe? Aber ich war schließlich mit dem Kaufmann Le Guennec verheiratet und musste so schnell wie möglich zu ihm zurück nach Paris.«

Sie redete schnell und viel und überhäufte Alix mit Wörtern und

Sätzen, die manchmal unvollendet blieben, weil sie sich im Labyrinth ihrer Gedanken verirrt hatte.

»Und wie geht es Bertrande de Coëtivy? Erzähl mir von ihr, wenn sie dich schon zu mir schickt. Das wird aber wohl in Ordnung sein, mir scheint, du bist ein nettes Mädchen. Also, was ist aus ihr geworden?«

Ohne abzuwarten, was Alix über ihre gute alte Freundin berichten konnte, wandte sie sich zur Tür, die gerade vorsichtig geöffnet wurde.

»Ah, da kommt Florine!«

Dame Le Guennec stand auf und wirkte in ihrem purpurroten Faltenrock mit dem passenden Unterkleid aus Seidenbrokat noch sehr stattlich. Mit ihren schmalen weißen Händen, ihrer zierlichen Taille und dem schönen Gesicht hätte sie gut und gern als Dame eines vornehmen Herrn auf einem dieser Mille-Fleurs-Teppiche durchgehen können, die damals noch sehr in Mode waren.

»Komm herein, Florine! Ich möchte dir Alix vorstellen. Sie will nach Flandern, um dort ihren Mann zu treffen. Meine gute alte Freundin Bertrande aus Nantes, von der ich dir schon so viel erzählt habe, hat sie mir anempfohlen. Sie soll bei mir bleiben, bis sie – genau wie du – mit den Tuchhändlern reist, die sich vom Boulevard Saint-Marcel aus wieder auf den Heimweg nach Norden machen.«

Florine war ein hübsches sechzehn Jahre altes Mädchen mit Porzellanaugen und feinen blonden Haaren, die sie unter einer schwarzen Samthaube versteckte. Ihr Gesicht war von so makelloser Schönheit, dass sich auch noch der anspruchsvollste Maler dafür begeistert hätte.

»Florine ist meine Nichte«, erklärte Dame Le Guennec. »Ihr könnt die Reise zusammen machen. Ich gebe zu, dass mich das sehr beruhigt und mir entgegenkommt, weil ich es gar nicht mag, wenn sie allein unterwegs ist.«

»Aber, Tante! Ich mache die Reise von Paris nach Lille zu meinem Onkel doch nicht zum ersten Mal.«

Aber die Witwe redete wie üblich weiter, ohne auf die Einwände ihrer Gesprächspartner zu achten. Also schnitt sie jetzt auch ihrer Nichte das Wort ab und sagte:

»Ich helfe dir beim Packen, mein Kind. Du darfst ja nichts vergessen. Hier ist es zwar schon Frühling, aber die Nächte sind noch kalt, vor allem im Norden, wo es sogar noch frieren kann. Deshalb musst du deinen warmen Umhang, die Wintermützen und die gefütterten Stiefel mitnehmen.«

»Liebe Tante«, protestierte Florine, »ich brauche doch nicht die ganzen Sachen für den nächsten Winter! Bis dahin bin ich längst zurück.«

»Du kommst erst wieder, wenn du mir deinen Verlobten vorstellen kannst, meine Liebe. Und jetzt wollen wir über deine Heirat reden.«

»Aber das ist doch noch gar nicht sicher, liebe Tante.«

»Florine!«, wies sie Dame Le Guennec zurecht. »Diesmal reist du nicht nach Lille, um deinen Onkel zu besuchen, sondern um Peter Van Brook kennen zu lernen.«

Florine nickte zwar, sagte aber nichts. Eigentlich wollte sie schon lieber in Lille als in Paris leben, weil es ihr mehr Spaß machte, in der Werkstatt ihres Onkels zu arbeiten, als im Laden ihrer Tante anspruchsvolle, zickige oder eingebildete Kundinnen zu bedienen. Aber was sollte das jetzt werden? Wollte man ihr etwa einen Ehemann aufzwingen?

Florine dachte nicht daran, die Entscheidungen ihrer Tante, und noch weniger die ihres Onkels, in Frage zu stellen. Weil sie schon als kleines Kind ihre Eltern verloren hatte, war sie von ihrer Pariser Tante und dem Onkel aus Lille aufgezogen worden. So wuchs sie zu einem braven und gelehrigen Mädchen heran, zu dem man sich nur beglückwünschen konnte. Diesmal hatte Florine aber etwas gegen eine Entscheidung einzuwenden, die ihr überhaupt nicht gefiel.

Sie verzog das Gesicht, und wenn da nicht diese Alix gewesen wäre, die ungefähr in ihrem Alter sein musste, hätte sie behauptet, sie sei müde, ihrer Tante gute Nacht gesagt und sich auf ihr Zimmer zurückgezogen.

»Peter Van Brook ist ein anständiger Junge«, ließ Dame Le Guennec nicht locker. »Mein Bruder sagt, er ist außerdem ein ausgezeichneter Arbeiter. Allerdings ist er bis jetzt nur Geselle. Wenn er aber erst seinen Meister gemacht hat, kann er seine eigene Werkstatt eröffnen.«

Alix fühlte sich wohlig entspannt. Im Kamin knisterte ein munteres Feuer, und die rote Glut warf schöne orangefarbene Schatten auf die drei Frauen. Florine hatte die Augen geschlossen und hörte ihrer Tante nicht mehr zu, die inzwischen das Thema gewechselt hatte. Und obwohl sie ihr eigentlich widersprechen wollte, sagte sie kaum hörbar: »Ich weiß einfach jetzt schon, dass mir dieser junge Mann nicht gefällt.« Alix hatte die geflüsterten Worte verstanden und lächelte ihr aufmunternd zu.

Dame Le Guennec war jetzt mit ihrem Dessert fertig. Florine hatte so gut wie nichts gegessen, aber Alix hatte zur großen Freude der Witwe mit einem Riesenappetit alles verspeist, was man ihr vorgesetzt hatte.

Sie nahm die beiden Teetassen, die das Dienstmädchen gebracht hatte, und beobachtete, wie sich der Kräuteraufguss mit dem goldenen Honig und dem karamellisierten Zucker vermischte. Dann reichte sie vorsichtig eine Tasse ihrer Nichte, die andere Alix.

»Ich will wissen, wie er euch schmeckt. Das ist ein köstlich duftender Kräutertee aus Pflanzen, die beruhigend wirken und müde machen. Lasst ihn euch schmecken. Dann schlaft ihr bestimmt wunderbar.«

Dann läutete sie wieder nach dem Dienstmädchen, das sich beeilte, die Reste des reichhaltigen und erlesenen Abendessens abzuräumen.

Florines Muli Fougasse war zwar nicht so übermütig wie Amandine, dafür aber ausgeglichener und weniger starrköpfig. Die beiden Tiere waren sofort unzertrennlich. Ganz zufrieden trabten sie Seite an Seite vor sich hin und kümmerten sich nicht um die Witwe Le Guennec, die ihnen den Weg zum »Goldenen Ochsen« bahnte.

Hier herrschte bereits das übliche Durcheinander wie vor jeder großen Reise: Geschäftige Kutscher, tänzelnde Pferde, die noch vor die Wagen gespannt werden mussten, Gespanne, die schon seit dem Vorabend darauf warteten, inspiziert, herausgeputzt und abfahrbereit gemacht zu werden, Kaufleute, die von Minute zu Minute ungeduldiger wurden, ein Gastwirt, der fieberhaft alles Nötige erledigte, und fleißige Dienstmädchen, die noch schnell die letzten Befehle ausführten, ehe es endlich wieder ruhig wurde.

Als Dame Le Guennec mit den beiden jungen Frauen auftauchte, befand sich das geschäftige Treiben auf seinem Höhepunkt, und der Zug formierte sich allmählich bei strahlend blauem Himmel, als es von der Kirche neben dem Gasthaus acht Uhr schlug.

»Sucht euch einen Platz in der Mitte, da seid ihr am besten aufgehoben, Mädchen. Das solltet ihr immer machen, und seid nur ja vorsichtig! Falls ihr aus irgendeinem Grund den Anschluss an die anderen verlieren solltet, was immer mal vorkommen kann, übernachtet unbedingt nur in guten Gasthäusern. Haltet Augen und Ohren offen, und verlasst euch auf euren gesunden Menschenverstand.«

Ein letztes Mal kontrollierte Dame Le Guennec die Maultiere samt ihrem Gepäck und vergewisserte sich, dass die Ballen gut befestigt waren und auch bei schlechten Straßenverhältnissen weder verrutschen noch herunterfallen konnten.

»Jetzt kommt her, und lasst euch küssen und umarmen. Ich wünsche euch eine gute Reise!«

Alix und Florine ließen also den Anfang des Konvois passieren und reihten sich ein, als sich der mittlere Teil der Kolonne in Bewegung setzte.

»Die Tuchmacher sind unterwegs!«, rief die Frau eines Kaufmanns fröhlich, dessen unbequemer Wagen laut quietschend über das holprige Pflaster schwankte.

Als sie Alix und Florine auf ihren Mulis entdeckte, lächelte sie ihnen zu und rief:

»Es haben sich heute aber nicht nur Tuchhändler auf den Weg gemacht! Einige wichtige Persönlichkeiten sind mit von der Partie. Es heißt, der Vogt von Amiens, zwei Bischöfe, zwei Teppichweber und ein Maler haben sich zu uns gesellt.«

»Zwei Teppichweber?«, fragte Alix aufgeregt. »Kennt Ihr ihre Namen?«

»Ach was, natürlich kenne ich hier nicht alle Namen, meine Hübschen! Eure kenne ich übrigens auch nicht. Ihr schaut sehr jung aus.«

»Ich heiße Alix, und das ist meine Freundin Florine. Wir sind beide sechzehn. Ich bin auf dem Weg zu meinem Mann, der Teppichweber in Enghien ist, in der Provinz Hainaut. Und meine Freundin …«

»… ich bin unterwegs nach Lille, wo mich meine Tante und mein Onkel verheiraten wollen«, unterbrach sie Florine und seufzte.

»Aber das ist doch wunderbar!«, meinte die Frau und hob ihren Rock, um in den Wagen zu steigen. »Mit sechzehn heiraten ist wunderbar, da könnt Ihr mit Euerm Mann schöne Kinder machen. Lauter schöne Kinder mit den gleichen blauen Augen wie Ihr sie habt.«

»Ja, schon«, seufzte Florine leise, »ich hätte schon gern Kinder, aber nur mit dem Mann, den ich mir aussuche und den ich liebe.«

Alix nickte eifrig. Wie gut verstand sie ihre Freundin! Ganz bestimmt hätte sie nicht mit irgendeinem anderen Mann als Jacquou Kinder machen wollen.

»Ich heiße Marinette, aber hier nennt mich jeder Dame Franchoux. Wenn Ihr Schwierigkeiten habt, kommt einfach zu mir. Wenn ich kann, helfe ich Euch gern. Ja, ja, Ihr seid eigentlich wirklich viel zu jung, um ohne männlichen Schutz zu reisen!«

Und dann kletterte sie in den schaukelnden Wagen, den ihr Mann etwas ungeschickt lenkte. Meister Franchoux war eben Kaufmann und nicht Kutscher und saß gar nicht gern da oben auf dem unbequemen Kutschbock.

In den ersten Tagen erreichte der Tross ohne Zwischenfälle Amiens und Arras. Jeden Abend erkundigten sich die beiden Mädchen, in welchen Gasthäusern die Tuchhändler abstiegen. Wenn ihnen die zu teuer waren, fragten sie, ob sie die Nacht im Stall neben ihren Mulis verbringen dürften – was damals durchaus üblich war.

Dazu muss man wissen, dass die reichen Tuch- und Wollwarenhändler oft in der Lage waren, in den angesehenen und teuersten Häusern vor Ort abzusteigen. Und eine einzige Nacht in einem dieser Gasthäuser kostete so viel wie drei oder vier Nächte in einer einfachen Herberge.

Also schliefen die beiden Mädchen fast jede Nacht im Stall und baten nur um einen Verschlag für ihre Tiere und um frisches, sauberes Stroh, das sie sich mit ihnen teilten.

Die Bürgersfrau Dame Franchoux war um die vierzig, etwas eitel, aber zuvorkommend und vermutlich längst nicht so reich, wie die viel bedeutenderen Händler, die mit dem Konvoi reisten. Aber zusammen mit ihrem Herrn Franchoux hatte sie in dem wohlhabend Pariser Tuchhändlerviertel ein schönes Ladengeschäft. Eines Morgens kam sie zu Alix und Florine und lächelte sie vergnügt an.

»Ich habe heute früh gehört, dass sich zwei Händler unerwartet von unserem Zug trennen mussten, und ihre beiden Frauen, weil sie die Reise allein fortsetzen müssen, sich jetzt ein Zimmer teilen. In den Gasthäusern gibt es oft große Schlafzimmer für alleinreisende Frauen. Bestimmt könnt ihr sie fragen, ob ihr bei ihnen schlafen dürft. Das ist dann gar nicht teuer.«

Also schliefen Alix und Florine in der Nacht darauf in einem Zimmer, das zwar nicht besonders groß war, aber über ein breites Bett verfügte, das sich die vier Frauen teilten. Damals war es nämlich durchaus üblich, dass man alleinreisende Frauen in ein und demselben Zimmer unterbrachte. Genauso kam es auch vor, dass ein Gastwirt aus Platzmangel zwei oder drei Männern, die ohne Frau unterwegs waren, ein Zimmer zusammen anbot, wo sie dann auch in einem gemeinsamen Bett schlafen mussten.

Als Alix und Florine eines Tages in einem Gasthaus in Gesellschaft von Dame Franchoux, deren Mann und den zwei alleinreisenden Frauen zu Abend aßen, war es in der Gaststube so voll und laut, dass der Wirt vor lauter dampfenden Schüsseln, Tellern und Weinkrügen schon nicht mehr wusste, wo ihm der Kopf stand.

Durch den Rauch und den Suppendunst entdeckte Alix plötzlich den Mann, den sie zu vergessen versuchte, seit sie aus dem kleinen Haus an der Loire geflüchtet war.

Sie zitterte am ganzen Körper und klammerte sich an den Tisch, auf dem ihre Schüssel mit der dampfenden Specksuppe vor ihr stand.

Drei Männer waren hereingekommen. Meister Coëtivy, der größte und älteste von ihnen, redete und gestikulierte heftig. Er trug einen vornehmen Anzug aus Seidenbrokat, eine viereckige Mütze und ein pelzgefüttertes Wams samt Überrock, was ihm noch mehr selbstsicheres Auftreten verlieh, als er eigentlich nötig hatte.

Der Mann hinter ihm war viel jünger als er. Er war blond und schmal, hatte hellblaue Augen und ein sehr schön geschnittenes Gesicht und bewegte sich wie ein schlaksiger Prinz.

»Ich glaube, das ist der Maler Dürer«, sagte Dame Franchoux leise zu ihren Tischnachbarn. »Er arbeitet zusammen mit den beiden Webern, die ihn begleiten, an einem großen Auftrag.«

Alix zitterte noch immer, und Coëtivy unterhielt sich weiter lebhaft mit dem Maler. Der zweite Weber, der wesentlich zurückhaltender wirkte, hielt sich etwas abseits, äußerte aber immer wieder mal seine Meinung, wenn ihm das angebracht schien. Vom Alter her musste er wohl zwischen seinen beiden Begleitern liegen, also etwa vierzig sein. Trotzdem machte er einen sehr lebendigen und wachen Eindruck und beobachtete alles um sich herum interessiert. Als Alix gerade aufstehen wollte, begegneten sich ihre Blicke.

»Ich gehe auf mein Zimmer, Florine, lasst Euch nicht stören.«

»Aber du hast ja noch gar nichts gegessen!«

»Ja, sie hat Recht! Warum wollt Ihr denn schon nach oben?«, rief Dame Franchoux. »Fühlt Ihr Euch nicht wohl?«

»Ja, mir geht es nicht besonders gut. Ich möchte mich hinlegen.«

Und dann tat die gute Frau genau das, was sie nicht hätte machen sollen: Sie rief mit lauter Stimme nach dem Wirt.

»Ihr braucht einen kräftigen Kräutertee, damit Ihr schlafen könnt. Dann ist morgen alles wieder gut. He, Wirt, wir haben einen Wunsch!«

Mit ihrer kräftigen Stimme übertönte sie den Lärm in der Gaststube, und natürlich drehten sich jetzt alle nach ihr und ihren Tischnachbarn um, so auch Meister Coëtivy. Er warf Alix einen zornigen Blick zu, und auch der andere Weber sah sie wieder interessiert an.

Dann hörte sie wie durch einen Nebel jemanden am Nachbartisch sagen: »Das ist Meister Cassex. Er arbeitet mit den größten Teppichwebern von Brügge.«

Jetzt stockte Alix das Blut in den Adern, ihre Hände flatterten, ihre Knie zitterten, und sie musste sich wieder setzen, weil ihr auf einmal schrecklich schwindlig war.

»Was ist denn mit dir los?«, fragte Florine. »Du bist ja ganz blass, und deine Hände zittern.«

»Stimmt!«, fand auch Dame Franchoux. »Sie zittert wie Espenlaub. He, Wirt! Wo bleibt Ihr denn? Wir brauchen Euch.«

Alix war mittlerweile aschfahl und hatte ihnen überhaupt nicht zugehört. Cassex! Das war doch Jacquous Nachname. Der Name seiner Familie, die er nie kennen gelernt hatte. Der Familienname seiner Mutter! Sie hatte doch Léonore Cassex geheißen! Wenn das so war, dann musste Coëtivy diesen Mann gut kennen. Wahrscheinlich waren sie sogar Freunde. Was sollte sie schon verlieren, wenn sie ihn ansprach? Schlimmer konnte es nicht mehr kommen. Coëtivy wusste jetzt, dass sie mit den Tuchhändlern reiste und würde sich schon etwas einfallen lassen, um Alix in seine Gewalt zu bekommen. Nein, schlimmer konnte es wirklich nicht mehr für sie kommen.

Während sich Florine noch darüber wunderte, dass ihre Freundin kein Wort sagte, sah sie sie plötzlich aufstehen und wie eine Schlafwandlerin auf die drei Männer zusteuern, die der Gastwirt zu einem Tisch führte, an dem es bereits recht eng zuging.

Alix musste sich einen Weg bahnen und gebrauchte ihre Ellenbogen, um durchzukommen. Irgendwie schien ihr das Getöse aber Mut zu machen, und ihr Entschluss stand fest. Außerdem blieb ihr jetzt auch gar nichts anderes mehr übrig. Coëtivy hatte sie entdeckt und würde keine Ruhe geben, ehe er sie ausgeschaltet hatte.

Sie stand jetzt vor dem Tisch, an dem die drei Männer gerade Platz genommen hatten. Ihren Peiniger beachtete sie zunächst gar nicht, sondern machte eine kleine Verbeugung vor Herrn Cassex.

»Entschuldigt, bitte! Darf ich kurz stören?«, fragte sie ernst. »Ich habe gehört, Ihr seid Herr Cassex?«

»Ja, das ist richtig. Was verschafft mir die Ehre, Demoiselle?«

»Und Ihr seid ein Weber aus Brügge?«

Der Mann musste lachen.

»Nun ja, ich bin vielleicht nicht der größte, aber gewiss einer der wichtigsten. Was meint Ihr dazu, Pierre?«

Coëtivy antwortete nicht. Er biss die Zähne zusammen und schien sich etwas zurechtzulegen. Alix wusste, dass er jetzt erstmal die Lage sondierte. Coëtivy überlegte. Wieder einmal wollte ihm dieses kleine Miststück übel mitspielen, und er wusste nicht, was er vor seinen Begleitern sagen sollte. Hatte er etwa geglaubt, dass sie sich verstecken würde? Wie gedachte sie seiner starken Faust zu entkommen? Also wartete er einen günstigen Augenblick ab, um das Netz auszuwerfen, in das sie ihm gehen sollte.

»Dann müsst Ihr doch wohl zur Familie eines gewissen Jacquou gehören, der in Nantes aufgewachsen ist, in Tours und Paris gearbeitet hat und jetzt in der Weberei von Meister Coëtivy in Enghien den Meister machen will«, sagte Alix.

An seinem fragenden Blick und der gerunzelten Stirn konnte Alix erkennen, wie überrascht der Mann war, und sie wiederholte ihre Frage, jetzt noch leiser:

»Gehört Ihr zur Familie von Jacquou, der gerade seinen Meister gemacht hat?«

Die letzten Worte gingen in dem Lärm von Geschirr, das zu Bruch ging, unter. Also wiederholte Alix ihre Frage noch einmal und beugte sich zu ihm.

»Gehört Ihr zur Familie von Jacquou, der gerade seinen Meister gemacht hat?«

»Beachtet sie nicht«, fuhr nun Coëtivy dazwischen. »Ich kenne sie, sie ist zu allem fähig, wenn sie sich wichtig machen will.«

»Ja, ich bin zu allem fähig, wenn es darum geht, meinen Mann zu finden, der Jacquou Cassex heißt und dessen Vater Ihr seid.«

»Aber, Pierre!«, rief Martin Cassex erstaunt, Ihr habt mir nie erzählt, dass Ihr Jacquou anerkannt habt!«

»Das ist auch noch nicht lange her«, bemerkte Alix spöttisch. »Und obwohl er ihn jetzt gezwungenermaßen seinen Sohn nennt, behandelt er ihn nach wie vor wie seinen Schüler und will ihm sogar vorschreiben, wen er lieben darf oder nicht.«

»Hört nicht auf sie, Martin. Sie ist nicht ganz richtig im Kopf. Sie bildet sich ein, sie wäre die Frau von Jacquou, hinter dem sie schon seit Jahren her ist.«

»Das ist nicht wahr, und das wisst Ihr auch! Kardinal Jean de Villiers hat uns verheiratet.«

»Jean!«, sagte Cassex leise. »Jean de Villiers, mein Bruder! Aber …«

»Sie kennt die Geschichte«, unterbrach ihn Coëtivy. »Sie will Euch nur etwas vormachen.«

Alix war jetzt weiß vor Zorn, als sie sich wieder an Martin wandte.

»Mache ich Euch wirklich etwas vor, wenn ich Euch an das kleine Einhorn erinnere, das Léonore ihr Leben lang wie einen Schatz gehütet hat? Oder wenn ich von Isabelle spreche, die es Jacquou gegeben hat, als sie ihm erzählte, wer sein Vater ist? Oder wenn ich Euch sage, dass Meister Coëtivy nicht wahrhaben will, dass ich Jacquous Frau bin, weil ich nur ein armes Waisenmädchen bin und er sich für Jacquou eine bessere Partie erträumt hat?«

Sie wurde immer wütender.

»Glaubt doch, was Ihr wollt, Herr Cassex. Ich werde Jacquou jedenfalls finden, weil es mir nämlich nur um unser beider Glück geht.«

Dann wandte sie sich wieder an ihren Feind und sagte verächtlich:

»Und wenn Ihr mich wieder einsperren wollt, damit mir das nicht gelingt, Meister Coëtivy, kann ich Euch jetzt schon sagen, dass ich

Euch wieder entkommen werde. Die Liebe verleiht nämlich Flügel, und diese Flügel trage ich an meinem Rücken.«

Martin Cassex wirkte verstört, wagte seinem Freund Pierre aber nicht zu widersprechen. Hatte Coëtivy Cassex in der Hand? Davon war sie überzeugt, als er sie zwar ansah, aber nicht mehr darüber erfahren wollte. Da fühlte sie sich auf einmal einsam und verlassen und ging müde zu der Treppe, die in den oberen Stock führte.

Alix und Florine unterhielten sich flüsternd in dem großen Bett, in dem auch die beiden anderen Frauen schliefen. Sie waren ganz nah zusammengerückt, um ihre Bettgenossinnen nicht zu wecken.

»Er wird dir bestimmt nichts tun, Alix.«

»Du kennst ihn nicht, Florine. Er versucht es immer wieder.«

»Du hast aber doch diesem Weber aus Brügge alles erzählt. Der muss dir doch jetzt helfen.«

»Ich fürchte, dass er bei Coëtivy irgendwie in der Schuld steht und sich nichts erlauben kann, was gegen dessen Interessen verstößt. Das habe ich deutlich gespürt.«

»Ich glaube eher, dass du ihn überzeugt hast, Alix, und dass Coëtivy die ganze Sache ziemlich peinlich ist.«

Mit einer ärgerlichen Handbewegung rief sie die eine Bettnachbarin zur Ruhe, während die andere sagte:

»Schlaft jetzt endlich, Mädchen, morgen ist wieder ein langer Tag.«

Aber es wurde Morgen, ohne dass Alix ein Auge zugemacht hätte. Als sie hinuntergingen, war der Speiseraum der Herberge bereits wieder gut gefüllt. Der Wirt versorgte noch die letzten Gäste, während die ersten schon aufbruchbereit waren und zu ihren Wagen oder Pferden gingen, die ihnen die Stallknechte brachten.

»Da ist sie ja!«, rief der Gastwirt, als er Alix sah, und deutete mit dem Finger auf sie.

Und dann ging alles so schnell, dass sie sich gar nicht erst wehren konnte. Vier kräftige Arme packten sie und hielten sie fest.

»Du hast wohl gedacht, du könntest dich davonschleichen, du kleine Diebin!«, brüllte der Wirt und schüttelte Alix, während sie die anderen beiden Männer festhielten, damit sie nicht weglaufen konnte.

»Lasst sie sofort los!«, rief Florine. »Was wollt Ihr denn von ihr?«

»Was wir von ihr wollen, fragst du noch«, schrie Pierre de Coëtivy und schwenkte einen Packen Papier in der Luft.

»Das hier haben wir auf ihrem Muli gefunden«, sagte er und fuchtelte mit den Pergamenten vor Alix' Nase herum.

Und dann breitete er vor ihren verblüfften Augen einen Stapel Papiere aus, lauter Skizzen, Zeichnungen und Aquarelle.

»Was ist denn das?«, fragte Alix erschrocken.

»Was das ist? Das sind die Bilder, die du Meister Dürer gestohlen hast.«

Der Maler stand etwas abseits und wirkte sehr verlegen. Weitaus unwohler noch schien sich aber Martin Cassex zu fühlen, der unruhig auf und ab lief. Mal sah er Alix an, ohne ein Wort zu sagen, dann wieder warf er seinem Freund Pierre einen Blick zu, gab aber nicht zu, dass er ihm nicht glaubte. Was sollte er nur tun? Er schenkte diesem Mädchen Glauben. Immerhin hatte sie Tatsachen erwähnt, die keine noch so gut informierte Intrigantin hätte wissen können.

»Ich habe diese Bilder nicht gestohlen!«, rief Alix verzweifelt.

»Doch, das hast du wohl!«

»Nein, das ist nicht wahr!«

Martin wirkte zunehmend gequält, sagte aber noch immer nichts.

»Sie hat schon meinem Freund Yann, einem Stickermeister in Nantes, Entwürfe gestohlen, um sie meinem Vorarbeiter Gauthier in Tours zu verkaufen.«

»Das waren unbrauchbare alte Kartons, die keiner mehr wollte. Ich habe sie nur genommen, weil ich etwas brauchte, womit ich in Eure Werkstatt gelangen konnte, um Jacquou zu sehen.«

»Ruft die Gendarmen, Wirt«, beendete Coëtivy die Debatte. »Sie muss hinter Schloss und Riegel.«

Charles VI. hatte nämlich nach dem Hundertjährigen Krieg in ganz Frankreich Gendarmeriegarnisonen eingerichtet, die nicht unbedingt mit Soldaten, sondern auch mit vom Staat bezahlten Bürgern besetzt waren und für Recht und Ordnung in Stadt und Land sorgen sollten; und die Gastwirte wandten sich an sie, wenn ihnen etwas nicht geheuer vorkam.

»Nein!«, schrie Alix und schlug verzweifelt um sich. »Hört doch endlich auf, mich langsam zu Tode zu quälen, Meister Coëtivy! Seht Ihr denn nicht, dass ich nur eins im Sinn habe? Ich will mit Jacquou zusammen sein!«

»Ist das wirklich Jacquous Frau, die Frau von Eurem Sohn, Pierre?«, fragte Martin schließlich.

»Ja doch, der arme Kerl ist ihr in die Falle gegangen.«

»Das nennt Ihr in die Falle gegangen!«, tobte Alix. »Dass wir uns schon seit Jahren lieben!«

»Sie ist eine kleine Intrigantin. Die Gendarmerie soll sich um sie kümmern und …«

»Die Gendarmerie in Lille?«, mischte sich nun auch Dürer ein, der die Bilder durchsah um festzustellen, ob etwas fehlte.

»Warum nicht die von Arras?«, wollte Coëtivy wissen.

»Weil wir nur Zeit verlieren, wenn wir unnötigerweise umkehren, und sowieso einige Tage in Lille bleiben werden.«

»Ich flehe Euch an, Messire Dürer, glaubt mir doch bitte! Ich habe Eure Bilder nicht gestohlen. Dieser Mann«, sagte sie und deutete auf Coëtivy, »hasst mich schon immer und würde mich auch umbringen, nur um mich loszuwerden.«

»Aber warum sollte er Euch denn loswerden wollen?«

»Weil ich seinen Sohn liebe und er sich gegen die Ehe wehrt, die uns aber bereits verbindet.«

»Dann ist das ja eine Liebesgeschichte!«

»Nein, das ist die Geschichte von einem schmutzigen Diebstahl!«, zeterte Coëtivy.

Martin Cassex hatte endlich aufgehört, unruhig auf und ab zu laufen, und trat zu ihnen.

»Warum hätte sie die Bilder denn stehlen sollen?«

»Um sie zu kopieren natürlich.«

»Um sie zu kopieren!«, wiederholte Cassex erstaunt. »Wieso sollte sie sie denn kopieren?«

Pierre de Coëtivy hatte zu spät gemerkt, dass er sich versprochen hatte. Alix nutzte die Gelegenheit zu ihren Gunsten:

»Um sie zu verkaufen, wolltet Ihr eigentlich sagen! Aber jetzt habt Ihr Euch verplappert, Meister Coëtivy, und ich sehe, dass es Euch schon leidtut. Schon wiegt Eure Anschuldigung nicht mehr so schwer, hab ich Recht? Seht nur, Eure Begleiter scheinen nicht mehr so überzeugt zu sein, dass ich eine Diebin bin.«

»Also!«, wiederholte Martin Cassex. »Wieso hätte sie sie kopieren sollen?«

»Dieses Mädchen ist größenwahnsinnig, müsst Ihr wissen«, hob Coëtivy an. »Sie träumt davon, Weberin zu werden. Es geht ihr gar nicht um meinen Sohn, das ist nur ein Vorwand, eine gemeine Falle, in die sie uns alle gehen lassen will. In eine Liebesfalle? Nein! Eben nicht! In Wirklichkeit geht es ihr nur darum, eine eigene Werkstatt zu bekommen.«

»Das ist aber doch eine sehr ehrenhafte Absicht«, meinte der Maler.

Alix glaubte schon, sie hätte gewonnen. Sie war überzeugt, dass der Weber Martin Cassex und der Maler Dürer Coëtivys Worten keinen Glauben schenkten und dass es ihm bei dieser ungerechten Anschuldigung um eine persönliche Rache gehen musste.

Hätte der Gastwirt nicht so schnell gehandelt, wäre Alix vielleicht genug Zeit geblieben, um alles zu erklären. Jetzt aber kamen vier Gendarmen aus Lille auf sie zu und nahmen sie ohne weitere Fragen fest.

18

In ihrer trostlosen engen und kalten Zelle schmiedete Alix Rachepläne. Aber wer weiß, ob Jacquou nicht längst glaubte, sie hätte ihn vergessen, wenn sie endlich aus diesem Gefängnis freikommen würde?

Und wie sollte sie fliehen? Diesmal waren die schrecklichen Gendarmen ihre Gefängniswärter, die sie sicher hinter Schloss und Riegel verwahrten.

Florine kam sie so oft wie möglich besuchen und versuchte sie durch das Zellengitter hindurch mit ihrer Freundschaft aufzumuntern. Aber wie hätte sie ihr schon helfen können, die arme Kleine, die vor Trübsinn beinahe verging, weil sie einen Mann heiraten sollte, der ihr vom ersten Augenblick an zuwider war.

Zuwider, weil er nichts Einnehmendes hatte, viel zu eingebildet war, keinerlei Zartgefühl besaß und vor Hochmut fast platzte, weil er sich bereits als Meister in der Werkstatt seines Onkels sah und glaubte, er hätte auch das Herz dieses viel zu schönen jungen Mädchens erobert, das ihm da sozusagen in den Schoß gefallen war.

Florine hasste diesen jungen Kerl, was sie dann auch ihrer lieben Alix anvertraute, die ihr trotz des eigenen Kummers aufmerksam zuhörte und immer wieder versicherte, Florine dürfe sich dieser Verbindung widersetzen, so wie sie das Recht beansprucht hatte, Jacquou zu lieben.

Manchmal überkam Alix allerdings so eine große Traurigkeit, dass ihr die Tränen in den Augen standen, wenn sie ihrer Freundin gut zureden wollte.

»Dieser Mann ist ein Dummkopf! Aber dein Onkel auch, wenn er dich mit einem Mann verheiraten will, den du nicht liebst.«

Und dann nickte die brave Florine nur, und Alix wusste genau, dass sie sich irgendwann doch dem Willen ihres Onkels fügen würde – was sie nicht recht verstand. Wahrscheinlich lobte der den jungen Mann über den grünen Klee, bis er seine Nichte schließlich irgendwie von dessen Vorzügen überzeugt hatte.

Florine war natürlich nicht so wild, widerspenstig und streitbar wie manche anderen Mädchen, die sich vielleicht irgendetwas ausgedacht hätten, um ihre Freundin zu befreien. Dafür war sie aber sehr zuverlässig und kam Alix auch jeden Tag besuchen, weil sie ihre Freundin nie im Stich gelassen hätte.

Alix war nun schon zehn Tage in dem Gefängnis in der Nähe der Porte de la Barre, am Ufer der Deûle, eingesperrt. Um sie zu besuchen, musste Florine fast durch die ganze Stadt. Von der Porte Saint-Maurice musste sie erst in das Viertel Saint-Etienne in der Stadtmitte, dann die ganze Avenue hinunter, die zum Rathaus führte, und schließlich durch die Porte Notre-Dame in das Stadtviertel de la Barre.

Von Florine hatte Alix erfahren, dass die Tuchhändler inzwischen nach Tournai und Audenarde aufgebrochen waren; Coëtivy, Martin und Dürer hielten sich jedoch noch als Gäste des Statthalters in Lille auf.

Ohne Florines regelmäßige, aufmunternde Besuche, bei denen sie Alix Obst, Weißbrot, Honig oder Rhabarberkompott mitbrachte, wäre ihre Freundin vermutlich längst vollkommen trübsinnig geworden und in düsterste Gedanken versunken.

Eines Tages – es war der dreizehnte in Gefangenschaft, was für sie eine Glückszahl bedeutete – kündigte ihr der Wärter, der im Übrigen kein grausamer Mensch war, sondern eben einfach ein Gendarme, der sich an seine Befehle hielt, einen anderen Besuch an.

»Ich lass dich jetzt für ein paar Stunden frei«, sagte er und öffnete die Zelle, »ich darf dir aber nicht die Fußfesseln abnehmen.«

»Ihr lasst mich frei?«

»Nur für ein oder zwei Stunden. Die Person, die der Kläger ist, hat scheint's das Recht, dich an einem Ort zu verhören, der besser geeignet ist für ein Geständnis.«

»Ich soll verhört werden!«

Aber noch ehe sie weiterfragen konnte, stand der Maler Dürer plötzlich vor ihr, dem sicher nicht entging, dass sie sich über seinen Besuch freute.

»Kommt mit, meine Liebe. Ehe ich die Stadt verlasse, wollte ich noch einmal mit Euch reden. Bei Eurer Verhaftung ging das leider nicht, weil mein Freund Coëtivy etwas dagegen gehabt hätte.«

»Ich kann aber leider sehr schlecht laufen«, klagte Alix und schleppte sich mühsam vorwärts. »Ich wäre Euch sehr dankbar, wenn Ihr nicht zu schnell gehen würdet. Wo wollt Ihr denn mit mir hin?«

»Es ist nicht weit. Auf meinen Wunsch hin hat man mir einen Raum in der Garnisonsunterkunft freigemacht.«

Weil die Fußfesseln sie sehr behinderten, stolperte Alix ständig und kam kaum vorwärts. Schließlich nahm sie Dürer einfach auf den Arm und trug sie in das kleine Zimmer im Hintergebäude.

Eigentlich war es eher ein einfacher Lehmverschlag als ein Zimmer, und augenscheinlich die Abstellkammer für die ganze Garnison. Es herrschte ein ziemliches Durcheinander aus Planen, Strohsäcken, Seilen, Pfählen, Äxten und einigen Lanzen, das Alix aber nicht beachtete. Jetzt kam alles darauf an, was sie diesem Mann sagte und vor allem was er ihr glauben würde.

Sie fühlte sich beinahe ein wenig erleichtert, weil sie nach so langer Zeit einmal ihre trostlose Zelle verlassen konnte. Der Maler hielt sie noch immer im Arm und stieß mit dem Fuß die Tür hinter sich zu.

Es gab nur ein kleines Fenster, und erst in dem Halbdunkel des Schuppens kam Alix wieder zur Besinnung. Als er sie absetzte, fiel sie unsanft auf den Boden, und die scharfkantigen Kiesel taten ihren nackten Füßen sehr weh.

Was hatte sie hier mit diesem Mann verloren, den sie gar nicht kannte? War das vielleicht eine neue Falle, die ihr Coëtivy stellen wollte?

Dürer sah sich in dem Verschlag um, entdeckte ein großes Stück Juteplane und breitete es aus, damit sich Alix daraufsetzen sollte. Dann hockte er sich vor sie hin, damit sie auf einer Höhe waren.

»Eure Aquarelle und Eure Zeichnungen sind sehr schön, Meister Dürer. Leider konnte ich sie nicht länger betrachten, weil ich sie nur so lange gesehen habe, wie Meister Coëtivy damit fuchsteufelswild vor meinen Augen rumgefuchtelt hat.«

»Soll das heißen, dass Ihr etwas davon versteht?«

»Meister Dürer, wenn irgendetwas wahr ist an den Lügengeschichten von Meister Coëtivy, dann dass ich mir nichts sehnlicher wünsche, als dass Jacquou und ich eine eigene Werkstatt bekommen, die wir als unabhängige, selbständige Meister führen können. Außerdem ist es wahr, dass ich eines Tages die Prüfung vor der Gilde ablegen möchte, weil ich eine richtige Weberin werden will.«

Jetzt nahm er ihre Hand, die sie ihm widerstandslos überließ.

»Ich bin keine Diebin, Meister Dürer. Dieser Martin Cassex, der Jacquous Onkel ist und sich sehr wahrscheinlich für ihn einsetzt, hätte das eigentlich spüren müssen.«

»Martin ist mehr oder weniger auf das Wohlwollen seines Gönners angewiesen.«

»Seines Gönners?«

»Es heißt, dass Martin nach dem Tod seines Bruders, der nach dem Tod des Vaters die Geschäfte übernommen hatte, beträchtliche Schulden gemacht haben soll, die Pierre innerhalb weniger Monate getilgt hat.«

Alix versuchte ihre Beine auszustrecken. Ach, diese verdammten Ketten, die ihre Knöchel wund scheuerten! Vorsichtig versuchte sie ihre Hand zurückzuziehen, die der Maler zärtlich zu streicheln begonnen hatte.

»Wollt Ihr mich nicht endlich befreien?«

»Ich weiß ja noch immer nicht, ob ich die Geschichte von meinem Freund Coëtivy glauben soll«, sagte er und bemerkte, dass der Freudenschimmer aus ihren Augen verschwunden war, auch wenn er in dem Halbdunkel den Grund dafür nicht erkennen konnte.

»Ihr solltet sie nicht glauben, Meister Dürer«, antwortete Alix ganz ruhig.

»Und warum nicht?«

»Weil das die Geschichte von einem viel zu ehrgeizigen Vater ist, der seinen Sohn mit der Tochter einer mächtigen und reichen Familie verheiraten wollte, wodurch er gesellschaftlich aufgestiegen wäre. Und Jacquou hat diesen Traum zerstört.«

»Jacquou! Immer nur Jacquou! Ich werde noch ganz eifersüchtig.«

»Ich liebe aber nur ihn.«

»Das habt Ihr bereits oft genug gesagt.«

Sie schwieg und fühlte sich auf einmal schrecklich verzweifelt.

»Ich sorge dafür, dass Ihr freigelassen werdet – aber unter einer Bedingung.«

»Unter welcher?«, fragte Alix tonlos.

»Ich will Euch einmal lieben.«

»Auf keinen Fall.«

»Euer Jacquou erfährt nichts davon.«

»Auf keinen Fall«, wiederholte sie unbeugsam.

Er nahm wieder ihre Hand.

»Wisst Ihr eigentlich, was passiert, wenn ich abreise, ohne Euch zu helfen? Coëtivy lässt Euch hier verrotten, bis irgendwann ein Urteil gesprochen wird.«

»Wozu kann man mich denn verurteilen?«

»Wenn niemand für Euch aussagt, könntet Ihr im schlimmsten Fall gehängt werden. Das ist die Strafe für Diebstahl.«

»Warum wollt Ihr denn so ein schreckliches Lösegeld von mir? Kann ich nicht irgendetwas anderes dafür tun?«

»Ich weiß jetzt, dass Pierre gelogen hat. Ihr seid weder eine Diebin, noch eine Intrigantin. Sonst hätte Euch mein Ansinnen in Begeisterung versetzt, und Ihr hättet mir längst Eure verborgenen Reize offenbart.«

»Ich bitte Euch, verlangt etwas anderes von mir. Ich kann Jacquou nicht betrügen.«

Er hielt noch immer ihre Hand und schüttelte nur heftig den Kopf.

»Ihr seid jung und schön, Meister Dürer. Bestimmt kommen die hübschesten Frauen als Modelle in Eure Ateliers; Frauen, die genau Euren Wünschen entsprechen. Was habt Ihr denn von so einem flüchtigen lustvollen Moment, wenn ich ihn nicht mit Euch teile?«

»Eure eindeutige Ablehnung ist es ja gerade, die mich so erregt.«

»Nein!«

Aber er kam näher, sein Gesicht berührte das ihre, und er küsste Alix mit seinen warmen, gierigen Lippen auf den Mund. Sie zog sich nicht zurück und erbebte, aber nicht vor Vergnügen, sondern vor Überraschung. Kein anderer als Jacquou hatte sie bisher geküsst – wenn man mal von Coëtivys hasserfülltem Versuch absah, mit dem er ihren Widerstand brechen wollte. Der Maler wollte sie nicht erniedrigen oder verderben, sondern ganz im Gegenteil befreien. Aber warum wollte er ihr gegen ihren Willen diesen Akt aufzuzwingen?

Sie versuchte fieberhaft nachzudenken. Sollte sie das Risiko eingehen, auf dem Marktplatz von Lille für einen Diebstahl gehenkt zu werden, den sie gar nicht begangen hatte? Sollte sie sterben, ohne Jacquou wiedergesehen zu haben? Ohne der Gilde eine Meisterarbeit vorzulegen und eine richtige Weberin zu werden?

Ihre Hände zitterten, und sie schwitzte vor Aufregung.

»Lasst mir wenigstens erst die Fußfesseln abnehmen. Ich halte es nicht mehr aus! Damit fühle ich mich noch mehr ausgeliefert und schäme mich so.«

Alix rührte sich nicht, aber sie zitterte auch nicht mehr. Eine Träne lief ihr übers Gesicht. Dürer trank sie, suchte wieder ihren Mund, ihre Zunge und küsste sie noch leidenschaftlicher.

»Bitte lasst mich frei.«

Er sah sie lange an. Küsste er sie noch einmal. Schließlich erhob er sich ohne ein Wort, nahm sie wieder auf den Arm und trug sie zu dem Gefängniswärter, der die beiden fragend ansah.

»Ich ziehe meine Klage zurück. Sie soll auf der Stelle freigelassen werden.«

19

Amandine und Fougasse hatten sich wieder auf den Weg gemacht. Auch im Norden war es endlich Frühling geworden, und die Sonne lachte von einem durchsichtig blauen Himmel auf das flache Land herunter.

Florine hatte doch gegen ihren uneinsichtigen Onkel aufbegehrt, der sie um jeden Preis mit dem Mann seiner Wahl verheiraten wollte. Und Alix konnte sie schließlich überzeugen, dass diese ganze Ungewissheit und ihre Zweifel zu nichts führten.

Sie hatte ihrem Onkel einen kleinen Brief geschrieben und ihm erklärt, dass sie Peter Van Brook niemals heiraten und lieber weggehen, als sich dazu zwingen lassen würde. Dann war sie gemeinsam mit Fougasse und Amandine aufgebrochen, um ihre Freundin am Morgen nach ihrer Freilassung abzuholen.

Alix wartete in der Nähe der Porte Saint-Maurice auf sie. Endlich waren die beiden frei! Die eine kurz davor, ihren Jacquou wiederzusehen, weil es nicht mehr weit war nach Enghien; die andere, sich selbst den Mann fürs Leben auszusuchen.

Und dazu sollte sie schon bald Gelegenheit bekommen, denn kaum hatten sie Tournai verlassen und sich auf den Weg Richtung Enghien gemacht, als Fougasse erst anfing zu lahmen und dann gar nicht mehr laufen konnte, weil sie sich wohl einen Dorn eingetreten hatte.

»Was sollen wir nur machen, wenn Fougasse nicht mehr weiterkann?«, fragte Alix, während sie den Huf des Mulis untersuchte.

»Bis Enghien ist es noch viel zu weit, als dass wir den Weg mit einem lahmen Maultier schaffen könnten. Wir müssen umkehren und in Tournai nach einem Hufschmied fragen.«

Jetzt untersuchte auch Florine den Huf von Fougasse und stellte fest, dass ein Dorn im Horn steckte, der dem Tier sehr wehtun musste.

»Wenn ich mich recht erinnere, habe ich am Ortseingang von Tournai das Schild eines Hufschmieds gesehen. Aber dann müssten wir noch einmal durch die ganze Stadt zurück.«

Da sahen die beiden Mädchen plötzlich einen zerzausten jungen Mann auf sie zukommen. Er war aus einem Dornengestrüpp aufgetaucht, das die beiden vor lauter Sorge um ihr Tier gar nicht bemerkt hatten – dabei hätte es ihnen schon auffallen müssen, weil es an dieser Straße Richtung Norden, wo alles flach war, wirklich äußerst wenig Gebüsch, Sträucher, Bäume oder Wald gab. Er schien zu Fuß unterwegs zu sein, weil er an einem Stock ein Bündel trug.

»Guten Tag, die Damen, mir scheint, Ihr seid in Schwierigkeiten. Kann ich vielleicht irgendwie helfen?«, sagte er lächelnd und kam näher.

»Aber wer seid Ihr denn? Und wo kommt Ihr so plötzlich her?«, fragten sie erstaunt.

»Von da unten«, lachte der junge Mann und deutete auf das Gestrüpp, das am Straßenrand wuchs. Man konnte es leicht übersehen, weil das große Feld dahinter die Blicke anzog. Dort war gerade die Saat ausgebracht worden, und am Ende des nahen Sommers wuchs hier bestimmt schönes, goldenes Getreide.

Die beiden Frauen sahen sich den jungen Mann erstmal genauer an. Er machte einen freundlichen Eindruck, seine Kleidung war ordentlich, wenn auch ein bisschen abgetragen, und sein fröhliches Wesen überzeugte sie erst recht. Sie waren sich schnell einig, dass man ihm trauen konnte.

»Das ist Euer Muli, hab ich Recht?«, fragte er, und Florine sah ihn mit ihren blauen Augen an und nickte.

»Deswegen müsst Ihr nicht nach Tournai zurück, meine Damen. Ich habe zuletzt als Hufschmied gearbeitet, zwar nicht besonders lange, aber jedenfalls lange genug, um zu wissen, wie man einen Dorn aus dem Huf von Pferden oder Eseln bekommt.«

Fougasse sah ihre Herrin traurig an und streckte ihr ihren verletzten Fuß entgegen.

»Meine arme kleine Fougasse«, sagte Florine und streichelte ihr den Kopf zwischen den Ohren, die das Muli vor lauter Angst hängen ließ.

Florine sah den jungen Mann noch einmal an. Seine Augen hatten eine seltsame Farbe, die je nach Stimmung blau oder grau war und jetzt fast golden wirkte, als er Florines Blick erwiderte. Alix hatte er allerdings ebenfalls sehr ausgiebig gemustert.

»Der Huf muss ihr sehr wehtun«, meinte Florine und wurde rot, weil er sie noch immer anstrahlte. »Fougasse lässt sonst nie die Ohren hängen, außer sie erschrickt vor irgendwelchen fremden Geräuschen. Aber hier ist es ja gerade vollkommen ruhig, nicht einmal die Vögel singen.«

Er ging zu dem Muli und nahm den Fuß, den ihm Florine hingehalten hatte. Dann legte er sein Bündel auf den Boden und knotete es auf, und ein unglaubliches Durcheinander kam zum Vorschein: Ein Knüppel, ein Kanten trockenes Brot, ein Stück geräucherter Speck, eine Börse, in der höchstens ein oder zwei Heller stecken konnten, ein kleines Heft, das nach einem Tagebuch aussah, eine Wasserflasche und ein Hut, den er sich gleich auf sein dichtes, lockiges Haar setzte. Und dann war da noch das Messer, nach dem er eigentlich gesucht hatte.

Die beiden Frauen erkannten schnell, dass er sie nicht angelogen hatte, weil er den Dorn in kürzester Zeit aus dem Huf von Fougasse entfernt hatte.

»Und sie hat sich nicht einmal beklagt«, meinte Florine erleichtert und lächelte ihn an. »Ihr seid ja ein wahrer Zauberkünstler. Wie heißt Ihr eigentlich?«

»Mathias.«

»Also dann – vielen Dank, Mathias! Wo wolltet Ihr denn hin, als wir Euch aufgeschreckt haben? Und warum habt Ihr Euch versteckt?«

»Ich bin Euch schon seit Tournai heimlich gefolgt, weil ich wusste, dass Ihr mich früher oder später brauchen würdet. Das habe ich Fougasse längst angesehen.«

»Mir ist nicht aufgefallen, dass sie gelahmt hat.«

»Mir schon.«

Wieder sahen sie sich an, und diesmal blieb Mathias' Blick an Alix hängen. Was für schöne Augen dieses Mädchen hatte! Mathias konnte sich gar nicht mehr losreißen, und Alix musste ihn noch ein wenig ausfragen, damit er auf den Boden der Tatsachen zurückkam. Dann lächelte er wieder Florine an. Man muss schon sagen, dass ihm diese beiden Mädchen vollkommen den Kopf verdreht hatten.

»Aber wohin wolltet Ihr denn eigentlich, Mathias?«, fragte Alix.

»Ach, eine neue Arbeit suchen.«

»Sucht Ihr nichts Bestimmtes?«

»Nein, da will ich mich nicht festlegen. Ich kann fast alles.«

An seiner Stimme konnten die beiden Mädchen aber erkennen, dass er wohl doch eine eher unangenehme Geschichte hinter sich hatte.

»Wer oder was hat Euch denn dazu gebracht, bei dem Hufschmied aufzuhören?«

»Seine Frau.«

»Warum denn das?«, wollte Florine wissen.

»Sie ist meinem Charme erlegen, wie sie sagte, und hat mich nicht mehr in Ruhe gelassen. Und dem armen Hufschmied, einem anhänglichen Mann, der die ständigen Treulosigkeiten seiner Frau ertragen muss, blieb gar nichts anderes übrig, als mich wegzuschicken. Es hat ihm selbst leidgetan, weil er fand, dass ich ein anständiger Junge und ein zuverlässiger Arbeiter bin; deshalb hat er mich dann zum Abschied auch gut bezahlt.«

Florine wirkte überrascht, und sah ihn sich noch einmal genauer an. Er hatte ein sehr ansehnliches Gesicht, war gut gewachsen und äußerst aufgeweckt.

»Wenn Ihr wollt, begleite ich Euch nach Enghien. Mit einem Mann an der Seite ist Eure Reise weniger gefährlich.«

»Das ist wahr, aber ich möchte Euch doch erst noch ein paar

Fragen stellen«, sagte Alix mit fordernder Stimme. »Ist Euch das recht?«

»Ich beantworte jede Frage.«

»Was habt Ihr gemacht, ehe Ihr bei dem Hufschmied wart?«

»Ich habe bei einem Zwirnmacher in Lille gearbeitet.«

»Und habt Ihr das gern gemacht?«, säuselte Florine und blinzelte ihn mit ihren blauen Augen an.

»Nicht besonders. Mir sind die Teppichweber von Brügge lieber.«

»Habt Ihr denn schon einmal bei einem Teppichweber gearbeitet?«, fragte Alix, die sich für dieses Thema natürlich sehr interessierte.

»Ja, in Brüssel, aber nicht besonders lang. Das hat mir am besten gefallen.«

Und weil nun keine der beiden etwas sagte, fuhr er vergnügt fort:

»Außerdem war ich auch schon Kutscher. Ich kann nämlich gut mit Pferden umgehen. Und ich habe bei einem Bäcker gearbeitet; ich weiß also, wie man Brot bäckt. Wenn es sein muss, kann ich auch sämtliche Arbeiten in der Landwirtschaft erledigen – mit mir verhungert man nicht so schnell. Ich kann säen, mähen, dreschen und ernten. Aber wenn ich ganz ehrlich bin, liegt mir die Feldarbeit nicht besonders.«

»Welchen Beruf wollt Ihr denn dann einmal langfristig ausüben, Mathias?«

»Ich möchte an einem Hochwebstuhl arbeiten.«

»Hast du das gehört, Florine?«, rief Alix. »Genau wie ich!«

»Und ich!«, erklärte Florine. »Ich will jetzt auch eine Teppichweberin werden.«

Und der arme junge Mann war völlig hin und her gerissen zwischen diesen beiden bezaubernden Mädchen.

Auf einmal sah die Zukunft für die junge Florine ganz anders aus. Sie gewann diesen Mann immer lieber und merkte nicht einmal, dass der sich genauso für Alix interessierte wie für sie, wohl weil sie sich endlich gegen Peter Van Brook entschieden und jetzt ihre Wahl getroffen hatte.

Etwas später erfuhren die beiden Freundinnen, dass Mathias als Waisenjunge in ein Kloster in der Nähe von Brüssel gekommen und von dort eines Tages mit seinem Bündel auf dem Rücken geflüchtet war, weil er genug hatte vom Beten, den Mönchen und den vielen Zwängen. Seitdem hatte er verschiedene Berufe ausprobiert und in jedem zumindest die Grundkenntnisse erworben.

Mathias und Alix wurden gute Freunde, weil sie das gleiche Schicksal verband: Sie befürchtete allerdings, er könnte sich doch in sie verlieben; deshalb wollte sie Florine darin unterstützen, ihn zu erobern.

Zu ihrer großen Überraschung stellten die Freundinnen fest, dass der junge Mann auch noch sehr klug und gewitzt war. Als er ihnen am Abend die Börse mit den wenigen Hellern zeigte, die er in seinem Bündel aufbewahrte, und die andere, die er am Körper trug, fielen die beiden aus allen Wolken. Damit hatte ihnen Mathias gezeigt, wie umsichtig und intelligent er war.

»Ich habe fast alles Geld gespart, das ich bisher verdient habe. Ich würde Euch also nicht zur Last fallen, wenn ich Euch begleite. Ist Euch das recht?«

Dabei sah er vor allem Alix an, weil er wusste, dass sie das Sagen hatte und sie ihm ganz besonders gut gefiel.

»Mehr als recht, Mathias«, sagte Alix und wollte einem gefährlichen Missverständnis vorbeugen. »Wenn ich meinen Mann Jacquou wiedergefunden habe und wir im Val de Loire unsere eigene Werkstatt aufmachen, sollt Ihr und Florine bei uns arbeiten.«

So hatte Alix einfach für sich beschlossen, dass Florine und Mathias bei ihr bleiben sollten.

Die Tage vergingen im Rhythmus von Amandines und Fougasses gemächlichem Trab, und Mathias schien sich allmählich von seiner Enttäuschung zu erholen, dass Alix verheiratet war.

»Eigentlich könnten wir uns ein Pferd und eine kleine Kutsche kaufen«, meinte Mathias eines Tages, als es nicht mehr weit bis Enghien war und Alix immer ungeduldiger wurde.

»Doch nicht jetzt, wo wir gleich am Ziel unserer Reise sind, Mathias«, entgegnete sie, und ihre Augen strahlten hoffnungsfroh.

Sie war so voller Vorfreude, dass sie beinahe nicht bemerkt hätte, dass Florine und Mathias seit zwei Tagen Hand in Hand gingen. Offenbar hatte der junge Mann endlich eingesehen, dass Alix nun einmal nicht für ihn bestimmt war.

»Ihr müsst schließlich auch wieder nach Hause«, meinte Mathias. »Ihr habt doch gesagt, dass Ihr Euch im Val de Loire niederlassen wollt.«

»Stimmt, da habt Ihr Recht.«

»Dann lasst mich nur machen. Aber wir kaufen jetzt bestimmt keine Pferde, das käme viel zu teuer.«

»Und selbst wenn nicht«, sagte Florine, »ich will mich auf keinen Fall von meiner Fougasse trennen; und ich bin sicher, dass Alix Amandine auch behalten will. Die beiden sind unsere treuen, braven Gefährtinnen. Sie gehören zu uns, und wir werden sie nie verkaufen.«

Je näher Enghien kam, umso entrückter wirkte Alix; den Blick in die Ferne gerichtet, schien sie darauf zu warten, dass Jacquou wie eine plötzliche Erscheinung vor ihr auftauchte.

»Bevor wir an die Heimkehr denken können, müssen wir etwas anderes erledigen, was viel dringender ist. Ich habe einen Auftrag für Euch, Mathias, der allerdings sehr heikel ist. Wollt Ihr ihn für mich übernehmen?«

»Wie könnt Ihr nur fragen, Alix? Ihr habt das Recht, über mich zu bestimmen.«

»Ich habe gar kein Recht, und schon gar nicht das, Euch etwas zu befehlen, Mathias.«

»Sagt einfach, was Ihr wollt, und ich gehorche. Was soll ich tun?«

Florine konnte sich denken, worum Alix Mathias bitten wollte. Sie als Frau hätte ihr wohl kaum helfen können, noch dazu verstand sie nichts von Tapisserie und Wandbehängen. Ja, Mathias würde das bestimmt schaffen, ohne dass Meister Coëtivy auf ihn aufmerksam wurde – falls er überhaupt in Enghien war.

»Ihr müsst alle Werkstätten in Enghien aufsuchen und dabei sehr vorsichtig sein, weil es sein könnte, dass sich mein ärgster Feind dort aufhält. Ihr sollt überall nach dem Vorarbeiter oder dem Webermeister fragen. Jacquou ist weder das eine noch das andere – es kann also keine Verwechslung geben. Dann sollt Ihr sagen, dass Ihr Arbeit sucht. In einer Werkstatt gibt es immer nur einen Gesellen. Ihr werdet also sehr schnell erfahren, ob es schon einen gibt. Dann müsst Ihr die Augen offen halten, weil es vielleicht Jacquou ist.«

Mathias versprach, den Auftrag so gut er konnte zu erledigen, auch wenn er es insgeheim noch immer bedauerte, dass er nicht Alix anstatt Florine erobern durfte.

20

In Enghien gab es etwa zwanzig Werkstätten, die in Frage kamen. Mathias nahm sich jeden Tag zwei oder drei vor, hatte Jacquou aber noch nicht gefunden.

Bei der Werkstatt, die er jetzt betrat, hatte er jedoch das sichere Gefühl, seine Nachforschungen wären endlich erfolgreich.

Jacquou musterte ihn neugierig, überließ es aber dem Vorarbeiter, sich um den Besucher zu kümmern.

»Kann ich bitte den Vorarbeiter sprechen?«, fragte Mathias.

»Ja, da seid Ihr bei mir richtig. Was kann ich für Euch tun?«

»Ich suche Arbeit.«

»Wir brauchen niemanden, mein Junge.«

Nachdem er ihn sich genauer angesehen hatte, fragte er aber doch:

»Wie alt seid Ihr denn?«

»Ich bin zwanzig.«

Mathias drehte sich um und sah, dass Jacquou ganz in den Anblick der Leinwand auf dem Metallrahmen versunken war und das Geheimnis des riesigen wilden Tiers zu entschlüsseln versuchte, das darauf gezeichnet war. Ein Ungeheuer, das seine flammenden Blicke nach ihm schleuderte. Halb Löwe, halb Drache bedrohte es mit seinem aufgerissenen Maul, dem gewaltigen Gebiss und den seltsamen Schuppen aus spitzen Stacheln auf dem Rücken beinahe den Karton, der ihm als Vorlage diente.

»Dieser Kartonmaler scheint nicht viel vom gängigen Geschmack zu halten«, sagte der Vorarbeiter zu Mathias, der nur nickte, weil er nicht wusste, was er darauf sagen sollte.

Wie hätte der arme Mathias, der noch nicht einmal in die Grundzüge der großen Historienteppiche eingeweiht war, auch wissen sollen, dass dieses Ungeheuer von einem sehr alten Wandteppich mit dem Namen »Apokalypse nach Johannes« stammte? Oder dass es sich dabei um ein Lieblingsbild von Jacquou handelte, der es einmal mit aufgerissenen Augen in der Kathedrale von Angers bewundert hatte, als er gerade mal acht Jahre alt war?

»Ich mache daraus das schönste Ungeheuer, das man sich denken kann«, sagte Jacquou leise.

Der Vorarbeiter musste lächeln und nahm Mathias am Arm.

»Was für eine Arbeit sucht Ihr denn? Ihr seid doch wohl kein Lehrling mehr?«

»Nein, ich habe gerade meine Meisterprüfung abgelegt.«

»Wenn das so ist, seid Ihr hier verkehrt. Wir suchen höchstens ein paar Lehrlinge, fleißige kleine Hände zum Fegen, Wolle sortieren oder Leinwand ausmessen. Zwei von unseren Lehrlingen sind nämlich gerade nach Brüssel gegangen.«

»Es tut mir wirklich leid, aber ich kann nichts für Euch tun«, fuhr er fort, als Mathias noch immer nichts sagte. »Aber es gibt noch genug andere Werkstätten in der Stadt. Ich würde Euch empfehlen, sie alle abzuklappern. Wenn Ihr etwas zu bieten habt, und das müsst Ihr ja, nachdem Ihr die Prüfung bei der Gilde bestanden habt, findet Ihr bestimmt eine Arbeit, die Euch zusagt.«

Mathias wurde immer verlegener, er spürte, dass er sich eigentlich weiter vorwagen könnte, und nahm an, dass der junge Mann, der da konzentriert und zufrieden an dem Ungeheuer aus der »Apokalypse« arbeitete, der gesuchte Jacquou sein musste.

Plötzlich fiel ihm wieder ein, was Alix zu ihm gesagt hatte: »Am besten redet Ihr laut und deutlich von dem Einhorn aus Goldfaden oder dem Einhorn auf Pergament. Wenn Jacquou da ist, wird er mit Sicherheit reagieren.«

»Ich werde Euren Rat befolgen. Glaubt Ihr denn, dass meine Arbeit einem Webermeister gefallen könnte?«

»Was ist darauf zu sehen?«

Mathias hielt die Luft an. Er musste jetzt ganz klar und deutlich antworten. Er ging etwas näher zu dem jungen Mann, den er für Jacquou hielt, weil er so in seine Arbeit vertieft schien, dass er womöglich nichts mitbekommen hätte, und sagte dann sehr laut, so laut, dass er sich wahrscheinlich lächerlich machte – aber das spielte jetzt keine Rolle:

»Auf meinem Teppich ist ein mit Goldfaden gewirktes Einhorn zu sehen. Ja, ein Einhorn!«

Und diesmal hatte er ins Schwarze getroffen! Jacquou drehte sich zu ihm um und interessierte sich sichtlich für diesen jungen Mann mit seinem Einhorn.

»Mit Goldfaden! Ihr könnt mit Goldfaden wirken! Das können nur sehr wenige Weber. Wieso sucht Ihr eigentlich Arbeit?«

»Weil …«

Mathias konnte diesen jungen Mann noch so komisch anstarren, um ihm klarzumachen, dass die Erwähnung dieses Einhorns ein Zeichen sein sollte für diesen Jacquou, wenn er es denn war – er interessierte sich offensichtlich viel mehr für den Goldfaden als für das Einhorn an sich.

Mathias befürchtete, dass ihn der Vorarbeiter gleich freundlich, aber bestimmt vor die Tür setzte. Um dem zuvorzukommen, spulte er noch einmal alles ab, was ihm Alix anvertraut hatte.

»Ja, dieses Einhorn habe ich nach einer Vorlage gemacht, die eine meiner Großmütter, die Buchmalerin war, auf Pergament gezeichnet hatte.«

Jetzt sah ihn der junge Mann erstaunt an und riss die Augen auf wie ein kleiner Junge, der sich unbedingt an ein Bild erinnern will, das ihm besonders gut gefallen hat. Und als Mathias sah, dass er auf dem richtigen Weg war, fuhr er fort:

»Diese Zeichnung hat mir meine Mutter gegeben.«

Jacquou wurde blass, und seine Hände zitterten so, dass er die Kettfäden in Schwingung versetzte. Er musste den Hebebaum benutzen, damit niemand etwas bemerkte. Dann stand er auf und ging auf Mathias zu.

»Ich mag Einhörner sehr«, sagte er, »und ich würde gern die Zeichnung sehen, die Euch inspiriert hat. Was haltet Ihr davon, wenn wir uns heute Abend treffen? Wenn Ihr nach der Arbeit wiederkommt, warte ich auf Euch.«

Dann wandte er sich an den Vorarbeiter und sagte immer noch ganz ruhig: »Vielleicht sollte er sich bei Meister Pietro Melingue vorstellen. Ich habe gehört, dass dort zwei fähige Leute gesucht werden.«

»Warum nicht?«, meinte dieser, ohne irgendetwas zu argwöhnen. »Trotzdem finde ich, er sollte es in allen Werkstätten versuchen.«

Alix wollte sich nicht in der Stadt blicken lassen, ehe sie Jacquou gefunden hatte, weil sie viel zu sehr befürchtete, Coëtivy über den Weg zu laufen. Deshalb war sie in einer kleinen Herberge abgestiegen, die nicht viel hermachte und wo der berühmte Webermeister wohl kaum auftauchen dürfte. Aus Angst, ihm doch zufällig zu begegnen, verließ sie das Haus überhaupt nicht.

Sie hatte den schmalen Tisch vor ihr Bett geschoben, weil es in ihrem engen Zimmer mit seinem kleinen vergitterten Fenster keinen Stuhl gab. Trotz der schlechten Beleuchtung saß Alix jeden Tag stundenlang auf dem Bett und zeichnete.

Florine hatte ihr billiges Pergament besorgt, weil ihr das Jungfernpergament viel zu teuer war. Alix träumte von den Entwürfen des Malers Dürer und versuchte sie nachzuzeichnen.

Irgendwie musste sie sich schließlich beschäftigen, damit die Zeit schneller verging. Deshalb wunderte sie sich auch nicht weiter, als sie Florine und Mathias an diesem Abend nicht sah. Sie löschte die Kerze früher als sonst, schlüpfte unter die kratzige Bettdecke und wartete auf den Schlaf.

Mathias war wie verabredet noch einmal zur Werkstatt gegangen, hatte Alix aber nichts davon gesagt. Er traf dort so spät ein, dass außer Jacquou, der schon auf ihn wartete, niemand mehr da war. Sie hatten beide in etwa das gleiche Alter. Langsam gingen sie aufeinander zu und beäugten sich abwartend, wobei keiner etwas sagte.

Wer mochte dieser junge Mann sein, fragte sich Jacquou und zitterte aus Angst vor einer schlechten Nachricht. Er brachte keinen Ton heraus, weil ihm die Kehle wie zugeschnürt war.

»Alix schickt mich«, sagte Mathias schließlich und lächelte ihn freundlich an.

Jacquou fuhr sich mit der Hand über die Stirn. In Erwartung einer schrecklichen Nachricht war er wie benommen vor Angst und nahm sein Gegenüber gar nicht richtig wahr.

»Sie erwartet Euch in einem kleinen Gasthaus am Stadtrand«, sagte Mathias leise.

Jacquou stieß einen Seufzer aus und schloss die Augen. Als er sie dann wieder öffnete, hatte Mathias den Eindruck, sie glänzten verdächtig nach Tränen.

»Ich gehe Euch nach«, sagte Jacquou tonlos.

Mathias hielt ihn am Arm fest.

»Wir haben eine kleine Kutsche, die uns zu dem Gasthaus bringt.«

Und tatsächlich wurden sie in einer ruhigen Seitenstraße von vier Mulis mit einem leichten Wagen erwartet. Jacquou hatte Amandine und Fougasse noch nie gesehen, die gerade lernten, wie man zu viert eine Kutsche zieht.

Als er näher kam, tauchte ein weibliches Gesicht hinter dem Wagenfenster auf, und Jacquou fuhr zusammen.

»Das ist nicht Alix, sondern Florine«, erklärte ihm Mathias vergnügt.

Dann nahm er die Zügel, schnalzte mit der Zunge und die Kutsche fuhr los.

»Ich bin Florine«, stellte sich die junge Frau vor. »Wir bringen Euch zu Alix. Sie wollte ihr Zimmer in dem Gasthaus nicht verlassen, weil sie solche Angst hat, sie könnte jemandem begegnen, der ihr wieder einen Strich durch die Rechnung macht.«

Jacquou sah Florine an und schwieg.

»Seit sie Euch sucht, hat sie diesen Coëtivy auf dem Hals.«

»Ja, ich weiß«, sagte Jacquou bekümmert.

»In Nantes, in Tours, in Lille! Dieses Ungeheuer ist einfach überall!«

»Ich weiß«, wiederholte Jacquou, und seine Stimme klang schon etwas fester. »Aber ich glaube, unser Unglück hat jetzt ein Ende. Wahrscheinlich musste es erst so weit kommen, damit ich endlich begreife, dass es nur eins gibt, was mir wichtig ist: mit Alix leben.«

Als Jacquou die Treppe zu ihrem kleinen Zimmer hinaufging, war Alix längst eingeschlafen. Als die Tür ging, wachte sie auf.

»Bist du's, Florine?«, murmelte sie schlaftrunken. »Hat Mathias Jacquou endlich gefunden?«

»Ja, er hat ihn gefunden«, hörte sie es wie im Traum.

Sie kannte diese Stimme und die Arme, die sie jetzt umschlangen, und schluchzte laut auf.

»Wir trennen uns nie wieder, Alix«, flüsterte ihr Jacquou ins Ohr, »jetzt bleiben wir für immer zusammen!«

21

Zwei Jahre später war es dann endlich so weit – Louis XII. holte die Familie d'Angoulême nach Tours.

Louise war begeistert, dass ihr Sohn François dem Thron näher kommen sollte. Eine Sache stimmte sie allerdings sehr, sehr traurig. Der König übernahm zwar sämtliche Kosten, die ihr durch die neuen Lebensumstände entstanden, und war auch damit einverstanden, dass sie ihre beiden Zofen samt deren Töchtern und ihr gesamtes Personal mitnahm – nur Jean de Saint-Gelais wollte er nicht am Hofe haben.

Als Louis XII. ihr das mitgeteilt hatte, war Louise todunglücklich. Wie sollte ein Leben ohne den Mann ertragen, der ihr so viel Liebe und Zärtlichkeit schenkte? Wie hätte sie, jung wie sie war, diese wenigen Jahre größten Glücks vergessen sollen?

Louise grübelte ganze Nächte über der Entscheidung des Königs und empfand sie als schreckliche Strafe. Sie konnte sich außerdem nicht vorstellen, dass Saint-Gelais der Erziehung des mutmaßlichen Thronerben nicht gewachsen war, weil der junge Mann weitaus gebildeter war als alle übrigen Hauslehrer am Hof in Tours.

Falls sich hinter dieser Anordnung Louis' Ablehnung der gesamten Familie Saint-Gelais verbarg, war Louise darüber sehr erbost, was sie sich aber nicht anmerken ließ. Es schien den König zu stören, dass sie verliebt war. Aber wie sollte sie sich gegen seinen Befehl wehren?

Louise stand vor ihrem Schloss und überlegte, wie es ihr wohl einsam und allein hinter ihren geschlossenen Bettvorhängen ergehen würde, wenn eine Nacht nach der anderen verging, ohne dass sie auf den warmen Körper ihres Geliebten hoffen konnte.

Auf die eher bitteren Ehejahre war eine glückliche Zeit gefolgt, die sie nach Herzenslust und voller Romantik ausgeschöpft hatte – und dieses Glück verdankte sie Jean, der ihr und ihren Kindern so nahe stand.

Aber kaum hatte sie ihr kurzes Glück so richtig begriffen, als auch schon die Enttäuschung nahte. Und wäre da nicht der übergroße Wunsch gewesen, alles für ihren Sohn zu tun, hätte sie die Forderung des Königs bestimmt nicht erfüllt.

Louises Blick fiel auf die großen Schalen mit roten Begonien, deren Duft die Abendluft erfüllte, und sah Jean die Eingangstreppe herunterkommen.

»Marguerite, François, genug gespielt! Kommt jetzt zu eurer Lateinstunde.«

Die beiden Kinder sahen sich unschlüssig an.

»Du bist dran, François«, sagte Marguerite und bückte sich nach dem kleinen Messer mit Elfenbeingriff, das ihr Bruder eben mit der Spitze in die Erde geschleudert hatte.

»Nein, du bist an der Reihe«, entgegnete der Junge.

»Du weißt sehr gut, dass ich doch wieder nur verliere«, seufzte sie.

Als ihr Bruder sie mit seinen lachenden Augen herausfordernd ansah, stellte sie sich breitbeinig hin und versuchte dennoch einigermaßen würdevoll zu wirken. Ob es ihr wohl endlich einmal wieder gelingen sollte, gegen François zu gewinnen?

Sie hielt die Luft an, versuchte den Abstand zu der Ziellinie abzuschätzen, die sie mit dem Messer gezogen hatten, und warf dann so ungeschickt, dass das Messer weit von der Markierung entfernt auf den Sandweg fiel, der zum Obstgarten führte.

»Daneben!«, freute sich François.

Vergnügt lief der Junge zu der Ziellinie und prüfte mit kundigem Blick, wo das Messer im Boden steckte. Dann bückte er sich, maß noch einmal die Entfernung zwischen Ziel und Waffe ganz genau und hob dann das Messer auf.

»Da, nimm's doch«, sagte er und drehte das Messer geschickt in den Händen.

»Können wir nicht vielleicht lieber eine Partie Schach spielen?«, fragte das Mädchen. »Du weißt doch, dass ich dieses Spiel nicht besonders gut kann.«

François verzog gelangweilt sein Gesicht. Dann stürzte er sich auf seine Schwester, nahm sie von hinten um die Taille und drückte sie mit seinen schon recht kräftigen Armen an sich.

»Hilfe, ich krieg keine Luft«, rief Marguerite lachend.

»Ich lass dich erst los, wenn du mit mir Knöchelchen spielst«, sagte er, das Messer zwischen den Zähnen.

Sie versuchte sich aus dem Griff der Kinderhände zu befreien, die ihre winzigen Brüste festhielten.

»Knöchelchen! Auf keinen Fall!«, tat sie entrüstet, während sie den Körperkontakt mit ihrem kleinen Bruder sehr genoss und sich nicht wirklich zu befreien versuchte.

»Beim Knöchelchen-Spiel gewinnst auch immer du, aber beim Schach gewinne ich acht von zehn Partien«, verteidigte das Mädchen seinen Vorschlag.

Die Stimme, die sie eben schon einmal gerufen hatte, wiederholte ihre Aufforderung.

»Marguerite, François, kommt jetzt zum Lateinunterricht.«

Wieder sahen sich die beiden Kinder an. Marguerite drehte den Kopf in Richtung der Stimme, die nach ihnen gerufen hatte, und François ließ seine Schwester auf der Stelle los.

»Monsieur Saint-Gelais ruft nach uns, wir müssen zum Unterricht.«

François machte den Mund auf, und das Messer fiel in seine Hände. Er spielte kurz damit und steckte es dann in die Tasche der weiten Jacke, die er über seinem Leinenhemd trug.

Da stürzte sich plötzlich Hapaguai wie ein unerwarteter Windstoß aus heiterem Himmel auf die beiden Kinder. Prunelle, die mit ihren kurzen Beinen und dem dicken Fell etwas langsamer war, stürmte ausgelassen und mit wedelndem Schwanz hinter ihm her. Ihre langen braunen Ohren bildeten einen schönen Kontrast zu ihrem vollkommen weißen Fell.

Unter lautem Gelächter und gespielter Entrüstung ließ sich François von dem Windhund umwerfen, der ihm begeistert das Gesicht abschleckte, während die kleinere Hündin in Marguerites ausgestreckte Arme sprang.

»Ich habe aber keine Lust auf Latein«, sagte der kleine Junge und rollte über den Boden. »Ich will lieber mit Hapaguai spielen.«

Marguerite ließ die Arme sinken, worauf Prunelle nichts anderes übrig blieb, als auf den Boden zu springen, wobei sie enttäuscht kläffte, weil sie wieder zu ihrer Herrin auf den Arm wollte.

François und der Windhund wälzten sich voller Leidenschaft auf dem staubigen Boden herum. Wenn sie so ineinander verkeilt kaum noch Luft bekamen und beide versuchten, einen ruhmreichen Sieg davonzutragen, sah man ihnen an, wie sehr sie diese spielerischen Kämpfe genossen.

Marguerite versuchte ihren Bruder und den Windhund zu trennen, der allmählich über die Stränge schlug. François hatte ganz rote Backen und war so außer Atem, dass er kaum sprechen konnte.

»Die Aufgaben, die mir Monsieur Saint-Gelais gibt, sind viel zu schwierig«, keuchte er.

»Ich kann dir ja helfen«, versprach seine große Schwester und zog Hapaguai weg.

Widerwillig stand François auf und sah seine Schwester mit zusammengekniffenen Augen an. Mit seinem harmlos wirkenden runden Kindergesicht täuschte er oft seine Umgebung, weil niemand glauben wollte, dass er ständig auf der Lauer nach einem neuen Streich oder einem Witz lag.

Marguerite, die ein paar Jahre älter als er und von morgens bis abends mit ihm zusammen war, ließ sich allerdings nicht so leicht hinters Licht führen. Kein anderer als sie – auch nicht ihre Mutter – ahnte wie sie, welch empfindsames verletzliches Wesen sich hinter dieser scheinbar unbezähmbaren Fassade verbarg.

Marguerite war zwar genauso fröhlich wie ihr Bruder, von Natur aus aber nachdenklicher und gelehriger und deshalb nicht so uneinsichtig wie er, wenn es um ernste Angelegenheiten ging. Für François schien nichts wirklich wichtig, und so betrachtete er auch den Lauf der Dinge äußerst gelassen.

Begleitet von ihren Hunden liefen die beiden Kinder durch das Kastanienwäldchen, vorbei an den Nebengebäuden, in denen Stallungen und Hundehütten untergebracht waren, und rannten dann zum Westflügel des Schlosses hinauf, in dem das Studierzimmer lag.

Saint-Gelais kam die steinerne Haupttreppe herunter, auf der die großen Schalen mit Begonien standen, die zusammen mit den munter kletternden Rosen eine ganze Mauer erobert hatten. In der Türöffnung sahen sie die aufrechte Silhouette ihrer Mutter.

Die junge Frau erwartete sie dort mit einem heiteren und vertrauensvollen Lächeln auf den Lippen, die zwar ein wenig schmal, aber sehr schön geschwungen waren. Wegen ihrer aufrechten Haltung wirkte sie sehr groß, und sie war so anmutig wie die antiken Skulpturen, die rechts und links neben ihr standen, und so geschmeidig wie die Ranken der roten Kletterrosen, die gerade noch ihre Aufmerksamkeit gefesselt hatten.

Ihr heller, fast milchweißer Teint betonte die seltsam grün funkelnden Augen, die sich nur vom Anblick ihrer Kinder besänftigen ließen. Und ihre Gesichtszüge wirkten jung und frisch – die beiden Mutterschaften hatten ihr nicht geschadet.

François warf sich ungestüm in die Arme seiner Mutter, die ihn zärtlich begrüßte.

Marguerite war nicht so stürmisch und hauchte nur einen flüchtigen, wohlriechenden Kuss auf die Wange ihrer Mutter.

Ihre Kinder rechts und links neben sich wandte sich die Gräfin d'Angoulême an den Hauslehrer, der schon zweimal nach ihnen gerufen hatte.

Der lächelte nachsichtig und sah Louise so zärtlich an, dass man das vielleicht anderswo unangebracht gefunden hätte. Aber auf dem alten Schloss von Cognac gab es keine entrüsteten Kommentare; jeder hatte die Freiheit, nach Gutdünken zu denken und zu handeln.

»Eben habe ich eure Lateinstunde abgesagt«, sagte Louise und nahm ihre Kinder an der Hand. »Monsieur de Saint-Gelais schließt sich meiner Meinung an. Heute Abend müsst ihr früh zu Bett.«

»Bis morgen ist es doch noch so lang hin, Mutter! Müssen wir denn so früh aufstehen?«, fragte das Mädchen.

»Sobald es Tag wird, meine Liebe. Auch wenn es nicht sehr weit ist, haben wir doch unsere Anweisungen«, antwortete die Gräfin und erwiderte liebevoll den Kuss, den ihr Marguerite gegeben hatte.

»Hat Euch diese Anweisungen Louis diktiert, unser Cousin?«

»Louis XII., Marguerite. Vergiss bitte nicht, dass unser Cousin der König von Frankreich ist. Ab sofort müsst ihr ihn Sire nennen und mit größter Zuvorkommenheit behandeln. So vertraulich wie bisher kannst du jetzt nicht mehr mit ihm umgehen.«

Sie streichelte die beiden Hunde und fuhr dann, an Saint-Gelais gewandt, fort:

»Versucht doch bitte, die Hunde ein wenig zu beruhigen, Jean. Hapaguai macht François immer genau dann munter, wenn es Schlafenszeit ist, und Prunelle führt sich jedes Mal schrecklich auf, wenn Marguerite sie nicht in ihr Zimmer lässt.«

Sie erhob sich, und der junge Hauslehrer war wie immer von ihren anmutigen Bewegungen entzückt.

»Die Hunde schlafen heute Nacht nicht bei Euch, Kinder.«

»Aber, Mutter! Sie machen bestimmt keinen Ärger. Schließlich wissen sie doch, dass wir morgen früh abreisen«, sagte François wie jemand, der keinen Widerspruch duldet. Da blieb seiner Mutter nichts anderes übrig, als lächelnd nachzugeben.

Trotz ihrer beiden Kinder, die sechs und acht Jahre alt waren, wirkte Louise so jung, dass man sie gut und gern für deren ältere Schwester hätte halten können. Ihr lockiges blondes Haar hatte den gleichen rötlichen Schimmer wie das ihrer Tochter, und sie versteckte ihre Locken zur Hälfte unter einer schwarzen Satinhaube, die ihr schönes ovales Gesicht sehr gut zur Geltung brachte.

Ihren knapp dreiundzwanzig Jahren sah man die Lebenserfahrung nicht an, und wenn ihr Gesicht jetzt auch manchmal ein wenig abgeklärt wirkte, war doch schon längst jede jugendliche Scheu daraus gewichen.

»Können wir nicht nach dem Abendessen noch ein bisschen musizieren?«, fragte Saint-Gelais, der Hapaguai am Halsband hielt, während Prunelle bereits zum Zimmer ihrer kleinen Herrin lief.

»Nein«, sagte Louise entschieden. »Die Kinder sollen morgen ausgeruht sein. Wir müssen unbedingt pünktlich in Chinon eintreffen, Jean. Versteht das doch, bitte.«

Diese Anordnung war zwar unmissverständlich, aber der Blick, mit dem sie Jean ansah, blieb dennoch liebevoll und zärtlich. An einem anderen Abend hätte sie sich wahrscheinlich überreden lassen, und die vier hätten, so wie sie es seit einigen Jahren gewohnt waren, zusammen die Laute oder Drehleier gespielt.

Die Abende, die sie gemeinsam auf dem Schloss verbracht hatten, waren stets heiter und unbeschwert; entweder machten sie Musik, oder die Kinder durften ihrer Mutter und Jean zuhören, wenn sie Gedichte, antike Verse oder zeitgenössische Rondeaus vortrugen.

Doch jetzt war nicht die Zeit für unbeschwerte Freuden. Für Louise und die Kinder ging es um ihre Zukunft, die sie hoffnungsvoll und zugleich voller Angst erwarteten. Dabei ahnten sie noch nicht einmal, dass ihre kühnsten Erwartungen von tausendmal kühneren Schimären übetroffen werden sollten.

Louise hatte so sehr auf dieses Ziel hingearbeitet, dass sie jetzt nichts duldete, was den Lauf der Dinge irgendwie stören könnte; auch wenn noch gar nicht absehbar war, was sich daraus entwickeln würde, konnte diese Veränderung für ihre Kinder nur von Vorteil sein.

In diesem Sinne wollte sie sich an diesem Abend auch nicht durch den jungen Lehrer von ihren Zielen ablenken lassen.

»Diesen Abschied, der mich Eurer Gegenwart beraubt, werde ich bestimmt niemals vergessen«, seufzte Saint-Gelais. Und als die Gräfin nicht antwortete, fuhr er mit zutiefst melancholischer Stimme fort: »Das meine ich ernst, Louise.«

»Ich weiß, Jean«, sagte sie leise.

Saint-Gelais stand mit hängenden Armen vor ihr und wagte nicht auszusprechen, was ihm auf der Zunge lag. Louise sah ihn zärtlich an.

»Ich muss noch einige Sachen packen, dann sehe ich nach meinen Kindern und sage ihnen Gute Nacht. Anschließend komme ich Euch besuchen. Wartet auf mich, Jean. Ich werde heute bestimmt nicht so bald schlafen wollen.«

Saint-Gelais war perplex, wie überstürzt und ungewohnt der Abend verlief, und spürte, dass Louise völlig von ihren Gedanken beansprucht war.

Seit sie am Morgen von der Entscheidung des Königs erfahren hatte, war die Gräfin verstört. Louis, der Cousin ihres verstorbenen Gatten und König von Frankreich, hatte sie an den Hof gerufen. Wie würde sie sich nun entscheiden? Jean stellte sich tausend Fragen, die alle unbeantwortet blieben.

Seit die Gräfin d'Angoulême begriffen hatte, dass Louis XII. aus Sorge um die Valois gar nichts anderes übrig blieb, als auf den kleinen François zu setzen, fühlte sie sich erleichtert und bedrückt zugleich.

Ihr Herz wog schwer wie eine Kanonenkugel und klopfte wie wild, weil sie ab sofort auf alles verzichten musste, was ihrem Auftreten schaden konnte. Als Mutter des zukünftigen Thronerben durfte sie kein sorgloses Dasein führen.

Der neue König schenkte ihr sein Vertrauen. Natürlich wollte sie kämpfen, aber sie würde ihn nicht enttäuschen. Natürlich wusste sie, dass sie beim geringsten Widerstand ihrerseits ihren Sohn und vielleicht sogar auch ihre Tochter verlieren würde. Gütiger Himmel! Nein, auf keinen Fall wollte sie die gleichen Fehler wie ihr Mann begehen, der sich viel zu lange gegen die Interessen des Hofs gestellt hatte.

Wenn ihr auch bewusst war, dass Louis XII. seit seiner Thronbesteigung, mehr noch als beim Tod ihres Gatten, seine Rechte überschritten hatte, wollte sie doch nicht rebellieren, obwohl er sogar in ihrem Privatleben schnüffelte und alles, aber auch wirklich alles über die kleine Familie d'Angoulême erfahren wollte.

Im Gegenzug hatte Louise nun endlich keine finanziellen Sorgen mehr. Plötzlich drehte sich alles nur noch um den kleinen François. Damit er eine seinem Rang angemessene Erziehung erhielt, überwachte der König Louise streng, stattete sie aber auch mit einer jährlichen Pension aus, mit der sie gut auskommen konnte. Die Pension gestattete ihr zwar kein Leben im Überfluss, war aber doch ansehnlich genug, dass sie ihr Schloss unterhalten und sich ihrer Stellung entsprechend versorgen konnte.

Weil sich die Gräfin d'Angoulême über das Ausmaß dieser Vorteile im Klaren war, erzog sie ihre Kinder nicht nur mit Liebe und Zärtlichkeit, sondern auch in der sicheren Überzeugung, dass ihr Sohn eines Tages zum König von Frankreich geweiht würde. Davon konnte sie nichts und niemand abbringen. Kein Hindernis, das sich in den Weg stellte, nahm ihr diese Gewissheit, und ihr ganzes Handeln war einzig und allein auf dieses Ziel gerichtet.

»Woran werdet Ihr wohl denken, wenn ich nicht mehr an Eurer Seite bin?«, fragte Saint-Gelais ergeben.

»Das wisst Ihr doch, Jean. Ihr wart mein Freund und Vertrauter, und ich werde die schönen Stunden nicht vergessen, in denen wir uns mit Musik und Poesie beschäftigt haben.«

»Ist das denn alles, was von uns bleibt?«, fragte er jetzt voller Angst.

Louise nahm seine Hand.

»Nein, gewiss nicht. Natürlich werde ich mich auch noch an andere herrliche Stunden erinnern, die wir Seite an Seite verbracht haben.«

»Vielleicht ist es ja noch nicht zu spät, auf dieses neue Leben zu verzichten, das Euch Louis in Amboise anbietet?«

»In Chinon, Jean«, wies sie ihn sanft zurecht.

»Chinon oder Amboise – was spielt das schon für eine Rolle! Tatsache ist doch, dass der König Euch für den Rest Eures Lebens auf irgendeinem Schloss festhalten will, das nicht Euer Schloss in Cognac ist.«

»Aber, Jean, das haben wir doch schon tausendfach besprochen. Mein Leben ist der Zukunft meines Sohnes gewidmet. Dafür habe ich mich freiwillig entschieden, lange bevor ich Euch kannte. Und ich habe Euch in dieser Hinsicht nie etwas vorgemacht, das müsst Ihr doch zugeben?«

Er sah sie mit Tränen in den Augen an, aber sie fuhr genauso beherrscht fort:

»Ich kann nicht anders handeln. Nichts, was ich tue oder sage, darf den vorgezeichneten Weg stören.«

»Vergesst Ihr dabei nicht, dass Anne de Bretagne immer noch einen Sohn zur Welt bringen kann?«

»Das halte ich für ausgeschlossen«, erwiderte sie ungehalten.

»Aber diese Befürchtung wird trotzdem auf Euch lasten.«

»Dann akzeptiere ich eben diese Ängste und Sorgen. Sie betreffen ja nur mich allein.«

Saint-Gelais sah die junge Gräfin verzweifelt an und nahm ihre Hand.

»Solche Ängste können mit einem Mal Gewissheit werden, Louise.« Er wollte einfach nicht aufgeben. »Und wenn diese Unwahrscheinlichkeit eintrifft, werdet Ihr sehr unglücklich sein.«

»Ich weigere mich, mir diese Möglichkeit vorzustellen, Jean. Reden wir nicht mehr drüber!«

Sie streichelte seine Hand und sagte leise:

»Wir müssen alles vergessen, Jean.«

»Aber …«

Sie sah hinter Hapaguai her, den Jean gerade von der Leine gelassen hatte und der sich sofort auf die Suche nach den Kindern machte.

»Nein, Jean. Es gibt kein Aber mehr.«

Hörte er den Anflug von Trauer in ihrer Stimme? Wurde ihm jetzt endlich klar, dass es vorbei war mit zärtlichen Geständnissen?

Sie ließ seine Hand los.

»Ich gehe meinen Kindern Gute Nacht sagen und komme dann wieder zu Euch. Ich möchte, dass wir unseren letzten gemeinsamen Abend so harmonisch verbringen wie alle unsere Liebesnächte bisher.«

Auf einmal kam sie ihm kühl und distanziert vor, so als hätte sie sich bereits von der kleinen Welt verabschiedet, die sie in den letzten Jahren bewohnt hatte. Er machte eine Verbeugung und sagte leise und ohne sie anzusehen:

»Ich begleite Euch bis Poitiers. Bitte versagt mir dieses letzte Vergnügen nicht.«

Jetzt schenkte sie ihm ein beinahe tröstendes Lächeln, mit dem sie ihm wohl zu erklären versuchte, dass sich nun einmal nichts ändern ließ. Auch wenn er unter der Vorstellung litt, sie zu verlieren, musste er doch einsehen, dass sie zwar nicht weniger traurig war als er, ihre Pflicht jedoch anderswo sah.

Sie ging durch den Flur, der zu den Kinderzimmern führte. François ließ seine Tür immer angelehnt, und seine Mutter machte sie erst zu, wenn sie ihm einen Gutenachtkuss gegeben hatte. Anschließend ging sie leise in das Zimmer ihrer Tochter und wechselte noch ein paar Worte mit ihr, ehe sie zu Jean zurückkehrte.

Heute hörte sie vom Ende des Gangs, der von einer Deckenlampe schwach beleuchtet wurde, die Stimme ihres Sohns, der mit seiner Schwester redete.

»Meinst du, du wirst unser altes Schloss vermissen?«

»So alt ist es gar nicht. Unser Großvater, Charles d'Orléans, hat es komplett renovieren lassen. Davor ist es viel weniger bequem gewesen.«

»In Chinon werden wir bei allen Festen und allen feierlichen Veranstaltungen dabei sein«, meinte François genießerisch.

»Ich muss schon sagen, mein kleiner Cäsar, du denkst wirklich nur ans Feiern!«, meinte Marguerite.

»Warum soll man sich denn langweilen, wenn das Leben so schön sein kann?«, fragte der Junge.

Louise ging leise weiter. Das Zimmer ihres Sohnes war leer. Er kam oft abends noch zu seiner Schwester und kuschelte sich zu ihr ins warme Bett. Louise fand sie dann Arm in Arm und im Gespräch über Gott und die Welt. Wenn der Kleine endlich eingeschlafen war, trug ihn Marguerite in sein Bett.

Durch die Verbindungstür zwischen ihren beiden Zimmern waren sich die Kinder nahe. Louise war mit dieser Regelung einverstanden und verlangte sogar selbst, dass diese Tür immer nur angelehnt wurde. Marguerite war die Einzige, die sie schließen durfte, wenn sie das einmal für notwendig hielt.

Louise tat wirklich alles, um das ohnehin gute Verhältnis von Bruder und Schwester zu stärken.

Deshalb weigerte sie sich auch hartnäckig, ihre Tochter anders als ihren Sohn zu erziehen, weil sie überzeugt war, die zärtliche Liebe, die sie drei verband, würde François den Aufstieg erleichtern.

»Ich glaube, wir haben dort ein Musikzimmer«, meinte François vergnügt.

»Vergiss nur nicht die Studierzimmer für Latein, Griechisch und Grammatik!«, entfuhr es Marguerite feixend.

»Und du nicht das Spielzimmer«, gab der Junge genauso fidel zurück.

Marguerite setzte sich auf und betrachtete ihren Bruder. An seinen roten Backen sah man ihm an, wie sehr ihn dieses Gespräch begeisterte.

»Und du kriegst einen Waffensaal«, sagte Marguerite, und beide lachten. »Den brauchst du unbedingt, wenn du ein großer Edelmann werden willst.«

François beobachtete seine Schwester aufmerksam, versuchte sich ein wenig zu beruhigen und ihre zufriedene Miene zu kopieren.

»Und was kriegst du?«

»Ich kriege einen Saal, in dem ich tanzen lerne. Dann zeig ich dir, wie man Gavotte und Sarabande tanzt.«

»Haben wir auch Pferde?«, fragte François auf einmal verunsichert.

»Aber natürlich haben wir Pferde! Im Stall stehen die schönsten Hengste, die man je bei Hof gesehen hat, und du darfst sie aussuchen. Wir bekommen sogar eine Voliere, in der wir unsere Papageien und Buntspechte halten.«

»Und ein paar Falken!«

»Und einen Reiher!«

Jetzt schien Louise der Augenblick günstig, sich in die Unterhaltung ihrer Kinder einzumischen, aber nicht, um sie zu beenden, sondern um sie fortzuführen.

»Und ihr werdet sehr schöne Kleider aus Samt und italienischem Brokat tragen.«

Sie sah sich im Zimmer um und trat zu dem großen Bett, in dem ihre Kinder sich aufgeregt unterhielten – was nur verständlich war. Hapaguai hatte es sich auf dem Pelz bequem gemacht, der die Füße ihrer Tochter wärmte.

Prunelle schlief zusammengerollt in François' Armen.

»Ich will Bären, Wölfe und Wildschweine jagen«, erklärte der

Junge großspurig und versuchte Prunelle loszuwerden, damit sie seiner Mutter nicht im Weg war.

Die kleine Hündin fühlte sich aber viel zu wohl, als dass sie gehorchen wollte, und knurrte nur missbilligend. Louise seufzte und begann auf die Steppdecke zu trommeln, um Prunelle zu verscheuchen.

»Du hast wohl vergessen, dass du bisher nur Mulis reiten darfst, François.« Und als ihr Sohn etwas einwenden wollte und sie sah, dass Prunelle nicht mehr murrte, streichelte sie den Hund und sagte:

»Ihr müsst jetzt aber wirklich schlafen! Oder wisst ihr etwa nicht mehr, dass wir morgen früh aufbrechen?«

Dann schubste sie Prunelle vom Bett und nahm ihren Sohn auf den Arm, ohne sich um das ärgerliche Knurren des Tiers zu kümmern.

Louise stellte fest, dass ihr Sohn von Tag zu Tag schwerer wurde, und rief vergnügt:

»Deine Knochen werden immer schwerer, mein Junge. Bei meiner Ehre, ich schwöre, dass ich dich heute zum letzten Mal getragen habe!«

Alle brachen in fröhliches Gelächter aus, weil keiner diese Bemerkung ernst genommen hatte, und die Zofe, die gerade ihren Kopf durch die Tür gesteckt hatte, wartete erstmal ab.

»Du kannst jetzt gehen, Catherine, aber denk dran, dass du die Kinder vor Morgengrauen wecken musst.«

Durch die schmale Verbindungstür mit ihrer dicken dunkelblauen Tapete ging Louise in das Zimmer von François, legte ihn ins Bett, deckte ihn behutsam zu, küsste ihn auf die Stirn und sagte leise:

»Schlaf gut, mein kleiner Cäsar. Träum schön von deiner strahlenden Zukunft.«

Ganz leise war ihnen Hapaguai wie ein Schatten gefolgt, der nicht bemerkt werden wollte, und legte sich jetzt zu Füßen seines jungen Herrn. Mit einem Auge vergewisserte er sich noch, dass ihn Louise nicht wieder vertrieb.

Louise wartete, bis das Kind eingeschlafen war, streichelte den Hund und ging zu ihrer Tochter zurück.

Marguerite lag in ihrem Bett, den Oberkörper an ein dickes Kopfkissen gelehnt, und Prunelle hatte jetzt den Platz von Hapaguai eingenommen.

»Wird uns der König mögen, Mutter?«

»Ganz bestimmt, mein Liebes.«

»Und wird er uns auch beschützen?«, fragte das Mädchen.

»Aber ja, sonst hätte er uns ja in Cognac bleiben lassen können. Ich bin der festen Überzeugung, dass er uns beschützt.«

Marguerite runzelte die Stirn, auf der sich eine widerspenstige Locke zeigte.

»Ist es wahr, dass er seine Frau verstoßen hat?«, fragte sie jetzt leise.

Louise ging grundsätzlich keiner Diskussion mit ihrer Tochter aus dem Weg, auch wenn das Thema noch so heikel war. Mit ihrer gescheiten Art verstand sie es meist, die passenden Worte oder Formulierungen zu finden, um Marguerite zu überzeugen oder zu beruhigen.

»Jeanne de France war nie richtig die Frau des Königs. Deshalb hat er den Papst gebeten, seine Ehe zu annullieren.«

»Und das hat der Papst gemacht?«, fragte Marguerite und schnippte sich die störrische Locke aus dem Gesicht.

»Ja«, antwortete ihre Mutter und sah ihr dabei in die Augen.

»Und das gab ihm das Recht, sich eine andere Frau zu nehmen?«

»Ja, Marguerite, das gab ihm das Recht.«

Jetzt klemmte das Mädchen die immer widerspenstigere Locke hinters Ohr.

»Wird Anne de Bretagne Verständnis für uns haben, Mutter?«

Louise erschrak bei dem Gedanken an ihr künftiges Zusammenleben mit der Königin, das nur kompliziert werden konnte.

»Wir benehmen uns einfach so, dass wir in Frieden und Eintracht leben können, mein Kind.«

Louise konnte den Verdacht, der in Marguerites grauen Augen aufblitzte, nicht übersehen.

»Habt Ihr auch daran gedacht, dass sie vielleicht gar nicht in Frieden und Eintracht mit uns leben will, Mutter?«

»Großer Gott, warum sollte sie das nicht wollen?«

»Solange sie keinen Sohn bekommt, sind wir schließlich eine Gefahr für sie.«

Der Scharfblick ihrer Tochter überraschte Louise nicht – daran war sie gewöhnt. Oft genug hatte Marguerite schon ihren gesunden Menschenverstand bewiesen. Im Brustton der Überzeugung, die sie schon längst nicht mehr in Frage stellte, flüsterte sie ihrer Tochter ins Ohr:

»Sie bekommt keinen Sohn.«

Das Mädchen lächelte erleichtert. Sie wusste, dass sie sich auf die Prophezeiungen ihrer Mutter verlassen konnte.

»Müssen wir denn wirklich aus Cognac weg?«

»Du weißt doch, dass König Louis dein Vormund ist, Marguerite, und dass er jetzt mehr denn je ein wachsames Auge auf uns haben muss.«

»Ihr seid jetzt dreiundzwanzig, Mutter. Könnte er Euch denn nicht die beiden Jahre schenken, die Euch noch zum gesetzlichen Vormund fehlen? Warum lässt er Euch nicht einfach freie Hand?«

»Das geht nicht, Marguerite, weil wir nicht irgendeine Familie sind. Dein Bruder wird voraussichtlich die Krone erben. Deshalb will der König diese zwei Jahre nutzen und Euch selbst erziehen.«

»Soll das heißen, dass er uns nach seinen Wünschen formen will?«

»Ja, da hast du Recht, mein Liebling, und das betrifft auch mich.«

»Müsst Ihr deshalb Monsieur de Saint-Gelais verlassen?«

Louise nickte nur und strich Marguerite zärtlich über das Haar. Wie einfach es doch war, seiner Tochter alles zu erklären!

Sie küsste sie auf die Stirn, sagte ihr gute Nacht und kehrte zu Jean zurück, der sie bereits sehnlich erwartete. Doch kaum hatte sie sich zu ihm gesetzt, als Catherine erschien und ihr einen Brief überreichte.

»Den hat gerade ein Bote für Euch gebracht, Dame Louise.«

»Wartet er auf Antwort.«

»Nein, er hatte noch einen weiten Weg vor sich und wollte keine Zeit verlieren.«

Ungeduldig öffnete sie den Umschlag, weil sie die Handschrift ihrer Freundin Alix erkannt hatte.

»Ich habe so lange nichts mehr von ihr gehört«, murmelte sie. »Habt Ihr etwas dagegen, wenn ich den Brief leise lese, Jean?«

Sie vergewisserte sich seiner Zustimmung und vertiefte sich dann in die Lektüre, während sich Jean still neben sie setzte. Er sah traurig aus; kein Wunder, wie hätte er auch vergessen sollen, dass er seine Beziehung zu Louise aufgeben musste?

Liebe Louise,

bei meiner Abreise hatte ich Euch versprochen zu schreiben, was mir aber leider bis heute nicht möglich war, so sehr überstürzten sich die Ereignisse.

Nachdem ich Angoulême verlassen hatte, bin ich zunächst nach Tours zurückgekehrt, wo mir aber Pierre de Coëtivy nur Steine in den

Weg gelegt hat. Mir war klar, dass ich dort nichts erreichen würde. Also machte ich mich auf den Weg nach Nantes, weil ich seiner Frau die ganze Geschichte erzählen wollte. Sie hat mich in ihr Herz geschlossen und mir auch gesagt, wo ich Jacquou suchen sollte. In Enghien, im Norden, habe ich ihn dann auch gefunden. Ach, Louise, wie soll ich Euch nur beschreiben, wie glücklich ich mit ihm bin? Bestimmt könnt Ihr Euch das überhaupt nicht vorstellen, nachdem Ihr mich so traurig und niedergeschlagen erlebt habt.

Wir haben dann gemeinsam den Norden verlassen, weil Jacquou jetzt seine Meisterprüfung abgelegt hat und wir unsere eigene Werkstatt aufmachen können. Was wir auch getan haben, sobald wir wieder in Tours waren. Die Werkstatt ist in der Rue du Pont-du-Roi. Sie ist zwar nicht besonders groß, aber mit den ersten Aufträgen kommen wir ganz gut hin, und wenn das Geschäft erst läuft, wollen wir sie vergrößern. Ach, Louise, die Liebe und die Arbeit entlohnen uns für alles, und wir lassen uns das nie wieder zerstören. Das Schicksal hatte es ja bisher nicht besonders gut mit mir gemeint; dafür bekomme ich jetzt aber auch alles, was ich mir so sehr gewünscht habe.

Zurzeit habe ich so viel zu tun, dass ich gar nicht weiß, wo ich anfangen soll. Vor allem muss ich die hohe Kunst des Webens beherrschen, damit auch ich die Meisterprüfung machen kann.

Unser erster Auftrag umfasst fünf große Wandbilder zum Thema Einhornjagd mit allem, was Marguerite und Eurem kleinen François so gut gefällt. Die ganze Tierwelt aus dem Wald ist zu sehen: Hunde, Hasen, Eichhörnchen, Rebhühner und Schmetterlinge, außerdem Laubbäume und kleine Gehölze, hinter denen sich die Jäger verstecken, und natürlich die Mille Fleurs, die den leuchtend bunten Hintergrund dieser Wandteppiche bilden. Meine Hunde werden aussehen wie der Windhund von François und die kleine Prunelle, Eure hübsche Dachshündin.

Diese Jagd in fünf Bildern besteht aus mehreren Szenen, und mein

Einhorn ist sehr rebellisch und lässt sich erst ganz am Schluss und mit viel List und Tücke seitens der Jäger fangen.

Liebe Louise, ich bin sicher, dass unsere Werkstatt florieren wird. Das weiß ich einfach – ich spüre es. Bald werde ich Euch etwas Schönes anbieten können; schließlich interessiert Ihr Euch ja sehr für die Erzeugnisse der Teppichweberei. Ich will mich zunächst noch eingehender über die Einflüsse aus Brüssel und auch aus Italien unterrichten, damit ich bei meinen Einhorn-Bildern auch wirklich gute Arbeit leiste. Auf dem Teppich, den ich für Euch machen will, wird es keine grausamen Jagdszenen geben. Sicher wird man dort auch rebellische Einhörner sehen, argwöhnisch und immer auf der Hut, aber dank meiner klugen Dame werden sie mit der Zeit gehorsam und zärtlich. Ja, solche Einhörner will ich Euch eines Tages schenken!

Ich hoffe, Marguerite und François gedeihen gut und werden immer charmanter und klüger und dass Eure Hoffnungen mit der Zeit Gestalt annehmen. Ihr müsst unbedingt daran glauben! Ich weiß, dass Euer kleiner Cäsar eines Tages den Thron von Frankreich besteigt. Umarmt und küsst sie beide von mir, und schreibt mir bitte bald, wie es Euch geht. Ich bleibe jetzt in Tours.

In Freundschaft und Liebe
Alix

Als Louise den Brief zu Ende gelesen hatte, faltete sie ihn zusammen und legte ihn in ein Kästchen aus Ebenholz. Dann nahm sie Jeans Hände, die sich kalt und wie leblos anfühlten – als stürben sie einen langsamen Tod.

»Mein lieber Freund«, sagte sie und kam ihm ganz nahe, »wollt Ihr in meinem Zimmer auf mich warten? Ich muss meiner Freundin unbedingt antworten, ehe ich mich morgen auf den Weg mache.«

»Hier im Salon wird es allmählich kalt. Das Feuer ist ausgegangen. Möchtet Ihr den Brief nicht lieber in Eurem Zimmer schreiben? Wenn Ihr es wünscht, halte ich Euch die Lampe. Dann könnte ich noch die letzten Augenblicke auskosten, in denen ich Euer Gesicht sehen darf.«

»Nein, Jean, ich bleibe lieber hier. Aber ich verspreche Euch, dass es nicht lange dauern wird.«

»Wie Ihr wollt, Louise. Aber beeilt Euch bitte, meine Liebe, lasst mich nicht zu lange warten. Die Zeit ohne Euch ist so grausam für mich.«

Sie küsste ihn auf den Mund. Als er sie festhalten wollte, machte sie sich lächelnd los und sagte:

»Höchstens eine Stunde, Jean. Wartet in meinem Zimmer auf mich, und macht bitte ein schönes Feuer. Wenn das heute schon unsere letzte Nacht sein muss, soll sie wenigstens lang sein.«

Als Jean gegangen war, setzte sich Louise an den Schreibtisch, nahm ein Blatt Pergamentpapier, tauchte die Gänsefeder in die Tinte und begann ohne Umschweife zu schreiben:

Meine liebe Alix,

über Euren Brief habe ich mich sehr gefreut. Ich warte schon lange auf Nachricht von Euch und habe mich oft gefragt, ob es uns vergönnt sein wird, uns eines Tages wiederzusehen. Nachdem ich nicht wusste, wo Ihr Euch aufhaltet, konnte ich Euch aber leider nicht schreiben.

Es freut mich sehr zu hören, dass Ihr jetzt eine eigene Werkstatt habt, natürlich zusammen mit Jacquou. Euren Brief werde ich nicht lange für mich behalten können, ich werde ihn meinen Kindern und meinen treuen Zofen vorlesen, die Euch alle in so guter Erinnerung haben. Ich bin überzeugt, dass Euch alles wunderbar gelingt, und verspreche, einige schöne große Wandteppiche bei Euch zu bestellen, sobald sich meine finanzielle Situation gebessert hat.

Ja, ich bin sehr glücklich, dass Ihr Euch in Tours niedergelassen habt, und werde Euch sobald wie möglich in Eurer Werkstatt besuchen kommen.

Ihr wolltet wissen, was es bei mir Neues gibt, liebe Alix, und ich kann Euch sagen, dass ich gerade sehr echauffiert bin. Wir brechen morgen ganz früh alle zusammen nach Chinon auf, wo uns der König erwartet. Er hat uns doch tatsächlich zu sich gerufen, weil er den voraussichtlichen Thronerben Frankreichs ganz in seiner Nähe haben will, damit er über dessen Gesundheit und gute Erziehung wachen kann.

Wenn wir Cognac morgen verlassen, sollten wir in drei bis vier Tagen die »Goldene Henne « erreichen, ein Gasthaus an der Straße nach Poitiers, kurz vor Tours, am Zusammenfluss von Loire und Vienne, die wir dann nach Chinon weiterfahren.

Wir werden einige Tage im Gasthaus »Zur Goldenen Henne« bleiben, bis der König das Signal zum Aufbruch gibt. Es würde mich sehr freuen, wenn wir uns dort treffen könnten. Meint Ihr, das ließe sich irgendwie machen? Ich hätte dann auch Zeit, um mit Euch ausgiebig über die Webkunst zu reden. Aber ja, liebe Alix, ganz bestimmt werde ich ein paar schöne Einhörner bei Euch in Auftrag geben, die Ihr dann an den königlichen Hof von Frankreich schicken müsst.

Ehe ich schließe, möchte ich Euch noch mitteilen, dass es meiner Tochter und meinem Sohn ausgezeichnet geht und dass sie Euch sehr gern wiedersehen würden. François ist ziemlich gewachsen, ich nehme an, Ihr würdet ihn nicht so ohne weiteres erkennen. Und auch Marguerite hat sich verändert. Sie ist ein sehr hübsches Mädchen und sich der heiklen Aufgabe bewusst, die sie erwartet. Wisst Ihr, was ich damit meine? Sie selbst muss am Hofe glänzen, um ihrem Bruder den Weg zur Macht zu ebnen.

Ich schreibe noch immer mein Tagebuch, liebe Alix, dem ich all die kleinen und großen Ereignisse anvertraue, die zum Aufstieg meines kleinen »Cäsars« auf den Thron von Frankreich beitragen.

Leider muss ich in diesem Brief noch erwähnen, dass ich zu meinem allergrößten Kummer meinen lieben Freund und Lehrer meiner Kinder, Jean de Saint-Gelais, verlassen muss, weil sich der König wegen persönlicher Differenzen weigert, ihn am Hofe aufzunehmen. Das bricht mir schier das Herz, weil ich Jean aufrichtig liebe und diese Trennung eine tiefe Wunde hinterlässt. Würde ich aber nicht auf diese Liebe verzichten, zöge ich vermutlich den Zorn des Königs auf mich. Und da er der Vormund von François ist, zögerte er wahrscheinlich nicht, ihn mir wegzunehmen und selbst zu erziehen und mich mit Marguerite wieder nach Cognac zu schicken. Deshalb habe ich mich für meine Kinder entschieden.

Liebe Alix, seid meiner Hochachtung und meiner Zuneigung gewiss. Bis bald. Kommt mich im Gasthaus »Zur Goldenen Henne« besuchen.

In Liebe

Eure Louise d'Angoulême.

Louise unterschrieb den Brief, faltete ihn zusammen und verschloss ihn mit dem Siegel der Familie d'Angoulême, ehe sie zu Jean hinaufging.

22

Alix wusste vor lauter Glück nicht aus noch ein. Und doch – seit der Zeit, als sie von allem Glück verlassen war, zweifelte sie daran.

Jacquou flüchtete sich jeden Abend in ihre Arme und liebkoste und herzte sie, weil er sie unendlich liebte. War das schön, ihn ganz fest an sich zu drücken und ihm Liebesschwüre ins Ohr zu flüstern!

So gut wie alle düsteren Tage hatte sie aus ihrer Erinnerung gestrichen. Nur die Zeit, die sie mit der Gräfin d'Angoulême auf deren

Schloss in Cognac verbracht hatte, wo zu ihrem großen Kummer ihr neugeborenes Kind gestorben war, ließ sich nicht verdrängen.

Aber sie wollte jetzt nicht traurig sein. Das Leben war wieder schön und versprach die Erfüllung all ihrer Hoffnungen. Sie würde wieder ein Kind von Jacquou bekommen, und Meister Coëtivy hatte ihr nichts mehr zu sagen. Er hatte sie so übel behandelt, verunglimpft, misshandelt und wie eine lästige Dienstbotin auf die Straße gesetzt, wie eine liederliche Hure, die seinen Sohn in ihre Fänge lockte, um ihn auszubeuten.

Nein! Sie wollte Meister Coëtivy nie wiedersehen. Jacquou war das Einzige, was zählte – er und seine unermessliche Liebe, die sie noch gar nicht ganz begriffen hatte. Und die Werkstatt und ihre Arbeit als Weberin, von der sie schon so lange geträumt hatte. Und jetzt meinte das Leben es wirklich gut mit ihr, weil Jacquou neben ihr arbeitete und hin und wieder einen prüfenden Blick auf die Webstühle und die Arbeiter warf, die die Hebebäume bedienten.

Die Werkstatt von Meister Jacques Cassex war zwar wirklich ziemlich klein, aber dafür gehörte sie ihm und sollte wachsen und gedeihen. Eine Werkstatt wie all die anderen an der Loire und mitten in der Stadt.

Der junge Mann machte sich große Hoffnungen, weil er inzwischen alle wichtigen Teppichweber aus Tours kannte und mittlerweile als ausgezeichneter Weber galt, der seinen Beruf mit der erforderlichen Kunstfertigkeit beherrschte.

Jeden Morgen ließ Jacquou seine kleine Welt Revue passieren; sie war vielleicht etwas zusammengewürfelt, aber die Atmosphäre war sehr freundschaftlich und herzlich.

Da war zunächst Arnold, mit seinen knapp dreißig Jahren der Älteste, ein guter Arbeiter, den Coëtivy rausgeworfen hatte, weil er Alix zur Flucht verholfen hatte, als der sie eingesperrt hatte. Dann gab es Arnaude, seine Frau, die auch eine gute Teppichweberin war.

Sie hatte Coëtivys Werkstatt, lange bevor Arnold vor die Tür gesetzt worden war, verlassen müssen, weil sie ein Kind bekommen hatte. Weil sie nicht gleichzeitig arbeiten und ihr Kind großziehen konnte, hatte sie sich entscheiden müssen. Nun, und jetzt saß sie wieder an ihrem Platz in der Werkstatt und hatte ihren kleinen Guillemin dabei.

Dann war da noch Mathias, der mit ihnen zusammen aus Flandern zurückgekommen war. Er lernte jetzt erst das Weben, genau wie seine junge Frau Florine. Die beiden hatten geheiratet, sobald sie in Tours eine Bleibe gefunden hatten.

Abgesehen von diesen beiden Paaren, die Meister Jacquou anleitete, gab es dann noch Alix, deren Arbeitseifer vor keiner Herausforderung zurückschreckte.

Jacquou drehte sich zu ihr um. Sie schien sich mit Feuereifer an den Auftrag zu machen, den sie von Seigneur Louis de La Tournelle bekommen hatten, dessen Schloss nur wenige Meilen von Tours entfernt war.

Man war sich schnell einig geworden, weil Louis de La Tournelle eine Anzahlung gemacht hatte, die genügte, um die Leinwände und die ersten Fadenrollen zu kaufen; und nachdem man sich auf eine Lieferung in Etappen geeinigt hatte, konnten sie unverzüglich mit der Arbeit beginnen.

Es handelte sich um ein Ensemble aus fünf großen Teppichen mit damals beliebten historischen Themen, wobei auf die Jagd nach dem Einhorn besonders viel Wert gelegt wurde. Nachdem sie nicht die Zeichnungen eines großen Malers als Vorlage nehmen mussten, verwendeten sie die Kartons, die sich in der Werkstatt stapelten, als Modelle für die Darstellungen. In dieser Hinsicht verließ sich Jacquou ganz auf seine Frau, die das erforderliche Vorstellungsvermögen für diese phantasievollen Kreationen besaß.

Jacquou hatte großes Glück mit seinen Arbeitskräften, denen er zunächst nicht ihren vollen Lohn zahlen konnte. Arnaude, eine zuverlässige Arbeiterin, hatte ihm einen Vorschlag gemacht, von dem beide Seiten profitierten. Sie durfte ihren vierjährigen kleinen Sohn mit zur Arbeit nehmen und begnügte sich dafür mit einem geringeren Lohn, weil sie dafür keine Amme zahlen musste.

Und Arnold, der als Einziger angemessen entlohnt wurde, war sein Geld allemal wert, weil er die Arbeit vorantrieb – Florine und Mathias lernten nämlich noch mehr als dass sie profitabel arbeiteten.

Jacquou und Alix arbeiteten so lange es irgend ging und machten die Nacht zum Tag. Die Wandteppiche für Seigneur de La Tournelle mussten bis zum Winter fertig sein. Jetzt war es gerade Frühling geworden, und wenn die beiden jungen Leute so fleißig weiterarbeiteten, sollten sie ihre Arbeit im November oder spätestens Dezember abliefern können.

Dieses hohe Arbeitstempo würden sie nicht lange aushalten, aber im Moment hatten sie keine andere Wahl. Dieser erste große Auftrag war so wichtig, damit die Werkstatt richtig anlief.

Nicht selten blieb Jacquou sogar über Nacht in der Werkstatt, um sich nach wenigen Stunden Schlaf wieder an die Arbeit zu machen, was ihm angeblich nichts ausmachte. Manchmal blieb Alix bei ihm und teilte mit ihm sein hartes Lager, einen Strohsack, der in einer Ecke der Werkstatt lag.

Das junge Paar hatte eine kleine Wohnung an der Place Foire-le-Roi gefunden, gleich gegenüber von der Île Saint-Jacques, wo man die Loire überqueren kann. Die Wohnung hatte zwar nur zwei Zimmer, war ihnen aber unter den gegebenen Umständen nicht zu eng. Sie hätten zwar schon ein größeres und bequemeres Haus mieten können, aber das Geld, das Jacquou dabei sparte, hatte er lieber in die Ausstattung der Werkstatt gesteckt.

Arnold und Arnaude wohnten noch immer in ihrem kleinen Haus in der Grande-Rue, gleich neben der Kirche Saint-Julien. Und Mathias und Florine, die etwas Geld von ihrer Tante bekommen hatte, mieteten ein baufälliges Häuschen in der Rue de la Sellerie auf der anderen Seite des Flusses, gleich am Waldrand; es hatte einen kleinen Garten, in dem sie Gemüse anbauten.

Der Frühling ging zu Ende und kündigte einen heißen, trockenen Sommer an. Schon seit einigen Wochen ging Alix nicht mehr zum Schlafen nach Hause, sondern blieb jede Nacht bei Jacquou in der Werkstatt. Die Arbeit an den Teppichen ging langsamer als vorgesehen voran, weil sich eine wichtige Fadenlieferung verzögert hatte. Dabei handelte es sich um Fäden aus Spanien, die ganz besonders dünn waren und die man mit Seidenfäden mischte, damit das Laubwerk der Bäume besonders schön grün glänzte.

Es war noch früh am Morgen. Kerzen, Talglichter und Fackeln beleuchteten die Maschinen, Rahmen und Webstühle, an denen Jacquou und Arnold arbeiteten.

Die Tür ging auf, und Arnaude kam mit ihrem Kind auf dem Arm herein. Der Kleine lernte gerade sprechen, war aber zum Glück noch nicht sehr unternehmungslustig. Alix setzte ihn in eine Ecke, wo er mit aussortierten Fäden spielen konnte; manchmal gab sie ihm ein Stück Zeichenkohle und einen alten Karton in die Hand, auf dessen Rückseite sich der junge Künstler verewigen konnte.

Wenig später erschienen Mathias und Florine Arm in Arm. Florine beugte sich zu Guillemin, nahm den Kleinen auf den Arm und gab ihm einen dicken Kuss auf die Backe.

»Da! Is dich!«, sagte der Junge und gab ihr seinen vollgekritzelten Karton.

»Was hat er gesagt?«, fragte Florine lachend.

»Das ist für dich. Er schenkt dir sein Bild.«

»Oh, vielen Dank, Guillou!«

Der Kleine wurde Guillou genannt. Das runde, fröhliche Kind brabbelte ständig vor sich hin und war sehr lebhaft. Arnaude platzte schier vor Stolz über ihren Sohn und behauptete jetzt schon, dass er einmal einer der größten Weber aller Zeiten werden würde.

Inzwischen war jeder an seinem Platz, und die Maschinen arbeiteten so schnell es ging. Jacquou und Arnold bedienten die beiden Hochwebstühle, Alix und Arnaude die zwei Flachwebstühle; sie mussten zwei kleinere Arbeiten fertig stellen, die auch recht bald abgeliefert werden sollten.

Alix beugte sich über Florine, die an einem kleinen Webrahmen saß.

»Du musst dir dein Motiv ganz genau ansehen«, sagte sie zu ihrer Freundin und deutete auf die Konturen eines Gesichts, das nicht der Vorlage entsprach. »Die linke Seite muss genauso aussehen wie die rechte. Sonst stimmen die Rapports nicht, und dann kennst du dich gar nicht mehr aus.«

Florine hörte ihr zu, hielt sich plötzlich die Hand vor den Mund und sprang auf. Als Alix sah, dass sie durch die Tür auf den kleinen Innenhof stürzte, lief sie ihr besorgt nach.

Florine musste sich erbrechen.

»Oje, was ist denn mit dir los?«

Die junge Frau war sehr blass. Sie richtete sich langsam auf, beugte sich aber sofort wieder nach vorn und würgte, dass es sie nur so schüttelte.

Arnaude hatte Florine auch aus der Werkstatt laufen sehen und wollte wissen, was los war. Als sie die Kollegin in gebeugter Haltung im Hof stehen sah, musste sie laut lachen.

»Ich wette, du bist schwanger!«

»Schwanger!«, sagte Florine erschrocken und zitterte am ganzen Leib.

»Ja, bestimmt. Ich glaube, Arnaude hat Recht. Du bekommst ein Kind«, meinte jetzt auch Alix.

»Ich bekomme ein Kind«, murmelte Florine mit ersterbender Stimme.

»Ja, und freust du dich denn nicht?«, fragte Alix vergnügt. »Sollen wir vielleicht tauschen? Ich wäre gern Mutter.«

»Ach Gott!«, sagte Florine nur und fing an zu schluchzen.

»Aber was ist denn los? Was hast du denn?«, fragten die beiden Freundinnen angesichts der Tränenflut.

»Ich …«

»Ja, was ist mit dir?«

»Ich … Das war nicht vorgesehen. Und ich fürchte, ich weiß gar nicht, wie man eine Mutter wird.«

Ihre Freundinnen brachen in Gelächter aus. »Ach, du kleines Dummchen!«

Im Hof wehte ein frisches Lüftchen und brachte wieder etwas Farbe in Florines bleiches Gesicht. Mathias, der wohl etwas geahnt hatte, war mittlerweile auch aus der Werkstatt gekommen und freute sich über den Anblick der drei hübschen Mädchen. Als er aber sah, dass seine junge Frau weinte, lief er erschrocken zu ihr und rief: »Florine!«

»Ich werde Mutter, Mathias! Stell dir vor, ich werde Mutter«, platzte Florine dann doch mit der Neuigkeit heraus.

Als Alix und Arnaude seine verdutzte Miene sahen, mussten sie laut lachen.

»Das heißt aber auch, dass du Vater wirst. Hast du das verstanden, Mathias?«

»Potztausend!«, entfuhr es ihm da nur.

Die Wochen vergingen, und Alix wurde wieder melancholisch. Vielleicht noch sieben oder acht Monate und Florine würde ihr Kind bekommen. Gott, wie schnell die Zeit verging! Im Dezember war es bestimmt sehr kalt und vielleicht fiel schon der erste Schnee. Und dann kam Florines Kind wie ein Geschenk des Himmels zu diesem jungen Paar, das noch keine schlechten Zeiten erlebt hatte.

Dezember! Dann sollten sie unbedingt die fünf Teppiche an Seigneur de La Tournelle geliefert haben. Und vielleicht gab es dann auch schon viele neue Aufträge?

Alix kuschelte sich in Jacquous Arme. Seit Tagen schon hatten sie die Werkstatt nicht mehr verlassen. Sie arbeiteten fast ohne Pause und gönnten sich nur ein paar Stunden Schlaf. Aber nicht einmal der harte Strohsack und die dünne Decke konnten ihren Arbeitseifer bremsen.

»Wir sollten bald einen neuen Auftrag bekommen«, flüsterte sie Jacquou ins Ohr, obwohl sie eigentlich viel lieber gesagt hätte: »Wir sollten bald ein Kind bekommen.«

Er drehte sich zu ihr um. Sie waren noch nicht eingeschlafen und lauschten dem Regen, der seit dem Abend fiel. Er trommelte laut gegen die Fensterscheiben in der Werkstatt, vor die ein Vorhang aus Genueser Samt gezogen war.

»Ich glaube, ich schreibe der Gräfin d'Angoulême, dass ich sie in dem Gasthaus an der Straße nach Poitiers treffen will«, sagte sie und nahm Jacquous Hand, die auf ihrem Bauch spazieren ging.

Sie streichelte sie und ließ sie dann wieder los. Sie waren beide nackt, und obwohl sie nur die dünne Decke wärmte, war Alix nicht kalt. Jacquous Körperwärme war ihr genug.

»Von ihr bekommen wir bestimmt einen Auftrag, wenn sich erst ihre Finanzlage gebessert hat.«

Sie musste an das verzweifelte Gesicht denken, das Louise gemacht hatte: Es fehlte ihr am nötigsten Geld, ihre Güter brachten nichts ein, und das Schloss verfiel zusehends, während ihr Personal ohne Lohn blieb. Dann tauchten weitere Bilder vor ihr auf: der schwerkranke Graf d'Angoulême mit hohem Fieber im Delirium und schließlich im Todeskampf. Und sie glaubte, die besorgte Stimme von Louise wieder zu hören. »Was hat er nur mit dem ganzen Geld gemacht, das er für den Schmuck bekommen hat? Alix, Ihr habt ihn doch noch lebend angetroffen – hat er Euch nichts dazu gesagt?«

Bei der Erinnerung an den glücklichen Ausgang der Geschichte und die Freude, als man mit ihrer Hilfe das Geld gefunden hatte, musste Alix lächeln.

Ganz in Gedanken versunken spürte sie plötzlich, wie Jacquou sie zärtlich berührte. Sie schauderte vor Vergnügen und freute sich darauf, in einer Woge der Gefühle unterzutauchen; doch dann drehte sie sich mit ihm um, so dass sie auf ihm zu liegen kam. Jetzt bebte Jacquou, der diese Stellung am allerliebsten mochte, vor Lust in Erwartung des Höchstgenusses, der ihn gleich überwältigen würde. Inzwischen rieb sich Alix an ihm wie eine verliebte Katze. Sie stöhnte leise und umarmte ihn mit schnellen, heftigen Bewegungen.

Jacquous Körper befand sich gerade am Übergang vom großen Jungen zum erwachsenen Mann. Und doch hätte er nicht reifer sein können, weil er es schon als Kind gelernt hatte, sich nur auf sich selbst zu verlassen.

Jetzt atmete er heftig. Alix steigerte sein Verlangen und spielte beinahe mit ihrer eigenen Lust, indem sie sie geschickt zurückhielt, um sie noch überwältigender werden zu lassen. Sinnlich wand sie sich um seinen Körper, bäumte und schlängelte sich. Ihr Blut kochte. Nichts konnte sie jetzt noch zurückhalten. Jacquou seufzte genüsslich, hielt aber an sich. Zärtlich und geschickt brachte Alix ihrer beider Körper zum Schwingen. Schließlich drang er sanft in sie ein und führte sie zum gemeinsamen Höhepunkt.

In Jacquous Arme geschmiegt schlief Alix dann endlich ein.

Sobald sie am nächsten Morgen aufgewacht war, beschloss Alix, sich auf die Suche nach neuen Aufträgen zu machen. Dazu ging sie vor allem in die Kirchen und Kathedralen, wo es einen besonders großen Bedarf an Wandteppichen und anderen gewebten Erzeugnissen gab; man wollte ihre hohen, kalten Wände damit verhängen und die Geistlichen während der heiteren Stille des Gebets mit den gewebten Wunderwerken erfreuen.

Sie suchte auch die kleinen Edelleute, die Bürger und die reichen Kaufmänner auf, die sich gern solchen Luxus gönnten. Alix konnte sehr gut verhandeln, während Jacquou lieber in seiner Werkstatt arbeitete.

Nur sehr selten wurde eine Tapisserie aus einer Werkstatt in Tours ganz ohne Seidenfaden angefertigt. Außerdem waren die Wandteppiche aus Tours genauso angesehen wie die aus Paris.

Es war die Zeit der berühmten Mille Fleurs, die sehr kostspielig sein konnten. Die Farben entfalteten sich vor einem dunkelblauen oder dunkelroten Hintergrund und brachten eine unglaubliche Vielfalt hervor. Es gab immer neue Entwicklungen, und Alix verstand es besser als Jacquou, sich von überholten Motiven zu trennen, ehe sie die Frucht ihrer Arbeit zerstörten. Deshalb behielt sie auch die Konkurrenz wachsam im Auge.

Bislang hatte man die großen Arbeiten mit dem Siegel des Auftraggebers gekennzeichnet. Mittlerweile war man wegen der weiten Verbreitung der Tapisserien dazu übergegangen, sie mit dem Anfangsbuchstaben des Ortes zu signieren, an dem sie hergestellt worden waren. Alle Webarbeiten aus Brüssel wurden also nun mit einem B signiert, die aus Arras mit einem A, die aus Enghien mit einem E und die aus Florenz mit einem F. Es sollte nicht mehr lange dauern, bis die Tapisserien, die aus Paris stammten, mit einem P gekennzeichnet wurden.

Warum also nicht auch T für Tours, fragte sich Alix? Dieser kühne

Gedanke ging ihr schon lange im Kopf herum, und sie versuchte Jacquou davon zu überzeugen, ihn als Erster in die Tat umzusetzen.

Während sie durch die Straßen lief, dachte Alix über diese Idee nach. Weil sie einen Entwurf von einem Zeichner abholen musste, der im Quartier Saint-Libert wohnte, ging Alix mitten durch die Stadt an der Kirche Saint-Martin vorbei und dann zum Hôtel-Dieu, direkt an der Brücke über die Loire.

In den engen Gassen mit ihren vielen kleinen Geschäften arbeiteten unzählige Handwerker und Krämer vor den Augen der Passanten hinter ihren Auslagen. Ein Ladenschild war verführerischer als das andere, Wagenräder ratterten über das Pflaster, und das Fachwerk und die schönen Erker unter den Giebeln zogen bewundernde Blicke auf sich.

Als Alix in die Nähe von Saint-Martin kam, wo sich die Leute um die Stände drängten – es war gerade Markt –, wurde sie langsamer, weil sie ständig mit Händlern zusammenstieß, die ihr mit ihrem Geschrei und ihren Waren den Weg versperrten.

»Frisch gemolkene Milch und kleine feine Brie-Käse! Schaut her, Leute, alles frisch! Ganz frisch!«, rief eine junge Frau mit blauem Rock und weißer Haube.

»Schöner Mangold und guter Spinat. Greift nur zu, meine Damen!«, rief ein anderer und zeigte mit seinem dicken Zeigefinger auf das Gemüse. »Die Schalotten aus Étampes und die Brunnenkresse aus Orléans für zwei Heller, und meine Äpfel aus Rouviaux und die Zwiebeln aus Borgueil kosten nur drei Heller! Nur zu, Leute, kauft!«

»Geräucherte Heringe! Wer will geräucherte Heringe?«, schrie eine andere Frau und versuchte die Milchfrau zu übertönen.

Alix hatte einige Mühe, den Marktplatz zu überqueren. Bis sie endlich das andere Ende der Kirche erreicht hatte, war sie noch verschiedenen anderen Ausrufern begegnet: Ein Bademeister verkündete lautstark, dass die städtischen Bäder geöffnet waren, ein Kerl in Lumpen pries ein Wunderkraut gegen Leiden aller Art an, ein Strohflechter wollte Stühle reparieren, und ein Schornsteinfeger, der ganz schwarz im Gesicht war, bot den Leuten seine Dienste an.

Unter Einsatz ihrer Ellenbogen gelang es Alix schließlich irgendwie, dieser Menschenmenge zu entkommen, und sie war ganz außer Atem, als ihr jemand mit spöttischer Stimme nachrief:

»He, Fräulein! Wollt Ihr vielleicht 'nen Schluck?«

Ein Mann Anfang sechzig mit hochrotem Gesicht, dickem Bauch und blutunterlaufenen Augen bot Alix gutmütig einen Schluck aus seinem Bierkrug an.

»Nein danke. Wirklich nicht«, antwortete sie. »Ich bin froh, dass ich es endlich durch die Menschenmenge geschafft habe, weil ich auf die andere Seite von diesem Platz muss.«

»He, Fräulein!«, wiederholte der Mann lachend. »Ich hab Euch schon mal irgendwo gesehn. Bestimmt! Weiß nur nich mehr, wo.«

Schwer angeheitert wiederholte der Mann immer wieder seine Frage, während ihn Alix genauer ansah, weil er ihr tatsächlich irgendwie bekannt vorkam. Die Tür der Gastwirtschaft, vor der er herumtorkelte, öffnete sich, und der Wirt erschien.

»He, Gauthier, lass die junge Dame in Ruhe! Sie hat's bestimmt eilig, halt sie doch nicht auf. Sei friedlich und komm lieber morgen wieder!«

»Gauthier«, murmelte Alix sprachlos. »Meister Gauthier!«

Der Mann stand schwankend auf.

»Sag ich's doch! Mein Gedächtnis funktioniert noch bestens. Hab mich also nich getäuscht – das is doch die kleine Alix aus … aus Nantes?«

»Nein, nicht mehr aus Nantes, Meister Gauthier«, sagte Alix leise. »Ich wohne jetzt in Tours.«

»In Tours? Was machst du denn hier?«

Der Gastwirt wollte eingreifen, aber Alix winkte ab.

»Lasst nur, ich kenne ihn. Er war mal mein Meister.«

»Und ist tief gefallen, der arme Meister Gauthier. Muss schon sagen, dass ihm der Coëtivy übel mitgespielt hat. Also wirklich! Ich hätte nie gedacht, dass so einer so herzlos sein könnte!«

»Meister de Coëtivy! Was hat er denn gemacht?«

»Er hat mich rausgeworfen – und den Arnold auch.«

»Arnold auch?«

»Ja, aber bei mir ist es ja egal. Ich bin schon alt, ich hab keine Mutter mehr und auch sonst keinen und muss nur noch verrecken. Ich bin eh schon fast tot!«

»Nein, Ihr seid nicht tot. Kommt jetzt mit.«

Sie zog ihn am Arm und brachte ihn dazu, ein paar Schritte zu gehen.

»Mal sehen, ob du dich auf den Beinen halten kannst, Gauthier. Dann bis morgen!«, rief ihnen der Wirt spöttisch nach.

»Er kann sich sehr wohl auf den Beinen halten«, gab Alix zurück, während sie den alten Mann stützte, »und ich glaube kaum, dass er so bald wieder zu Euch kommt.«

»Ach was!«, lachte der Wirt. »Der braucht das. Wenn man erstmal mit dem Trinken anfängt, geht's nicht mehr ohne. Aber keine Angst, junge Frau, er ist kein schlechter Kerl. Bringt ihn einfach ins Bett. Morgen weiß er nichts mehr von der Geschichte.«

Alix stützte den alten Mann noch immer, merkte aber nach wenigen Schritten, dass er sich ganz gut allein auf den Beinen halten konnte. Also ließ sie ihn los.

»Wohin gehn wir denn?«, fragte er und versuchte aufrecht zu gehen.

»Zu Euch nach Hause. Ich weiß, wo Ihr wohnt, weil ich doch einmal an Eure Tür geklopft habe. Könnt Ihr Euch erinnern? Ich war auf der Suche nach Jacquou.«

»Und ob ich mich erinner! Was… was is aus dem Jacquou geworden?«

»Könnt Ihr nicht vernünftig reden?«, sagte Alix und musterte ihn abschätzig. »Diese Sprache passt nicht zu Euch, Meister Gauthier. In Eurer Werkstatt konntet Ihr Euch viel besser ausdrücken.«

Da fuhr der alte Mann hoch und wurde plötzlich wütend.

»Das war nicht meine Werkstatt! Und überhaupt habe ich nie eine eigene Werkstatt gehabt. Dieser Coëtivy wusste ganz genau, was er tat, als er mich so ausgebeutet hat. So übertrieben freundlich, großzügig und vertrauensvoll! Ein ausgezeichneter Meister sei ich, hat er immer gesagt! Verdammt! Warum hatte ich nur nie den Mut, eine eigene Werkstatt aufzumachen?«

»Das verstehe ich auch nicht«, meinte Alix ganz erleichtert, dass er doch noch normal reden konnte. »Ihr hattet doch alles, was man dazu braucht: Die Meisterprüfung, das nötige Wissen und Können, Ihr habt es verstanden, die Leute anzutreiben und anzuleiten. Was ist Euch denn passiert?«

Obwohl er sich eigentlich nicht vor Alix erniedrigen wollte, sank Gauthier wieder in sich zusammen. Er wirkte alt, schwächlich und verbraucht.

»Nichts ist passiert. Außer dass ich bei Coëtivy in Ungnade gefallen bin. Er hat mir nie verziehen, dass ich Euch geholfen habe, Jacquou zu finden.«

»Das kann doch nicht sein!«

»Oh doch! Und schlimmer noch – er hat nie verstanden, warum ich so große Stücke auf Euch hielt. Aber Pierre hat Euch auch nie arbeiten sehen. Ich schon, und ich wusste, dass Ihr viel mehr könnt als eine einfache Arbeiterin. Den Beweis haben wir ja jetzt: Oder seid Ihr noch immer eine einfache Arbeiterin?«

»Nein, und das wusstet Ihr also! Warum habt Ihr mich dann eben gefragt, was aus mir geworden ist?«

»Ach, was spielt das schon für eine Rolle? Wissen oder nicht wissen. Einer wie ich braucht sowieso nichts mehr.«

»Das ist nicht wahr, und ich werde es Euch beweisen. Gehen wir zu Euch nach Hause, Meister Gauthier. Da lässt es sich besser reden.«

Gauthiers Haus war sehr geräumig und von bürgerlicher Behaglichkeit und gar nicht weit weg von der engen kleinen Behausung an der Place Foire-le-Roi, in der Alix und Jacquou wohnten.

Eine Freitreppe mit acht Stufen führte wie bei einem vornehmen Landsitz zu den großen Räumen mit den bemalten Holzdecken im Erdgeschoss. Über einen breiten Flur ging man rechts zum Esszimmer, zur Küche und zu den Gesinderäumen, auf der linken Seite befanden sich der Salon, ein Vorzimmer, ein Büro und eine Kammer, in der sich Truhen, Tische, Bänke und Sessel stapelten.

Beim Betreten des großen Hauses fiel Alix alles sofort wieder ein. Das lag vielleicht an dem merkwürdigen Geruch, der hier herrschte, einer Mischung aus Kampfer und Maiglöckchen. Durch ein großes, mit wildem Wein zugewachsenes Fenster am Ende des Salons mit seinen schönen Tapisserien, die vermutlich aus Coëtivys Werkstatt stammten, konnte man in den verwilderten Garten sehen. Dort hinten war damals Gauthiers betagte Mutter aufgetaucht und auf sie zugeeilt.

»Ist Eure Mutter gestorben?«, fragte Alix vorsichtig.

»Ja, letztes Jahr. Sie war mir aber nie eine große Hilfe. Ich hätte nicht auf sie hören und wieder heiraten sollen. Eine Frau hätte sich besser um meine Sachen gekümmert, und Kinder hätten mich bei der Arbeit gehalten.«

Er streckte die Hand aus und deutete auf die schönen gewachsten Holzmöbel, die irgendwie Behaglichkeit ausstrahlten, obwohl ein fürchterliches Durcheinander herrschte und man sofort sah, dass hier im Haus eine Frau fehlte.

»Dieses Haus ist mein Ein und Alles«, sagte er, »aber ich fange an, es zu hassen.«

Dann ließ er sich in einen großen Sessel fallen, der mit feinem Brokat bezogen war. Der Stoff wirkte zwar schon ein wenig verblichen, vielleicht war er aber auch nur ein wenig staubig.

»Wollt Ihr zu Bett gehen, Meister Gauthier?«

»Ja, gern, meine Kleine. Ich bin müde.«

»Der Wirt hat mir gesagt, dass Ihr morgen nichts mehr davon wisst.«

»Ja, das stimmt. Aber morgen fang ich auch wieder damit an.«

»Warum denn?«

»Weil mich nichts mehr am Leben hält.«

»Und wenn ich Euch frage, ob Ihr uns in der Werkstatt helfen könntet?«

Wütend trat er nach der Treppe, die sie gerade hinaufgingen.

»Bloß kein Mitleid, Mädchen. Wenn du mich bemitleiden willst, gehst du am besten gleich wieder.«

»Ich will Euch gar nicht bemitleiden, Meister Gauthier. Ganz im Gegenteil! Ich finde Euch …«

»Albern, wolltest du wohl sagen, lächerlich, oder vielleicht gemein?«

»Ja, richtig, gemein und grotesk. Das meine ich. Wie könnt Ihr mit Eurem großen Haus es wagen, Euch zu beklagen, während Jacquou und ich in einer so winzig kleinen und schäbigen Wohnung hausen müssen, dass wir fast jede Nacht in der Werkstatt schlafen?«

»Und warum habt ihr keine bessere Wohnung?«

»Weil wir Arnold, Mathias und ihre beiden Frauen bezahlen müssen, und weil die Aufträge bis jetzt nicht einmal dafür reichen. Wir haben zwar kein Geld, Meister Gauthier, aber wir haben sehr viel Zuversicht.«

»Dann hat euch Coëtivy also nichts gegeben?«

Darauf lächelte Alix nur müde. Auf der obersten Stufe der Treppe, die zu den Schlafräumen führte, holte sie tief Luft.

»Jacquou hat den Kontakt zu ihm vollkommen abgebrochen«, sagte sie ganz ruhig. »Und das ist auch gut so. Wir kommen auch ohne seine Hilfe zurecht. Er würde nur unser Leben zerstören.«

Der alte Gauthier öffnete die Tür zu seinem Schlafzimmer. Die Räume im Obergeschoss wirkten genauso luxuriös wie die unten, aber es roch muffig und nach Ruß und Kerzen. Gauthier streckte sich auf seinem Bett aus.

»Kommst du mich wieder besuchen, Kleine?«

»Nein, Meister Gauthier, Ihr müsst schon zu mir kommen. Wisst Ihr was, ich habe eine Idee. Morgen geht Ihr nicht zu Eurem Freund, dem Wirt, der Euch nur ausnehmen will, sondern kommt lieber in unsere Werkstatt. Jacquou würde Euch so gern wiedersehen. Er erzählt mir immer wieder, dass er mich ohne Eure Hilfe wahrscheinlich nie gefunden hätte – oder jedenfalls nicht so bald.«

Sie beugte sich über ihn und gab ihm einen Kuss auf die Wange.

»Das werde ich Euch nie vergessen! Also – Ihr kommt morgen in die Werkstatt. Einverstanden?«

Die Maschinen arbeiteten auf Hochtouren. Arnaude legte an einem der beiden Flachwebstühle ihre Schussfäden ein, während Florine die Arbeit an dem Metallrahmen, auf den die Kettenfäden gespannt waren, noch lernen musste. Mittlerweile konnte sie schon die Wiederholungen der Muster ausführen und gewöhnte sich allmählich an die langwierige und geduldige Beobachtungsarbeit, die nötig war, damit ihr kein Fehler unterlief. Hin und wieder prüfte Arnaude, was

Florine gewebt hatte, damit ihre Freundin nicht etwa ein zuvor mühsam hergestelltes Gewebestück wieder auftrennen musste.

Mathias konnte inzwischen recht gut mit dem Flachwebstuhl umgehen und lernte gerade, Seidenfäden zwischen die Grundfäden einzulegen, die mit Leinenfäden gemischt wurden, um das Gewebe dichter zu machen. Von den unverbundenen Stichen, wie bei den mittelalterlichen Tapisserien üblich, bei denen sich die Einzelheiten im Gesamteindruck auflösten, war man nämlich längst abgekommen. Nun sahen jedes Vogelauge, jede Falte eines Prunkgewandes, jede Gürtelschnalle und jeder ausgestreckte Frauenfinger genauso aus wie in Wirklichkeit.

An den beiden Hochwebstühlen standen die Männer, weil diese nicht nur eine andere Fingerfertigkeit, sondern auch viel mehr Kraft erforderten. Die Arbeit an den Hochwebstühlen war alles andere als einfach, Jacquou und Arnold verstanden sich aber bestens darauf. Sie kannten die Geräte in und auswendig und hätten auch mit geschlossenen Augen daran arbeiten können.

Auf den beiden Hochwebstühlen hingen die großen Aufträge, die für Seigneur de La Tournelle bestimmt waren – das eine Bild hieß »Das ruhende Einhorn«, das andere »Das gezähmte Einhorn«. Die Gewebe waren über die gesamte Höhe des Webstuhls gespannt, und man arbeitete an ihnen, wie bei allen Hochwebstühlen, von unten nach oben. Kleinere Stücke wurden wagrecht gewebt.

Jacquou wurde leider gerade bei der Arbeit aufgehalten, weil das Schiffchen, das den Schussfaden ziehen soll, klemmte und sich der Faden nicht bewegen ließ. Seit über einer Stunde versuchte er bereits herauszufinden, woran das lag. Jedenfalls war es ein ärgerlicher Zwischenfall, weil er dadurch viel Zeit verlor. Manchmal dauerte es einen halben oder sogar einen ganzen Tag, bis er die Ursache für den Fehler finden konnte.

Arnaude war an der Tür, als sie der alte Meister Gauthier aufstieß.

»Oh! Was macht Ihr denn hier?«, rief sie verdutzt.

Alix sprang von ihrem Platz auf und lief zu dem alten Webermeister, um ihn zu begrüßen. Er hielt sich genauso aufrecht wie früher, wenn er auch vielleicht ein wenig behäbiger war, und wirkte stolz und selbstsicher. Und zu ihrer großen Freude funkelten seine Augen genauso unternehmungslustig wie sie sie in Erinnerung hatte.

Mit einem Satz war jetzt auch Jacquou bei ihm, aber Gauthier wollte wohl kein Aufhebens um ihr Wiedersehen machen. Er sah sich lieber in der Werkstatt um. Der Raum war sehr groß, und die vier Webstühle schienen seinem prüfenden, erfahrenen Blick standzuhalten.

Es sah beinahe so aus, als würde er sich recken und um ein paar Zentimeter wachsen.

Sein Blick blieb an dem beschädigten Webstuhl hängen, den sein ehemaliger Schüler gerade zu reparieren versuchte.

»Gibt es ein Problem, Jacquou?«

»Ja, das ist schon seltsam«, antwortete der, als hätte er den alten Gauthier noch am Abend zuvor gesehen, »das Schiffchen klemmt mal wieder, und ich finde einfach nicht heraus, woran es liegt.«

»Das Blatt ist nicht beschädigt?«

»Ich glaube nicht, aber vielleicht muss ich mir das noch mal genauer anschauen. Ich versuche den Webstuhl jetzt schon seit einer Stunde wieder in Gang zu bringen, aber es will mir einfach nicht gelingen.«

»Wollen mal sehen, lass mich mal machen.«

Jetzt warteten alle gespannt ab. Mathias und Florine, die Meister Gauthier nicht kannten, sahen ihn erstaunt an. Als sie dann aber die zufriedene Miene der anderen bemerkten, waren sie ganz beruhigt und stellten keine Fragen.

Als Gauthier an den Webstühlen vorbeiging, an denen die beiden Frauen arbeiteten, wäre er beinahe über den kleinen Guillemin gestolpert. Der Junge saß vor einem Haufen aussortierter Fäden und hatte seinen Spaß daran, sie ganz nach Lust und Laune zu ordnen. Er nahm einen Faden und gab ihn Gauthier.

»Der is für dich«, sagte er und lächelte den alten Mann an.

»Das ist aber ein sehr junger Lehrling«, meinte der alte Weber und nahm den blauen Faden, den ihm das Kind gereicht hatte. »Dein Sohn ist groß geworden, Arnaude, und alle Achtung! Ich glaube, er kann schon die schlechten von den guten Fäden unterscheiden, was für einen Weber enorm wichtig ist. Sehr schön, mein Kind, mach weiter so, dann wird mal was aus dir.«

Dann blieb er neben Arnold stehen, der an dem anderen großen Webstuhl arbeitete.

»Ist der nicht von den Duval?«

»Sie haben ihn den Mortagne verkauft, von denen wir ihn später zu einem guten Preis bekommen konnten.«

Selbstverständlich kannte der alte Gauthier sämtliche Webereien, die in Tours in Betrieb waren. Den Duval und den Mortagne, zwei Weberdynastien, gehörten die beiden größten Werkstätten von Tours. Gleich danach kam die von Coëtivy. Seit sich aber Jacquou in Tours niedergelassen hatte, begnügte er sich mit seinen Werkstätten in Enghien, im Norden, und hielt sich nur noch in Flandern auf. Es hieß sogar, dass er überhaupt nicht mehr in seine Heimat nach Nantes kam, seit seine Frau, Dame Bertrande, gestorben war.

»Es freut mich sehr, Euch wiederzusehen, Meister Gauthier«, begrüßte ihn Arnold mit einem breiten Lächeln.

Die beiden Männer hatten sich früher, als sie noch zusammen in Coëtivys Werkstatt arbeiteten, immer gut verstanden. Allerdings war Arnold auch wirklich ein guter Vorarbeiter, ruhig, zuverlässig und fleißig, und Gauthier hatte nie etwas an ihm auszusetzen gehabt.

Gauthier war zwar streng und anspruchsvoll, aber auch gerecht und anerkennend gewesen. Weil Arnaude eine ausgezeichnete Arbeiterin war, hatte er sie sehr geschätzt, stets gut bezahlt und sie außerdem in Schutz genommen und viel weiter gebracht, als sie sonst wohl gekommen wäre.

Auf Arnolds Webstuhl war »Das gezähmte Einhorn« in leuchtend bunten Farben gespannt. Die gesamte damalige Fauna war auf dem Bild zu sehen. Auf einem dunkelroten Untergrund blühten zahllose Blumen – Vergissmeinnicht, Gänseblümchen, Immergrün, Kornblumen, Löwenmäulchen, Nelken und Ringelblumen –, zwischen denen Schmetterlinge und viele andere Insekten tanzten und Fasane, Hasen und kleine Windhunde mit erhobenem Schwanz herumliefen. Ein blondes junges Mädchen mit einem anmutigen Gesicht, das ein dunkelblaues langes Kleid und eine schwarze Samthaube mit einer diamantbesetzten Spitze trug, streichelte mit seiner langen, schmalen Hand den Kopf des Einhorns, das gerade einschlief.

»Das Gewebe ist schön dicht. Gute Arbeit!«, sagte Gauthier und nickte zufrieden. »Hast du die Zeichnungen gemacht, Alix?«

»Die Frau und das Einhorn sind nicht von mir, Meister Gauthier, dafür hatte ich Vorlagen. Aber die ganzen Tiere und Blumen habe ich auf die Kartons gezeichnet.«

Sie zeigte ihm den dritten Wandteppich, der bereits ganz fertig war und den Jacquou in der Werkstatt aufgehängt hatte. Dieses Bild trug den Namen »Das widerspenstige Einhorn«.

Daneben hing ein weiterer Wandteppich, »Der Jagdherr«, auf dem eine ganz andere Tierwelt abgebildet war. Man konnte sogar einen kleinen Fisch erkennen, der im Schnabel eines Reihers zappelte, ein Eichhörnchen knabberte im Haselnussstrauch, und ein Hase beobachtete, wie ein Wiesel auf einem Baumstumpf herumkletterte. Ein Distelfink hing kopfüber an einem Zweig über einer Quelle und hatte den Kopf zu dem Jäger gedreht, der mit seinem Stock auf das Einhorn wies. Das wollte sich aber wohl nichts gefallen lassen und schlug nach dem großen weißen Hund aus, der es mit aufgerissenem Maul anknurrte.

Als es Abend wurde, hatte Gauthier ganze Arbeit geleistet. Also fragte man ihn, ob er auch am nächsten Tag und in Zukunft kommen würde – auch ohne Bezahlung. Keine Frage, es ging ihm nicht ums Geld. Er konnte sich noch jede Menge Bier und Wein bei dem Gastwirt im Quartier Saint-Martin leisten, ohne dass ihm das Geld ausgegangen wäre. Wahrscheinlich wäre er tot umgefallen, ehe er sein Trinkgeld aufgebraucht hätte, wenn ihn nicht Jacquous Werkstatt gerettet hätte!

So kam es, dass Meister Gauthier das junge Paar noch am selben Abend zu sich nach Hause einlud. Alix machte sich in der Küche zu schaffen und bereitete ein wohlschmeckendes Abendessen zu.

»Warum stellt Ihr nicht eine Frau ein, die Euch im Haushalt hilft und für Euch kocht, Meister Gauthier? Euer Haus ist groß, und die Dienstbotenkammern sind leer. Und behauptet nur ja nicht, das könntet Ihr Euch nicht leisten. Auch wenn Euch Pierre de Coëtivy vor die Tür gesetzt hat – bis dahin hat er Euch großzügig bezahlt, und an Geld scheint es Euch nicht zu fehlen.«

Nach einer Weile brachte Alix eine Specksuppe aus der Küche, bei deren Duft den Männern das Wasser im Mund zusammenlief. Außerdem gab es Champignonomelettes und einen Apfelkuchen. Sie richtete das Abendessen auf dem großen Eichenholztisch an.

»So – und Ihr lasst mich jetzt eine tüchtige Hausfrau für Euch suchen. Ich kenne eine, die Arbeit braucht und die ich selbst gern einstellen würde, wenn ich ein größeres Haus und mehr Geld hätte.«

Der alte Mann antwortete nicht.

»Na, was meint Ihr?«, fragte Alix nach, während sie den beiden Männern Suppe servierte. »Was gibt es denn da zu überlegen, Meister Gauthier? Die Frau kann schon morgen bei Euch anfangen.«

»Nachdem mein Haus nun einmal so groß ist, warum wollt Ihr nicht bei mir wohnen?«, entgegnete der alte Weber.

»Wir sollen hier bei Euch wohnen!«

»Ja, hier bei mir, und mit mir.«

»Aber …«

»Bitte, Alix, reden wir doch nicht um den heißen Brei. Ich bin alt und allein, ich habe keine Frau mehr und keine Kinder. Wer kriegt das Haus, wenn ich einmal sterbe? Wem gehört es dann? Versteht doch, dass ich Euch nur helfen will, zum Dank dafür, was Ihr für mich tut?«

Plötzlich fiel ihr auf, dass er sie zum ersten Mal nicht »Kleine« genannt und sie auch nicht geduzt hatte.

»Ehrlich gesagt, ist es mir lieber, wenn Ihr mich duzt«, sagte sie leise. »Ihr seid wie ein Vater für mich.«

Dann wandte sie sich an Jacquou.

»Was hältst du von dem Vorschlag? Bist du es nicht allmählich leid, immer in der Werkstatt zu sein und sogar dort zu essen und zu schlafen?«

»Im Gegenzug biete ich euch mich alten Mann als Arbeitskraft an«, brummelte Gauthier. »Mein größter Wunsch wäre es, mitten bei der Arbeit am Webstuhl sterben zu dürfen.«

»Einverstanden«, sagte Alix und strahlte vor Glück. Dann ging sie zu Jacquou und gab ihm einen Kuss auf den Mund. Ehe er sie an sich ziehen konnte, war sie auch schon wieder weg.

»Wir stellen diese Frau ein, von der ich vorher gesprochen habe. Neben der Arbeit kann ich Haushalt, einkaufen und kochen unmöglich allein schaffen. Und wenn Ihr nichts dagegen habt, möbeln wir das Haus ein bisschen auf, Meister Gauthier. Es soll wieder schön fröhlich aussehen.«

»So fröhlich wie du, meine Kleine? Gern!«

Gleich am nächsten Tag bestellte Alix Dame Bertille zu sich, bei der sie einmal eine Weile untergekommen war. Meister Gauthier hatte ihr in dieser Hinsicht freie Hand gelassen, und so zog Dame Bertille gleich bei ihnen ein.

Dame Bertille war Witwe, um die vierzig und hatte keine Kinder – ein Sohn und eine Tochter waren leider ganz früh gestorben. Sie hatte gelernt zuzupacken und nahm sofort die Verwaltung des Hauses Gauthier in ihre geschickten Hände.

23

Alle Wagen standen schon vor Tagesanbruch bereit. Die Pferde waren gestriegelt und angespannt und stampften ungeduldig. Und auch die Kutscher freuten sich auf die Reise, hielten die Zügel in der Hand und plauderten ein wenig, damit ihnen die Zeit nicht lang wurde. Die Nacht war noch nicht richtig vorbei, da hörten sie auch schon Louise und ihre Kinder kommen. Diener und Dienstmädchen packten noch die letzten Sachen zusammen, während sich die Lakaien geduldig bereithielten und sich fröstelnd in die Hände bliesen.

Obwohl Antoinette und Jeanne lieber länger geschlafen hätten, auch weil sie nicht recht wussten, wie sie sich in dieser vollkommen ungewohnten Situation verhalten sollten, hatten sie es sich schon in ihrer Kutsche bequem gemacht. Souveraine zwängte sich dazwischen; sie hielt eigentlich nichts in Cognac, weshalb sie nun auch versuchte, die beiden Frauen an ihrem Optimismus teilhaben zu lassen. Deren Schläfrigkeit verbesserte ihre Stimmung sogar noch.

Durch einen schmalen Fensterspalt konnte Souveraine beobachten, dass Marguerite und François jetzt auch zu ihrem Wagen gingen. Der Anblick der schlaftrunkenen Kinder beruhigte sie irgendwie, sie hüllte sich in ihren weiten Umhang und machte es sich bequem. Dann fügte sie sich ins Unvermeidliche, schloss die Augen und versuchte zu schlafen.

Während die kleine Truppe aufbruchbereit war, kontrollierte Louise noch ein letztes Mal das Anwesen, das sie leer zurückließ.

So wie Louis XII. über sie verfügte, hatte die Gräfin d'Angoulême über das weitere Schicksal ihrer Zofen entschieden.

Sie konnte diese beiden Frauen nicht im Stich lassen, die immer freundlich und entgegenkommend zu ihr gewesen waren. Hätte sie ihnen etwa übel nehmen sollen, dass sie keine Zeit gehabt hatte, ihren Ehemann lieben und schätzen zu lernen, der verschwunden war, ehe sie die Freuden des Ehelebens kennen lernen konnte? Auch wenn Louise wusste, dass Antoinette und Jeanne mit ihrem Mann die Erfahrungen geteilt und genossen hatten, die sie selbst erst mit Jean de Saint-Gelais erleben durfte, machte sie ihnen daraus keinen Vorwurf.

Kaum knallte die erste Peitsche, hörten die Pferde auf zu tänzeln. Eng aneinandergeschmiegt beobachteten Louise und Marguerite François, der sich die Nase an dem winzigen Fenster platt drückte, während er Prunelle streichelte, die er auf dem Arm hatte.

Dann setzte sich ihre Kutsche in Bewegung, gefolgt von den fünf anderen, die die Spitze des Konvois bildeten. Dahinter kamen die Fuhrwerke mit den Tieren und Möbeln. Philibert, den die junge Gräfin erst vor kurzem als Stallknecht eingestellt hatte, lenkte den letzten Wagen und ließ etwas Abstand zwischen seinen Pferden und denen der anderen Kutscher.

Nur die kleine Prunelle genoss das Vorrecht, in der Kutsche ihrer Herrschaft mitzufahren. Der große Hapaguai und die übrigen Jagdhunde, die die Kinder auf keinen Fall in Cognac hatten zurücklassen wollen, mussten sich in den Wagen von Philibert zwängen.

Der Konvoi war noch vor Morgengrauen aufgebrochen, und nur

ein paar kobaltblaue Streifen am dunklen Himmel kündigten den nahenden Tag an.

Jean de Saint-Gelais ritt dem Tross voraus und sicherte den Weg ans Ufer der Charente. Von Cognac aus gab es keinen besseren und bequemeren Weg als den, den sie an diesem Morgen gewählt hatten. Sie mussten an der Charente entlangfahren und sie dann bei Angoulême überqueren.

Als sie Cognac und die Türme von Ecurie hinter sich gelassen hatten und durch die verwinkelten Gassen an Holzhäusern vorbeigefahren und an den Häusern der Flusshafenoffiziere und der Gerichtsschreiber vorbeigekommen waren, wusste Louise nicht recht, ob ihr nun fröhlich oder traurig zumute war.

Gedankenversunken starrte sie auf die Straße nach Merpins, als sie Frauen in grauen Röcken und weißen Hauben überholten, die auf dem Weg ins Dorf waren, und erinnerte sich, wie oft sie hier schon mit ihren Kindern unterwegs gewesen war.

Die kühle Luft war noch feucht vom Morgentau, der auf den Bäumen lag. Louise überzeugte sich davon, dass ihre Kinder warm genug angezogen waren und sich nicht erkälten konnten. Dann wickelte sie sich fester in ihren Mantel, weil es in der schlecht abgedichteten Kutsche ziemlich zog.

Obwohl es nicht hell werden wollte, hatten sie die Strecke am Fluss entlang ohne Schwierigkeiten zurückgelegt und näherten sich jetzt Angoulême.

Die steinerne Brücke dort war in einem guten Zustand und sehr bequem zu befahren. Seit vielen Jahren schon ermöglichte sie es zahllosen Reisenden, den Fluss gefahrlos zu überqueren. So früh am Morgen war allerdings nur der Nachtwächter da, um die Überfahrt zu beaufsichtigen, weshalb die Kutschen und Wagen besonders vorsichtig hinübergelenkt wurden.

Am anderen Ufer der Charente passierte der Konvoi zunächst das

Städtchen Angoulême und kam dann auf eine breite und bequeme Straße.

Jean de Saint-Gelais ritt weiter voraus und sorgte für die Sicherheit von Louise und ihren Kindern. Marguerite und François waren zwischen Cognac und Angoulême eingenickt und wurden gerade langsam wieder wach.

»Ja, danke, Jean, es ist alles in Ordnung. Die Kinder scheinen aufzuwachen und werden mich sicher gleich mit Fragen bestürmen«, sagte sie und betrachtete sie liebevoll.

François rieb sich erstaunt die Augen, als er die großen Felder hinter dem Fenster sah. Marguerite zupfte aufgeregt an Prunelles Ohren, die dieses Übermaß an Zärtlichkeit nicht zu stören schien.

Die Sonne schickte ihre ersten wärmenden Strahlen auf die Erde, und gegen Mittag schlug Saint-Gelais einen Zwischenhalt in Poitiers vor.

»Dürfen wir zu Souveraine gehen, Mutter?«, fragte François.

»Aber natürlich. Antoinette und Jeanne wollen mir bestimmt Gesellschaft leisten.«

Liebevoll strich sie ihrem Sohn durchs Haar, um ein paar widerspenstige Locken zu bändigen, und wandte sich dann an Saint-Gelais.

»Werden wir Poitiers erreichen, ehe es dunkel wird, Jean?«

»Die Pferde machen keine Schwierigkeiten. Ich glaube, dass wir vor Sonnenuntergang im Gasthaus ›Zur Goldenen Henne‹ sind.«

Er sah Louise an und sagte ohne jeglichen Anklang von Bitterkeit in der Stimme: »Ich hole Eure Zofen. Sie werden gleich bei Euch sein.«

»Begleitet doch bitte die Kinder zu ihrem Wagen. Sie wollen sich ein bisschen amüsieren. Souveraine soll ihnen Gesellschaft leisten.«

Ein Weilchen grübelte sie über ihre ungewisse Zukunft nach.

Dann hörte sie auch schon die klangvollen Stimmen ihrer Zofen und nahm Hut und Mantel ab, um sie herzlich zu begrüßen.

Obwohl Antoinette noch sehr schlank und hübsch war, befürchtete sie, dass sie mit beinahe vierzig bald keinen Mann mehr bezaubern könnte.

Jeanne war zwar etwas jünger als Antoinette, dafür aber um einiges rundlicher, was ihr jedoch nicht schlecht stand. Sie bewegte sich sehr anmutig und war ohne Zweifel äußerst charmant.

»Glaubt Ihr, wir werden am Hof von Chinon gern gesehen sein?«, fragte Jeanne und setzte sich neben Louise.

»Aber warum denn nicht? Es steht mir zu, meine Zofen – und darüber hinaus meine einzigen Freundinnen – mitzubringen.«

»Vielleicht wird man Euch andere Gesellschafterinnen zuweisen? Es würde mich schon sehr wundern, wenn Königin Anne, deren Hofstaat von sämtlichen europäischen Königshäusern gerühmt wird, Euch nicht zwänge, Eure Hofdamen zu wechseln«, widersprach Jeanne und schürzte die Lippen wie ein schmollendes Kind.

»Ach was! Ihr bleibt meine Gesellschafterinnen; und sollte man mir wirklich andere vorsetzen, gehört Ihr auf jeden Fall weiter zu meinem engsten Gefolge.«

»Das klingt ja sehr tröstlich«, meinte Antoinette misstrauisch. »Aber könnt Ihr Euch solchen Luxus überhaupt leisten, Louise? Die Königin kann Euch bestimmt zu einer Entscheidung zwingen.«

Louise zwinkerte ihr beruhigend zu.

»Ich versichere Euch, dass mir der König dieses und noch einige andere Privilegien gewähren wird. Schließlich habe ich es mit Louis XII. zu tun, nicht mit seiner Gattin. Und er ist immerhin der Vormund meiner Kinder. Macht Euch keine Sorgen. Wir sollten uns lieber überlegen, wie wir unser neues Leben gestalten wollen.«

»Ihr scheint Euch Eurer Sache ja sehr sicher zu sein, Louise«, meinte Antoinette noch immer nicht überzeugt und strich sich mit dem Finger über ihre Wimpern, die sie noch nicht hatte glätten können.

Sie konzentrierte sich ein Weilchen auf diese schwierige Aufgabe, dann seufzte sie und sagte vorwurfsvoll:

»Die Parfümhändlerin hat uns schon eine ganze Weile versetzt. Riecht doch mal an meinem Ärmel, Louise. Ich finde, er riecht nach Kleiderkammer!«, meinte sie und hielt Louise ihren Ärmel unter die Nase.

»Riecht daran, Louise, und sagt mir, wo der Jasminduft geblieben ist, den wir noch vor ein paar Monaten hatten. Und unsere Unterwäsche duftet auch schon lange nicht einmal mehr nach Lavendel.«

Louise und Jeanne brachen in lautes Gelächter aus.

»Es heißt, dass sich am Hof von Anne de Bretagne ständig ein ausgezeichneter Parfümhändler aufhält, der seine Essenzen direkt aus Italien bezieht.«

Antoinette ließ ihren Arm wieder sinken und wollte die fröhliche Reaktion ihrer Freundinnen nicht unbeantwortet lassen, aber Louise fiel ihr einfach ins Wort.

»Ich verspreche Euch hoch und heilig, dass Ihr bereits in wenigen Tagen mit Parfümhändlern, Schneidern, Spitzenhändlerinnen, Strumpfwirkerinnen und anderen angenehmen Leuten dieser Art zu tun haben werdet«, erklärte sie vergnügt.

Jeanne rutschte auf der Bank in der Kutsche hin und her, die zwar mit Samt bezogen, aber dennoch nicht besonders bequem war. Sie sah Louise an und nahm behutsam ihre Hand.

»Eure hochherzige Art rührt uns sehr, Louise, Ihr bleibt stets gleich freundlich und heiter. Dabei müsstet Ihr ja eigentlich in hellem Aufruhr sein. Oder macht es Euch etwa gar nichts aus, Euch von Saint-Gelais zu trennen?«

Louise tat einen Seufzer, der aber nicht sehr verzweifelt klang.

»Ihr wisst sehr wohl, dass für mich die Interessen meines Sohnes Vorrang haben, Jeanne.«

Jetzt wandte sich Antoinette an die Gräfin, lächelte ihr zu und sagte spöttisch:

»Seit wann heißen denn Gefühle Interessen?«

»Schon immer, Antoinette, und das wisst Ihr auch. Es mag ja nicht für alle gelten – für mich jedenfalls schon.«

»Für Euch schon! Da habt Ihr aber, glaube ich, die Leidenschaft vergessen, Louise. Was wollt Ihr denn ohne dieses köstliche Vergnügen machen?«

»Louise hat Recht«, mischte sich die reichlich fatalistische Jeanne ein. »Es geht schließlich nur um ein paar Jahre. Wenn sie erst die Mutter eines Königs ist, wird sie alles dürfen. Da lohnt es sich schon, ein wenig zu warten.«

Aber Antoinette war noch längst nicht überzeugt. Sie streckte ihre langen Beine aus und entgegnete:

»Ihr seid jung, Louise. Und die schönsten Jahre im Leben einer Frau vergehen viel zu schnell. Lasst sie Euch also nicht nehmen.«

»Wer sagt denn, dass das jetzt die schönsten Jahre meines Lebens sind, Antoinette!«

»Ihr werdet es schon noch merken«, redete Antoinette weiter auf sie ein. »Wenn Ihr erst in den Spiegel schaut und ein Gesicht voller Falten und einen dicken Bauch seht, glaubt Ihr dann wirklich, dass die schönen Jahre erst noch Eure welke Stirn krönen werden?«

»Wenn ich Euch recht verstehe, redet Ihr von der Zukunft. Und wie sieht die für mich aus? Jeanne hat es gerade gesagt: Ich werde Königsmutter«, gab ihr die Gräfin ganz ruhig zur Antwort.

Da riefen Antoinette und Jeanne vor Schreck einstimmig:

»Und was wird aus unseren Töchtern?«

»Was aus Euren Töchtern wird? Was soll die Frage überhaupt? Ich finde sie vollkommen überflüssig. Sie erhalten natürlich weiter eine angemessene Erziehung, und wenn es so weit ist, bekommen sie ihre Aussteuer und wir verheiraten sie mit einem Ritter aus gutem Hause. So hätte es jedenfalls mein Mann, Graf d'Angoulême, gewollt, und ich will es auch nicht anders.«

Louise streckte ein Bein aus und schob es unter die Bank gegenüber, auf der ihre beiden Zofen saßen.

»Habe ich Euch nicht schon tausend Mal gesagt, dass Ihr Euch wegen Eurer Töchter keine Sorgen machen müsst? Jehanne genießt am Hofe die ungeteilte Aufmerksamkeit von Königin Anne, und Madeleine die der Nonnen im Kloster von Saintes. Und was Souveraine anbelangt, werden wir schon sehen. Warum sollte sie es schlechter haben als ihre beiden Schwestern?«

Die Wagen rollten auf einer bequemen Straße durch eine sonnige Landschaft. Obwohl es schon spät war, wollte sich der Tag scheinbar noch nicht verabschieden. Pferde und Gespanne näherten sich Poitiers. Von fern sah man schon die Silhouette der Stadt und konnte sie auch hören. Es klang fast so, als wären Stimmengewirr und andere fremde Laute plötzlich noch lauter als erwartet.

»Dieses Poitiers scheint mir eine ziemlich lärmende Stadt zu sein«, meinte Jeanne, als sie aus dem kleinen Wagenfenster sah.

»Von unserem stillen alten Städtchen Cognac sind wir solches Treiben gar nicht mehr gewöhnt. Jetzt müssen wir wohl aber lernen, mit dem Lärm zu leben.«

»Gar so langweilig war es doch in Cognac auch wieder nicht. Ich glaube, Ihr habt den Trubel, der an den Markttagen herrschte, schon ganz vergessen. Und den Krach, den die Seiler machten, wenn sie ihre Hanfseile in der Nähe vom Stadtgraben drehten, wohl auch«, spöttelte Louise.

Der Lärm und das Getöse wurden jedenfalls immer schlimmer. Schreie, Pfiffe, lautes Rumoren und Gerassel drangen bis zu ihnen durch.

»Was ist denn hier los?«, fragte Jeanne, die das Wagenfenster geöffnet hatte und Saint-Gelais antraben sah.

»Auf dem Marktplatz findet eine Hinrichtung statt. Wir stecken hier fest und kommen nicht weiter.«

»Da werden wir uns aber beträchtlich verspäten«, schimpfte Jeanne, »eigentlich müssten wir schon längst beim Abendessen sein.«

Louise wollte aussteigen. Graziös hob sie ihren Rock, damit sie nicht stolperte, und reichte Saint-Gelais, der vom Pferd gesprungen war, die Hand.

»Wenn wir hier tatsächlich festsitzen, können wir ebenso gut zuschauen. Dann haben wir wenigstens Unterhaltung.«

Leichtfüßig stieg sie aus der Kutsche und schützte sich mit der Hand vor der untergehenden Sonne, die sie mit ihren letzten Strahlen blendete.

»Sieht ganz danach aus, als ob da einer gehängt wird!«, rief Bonaventure, Louises dickbäuchiger Kutscher.

»Kommen wir denn wirklich nicht durch?«

»Nein, leider nicht. Seht selbst, die Gendarmen und die Soldaten haben alles abgeriegelt.«

Die Gräfin d'Angoulême wandte sich wieder an Saint-Gelais.

»Wenn wir sowieso nicht weiterkönnen, sollten wir uns die Hinrichtung ansehen«, schlug sie vor.

»Ja, ich will da auch hin«, rief François und rannte zu seiner Mutter.

»Und ich auch!«, keuchte Souveraine ganz atemlos, weil sie hinter François hergelaufen war.

»So ein Spektakel eignet sich aber nicht für kleine Mädchen«, erklärte Jeanne und sah ihre Tochter missbilligend an.

Das Kind machte ein enttäuschtes Gesicht, sagte aber nichts.

»Ich finde, unsere Kinder müssen lernen, was Leben heißt, Jeanne«, wandte Louise ein. »Der Mann, der da gehängt wird, hat bestimmt ein schweres Verbrechen begangen, und heute muss er dafür bezahlen. Auch wenn Souveraine noch sehr jung ist, kann sie doch sicher zwischen gut und böse unterscheiden.«

Angesichts der unverhofften Unterstützung versuchte Souveraine es noch einmal.

»Bitte, Mutter, wenn Monsieur de Saint-Gelais und Madame d'Angoulême dabei sind, habe ich vor nichts Angst.«

»Du weißt recht gut, dass du von solchen Erlebnissen nur wieder Alpträume bekommst, die mir den Schlaf rauben.«

»Aber ich hatte doch schon ganz lange keine Alpträume mehr, Mutter. Ich glaube, Ihr vergesst immer, dass ich älter geworden und kein kleines Kind mehr bin.«

Souveraine versuchte sich so groß wie möglich zu machen. Dann sah sie ihre Mutter an und sagte zuversichtlich.

»Nehmt ruhig mal einen Spiegel und seht Eure Augen an. Ihr seht überhaupt nicht übernächtigt aus!«

Über dieses Argument musste Louise lächeln. Sie kannte Jeanne gut genug um zu wissen, dass sie peinlich darauf achtete, genug Schlaf zu bekommen, damit sie morgens nicht etwa mitgenommen aussah.

»Ich finde auch, dass Euer Sohn François erleben sollte, was Recht und Gerechtigkeit bedeutet. Vielleicht auch Marguerite, wenn Ihr meint. Souveraine begleitet Euch jedenfalls nicht.«

»Wie Ihr wollt, Jeanne«, sagte Louise und wandte sich dann an Saint-Gelais.

»Nehmt François bitte zu Euch aufs Pferd, und sagt Philibert, er soll mit meinem Pferd und Marguerites Muli kommen. Wir wollen versuchen, ob wir zum Marktplatz durchkommen.«

Das ging zwar alles sehr schnell, dennoch fand Saint-Gelais die Zeit zu bewundern, wie elegant Louise auf ihr Pferd stieg.

Nachdem sie sich durch das Menschengewühl geschlängelt hatten – die Gendarmen hielten ständig Passanten, Gaffer, Kaufleute oder Hausierer auf, erreichten sie den Marktplatz und sahen den Galgen, der wie ein drohendes Mahnmal in den Himmel ragte.

Die Zuschauer aus Poitiers, die längst von dem Schauspiel erfahren hatten, standen dicht gedrängt um den Platz. Um nur ja nichts von dem Spektakel zu verpassen, warteten sie schon seit einigen Stunden. Manche waren sogar schon morgens gekommen und saßen auf kleinen Schemeln, die sie mitgebracht hatten. Andere gebrauchten Ellenbogen und Fäuste, um bessere Plätze zu ergattern. Wer wie Louise und Saint-Gelais nur zufällig vorbeigekommen war, band sein Pferd an einen Pfosten oder den nächstbesten Baum und versuchte ganz nach vorn zu gelangen.

»Aus dem Weg, Leute, lasst die Gräfin d'Angoulême durch!«, donnerte Philibert, der Verstärkung von dem dicken Bonaventure bekommen hatte.

Manche verbeugten sich überrascht oder traten zur Seite, andere waren so gespannt, dass sie gar nichts anderes mitbekamen und wie angewurzelt auf dem Platz blieben, den sie sich erobert hatten.

Mit Müh und Not erreichten Louise und ihre Kinder im Schlepptau von Saint-Gelais eine Empore, von der aus man den ganzen Platz samt Galgen überblickte.

Die Händler, die ihre Kramerbuden hier in der Nachbarschaft hatten, beglückwünschten sich bereits zu den vermutlich zwei- bis dreimal so hohen Einnahmen, die ihnen dieser Menschenauflauf bescheren dürfte. Alles redete laut durcheinander, man rief um Hilfe, gestikulierte wild und ungeduldig – die einen waren hochrot vor Aufregung, die anderen bleich vor Entsetzen.

»Wer wird denn da gehängt?«, wollte Marguerite wissen.

»Ich weiß es nicht. Wahrscheinlich ein Schwerverbrecher oder vielleicht sogar ein Mörder«, antwortete Louise ziemlich ratlos.

»Jean, könnt Ihr vielleicht herausfinden, wer da heute gehängt wird? Ich bleibe hier bei den Kindern. Bitte seid doch so freundlich und erkundigt Euch, was der Mann verbrochen hat, Jean, ja? Wir rühren uns nicht von der Stelle.«

François zappelte ungeduldig herum.

»Ist der Schuldige verurteilt worden?«, fragte er und stellte sich auf die Zehenspitzen, um den Galgen besser sehen zu können.

»Jeder Mensch hat ein Recht auf Gerechtigkeit, mein Sohn, unabhängig von dem, was er verbrochen hat. Aber der Mann, der da gehängt wird, beginnt zu begreifen, dass er seine Freiheit verloren hat.«

Ihre eigenen Worte machten ihr plötzlich Angst. Verlor nicht auch sie gerade eine kostbare Selbstbestimmung, ein unabhängiges und glückliches Leben, das sie vielleicht nie wiederbekommen sollte?

Warum eigentlich gab sie ihre Heimat auf, ohne sich auch nur einmal bedauernd umzusehen, obwohl sie dort weder Einsamkeit noch Kummer erlebt hatte, abgesehen vielleicht von der kurzen Trauerzeit nach dem Tod ihres Gatten?

Beim Anblick dieses trostlosen Galgens wurde ihr erst richtig bewusst, wie unbeschwert und friedlich sie die vergangenen Jahre verbracht hatte. Dieser bedrohliche Galgen, der da vor ihr stand, ließ sie mit einem Mal ahnen, welch Unglück hätte geschehen können und dass sie der gütige Himmel bisher vor schrecklichen Schicksalsschlägen bewahrt hatte, die einen um den gesunden Menschenverstand bringen konnten. Um sich dieser plötzlichen Erkenntnis zu entziehen, zwang sie sich, an die Jahre zu denken, die ihr bevorstanden und sich einzureden, dass sie in Zukunft glücklich und reich sein würde.

Eine kleine Hand tastete vorsichtig nach ihrer, und Louise spürte, dass Marguerites Finger zitterten. Mit einem zärtlichen Händedruck versuchte sie ihre Tochter zu beruhigen. Wieder einmal machte sie die Beobachtung, dass Marguerite als Einzige zu ahnen schien, was alles auf sie zukam, obwohl sie noch so jung war.

Louise lächelte ihrer Tochter zu.

Jean de Saint-Gelais war von seinem Erkundungsgang zurückgekommen.

»Ich habe herausgefunden, wer der Verbrecher ist. Es ist ein Mönch, der seine Schwester vergewaltigt und anschließend getötet hat.«

»Das ist dann ja ein Fall für das Kirchenrecht. Die Sache muss vor der Diözese verhandelt worden sein.«

Die Menschenmenge wurde immer unruhiger, immer wieder ertönten Schreie. Gendarmen und berittene Wachen erteilten Befehle, die aber in dem lärmenden Durcheinander untergingen. Das Spektakel musste endlich anfangen, damit die Menge sich beruhigte.

Da endlich erschienen die Beteiligten. Etwa zwanzig Reiter führten den Zug an und ließen ihre Pferde ganz langsam Schritt gehen. Auf die Pferde folgte ein Trupp Fußsoldaten, die laut und schnell trommelten.

Dem Verurteilten waren die Hände auf dem Rücken gefesselt. Auch seine Füße waren zusammengebunden, weshalb er nur ganz kleine, schlurfende Schritte machen konnte.

Rechts und links neben ihm gingen der bullige Henker und ein gebeugter schmächtiger Priester, der das große Sühnekreuz schwenkte. Der Verbrecher hielt den Kopf gesenkt und hatte die Schultern eingezogen.

Vor diesem düsteren Trio, das sich nur langsam und schleppend vorwärtsbewegte, ritt auf einem Pferd mit schwarzem Lederharnisch und einer goldgesäumten Decke aus rotem Samt der Bischof von Poitiers. Und es wirkte fast so, als würde das Publikum diese grausige Szene voller schroffer Gegensätze gierig in sich aufsaugen.

Der Verurteilte ging schwankend, ohne Anstand und Würde. Er

hatte ein langes Hemd an, unter dem seine nackten Füße hervorschauten. Das Hemd war weit ausgeschnitten, und man konnte seine hängenden Schultern sehen. Sein Kopf war kahl geschoren, und die Finger hingen wie leblos an seinen gefesselten Händen. Seiner gebeugten Haltung war anzusehen, dass er wohl längst aufgegeben hatte.

Der Bischof von Poitiers war genauso prächtig gekleidet wie sein Pferd; er trug ein kostbar besticktes Gewand aus weißem Atlas. Unter dem Schutz seiner Leibwache musterte er herablassend die Menschenmenge, die das bevorstehende Spektakel gierig erwartete. Ganz kurz schweifte sein Blick über die Empore, auf der Louise stand. Vermutlich hatte man ihn von der Anwesenheit der Gräfin d'Angoulême unterrichtet, weil er eine kleine Verbeugung in ihre Richtung andeutete. Dann richtete er seine Aufmerksamkeit wieder auf die Menge.

»Diese Franziskaner werden immer gewissenloser«, seufzte Louise, während ihr Blick den Verurteilten streifte, der sich abmühte, mit diesem fürchterlichen Zug Schritt zu halten. »Die Kirche ist wirklich kein Vorbild mehr an Moral und Integrität.«

François stand die Bewunderung für den eindrucksvollen Bischof und sein kostbares Prunkgewand ins Gesicht geschrieben. Ihn faszinierte am meisten, wie majestätisch dieser Bischof die Menschenmenge grüßte; und Louise stellte mehr als erleichtert fest, dass sich ihr Sohn überhaupt nicht für den trostlosen Anlass dieses farbenprächtigen Gemäldes interessierte. Die öffentliche Hinrichtung, die das Kind zum ersten Mal miterlebte, nahm es gar nicht richtig wahr, weil es ganz und gar von dem großartigen Spektakel beansprucht war.

Als der Bischof an dem staunenden Jungen vorbeigezogen war, schien diesem endlich der ganze Umfang der Szene bewusst zu werden, nämlich der trostlose Anblick des Verurteilten, der in Todesangst war.

Während seine Schwester bereits ihren Kopf gesenkt hielt, konnte er den Blick nicht von dem Angeklagten lassen, der schon verloren hatte, als man ihm die Schlinge um den Hals legte. François zuckte nur kurz zusammen, als mit einer schnellen Bewegung der Schemel weggestoßen wurde, auf dem der Verurteilte stand.

Beinahe zerstreut betrachtete Louise den leblosen Körper, der Sekunden später bedrohlich am Galgen baumelte, während die Leute das Geschehen jetzt wieder laut kommentierten.

Marguerite hielt noch immer die Hand ihrer Mutter, die sie jetzt noch stärker drückte, und Louise erwiderte diesen Druck so fest sie konnte.

Das Beifallsgeschrei wollte nicht aufhören. Nach einer öffentlichen Hinrichtung durch Erhängen pflegte man den Leichnam bis zum nächsten Morgen hängen zu lassen, damit jeder genug Zeit hatte zu sehen, welch schreckliche Folgen solch ein gemeines Verbrechen nach sich ziehen konnte. Wenn die Menge darauf drängte, nahm man den Gehängten manchmal auch ab und köpfte ihn. Dann wurde, wie in einem Anfall von Wahnsinn, der verstümmelte Leichnam an den Füßen wieder aufgehängt.

Louise beobachtete François besorgt, aber das Kind hatte schon wieder andere Sachen im Kopf. Dann fiel ihr Blick auf Saint-Gelais. Ihr Freund schien von der Hinrichtung auch nicht wesentlich mehr mitgenommen als ihr Kind. Der Gräfin zerriss es fast das Herz. Sollte ihr Leben als liebende Frau wirklich an diesem traurigen Abend und mit dieser trostlosen Vision zu Ende gehen?

Morgen früh gab es für sie keinen Jean mehr. Ein neues Leben begann dann mit all seinen Unwägbarkeiten, das aber gewiss ihren kleinen Cäsar auf den Thron heben würde.

Vor ihrem inneren Auge tauchten flüchtige Bilder auf, die ihr schon lange Angst einjagten.

24

Die rauchgeschwängerte Luft in dem Gasthaus war zum Schneiden. Bei dem Lärm von lauten Stimmen, klappernden Suppenschüsseln und Zinnkrügen und klirrenden Kesselhaken konnte man sich unmöglich normal unterhalten. In der »Goldenen Henne«, einem Gasthaus für feine Herren und vornehme Damen, betuchte Kaufleute, Priester und dickbäuchige Bischöfe, wurde es eigentlich nur kurz vor Morgengrauen ein paar Stunden still.

Die Ankunft der Gräfin mit ihrem kleinen Gefolge hatte zwar einiges Aufsehen erregt, aber der Wirt war an hohen Besuch gewöhnt und setzte Louise, ihre Gesellschaftsdamen und Saint-Gelais einfach an den großen Tisch in der Mitte des Speisezimmers. In dem Gasthaus ging es hoch her, und zu dieser späten Stunde blieb ihm gar keine andere Möglichkeit, weil es an freien Plätzen mangelte. Wenn es nicht gerade der König persönlich war, ließ sich Meister Pierre auch nicht so schnell aus der Ruhe bringen.

Also aß die Gräfin samt ihrem Gefolge in dem allgemeinen Durcheinander zu Abend. Ihre Dienstboten hatte man, mit Ausnahme von Dame Andrée und Catherine, zum Essen in die Küche geschickt. Sie verbrachten die Nacht auf frischem Stroh in einer Kammer bei den Ställen und Schuppen, in denen Werkzeug und Karren untergebracht waren.

François und die Mädchen schliefen bereits, als Louise und ihre kleine Gesellschaft mit großem Vergnügen eine Poularde mit Bohnen und Speckerbsen verspeisten. Das Spektakel der Hinrichtung hatte ihnen offenbar nicht den Appetit verdorben. Das war auch gut so, weil das Doppelverbrechen, das der Priester ganz in der Nähe der Herberge »Zur Goldenen Henne« begangen hatte, von den Gästen noch heftig diskutiert wurde.

In der Küche garten fette Hühner über dem Feuer und dufteten verlockend. Man muss schon sagen, dass die Hühnersuppe dem Gasthaus und seinem Namen alle Ehre machte; Meister Pierre hielt das Rezept dafür übrigens streng geheim.

Auf den langen gewachsten Holztischen servierten die Mägde Pastete mit Kräutern, rohen Schinken und Rotwein.

Antoinette kostete von allem, aß aber nur wenig. Jeanne dagegen kümmerte sich nicht mehr um ihr Gewicht und verdrückte große Mengen von jedem Gericht, ohne dass sie dabei den gut gekühlten Wein verschmäht hätte, der in Steinkrügen auf den Tisch kam.

Die drei Kinder hatten sich den Bauch mit Schinken, Rührei und Apfelkuchen mit Honig vollgeschlagen und waren dann, wie nach so einem anstrengenden Reisetag nicht anders zu erwarten, sofort tief und fest eingeschlafen.

In dem Zimmer, in dem sie untergebracht waren und das vermutlich eines der größten im Haus war, stand noch ein zweites Bett mit kurzen geblümten Bettvorhängen. Man hatte beschlossen, dass sich diesmal Antoinette und Jeanne das Zimmer mit den Kindern teilten, damit Louise ihre letzte Nacht mit Jean ungestört verbringen konnte.

Noch hatte diese Nacht aber nicht begonnen, und Louise und Jean sagten nichts. Offenbar brachten sie vor lauter Anspannung kein Wort heraus. Jean aß schweigend, und Louise überließ die Unterhaltung ihren Zofen und hörte nur flüchtig hin.

»Diese Apfelkuchen mit Honig schauen köstlich aus«, meinte Jeanne und sah hinter der jungen Dienstmagd her, die sich eifrig bemühte, alle Gäste zufriedenzustellen.

»Ihr seid ja noch immer die gleiche Naschkatze, Jeanne!«, sagte Antoinette vorwurfsvoll, während sie an der Gräfin vorbeisah, die ihr gegenüber saß. »Solltet Ihr nicht lieber die Stare vom Grill nehmen?«

»Ich bitte Euch, Antoinette! Ich bin doch keine Bäuerin!«

»Meister Pierre soll sie aber sehr gut zubereiten.«

»Aber längst nicht so gut wie das Reiherfrikassee«, tönte Meister Pierre hinter dem Rücken von Louise. »Das ist unser bestes Gericht, das nur noch von der Hühnersuppe übertroffen wird.«

»Gut, Meister Pierre, beim nächsten Mal nehmen wir Euren Reiher.«

Louise fiel auf, dass Antoinette hartnäckig an ihr vorbeisah. Aber ihr Blick war anscheinend nicht auf den dicken Gastwirt gerichtet.

»Von süßem Naschwerk soll man angeblich wunderbare glatte Haut kriegen. Hab ich nicht wirklich eine Haut wie ein junges Mädchen?«, fragte Jeanne und nahm sich mit spitzen Fingern ein schönes Stück Hühnerbrust.

Zu jeder anderen Zeit hätte Antoinette darauf eine passende Antwort gehabt, jetzt war sie aber viel zu sehr damit beschäftigt zu verfolgen, was sich hinter dem Rücken von Louise zutrug.

Dann bemerkte Jeanne, dass Saint-Gelais plötzlich in die gleiche Richtung wie Antoinette schaute. Auch er schien mit zunehmendem Interesse zu beobachten, was sich hinter dem Rücken seiner Geliebten abspielte.

»Madame Gräfin d'Angoulême!«, sagte da jemand hinter ihr.

Louise drehte sich überrascht um.

Hinter ihr stand der dicke, kahlköpfige Meister Pierre mit seinen kurzen Beinen und runden Backen, und sein Gesicht war ganz rot von der Hitze in der Küche. Und neben ihm ein Mann, der wie das genaue Gegenteil aussah. Groß und schlank, mit ausgeprägten Gesichtszügen und dichtem schwarzem Haar, das graumeliert war, was Männern um die vierzig bekanntlich sehr gut steht, schien er sehr von sich überzeugt.

Jetzt verbeugte sich der Unbekannte vor den Frauen und grüßte sie in einer weit ausholenden Geste mit seinem schwarzen breitkrempigen Hut. Obwohl sich Antoinette sehr bemühte, seinen Blick zu fesseln, waren die kalten grauen Augen des Neuankömmlings nur auf die Gräfin gerichtet.

Überrascht stellte Louise den Steinkrug wieder ab, an dem sie gerade nippen wollte. Prüfend musterte sie das reich bestickte schwarze Samtwams des Mannes und seinen federgeschmückten Hut, den er in der rechten Hand hielt. Von so viel Selbstbewusstsein war sie einen Moment irritiert. Der Mann warf einen kurzen, bohrenden Blick auf Jean de Saint-Gelais, wandte sich dann aber wieder Louise zu.

»Ich bin Pierre de Rohan, Marschall von Gié, und von unserem König, Louis XII., damit beauftragt, Euch zu Diensten zu stehen, Madame. Ich soll Euch nach Chinon begleiten und augenblicklich die Betreuung Eures Sohnes übernehmen.«

Und ehe Louise ihm überhaupt antworten konnte, weil sie vollkommen überrumpelt war, wandte er sich an Saint-Gelais und musterte ihn unverhohlen geringschätzig, wenn nicht sogar verächtlich.

»Monsieur de Saint-Gelais, nehme ich an?«, sagte er und fuhr, ohne die Antwort des jungen Lehrers abzuwarten, in anmaßendem Ton fort:

»Euer Dienst bei der Gräfin d'Angoulême ist hiermit beendet, Monsieur de Saint-Gelais. Ich habe den Befehl des Königs, ihr zu dienen und sie überall zu beschützen, wo sie sich mit ihrem Sohn aufhält.«

Dann konzentrierte er seine Aufmerksamkeit wieder auf Louise, die noch immer völlig verdutzt war.

»Ich bin der neue Lehrer der Kinder aus dem Hause d'Angoulême«, erklärte er.

Während Saint-Gelais ob dieser unerwarteten Wendung verstummt war, erholte sich Louise von ihrem ersten Schreck und antwortete empört:

»Der Dienst von Monsieur de Saint-Gelais endet nicht heute Abend, sondern morgen früh, mein Herr.«

An ihre Zofen gewandt fuhr sie fort:

»Lasst uns jetzt bitte allein, meine Lieben, und tut mir den Gefallen und seht nach, ob die Kinder auch wirklich schlafen. Dann also bis morgen, meine Lieben. Dann werde ich unsere junge Freundin Alix empfangen.«

»Guten Abend, Marschall«, verabschiedete sich Jeanne und schenkte dem Neuankömmling ein strahlendes Lächeln, das der umgehend erwiderte.

Sie erhob sich und grüßte Louise zum Abschied mit der Hand. Antoinette stand ebenfalls auf und lächelte der Gräfin zu, ehe sie sich vom Tisch entfernte.

Langsamer als ihre Freundin und mit viel sinnlicheren Bewegungen verließ Jeanne den Raum und folgte Antoinette nach oben.

Louise, die nun mit den beiden Lehrern allein war, lehnte sich etwas zurück und schob den Steinkrug von sich weg, den sie kurz zuvor am Tischrand abgestellt hatte.

»Ist es denn unbedingt nötig, dass wir in Eurer Begleitung in Chinon eintreffen?«, fragte sie den Marschall unfreundlich.

»Der König wünscht es so«, antwortete er.

»Ich vermute, es gibt weitere große Pläne.«

De Gié musterte Louise herablassend.

»Sehr wohl. Große Pläne für die Erziehung Eures Sohnes.«

»Für seine Erziehung!«

»Ja, ich werde Euren Sohn in Geschichte, Geographie und Grammatik unterrichten und ihm Reitstunden geben und das Bogenschießen beibringen.«

Jetzt war Louise an der Reihe, ihr Gegenüber abschätzig zu mustern.

»Monsieur de Saint-Gelais hat diese Aufgaben hervorragend bewältigt. Meinetwegen werdet Ihr sein Nachfolger, aber ich wünsche nicht, dass Ihr irgendetwas verändert. Was mich allerdings erstaunt, ist dass Ihr mit keinem Wort die Musik und die Poesie erwähnt habt.«

De Gié musste lachen.

»Musikunterricht, ich bitte Euch – sonst noch was! Weder Musik noch Poesie machen einen Mann aus Eurem Sohn.«

Louise trommelte nervös mit den Fingern auf den Tisch und wollte gerade etwas entgegnen, als Saint-Gelais hochrot vor Zorn aufsprang und sich zu beherrschen versuchte.

»Seit wann darf man einem Jungen, aus dem man einen Mann machen will, nicht die künstlerischen Werte nahebringen, die jeder vornehme Herr kennen sollte?«

»Ist das Musizieren und Gedichtevortragen abends vor dem Schlafengehen nicht nur ein Vorwand für andere Beschäftigungen als die mit den künstlerischen Werten?«, antwortete de Gié ungerührt.

Jetzt sprang auch Louise auf und warf dabei den Krug vom Tisch, der auf dem Boden zerbrach.

»Hiermit teile ich Euch mit, dass ich darauf bestehe, dass diese beiden Fächer regelmäßig unterrichtet werden – zu welcher Tageszeit auch immer.«

Zerstreut sah der Marschall zu, wie die junge Dienstmagd die Scherben zusammenfegte. Dann wandte er sich wieder an die Gräfin und sagte ohne weitere Umschweife:

»Nun gut, meinetwegen! Dann bringen wir Eurem Sohn eben auch die künstlerischen Werte bei, und ich werde mich unverzüglich nach einem Lehrer für Musik und einem anderen für Poesie umtun.«

Den lässigen Ton, den er auf einmal anschlug, fand Louise so beleidigend, dass sie einen Moment sprachlos war. Es kam ihr so vor, als hätte er das nur gesagt, um die albernen Launen einer Frau zu befriedigen.

Mit den Fingerspitzen schob sie den Bratapfel mit Zimt weg, den die junge Bedienung ihr gerade serviert hatte.

»Ihr solltet außerdem nicht vergessen, dass Ihr auch meine Tochter unterrichtet, Monsieur de Gié. Wenn Ihr der Lehrer von meinem Sohn sein wollt, seid Ihr auch der von Marguerite.«

Nie zuvor hatte Louise einen derart stechenden Blick gesehen wie den von Marschall de Gié.

Sie sah Saint-Gelais an, der sein Dessert ebenfalls nicht anrührte. Er hatte wohl schon aufgegeben und blickte zerstreut ins Leere. Dann bemerkte sie, dass der Marschall unauffällig mit den Fingern an der Krempe von seinem großen Hut spielte.

»Eure Tochter soll ja wohl nicht etwa das Kämpfen lernen?«

Diesmal reagierte Louise empört.

»Mit Ausnahme dieses einzigen Fachs habt Ihr meine beiden Kinder exakt gleich zu unterrichten. Und in dieser Angelegenheit hat der König nichts zu sagen.«

Weil ihm keine passende Antwort einfiel, drehte der Marschall wütend an seinem Hut.

»Wie ich höre, ist Euer Sohn François d'Angoulême schon sehr mutig und ein fleißiger Schüler.«

»Meine Tochter ist sehr strebsam und fleißig. François hingegen lässt sich leicht ablenken. Dafür zeichnet er sich durch einen äußerst wachen Verstand und großen Wissensdurst aus. Und sie sind alle beide sehr intelligent. Das kann Euch Monsieur de Saint-Gelais sicher bestätigen.«

Das junge Dienstmädchen wurde von allen Seiten bestürmt. Trotz der vielen Bestellungen sorgte sie sehr geschickt dafür, dass am Tisch von Louise alles zu deren Zufriedenheit war. Mit ihrem kleinen herzförmigen Mund lächelte sie Saint-Gelais an und sagte:

»Schmeckt Euch der Kuchen nicht, Monsieur? Wünscht Ihr vielleicht eine andere Nachspeise?«

Der junge Mann sah sie zerstreut an. Die Kleine wirbelte mit dampfenden Tellern und gut gefüllten Weinkrügen zwischen den Tischen herum. Das Lächeln, das sie dem jungen Mann geschenkt hatte, verschwand, als die Gräfin d'Angoulême sagte:

»Bringt die beiden Kuchen meinen Zofen Madame de Polignac und Madame Conte aufs Zimmer. Ich bin sicher, sie werden sich darüber freuen.«

Dann wandte sie sich wieder an den Marschall de Gié und setzte ihre Erläuterungen fort.

»Meine Tochter studiert Latein, Griechisch und Grammatik. Sie ist eine große Verehrerin der Wissenschaften und liest Abhandlungen, mit denen manche Jungen ihres Alters noch nichts anfangen könnten.«

De Gié fuchtelte mit der Hand herum, als wollte er diese seiner Meinung nach überflüssigen Bemerkungen über Marguerite wegwischen.

»Dem Wunsch des Königs entsprechend muss ich darauf bestehen, aus Eurem Sohn einen zukünftigen Ritter zu machen, Madame.«

»Dagegen habe ich nichts einzuwenden, Marschall. Bedenkt aber bitte, dass Euer Dienst nicht von Dauer sein wird.«

»Warum denn das?«

Mit einer ungeduldigen Handbewegung schickte sie die Dienstmagd weg, die auf neue Bestellungen wartete. Dann besann sie sich eines Besseren und sagte freundlich:

»Seid so gut und seht nach, ob meine Kinder schlafen und alles in Ordnung ist.«

Und wieder an Marschall de Gié gewandt, bemühte sie sich um einen sachlichen Ton.

»Euer Dienst dauert lediglich zwei Jahre, Monsieur de Gié.«

»Und warum, wenn ich fragen darf?«

»Weil mir danach das alleinige Erziehungsrecht für meinen Sohn zusteht.«

»Deshalb werdet Ihr mich nicht entlassen können.«

»Es gelingt mir mit Sicherheit, den König dahingehend zu überzeugen.«

De Gié schluckte, ihm schwirrte der Kopf. Wie kam es nur, dass er in diesem Wortwechsel so kläglich unterging? Er, der große Diplomat! Und das bei einer Frau, die allerdings weder dumm noch oberflächlich wirkte? De Gié fühlte sich mit einem ganzen Bataillon Soldaten oder Männer wohler als in Gegenwart von Damen welchen Standes auch immer.

Sollte sich diese junge Frau als ebenso klug und scharfsichtig wie energisch und leidenschaftlich erweisen, stand ihm eine harte Zeit bevor.

Er kratzte sich unauffällig am Hals und suchte nach einer passenden Entgegnung, weil ihm aber nichts Vernünftiges einfallen wollte, polterte er schließlich:

»Ich wette, das nehmt Ihr in ein paar Monaten zurück!«

»Ihr scheint ja sehr von Euch überzeugt zu sein, Monsieur.«

Sein eisiger Blick streifte Saint-Gelais verächtlich, um dann stolz und abweisend zu Louise zurückzukehren. Die aber nahm ihn nicht mehr zur Kenntnis, sondern erhob sich jetzt würdevoll.

»Bis morgen, Monsieur.«

Dann wandte sie sich an Jean, der seit seinem ersten und einzigen Einwand lieber den Mund gehalten hatte, und sagte leise, aber deutlich genug, dass es der Marschall verstehen konnte: »Gehen wir auf unser Zimmer, Jean. Uns bleibt noch die ganze Nacht für den Abschied.« Damit hatte sie ganz bewusst gegen sämtliche Standesregeln verstoßen.

Es fehlte nicht viel, und de Gié wäre aufgesprungen. Er beherrschte sich aber, sah ihr nur nach und bestellte dann mit einem spöttischen Lächeln auf den Lippen sein Abendessen.

Vor dem heißen Herd, auf dem die Poularden und Suppen vor sich hin köchelten, blieb Louise stehen und wartete auf Saint-Gelais. Ohne sich um die Meinung der Leute zu scheren und obwohl sie den Blick des Marschalls noch im Rücken spürte, nahm sie ihren Geliebten am Arm und zog ihn zu der dunklen Treppe, die in die obere Etage führte.

Seite an Seite gingen sie im schwachen Licht einer Öllampe, die an einem Deckenbalken hing, nach oben. Der lange dunkle Flur im ersten Stock lud sie zu Vertraulichkeiten ein, und sie umarmten sich leidenschaftlich.

Doch dann löste sich Louise aus Jeans drängender Umarmung und schob ihn sanft von sich.

»Ich will erst noch nachsehen, ob meine Kinder gut schlafen«, flüsterte sie ihm ins Ohr, »ich komme gleich zu dir.«

François lag zwischen Marguerite und Souveraine und schlief tief und fest, während die beiden Mädchen noch tuschelten. Ihr Sohn wirkte so glücklich und zufrieden, dass Louise vermutete, Marguerite habe ihm eine der Rittergeschichten erzählt, die er so gern hörte; vielleicht das Heldengedicht von Bayard oder das von Roland in Roncevaux. Vielleicht war es aber auch eine der griechischen Tragödien, die sie ihrem aufmerksamen Bruder oft sehr phantasievoll vortrug und die er so liebte.

Louise drehte sich um und nickte ihren Zofen zu, die noch nicht schliefen. Die langen schwarzen Haare von Antoinette bildeten einen schönen Kontrast zu den blonden der anderen Frau. Jeanne rührte sich nicht, aber Antoinette richtete sich im Bett auf, doch ehe sie etwas sagen konnte, bedeutete ihr Louise zu schweigen und flüsterte: »Bis morgen.«

Sie warf ihrer Tochter einen Kuss zu und schloss beruhigt die Tür hinter sich. Als sie dann zu Jean in das Zimmer nebenan ging, war sie ganz aufgewühlt. Dennoch ließ sie sich nur zu gern von den Liebesschwüren mitreißen, die er ihr ins Ohr flüsterte.

Sie schämte sich ein wenig, dass sie diese Beteuerungen brauchte und ihm zu gefallen suchte. Würde sie Jean de Saint-Gelais überhaupt je wiedersehen? Doch darüber wollte sie in dieser Nacht nicht länger nachdenken.

25

Als man Louise am nächsten Morgen den Besuch einer jungen Weberin namens Alix Cassex meldete, die die Gräfin d'Angoulême zu sehen wünschte, erhob sie sich mühsam und rieb sich die verweinten Augen.

Am Ende dieser allerletzten leidenschaftlichen Nacht, die viel zu schnell vergangen war, hatte sie Jean de Saint-Gelais nach einem langen Abschiedkuss endgültig verlassen.

Natürlich wollte Louise jeden einzelnen Augenblick, an dem sie zusammen waren, auskosten und hatte die ganze Nacht kein Auge zugetan. Deshalb war sie erst kurz nach Jeans Aufbruch eingenickt.

Die junge Magd, die am Abend zuvor die Scherben von dem Weinkrug aufgesammelt hatte, stand in der Tür.

»Was soll ich der jungen Frau sagen?«, fragte sie die Gräfin.

»Sagt meinem Dienstmädchen Catherine, dass ich aufgestanden bin und sie mich ankleiden und frisieren kommen soll. Die junge Frau schickt ebenfalls zu mir herauf.«

Ein paar Minuten später stand Alix vor ihr.

»Kommt her, und lasst Euch umarmen, mein liebes Kind«, sagte Louise und drückte sie lange und herzlich an sich.

»Ihr seht großartig aus, Alix! Die Liebe scheint Euch gut zu bekommen.«

»Die Arbeit auch, Dame Louise.«

»Dame Louise! Nein, Alix, ich will keine Förmlichkeiten zwischen uns, keine Etikette und keine überflüssigen Floskeln. Ich habe viel zu viel Achtung vor Eurem schönen Beruf, als dass ich mich Euch überlegen fühlte.«

Alix lächelte sie an und nahm ihre Hand.

»Ich befürchte jedoch, dass ich Euch im Augenblick leider nicht die angemessene Aufmerksamkeit schenken kann«, fuhr sie fort.

»Was habt Ihr denn, Louise? Ist es etwas Ernstes?«

Da sah Alix eine Träne in den traurigen Augen ihrer Freundin und drückte ihre Hand noch fester.

»Ist es etwas Ernstes?«, fragte sie noch einmal.

Louise nickte langsam. Ihr schönes blondes Haar war noch nicht frisiert und fiel ihr in üppigen Locken auf den Rücken.

»Ja, ich habe heute Morgen den Beschluss gefasst, mich ganz meinem Sohn und meiner Tochter zu widmen. Aber eigentlich vor allem François, weil der meine Unterstützung dringend benötigt.«

»Aber wieso gerade heute Morgen?«

»Weil mich mein Geliebter soeben verlassen hat und wir übereingekommen sind, uns nie wiederzusehen.«

»Oje!«

Alix küsste Louise zärtlich die Hand.

»Ach, das ist aber traurig!«

»So ist das nun einmal mit der Liebe, Alix. Als ich in Jeans Armen glücklich war, seid Ihr verzweifelt, allein und voller Angst auf der Suche nach Eurem Mann gewesen und wusstet nicht, ob Ihr ihn je wiederfinden würdet. Während er nun bei Euch ist und Euch liebkost und umarmt, bin ich einsam und verlassen.«

Sie warf ihre Haare zurück und deutete auf einen Sessel.

»Setzt Euch, bitte, Alix, und reden wir nicht länger von meinem Liebeskummer.«

»Ach, Louise, ich bin ganz sicher, dass Ihr Monsieur de Saint-Gelais eines Tages wiederseht!«

»Nein, Alix, Ihr habt mich wohl nicht richtig verstanden«, sagte Louise und lächelte bitter. »Oder Ihr tut zumindest so, um mich zu schonen. Zwischen mir und Jean ist nichts mehr. Um dem Ansehen von François nicht zu schaden, darf ich mir keinen Fauxpas erlauben.«

Alix schüttelte traurig den Kopf, sagte aber nichts mehr.

»Macht Euch keine Sorgen«, sagte Louise etwas fröhlicher, »zum Trost habe ich ja meine beiden Kinder, die ich mehr als alles andere auf der Welt liebe. Sie sind mein Ein und Alles. Ich will für sie da sein, damit sie ein glückliches und unbeschwertes Leben führen können, bis sie ihre schwere Pflicht antreten, ich will sie auf das Leben am königlichen Hofe vorbereiten, wo man ihnen jeden noch so kleinen Fehler vorwerfen wird, und sie vor den Zwängen zu schützen versuchen, denen sie dort unbarmherzig ausgesetzt sein werden.

Alix hatte es sich in dem scharlachroten Sessel bequem gemacht und gab sich alle Mühe, fröhlich zu sein und Louise ein wenig aufzumuntern.

Da klopfte es an der Tür.

»Das ist Catherine, mein Dienstmädchen. Sie kommt, um mich für die Abreise vorzubereiten.«

Sie sprang auf und ging zur Tür.

»In wenigen Tagen werden wir in Chinon vom König und seiner Frau empfangen«, sagte sie und drehte sich zu Alix um. »Wollt Ihr uns nicht begleiten? Ihr könnt ja etwas später nach Tours zurückfahren.«

Der Vorschlag schien Alix so verlockend, dass sie am liebsten zugestimmt hätte, doch dann schüttelte sie den Kopf.

»Ich würde Euch sehr gern begleiten«, sagte sie und seufzte, »und einige Zeit mit Euch am Hof verbringen. Dort fände ich vielleicht auch die Inspiration, die mir manchmal fehlt, wenn ich Motive darstellen will, die ich noch nie aus der Nähe gesehen habe.«

»Seid Ihr sicher, dass Ihr nicht mitkommen könnt?«

»Ja, leider! Wir haben einen großen Auftrag für Seigneur de La Tournelle, der diesen Winter fertig werden muss. Wir sind bisher nicht viele in der Werkstatt, und zumindest Jacquou und ich müssen fast Tag und Nacht durcharbeiten.«

Während Catherine ihrer Herrin Unterrock, Rock und Robe reichte, bat Louise Alix, ihr mehr über diesen Auftrag von Seigneur de La Tournelle zu erzählen.

»Es sind fünf große Wandbehänge mit dem Thema der Jagd auf das Einhorn.«

»Hat man nicht in Brüssel zum gleichen Thema Tapisserien für Königin Anne angefertigt?«

Bei dieser Andeutung, die ihr sofort ziemlich wahrscheinlich vorkam, blieb Alix fast die Luft weg.

»Seid Ihr ganz sicher?«

»Ja, vollkommen.«

Jetzt machte sich Catherine an die Frisur der Gräfin.

»Du sollst mein Haar nur glätten und mir die Haube aufsetzen«, sagte Louise und fuhr sich mit den Händen durch die Haare, die das Dienstmädchen in großen Locken hochstecken wollte. »Die große Frisur machen wir dann morgen, ehe ich der Königin unter die Augen trete. Es kommt nämlich auf keinen Fall in Frage, dass sie besser frisiert ist als ich. Nachdem heute aber nur ein Reisetag ist, spielt es keine Rolle, ob ich hübsch oder hässlich bin.«

Dabei musste sie selbst lachen. Alix ging die Geschichte mit der

Jagd auf das Einhorn nicht aus dem Kopf, und sie wollte mehr darüber erfahren.

»Seid Ihr wirklich ganz sicher, dass dieses Thema von Königin Anne in Auftrag gegeben wurde?«

»So sicher, wie ich blond bin und Catherine brünett ist.«

Und tatsächlich lugten ein paar freche schwarze Locken unter dem weißen Häubchen des Dienstmädchens hervor.

»Außerdem weiß ich es ganz bestimmt, weil diese Tapisserien alle die Buchstaben ›A‹ und ›E‹ tragen, den ersten und den letzten Buchstaben des Namens von Königin Anne, wie sie es gewünscht hat.«

»Oje!«

»Aber was stört Euch denn so daran, Alix?«, fragte Louise lachend.

»Wie heißen die Titel der einzelnen Teppiche?«

»Soweit ich weiß sind es die folgenden Überschriften: ›Das Stelldichein‹, ›Das Einhorn taucht sein Horn in den Bach‹, ›Das Einhorn springt über den Bach‹, ›Das Einhorn verteidigt sich‹, ›Das Mädchen hat das Einhorn gezähmt‹ und ›Das getötete Einhorn wird zum Schloss getragen‹.«

»Nein, nein, nein.« Alix gestikulierte wie wild in ihrem Sessel. »Bei uns gibt es kein totes Einhorn, aber eines unserer fünf Bilder hat den Titel ›Das Einhorn rebelliert‹, und ein anderes heißt ›Der Jagdherr‹. Wahrscheinlich müssen wir die Titel korrigieren und vielleicht sogar die Symbole, die ich verwendet habe. Ich bin sehr froh, dass Ihr mir das erzählt habt, Louise. Stellt Euch vor, wie peinlich es wäre, wenn man uns vorwerfen würde, wir hätten einfach Originale kopiert, die aus den berühmten Brüssler Werkstätten stammen und die auch noch zu allem Überfluss im Besitz ihrer Majestät, der König Anne, sind!«

»Ach was, ich bin überzeugt, dass Eure Arbeit keine derartigen Vermutungen zulassen. Habt Ihr nicht eben selbst gesagt, dass die Bilder Eurer eigenen Inspiration entstammen?«

»Ja, das stimmt. Ich zeichne sehr viele Kartons, allerdings handelt es sich dabei häufig nur um kleinere Arbeiten.«

»Und was macht Ihr sonst noch?«

»Ihr habt Recht. Ich verwende meine persönlichen Entwürfe, um daraus Originale zu machen.«

»Da seht Ihr es ja! Ihr müsst Euch wirklich keine Sorgen wegen der Jagd auf das Einhorn machen, die Ihr für Seigneur de La Tournelle anfertigt.«

»Glaubt Ihr wirklich?«

»Ich bin mir ganz sicher. Wenn Ihr jetzt von vorn beginnt, verliert Ihr nur kostbare Zeit. Denkt lieber über neue Themen nach, weil ich vermutlich schon sehr bald bei Euch etwas bestellen kann.«

»Wie schön, Louise! Was wünscht Ihr Euch denn?«

»Jedenfalls keine Jagd, sondern lieber eine Dame.«

»Vielleicht eine ›Dame mit einem Einhorn‹!«

Alix musste lachen und meinte: »Ich habe Euch ja gesagt, dass ich eines Tages den königlichen Hof mit eigenen Augen sehen muss, um mich inspirieren zu lassen.«

Wieder klopfte es an der Tür – erst dreimal ziemlich leise und dann zweimal recht laut.

»Geh aufmachen, Catherine, das sind Marguerite und François.«

»Kommt herein, meine Kinder«, empfing sie sie fröhlich. »Ich bin gleich fertig. Catherine muss mich nur noch pudern und mir in die Schuhe helfen. Kennt ihr denn noch Alix?«

»Aber natürlich!«, riefen beide.

»Habt Ihr inzwischen eine Werkstatt gefunden?«, fragte Marguerite, lief zu Alix und gab ihr einen Kuss. »Euren letzten Brief habt Ihr noch aus Brügge geschrieben.«

»Ja, Marguerite, eine schöne Werkstatt. Sie ist zwar noch ziemlich klein, aber wir haben einige Aufträge, so dass wir sie wahrscheinlich in zwei oder drei Jahren vergrößern können. Dann könnten wir auch für Kommanditäre arbeiten.«

»Kommt Ihr mit uns nach Chinon?«, wollte jetzt François wissen.

»Nein, das geht leider nicht, weil sie in Tours erwartet wird. Aber wir laden sie zu uns an den Hof ein, sobald wir uns dort eingerichtet haben.«

»Ist das wirklich wahr, Mutter? Darf Alix uns besuchen?«

»Aber gewiss doch! Der Hof soll sich nur daran gewöhnen, unseren Befehlen zu gehorchen, auch wenn sie der Königin nicht unbedingt gefallen. Schließlich ist François der voraussichtliche Thronfolger.«

»Und wenn die Königin doch noch einen Sohn bekommt?«

»Ich will nicht, dass du über solche Dinge sprichst, Marguerite«, tadelte sie die Mutter. »Das ist ganz unmöglich. Die Königin bekommt keine Kinder mehr. Sie ist erschöpft und schwach und eine weitere Mutterschaft wäre ihr sicheres Ende. Ich bin aber überzeugt, dass sie Tag und Nacht an nichts anderes denkt.«

Marguerite bereute ihren unüberlegten Einwand bereits und entschuldigte sich mit belegter Stimme:

»Ihr habt gewiss Recht, Mutter. Die Königin bekommt ganz bestimmt kein Kind mehr.«

Aber Louise war natürlich erst recht nicht so naiv, sich darüber keine Gedanken zu machen. Was ihre Tochter gesagt hatte, war durchaus möglich. Anne de Bretagne, Königin von Frankreich und zweite Frau von Louis XII., konnte durchaus noch einen Sohn zur Welt bringen.

»Nun ja«, meinte sie zu ihrer eigenen Beruhigung, »leider sind alle Kinder, die die Königin geboren hat, ganz früh gestorben.«

Alle lächelten verlegen, und Catherine übernahm die Aufgabe, das bedrückte Schweigen zu unterbrechen.

»Soll ich Philibert sagen, dass er Euer Pferd satteln soll, Dame Louise?«

»Oh ja, Mutter, bitte!«, rief François. »ich möchte gern einen Ausritt an der Loire machen, bevor wir hier abreisen.«

»Oder an der Vienne«, erklärte ihm Marguerite, »wir befinden uns nämlich hier genau an der Stelle, wo die beiden Flüsse zusammenfließen, François.«

»Aha«, meinte François nur, der offenbar in Geographie nicht so begabt wie seine Schwester war.

»Sie könnten sich aber auch teilen, dann würden sie nicht in den Ozean münden, sondern irgendwo im Sande verlaufen.«

Louise lächelte ihre Tochter zufrieden an. Wie klug sie doch war, und wie viel sie ihrem Bruder beibrachte, der ihr immer voller Bewunderung zuhörte!

»Dame Louise?«, fragte Catherine noch einmal.

»Ja, ist ja gut, sagt Philibert, er soll unsere Pferde holen. Wenn Ihr uns schon nicht nach Chinon begleiten könnt, Alix, so unternehmt doch wenigstens diesen Ausritt mit uns. Dann können wir uns ausführlich über die Bestellung unterhalten, die ich bald bei Euch in Auftrag geben will.«

Die Pferde waren gesattelt und bereit für einen Ausflug an das Loireufer, und dieser Sommertag war wie geschaffen für einen Ausritt – die Sonne strahlte von einem azurblauen Himmel, und hoch oben zogen Schwalben ihre Bahnen.

Der Himmel über der Loire war immer weit und erhabend und je nach Jahreszeit strahlend blau oder grau und voller Gewitterwolken oder Schneestürmen im Winter. Ein andermal war er dann wieder hellblau, wenn es am Flussufer nach blühenden Haselsträuchern und Oleander duftete.

»Eure Amandine ist ein kluges Tier, Alix, sie hat sich gleich mit dem kleinen Bearner Pferd von François angefreundet.«

»Ja, das stimmt, Louise. Sie geht gern kurzen Trab, aber nicht so schnell wie die Pferde.«

»Sie soll ja auch nicht wie verrückt galoppieren. Schließlich wollten wir einen Spazierritt machen«, meinte Marguerite lachend.

Trotzdem trabten sie ziemlich schnell Richtung Fluss, als an einer Wegbiegung, die zur Loire führte, ein Reiter auftauchte. Der Mann schien groß und schlank und trieb sein Pferd nicht gerade zur Eile an.

Am Zusammenfluss von Loire und Vienne, die an dieser Stelle sogar breiter ist, kreuzten sich dann ihre Wege. Die Pferde blieben stehen, und der Reiter grüßte Louise und ihr Gefolge höflich. Marguerite und François hielten sich im Hintergrund, aber Alix ließ, aus irgendeiner Ahnung heraus, Amandine ein paar Schritte vorgehen und blieb neben Louise stehen.

Als die Begrüßung beendet war, fragte der Reiter mit ernster Stimme:

»Könnt Ihr mir sagen, ob es noch weit ist bis zur ›Goldenen Henne?‹«

»Nein, mein Herr, da kommen wir gerade her«, antwortete Louise und musterte den Mann, den diese Antwort nicht zu erstaunen schien.

»Habt Ihr dort vielleicht eine junge Person namens Alix Cassex gesehen, gnädige Frau?«

»Das bin ich«, sagte Alix und kam noch etwas näher. »Was wollt Ihr von mir, mein Herr?«

Er wiederholte seinen Gruß und sagte:

»Ich hatte leider nicht das Vergnügen, Euren Gatten in Tours zu treffen. Als ich in seiner Werkstatt war, hat man mir gesagt, er sei auf dem Weg nach Orléans.«

»Das stimmt. Er muss eine kleinere Tapisserie an den Vogt von Orléans ausliefern.«

»Ich habe dann auch erfahren, dass ich Euch in Gesellschaft der Gräfin d'Angoulême im Gasthaus ›Zur Goldenen Henne‹ antreffen würde.«

»Ja«, sagte Alix und lächelte den Reiter an, »das hier sind die Gräfin d'Angoulême und ihre Kinder, Marguerite und François.«

»Anstatt auf Euren Mann zu warten, von dem man nicht wusste, ob er noch heute Abend oder erst morgen früh zurückkommt, habe ich mich dann lieber hierher auf den Weg gemacht.«

»Und was führt Euch nun zu mir, mein Herr? Ich habe keine Geheimnisse vor der Gräfin. Bitte stellt Euch jetzt vor, mein Herr.«

»Mein Name ist Meister Van Orley.«

»Seid Ihr etwa der berühmte Maler und Kartonzeichner?«

Dem Reiter war die Bewunderung in Alix' Blick nicht entgangen, und er verneigte sich höflich.

»Ja, der bin ich. Ich komme gerade aus Italien, genauer gesagt, aus Rom zurück.«

»Dann lebt Ihr also nicht mehr in Flandern? Mein Mann hat mir viel von Euch erzählt. Er hält große Stücke auf Euch und Euer Talent – ich übrigens auch.«

»Ich wusste gar nicht, dass der junge Jacquou, dem ich drei- oder viermal in Brügge begegnet bin, schon verheiratet ist. Eigentlich wusste ich allerhand nicht. Zum Beispiel, dass er der Sohn des großen Meisters Coëtivy ist, der in Flandern hohes Ansehen als Maler und Weber genießt.«

»Ja, das stimmt, mein Herr. Weil aber der Webermeister Jacquou ein sehr bescheidener Mensch ist, bin ich kühn und mutig für zwei. Das hat mich auch schon in größte Verlegenheit gebracht, hilft mir aber auch immer wieder heraus.«

»Diese Tugend kann Euch nur ehren, Madame.«

»Oh nein! Jacquou hat tausendmal mehr Tugenden als ich«, entgegnete sie jetzt etwas unbefangener. »Nachdem Ihr scheint's kaum etwas über uns wisst, sage ich Euch lieber gleich, dass mein Schwiegervater und ich ein sehr schlechtes Verhältnis haben. Es ist geradezu tragisch«, spottete sie, »weil er mich hasst – und ich ihn deshalb auch. Weil Jacquou immer zu mir gehalten hat, könnt Ihr Euch vielleicht vorstellen, dass er seinem Sohn nicht hilft. Aber das kümmert uns nicht. Wir sind jung, fleißig und verstehen unser Handwerk, und ich bin außerdem sehr ehrgeizig, müsst Ihr wissen.«

Als Alix sah, dass François und Marguerite abgesessen waren, wandte sie sich an Louise, die mit der Hand auf eine große Eiche deutete und sagte: »Unter diesem schönen großen Baum ist es angenehm schattig. Was haltet Ihr davon, wenn wir eine Pause machen und uns dort weiter unterhalten?«

Sie suchten sich ein sandiges Plätzchen unter dem Baum am Ufer und setzten sich zu dem Maler.

»Nach diesen Erklärungen über meinen Schwiegervater würde ich nun aber doch gern wissen, was Euch zu uns führt, Monsieur? Ihr sagt, Ihr seid gerade aus Italien zurückgekommen, aus Rom?«

»Ja, genauer gesagt, aus dem Vatikan. Dort hatte ich das große Vergnügen, einige Zeit Seite an Seite mit Meister Raffael in der Sixtinischen Kapelle zu arbeiten.«

»Das ist allerdings wirklich eine große Ehre, bei der Ihr sicher viel gelernt habt.«

»In der Tat habe ich viel Neues kennen gelernt. In Italien verziert man zum Beispiel die Bordüren der Tapisserien nicht mehr mit Blumen und Blättern.«

Alix hing förmlich an seinen Lippen. Konnte ihr Van Orley helfen, einen neuen Stil in der Webkunst zu finden?

»Aber wie macht man sie dann jetzt?«

»Mit sehr lebendigen und ausdrucksvollen Fresken, auf denen ausschließlich kleine Figuren dargestellt sind.«

»Das klingt aber sehr interessant!«, meinte die Gräfin. »Könnte das nicht eine Möglichkeit für Euch sein, vom simplen Kopieren der Vorlagen wegzukommen, meine liebe Alix?«

»Das glaube ich schon«, sagte Alix nachdenklich.

»Bitte verzeiht, wenn ich mich in diese Unterhaltung einmische, aber ich bin eine so große Verehrerin schöner Tapisserie, dass ich unmöglich wie unbeteiligt daneben sitzen kann«, entschuldigte sich Louise.

»Jetzt habt Ihr mir aber noch immer nicht verraten, was der Grund Eures Besuchs ist, Monsieur«, sagte Alix freundlich.

Van Orley saß im Schneidersitz unter der Eiche, mit aufrechtem Rücken und überkreuzten Beinen. Er trug schöne rote Stiefel und war überhaupt sehr sorgfältig gekleidet. Die scharlachrote Hose passte ausgezeichnet zu der hellblauen Jacke, zu der er noch eine imposante schwere Bronzekette um den Hals trug. Sein Gesicht war nicht unbedingt schön zu nennen, aber doch sehr einnehmend. Ein großer rotgelber Hut mit einer langen weißen Feder rundete den Gesamteindruck ab, von dem Marguerite sehr fasziniert schien.

»Im Vatikan habe ich nicht nur Raffael getroffen, sondern noch jemand anders kennen gelernt, der mich sehr beflügelt hat. Und zwar einen Bischof namens Jean de Villiers.«

»Oh, Jean!«, rief Alix. »Meint Ihr wirklich Jean? Ach, Louise«, sagte sie zu Louise, »bestimmt erinnert Ihr Euch, dass ich Euch in Cognac von ihm erzählt habe. Er war es, der uns gegen den Willen von Coëtivy verheiratet hat. Er hat sogar eine Sondererlaubnis erwirkt, weil ich zu jung war, um ohne das Einverständnis der Eltern eine Ehe einzugehen, und Jacquou die seines Herrn nicht bekommen hätte.«

»Aber wie alt seid Ihr denn, Madame?«

»Ach«, lachte Alix, »was spielt das schon für eine Rolle? Ich bin verheiratet, das ist das Entscheidende. Worüber habt Ihr mit Jean de Villiers gesprochen? Hat er mich erwähnt?«

»Er ist schon sehr alt, aber er will nicht sterben …«

»Jean ist doch nicht alt, das glaube ich nicht! Er kann doch noch nicht sterben.«

»Jedenfalls hat er den Wunsch geäußert, dass er Jacquou noch einmal sehen will.«

Alix' Freude war wie weggewischt, und sie sah auf einmal nur noch unendlich traurig aus.

»Hat er mich erwähnt?«, fragte sie noch einmal.

»Er nennt Euch seinen ›wilden kleinen Weber‹.«

»Ach, wenn ich ihn nur wiedersehen könnte! Ich würde ihn so gern mit Jacquou besuchen!«

»Er hat mir gesagt, dass er Euch ein Geheimnis anvertrauen will, das er nicht mit ins Grab nehmen möchte.«

»Bitte, mein Herr, redet nicht länger vom Tod, wenn es um Jean geht. Er wird noch sehr lange leben, da bin ich mir ganz sicher.«

Die Gräfin und ihre Kinder verabschiedeten sich noch am selben Abend von Alix. Louise hatte ihrer Freundin fest versprochen, sie nach Chinon einzuladen, sobald sie sich dort eingerichtet hatten. Und Alix machte sich in Begleitung von Meister Van Orley auf den Rückweg nach Tours.

Als sie dort ankamen, war es gerade dunkel geworden, und Alix nahm den Maler gleich mit zum alten Gauthier, wo sich Dame Bertille um ihn kümmern sollte, bis Jacquou wieder zurück war, falls er nicht sowieso bereits zuhause war.

Dame Bertille, der man in Sachen Haushalt nichts vormachen konnte, hatte in Gauthiers altem Haus wahre Wunder vollbracht. Sie hatte die einzelnen Räume renoviert und verjüngt, indem sie mit Lampen und Kerzen mehr Licht schuf, alles Überflüssige entfernt und nur die schönen Möbel aus gewachstem Holz gelassen hatte, die jetzt erst richtig zur Geltung kamen. An den weiß gekalkten Wänden, die einen schönen Kontrast zu den dunklen Deckenbalken bildeten, hingen prächtige Tapisserien. Alles in allem war die Atmosphäre in dem Haus jetzt wohlig warm und freundlich.

Als Jacquou aus Orléans zurückkam, fiel ihm Alix um den Hals, um sich dann allerdings bald zu lösen, weil sie es kaum erwarten konnte, ihm ihren neuen Freund vorzustellen.

»Jacquou, das ist Meister Van Orley.«

»Ja, natürlich, wir kennen uns doch!«, rief Jacquou. »Was führt Euch denn nach Tours – und dann auch noch gleich in dieses Haus? Jetzt bin ich aber gespannt, warum Euch Alix mitgebracht hat.«

Als er den Grund erfahren hatte, wirkte er sehr bedrückt und ratlos. Sollte er jetzt schon seine Werkstatt längere Zeit allein lassen, obwohl seine Arbeit so wichtig war? Schließlich ging es ja um Jean. Jean, den Prälaten, der ihm so viel von seiner Mutter, Léonore, erzählt hatte, die kurz nach seiner Geburt gestorben war. Der Jean, der ihn in den Armen gehalten hatte, kaum dass er auf die Welt gekommen war. Und der ihr kaum eine Stunde später mit dem Versprechen, das Kind seinem Vater zu übergeben, die Augen geschlossen hatte.

Und da sollte er einfach weghören! Machte ihn seine Werkstatt so undankbar und gleichgültig für den Herzenswunsch eines alten Bischofs, der immer nur versucht hatte, die Menschen zu lieben und zu verstehen?

»Du musst nach Rom reisen, Jacquou. Sonst lässt dir dein Gewissen keine Ruhe.«

»Aber was wird aus der Werkstatt?«

»Mach dir keine Sorgen, schließlich bin ich ja auch noch da. Und Meister Gauthier wird dich bestimmt vertreten.«

»Aber ja, natürlich«, sagte der alte Mann, hocherfreut darüber, dass er sich so nützlich machen konnte.

Weil Jacquou noch immer zögerte, nahm ihn Alix in den Arm und liebkoste ihn, während sie auf ihn einredete wie auf ein kleines Kind: »Wenn Jean uns nicht geholfen hätte, uns nicht verheiratet und gerettet hätte, wären wir jetzt nicht zusammen, Jacquou, das weißt du doch. Deinem Vater wäre es bestimmt gelungen, uns für immer zu trennen. Vielleicht wäre ich sogar tot, wer weiß! Vielleicht wärst du in den Fängen einer schrecklichen Megäre, die dich nicht lieben, sondern quälen würde. Vielleicht hättest du deinen Beruf aufgegeben, um dich hier oder sonst wo zu Grunde zu richten?«

Als sie spürte, wie sein Widerstand allmählich dahinschmolz, wusste sie, dass sie gewonnen hatte. Jacquou würde nach Rom fahren.

»Wir werden unsere Aufträge rechtzeitig fertig bekommen. Die ›Jagd auf das Einhorn‹ können wir Anfang Winter liefern, und auch die anderen Arbeiten wie geplant. Vertrau auf mich.«

»Aber so eine Reise ist teuer!«, wehrte sich Jacquou noch immer. »Nach Italien ist es kein Katzensprung, mein Herz. Und wir haben kein Geld.«

»Ich kann es dir geben«, bot der alte Gauthier sich an.

»Bemüht Euch nicht«, mischte sich jetzt Van Orley ein und legte eine prall gefüllte Geldbörse auf den Tisch.

»Was ist das für Geld?«, fragte Jacquou erstaunt.

»Das ist das Geld, das Ihr für die Reise braucht. Jean de Villiers befürchtete zu Recht, Ihr würdet Euch die Reise nicht leisten können. Aber ich durfte Euch nicht gleich alles sagen, erst musste ich Eure Entscheidung abwarten.«

Er machte eine Pause und fuhr dann fort:

»Jean de Villiers hat mir die gleiche Geldbörse versprochen für den Fall, dass ich Euch zu ihm bringe«, erklärte er. »Aber dafür ist dieses Geld hier nicht – sondern für einen Auftrag des Vatikans, an dem wir arbeiten sollen, Ihr und ich.«

Alix war vor lauter Freude wie aus dem Häuschen. Jacquou würde nach Rom reisen und den Auftrag für mehrere Wandteppiche mitbringen! Bei dem Geheimnis, das Jean nicht mit ins Grab nehmen wollte, musste es sich also um etwas sehr Bedeutsames handeln!

Van Orley war beinahe genauso begeistert wie Alix und berichtete weitere Einzelheiten.

»Ich soll die Kartons für eine Serie zum Thema ›Offenbarungen des Abraham‹ zeichnen. Ihr würdet allerdings mit mehreren anderen Webern zusammenarbeiten, weil der Auftrag sehr umfangreich ist.«

»Und wer ist da vorgesehen?«, fragte Jacquou, dessen Stimme vor Spannung zitterte.

Er wusste schließlich, dass ihm die Zusammenarbeit mit berühmten Webern den Weg zum Ruhm öffnen würde.

»Pierre de Pannemaker, Wilhelm de Kempeneer, Jean Van Tieghen und Leo Van den Hecke, alles Weber aus Brüssel.«

»Und lauter Weber von Rang!«, sagte Jacquou beeindruckt. »Welchen Umfang hat denn der Auftrag?«

»Es geht um zehn Wandbehänge von vier auf sieben Meter, damit die Figuren wesentlich größer als bisher dargestellt werden können. Bischof Villiers wünscht, dass der italienische Stil zum Tragen kommt. Also keine Bordüren mit Blumen oder Blättern, sondern Menschen mit reliefartigen Frisuren, ausdrucksstarken Gesichtern, schön drapierten Faltengewändern und Augen voller Licht und Schatten.«

»Die ›Offenbarungen des Abraham‹! Das ist ja beinahe so großartig wie die ›Apokalypse nach Johannes‹. Habt Ihr diesen Teppich einmal gesehen, Meister Van Orley? Er hängt in der Kathedrale von Angers. Ich habe ihn gesehen, als ich acht Jahre alt war, und war von diesem Wunderwerk zutiefst ergriffen.«

»Meiner Meinung nach kann nur die ›Apostelgeschichte‹, die Meister Raffael gezeichnet hat, einem Vergleich standhalten. Auch sie besteht aus zehn großen Bildteppichen. Man hat aber gerade erst mit der Ausführung begonnen, und es heißt, es wird Jahre dauern, bis die Teppiche fertig sind.«

Alix dachte an die zu erwartenden, sehr willkommenen Einkünfte und sagte gut gelaunt:

»Liebe Bertille, seid nicht so bescheiden. Euer Essen war mal wieder einfach köstlich. Was täten wir nur ohne Euch? Ihr seid eine wahre Küchenfee!«

Mit einem Augenzwinkern bedankte sich Dame Bertille bei Alix, die sie ständig für ihre Haushaltsführung und für ihre gute Küche lobte. Und auch der alte Gauthier war wieder so selbstbewusst wie früher und erinnerte in nichts mehr an den gebrochenen Mann, den Alix vor der Weinschänke aufgesammelt hatte. Allerdings hatte er auch wieder zu seiner ruppigen Art zurückgefunden.

Daran merkte man ganz deutlich, wie viel Temperament er noch besaß und dass er nicht wirklich lebensüberdrüssig war.

Zu Alix war er aber immer freundlich, er widersprach ihr nicht und hätte sie auch nie vor den Kopf gestoßen. Ihr gegenüber war er grundsätzlich liebenswürdig und großzügig.

Es kam schon vor, dass er eine andere Meinung vertrat als Jacquou, aber sie wurden sich immer schnell wieder einig. Weil sie beide intelligent waren, hielten sie sich nie lange mit überflüssigen Diskussionen auf. Die beiden Männer verstanden sich viel zu gut bei der Arbeit, als dass sie sich ernsthaft gestritten hätten.

Und was das große Haus an der Place Foire-le-Roi betraf, so wiederholte der alte Meister Gauthier immer wieder, dass es ihnen zustand und sie es nach seinem Tod erben würden.

In der Werkstatt arbeitete Gauthier für vier und kümmerte sich nicht darum, was die anderen machten. Das war ihm wichtig, damit er nicht auf den Gedanken kam, die Werkstatt zu leiten, was er schließlich lange genug getan hatte.

Für den Webermeister Jacquou und seinen geschickten Vorarbeiter Arnold war er ja nur eine Aushilfe, aber was für eine! Er wusste es sehr wohl, schwieg aber und tat einfach seine Arbeit.

»Der König bricht nach Italien auf, sobald es Winter wird. Dann werden wir mit unserer ›Jagd auf das Einhorn‹ fertig sein.«

»Soll das etwa heißen, dass Ihr und Jacquou …«

Der Maler fiel ihr ins Wort.

»Ja, das soll heißen, dass wir mit der Armee des Königs reisen werden.«

»Was für wunderbare Aussichten. Aber glaubt Ihr nicht, dass die Reise sehr gefährlich wird?«

»Da mache ich mir gar keine Sorgen. Außerdem ist es eine ausgezeichnete Gelegenheit, Louis XII. kennen zu lernen«, meinte der Maler, ohne seine Genugtuung zu verhehlen.

»Meint Ihr wirklich?«

»Wenn der König erfährt, dass Künstler in seinem Gefolge mitreisen, will er mit Sicherheit ihre Bekanntschaft machen.«

»Wie schade, dass ich nicht mitkommen kann!«, murmelte Alix, tröstete sich dann aber mit dem Gedanken, dass jede Generation ihren eigenen König hat. Ihr Zeitalter war nun einmal das von Louise und Marguerite, und ihr König sollte eines Tages der kleine François sein.

**Die Abenteuer der Seidenstickerin Alix gehen weiter.
Lesen Sie hier den Anfang des nächsten Bandes.**

1

Seit Jacquous Abreise verging die Zeit für Alix wie im Flug. Vor lauter Arbeit wusste sie kaum noch, wo ihr der Kopf stand. Maître Jacques Cassex und seine Frau waren nämlich dabei, sich unter den Teppichwebern von Tours einen Namen zu machen, während Pierre de Coëtivy dieser Stadt anscheinend für immer den Rücken gekehrt hatte.

In der Werkstatt mussten sie ihr Arbeitstempo steigern, um die »Jagd auf das Einhorn« zum verabredeten Termin fertig zu stellen. Dann hatte der Vogt von Chartres, als er anlässlich des großen Jahrmarkts in Tours ihrer Werkstatt einen Besuch abstattete, mehrere Wandteppiche bestellt, die der Künstler Van Orley malen sollte, der sich gerade in Tours aufhielt.

Der Maler und Jacquou waren an einem Wintermorgen im Gefolge des Königs aufgebrochen, voller Hoffnung und gegenseitiger Zuneigung, die während der langen Reise noch zunahm. Seither leitete Alix die Werkstatt mit dem Mut und der Tatkraft, die man von ihr kannte.

Nachdem die »Jagd auf das Einhorn« an Seigneur de La Tournelle ausgeliefert worden war, konnte sie sich jetzt an den Auftrag für den Vogt von Chartres machen.

Ein kalter, trockener Winter kündigte sich an. Sobald Alix frühmorgens die Werkstatt öffnete, wurden Kerzen und Fackeln um die Webstühle herum angezündet. Manchmal mussten die Weber allergrößtes Geschick beweisen, damit die Schatten, die ständig um die Lichtquellen flackerten, sie nicht bei der Arbeit störten.

Arnold und seine Frau waren beide Meister und konnten auch unter schwierigsten Bedingungen arbeiten, aber Mathias und Florine hatten noch viel zu lernen. Weder Hitze noch Kälte, weder Dunkelheit noch Müdigkeit durften sie aufhalten, wenn sie eines Tages zu den erfahrenen Webern gehören wollten, wie es der Plan von Mathias vorsah.

Langsam wurde es hell, und ein kalter weißer Sonnenstrahl strich über das große Glasfenster. In der Werkstatt wurde wie üblich auf Hochtouren gearbeitet.

Weil es so bitterkalt war, hatte Arnaude ihren kleinen Sohn Guillemin bei einer Nachbarin gelassen, die ausnahmsweise bis zum Abend auf ihn aufpassen wollte. Das kam allerdings nur selten vor, obwohl sie es sich schon einmal leisten konnten, weil Arnold jetzt nicht mehr allein verdiente.

Als die Glocken von Saint-Pierre zehn Uhr schlugen, bald gefolgt von den zehn Schlägen der Kathedrale, knurrte Florine, deren Bauch allmählich immer runder wurde, der Magen. So ging das nun jeden Vormittag. Dann machte sie eine kurze Pause und wickelte ihre bescheidene Mahlzeit aus einem rot karierten Geschirrtuch. Mit großem Appetit biss sie in ein Stück Brot mit geräuchertem Speck und verspeiste einige Weizenküchlein zusammen mit einem Apfel oder etwas Quittengelee.

So gesättigt, legte sie die Hände auf ihren Bauch, lächelte bei dem Gedanken an das Kind, das sie in ein paar Monaten zur Welt bringen würde, und machte sich wieder an ihre Arbeit.

Florine war ganz ruhig, heiter und entspannt, und Alix hätte nur zu gern selbst auch ein wenig von diesem Glück genossen, das ihr die Mutterfreuden bereiteten. Doch das Schicksal hatte es anders mit ihr gemeint. Also seufzte sie nur, betrachtete noch einen Moment Florines ruhige Miene und vertiefte sich dann wieder ganz in ihre Arbeit. Schließlich brauchte die Werkstatt jetzt auch viel mehr ihre fleißigen Hände als das Geschrei eines Neugeborenen.

Auf den Metallrahmen, an dem Alix arbeitete, war die Zeichnung von Van Orley gespannt, eine typisch weltliche Szene: In der Mitte sah man ein Tier, das halb Drache, halb Löwe war, und darum herum eine üppige Vegetation aus Lianen und exotischen Pflanzen mit wilden Vögeln mit geschwungenen Federn und krummen Schnäbeln und kleinen halbnackten Gestalten, die sich ausgelassen haschten und Verstecken spielten.

Viele Kartonmaler jener Zeit ließen sich für ihre profanen Themen, wenn sie sich nicht an den herrschaftlichen Szenerien orientierten, von den Gemälden von Hieronymus Bosch inspirieren. Der flämische Maler war vor allem mit seinem »Garten der Lüste« berühmt geworden. Dieses Bild zeigte das Leben aus manichäischer Sicht und stand so im Gegensatz zu den Grundsätzen der berühmten »Apokalypse«, weshalb Bosch auch eher die weltlich Gesinnten als die Frommen ansprach.

Als Alix sah, dass das große Fenster von einer dicken Eisschicht überzogen war, fröstelte sie. Die ersten Januartage waren wohl wirklich die Vorboten einer großen Kälteperiode.

»Es hat gefroren«, sagte sie zu den anderen. »Wir müssen das Eis im Hof aufhacken, damit keine Kunden oder Besucher, die zu uns kommen wollen, stürzen und sich verletzen.«

Mathias stand auf.

»Das kann ich machen«, sagte er, »aber ich fürchte, in einer halben Stunde müssen wir von vorn anfangen, weil der Nieselregen sofort wieder auf dem Boden friert.«

Er wickelte sich in einen warmen Pelz, holte aus dem Schuppen neben der Werkstatt eine Schaufel und kratzte das Pflaster im Hof geräuschvoll frei. Überall in der Nachbarschaft war zu hören, wie die Leute mit Schaufeln die Eingänge vor ihren Läden und Häusern vom Eis befreiten.

Alix konzentrierte sich wieder ganz auf ihre Arbeit und vergaß das

Eis, den Schnee und das schlechte Wetter. Sie bewegte ihr Schiffchen, als hätte sie nie im Leben etwas anderes gemacht. Beim Bedienen des Blatts merkte sie, dass ein Schiffchen beschädigt war.

»Gauthier«, wandte sie sich an den alten Meister, der zusammen mit Arnold an dem zweiten großen Webstuhl arbeitete. »ich glaube, du musst mir helfen. Ich kann mir jetzt keine Panne leisten. Die Kämme funktionieren, aber der Schaft klemmt.«

Als Gauthier zu ihr kam um nachzusehen, machte sie ihm Platz und trat hinter das Gewebe, das auf der Rückseite genauso sauber und exakt gearbeitet sein musste wie vorn. Zufrieden stellte sie fest, dass ihr Stich perfekt war, eng und dicht, und dass das Bild genauso schön glänzte und in allen Farben schillerte wie auf der Vorderseite.

Aus: Jocelyne Godard, Les Ateliers de Dame Alix Band 2:
Les Vierges du Vatican
Die französische Originalausgabe erschien 2006 bei
Le Sémaphore, Paris.
Deutsche Ausgabe in Vorbereitung.